首届
林语堂小说奖
获奖作品集

黄荣才 / 主编

中国华侨出版社

王芸

陈启文

尹学芸

苏兰朵

帅泽兵

樊健军

林渊液

马云洪

叶子

邱贵平

何葆国

序

杨少衡

这本书里的十一部小说因为一个奖项汇集到一起。或者说，它们是因为一个地方汇集在一起。我所说的这个地方就是福建省漳州市的平和县。该县邀省作家协会加盟，设置了一个地方文学奖项，以"林语堂文学奖"命名，2015年该文学奖首次评选小说，经专家认真评选，共十一部小说获奖，汇集在本书中。

林语堂是现当代著名作家，以学贯中西闻名。我曾以一种崇敬之情幽默，说林先生手握中英两条枪，既以中文写作，也用英文创作。林语堂的《京华烟云》《苏东坡传》等作品为国人熟知，而《吾国吾民》《生活的哲学》等作品多为老外了解。到了福建平和，人们则更多地要提起他的一部长篇小说，叫作《赖伯英》，这小说里有一位纯朴善良的可爱女孩，有绵绵群山，还有山间一条清澈的河流。小说中的山水实际出自平和县，里边的人物多生长于该地，包括其男主人公，一般认为林语堂本人即其原型。

因此可知平和县以林语堂为名设奖有其充分依据，这位文学大家是此间人引以为豪的乡亲。林语堂出生于平和县坂仔镇，在平和山乡度过其美好的童年、少年时光，十岁才离开坂仔，坐着小船沿着多次出现于其笔下的那条小溪顺流而下，去近百公里外的厦门求学，踏上了其成名之路。当初闻知平和县准备以林语堂之名设文学奖项时，我挺高兴。我感觉，林语堂可称为平和县丰厚文化资源的一个重要部分，当地以这位乡贤设奖，有支持文学创作褒扬优秀作品之效，更有推介、宣传地方，促进地方文化发展之益。如果在平和拿曹雪芹设奖，或者用林语堂之名奖励舞蹈，那不免有些奇怪，林语堂文学奖则分外贴切。

  我因所从事工作以及身为漳州家乡人的缘故，参与了本次评奖若干活动，因而感受很多。本奖项虽属地方设立，却立意开放，面向海内外征稿，得到全国各地乃至境外作家的支持，得奖作品来自各方，琳琅满目。本书中收录的这些小说我都已读过，有的是早先发表于国内重要文学刊物或被转载、选载时读过，有的是在参评时阅读，这一次又集中读了一遍。我感觉这十一部小说都很出色，无不个性突出。王芸的《龙头龙尾》颇具代表性。作品中写到德高望重的大户人家家长陈茂生突然不幸去世，其几个儿子为完成父亲遗愿，让乡村民俗活动"板凳龙大会"能够顺利进行，决意暂不发丧，全力参与该活动，继续承担分量最为沉重的舞龙尾之任。作者提供的这幅乡村图景令我感动，其中人物的质朴与明理，对我们乡村传统之承接，在当下无疑颇具意义。陈启文的《西部之路》则描绘了另一个乡村侧面，通过一起公路建设中的征地故事，对当下生活、人性做深入思考。这部小说发表后曾引发不少注意与评论。马云洪《我们的五弟》写了世风下亲情的变异："我们掩耳盗铃般地活着，一心一意地想在这个物欲横流的世界上出人头地。"叶子《桃李赋》批判了当下学府俗相，写了一个高校系主任的争夺战，私情与阴谋起落于学院与餐馆间。何葆国《缓期执行》写了一个刚从监狱释放回到故乡土楼的贪官，读来感觉沉重，其孙在最后叫出的一声"阿公"则分外动人，人情之暖显然比权势、失势、金钱、贫困等等更为根本。邱贵平《山水控》让我走近"驴友"，一个个命运故事展开于山水旅行间，癌症患者"想开即天堂"崩山之夜的"混帐"故事蕴含人性之美。尹学芸《玲珑塔》里一座古塔经历千年人和事，又与故事叙述者一起经历了当下的婚姻、爱情，利用与背叛。帅泽兵《上海白领》里有一位即将成为剩女的白领丽人，作品细腻描绘都市情感，深入思考上升通道阻塞与阶层固化等现实问题。樊健军的《夭夭》表现手法在这些小说里最显独特，故事里母女关系怪异，背后竟有早年"严打"的印记。林渊液《倒悬人》同样注目当下城市家庭情感生活。女主人公"有一个相爱很深的男人，能够爱得这么深，做什么事情都没有任何障碍。只不过他在很远很远的地方。"苏兰朵《寻找艾薇儿》写一个贩狗徒的骗局，竟写出了一种真情，其语言之妙令我特别有感觉。

很为本次林语堂小说奖能够汇集这些优秀作品而高兴。我注意到尽管这一小说奖项尚属初设，却已经引起外界注意，其设置与颁奖的消息见诸各种媒体，在地方上以及文学界都产生良好影响，表明主办者的初衷得到实现。人们除了对获奖作者与作品鼓掌，也为看重本地文化资源，支持文学事业发展的当地领导与有关方面鼓掌。在此之际，偏居闽南一隅却又得天独厚的山区县份平和，也更多地进入了人们的视野。

本次小说奖评出并颁发之后，平和县有关方面并未就此作罢，他们做了多方面工作，将获奖作品汇集成书，出版发行。在欣赏本书所收小说，为这些故事与人物所感动，认知、思考我们身处的时代与人生之际，我们也在缅怀、纪念我们的文学前辈，记住这个文学奖项，也记住了平和。

（杨少衡，著名作家，福建省作家协会主席）

目录
contents

龙头龙尾	...001
西部之路	...026
玲珑塔	...086
寻找艾薇儿	...125
上海白领	...153
夭夭	...178
倒悬人	...215
我们的五弟	...232
桃李赋	...267
山水控	...295
缓期执行	...339
后记	...359

龙头龙尾

文 / 王芸

早两个月,陈家村的各家各户就开始往回召人了。多半是通过电话,利落、方便。陈显然家不行,越洋电话太贵。他让侄儿给他父母家连了宽带安了视频,约好每周日的北京时间上午十点通电话。可用得少,侄儿在那头总弄不利索,折腾两下子,陈义全就不耐烦了,一挥手"算了"。

这次是陈义全要求连线的,倒顺利。他刚在视频上一露脸,就像被自己的模样给烫着了,倏一下缩了出去。陈显然不得不大声说,"爸,别躲,我看到你了。"陈义全的脑袋小心翼翼显出半拉来,"你真看到我啦?这小框框里是我么?"

距离远,声音比画面迟滞几秒钟。陈义全的嘴巴开合两下,"今年正月里舞板凳龙,上一次你就错过了,咱家搁外面请的人,这一次可不好再误了,村里人都说你家显然该回了……"话筒里夹着"嘶嘶"的杂音,声音像被切碎了。旁边突然伸来一只手,在陈义全肩头扑了两扑,陈义全一抖肩,撂开那只手,扒拉两下头顶上稀疏的头发,"今年回吧,你妈想看孙子都快想疯了。"

"爸爸,啥叫板凳龙?"虫子凑过来,原来玩着积木的他耳朵一直竖着呢。陈义全的脸蓦地胀大了一圈,声音也粗壮了,"是虫子吧?虫子,我是爷爷!"

陈显然赶紧将虫子的头按到电脑前,"叫爷爷。"虫子倒乖,叫得清脆。
"哎,虫子想不想爷爷?"陈义全的头被挤出一小半,旁边多了个脑袋,"虫子,想奶奶不想,都齐腰高了吧?"陈显然看到母亲脸上的皱纹深了不少。

陈义全在那头叮嘱了又叮嘱,同样的话重复了三四遍,仿佛是晚饭多喝了二两小酒。陈显然没有答应也没有不答应,这跨海越洋的,回去一次哪那么容易。

睡觉前,虫子缠着陈显然讲板凳龙,陈显然开始有些敷衍,拿手比画,不成,又拿笔在纸上比画,说着说着,仿佛一扇板壁忽然间被捅开了个大口子,刺目的光亮射穿了记忆。一时间恍惚起来。是啊,板凳龙,打小就在嘴边滚动的字眼。但凡是陈家村土生土长的人没有不经历过的,从看热闹、跟场子到举着板凳龙满场子跑……一度,它连同许多往事都被尘封在记忆里。随着这三个字重新滚动在舌尖,它们忽然间又变成了热烫烫、活泼泼的东西。

这一晚,陈显然都在梦沼里翻滚。他梦见了板凳龙,绵延得无边无尽。他跑啊跑啊,舞啊舞啊,不知咋的,那龙就活了起来,他甚至看得清龙爪上一片片散发着幽光的鳞片,他仿佛被搅进了一片炫目而迷离的光影里,身子浮起来,整个村子在身子底下奔跑,迅疾得让他头晕目眩。他竭力抓紧龙爪,生怕自己掉落下去。忽然,他看见了虫子和凯蒂,他们站在村前的大槐树下,虫子拿手指着天上,一脸的兴奋,他赶紧大声叫"虫子,虫子",可虫子似乎没有听见,他急得直招手,身子骤然坠落下去……他大叫着醒来,心脏仿佛还在疾速的坠落中,好一刻才与木木的身子合为一体。

陈显然拍抚着怦怦跳动的心脏,做出了一个决定:回!

陈同兴将最后一个商标仔仔细细滚了两道线,拿手指一勾,剪断,线头拉长,在压舌下压好。身边的工人陆续起身了,他越过人丛寻找车间主任的身影。厂里只放七天假,除夕到初六。他得提早和车间主任打招呼,要不请假说情的人多了,这事就不好办了。

"主任,咱村今年正月里舞板凳龙,四年一回。"陈同兴边说边拿手挠头皮,另一只手的四根指头竖起来。车间主任斜睨着他,似乎不相信他的话,又似乎在说,四年一回又咋的。

"我、我想迟两天来。"陈同兴递上一支烟。他不抽烟,午休时特地买了一盒。车间主任不接,依然斜睨着他,"厂里统一休息,你一个人来上班?厂里统一上班,你一个人休息?"

陈同兴急了,将一盒烟塞进车间主任的口袋里,"我知道节里要赶货,我、我可以春节加班,正月初十再休,行不?我爸说,你妈病了可以不回,你老子摔了可以不回,你奶奶卧床那么多年你可以不回,今年节里说什么都得回,要不家里就他一个人,有天大能耐也撑不了三条龙,更别说龙头了……"

看车间主任漫不经心的样子,陈同兴还想往深里解释,没想到主任头一点,"最多六天假。"陈同兴赶紧拿手在额边敬下礼,"遵命!"

陈同兴有三年没回去了,头一年春节是厂里加班,赶一批外销货,中国过节人家国外不过节,厂里硬性规定不得请假,凡请假的一律视为自动辞职,节后不必再来上班。后一年是没提前买到回去的火车票,到腊月二十八那天,三个人提着行李准备去车站碰碰运气。嗬,车站前的广场上黑压压一片。三个人像烙饼似的在这热腾腾的大锅里折腾了一回,直挤得冬瓜哇哇直哭,陈同兴肩挑背扛的,从里湿到外,看看前路依然是茫茫人海,不知何处是归途,一咬牙"别回了"。再一年票也买好了,假也请好了,晓燕忽然急性阑尾炎发作,三个人在医院里过了个凄凄惨惨的春节。一年的积蓄大半花费在了医院里,心疼得晓燕恨不能自个儿拿刀将那作怪的东西剜出来。

今年即使没那板凳龙大会,陈同兴也想回了。他想家,想那辣乎乎的土菜,想那奶奶亲手做的米粉肉,想那烟熏火燎的腊肉和辛辣辛辣的酱姜……细想想,真是没出息啊,怎么念的尽是些吃食。其实这些晓燕都会做,一样的方法,一样的配料,可做出来的就是没那股子老家的滋味。冬瓜也年年盼回,他盼下雪,来这边三年了,连雪影子都没见过。用冬瓜的话说:这里的冬天真没劲,没劲透了。

四年前那次板凳龙大会,冬瓜已经满地跑了,在祠堂前的泥地上窜得一身泥,两瓣脸蛋冻得红扑扑的。一不留神,就钻到舞龙堆里去了,慌得晓燕满场子疯找。别看一个个板凳龙歇着时,安安静静、乖乖顺顺的,那龙一旦跑起来,就连人一同疯魔了,满场子都是奔腾的、迅疾的风,刮得倒人。

一听说今年可以回老家看板凳龙,"哇呜——哇呜——"冬瓜就兴奋得满屋子闹腾起来。三年了，从老家乡野里带来的野性还是没见多少收敛。不过，好些孩子过惯了这里的生活，嫌老家脏老家穷，老家没有游乐场、电玩、溜冰场，没有正正规规的厕所、一打就着的热水器、很少"结巴"的自来水管，冬瓜不，似乎哪里都比不过他心里惦念的老家。问他老家哪里好，他也说不出个子丑寅卯。

晓燕家离陈同兴家隔两个村。往年在老家的话，这时就该四处召唤亲朋好友了，桌席得提前订好数，谁来谁不来，来多少人，主家心里有笔账，账算得越清楚，那天场面上就越不慌，越圆满。平时家里有多少亲朋，没人去在意的，这一天不同，各家各户摆多少席，来多少客，都彼此看在眼里。赶多少份子钱是次要的，重要的是人气，是排场，是脸面。

此次回去，陈同兴心里还有个想法，不同以往的想法。这想法早在他心里扎了根，生了须，只是他不知道他爸陈耕耘听到这个想法，会是什么反应。不管什么反应，他都要说。这关系到他们家的底气，关系到冬瓜往后的底气，关系到往后冬瓜的儿子的底气……

"今年老三、老五家都添了丁，算是咱家最旺火的时候，场面一定要做圆满了，你、你的同事、朋友，还有你媳妇婆家的、你老公娘家的，能请来的都请来……"陈茂生接到通知的第二天就召开了家庭大会。会的规模不小，除了离家远点的老二和老五两家有人没赶回来，其他大大小小三十一口人都聚在主屋的客厅里。一个筹备组在会上成立，各种事宜一一分工到人。陈宏进是长子，理所当然担任组长。很快，会议精神通过电话传达到了远在京城的陈达路一家和在上海的陈达飞那儿。

陈达路正在给儿子把尿，别看这小子才五个月大，嘘嘘起来尿线又粗又远，冷不丁地就射出了马桶边缘。车娟先接的电话，说了两句，就冷冰冰地将电话贴在了他的耳朵上。陈达路边听电话边灵活地调整姿势，以确保尿线准确地注入马桶。话音像尿线一样，有些抖。"什么……你说什么，板凳龙……哦，又四年了，这日子过得真快，呵呵，是啊是啊，正给小祖宗把尿呢，眨眼工夫他都这么大了，你说时间能不过得快吗……好好，我和车娟商量一下，争取回……"

陈达路将儿子放进摇床里，一回头看见车娟绷着脸，一把搂住她，"丫头，这又是怎么啦，嘴噘得可以挂油瓶了。想不想看传说中的板凳龙？达林说今年村里板凳龙大会……"车娟嘴角斜翘起来，"你曾经带哪位妹妹去看过啊？"陈达路手松开来，拿起摇铃逗儿子，"哗啦啦"一阵响。

车娟不依不饶，"达林口口声声说你带我回去看过板凳龙，我可是连板凳龙长什么样都不知道呢。不是说四年一回吗？四年前这时候我们刚认识呢，也不知道是哪位妹妹有这样的眼福……"车娟的口气带了酸。"哗啦啦……哗啦啦"，陈达路不答话，闷头逗儿子。

车娟把住摇铃，瞪视着他。陈达路只得求饶，"祖奶奶，我带孩子已经带得脑子里一片空白，即便是我带过女孩去看板凳龙，那也可能是我初中或高中班上的女同学，只是带她们看个热闹而已……""你不要狡辩了，达林难道不知道我们什么时候谈恋爱的？怎么会错当成是我……"

当晚，陈达路抱着被子睡在了沙发上，卧室门被车娟锁得紧紧的。他做了个梦，梦见儿子长成个金刚葫芦娃一样的壮小子，手举一条小飞龙，上上下下舞得溜圆。忽然，大地剧烈地抖动起来，沙土纷纷向着中心滑坠，眼见得儿子双脚陷落下去，接着是身子，儿子满脸惊恐，哇哇大哭起来，陈达路想扑过去拽住儿子，可身体像被胶水给糊住了。他猛力一挣，身子竖起来，一眨眼睛，真是儿子在哭。忙奔过去，卧室门不知什么时候打开了，车娟正抱着儿子来来回回地走，"快冲奶粉。"

屋里只一盏地灯亮着，儿子嘟噜着嘴使劲地吞咽奶水，车娟的表情被灯光映得温柔宁静。陈达路凑近去，车娟没有动。"春节回吧，我带你和儿子好好看一回板凳龙。"陈达路说得有如梦呓，"今年，儿子也有一条龙了。"

达林给达路打完电话，转头打给达飞。他是筹备组的联络小组组长。达飞的电话响了半天，才有个娇滴滴的女生接了，"您好，请问找陈医生吗？"达林心里敲一下鼓，应一声。"他正在做手术。""那麻烦你，告诉他下了手术台一定给我打个电话，有急事。我是他弟。"

凌晨一点，达林才接到达飞的电话，他的声音软得像化在水里的泥，说刚下手术台，是一台肾移植手术，做了整整十七个小时。"你今年不会又没空回吧？爷爷可说了……"陈达飞的眼皮直往一处黏，嘴里"唔唔、嗯嗯"。等回家睡足了一觉，他才依稀想起陈达林的这通电话，春节逃不了要值班的，医院是越到过节越不得闲。况且这刚肾移植的病人，五十出头了，也不知道能不能过那道生死关。

达林顺着名单一个个打电话。稍有点犹豫的，都丢了狠话，"要回，怎么能不回，爷爷说了但凡还认这个家门的，正月里下雹子掉石头都得回！"

这是陈昌耀上任后的第一次板凳龙大会。虽说四年一度的板凳龙已经在陈家村舞了数百个年头，而他也亲历了近十回，这一次却非得舞出点新名堂不可。从前一年的正月初一开始打主意，各种各样的念头像一条条生龙活虎的板凳龙在他脑子里翻转腾挪，缠缠绕绕，曲曲折折。从头到尾，细枝末节，他琢磨了无数遍。

陈昌耀冲村干部和群众代表掰着手指头，"今年要创几个历史第一，龙头龙尾第一大，板凳龙数量第一多，游龙队伍第一长，参与人数第一多，跑龙里程第一长，人气指数第一高，全村当日收益第一多……"再进一步细化：今年的龙头龙尾不用纸扎，用绸布，祠堂里外翻新，礼花要能闹翻天，不仅要游遍咱陈家村的家家户户，还要舞遍邻近的兄弟村……"我们还要第一次大规模地邀请媒体记者，邀请专家学者，邀请投资商……总之，这场板凳龙大会我们要跳出自娱自乐的'小圈圈'，一定要闹得红红火火沸沸腾腾张张扬扬，让陈家村乘龙势而飞升……"

陈昌耀满意地看到，像一架性能良好的机器，全村马上发动起来了。之前对他有所不满的人，这一次也没站出来唱反调。连为儿子的事隔三岔五上访的陈孟桥，也兴致勃勃地修枝取竹，在家扎起了板凳龙。他不禁窃喜，自己这步棋走得恰到好处。

他上任前的那一次板凳龙大会，龙头龙尾大大缩水，参加的人数也大大缩水，好些去外地打工的男丁都没赶回来，很多人家花钱请人来替工，那龙舞得稀稀松松、疲疲软软，半路掉链子的特别多，大家用的多是旧凳旧榫，还没到转钟就收了场。那一年，陈家村的年人均收入在全乡甩尾巴。

这一次，他特别强调了，"凡是从咱陈家村走出去的，心里还认陈家村这家门的，都得给我回来！"他期望陈家村舞出一条前所未有、让村人震动欣慰并终生难忘的板凳龙，让这场大会成为一种召唤。这样才不枉当了一回陈家村的当家人。

当了三年村官，陈昌耀自信为村里办了不少好事，可还是有人不领情，不认好。上个月县政府的朋友悄悄告诉他，又有人在告他。朋友不肯透露姓名，他以为是陈孟桥，可朋友摇头说不是。他在心里一寻思，为公事得罪的人不是一个两个。就说陈孟桥，他的儿子没考上大学，被招进村边上的化工厂做事，前年忽然查出得了白血病，他怀疑是原料污染造成的，说厂里不少人都是一样的症状。厂长找到陈昌耀让他帮忙出面做工作，厂里赔点钱可以，但不希望把事情闹大。没想到，陈孟桥是根牛皮筋，拿了两万不满意，拿了五万还不满意，告到县里又告到市里，说还打算告到省里。告企业不说，还扯上了他，说就是他把这化工厂引来的，祸害了一村水土一村人。陈昌耀听了，能咋的，满腔委屈只有往肚子里咽，还得想方设法派人去安抚他。逢到重要的节日，就找到与他要好的兄弟，掏钱买两壶酒、几斤猪头肉，让他上门陪着陈孟桥好吃好喝。好在陈孟桥酒量不咋的，三杯就倒，倒下就发出了让人心安的鼾声。再比如，为了把村里的土地资源盘活，请开发商来联合建房，就有人死活不肯签字让地。还有为村西两口鱼塘承包的事，两户人家明里暗里争得狼烟四起，最后不得已，他定给了另一户人家。村里一百多户人家，你想一碗水端平，千难万难。更让他想不通的是，他为了村子的事应付这个应付那个，想破了脑子花尽了心思，酒桌上杯来盏往，肠胃日日浸泡在酒精里，却有人告发他天天花天酒地，大吃大喝。但凡与他沾点亲带点故的，得了点好，就有人写匿名信说他以权谋私。只要政府有点钱款拨下来，马上有人盯着这钱的来处与去处，稍有不慎，马上有人去告。第一次被人告时，他心焦气闷想不通，他妈的，现在的村官怎么这么难当啊！慢慢地，次数多了，也就麻木了。他安慰自己，只要让大家看到了陈家村的起色，看到陈家村的变化，看到陈家村的前景，那些私底下的嘀嘀咕咕自会烟消云散吧。可真要让一个村见点起色，也难。

陈昌耀将村里的老人召集起来，还有人搬来了竖版的线装古书，大家七嘴八舌地将板凳龙的规矩理了个透。那些随着岁月流逝而模糊、失落的细节，重新被缝合在一起。今年陈家村舞的将是最原汁原味、最具复古风味的板凳龙！

龙头和龙尾，请了乡里手艺最好的师傅扎，龙骨取的韧性十足、经过几煮几晒的新竹，绸布也是寻谋的色彩最艳的，灯彩是质量最好的，木头挑的上好的榆木。无珠不成龙。照规矩做龙珠的竹子不能是自己村种的，也不能是集市上买的，得到邻村的山上去偷。偷毛竹那天，陈昌耀亲自上阵，率领二三十人背着铳敲着锣，浩浩荡荡地开到邻近的徐村的竹山上。徐村早一天就得了"暗道"消息，一帮孩子正翘首盼着呢，看到"偷"毛竹的队伍逶迤而来，便纷纷涌向竹山。陈昌耀挥动砍刀砍下第一根毛竹的时候，孩子们一拥而上抓住毛竹，大声喊"有人偷毛竹了、有人偷毛竹了"，陈昌耀赶紧从口袋里掏出一把红纸包撒向孩子们，趁着孩子们捡红包的工夫，他用红头绳把一盏点亮的灯笼拴在竹竿顶上，背起竹竿撒开步子往山下奔，奔得太急不小心扭了腰。等在山下的队伍远远地看见亮起的灯笼，知道毛竹已经"偷"到手了，马上敲锣打鼓，放起铳来。三响之后，一伙人簇拥着毛竹喜滋滋地打道回府。

村里为这次板凳龙大会投入了十万，都是陈昌耀四处筹集来的，村里各家各户又凑了十二万六千九百元，在广东开公司的陈传新捐了二万，他自个掏了八千，村干部每家出三千。今年一条龙都不能少，满打满算是三百六十八条。光棍陈先银家，孤寡老人陈树人家，孤儿寡母的陈冬娣家，他都派人送去了木头、竹条、纸、蜡，还送去了请人舞龙的钱。本想给几个困难户都做好了板凳龙送过去，被陈茂生拦住了，"别，这板凳龙讨的是个彩头，再孬再歹，都得各家各户自己出。"

正月初三那天，陈昌耀率领村干部挨家挨户拜年，见到的生面孔不少，像陈义全家的大儿子八年没回了，这次万里迢迢从英国赶回来，还带回个洋媳妇，一头金发，碧蓝眼睛。陈昌耀立马想到，她要是往人堆里一站，绝对抢镜头。看洋媳妇胸前挂着相机,他满意地打着哈哈,"好好好,多拍拍,把咱们陈家村的板凳龙宣传到国外去!"

每进一户人家,陈昌耀眼一溜,就瞅见了板凳龙。它们安静地蹲伏在墙边、柱下,无声地述说着这家男丁的数量。它们和这家人一样,等待着被正月十五那天的激情点燃。

也许是世事经历太多,陈昌耀心里并不踏实。看起来太完满的事情,往往容易节外生枝。世间哪有真正的完满!只有等到最后一条板凳龙归家上梁的那一刻,他才能彻彻底底地松一口气啊。

回家前一天,晓燕出了点篓子,陈同兴一家差点没成行。为了攒足假,陈同兴只除夕休息了半天。三个人的团年饭做了四个菜,一个鸡汤水饺,一个酱猪耳,一个红烧鱼,一个广东菜芯。冬瓜不挑食,扑在鸡汤上吃得津津有味。一家人守着台 21 英寸的电视机边吃边看春晚,不到十点,陈同兴就和晓燕睡下了,他正月初一还得加班。

晓燕在家没歇两天,心就不踏实了,自行车后面驮一箱纯净水去火车站附近卖,卖完顺便捡瓶子,收废旧。别说,火车站不断流的乘客,也不知这大过年的怎么还有那么多人在路上,捡的瓶子竟比平时多出几倍来。

看到路边有几个空瓶子,晓燕准备跳下车去捡,"哐——轰——嘭——"一串响,她还没反应过来就觉得视线一片混乱,身子不受控制地脱离了自行车,凌空飞起直撞到路边一棵大树才停下来,脸擦着树干滚落到地上。面颊、手掌、腰、背,顿时疼出了不同的滋味。晓燕挣扎着直起上身,透过凌乱的头发看见自己的自行车后轮蜷曲在一辆越野车的前轮底下,一个戴墨镜的男人正弯腰察看汽车前轮。

脸上火辣辣的一片,像有火舌在舔。晓燕定一定神,"哎,师傅……"男人回过头来,"怎么骑车的你,没看到我的车拐弯吗?"盛气凌人的口气,晓燕一愣。"师傅,是你从后面撞上我的……""谁是师傅,大过年的你赶什么赶,你看看我这刚买的车,就被你弄花一大块漆。真他妈倒霉!"

"师傅,哦,先生,你讲讲道理好吧,是你从后面撞上我的车……""别那么多废话了，你好好骑车的话，我哪能撞到你？"男人又弯下腰来打量自己的车。

晓燕看看四周，过往的人，有拖着箱子的，有背着包的，有肩挑手提的，也有空着手的，没有一个人停下来。晓燕扶着树干站起身来，"先生，我好好地顺着马路……"

男人不耐烦地一挥手，"说吧说吧，你要多少钱！"不等晓燕搭话，男人从怀里摸出几张老人头，"五百，够不够？够你买两辆车了。"墨镜下的嘴向一侧歪上去。男人将钱往晓燕怀里一塞，麻利地将自行车从车轮下拽出来，扔在路边，拔腿准备上车。晓燕赶忙忍住疼，一伸手拽住他，"先生，你不能就这么走了……"

"嘿，你不是存心碰瓷的吧？"男人回过头来，声音里陡然带了狠劲。晓燕手上松了一下，又蓦地抓紧了，"先生，我不是讹你的钱，你看我这手，这车……"不只脸和手，腰也在一阵阵地疼，刚才撞上树的那一下，力道可不轻。万一……她可不能让这人就这么走了。

"我可告诉你，给你钱是爷们看你可怜，像你们这些碰瓷的，我遇得多了，可真没见过大过年的还舍得出来碰瓷的，要钱不要命是吧？爷可不怕，我告诉你，今儿再给你加一百，讨个吉利，你别给脸不要脸！"

晓燕急得眼窝子生疼，嘴里却说不出来，只一双手拽得紧紧的。男人不耐烦地拿手掰她的手，嘴里骂骂咧咧，"要爷拿脚踹你是不是？真他妈晦气，你再不松手，老子可真踹啦！"晓燕心里只一个念头，这手不能松，万一……靠陈同兴那点工资，哪看得起病。她嘴里叫着，"我们一起找交警解决，找交警去……"

"妹子，我看你就算了，这大过年的交警也不会管你这点小事。"说话的是路边杂货店的老板。不知怎的，一听这声音，晓燕的眼泪扑簌簌就下来了，"老板，你帮我评评理，是不是他撞的我，我好端端的……"老板满脸皱纹，半头白发，叹一口气，转向男人，"兄弟，我看这妹子也是可怜，谁大过年的愿意出来卖东西，你就再多给两个钱吧。"

男人趁这工夫已经抽出了手，从怀里又掏摸出两张钱，甩在晓燕的脸上,"恭喜你发财,婊子!"晓燕还要拉住他,老板拦住了,"算了妹子,赶紧去医院看看吧,你这脸上擦破了皮,还在渗血呢……大过年的,和气生财,和气生财!"

陈同兴赶到时,晓燕还坐在马路牙子上,不停地拿手抹眼泪。眼泪辣辣地渍过伤口,源源不断,可已经不觉得疼了。她本想自个儿推车回去的,走了两步发现脚踝那儿疼得像要炸开一般,而且车轮扭得脱了形,根本推不动,这才让杂货店老板帮忙给陈同兴打了个电话。

脚踝骨骨裂。"住院吗?"医生问,晓燕和陈同兴不约而同地摇摇头。打石膏板、上药花了二百三,晓燕不肯在医院拿药,说照着处方去药店买便宜很多。两人叫了辆麻木,破自行车横在司机和两人的膝盖之间,晓燕的腿没法收,白花花的一条,和扭曲的车轮一起伸出车外。

一路上,风从敞开的车门外长驱直入,晓燕擦过红药水的脸像覆了一层硬纸壳。陈同兴在一旁掐指细算,"还有五天就是初十,你这腿可咋办?""咋办,大不了我不回,儿子也别回了,免得路上折腾。""那不行,照陈家村的规矩,他也出一条板凳龙,爸特地交代了,冬瓜一定要回。"

冬瓜回了,晓燕也回了。三人退了火车票,买了直达的汽车票,卧铺,免得中途转车。到家已经是正月十二的早上了。一进门,冬瓜就瞅见了靠墙摆着的三条板凳龙,"爸,哪条龙是我的?"

"问爷爷。"陈同兴把晓燕搀进屋里。"爷爷,爷爷,哪条龙是我的?"陈长春一把抱起冬瓜,"你说哪条是你的,哪条就是你的!"冬瓜一点灯笼上面贴了小龙剪纸的那个,"这个、这个,我就要这个……"

"这不是龙!"虫子大声叫道,"爷爷骗人!龙头上有角,身上有鳞,嘴巴是这样,爪子是这样,我在书上看过。"虫子边说边比画。

陈义全小心翼翼地将最后一个灯笼安上,左右端详一下,家里的三条板凳龙都做好了,齐齐整整地排在木窗根下。老屋后壁的墙根下,还顺着一长溜板凳龙,全家加起来共有七条龙。他不急不慌地将灯笼扶正,"爷爷没有骗你,这只是龙的一截身子,等到正月十五那天啊,你就能看到真正的长龙啦。"

陈显然带着媳妇进了城。洋媳妇结婚前来过陈家村一回，转眼虫子都五岁了。洋媳妇一部相机不离手，这里拍拍那里拍拍，落满尘灰的木窗格，上面雕的戏曲人物有不少被铲没了脑袋，落雨的天井满是褐绿色的苔痕，木门上的门栓不少成了摆设，堆满农具的荒败的偏屋，门前的檐眉缺了一处角，陈义全不知道洋媳妇拍这些有什么意思。家里唯一看着是新的就是门口那副对联，红底上衬枝腊梅，肥圆的印刷字体，端庄又喜气，偏偏洋媳妇说"不好，不好"，非让显然用毛笔写了一副换上去。到底不是本乡本土的姑娘，陈义全看来看去，还是觉得有点格涩。

从城里回来，陈显然和洋媳妇埋头在手提电脑上看拍的照片，陈义全也凑上去看了一眼，都拍的什么啊，裂了缝的房子，蜘蛛网一样的电线，马路上的坑坑洼洼，路边堆的垃圾……"你们拍这些干吗？"洋媳妇憋着半生不熟的中国话，"爸，这都是'斗夫叉'工程，很多'坡'了，这些垃圾很'藏'，不'因改'……""爸，她觉得中国发展速度太快，带来的问题很多。"

"你们要把这些带到国外去？"陈义全竭力克制住情绪，儿子媳妇难得回来一次，又是大过年的。"你们不能只看到这些啊，那城里还有好多漂亮的楼房，十几二十层高呢，玻璃亮晃晃的，还有那新修的大桥，多气派……"陈显然赶紧关了页面，"知道了爸，我们会拍的。"

陈义全还是想不明白，这洋媳妇口口声声喜欢中国，她喜欢的究竟是什么啊？似乎，她对这老屋子倒是蛮感兴趣，那天陈义全刚一提陈显然他姑姑想卖老屋的事，她马上"No、No、No，不要卖，这'系'宝贝。"

去年底，显然的姑姑来和他商量，她的大儿子快成家了，小儿子也不小了，这老宅分给她的三间房不够住了，想用这老宅向村里换几套宽敞些的新屋，或是向村里要块地再盖新屋。像村头的陈茂生家，连体一溜的三幢四层楼房，六兄弟你挨我我挨你，多气派。

陈义全知道这话的起因，有人想盘下这幢老屋，肯花大价钱，说要做成一处依旧作旧的乡村客栈，看重的就是这份老底子，屋子里氤氲的老旧氛围。那人还托了村主任来说情，被陈义全一口回绝了。这老屋可不能在他手里卖掉，全村就数这幢屋子年岁最长了，眼见得好多人家拆了老屋建新宅起楼房，陈义全没动过心。住在老屋里，就仿佛还依偎在祖祖辈辈的怀里。

趁着春节一家人都到齐了，陈义全让大家一起拿个主意，显然姑姑和叔叔家的意见是七比三，同意卖的居多。显然和洋媳妇是反对意见，陈义全是坚决反对。看到比例不敌对方，洋媳妇甚至举起了双手。末了，陈义全说了一番话，"这屋子老是老了点，旧是旧了点，可住着舒服、踏实，这里角角落落都是先辈人留下的痕迹。这里的一木一砖都是咱祖辈们肩挑背扛回来的，那根主梁是万里挑一的好木啊，一百多年了还不见一点点糟。窗棂上的木雕被人毁坏的那天，祖父和父亲掩面痛哭，他们觉得对不住祖辈的心血，我们，也不能对不住祖辈的心血啊……"

一席话说得一屋子人沉默不语，后来是陈显然打破沉默，"这样吧，我来找村主任说说，看能不能保留老屋，另外还给我们批块地。说起来这百年老屋，也算得是文物了，是被保护的对象。在英国，越是老房子越是价值昂贵。金钱唯一买不来的就是时间，老屋子在他们眼里都是宝贝。"

晚上，姑姑的大儿子显贵来找显然，说急着结婚，女方肚子里已经有了，现在就差房子。陈显然知道他的意思，"就在老屋里挤挤吧，我那间房可以先借给你。""女方父母说了，没有新房就甭提结婚的事。他们说这老房子到处是木头，万一哪天着了火，呸呸，看我这大过年的说这么不吉利的话，他们还说上厕所什么的也不方便，而且，结婚住在这么个老屋子里，亲戚要笑话……""你怎么想，住这房子觉得丢脸吗？"一句话问得陈显贵嗫嗫嚅嚅，半天答不出来。

这次回来，陈显然突然发现村子一下变得很新了，很多老屋都消失不见了，一幢幢瓷砖贴面的楼房，新修的水泥路，翻修过的祠堂，路边硕大的广告牌，还有中不中西不西的村办公大楼，这一切都让他感觉是那么陌生。他竟找不到一扇可以回到童年、少年时代的门。还就是这幢老屋，残存着一股让他眷念的气息。

在国外，通过网络可以看到关于国内的种种报道，好的看了高兴，坏的看了伤心，以为一直在关注，以为很了解，可等到真正回来发现和想象中的并不一样。似乎印象中的很多东西都在被一股力量抽离，迅疾得让人难以抓握。

从早上睁开眼睛，就能听见姑姑、叔叔家响起的麻将声，这声音时断时续一直"哗哗"地响到深夜。村子里的时光，似乎被这声音填满了。从村里一路走过去，总能和这声音相遇。在国外好几年没碰过麻将的他，不习惯这声音，也不习惯和人聊天的内容。坐在一起，大家议论最多的是钱，今年赚了多少钱，买的房子花了多少钱，菜价涨了多少钱，身上的衣服用了多少钱，开的车贷了多少钱，送礼送了多少钱，牌桌上赢了输了多少钱。大家似乎都觉得他在国外生活的这些年，一定赚了大钱。可在国外，他和凯蒂过得很清贫。凯蒂做一份文秘工作，业余时间在一家幼儿园做义工，不拿一分钱。而他的工资也不算很丰厚，可是一家人过得轻松怡然。钱，似乎只是生活的极小一部分。

他们未到小年就回了。每天他带凯蒂出去走一走，看一看，回国前夕鼓胀在身体里的兴奋和期待却在慢慢冷却。他甚至有些后悔，万里迢迢赶回来过这个年真的值吗？

正月十二，陈家村喧腾起来。各家各户有拿着封存的板凳龙来祠堂上香的，也有举着新做的板凳龙来的，不管新的旧的，一律披上新"龙皮"——尚好的旧灯笼保留骨架，重新覆一层薄纸。有的刷红，有的染蓝，有的贴上玲珑的窗花，有的贴上盘曲的小龙。

忽然间，年味就铺天盖地、满满盈盈了。人们在村路上相互打着招呼，有自小熟识的，也有多年未见的，人人眼里透出一股喜气。陈同兴和他爸拿着两条旧龙、一条新龙去祠堂上香，冬瓜不愿进去，跟一帮小朋友在祠堂前的空场上玩，摔鞭砸得"啪啪"响。孩子是最快活的，跑得风一样，尖叫声在村尾都听得见。祠堂里张了大红榜，按原来生产队的排名写着接龙的前后顺序。陈同兴在红榜前站了站，一眼捉到陈耕耘的名字，心里敲一下鼓，那个想法什么时候说合适呢？

陈茂生一家动静最大，十来条汉子抬着十来条龙，"茂爷，还是你家气派啊！今年都回了吧？"一路不停地有人打招呼。"没呢，就差达路和达飞了，在往回赶呢。"陈茂生昂头走着，满头白发被风刷成了一面旗。

达飞医院值班，说正月十三一早才能到。达路春节落脚婆家，上两天班再赶回来过元宵节。今年也是一家人的大团聚，五代同堂，十五个男丁十五条龙。正月十五那天，他们要摆五十桌席，风光就彻彻底底风光一回。

他们一进祠堂，其他人都不约而同地让出中间的场地。像表演一样，陈茂生带着十来条汉子上香，行礼。陈同兴站在一旁看着，心里说不清楚的一腔滋味。从小，他就知道不能招惹这一家的孩子，他爸总说村头陈家家大势大，人丁兴旺，而咱们家几代单传，就你这么根独苗，这就是命！每当走过村头，陈同兴心里就升腾出一股既羡又恨、既好奇又害怕的情绪，他听见院子里传来孩子的叫嚷声，他们在玩游戏，似乎有很多孩子，他放轻脚步，一步三回头地走了过去。其实，村头陈家的孩子对他挺客气，远远地招呼他过去玩，他总是腼腆地摇一摇头，拔腿跑掉了。

今天看见他们，那些和他一般大的孩子，都长成了汉子。陈同兴没有了年幼时的害怕，可心里依然是五味杂陈。他即将说出的那个想法，会否让村头陈家的汉子不屑一顾，或者被村干部一票否决呢？他看见他爸在和陈茂生打招呼，满脸谦卑之色。他一把拽上父亲陈耕耘，匆匆跨出了祠堂。

晓燕的腿一直疼，也不知是骨头没对好，还是发了炎。他责怪晓燕大过年的去捡什么瓶子，为几个钱捡出这么大的麻烦。晓燕不言声，低着头织保暖拖鞋，她和一家鞋店说好，做好的鞋放在店里寄卖。晓燕的样子看得他一阵心疼，不免自责，先前的言语太重了。

结婚十年了，在老家的时候，晓燕跟着他贩过菜，凌晨四点起床到批发市场去进菜，晚上守到八点夜市收摊，冬天手冻得裂开一道道血口子，指甲缝里的泥怎么洗也洗不干净。有一年除夕，晓燕和他睡在路边的窝棚里，为了那些卖不动又搬不走的脐橙。因为看走了眼，那年他亏得一塌糊涂，恨得狂抓自己的头发，喝闷酒发酒疯，指着晓燕的鼻子要她走，不要再跟着他这个窝囊废了。晓燕不说什么，他砸了杯子，她收拾碎片；他弄伤了手指，她给他包扎，最后他抱住她"哇哇"地哭得像个孩子。人的命真的是上天定好的？苦了这么些年，他还是不愿意信。

小家有小家的难，大家有大家的难。要不是陈茂生竭力反对，村头陈家早分了。老二和老四的媳妇早些年就有矛盾，为了鸡毛蒜皮的事，小怨积成大怨，闹得老二、老四都巴不得分家另过，安逸。后来老二调到市里，老四转到县里，其他的几兄弟也前后离开了村子，都在外面买了房有了家。他们的子女更是散得更远了。只留下老大和老六两家在身边。

村头气气派派的三幢连体房，是陈茂生拍板非要建的，老大和老二那幢最大，居中，他和老母亲也住里面，左边是老三老四的，右边是老五老六的，各占两层楼。隔不多远，是陈茂生姐姐和弟弟一家的房子，姐姐早走了，弟弟家平时也只有夫妇两个，两家的子女有的考学出去了，有的出门打工，有的天南地北跑生意。平日里，村头这三栋楼也是清冷寡声，再大的房子没有人来填，又有什么生气呢。这次的板凳龙大会，陈茂生举双手赞成，将子孙都召了回来，半截入土的人，这样的团聚来一次就是少一次。

看着三幢体体面面的房子重又人影憧憧，灯光直铺到马路中间，齐齐整整列在堂屋里的十五条板凳龙，灯笼清一色样子，不分彼此全都贴一个大红"茂"字，陈茂生感觉一股热气在身体里游走。长年卧床的老母亲也从床上起来，每天在院子里走上十来分钟，在牌桌边坐坐看看，没牙的嘴乐得豁张开来。

去祠堂上香的那晚，老母亲主动要了一点米酒，尽管只是润了润唇，这让陈茂生想起小时候，每餐母亲都会陪父亲喝上一小杯酒，脸颊上飞起两朵薄红。父亲去世后，母亲一个人带大他们三个孩子，再未改嫁，等他们一个个立起成了人，母亲却躺倒了，她得了不明原因的头痛和眩晕症，时常感觉天旋地转，不能站立，再大些年纪，干脆整日躺在了床上。那晚，陈茂生格外开心，一家人放开来一气喝光了七八坛米酒，直喝得勾肩搭背不知你我了。陈茂生脸色绯红，点着满屋的子孙，"正月十五那天，你们都给我收拾得干净利落点，一定要精精神神，灵灵醒醒的，这板凳龙，舞的就是个精气神！"

陈茂生是被人抬到床上的，没多久就发出了鼾声。他的记忆停留在满桌狼藉的菜盘上，似乎有谁喝倒了，耳朵里灌进一阵碗碟撞击声……

陈茂生的媳妇天不亮就起来了，起锅烧水熬稀饭。忙过一阵看陈茂生还没起来，平时他已经在院子里打完一整套太极拳了。进屋一看，陈茂生平平直直地躺在被子里，面容平静，可没有一点声息。似乎，鼾声从半夜就隐退了。她迟迟疑疑地一试鼻息，顿时惊愕在了原地。

尖叫声划破了村头陈家正月十三早晨的宁静。一大家子人很快聚集在陈茂生的屋里，陈达飞刚到家，一番急救，不见丝毫反应，竟已是断气多时了。

村人陆续得了消息，不断有人上门来询问情况。说起来，陈茂生不是陈家村年岁最长的，也不是官职最高的，可村人敬他，服他。也不为他家子孙满堂，人丁兴旺，家境优裕。他十六岁参军，拿起枪杆子打遍了大半个中国，解放后又上了抗美援朝战场，带着两枚弹片、几处伤疤和四枚军功章回到家乡，未要一官半职，做了一名村小的教师。平日里他喜欢读书，时常带着村里的孩子到野外去，大人小人一起将书读得摇头晃脑，读书声在田野里轻快地滑翔。平时，村里人有什么事情拿不定主意，就会来找他。他曾戴着"臭老九"的帽子游过街，也曾被当作"特嫌"批斗过，可在村里的声望不减，村人还是敬他，服他。后来，他到乡小当校长，再到县中当校长，去省城领过奖，到人民大会堂开过会，做人不卑不亢，最后两袖清风地离休，回到家乡过他本本分分的日子。他一辈子教过的学生数不清，不少当了大官，发了大财，他从不主动给这些学生添麻烦提要求，可学生年年都会组织来村里看他。村里要给他这待遇那待遇，他也不要，靠一份干干净净的离休工资过日子，还种了一亩半分地，自己每天提粪水去浇田，戴着草帽去除草，有时的装扮比地道的农民还农民，可村人就是敬他，服他。

陈昌耀带着一众村干部赶来了，面色沉重。没想到村里最德高望重的茂爷偏偏在这时候走了。这时节丧事怎么做，这一屋的板凳龙怎么办？若是村头陈家退出板凳龙大会，不仅举龙尾的人家没了，单他家就有十五条板凳龙，再加上沾亲带故的人家……陈昌耀将陈宏进拉进屋子，两人关在里面说了半天。

待陈昌耀一行走后，陈宏进回身吩咐几个媳妇分头准备该准备的，一屋的男人都盯着他。他沙哑着嗓子说，"舞完龙，再摆丧！"

"大哥，这不妥吧。"老二说话了，"爸这一走，大家哪还有舞龙的心情。而且，按理，家里有丧，就要退出板凳龙大会，这也是村里的老规矩。哪有人走了三天，才摆丧的……这让爸怎么走得安心！"

老四说话了，"我觉得大哥说得对，相信这也是爸的心愿，我们就是要让爸走得安心，才要舞完这场板凳龙。"他话没说完，老二一瞪眼，"这龙我不舞！村里人会怎么说，我可不想担不孝子的骂名！"

"我看未必，村里人应该可以理解。再说，我们也要顾全全村的大局……"老四马上顶了回来。老二不看老四，一字一句，说得斩钉截铁，"村里有村里的考虑，可我们作为子孙辈，该尽的孝道必须尽，这个是不能含糊的！"

"这不是含糊，是了却爸的心愿。大家都还记得昨晚爸说的话吧？"老四答得毫不含糊。老三也慢条斯理地开了口，"老二，我也觉得不必拘泥，爸如果在世，也一定会让我们……"

"要舞你们舞，我退出！"老二一梗脖子，满面涨红。

久未说话的陈宏进厉声道，"谁也不许退出！父不在，长兄为大。按我说的，舞完板凳龙再摆丧！凡事有先有后，咱们先做红再做白，板凳龙不仅要舞，还要像爸说的那样舞得精精神神、灵灵醒醒。丧事也要做得隆隆重重、体体面面，让爸走得安心，走得体面。"

龙头重，龙尾更重。按照陈家村自古沿袭下来的规矩，村里最困窘的人家抬龙头，求个昂昂扬扬的好彩头；村里最旺火的人家担龙尾，那股子底气压得住阵脚，也体现谦逊的本分。龙头一般由两三家人合力抬。龙尾则多半是那人丁最兴旺的人家包。从陈昌耀可以舞龙的时候开始，这龙头龙尾的人家就没大变过。压尾的总是村头陈茂生家，抬龙头的少不了村西头的陈耕耘家。这已成了陈家村约定俗成的规矩。可让陈昌耀没想到的是，临到快出龙了，有人变了卦。

正月十五一大早，就不断有车、有人从村外进来，慢慢地，淌成了车流、人流。人们一进村，就被村头陈家的阵势震住了。陈家准备了五十桌席，光一次性的碗筷就摆了五箱，用海盆装的牛骨头、腊蹄子、卤羊肉归置在院子一角，旁边架了两口炉底红旺的大锅。全家人都捋袖子上阵了，只是每个人的臂上套一块白布。不知情的人还以为这是舞板凳龙的标志，想想又不对，听说这舞板凳龙的只限于男人。

陈家从外村请了两个烧菜的大师傅。凡能请到的同事、朋友、亲戚都请了,从十点开始生火煮饭,来一桌吃一桌,来两桌吃两桌,只要看到有进村的都往院子里招呼,今天每家每户图的都是人气,人气旺,来年一家人的运头就旺。

也有两家都有熟人的,客人本奔着那家去的,结果先遇到这家,稀里糊涂就坐上了桌。酒足饭饱后再转去那家,又被抓到饭桌上喝酒吃肉,不吃还不行。村路上不少看热闹的,冷风里来来回回地走,这里看看那里瞧瞧,祠堂前的空场上竖了粗粗大大、高高低低的一片高香,烟气袅绕。孩子们在烟气里窜来窜去,鞭炮声脆脆亮亮。威威武武的龙头已经停在了祠堂门口,身披金色龙鳞,漂亮的龙眼还未点睛。

它正等着被仪式点"活"。

龙头边有两个人负责值守,以防有人碰坏龙头,或是想生男孩的女人提前去扯那龙须。祠堂门前的台阶上站满了人,打鼓的、敲锣的在门侧"预热","咚咚、锵锵"吸引了不少人。想凑凑热闹的外乡人,也可以拿过鼓槌、锣柄敲几下子。

村路上密密麻麻卖吃食和小手工艺品的,这些人选都是事先定好的。陈昌耀秉持先困后富的原则,让家境困难的人家自己挑选经营的项目。晓燕不顾陈同兴的反对,批发了两箱火腿肠,打石膏的腿搁在矮凳上,自己坐一张高凳边炸边卖。不想,没到中午全卖空了,赶紧让陈同兴又追了两箱来。还有卖彩气球、爆竹、烟花、糖葫芦、拌粉、打糕、花生糖、米粑、奶茶、果汁、羊肉串、肥皂泡、玩具……摆满了通向祠堂的村路。

陈显然爬上阁楼,嗬!前些时还显得荒陌空旷的村子、田野,忽然被花花绿绿填满了。村庄仿佛活了,有了热腾腾的勾心动魄的气息。

凯蒂嘴里不住发出惊叹,镜头时而拉近,时而伸远。陈显然心里也满是感慨,回来这么多天了,他始终感觉曾经无比熟悉的故乡成了异乡,可今天,他仿佛重新握到了故乡熟悉的脉动。心里似有一条龙在盘旋,他很想像在伦敦郊外时那样仰脖尖啸一声,"噢哦——喔——"他真的就仰起脖子来，冲天尖啸了。凯蒂的啸声加入进来，接着是虫子的。他们的啸叫引得路人纷纷驻足观看。收了声，他们一起哈哈大笑起来，冲着路人招手，"Hi，Hi，你'闷'好。"

　　下午三点，村路封了，只准进人不许进车，城里来的车一律停在村外，以保证等会儿游龙路线畅通。村里村外的游龙路线是经过再三斟酌的，邻近的几个村子前一天都收到了红纸写的"路帖"，这有个说法——"借路"。

　　四点八分，三声响铳不疾不徐地惊破了陈家村的天空。风将云团不知吹到了哪里，只见天空一片明净。由村里德高望重的老人和村干部代表、村民代表组成的队伍，簇拥着龙头进祠堂敬拜先祖，祈问天时。众人默声祷告晚上天气晴好，游龙顺利。每个人表情庄重肃穆，头深深地俯下去，腰直直地竖起来。

　　接着，龙头在飞虎旗的指引下走出祠堂，来到空场上高高悬挂的一枚龙珠下，等候各家各户的板凳龙集结而来。陈家村的角角落落响起了鞭炮声，家家户户出龙了——只见老老少少、高高矮矮、胖胖瘦瘦的男人们，在女人们的注视下，扛着各式各样的板凳龙，从四面八方汇向祠堂前的广场。不少女人、孩子也收拾好，跟着去看热闹。

　　参与管理和维护秩序的村干部、村民代表各就各位，他们的板凳龙由亲朋好友代舞。按照祠堂里早就公布的顺序，板凳龙一条一条按名册顺序接起来。每家一条板凳龙除一人舞外，还有一位亲朋跟随在侧，随时准备"替补"，或遇到"折龙"时帮助解除危险。

　　陈同兴扛着他的龙来了，陈耕耘也扛着他的龙来了，冬瓜的龙由外请的一人扛着来了。大家等着陈同兴和陈耕耘卸下自己的龙，交由村里早安排好的人，他们则要站到龙头两旁。可陈同兴仿佛没会过意，扛着自己的龙就要往龙身上接。负责接龙的陈树升忙叫住他，"同兴，规矩你忘了吧。""什么规矩？"陈同兴一脸坦然，反而让陈树升一时语塞了。

　　他拿手点点龙头，"你家要抬龙头。""谁规定的，我家要抬龙头？"气氛顿时绷紧了。陈耕耘一脸尴尬，想将手里的龙交给别人，被陈同兴拉住了。陈同兴镇定地扫视一下维持秩序的几个工作人员，目光所过之处，一双双眼睛都垂下了眼帘。

"同兴，这是老规矩了，你爸知道的……"陈耕耘刚要接口，陈同兴将手一举，定在半空中，"抬不抬龙头，应该采取民主自愿的原则。现在是民主社会了，村干部是民主选举的，抬龙头还是举龙尾，也得按民主的方式来定吧？"

"同兴，这是祖祖辈辈传下来的老规矩。"陈耕耘不能不开口了，他没想到陈同兴会来这么一出。他难堪地看看陈树升，五官齐齐向内收缩，嘴唇因为激动不由自主地颤抖着。

陈同兴眼神坚定，"没有一成不变的老规矩，为什么我家就必须抬龙头，我想举龙尾可不可以？就算龙尾不行，我舞龙身可不可以？"

举着板凳龙的村民，已经将龙头围得里三层外三层。还有几个按规矩该抬龙头的村民，都眼巴巴地看着陈树升。

"你为什么不肯抬龙头？"有人将正在陪同投资商的陈昌耀叫了来，他挤进人群大声问道。陈同兴看见是他，并不着慌，"我就是不想抬龙头了，我想举龙尾。"陈昌耀舔一下嘴唇，"龙头象征着最旺的彩头，抬龙头寓意着祈愿之意，祝福之心，你知不知道？"

"我当然知道，可我不认同。我们家是穷了好几代，从曾祖父到祖父到我父亲再到我，抬了一次又一次龙头，可怎样呢？好彩头并没有降落在我们家头顶上，今年我不想抬这龙头了，更不想我家冬瓜一辈子只能抬龙头。万事都在变化之中，为什么这抬龙头的人就不可以变一变呢？"

陈昌耀愣了，陈树升愣了。围过来的人越来越多，现场越来越乱。冷汗渗出了陈昌耀的脊背，他眯一下眼睛，不能让这个意外的插曲毁了全盘，他抹一把额头，一挥手，"那好，今年咱们就来个不同以往，由我们村干部一起来抬这个龙头，象征着带领咱陈家村奔向更辉煌的年景！"

不知谁带的头，身后响起一片叫好声。"这个最前的位子给我留着，我先和客人交代两句就来。还愣着干什么，赶紧接龙！"陈昌耀冲陈同兴一笑，"你愿不愿意紧跟着龙头？"陈耕耘抢先点头，"谢谢主任，谢谢主任，我们这就接。"

一条条板凳龙开始往后顺下去，后一条的木榫插入前一条后端的洞口，用木插销锁好，再接下一条，队伍越来越长，横过了空场的长边，拐了弯，又横过了空场的宽边……板凳龙还在一条条汇聚而来。

接龙头的一幕早传到了陈宏进耳朵里，他"啧"一声，"这陈同兴，真不懂事。"陈达路说话了，"我看陈同兴论得有道理，我看啊这龙尾也不该总由我们家来举，大家都知道，整条龙就属这龙尾最重，跑得最辛苦，俗话说龙头微微摆，龙尾远远甩，凭什么就得我家来举龙尾。我觉得应该用抽签的方式来定这龙头龙尾，这样才公平。"

老二赶紧呵斥一声，"你懂什么，不要瞎插嘴。"陈宏进低下头，理一理木榫，"只要我还在一天，咱家举这龙尾就举定了！祖宗的规矩不是随便定的，之中自有深意，自有道理。满招损，亏是福，人不可总赢，不能总享福不吃亏。"他环视整装待发的一群汉子，"记住爸的话，这板凳龙舞的就是股精气神。走，接龙去！"

十五条臂缚白布的汉子，满面肃穆地扛着板凳龙出发了。

空场上已经人叠人围了不知多少层，里面是板凳龙，外面是围观者。当汉子们将板凳龙一起放下时，只看得见拥挤的人群，攒动的人头，黑压压一片。一旦汉子们将龙身举起来，一条气势恢宏的长龙就盘踞在空场上。

围观者还在不断涌来。有人踩在不知是谁家的院墙上，有人从自家掇来了长条凳，上面杂耍般站了五六个人，还有人手拿望远镜站在自家阁楼上。虫子和一帮孩子还想往龙堆里跑，慌得凯蒂跟在后面猛追，"虫，No，No。"

"我要找爸爸！"虫子在人群里穿来审去，从一条条板凳龙下矮身而过，忽然被一双大手捉住了，"今天不许找爸爸！"

虫子回头一看，是个戴红袖章的爷爷，也不认识。他调皮地问，"为什么，为什么不能找爸爸？""为什么？"戴红袖章的爷爷呵呵一笑，"因为今天你爸爸是龙。"

凯蒂趁此工夫一把抓住虫子的胳臂，戴袖章的爷爷更乐了，"原来你是陈显然家的啊，快到外面去，等下大龙舞起来，可是腾云踏雾猛得很，快和妈妈站到台子上去看。"凯蒂拖着虫子，"OK，OK。"

位于数层圆圈最中心的龙头在飞虎旗的指引下，开始慢慢移动。绕空场绵延了几个回环的板凳长龙，逆时针滑动起来。七彩的龙头与龙尾遥相呼应。陈昌耀走在最前面，昂首抬着龙头。村头陈家的十五条汉子在最后面，齐齐举着龙尾。他们臂膀上的白布格外醒目。

渐渐地，速度越来越快，龙身奔跑起来。只见一盏盏灯笼接连穿梭而过，舞龙的汉子们纷纷迈开了脚步。他们有的特地穿了耐磨的家常衣服，脚蹬一双长筒套鞋，这鞋足以逢水蹚水，逢沟越沟。龙身在一圈圈往里收缩。汉子们一面跟紧前面的脚步，一面尽力保持前后的平衡。陈显然紧跟在陈义全后面，接着是叔叔……跑动的板凳龙忽然停下来，紧邻的两条板凳龙猛地弯折向一处，陈显然眼疾手快，腾出一只手撑住陈义全的板凳龙，以免两条龙将父亲的头折压在中间。一旁跟随的人，忙搭手将龙身重新舒展开来。"没事吧？爸！""没事！"陈义全答得响亮。没一会儿，龙身又奔跑起来。

车娟抱着儿子站在祠堂门前的土台上，大声叫"达路、达路"，抖着儿子的手，"快看，那里、那里，爸爸！"陈达路穿着皮衣，脚上一双牛皮鞋已被泥巴糊了。久未运动的身子骨在举重和奔跑中，又酸又疼，可他奋力奔跑着，抽空抬起手来朝孩子、媳妇挥一下。很久没这样畅快地出汗了，每天待在空调房里，对着电脑、书本消磨一天的时光，他不知道逐渐发福的身子还能这样灵活地跑动起来，还能耐受这么久的负重。旁边的朋友想接替他，他摆手拒绝了。这一刻，他突然感觉自己成了这长长龙脉上的一环，前前后后熟悉、不熟悉的面孔都是那么亲切，他们都是兄弟叔伯，是由同一条血脉延续而来的。他们被紧紧地牵系在一起。

长龙在飞虎旗的指挥下，表演着一套套令人眼花缭乱的程式。俗话说，"龙踩脚，一年三年麦"，被这祥龙踩过的土地仿佛得到了祝福，来年、后年、大后年都将有好收成。

汗水灌满了陈昌耀的背脊。本打算抬自家板凳龙的他，没想到第一次站到了龙头的位置。龙头还真是不轻，肩膀一定被压得绯红了。旁边伸过来一条毛巾，一扭头，媳妇正心疼地看着他。"你那腰……撑不住就换换人。"

他摇摇头。腰是偷毛竹那天扭的，擦了好几天的药，热疗过冷敷过，还是没好清爽。可今天，他一定要撑下去，撑到点灯的那一刻。

长龙跟随龙头逆时针盘旋三圈，再顺时针盘旋三圈。汉子们奔跑着。晓燕坐在临街人家的露台上，冬瓜站在一张板凳上。"爸爸跟着龙头咧！"他一眼就捉住了他的那条板凳龙，"我的小龙，我的小龙！妈妈，我要舞龙，我要舞龙！我不要叔叔帮我舞龙……""好好好，等冬瓜长大些就自己舞龙……"

夕阳一寸寸退去，暮色一丝丝深浓。忽然，龙头定格在空场正中，一截截龙身随之静息下来。

长龙安静地盘卧在空场上。汉子们擦一把汗，喝两口水，定一定心，双手拢住火苗，将一个个灯笼点亮。光亮次第闪动，渐渐地，渐渐地，连成了一条灿亮的长龙，在淡墨的夜色中浮凸而出。刚刚还雀跃不已的冬瓜，痴痴地立在那儿，小手轻轻地、轻轻地捋动衣帽上的绳带。"漂亮吧？"晓燕问。"漂亮。"冬瓜回答得有如梦呓。

"陈达飞，陈达飞在哪？陈达飞，赶快到龙头这儿来一下！"陈达飞正埋着头点灯，陈达路拉一下他，"哥，有人叫你去龙头那儿。"陈达飞将龙交给旁边的人，往龙头方向穿过去，人们纷纷抬起龙身。

龙头已经被点亮，闪着七彩的光。走近了，人群让开一条道，只见中心躺着一个人，陈达飞俯身一看，是陈昌耀。"怎么啦？"他慌忙蹲下身解开陈昌耀的衣领，借着微弱的灯光，只见陈昌耀脸色煞白，双眼紧闭。一摸，一头的冷汗。"我们说要接他，他不肯，刚才一放下龙头，他就倒在地上了。"

"可能是过度疲劳，拿点盐糖水来，要温热的。"他拨开陈昌耀的眼皮看看，领口又松了松，里面的保暖内衣已经湿透了，用手掐一下人中，盐糖水来了，撬开嘴喂了两口，陈昌耀的眼睛睁开了，眨了两眨，"怎么啦，怎么不舞啦，灯都点上了吧？"他举起手来虚虚地挥一挥，"我没事，继续！"

"主任，真是对不住了，龙头我来抬。"一个声音弱弱地说。陈达飞一看，是陈同兴。陈昌耀抓着陈达飞站起来，朝周围摆摆手，"好，大伙儿轮流抬。大家各就各位，不要耽误时间！"

长龙重新游动起来。灿亮的七彩的龙头昂首盘旋出龙身的环绕，从村尾开始一家家漫溯，所经的人家点燃鞭炮，敬起香烛，深深礼拜。腰身俯向大地的一刻，有多少虔诚的心愿在无声地倾诉……

长龙游遍了陈家村的角角落落，最后停留在村头陈家的院门外。汉子们的表情凝重起来，步伐缓慢下来，长龙久久盘旋不去。跟随而来的村民们环立四周，用静默的目光，注视着村头陈家的女人们簇拥着老母亲一再深深地鞠躬回礼。有村民自发地提来一挂挂鞭炮，次第点燃，铺天盖地的鞭炮声，一串覆着一串，惊醒了田野里蛰伏了一个冬天的生命。它们纷纷抬起头，惊异地发现了一个陌生的村庄，一个被星星点点又绵延不绝的灯火点亮的村庄……

飞虎旗猛力一挥，长龙继续昂首向东，游向了村外，像一道赤金的光芒刺破赣北乡村潮湿而漫长的冬夜。

夜雾正在田野里酝酿、蒸腾。黎明时分，它们已悄悄地占领了整个田野，一棵棵树、一幢幢房子仿佛刚刚从云雾中生长出来，带着湿漉漉的泪痕。而舞龙的汉子们踏着雾气弥漫的晨曦归来。那狂舞了一夜的长龙，在白雾中时隐时现，浮游而至。

长龙一改往年的规矩，再次从村尾漫溯向村头。一截截板凳龙回到了自家的屋梁，静默，高悬，等待四年后的再次被唤醒……长龙慢慢收缩着腰身，直到最后，只剩下龙头龙尾，中间连着抬举龙头龙尾的汉子们的板凳龙。

已不再绵长的板凳龙，最后停在村头陈家门前。女人们早已准备妥当。一条条板凳龙回到了屋梁上，静默地注视着地上的人们。男人们接过毛巾抹去汗水，穿戴起白麻孝服。陈宏进大声而庄重地宣布："红事做完，现在摆丧！"

堂屋正中端端正正地祭起了遗像，四周白花环簇。桌案上青烟袅袅，火盆里一张张黄表纸燎起红得灼目的火焰。村头陈家的男人和女人们齐齐跪在案前，发出了悲恸的哭喊声。他们身后，无边蒸腾的晨雾中，一个又一个身影正从陈家村的角角落落汇聚而来……

西部之路

文 / 陈启文

/ 1 /

石头在这山林里转悠了整整一天了。他捂着头。他头晕的老毛病又犯了。

这林子边上挂着一条很窄的山道，七扭八歪的，随着山势走。人也走得七扭八歪的。旺财走过来时，石头正在一棵梨树下像驴推磨一样转悠。旺财的口哨声在夕阳下尖声响起。石头听见了，他小心地转过头，旺财浑身闪烁着光芒，几乎是突然出现在他面前。石头看着他，感觉头忽然不像刚才那样晕了，但还有些发蒙。每次一看见旺财他就有些发蒙。

旺财冲石头笑了一下，一下就从石头身边走过去了。石头以为旺财就这样走了，但他听见旺财脚底下哧溜一声，旺财猛地站住了。又嘎吱一声，旺财伸手摘了一只梨子在嘴里咬了一口。这个动作非常快，旺财一张嘴就咬掉了大半个梨子，一股青涩的味道，把石头袭击了一下。旺财嘴里脆生生地嚼着，但很快就连核带渣一口吐掉了，就像吐了一口药渣儿。旺财还狠狠地呸了几声。但是他说，好！

石头觉得自己的头一下子更大了。他捂着头，用可怜巴巴的眼神瞅着旺财。旺财伸手去摸石头的头，但没够着。旺财是一个又瘦又小的男人，像一只猴子，连石头的肩膀也够不着。可石头在旺财面前总是显得很可怜。

这好像是由来已久的事情了。不过，石头还从来没有像现在这样凄惶过。这凄惶是莫名其妙地多出来的，是以前绝对没有的一种感觉。这至少表明石头在这个黄昏的心情较往日更复杂，十分复杂。但旺财好像并没有太注意到这一点，旺财好像敏锐地发现了什么。石头知道他看到了，那是石头像个白痴一样看了整整一天的。这是乌蛮山一片背阴的山坡，山坡上就是石头的果园。入秋了，此时正是阳光充足的季节，秋高气爽的阳光把偌大的山野照得分外清晰明亮，但这林子里边依然阴暗潮湿，一天大半日里也照不进来一丝阳光，那浓重的枝叶一律绿得发黑。走进这林子，要混沌小半天才能渐渐看清这林子里的事物。但旺财还是一眼就看见了，这林子里不知是谁拉出了两条笔直的白灰线。这是连瞎子也能看见的。

哟——？旺财的眼睛一下就直了，旋即又像个娘们似的尖叫了一声，石头，这是谁搞的？

石头一张脸顿时变得像哑巴哭丧似的了，他摇着头说，不晓得谁。

旺财咂了咂舌头，然后把身子扭过去，两只眼睛挤成一个疙瘩，瞅着不远处，那里是一条坑坑洼洼的土路，一些车辆正在路上灰尘扑扑地蹿来蹿去，喇叭声一路嚣张地叫着。这条路旺财其实根本不用看，这是他进山出山唯一的一条路。但旺财像石头一样也有点蒙了，他甚至还抬头看了看那高过树梢的山岭，一只山鹰正从乌蛮山的天空飞过，不仔细看还以为是一团乌云。石头不知道旺财看那山干什么，要没有这样一座乌蛮山该有多好啊，石头的这片果园也就不会被大山遮挡住阳光了，山里人也不用每天吭哧吭哧地翻山越岭了。旺财这样瞅来瞅去地瞅了一会儿，忽地咧开嘴嘎地一笑。他说，好！

石头再次显出可怜巴巴的样子，很小心地看着旺财。这山寨里，只有旺财是见过大世面的，只有他经常走到这大山外面去，每次，只要他从外面一回来，就会有很多人把他围住，向他打听外面的消息，才晓得外边又发生了什么大事了。可眼下石头哪有心情打听外面那些屁事，他盯着林子里那两条白灰线依然两眼发直。他很想听听旺财的说法，他觉得旺财应该知道这到底是怎么回事。但旺财却鬼头鬼脑地一笑，然后把话题转开了。

旺财说，婆姨我给你找好了，你打算什么时候娶啊？

换了以前，旺财这样一说，石头就会一个劲儿地朝旺财身后看。他想要看看旺财给他找来的婆姨。这山寨里的婆姨们几乎都是旺财给找来的，可旺财给石头找来的婆姨一直还不见影儿。石头的危机感越来越强烈了。石头已经三十六了。他老娘说，这是一个坎儿。这个坎儿是一道难关，迈过去了就万事大吉，迈不过去那就难说了。老娘让石头凡事都要当心一点，但石头不是当心不当心的问题，石头焦急啊，他都是一个奔四十的汉子了，现在最焦急的就是赶在四十岁之前娶回一个婆姨。在这山寨里，一过四十就是老光棍汉了，离做孤老也为时不远了。石头每次看见了旺财都非常焦急，他甚至觉得旺财就是让他焦急的一个直接原因。旺财每次出去了，有时候是一个人回来，有时候屁股后面还跟着一两个娘们儿。但石头到现在还没有一个娘们儿到手。每次，旺财看见石头那失魂落魄的样子，就会把手理直气壮地一摊，钱呢？旺财摊开手时，石头已经在不断地搓手，钱呢？这个钱只能靠石头的这片果园了，靠他种的这些梨树了，他的婆姨只能从这些梨树上结出来，一年一年，他看着这些梨树开花结果，以缓慢的耐心等着梨子慢慢散发出成熟的味道，他感觉自己又慢慢嗅到了婆姨的味道，他的手里摸着一只梨子，那个香啊，那个美啊，那个光滑饱满啊，他一只粗糙的手在梨子身上总是贪婪个不够。可这梨子怎么长也赶不上一个婆姨的价钱，他感觉这婆姨的价钱时时刻刻都在噌噌往上长，比梨子长得不知要快多少倍，从以前的三四千元一个长到现在三四万一个了，可他这梨子有时候不长反跌，有时候愣是烂在这大山里没人要了。石头现在看到这些梨子就发蒙，要是这树上长的不是大黄梨而是金元宝就好了。

石头这沮丧的样子让旺财有点幸灾乐祸，他忽然又神秘诡诈地嘎声一笑，笑得短促刺耳。这一笑让石头倒抽了一口凉气，他又像个白痴似的看着旺财了，他不知道旺财忽然笑什么。

旺财说，好，好哇石头，你听见阳雀子叫没有，你婆姨就快要进门了啊。

石头急忙竖起耳朵听，听了一会儿他就发现自己又上当了，旺财又在捉弄他，哪里有什么阳雀子叫，只隐约听见几声鸦啼，哇，哇，哇，从看不见的远山里传来，像哭一样。石头再次小心地抬起头，再次显出可怜巴巴的样子。但是旺财说得很肯定，下次我一定给你找个婆姨回来。

石头知道旺财是个大滑头，但旺财还从来没有把话说得这样肯定过。他很想问问旺财是真是假，可他刚一张嘴，旺财忽地就转身走了。旺财走得老远了，石头才发现了问题，每次旺财走时总要尖声尖气地吹着口哨，这一次却走得异常沉默。这让石头感到更纳闷了。他又闷闷地看着那两条笔直的白灰线了，这时候，一个漫长的阴影正向他远远地伸过来。

每天，只有在太阳快要落山时，才会有一些阳光从对面的山坳里懒洋洋地照过来。石头的山林原本就在那山坳里，几年前村里又把地重新分了一次，那山坳里一片朝阳的山坡现在属于村长了。村长不仅是村长，村长还是石头他亲叔。石头很少朝那山坳里望，但石头一下就感觉到了从那山坳里投过来的一道阴影，他下意识地朝那边瞄了一眼，恰好瞄见村长正朝这边走过来。村长离这里还相当远，但他的影子已经被背后的阳光照到了石头脚下。石头一只脚使劲地踩在村长的脑袋上，但村长还在朝这边走，一瘸一拐地走得飞快。

村长穿一身当年退伍时穿回来的黄军装和一双橡胶底的解放鞋，这一形象在石牛寨保持了三十年也没什么变化，变了的只有那旧军装旧军鞋越来越陈旧的颜色，还有村长的一张脸，石头还记得，村长当年刚退伍回来时那张脸，那可真是方方正正、棱角分明的一张脸，如今早已变得一脸皱纹一团模糊了，这使村长那一段光荣历史也变得多少有些模糊可疑了。村长走路时一般都背着两只手，他虽是个瘸子，但绝非天生的瘸子。他这条瘸腿甚至是他身上最骄傲的部分。当年，村长退伍还乡，一回来就干了一件轰轰烈烈的事，他带着石牛寨的汉子们在乌蛮山的悬崖峭壁上开凿出了一条路，他的一条腿就是被一块从天而降的坠石砸断的。那不是一般的石头，它以直接有力的方式改变了石头一家的命运，它是从石头他爹的脑袋上飞过去的，但很多人当时只注意到村长了，直到村长倒下后，很多人才看见了石头他爹，他爹的脑袋被削掉了半截，整个天灵盖都被揭掉了。但他还在那儿站了一会儿，才扑通一声倒下了。石头后来听人说，要不是他爹给村长挡了一下，村长肯定没命了。这不是村长比他亲哥走运，这是老天有眼呢，连老天爷也知道，石牛寨不能没有村长，但多一个老百姓少一个老百姓无所谓。爹死时，石头还是一个八九岁的孩子，石头没爹了，石头就把村长当亲爹了，石头也确是村长拉扯大的。兴许是村长对他管教得太严了，每次看见了村长，石头不会发蒙，但心里发慌，远远的，石头一看见村长的影子心里就发慌。

现在，村长已经走到石头面前了，他往石头面前一站又一点儿也看不出是一个瘸子了，一个军人，退伍三十年了，那腰杆依然还直挺挺的。看着他，石头脸上露出一丝怯怯的笑。但村长根本没有拿正眼瞧他。村长一双眼天生有点斜睨，这让他看什么都有点冷眼旁观的样子。但这次村长的眼睛却呼地一下就直了。那两条笔直的白灰线，村长一眼就看见了。这是连瞎子也能看见的。

村长背着手气哼哼地问，石头，这是谁搞的？

石头小声说，不晓得谁。

村长一瘸一拐地，从一条笔直的白灰线上走过去，一直走到了林子边上，顺着这条线朝更远的方向望，他的视线被一道山梁挡了回来。村长不禁哦了一声。村长又顺着另一条白灰线走了回来，一直走到林子的另一个边缘上，顺着这条线朝大凉山的另一个方向望，这次他的视线没有被挡回来，而是落在了一个黑黢黢的峡谷里。村长忽然又哦了一声，像是恍然大悟的样子。

村长这样走来走去时，石头靠在一棵树上，一直紧张地看着村长。石头是一个高大壮实的汉子，比挺着腰杆的村长还高半个脑袋，但这样一副壮实的躯体却感到突然没有了支撑。他只能眼巴巴地看着村长了。就像他小时候，每次被别的伢崽欺负了，他也只能眼巴巴地看着村长。而村长很干脆，谁敢欺负石头，他抡起巴掌啪啪几个嘴巴子轮番扇过去，把那些个欺负石头的小兔崽子打得一个个鬼哭狼嚎。村长打了这些个小兔崽子，又会给石头一个嘴巴子，没出息的东西！那些做父母亲的看见自己的伢崽挨了村长的嘴巴子，一个个还得低声下气地给村长赔笑脸，连呼打得好，这臭小子就该打！背后却说，被村长打了那是被鬼打了。连那些不懂事的小兔崽子也突然懂得人事了，早早就知道被村长打了那是被鬼打了。村长在石牛寨的崇高威望就是用他的巴掌建立起来的。

此时，村长把石头这林子的两厢都仔仔细细看过了，又一瘸一拐地踱了回来，他点了一根烟叼在嘴上，猛抽了一口。村长忽然又意识到了什么，给了石头一根烟。石头受宠若惊地接了，他靠着树干，陪着村长抽烟。他在呛人的烟雾中等着村长开口呢。村长肯定知道这两道白灰线是怎么回事。在整个石牛寨，石头觉得只有两个人能看出别人看不懂的事情，一个村长，一个是旺财。石头甚至觉得，这村里也只有两个人能够决定和改变自己的命运，一个村长，一个是旺财。但村长把一根烟抽完了也没吱声，眼看着村长把烟蒂吐了，又用脚狠狠一搓，把那还在冒烟的烟蒂搓到泥巴里看不见了，村长也没有吱声。这让石头有些着急了，他生怕村长像旺财那样一转身走了，他要赶紧问问这两条白灰线到底是怎么回事。他的嘴皮子抖得厉害，村长，叔，这这……？他用手指着那两道白灰线，那两道看上去明明白白的白灰线，他就是不能明明白白地说出来，越想说出来，却越是说不出来。他张着大嘴，他那样子像是马上就要哇的一声哭了。

村长斜着眼看了看那两条白灰线，又斜着眼看了看石头，没出息的东西！

看村长那神情简直是忍无可忍了，按他往日的性格早就抡起巴掌了，但村长把手一伸却抓下了一个梨子。村长凶狠地咬了一口梨子，咬得呱唧一响，但村长一下张大了嘴巴，好像连牙都要涩掉。他把咬剩的半个梨子给了石头，龇牙咧嘴问，你看看你看看，你这梨子是怎么种的呢？

石头也在那梨子上咬了一口，不用咬他也知道，他这梨子还是青涩的。石头种的是大黄梨，如果熟透了，个儿大，水分十足，咬一口水脆脆的香甜，长得还特别好看，黄灿灿的色泽鲜亮。石头听旺财说过，乌蛮山大黄梨早先是要进贡给皇帝皇后们尝鲜的，可石头这大黄梨还叫大黄梨么？按说，这梨子在入秋后就该熟透了，可石头这片山林一天到晚难见阳光，叶子倒是长得绿沉沉的，但光长叶子了，这梨子却老是不熟。石头知道，村长也该知道，这背阴的山坡原本就是村长的，村长怎能不知道呢，村长要是不知道又怎么会跟石头把地换过来呢。村长把地换过来自有村长的道理，村长是主持公道的，这石牛寨的山地，有的朝阳有的背阴，你不能让背阴的人一辈子背阴，朝阳的一辈子朝阳，当年把山林承包给村民时，村长主动要了背阴的山林，当然他也跟村民们讲好了，三十年河东三十年河西，这地呢三十年一个轮回。如今只是轮到石头背阴了，石头没有任何怨言，他也没有任何理由埋怨，他必须耐心地再等三十年，只是，到那时他都是一个奔七十岁的老头了，还不知道他能不能活到那岁数呢。要是有个婆姨就好了，他不在了还有儿子孙子，他在这背阴的山林里熬过了一生，他儿子就能在那朝阳的山坡上看着梨树开花结果了。但每次一想到这事，他又开始感到十分渺茫和绝望，一个牛高马大的汉子到如今连个婆姨也没有混上，还想什么儿子孙子的事呢。然而就在石头最绝望的时候，村长突然冒出了一句话，让石头陡地一下就惊直了身子。

村长说，石头啊，这地我看你是种不好了，要不咱们还是换过来吧。

天底下难道有这样的大好事？石头差点就跪下来给他亲叔磕头了，但他又生怕是自己听错了，村长？叔？这个……？石头使劲地盯着村长看，他想要验证一下是村长说错了还是自己听错了。石头这样盯着村长看时，村长一张老脸上正有火苗子一样的东西在舔着，那是夕阳。石头看得十分清楚，太阳并没有从西边出来，夕阳正在对面的山梁上一截一截地沉下去，石头感到自己的心也在一截一截地沉下去。

石头最终也没有看见村长肯定地点头，直到村长一转身，走了，他也没有看见村长把刚才说过的话再说一遍。但他这一走石头又发现了问题，村长每次走路都是背着手的，可这次他没有背着手，他那两只手都随着一瘸一拐的颠动甩来甩去，看上去很悬乎，像是突然就没着落了。

石头看不见村长了，就仰起头来看天。天很快也看不见了。天黑了。

/2/

天黑了很久石头才像个鬼魂似的回到家，嘎吱一声，他一脚踩在母亲放在门口的一只笸箩上，笸箩发出一声压抑的惊叫，老婆婆才知道儿子回来了。

老婆婆正坐在门口的一把没有木板只剩个框框的破椅子上打瞌睡。人越老瞌睡反而越多了。她醒了，摸摸索索地站起来，佝偻着身子，这夜色里唯一还有点光亮的东西就是她稀稀拉拉的白发。石头立刻闻到一股干枯衰朽的气味。他皱了皱眉头，但石头知道这老不死的一年半载还不会死。她还等着儿子娶上婆姨抱上孙子哩。

　　老婆婆摸索了半天终于摸索出了一点儿亮光。儿子不回来她是不会掌灯的。以前怕费灯油现在怕费电。一只吊在门框上沾满了灰垢的灯泡晃晃悠悠地亮了。她还猛眨了几下眼，好像突然看见了什么。

　　石头，你猜我刚才看见哪个了？她带着惊喜的声音问。

　　还有哪个呢，旺财！石头懒得跟她啰唆。

　　老婆婆果然一下子变得沮丧了，像是一只泄了气的皮球，她的身体迅速萎缩，又重新缩回刚才那把破椅子上，低着头，把一张瘪嘴闭上了。她一口牙齿掉光了，嘴巴一闭便深深地凹了进去。她的白发刚才还精神抖擞的闪着光，突然就变得黯淡无光了。她把那个装针线的笸箩放在膝盖上，它被儿子刚才一脚踩得变了形，老婆婆用手慢慢地捏巴着，捏巴了很长的时间才又捏出了一只笸箩的模样。她又开始继续打那个一辈子也打不完的补丁。好几次她都想要抬起头，想要把她觉得十分高兴的那件事说下去，可又慑于儿子的凶狠的眼神没敢动嘴。她感觉儿子眼神里隐约有杀气。

　　石头正在往嘴里扒拉着糙米饭。石牛寨没有田地种粮食，只能卖了梨子买米吃，山里人又爱贪便宜，他们买来的都是糙米。饭甑里的饭还是热的，桌上的菜也是热的，老婆婆在儿子回家之前总是很仔细地用盖碗捂着刚出锅时的热气。一个热乎乎的荷包蛋，是家里唯一的老母鸡生的。不管他石头回来得多晚，不管冷也好热也好，他这个三十五六的光棍汉还能热乎乎地吃上一顿糙米饭，也多亏了屋里还有这么个老娘。石头很快就吃出一身黏糊糊的热汗来了。可他不想让老娘提那件事，越是心里最焦急的事他越是不想让人开口说出来。每次老娘一张口，立即就被他眼中的凶光逼回去了。

　　三碗糙米饭下了肚，石头把筷子碗哗啦一推，又去冲凉。他站在井台上的一棵老槐树下，打起一桶水，哗——一下从头顶上一股脑儿冲下去。

在这初秋的夜晚，石牛寨像往日一样寂静，谁也不知道那林子里发生了什么，谁也不知道一个叫石头的光棍汉内心里正在想什么，万籁俱寂之中，只有哗——哗——的浇水声，清凉无比的水流在一个汉子赤裸的身体上奔涌，又化作水花痛快淋漓地溅开，石头紧张了一天的身子渐渐松弛了，他身上最敏感的地方受到了这井水的刺激，很有劲地鼓了起来，他鼓突的胸脯已被凉水浇得一片通红。他紧闭着眼，还在一桶一桶地往身上浇，仿佛只有这样才能把心头的那股按捺不住的邪火彻底浇灭。

此时老婆婆的眼睛正在门口偷窥着她的光棍儿子，恍惚中她竟有片刻的失神，仿佛看到了另一个高大强壮的山汉，也是这样一副顶天立地的样子。一个汉子就该是这样啊！她正呆呆地又入迷地看着时，儿子忽然一眼瞥过来，老婆婆立刻缩回眼光，接着又露出了害羞的笑容。她一张干橘子皮似的老脸都有些臊红了。儿子没往身上浇水了，儿子几乎是赤身裸体地从她眼前走过去的。他多壮啊。他一走过来，就把她的身影完全遮住了，老婆婆的一双老眼里就只有这个儿子了。在儿子大摇大摆地走过去后，她盯着他宽得吓人的背脊还愣愣地看了一会儿。在那死鬼死去多年之后，她又闻到了一个强壮汉子浑身散发出来的强烈气味，一种浓烈的像是燃烧着的气味。有一会儿她竟把两个汉子混淆一团了，当她确信刚刚走过去的是自己的儿子时，她心里竟变得十分委屈和悲伤，这么强壮的一条汉子怎么会没有婆姨呢，这太没有天理了。

石头这样几乎赤身裸体地穿堂而过时，压根儿就忘了这屋里还有个女人，忘了他老娘也是个女人，他更不会想到一个老婆婆还有那么多古怪的心思。在他闩上自己的房门前，他把脑袋又扭了过来，凶狠地横了那老不死的一眼，还不睡？

石头倒在床上的声响把老婆婆又震惊了一下。但这一晚石头又怎么能睡得着呢，石头整整想了一夜，连做梦都在想，他那果园里怎么就画上了两道白灰线呢，怎么连旺财和村长都不知道那是谁搞的呢，旺财和村长怎么又那么反常呢？一个铁板钉钉地说要给他找一个婆姨回来，一个又突然提出要跟他换地。这都是以前石头连做梦也梦不到的好事，但石头却有一种不祥的预感。

一大早，石头就去找村长了，他一双眼里布满了浑浊的血丝，但他自己不知道。他一个村民，来找村长是很正常的，可他不知怎么又犹豫起来。他站在离村长家百步来远的一棵树下，看见村长正坐在自家门口的石凳上看报。在石牛寨，只有村长一个人看报，他不像是在看报，更像是在聚精会神地研究着什么，这样子让你感到一种敬畏，这时候一般村民是不敢走过去的，只能敬而远之地观望。石头就这样观望着，迟迟没敢走过去。他知道，这些报纸很重要，让村长知道很多上面的事。村长虽说是个瘸子，平时也很少出门，但他比全村人加起来懂得的事情还要多，而且都是特别重大的事情。这也让全村人长久以来对村长有一种习惯性的依赖，感觉村长的每一个主张都不是村长的主张，村长上面还有人，还有很多的大人物在主宰着这个村子里的事呢。石头必须耐心地等待村长把一张报纸看完了才能走过去，但现在的报纸越来越厚了，村长已经不能像以前那样一口气就能看完了，村长看完了第一张，就要抬头喘口气，村长一抬头，终于看见石头了。村长对着阳光眯缝着眼看了石头好一会儿，就把报纸仔细叠好了，等着下次再看。这是一个很明显的信号，石头有啥事，现在可以走过去了。

石头走过去时，立马就发现村长一夜之间好像苍老了许多，但村长的老和他老娘的老是不一样的，老娘的老是一天天的枯萎，村长的老里面却有一种正在缓慢地变得越来越坚硬的东西。石头这样寻思时，村长已经斜睨着他了，村长眼里竟然也布满了浑浊的血丝，但村长自己可能不知道。

石头，你……想好了？村长和颜悦色地问。

石头想了整整一夜了，他越想越觉得，这地，他不能跟村长换，不是他不想换，而是不能换，村长是他亲叔呢，他不能做这种忘恩负义的事，三十年河东三十年河西呢，他也不能坏了这石牛寨的规矩。石头的回答让村长有些吃惊，村长又对着阳光眯缝着眼睛看他了，他眯缝着眼睛，但石头仍然感到村长的一双老眼就像猫头鹰一样尖锐。村长缓慢地站了起来。村长在石头的肩膀上拍了一下。村长说，好！

这时候一辆摩托车呼啦一下从他背后飚过去了。石头吃惊地回头一看，是旺财。他想看见旺财已经来不及了，但他知道是旺财，整个石牛寨，只有旺财有一辆火红色的大摩托。村长朝旺财飚过去的方向呸了一声，把一口憋在嗓子眼里的痰像飞镖一样呸过去。村长这样子，石头倒是没有吃惊，他知道村长在这村里最看不得的就是旺财。石头还知道，旺财如果是出远门，进城，一般都不会骑摩托，而是去那条土路上拦过路车。旺财骑摩托出门一般是去镇上办事，或是去赶集。石头这才想起来，今天又逢集了，石头想去自己的林子里去看看，能不能找上一背篓熟了的梨子，去集上换点油盐。他老娘已经念叨了好几天了，油盐罐子都快见底了啊。

石头躬身向村长告辞时，突然听见村长喘气喘得粗了。

村长冲着他背后喊，石头，你真的想好了？你可别后悔啊！

石头不知道村长怎么了，但他分明感到了村长的急切和恼怒，难道……？石头突然隐约猜到了什么，这让他一路上走得慌慌张张。他这慌慌张张的样子把村人的眼光都吸引过来了。很多村民在一觉睡醒之后，好像都觉着这村里发生了什么事情，到底是啥事呢？看村长那十分恼怒又不好明说的神情，看石头那慌慌张张的样子，那应该是一个非同小可的事情。开始他们还只是愣在自家门口看，而后陆陆续续地就有人跟上来了。等石头走到自己的果园时，后边已跟上来一长溜人。但石头很快发现这只是自己的幻觉，这些人根本就不是跟他来林子里看什么的，这些人都是去赶集的，石头的林子边上那条七扭八歪的山道，是石牛寨人去集上的一条必经之路。石头看着这些背着背篓匆匆赶路的身影，一个个走得七扭八歪的，但没有一个人在他的林子边上停留，没有一个人关心这林子里到底发生了什么，这让石头忽然又感到很委屈。

石头钻进了林子里，立刻就感到了一股扑面而来的阴森，一片没有阳光照进来的山林，一天到晚一年上头都是这样阴沉沉的。石头很想寻找几个熟了的梨子，他扒拉着绿得发黑的枝叶，他的一张脸也阴暗发绿，显出几分幽深的狰狞。但他自己不知道。他不得不吃力地仰起脖子，朝树顶端看，看那些挂在最高处的梨子有没有一两个黄了的。这样看了一会儿，他的脖子就酸沉酸沉了。他正要把脑袋低下来，却忽然吃惊地瞪大了眼睛，他好像看见鬼了，那绝对不是他看花了眼，就在他头顶上的树杈间，晃动着一团散乱的白头发。见鬼了，真是活见鬼了！石头猛地大叫一声，娘啊！他扭头就朝林子外面奔去，却听见有人答应了。

石头瞪大眼睛再看，那爬到树上摘梨子的还真是他的老娘。这老不死的背着一个背篓从树上溜下来了，她的身手还那样敏捷。山里女人从小就会上树，这其实没有什么大惊小怪的，但石头还是惊恐地看着他的老娘，他老娘的眼睛是绿的，脸也是绿的，像一个绿毛老妖，神情也显得十分怪异。石头这样眼睁睁地瞪着老娘看了一会儿，他伸手使劲一掐，掐得老娘一声惨叫，石头，你这该死的，你掐你老娘干什么，你疯了啊！

石头这才确信眼前站着的就是他的老娘了，石头恶狠狠地骂了起来，你这老不死的，你死到这里来干吗，我还以为你死了呢，我看见你的魂魄了呢！

这老不死的却变得十分顽固了，你就是咒我死我现在也不能死，我要眼睁睁地看着你娶上婆姨，看着给我生下一个大胖孙子，要不你爹见了我，还不把我掐死！老婆婆这样说着竟然得意地大笑起来。

石头一低头就看着老娘的背篓了，背篓里有小半篓半青半黄的梨子，石头这样低着头看着时，眼眶竟一热，忍了一天一夜没有流出的泪水一下没出息地流了下来。他生怕娘看见了，慌忙用拳头把眼窝擦了一下。老婆婆佯装没有看见，她知道儿子这点出息，跟他爹一样的。她把背篓朝脖颈那儿挪了挪，这样就把一只背篓背得更稳了。石头知道，一个老婆婆背着一个背篓要爬坡下岭走上小半天才能赶到集市上，还不知道这小半篓半青半黄的梨子能不能换到几个油盐钱。石头真是没出息啊，一个牛高马大的汉子，还要让一个老娘这样遭罪。石头感到眼眶一热，眼泪又要流出来了。他赶紧催促老娘，走吧，快走吧。

老婆婆背着背篓佝偻着身子慢慢走了，但她走了几步忽然又扭过头来神秘地叮嘱了儿子一句，小心贼！石头扑哧一下笑了。贼？有哪个贼会摸到这林子里来呢，除非他们真是瞎了眼呢。他们要偷也只会去村长的果园里偷，那可真是一个个黄灿灿的大黄梨。

娘走远了，偌大的山林里又没有任何动静了，只有石头来回走动的脚步声。但石头很快就发现了问题，那是十分可疑的痕迹，这林子里有人摸进来过，绝对有人进来过。他敏感地嗅到了陌生的气味，他的脚步一下急切了。很快，石头的眼神嗖地一下又拉直了。这与那两道白灰线无关，这是一种无形的东西，像有一把很长很细的刀子，从天空笔直地切下来，你看不见那无形的刀锋在哪儿，但你看得见那被齐刷刷地切下来的树枝和一只只掉在地上的梨子。他战战兢兢的，沿着一条无形的直线一路寻觅过去，随着山势不断升高，他一共发现了十七只被切下来的梨子，真像是被刀切开的一样，刀口斩齐、光滑，有的梨子被切下来了一半，另一半还长在树枝上。日怪啊，日怪啊，眼前这一切太不可思议了，石头感到一身汗毛都阴森地竖了起来，他浑身都控制不住发抖了，爬到半山腰时，他两腿一软，一屁股坐在地上，像是瘫痪了。

石头这样瘫坐了一阵，又没命一样奔向了村里。他在半路上碰见村长了。村长也背着一个背篓，正要去自家的果园里摘梨子。石头慌慌张张地把村长拦住了，他哭丧着脸喊，村长，叔，我那地、那地……

村长看着石头，他不知道这狗日的到底怎么了。石头一时也说不清楚，一把拽着村长就往自己的林子里奔跑。他忘了村长是一个瘸子了。可怜堂堂一村之长，还从没有人敢这样拽着他这样高一脚低一脚地奔跑，他跑得一瘸一拐气喘吁吁，一路跑到了那背阴的山坡上，石头还紧紧地拽着他，还在跑，村长的一张老脸被树叶子打得呼啦呼啦响，就像有人在使劲扇他的耳光。终于，石头的脚步猛地刹住了，又把村长踉踉跄跄一个身体扶稳了，村长，你看看看……

看你娘的！村长怒目圆睁地抡起巴掌，一个大嘴巴子打在石头慌慌张张的脸上。村长犹不解恨，又把一个背篓气急败坏地砸在了石头的脑袋上。石头那脑袋一下被背篓倒扣在里边了，石头的脑袋还在里边又摇又摆的挣扎，一桩很严重的事情突然变成了一个滑稽的笑话，村长歪着嘴一下笑了，他刚才的愤怒也被暂时压了下去。等到石头把背篓从脑袋上摘下来时，村长又恢复了那一贯的威严模样，但是他的眼睛一下就被一条无形的线条拉直了。他看见了石头刚才看见的一切。日怪啊，日怪啊，眼前这一切太不可思议了，村长弯腰从地上拾起半个被切开的梨子，看了看，又放在鼻子下使劲嗅了一下，马上又扔掉了。这个动作在村长爬到半山腰的过程中重复了多次，到了这片山林的尽头，村长站住了，然后他就一直看着一个空茫的地方。

他眼里什么也没有，但他仿佛看得入了神。

/ 3 /

那些十分可疑的身影是在第二天早晨开始出现的。或许他们早已出现了，只是石头和所有石牛寨人一直没有察觉。

这时候他望着高过树梢的乌蛮山出神。那儿原本是人迹罕至的地方，看上去近在眼前，又像是远在天边。山里人都说望山跑死马啊。石头望着这乌蛮山望了几十年了，石头就是望着这乌蛮山长大的，但每次朝那山上直瞪瞪地望着，却感到越来越看不清楚。但危险的感觉是真实的，头顶上，那和阴沉的天空一起倒扣下来的悬崖，黑压压的，仿佛顷刻间就会坍塌下来。石牛寨人一般是不会爬到那上面去的，不说爬上去十分凶险艰难，他们又爬上去干吗呢，那上面全是寸草不生、犬牙交错的岩石，连棵树也没有。但现在石头看见了，那上面竟然出现了好些蠕动的黑点。他知道那是人。他不知道那些人是怎么爬上去的，他感到这些日子发生的一连串的事情都特别怪异，这让他难免产生了种种猜测，那是些什么人？他们来这乌蛮山干什么？他们的形迹显得十分可疑，像在侦察。是的，多少年前也曾有人在这山里侦察过，但那时石头还没有来到这人世上呢，连他死去的爹也还没有出生呢，但石头的爷爷看见过，那是贺胡子率领的一支红军，他们是被白军一路追赶到这里来的，他们就是在这里奇迹般地把白军摆脱了，靠的不是别的，靠的就是这乌蛮山的凶险。那些骑着高头大马的白军一路追到这里就不敢追了，一看这凶险的大山，别说人腿肚子会发软，连马腿肚子也软了。

石头知道，现在早就不打仗了，就是打仗也不可能再打到这穷山恶水里来。但偶尔也会有人爬到那山上去，那是一些莫名其妙的探险者，要说探险，这还真是个绝佳的地方。用他们的话说，这乌蛮山还是一个奇异的西部秘境。石头想，很可能又来了一帮吃饱了饭没事干的探险者，可是石头想来想去，还是无法把他们与自己山林里发生的一连串怪事联系在一起，更不会把这些可疑的身影同自己的命运联系在一起。但这些人的出现，还是让石头变得更加小心了，他不能不提防，这些人在悬崖上蹭来蹭去时，突然就有一块块大石头从天而降。石头脑子里刚刚冒出这样一个危险的念头，忽然就听见了一阵隐隐的雷声，他惊得脖子一缩，就看见昏天黑地的石头从山上滚落下来，不过，那石头飞迸的地方离他还相当远，他站在那儿没有动弹，但许久，大山还在飞沙走石中一阵阵震荡。

石头没想到，那些从山上下来的人会在他的果园里出现。那已是中午了，他远远地听见老娘正站在村口喊他回家吃饭呢。他背着小半篓半青半黄的梨子正要回家吃饭，忽然听见有人在后边喊，老乡，你等等！

石头站住了，惊愕地一回头，恰好和一个满脸堆笑的汉子打了个照面，这汉子四十左右的模样，一个又高又瘦、胡子拉碴的汉子，穿一身帆布工装，头上还戴着一顶安全帽，脸很黑。不知真的这么黑还是笼罩在安全帽的阴影了，这让石头一时无法分辨他的真实表情。石头看见，这汉子后面还跟着几个年轻后生仔，几个人都穿着登山鞋，在鞋子上绑上了防滑的草绳，两个后生仔肩膀上还扛着很重的家伙，这家伙石头倒是认得，是测量仪。石头的脑子里活动了一下，他们……这是……？石头不傻啊，石头还真是一下猜对了，那中年汉子几步走过来，热乎乎地握着石头的手说："老乡，恭喜你们哪，过不久，就有一条大路从你们这里经过了！"

石头啊了一声，他愣是憋闷了三天，现在终于才恍然大悟了，他指着林子里那两道白灰线问，这是你们……搞的？

那汉子果然点了点头。石头却更加慌张了，你们这路要打我果园里穿过？

那汉子立马就把石头的话纠正了，老乡，不是我们的路，是你们的路，我们是来给你们修路的，老乡啊，你想想，你们如今为什么还这么穷呢，就是一直没有找到一条出路啊，我们要修的这条路，可不是你们现在这条坑坑洼洼的灰土路，我们要给你们修一条又宽又平展的柏油马路，那可是一条真正的康庄大道，到时候，车就可以一直开到你们家门口，就能把你们的梨子柚子拉到城里去卖了，价钱一下就能翻个好几倍了，老乡，你们就要发财了啊！

这汉子显然是在抓住机会做石头的思想工作，这汉子好像已经习惯做老百姓的思想工作了，张嘴就来，一套一套的。又不能不说，他这些话，对这大山沟里的一个老百姓是很有煽动力的。石头早就盼着这大山里能修一条又宽又平展的大路了，有了这样一条路，不说别的，那些山外的女人也不会再说这山沟里连条路也没有了，眼下这条灰土路也实在太窄了，太烂了，灰扑扑的不说，弯又多，坡又陡，从这里走过的车只能麻着胆子走，两车迎头相遇还得小心翼翼地避让，一不小心就翻到悬崖底下去了。石头这样想时，很快就从刚才的慌张变得兴奋起来，连眼珠子都兴奋得发亮了，但他突然想到了一个很关键的问题，这又宽又平展的大路从他的果园里穿过，那该占他多少土地？他这一整片果园一下被划成了两半，一天到晚都有车子窜来窜去的，他这梨子还怎么种啊！

石头这样一想，两道粗眉一下又凝成了一个疙瘩，像个解不开的死疙瘩。

那汉子却笑呵呵地拍着石头的肩膀，叫他别担心，这路怎么走现在还说不定呢，他们现在还在搞测量呢，他们心里想的就是怎么才能尽量少占用老乡们的土地，怎么才能不打扰老乡们的生活，他们只想给老乡们带来方便而不是给他们带来麻烦。石头听汉子这样一说，一颗悬着的心又放下来了一半，他知道这汉子是国家的人，而国家的人当然是要为老百姓着想的。但石头还有一个疑团没有解开，他那些树枝和梨子又是怎么奇怪地掉下来的呢？很多事看起来很怪，说出来其实一点儿也不怪，那汉子告诉石头，他们朝那半山上拉临时电线时，必须从石头的果园里经过，他们也很小心，生怕触碰到老乡们的果树，但再小心也还是出了一点儿意外，一根电线从果园里拉过去时，结果拉下了不少树叶和梨子。但他们绝不会给老乡们带来任何损失，这都是要照价赔偿的，他们就是为这个专门来找石头的。那汉子很爽快，老乡，你开个价吧，一个梨子多少钱？虽说你这梨子还半青半黄，但我们也按熟透了的梨子照集市上的价格赔给你。

看着这汉子一脸的诚恳，石头心里那个感动啊，这样的感动也曾在他爷爷那辈上发生过，当年的红军口渴了，摘了老乡们的梨子解渴，就会在梨子被摘掉的枝丫上扎上钱。老乡们开始很害怕这些当兵的,都躲到深山老林里去了,红军走了,老乡们回来了,看见自己的梨树上长出了钱,都说那是仁义之师啊,这天下迟早是这些仁义之师的。这样的故事一代一代传下来,传到现在已经是传说了,但大山里的老百姓对这些传说是深信不疑的。石头突然觉得,站在他眼前的这些人就是当年红军的后代,石头怎么会要他们赔钱呢,石头巴不得再摘几个梨子给他们解解渴,只怪他这梨子不争气,没几个熟了的。石头就从自己的背篓里赶紧掏摸出几个半青半黄的梨子,往他们怀里塞,但几个人怎么都不肯接受,石头就像跟他们打架似的,但末了又不好意思地把梨子放进了背篓里,看着这半青半黄的梨子,石头真是惭愧啊。

那几个人不肯吃石头的梨子,却非要赔石头钱不可。他要石头开个价,石头不肯开价,石头的意思很明白,几个半青半黄的破梨子,怎么好意思让人家赔呢。那汉子见石头不肯开价,就按一个梨子一块钱的价格赔给了石头,一共是十七个梨子,那汉子一共赔给了石头十七块钱。这让石头心里咯噔了一下,他发现这些国家的人心里还真有数啊,石头还真是被拉掉了十七个梨子。石头也知道一斤梨子在集市上的价格能卖三块钱,一斤梨子大约是五个,五个梨子才能卖三块钱,那还是黄灿灿的熟透了的大黄梨,而这汉子赔给他的是一块钱一个,还是些半青半黄的梨子,这钱石头怎么能收呢,他和那汉子又跟打架似的推来推去推搡了好一阵,那汉子说,石头若不收了这钱,他回去就没法交代,还要挨批评。石头只好勉勉强强地收了钱,那汉子又让石头打一张收条。他们连纸笔都早就准备好了。石头蹲下来,在自己的膝盖上打了一张收条。石头念书念到了高小,他的文化水平刚好够打一张收条,每一个字都写得叉手叉脚的,还有几个错别字。但石头不知道错在哪里,最后画上了自己的姓名,他姓石,就叫石头,这是他的小名,但他爹死后,就没人给他起个大名了。石头把一笔一画都写得严肃认真,他知道这张纸条最后是要拿去报账的,他知道他手里这十七块钱是国家的钱,一个山沟里长大的汉子,长到三十五六了,这还是第一次拿到国家的钱呢。石头的手都激动得有点哆嗦。那汉子接了收条,又用两只手热乎乎地握着石头了,这一次他没有叫石头老乡,而是叫了他的名字，石头，我认下你这个兄弟了！

这一声兄弟差点就把石头叫得热泪盈眶了，他长这么大，有谁这样叫过他一声兄弟啊，他没有兄弟，他只有几个堂兄弟，那都是村长的儿子，但他们从来不叫他兄弟，比他大的，比他小的，张口闭口都叫他石头。现在突然有人认下他这个兄弟了，而且还是国家的人，石头感动得不知说什么才好。那汉子叫了石头一声兄弟，又自报家门，我姓姜，姜子牙的姜，哦，也就是生姜的姜，往后，你就叫我老姜或姜大哥吧。

往后？还有往后吗？石头傻乎乎地望着那个老姜或姜大哥带着几个后生仔走了，石头突然想叫住他们，去自己家里吃顿饭。但他张了张嘴愣是没有叫出口，他又拿什么来招待这几个贵客呢，他家里只有南瓜葫芦和糙米饭，这又怎么拿得出手呢。他只能怅然若失地看着他们的背影越走越远了，走得看不见了，他又把钱数了一遍，又慌慌张张地向四周张望了几眼，那样子就像是突然捡到了一沓钱，生怕有人看见了。他这样鬼鬼祟祟地走回去，那十七块钱一直在手里攥着，都攥得出汗了。石头一进门就把钱交给了老娘。老婆婆正在石头的一条裤子上打一个补丁，措手不及地接过了儿子塞给她手里的一个黏糊糊的纸团儿，老婆婆老眼昏花了，但一下就看清楚了那是钱，她慌忙把手在身上抹了一把，一张张地摊开来数了一遍，又数了一遍，她数到第三遍时，石头早已趴在桌子上滋溜滋溜喝着酸菜汤了，老婆婆愣愣地看着他，颤声问，捡的？

石头被一口酸菜汤呛了一下，捡的？你怎么不去捡哪？

老婆婆又小心翼翼地问，那……这钱？石头，你可别、别……

看着老娘那疑神疑鬼的样子，石头一下怒不可遏了，难道这老不死的怀疑这钱是他去偷去抢的不成？他原本不想告诉这老不死的，怕她嘴巴关不住风，但现在不告诉她是不成了，要不非把她吓死不可。老婆婆一边听，嘴里的舌头一边发出啧啧啧啧的响声，很馋，很贪婪，很恶心，像是一辈子没见过钱似的，连口水都从嘴里流出来了。石头从鼻子里哼哼两声，数落他老娘，你老是说咱家的梨子不好卖，还不是你一只也卖不出去，你现在可看清楚了，我这一只梨子一块钱，还是人家把钱塞给我的！老婆婆被儿子数落得脸红了，她给儿子收拾碗筷时都有点害臊的样子，啧啧，啧啧，那几个人该不是傻子吧？

石头懒得搭理这老不死的了，但他大声地叮嘱了一句，这事情你自个儿晓得就行了，可不准说出去啊！

石头以为这事神不知鬼不觉的就过去了，他可不想让这村里人都知道他占了国家的便宜。这石牛寨人，看见谁家没钱买油盐了，那没事，家里有油有盐的还会很大方地借给你，他老娘就常常去别人家里借油借盐，从来没有人不肯借，也从来没有人说什么。可谁要是占了点儿什么便宜，哪怕在山溪里走运捞到了一条小鱼，一村人一下就眼红了，都觉得自己应该来分一点儿鱼汤，尝尝鲜。那种占了便宜的感觉说真的也不好受，石头下半天在林子里转悠得心上心下的，眼里看着树上挂着几个梨子，心里就想着一个梨子能值多少钱。他以前是很少这样算过账，以前每天想着的是给梨树松土、浇水、锄草、施肥，直到把梨子采摘回家，他也从来不算账，他家里的账都是老娘掐着指头算。从老娘手里进进出出的钱很少，但那老不死的从来没有算清楚过，算来算去，一年到头总是一笔糊涂账，山里人一辈子其实都是这样糊糊涂涂地过来的。但现在，石头突然开始算账了，他心里好像突然有了一把算盘了。

石头在心里拨拉着算盘珠子时，又听见了摩托车的响声，他知道旺财回来了。

旺财没有吹口哨，但旺财在不停地按喇叭。旺财就是这样子，很牛逼，他是用喇叭在招呼石头过去。这林子太深，又阴森森的，旺财不知道石头这时候在哪里，石头知道自己在哪里，但石头不想过去。然而，石头一想到旺财说过的那句十分肯定的话，立马就朝着旺财那边走了。这就是旺财的魅力，旺财的魅力是跟女人紧密地联系在一起的，他说不定什么时候就能给你找来一个婆姨。但石头一钻出林子就失望了，他看见，只有旺财一个人跷着一个尖瘦的屁股坐在一辆大摩托上。旺财一眼就看出了石头的失望，他也没有忘记他说过的话，没等石头开口，他就嘎地笑了一声，石头，你放心，我说过的话是作数的，婆姨我给你找好了，这几天太忙了，还没有来得及去把她领来呢。

旺财这样一说，石头就觉得有个即将成为自己婆姨的女子坐在某个不知道的地方等着他呢。石头不傻，他从不瞎想，他相信旺财有这样的能耐，这是旺财饭碗里的事，旺财就是吃这碗饭的。而旺财当然更不傻，他不会白白地送给石头一个婆姨，价格呢，虽不是明码标价但也是心知肚明，看货色，一分钱一分货，一分货一分价，价格从三万到五万不等。石头只想要个最便宜的，但哪怕最便宜的，他也拿不出这么多钱。他的钱都在这树上长着呢，可半青半黄的梨子谁要呢？但是旺财说，他要，他要用一个婆姨来换石头的这片山林。石头疑疑惑惑地看着他，石头心想，你要这片山林干吗呢，你自己的山林都荒在那里呢，多少年都没有人管了，野蒿子长得比梨树还高呢，只能稀稀落落地结几个歪瓜裂枣。石头这样疑疑惑惑地看着旺财时，旺财又嘎地笑了一声，突然问，听说你一个梨子就卖了一块钱？

这话把石头惊得呼地一下抬起头，瞪大两只牯牛眼看着旺财了，这事，旺财怎么这么快就知道了？石头忽然觉得，让旺财知道也好，他怕别人眼红，但不怕旺财眼红，他还真想有件事让旺财也眼红一下呢。但旺财却没有一点儿眼红的样子，旺财看着石头，一副恨铁不成钢的样子，咬牙切齿地说，你他妈还挺得意呢是不是？你他妈傻不傻啊，这块地放在你手里真是糟蹋了，你知道一个梨子值多少钱？你怎么烂便宜的就给卖了？

石头不傻，石头一听就晓得旺财这话里有话，他惊问，你觉得还少？

旺财说，你知道我那一个梨子人家赔我多少？

石头急切地问，多少？

旺财伸出一个巴掌，叉开五个指头在石头眼前晃了晃。

石头喘着粗气问，五块？

五块？旺财恶狠狠地说，我怕说出来吓死了你，我那一个梨子，一个赔了五十！

石头的脑袋嗡的一下又晕了，他头晕的老毛病又犯了，他捂着头，死死地盯着旺财那五个叉开的指头看，但他很快就疯狂地笑了起来，你狗日的哄人呢，不，你这是哄鬼呢，就你那几个破梨子，一个能值五十块？哈哈哈……

旺财又开始摇头了，他不停地摇头说，你他妈比我想的还要傻，人家把你卖了你还在帮他数钱呢，这石牛寨出了你这样一个傻逼，会把咱们的整个生意全都搞坏了，我管你一个梨子赔多少钱，我最担心的就是你一粒老鼠屎坏了一锅汤啊！

石头不笑了，这次他是非常认真地看着旺财了，半天才说，真的？

/ 4 /

旺财说的是真的，这个消息很快就在村里传开了。开始谁都觉得这是谣言，后来谁都相信这是真的。

老天作证，这一次旺财还真是没有撒谎，老姜手下那些人碰掉了旺财二十多个梨子，他们来给旺财赔钱时，旺财非要他们把这些梨子买下来，一个梨子一百块。这也实在太冤了，二十多个梨子两千多块钱，世上哪有这么贵的梨子呢，又不是王母娘娘吃的蟠桃。结果，几个施工人员都被旺财扣押在山上，还让自家的藏獒来看守着他们，不给他们饭吃，也不给水喝，几个人被困了整整一天，又困又乏。遇上了旺财这样的人真是遇到鬼了，老姜他们只好自认倒霉，最后是，每个梨子赔了旺财五十块。当然，这还不是钱不钱的问题，这个问题很严重，老姜他们显然还有更深一层的担心，若是赔了这笔钱，开了这个头，所有的村民都这样漫天要价，他们以后就没法在这里干活了。若是旺财得了这笔钱能够守口如瓶也就好了，毕竟像旺财这样的人还是极少的，但旺财偏要把这件事说出去，旺财说，我把这事说出来，就是要让石牛寨的每个人都晓得，一个梨子值多少钱，别把自己贱卖了，把行市搞乱了。

石头又在这林子里转悠了大半天了，他好像忘了自己在什么地方转悠了。

他甚至有点儿不敢抬头看自己的梨子了，一个梨子竟然值得五十块，这梨子真的变成了金子？他这地里该有多少梨子啊，他不停地数着树上的梨子，一棵树一棵树地转着圈子。石头一直在安慰自己，他不能干那种贪婪下作的事，这种事情只有旺财干得出来。可石头很悲愤，要是村长那黄灿灿的大黄梨一个值得五十块钱，他也就认了，旺财那梨子叫梨子吗？一个个歪瓜裂枣的，怎么就一个赔了五十块呢？石头觉得就是这个让他一口气怎么也转不过来，让他心里憋得慌。石头越想越觉得自己吃了大亏了，上了那个老姜的当了，那个叫他兄弟的人，竟然满脸堆笑地把他糊弄了，他原以为自己捡了个天大的便宜，却没想到让人家占了个大便宜，人家得了便宜还卖乖呢。石头那样子，又跟哑巴哭丧似的了。

他要去找那个老姜去理论理论，这个念头一旦产生就变得无比强烈，还没等到夕阳从对面的山坳里照过来时，石头就从林子里冲了出来。石头还是第一回这么早就收工了，这让他老娘感到很突然。老婆婆正坐在门口打补丁，她一辈子好像有打不完的补丁。看着儿子冲进了屋里，她突然想到自己还没来得及做夜饭呢，她赶紧放下手里的活计去做饭，但她刚起身石头又从屋里奔出了大门。她不知道儿子这样慌急火燎的到底是怎么了，她冲着儿子的背脊喊，石头，你这是要去哪啊？

石头急冲冲地正要去找老姜呢，老姜却来找他了。老姜拎着半边猪脑壳、一瓶二锅头刚刚走到村口，就看见一个汉子闷头闷脑地冲了过来，两个人差点撞在了一起，幸亏老姜躲闪得快。老姜闪到了一边才看清楚是谁，立马堆上一脸笑，石头兄弟，你这是去哪啊？可别撞在树上了啊！

石头一下就把这个叫他兄弟的人看清楚了，石头凶巴巴地说，我正要去找你！

老姜显然被石头凶煞的样子惊愕了一下，但老姜随即又笑了起来，好哇好哇，我也正要去找你呢，走，回家，咱哥俩去弄两个下酒菜，好好喝几杯！

石头却愣愣地问，回家？

老姜看着这个傻人又笑了，是啊，回家，我都认下了你这个兄弟了，你家不就是咱家吗？

这话又让石头心里不由得一热，心里的火气立马散了一半。

老姜一进石头家，就冲着石头的老娘热乎乎地叫了一声娘。老婆婆刚刚在土灶里弄出一点火苗，火小，烟大，满屋子柴烟，老婆婆一边使劲地咳嗽一边答应，她都记不得儿子有多久没叫她一声娘了，她撩起衣襟来抹眼泪时，老姜已经挨着她坐下了，又顺手从她手里接过一把柴火，娘，我来，您老啊到一边歇着去，这顿饭我来做。

老婆婆已经感动得一塌糊涂了，她又撩起衣襟来抹了一把眼泪，这一抹把她的一双昏花老眼擦亮了，她一下看清楚坐在灶门口的不是儿子，一下大惊失色了，你你你是……哪个啊？

老姜已经把火焰弄得很旺了，一屋子的柴烟也正在渐渐散去。老姜这才抬起头来看着老婆婆，笑着说，娘，我是石头的兄弟啊，我认下了石头这个兄弟，我就认下了您这个娘啊！老婆婆突然想起来了，石头跟她说过的，就是这个大好人，一个梨子赔了他们一块钱，好人呐好人呐，老婆婆又开始撩起衣襟来抹眼泪了，她一边抹泪一边去找她自己的儿子，石头正坐在门口那把没有板子只剩下个框框的破椅子上发呆呢。当猪头肉的香味一阵阵弥漫过来时，他不禁有些陶醉了，他看见那同样也在发呆的老娘也贪婪地吸着猪头肉的香气。这屋子里，已经好久没有散发出这样扑鼻的香味了。

老姜还真是做得出一手好饭菜，他一个人在灶边忙上忙下的，根本不让老婆婆和石头挨边，只见一碗一碗的菜摆上了小饭桌，那茄子、辣椒、豇豆也被他炒得香喷喷的。老姜又烧了一盆开水，把那些好像从来没有洗干净过的碗啊筷子啊热气腾腾地泡在里边。石头看得很仔细，老姜把这些吃饭的家伙一共洗涮了三遍，洗净了还用清水过清了一遍，连那张摇摇晃晃的破饭桌，老姜也反复地擦拭了三遍，连多年的灰垢也擦干净了，一直擦得显出了木头的本色。老姜这样一遍一遍地干着时，石头才意识到一个乡下人的日子过得有多邋遢，但他从来不觉得，如果不是老姜来，他肯定是一辈子也不觉得，就这样邋邋遢遢地过去了。

老姜把一切都收拾好了，连灶膛里的火烬也浇了一瓢水浇灭了，他才兴奋地招呼，娘，石头兄弟，你们一定早饿了吧？来啊，上桌啊！

但石头和老婆婆都迟迟疑疑的，好像这个家忽然不是他们家了，好像他们成了这家里的两个客人了，他们客客气气地上了桌，又客客气气地端起饭碗拿起筷子，还有酒。这家里没有酒杯，只能以碗当杯了。酒是老姜带来的二锅头，散发出浓烈的香味，还没喝呢，石头就感到有几分醉意了。老姜端起酒碗，站起来，先敬老婆婆，娘啊，您老可要健健旺旺的多活几年啊，咱们的好日子马上就要开始了，等咱们这条路修通了，你们就不用在那崖壁上的羊肠小道上背着背篓去赶集了，更不用翻山越岭去卖梨子了，你们的梨子长在地里就会有人开车来收了，你们这儿的野蘑菇野山菌就不是山货了，是山珍啊，这些东西要是能卖到大城市里去，可值钱啊，你们就等着数钱啊，数得指头发麻呢，呵呵呵……

老姜又端起酒碗来跟石头碰杯，碰得咯噔一响，石头心里也咯噔一响，他像是想起了什么，突然站起了身，慌慌张张地跑出了门。他是去请村长。以前也是这样，只要这家里有点啥好吃的，他都会去请村长。但这样的机会很少，一年到头石头家里也难得拿出一点什么让村长吃的喝的，现在终于有了这样一个机会，石头一下就想起了他亲叔了。但石头很快就一脸丧气地回来了，村长不肯来。看着石头那闷闷不乐的样子，老姜很会制造气氛，热乎乎的话一说，小半碗一喝，石头果然又兴奋起来了，脸也开始红起来，脸一红就有了喜气洋洋的感觉，就会把那些不愉快的事暂时忘掉。石头其实没忘他要去找老姜干什么，可现在老姜坐在他眼前，他却愣是张不开这个嘴，一张嘴就滋溜喝下一口酒。老姜说，添上，添上！

石头的老娘也没有闲着，她真把老姜当自己的干儿子了，问长问短的，这一问，才晓得这些国家的人也好辛苦的，老姜一年到头在外面修路架桥，说是有个家却难得回去一次，前不久他娘病重，眼看着就不行了，老人闭眼前就想看自己的儿子一眼，老姜是家里的独子，可他当时还在非洲搞援建呢，哪里赶得回来，等他赶回来时看到的已是一堆黄土了。老姜说到这里时，眼眶已经通红了，兴许是一种情感压抑得太久，他竟然在石头他娘面前伤心流泪了。老婆婆其实也不知道那个非洲在哪里，也不知道啥叫援建，但老婆婆一想到那个在闭眼前想最后见自己儿子一面都没有见到的老娘，她一下就把老姜紧紧地搂在怀里了，她抽抽搭搭地哭着喊，儿啊，我可怜的儿啊！

这时候忽然传来一声咳嗽。石头猛地一下就听见了，一块夹在筷子上的猪头肉停在了他张开的嘴边，他一眼就看见了站在门口的村长。

村长好像是无意间从石头家门口路过。村长探头朝屋门里斜睨了一眼，哦，家里来客了？稀客，稀客，石头，是你叔啊还是你舅啊？

村长这话石头一下听懂了。爹亲叔大，娘亲舅大，这个道理他懂。石头的娘舅早就死了，石头只有一个亲叔，这个亲叔正扭着半拉屁股站在门口问他哩。可石头却张口结舌了半天也没有说出一句恰当的话来。倒是老姜一下醒过神来了，他满脸堆笑地站起来，像是又见到了另一个老熟人，他知道这是村长，他好像早就知道了，早就认得了，他走到门口给村长满脸堆笑地敬了一支烟。村长却冷冷地伸手一挡，戒了。

老姜倒不尴尬，接过村长的话头说，戒了好，我也早就想戒了，村长，我正要去拜访您老呢，我先来石头兄弟这里来认个门，马上就要去您老那边的。

老姜会说话。他既然把石头叫兄弟，也就是在村长跟前认了矮，他就比村长矮了一辈。村长从鼻子里嗯了一声，但脸色比刚才好多了。但无论老姜和石头怎么劝，村长还是走了，他愣是不肯上座来喝点儿二锅头吃点儿猪头肉。但他知道，老姜一定会来找他的。

老姜倒是一点儿也不着急，饭吃饱了，酒喝干了，老姜把一张狼藉的桌子收拾得井井有条了，跟老婆婆道过别了，他才拉着石头说，走，去你叔那边坐会儿。

村长好像很忙。村长一瘸一拐地忙进忙出，把老姜晾在门口一个冷板凳上坐了半天。石头更惨了，连个板凳也没得坐，就站在那儿，像罚站一样。村长终于忙完了，才拎了一只板凳出来在老姜对面坐下了。村长说稀客稀客啊，我这里可没有二锅头猪头肉招待呢，姜经理，可是把你怠慢了，莫要见怪啊！

石头又是一惊，他这才晓得这个老姜还是个经理，让他更吃惊的，老姜和村长虽是第一次见面，但彼此好像早就知道了对方的底细，村长早就知道老姜是经理，老姜也早就知道村长是个村长，只有他自己啥也不知道，很多事好像只瞒着石头一个人。但石头很快又发现，老姜对村长虽说也是满脸堆着笑，但却一点儿也不亲热，不像对自己那么亲热。老姜和村长不冷不热地你来我往了几句，很快就谈到一条路上了。老姜一说到这条路就带着感情了，老姜说这条路是国家出钱给贫困山区修的，尤其是乌蛮山这样的革命老区，早就该修一条路了。老姜这样一说村长也动了感情，村长长叹了一声说，是早就该修了啊，可国家好像把咱们老区人民给忘了啊，姜经理，你可不知道啊，我手里还有红军给我爷爷打下的欠条呢，一直到现在这欠账还没还呢。老姜激动地点着头，是啊是啊，咱们这么多年欠老区人民的债太多了，实在太多了，以前国家穷，现在有钱了，也该一笔一笔还上了，但村长您知道，这钱是国家的，咱们攥在手里，一分一厘也是不能乱花的。

连石头也听得出来，老姜这话听着有情有义的，但话里还有话呢，这里边还有很硬的骨头呢。石头立刻做出了自己的判断，他觉得旺财肯定是在撒谎，这国家的钱一分一厘也是不能乱花的，老姜他们怎么会一只梨子赔他五十块钱呢？他正这么寻思着，看见村长一边点头一边说，那是的，那是的，钱是国家的，说穿了也就是咱们老百姓的血汗钱呢。姜经理，你们修这条路，要征咱们石牛寨多少地？

老姜摇头道，眼下还不好说呢，还在测量呢，我们之所以一直还没有来拜访您老，也是等测量路线大致确定了再来请求您老支持，不过村长您老放心，我们的原则是，把占用农田和山林的面积减少到最低的程度，这田地那是多少钱也买不来的，咱们是要留给子子孙孙的，根据我们的初步设计，这条路是从那些悬崖峭壁上走，实在走不过去了，就架桥、打隧道，从大山里边穿过去。

哦？村长哦了一声，竟有一丝难以掩饰的失望，但他很快又说，好，这个，这个太好了！不过呢你们可得小心点，你别看这山稳稳当当的长在那里，可碎得很，根本动不得，你不动它几千年几百年也没事，你一动这山就散架了，那山上的石头就会天崩地裂地滚下来。

村长说着，在自己的瘸腿上拍了拍。村长就是不拍，老姜也听说过村长当年带着石牛寨人修路的故事，这个故事已经是乌蛮山的一段传奇了。现在，眼睁睁地看着村长这条光荣的老瘸腿，老姜对村长越发地敬佩起来，他又让村长不必过于担心，如今开山筑路都是现代化设备施工，不比当年了，在施工之前就会对沿线的高边坡采取预防保护措施，以免引发塌方、泥石流和山体滑坡之类的事故。村长听了老姜这样详尽的解释，又点头道，好，这个这个，太好了！修路是好事，可千万不要出乱子，一出乱子就麻烦了，你不知道啊姜经理，这乌蛮山为啥叫乌蛮山，我听县里来的干部说，这里早先有个叫乌蛮的部落，咱们就是他们的后人，这里人可是一个个蛮得很，你看着他们挺憨厚老实吧，但谁要是惹得他们恼火了，他们一下就把刀抽出来了，要跟你拼命哩！

说到这里，村长使劲看了老姜一眼，好像是在提醒老姜，又好像是吓唬老姜。村长又看了石头一眼，好像这站在老姜身旁的一个门板儿似的汉子就是一个乌蛮。

老姜笑了笑说，是呢，以后咱们少不了还要来麻烦村长的，不过，我这次来还得感谢您老啊，是您老培养出了石头兄弟这样憨厚纯朴的村民啊，这次我们拉电线时，不小心拉掉了他的好些个梨子，我们按一块钱一个赔偿给他，他愣是不要我们赔，我回去跟我们指挥部一讲，大伙儿那个感动啊，都说，就冲着这样的老乡，咱们以后也要尽量不给老乡们带来损失，流血流汗，也要给老乡们把一条路修好！

这时候，已经有不少村民陆陆续续在村长家的屋坪前站着了，这大山沟里很少有外人走进来，只要有个人从外边进来了，他们都会好奇地围上来。但这次他们围上来还不是单纯的好奇，他们显然也隐隐约约地听到了什么风声，他们迟钝的神经正在被一些敏感的东西触动。很多婆姨们手里还搂着脏兮兮一团的细伢子，汉子们手里还端着饭碗，他们这样团团地围着一个熟悉的村长和一个陌生的外人，一双双眼睛在夜色里闪闪烁烁。不仔细看，还以为是一群狼呢。老姜看见围着这么多人，忽然对村长说，我想跟乡亲们说几句。

村长奇怪地看了看老姜，他不知道老姜要跟这些村民说什么，但他点头了，他没有理由不点头。老姜其实没有说出什么让村长惊奇的话来，老姜只是把刚才跟村长讲的一番话又当着这些村民讲了一遍，但讲了一遍村民也没有什么反应。倒是石头惊奇了，老姜突然叫他过来，跟自己并肩站在一起，石头个头很高，老姜的个子也挺高，但没有石头那样壮实，老姜让壮实的石头和瘦高的自己这样并肩站在一起，但石头很紧张，虽说他眼前站着的都是低头不见抬头见的邻里乡亲，可他还从来没有面对过这么多闪烁的目光，他也从来没有被推到这样一个显眼的位置。老姜说，乡亲们，我今天当着你们的面认下了石头这个兄弟，你们都觉得石头老实吧，可我们决不能让老实人吃亏，石头是我们的一个榜样，我要代表我们公路建设指挥部来表彰他！老姜越说越高亢，说着就把一个红包封高高地举了起来，这显然是早就准备好了的一个红包，所有人的眼睛唰地一下都盯着那个红包了，一双双眼睛都红了，老姜用双手把红包递给了石头，老姜说，这是我们发出的第一笔奖金，一千块！我希望有更多的老乡像石头一样领到奖金！

老姜的声音在这个夜晚像铜锣一样响亮，听着还有一阵阵回声，而石牛寨的老乡们也实实在在地被震撼了一次，让他们震撼的不是别的而是那一千块钱的红包，而是谁都觉得自己也能领到这样一个红包，只要你能像石头一样老实，一个梨子是多少钱就是多少钱，你就能领到这样一笔奖金，还能被老姜认作兄弟。老姜，那可是国家的人啊。

旺财不知什么时候也来了，他带头拍响了巴掌，好！

连村长也努力地用正眼瞅着石头了，石头，你有种，有种啊！

/ 5 /

那一千块的红包石头一直没有交给老娘，他怕把那老不死的给吓死了。这么多钱，她怕是一辈子也没有见过，还不知道能不能数清楚呢。

石头一边在果园里剪枝一边不停地摸着兜里的钱。他是从来不在兜里揣钱的，也没有几个钱揣；石头现在揣着这一千块钱，感到从未有过的踏实。这是奖金，他一个农民也拿上国家的奖金了。石头老老实实地算过一笔账，就算旺财一个梨子真的赔了五十块，石头这一个梨子差不多值六十块钱了，旺财那钱拿得是贪婪下作，他这钱却拿得光光彩彩。老姜是国家的人，看来国家还真是不让老实人吃亏，现在他是打心眼里把老姜当自己的兄弟了。石头算过这笔账，石牛寨的老乡们也都算过这笔账，他们算来算去得出了和石头一样的结论，老姜是国家的人，看来国家还真是不让他这样的老实人吃亏。

　　从那个夜晚开始，老姜的腿脚越来越勤快了，他来石牛寨并不是每次都来找石头，也不是来找村长，他随时都有可能出现在石牛寨的每一户人家里或地头。很快，连石牛寨的狗都认得老姜了，看见了老姜不再冲他狂吠了，远远地就冲着老姜摇尾巴。老姜看见谁了满脸都堆着笑，看见了这些狗也要亲热地拍拍它们的狗脑袋，然后亲昵地骂一声狗日的。老姜已经在石牛寨认下了不少兄弟了，也发出了不少奖金，他现在是石牛寨最受欢迎的人，很多人一眼看见他就像看见了喜鹊，觉得又有啥喜事了。现在谁都知道他是个什么经理了，他是公路建设指挥部的协调经理，他要干的事情就是跟沿线的老百姓打交道，公路上遇到了什么麻烦了要找他，老乡们遇到了什么麻烦了也找他。他是一个大忙人，石头有时候刚刚看到他奔走的身影，连打一声招呼也来不及，那身影就从林子边上匆匆晃过去了。但有时候老姜也会在石头的林子边上站站，他好像连坐下来的时间也没有。他刚张口要跟石头说什么手机就响了，在一连接了三个电话之后，老姜笑着说，兄弟，忙啊，每天早上我天没亮就起来了，然后这劳什子就一直喳喳叫个不停，一天我要换三四块电板，一天至少接一百多个电话，一接电话我就紧张，不知哪儿又出啥事了，兄弟，要是每个人都像你一样就好了啊！

　　老姜说着已经拔腿朝一个地方奔去了，一边走他的手机还在一边喳喳喳地叫个不停，他手机的叫声也是一种鸟叫声，像喜鹊，又像百灵。石头看着那急匆匆的样子就像去抢火似的，老姜也说自己是个到处灭火的消防员。石头知道这乌蛮山不止有一个石牛寨，还有很多村村寨寨呢，而且都在旮旮旯旯里，去那儿又不能骑单车又不能骑摩托，就是有车也不能开到那些旮旮旯旯里去。老姜一天到晚就凭着他那两条长腿和一双爬山鞋在这些旮旮旯旯里上坡下岭地奔走，老姜说，什么事都可能发生。石头每次这样望着老姜时，突然对他充满了同情，看来，当国家的人，干国家的事，还真不容易。现在，一条路已经开工了，开工那天大山里的老乡们可是扎扎实实地震撼了一次，一台台大型现代化施工设备威风凛凛地排列着，一支支施工队伍穿着工装、戴着安全帽威威武武地站在山梁上,这是开工前的誓师,国家的人就是国家的人啊,国家的队伍就是不一样,那个气势和气魄给人一种无坚不摧的力量。村长也挺着身子站在那里看,看了眼前这样的施工队,想到以前自己带着的那个施工队,村长是一点儿也骄傲不起来,光荣不起来了,他那挺起来的腰杆不知不觉就塌了下来,佝偻着了,变成了一个萎萎缩缩的老头儿了。

石牛寨的不少汉子原本还想到工地上去找找活路做,抬抬石头,铺铺路基,石头也这样兴奋地想过,谁又不想挣点国家的钱呢,而且就在自己家门口挣,可一看这阵势谁都不敢想了,心里都绝望了,他们只需等着人家给他们把一条路修好就行了。石牛寨人该干嘛还得干嘛,摘梨子的摘梨子,采野山菌的采野山菌,而石头正忙着给密不透风的果树剪枝。石头在这大山里活到了三十五六才发现自己根本不懂得这些果树,他老是埋怨这块背阴的山坡,没想到种果树还有那么多的学问。这也得感谢他的姜大哥。老姜的老家也在大山沟里,祖祖辈辈也是种果树的,但一个一辈子窝在大山沟里的人不见得就会种果树,只有像老姜这样走出了大山沟、走南闯北的人,才会懂得更多,啥叫见识,一句话,见多识广,才会有见识。老姜说,世界上的事情那么复杂,说穿了其实都是一个道理,这道理就是一种因果关系,就说这剪枝吧,你要舍得,有舍才有得,你巴不得每一根树枝上都结满了果子,结果呢,一棵树上果子结多了果子就小了,结出来的还都是些歪瓜裂枣,你要舍得把那些多余的枝条干脆果断地剪掉,连那些结了果的枝条也舍得剪掉,这样才能给果树留下生长的空间,让风把整个林子吹透,让每一个梨子都能呼吸到新鲜空气,这样,哪怕就是再背阴的一面山坡,多少也会有一些阳光被风吹进来,这梨子也许会成熟得晚一些,也会长得水脆脆的又香又甜,而据老姜的分析,成熟得晚一些也不见得就是坏事,很可能还是好事,等人家的梨子差不多都卖光了,没有梨子卖了,你这梨子上市了,正好可以卖个好价钱。物以稀为贵嘛,这个道理石头一听就懂了,你以为石头真是个傻子啊。石头从老姜那里真是懂得了太多的道理,石头只恨自己认识老姜太晚了,要是他早明白这个道理他的果园哪是现在这个样子，他也许早就把一个漂漂亮亮的婆姨娶回家了。不过老姜说，亡羊补牢犹未为晚，现在剪枝也还来得及，但不能再犹犹豫豫了，哪怕看着一根挂满了果实的枝条也要干脆利落，要对自己下得了手！

石头把剪子磨得锋利无比，石头脸上隐约有杀气。石头对自己还真是下得了手，按老姜的指点，每一棵梨树上只留三个主枝，石头就跟有仇似的，把那些徒长枝、下垂枝、背上枝、过密枝、病虫枝、弱小枝一路咔嚓咔嚓地剪过去，这些都是老姜手把手地教给他的，他听见树枝簌簌地落下去，他感到十分激动，这是一种十分怪异的感觉，要是以前他不知道该有多心疼呢，可现在看着满地的树枝和落果，他觉得这就是他最得意的劳动成果。

石头在林子里闹出的动静很大，连旺财都听见了。旺财猫腰钻进石头林子里来了。自从石头领到了有生以来的一笔奖金，旺财已经好多天没有露面了，石头也有好多天没有听见旺财的口哨声在夕阳下响起了，也没有听见他使劲儿按摩托车的喇叭了。石头几乎把旺财给忘了，好像这世上根本就没有这样一个人。可旺财现在又出现了，旺财在满地剪下来的树枝和梨子之间磕磕绊绊地走着，但石头好像没有看见旺财，石头剪得正欢呢，一把剪子在石头手里咔嚓咔嚓欢快地响着。旺财已经走到石头剪枝的树底下来了，石头蹲在树上，旺财站在树下，旺财在仰望他，石头在俯视他，石头突然发现旺财很渺小，连一只猴子都不如。但旺财却用一种非常刺耳的声音表达着他是绝对不可忽视的，他大叫大嚷，你这是干吗啊石头，你怎么把这些好端端的树枝、梨子都剪下来了？

石头没有搭理他，石头剪得更欢了。旺财有点儿束手无策了，旺财围绕着一棵树像瞎驴推磨似的转着圈，旺财弯腰从树下抓起了什么，石头看见了，旺财一只手抓着一根树枝，一只手抓着个剪掉了的梨子，一副痛心疾首的样子，好像石头剪的不是自个儿的梨树，而是在旺财家果园里搞破坏，旺财用可怜巴巴的眼神瞅着石头，旺财在石头面前还从未显得这样可怜，这可怜中甚至还有一些凄惶。这种感觉一直是属于石头的，现在终于轮到旺财了，这个世界好像颠倒过来了啊。石头咔嚓咔嚓地挥舞着剪子，石头感到从来没有这样痛快这样解恨。

然而一把剪子忽然咔地一下停住了,像是突然卡壳了。石头听见了旺财的一句话,你这傻逼,你剪掉的是钱啊,这树枝、这梨子长在树上是钱,落在地上就是垃圾!

石头从树上跳下来了,好像是咕咚一声掉下来的。石头看着自己刚才修剪出来的一棵梨树,看上去干净利落,那树形可真漂亮,用老姜的话说,那叫一个赏心悦目。可石头突然高兴不起来了,因为旺财紧接着又说了一句话,我就知道你又上了那个老姜的当了,姜还是老的辣啊,他一千块钱红包就把你给彻底收买了,就让你鬼迷心窍了,可你马上就要上他的当了,你这个当可是上大了,那可不是一千块,那是一万块钱,不,十万块!

石头被旺财说出的那个巨大的数字震撼了一下,一下就蹲下来了,他又像个白痴似的仰起头来看着旺财了,他心里那个隐秘的从不告人的隐秘,咔地一下又被旺财触动了,就像触动了一个暗设机关。旺财一看见他这样子又开始冷笑了,旺财伸手一指,他一指石头立马又看见了那两道笔直的白灰线,过了许多天,这白灰线比以前淡了许多,但还是一眼就能看见,这是连瞎子也能看见的。旺财冷笑道,我知道你信不过我,可我还是要点醒你一句,信不信由你,你想过没有,如果你这地被征用了,这每一棵果树都是要补偿的,怎么补偿,看这树上有多少树枝,每根树枝上挂了多少果子,一个果子值多少钱,你看看你现在剪下来这么多树枝这么多果子,你看你剪掉了多少钱啊?你把一个婆姨活生生给剪掉了,你把一幢房子活生生给剪掉了,你个傻逼啊!

石头的脑袋嗡地一下又晕了,他蹲在树下,看着一地的树枝连同果子,他捂着头。他头晕的老毛病又犯了。

旺财伸直指头在石头的脑袋上狠狠戳了一下,你个傻逼,我看你这脑子真是有毛病!

石头又可怜巴巴地看着他,这可怜中还有一些凄惶。这可怜和凄惶忽然一下又重新回到了石头身上。旺财看着石头这模样,显然有几分得意忘形,每到这时候旺财立马就会转身走掉,可走了几步他又转身一脸神秘地对石头说,你这病哪,倒是有办法可以治好,你要信得过我,晚上你就来我家吧。

石头是天黑了很久之后去找旺财的。旺财家不在全村人住的这个石牛寨里，而是住在寨子西边一条小河的对面。旺财和整个石牛寨隔着一条河，让人觉得他既像这个村里的，又不像这个村里的。他好像很喜欢这样一种若即若离似又不似的状态。旺财那一幢独门独院太招眼，但旺财栽了很多的树把它隐藏得很深。小河上那座白石桥也是旺财为自己一个人修的，除了旺财，平时很少有人走。而现在石头正从这桥上走过。这个季节，即使是一条小河也显得十分湍急，浪花拍打着小河里卧着的石头，水花纷飞，这让石头走过时感到很悬，半个身子凉飕飕的。他甚至感觉到自己正在不断下沉又不断地挣扎着浮出水面。

石头犹犹豫豫地走到旺财的院门口，他看见了旺财家的花园里用铁链子拴着一条狼狗，不是狼狗，是藏獒，这家伙显得十分高大威猛，长着一身褐黄色的长毛，两只耳朵耷拉着，眼里却露出逼人的凶光。石头早就听说旺财家养着这样一条藏獒，可石头还是被它吓了一跳。他听说这家伙只认得自己的主子，除了自己的主子，它天王老子也不认得，何况是石头这样一个人，石头觉得自己很下贱，他只能蹑手蹑脚地站在夜色中充满敬畏地看着它，连大气也不敢喘了，也不敢喊叫，生怕这家伙突然一个猛子扑上来。

旺财知道石头来了，但旺财没有理会他。旺财正躺在客厅里的一张大沙发上尽情地享受呢，他那无比快乐的呻吟声、喘息声石头听见了，石头只能看见旺财家的大门，但看不见旺财，旺财到底在干吗呢？石头好像一下猜到了，石头的脸一下涨得通红了，这让他感到特别亢奋又感到一种强烈的屈辱。石头呼地一下转身就走了，他以为这时候旺财一定会叫他一声的，但旺财只是把动静弄得更大了，旺财已经是在叫唤了，好像有人在他身上一下一下地咬着。石头冲到了那桥头上还能听见旺财的叫唤，但石头却在桥头猛地站住了。他在这桥头站了半天，终于还是没有跨过这座桥，他火烧火燎的一张脸和一个滚烫的身子，随着这小河边的秋风一阵一阵的吹过，又渐渐冷静下来了。这时，他终于听见了旺财的喊叫声，石头，你站在那儿干吗，进来啊！

石头一进屋就看见了一张大沙发，这样的大沙发石头只在村里露天放映的电影里看见过。旺财还四仰巴叉地躺在这沙发里，一个瘦猴儿躺在这样巨大的一张沙发里，不仔细看，你都看不见里边还躺着一个人，但石头看见了，旺财几乎是赤身裸体地躺着，只是裤裆那儿兜着一条小三角裤衩。石头甚至下意识地朝那个地方瞄了一眼，也没有看出什么名堂来。但旺财这赤身裸体和石头在井台上冲凉的样子显然是不一样的，石头那赤身裸体是自己折腾自己，旺财这赤身裸体却有两个妖精一样的小娘儿们在殷勤侍候他，一个小娘儿们在轻轻地给他捶头，一个小娘儿们跪在地上给他揉腿捏脚。石头一双眼很快就从旺财身上转到这两个小娘儿们身上了，这两个小娘儿们石头还从未见过呢，石头突然想，旺财这么多天没有露面原来是出山了，进城了，要不他家里怎么会有这两个突如其来的小娘儿们呢？

石头眼花缭乱地看着这俩小娘儿们时，旺财不动声色地笑了，旺财说，石头，我第一次发现你不傻，你要真是个傻逼你就走了，你没走就证明你不傻，你比我想的可要聪明多了！

旺财原来是在考验他呢，旺财想要试试石头是不是真心实意来找他，石头经受住了这样的考验，石头马上就要走运了，走大运了。旺财已经享受过了，现在轮到石头来享受了。旺财一边穿衣服一边对那俩小娘儿们说，青青，莉莉，这位大哥脑子有毛病，他头晕，你们可要把你们的全部手段使出来，给石头大哥好好按按啊。

旺财又对石头说，按按吧，好好按按吧，你这脑子也没有什么大毛病，按按就好了。

旺财上楼去了，偌大的堂屋里只剩下了一个汉子和两个小娘儿们。石头睁大眼睛看着这俩小娘儿们，像做梦一样。那个叫青青的穿着薄纱一样的衣服，仿佛裹着一团轻雾，她轻轻一推，石头的两条腿一下就软了，一屁股坐到了沙发上。大哥，把衣服脱了吧，脱了才好按啊，才按得舒服呀！青青给石头脱衣服时，他的手在打战。那个叫莉莉的像是根本没穿衣服，只把奶子和屁股那儿用布片儿兜着。莉莉拍拍石头的大腿，他的两条腿也在打战。大哥，把裤子脱了吧，脱了才好按啊，才按得舒服呀！石头就像做梦一样被这两个娇滴滴的小娘儿们摆布着，他一件被汗水湿透了的褂子被脱了下来，他一条打着补丁的裤子被脱了下来，他两只沾满了泥巴的鞋子倒是他自己在慌乱中蹬掉的。现在，他被扒得只剩下一条红裤衩了，这是老娘给他一针一线缝的，今年是他三十六岁的本命年呢。那俩小娘儿们看着他的红裤衩偷偷乐了一下，她们抿着可爱的小嘴在笑呢，笑起来不知道有多坏。她们把一个大山里的汉子差不多扒光了，这倒是给了她们许多乐趣。但她们看见一个赤身裸体地躺在沙发上的汉子，不约而同地惊呼了，大哥，你好壮呀！

青青轻轻摸了一下石头的脑袋，柔声问，大哥，哪儿晕？这儿？那儿？石头感到一双柔软的小手在头上一点一点地试探，好像是在寻找他的穴位，听见石头哎哟一声，青青显得十分激动，这儿？大哥，是这儿吗？青青的两个指头在石头的两个太阳穴上使劲地按下去，这一按就像按到石头的死穴了，按得石头一下就动弹不得了。哎呀大哥，青青尖叫起来，你好像被什么东西附了体啊，这是你的头吗？我怎么像是按另一个人的头呢？莉莉的一双手是从石头的命门那儿开始的，石头也不知道自己的命门在哪儿，但莉莉知道，莉莉知道男人女人都有命门，男为精关，女为产户，莉莉的一双小手在那儿又揉又捏着，慢慢滑向石头的大腿根，她柔声问，大哥，舒服不？一只温柔的小手突然触到了什么，石头发出一声惊叫，他感到一个地方没出息地鼓了起来。大哥，你好壮呀！莉莉一只小手立刻就把它握住了，她的手在跳呢，莉莉好像是一只小手都握不住了，把两只手都用上了，她两只小手被顶得扑腾扑腾的跳动，大哥，你好壮好壮呀，哎哟哎哟哎哟，莉莉开始呻吟了，开始叫唤了。石头的叫声更大了，石头的叫声好吓人的，像一头雄狮在低低地号叫。突然，石头怪叫了一声，就像一个越涨越大的气泡嘭的一声，炸了。

石头忽然一下清醒了，他清清楚楚地看见了旺财，旺财正站在楼梯上居高临下地看着他呢，旺财乐得跟小孩一样，石头，舒服不？旺财这样问时已从楼梯上走下来了，旺财又在石头的脑袋上摸了摸，石头，你的头还晕吗？石头的头现在是真的一点儿也不晕了，但石头发现自己没有一点儿力气了，他就像一摊烂泥似的瘫在沙发上，他想把两条腿夹紧，就像夹紧自己的尾巴，但旺财猥亵的目光还是盯着石头身上的一个地方，那地方已经夹不住了，那湿津津黏糊糊的感觉让石头羞臊得要命。他几乎是挣扎着爬起来的，他背对着旺财，磨磨蹭蹭了半天才把一件汗味扑鼻的褂子和一条打着补丁的裤子穿上了。

石头转过身来时，旺财已经跷着二郎腿大模大样地坐在那儿了。旺财两条腿都很短，但很粗，还长满了茂密的黑毛。看着石头那垂头丧气无地自容的样子，旺财豪迈地笑了一声说，好！头不晕了就好，脑子没毛病了就好！旺财又低声问，呃，石头，你看上哪个了？他在那个叫莉莉的屁股上拍了拍，这个怎样？他又把青青拉了过来，呃，这个咋样？你看上哪个了，今晚就可以带回家，一个男人怎么能没有婆姨呢，连个婆姨都没有那还叫人过的日子？

石头低着头，石头过了这么多年才知道那日子真不是人过的日子。他先抬起头来看着青青，他开始头晕，没有看清楚，现在他看清楚了，一张粉红嫩白的小脸，一双大眼清澈得就像那小河里的秋水。石头觉得这小娘儿们比旺财的婆姨还俊俏呢，他要是能把这样一个小娘儿们娶回家，就是死也值了。石头这样想着时青青已经挨过来了，她娇声娇气地说，大哥，你是好人，我愿意一辈子侍候你，只要你点个头，我立马就跟着你走。她把一只手伸过来了，把他的胳膊挽住了，那手臂可真白啊，像一只干净新鲜的白莲藕。可石头又没出息地开始发抖了，青青的手一挨着哪里，他哪里就抖得慌。这让青青很失望，而旺财更加失望。旺财又对莉莉努了一下嘴，莉莉，你试试看！莉莉尖声一笑，笑得花枝乱颤，她不是挽着石头的胳膊，她一下就搂着石头粗壮的脖子了，她用两只手臂搂着石头的脖子又摇又晃，像是撒娇，又像是撒气，石头一下就有感觉了，石头感觉她两个奶子在他胸口上又跳又撞的，这次石头没有发抖，但石头被她撞击得有些站不住了，一屁股又跌坐在旺财的大沙发上。

看着石头这狼狈不堪的样子，旺财又乐得跟小孩一样了，他没想到石头会给他带来这么多的乐趣，这是他在女人身上享受不到的快乐，他嘎嘎地笑了几声突然发现了一个很关键的问题，石头这样惊慌失措，这样虚弱，其实是缺少一样很关键的东西，钱，石头没有钱，一个男人没有钱怎么行，一个男人没有钱哪怕长得像石头一样高大壮实,也会软得像鼻涕一样。这也正是旺财把石头招来的目的,他决定把一件好事做到底,他要给石头一大笔钱。他把一只手伸到胸口去摸索了,但手抽出来是空的。他又把手伸到屁股后面的口袋里去摸索了,这次手上攥着什么东西了,攥着一张纸。旺财把一张纸摊开了,他让石头仔细看看。

石头低下头把一张纸一字一句地看了三遍,这上面没有他不认得的字,旺财的文化比他也高不到哪里去,也只念到了高小毕业。这张纸条旺财显然早就写好了,这还真是一件大好事,旺财要跟石头以地换地,旺财那片山地的面积比石头的还大,阳光也比石头的充足,而旺财很慷慨,只要石头答应跟他换地,旺财还情愿倒贴给石头五万块钱。旺财没说倒贴给石头一个婆姨,这事是不能白纸黑字地写在纸上的,但石头一看就心知肚明,这五万块钱就是一个婆姨的价钱,无论是青青还是莉莉,都是这个价。石头这次没发抖,发抖其实是从脑袋开始的,只要脑袋不抖,身体就不会抖,手脚就不会发抖。石头没有发抖,让旺财有些失望,他以为石头看了这样一张纸一定会激动得浑身发抖的,石头连做梦也想不到的好事现在全都有了,阳光有了,女人也有了,土地也没有少,反而比以前更大了,这是多好的事啊。但石头竟然没有一点儿激动的样子。石头把一张纸轻轻放下了,他看了旺财一眼,闷声闷气地问,你真觉得我那片山坡就一定会征收?你这么有把握?

旺财老老实实说,我也没有把握,但我很想赌一把,这石牛寨也只有我一个人有这个本事赌,石头你敢赌么?你拿什么赌,你只能拿命赌,可我赌输了也不怕,我无非是赔掉了一个小娘儿们,这小娘儿们天底下多的是,我把土地换给你了跟没换一样,再好的土地给我也只是荒着,只要我名下还有一块土地就行了。我知道你不傻石头,你应该想得清楚!

石头点了点头,又小声问,你觉得我那地要是征收了会有多少补偿呢?

旺财笑了起来,石头你果然不老实啊,你也想发横财啊,但这个横财你也发不了,这地怎么补偿那都是有标准的,你那兄弟老姜也说了,国家的钱那是一分一厘也不能乱花的,你拿到的补偿绝对不比我给你的多,你看你现在干的那些蠢事,要不是我点醒你,这块地放在你手里真是糟蹋了,但放在我手里那就不一样了，你知道我是一个贪婪下作的人，我也不跟你玩高尚，我也不像你那样认谁谁是兄弟，我没有兄弟，我也从来不认得什么兄弟，我只认得钱！石头你现在想透了吧，只有我这种贪婪下作六亲不认的人，才发得了横财，输得起，也赢得起！

旺财已经彻底跟石头摊牌了，石头也彻底想通了，他再想不通他就真是个傻逼了。旺财已经把一盒印泥揭开了，石头把一个指头伸进了印泥里，深深地往下摁了一下，这不是做梦，只要盖下这个手印，他梦想得到的一切就成真了。眼看就要盖在旺财指着的那个地方了，石头突然又犹豫了。旺财说，盖啊！但石头的一个手指头悬在空中，就是按不下来。旺财说，你怎么了？

石头却把手一下缩回去了，让我再想想，我想好了再来找你。

旺财看着石头缩回去的那只手，旺财那个气啊，不知道怎么发作才好，但是他说，好！我倒想看看你这辈子是怎么穷死的，看你是怎么打一辈子光棍的，就你这样子，别说找婆姨，连石牛寨的母狗也不会跟着你！

事实上石头一走出旺财家的门槛就开始后悔了，他就是再想几天几夜也想不出有什么理由拒绝旺财，旺财绝对没有哄他也没有坑他，那旺财又到底是想坑谁呢？石头正边走边想，旺财又冲着他的背影吼叫一声，你他妈给我站住，你脑袋不晕了就这么走了？你到医院里看病那也得付钱啊！旺财骂骂咧咧的几步赶上来，把手伸进石头怀里一掏，就把石头揣在怀里的那个红包掏出来了，他撕开红包数了一下，还真是一千块呢，他惊呼了一声，那狗娘养的老姜是来真的啊！但旺财没把钱揣进自己怀里，这点小钱他还真是瞧不上眼，他转手就扔给了那俩小娘儿们，拿着吧，这是石头大哥给你们的服务费！

谢谢大哥，谢谢大哥！那俩小娘儿们对站在夜色中的石头连连鞠躬，欢迎下次光临！

石头踏实了许多日子的心口忽然又空了，像是缺了一大块。石头走到那桥头上，朝夜幕下的乌蛮山看，他看见了那里彻夜不熄的灯火，还有机器的轰鸣声，他知道，那是老姜他们，正在没日没夜的修路呢。

石头看着那个方向，就像看着另一个世界，近在眼前，又远在天边。

/ 6 /

第二天半上午，老姜就来找石头了。

石头这半天一直鬼使神差的，心里头乱得很，昨晚从旺财那里回来后，他心里头就乱得很。现在，他都不知道自己干什么才好，剪枝吧，这枝不能剪，摘果吧，他马上又意识到这果也不能摘。他感觉有个神灵在控制他，这个神灵就是旺财。石头正无所事事地在林子里转来转去，听见树枝一阵簌簌响，一抬眼就看见老姜了。这一次，老姜绝对不是从这林子边上路过，他是专门来找石头的，连村长也来了。没错，他们是来跟石头商量这片山林的事。老姜的表情，是一脸万般无奈的表情，老姜说，石头兄弟啊，这块地我们一直想给你整个儿保留下来，可现在，唉，还是要征用一部分……

老姜一句话还没说完，石头突然一下冒火了，哼，我早就知道！

当一个猜想终于变成了事实，那种受骗的感觉变得更加强烈，你既然要征用这片山地，你为什么早不说？你为什么还要让我剪枝，让我把好多梨子都给剪掉了，你安的什么心啊老姜？你这是把我当兄弟吗，你这是把我当傻瓜日弄呢！但这些话石头没有说出口，他说不出口，他觉得这个老姜太狡猾了，太卑鄙了。老姜显然也感觉到有问题了，这个石头好像突然变了，但无论石头的脸色有多难看，老姜还是冲他笑了笑，又耐心地给他解释，他绝对不是故意要隐瞒一个消息，他们一直想另辟蹊径，为的就是绕开石头的这一片果园，但最后还是没法绕开，他们只好来跟石头商量，自然，主要是来商量怎么补偿的问题。一说到补偿，石头立马就竖起耳朵来听了。老姜那样子还是一脸实诚，该怎么补偿，他心里有数，那是国家的补偿标准。老姜心里有数，石头心里也有了一个数，无论老姜怎么说，无论是哪儿的补偿标准，石头只认一个，至少不能比旺财开出的价格低。结果又让石头吃了一惊，老姜说出来的那个数，竟然和石头心里的那个数差不多，甚至还比石头估计的略高一点。石头在心里暗暗松了一口气，一张紧绷着的脸也放松了。他觉得这个价格他能够接受，虽说钱呢实际上跟旺财开出来的差不多，可他跟旺财那是肮脏的交易，他买老姜这个账则是支援国家的建设，石头不傻，这其中的道理他是掂量得出的。

老姜看了石头一眼，看见石头脸色好多了，又开始叫他兄弟了，石头兄弟，你就放心吧，我们是决不会让老实人吃亏的！

这话老姜说过多少遍了，但每次石头听了还是挺感动。他正要点头答应，却被村长的一个眼神制止了。石头刚才几乎把站在一旁的村长给忘了，但村长的一个眼神就让他立马意识到，他答不答应还要看村长的眼色呢。老姜刚才好像也把村长给忘了，这会儿他也立马就发现，这答不答应还要看村长的眼色呢。这石牛寨的一个村长，没事时谁也不觉得，一有事就发现这个村子整个儿还被村长管着呢。而村长说出来一句话，把石头和老姜同时震惊了一下。

唔，这是村里的地！村长说，这地该怎么补偿，我看还得开个村民大会哩。

村里的地？石头的脑袋嗡地一下又晕了，这明明是村里分给他石头的地，怎么一下子又变成村里的地了？他捂着头。他头晕的老毛病又犯了。石头又可怜巴巴地看着村长了，这可怜中还有一些凄惶。连老姜也看着村长了。事情显然比老姜想得要复杂得多，如果这地真要开村民大会来决定，老姜要做的就不是石头一个人的思想工作了，他要做的就是全村人的思想工作了。这思想工作有多难做，老姜比谁都清楚。眼下最重要的是把局面控制在这片林子里，决不能蔓延到整个村子里。老姜又给村长递烟了，村长这次没有拒绝，老姜又给村长点上了火。

老姜说，村长，您看这个事情能不能就在您手上解决了？

村长没吭声，只从嘴里喷出了一口烟。

老姜说，村长啊，为了咱们修这条路，您老啊可是没少操心……

村长说，我是白天白操心，半夜三更还在瞎操心哩！

老姜说，村长您放心，您老为这条路可是操碎了心，这个我们心里是有数的。

老姜和村长这样一边说着话一边就朝着林子外边走了，两个人好像都忘了石头的存在，把石头一个人孤零零地扔在这林子里了。石头听着他们那些话，没有听出一句有用的话，却又隐隐地感到那里边大有玄机。但石头眼下已经管不了什么玄机不玄机了，石头要面对的是一个要命的问题，这一片背阴的山坡地还是不是他的呢？如果这片地是村里的，每个村民都有份，他这眼看就要到手的补偿款就要被村里人瓜分，石头家只是在村里人口最少的一户人家，他和他老娘只能领到最少的一点儿补偿款了。石头突然后悔起来，他昨晚怎么就没有在旺财那张纸上按下一个手印呢，只要把手印一按，他遇到的这些让他头晕的问题也就一股脑儿全扔给旺财了，他其实早就知道这村里能够跟村长斗法的也只有旺财了。

在石头心里，不管旺财对他咋样，他都觉得旺财是石牛寨最聪明的一个人。村长知道上面的事，旺财知道外面的事。这次，没等旺财来找他，石头就去找旺财了。旺财拿着一把梳子正在梳理那条藏獒又长又厚的狗毛，石头忽然觉得自己脸皮很厚，他竟然还有脸来找旺财。旺财举起梳子对着夕阳看了几眼，好像是看那上面有没有虱子。旺财看见石头了，这样一个汉子站在他跟前，就像一堵墙，哪能看不见呢。旺财眯缝着眼睛看了石头一会儿，慢声问，石头，你是不是后悔了？

石头闷头闷脑地问，旺财，我那块地，到底是村里的，还是我自个儿的？

旺财说，石头，你要是现在后悔了，还来得及啊。

旺财，我那块地，到底是村里的，还是我自个儿的？

石头的声音一大，竟然有点咄咄逼人的味道。旺财被他这气势震了一震，但他却把这个问题往村长那里一推，你问我干啥，我在村里鸟都不是一个，你去问村长啊，问你亲叔啊！

石头说，我就是要问你！他盯着旺财不放。他这样坚定地盯着旺财时，感觉自己整个身子变得坚硬起来。这时旺财已经开始躲闪他的目光了，旺财好像突然觉得，这个石头好像有点儿不对头，他好像不只是个傻逼了，好像已经有点疯狂了。

石头从旺财那里回村时，感觉自己的胆子忽然壮了许多。石头不傻，也没旺财想的那样疯狂，他只是想试试，他的胆量有多大，他敢不敢用这样理直气壮的口气去跟村长——他亲叔叫一回板。石头突然觉得自己的眼睛比平时亮堂了许多，他感觉村长——他亲叔正在不遗余力地出卖自己的亲侄儿。石头就是在这个夜晚打定了主意，不管村长——他亲叔说什么，他都要和他拧着来、对着干，这是唯一正确的选择。

石头大步流星地向村长家里走去时，又看见了那些在夜色迷茫中闪烁发光的眼睛。他们好像都在议论一件事，但这些议论纷纷的村民一看见石头走过来了，忽然一律压低了声音，好像他们只是像往常一样心不在焉地聚在一起聊天。有人还敷衍地招呼了他一声，石头，吃了？石头听见了，就很老实地把自己的大脑袋摇一摇。他感觉这时候全村人都在算计自己，算计那块原本谁也不想要的背阴的山坡地。石头走到村长家门口时，从地上的一大堆梨子上直接跨了过去，他这个动作被村长看见了，立马就发现石头有点儿来者不善，换了以前，石头绝对是要转弯的。这时候村长已经吃完了自己的晚餐，他还把一只用舌头舔得溜光的大碗亮了亮，意思是他家的晚餐已经吃完了，石头要是早来一步，他也少不了会赏给石头一碗饭吃。石头小时候，也没少在他亲叔家里蹭饭吃，尤其是在那些饥荒岁月。这是石头一辈子也记得的，但现在却是他坚决要忘记的。

村长刚进屋把这只空碗搁下，就听见石头在他背后问，村长，我那块地，到底是村里的，还是我自个儿的？

村长叼着一根烟从屋里出来了，像往常一样，斜睨着自己的大侄子。

但石头没有被村长的眼神所吓倒，石头竟然对着村长翻了翻眼睛，村长，我那块地，到底是村里的，还是我自个儿的？

他立马就听见村长的鼻孔里发出了一声轻蔑的哼声，石头，你有种，有种啊！

石头一直弄不明白村长这话是什么意思，但他突然听见村长像炸雷般的吼叫起来，你这有娘养没娘教的东西，我把你养到人长树大了，你也敢跟老子叫板了，我不跟你说，去，把你娘叫来！

石头知道，村长只在气愤之极时才会说出这样恶毒的话，石头偷偷看了一眼村长，忽然听见有人在哭喊，老天啊，你还有没有天理啊？这蓦地响起的一声哭喊让村长猛地一愣，石头跟着也一愣，还真是石头他老娘拄着拐杖赶来了。石头紧张地抓了抓脑袋，这老不死的怎么忽然就跑来了？看来老姜把一件事想瞒也瞒不住，连这样一个老婆婆都知道了，全村人肯定全都知道了。但石头不想让自己的老娘掺和到这件事里来，他不想把事情搞得这么复杂，凡事一复杂他就会头晕。他几步就奔了过去，一下就把那老不死的控制住了。可那老不死的还在拼命挣扎着大喊大叫，天理不容啊，天理不容啊，那地可是咱们家的命根子啊！老不死的那一脑壳白头发都喊得炸了起来。

这让村里人很紧张，一下子都惊慌地奔回了自家屋里，连村长眨眼间也不见了踪影。整个寨子里忽然一下静了下来，变得一片死寂了，只有这老婆子疯疯癫癫的喊叫声在夜空中回荡。这反而让她越发兴奋起来，她嗖地一下从石头怀里挣脱出来了，一边哭喊一边在村里疾奔起来。她这是喊街呢。石头又一次冲上去，他要把这老不死的拽回家，可她正在兴头上，她竟然第一次同这个光棍儿子抗争起来，还抡起巴掌去打石头的脸，但她根本就够不着儿子，踮起脚来也够不着。石头一把捉住她的手，用一只胳膊夹住她，就像夹着一小捆干柴，那老不死的很快就被石头扔在了灶屋里。他松开胳膊时才发现有点儿不对头，老婆子躺在地上一动不动的。石头慢慢地跪下了，他刚才下手也太狠了，这老娘莫不是被他掐死了？他把一根手指伸到母亲的鼻息下，他的手指头立刻就颤抖起来。

娘啊！石头开始哭。他使劲地压抑住自己的哭声。

老婆婆的身子抽搐了一下。她这样一下一下地抽搐着，就像某种植物在一下一下地伸展着自己的神经，只要经脉没断，一沾着地气，她又慢慢活过来了。老婆婆微微睁开眼，看见儿子在膝前跪着，正在哭，还哭得那么伤心，她扑哧一声就笑了。如果她真就这么死了，也好啊，她这光棍儿子其实挺孝顺呢，她死了他也会哭呢。她伸手去摸儿子的脸，却抹下了一脸浑浑噩噩的眼泪。她不知儿子怎么变得这样软弱了，他竟然有这么多的泪水，一股股地涌上她的手心，石头啊，你这是哭啥哩，我是不是真的死了啊？死了就是这样啊，死了就像做梦一样啊？但石头一看见老娘醒了又凶相毕露了，石头对自己刚才哭成一团的样子感到特别害羞，他恼羞成怒地把老娘一把推开了，我还以为你真死了呢，你怎么就不死啊！

老婆婆把嘴一咧，忽然纵情大笑了。

事情在第二天早上变得更加蹊跷了，这天早上雾很大，但还是有不少村人看见了，村长竟然坐上了旺财的大摩托，一溜烟儿开到镇上去了。石牛寨人都知道自己的村长是个比较骄傲的人，这骄傲也不是针对村里那些老老实实地种田种果树的草民，而是对村里那很少的几个好吃懒做却发了财的人，这第一个便是旺财。可现在，村长不但坐在了旺财的摩托车屁股上，还用两只手搂住了旺财那猴腰。村长可能是担心旺财的摩托车开得太快了把自己颠下来，可那也抱得太紧了，为了抱紧一个瘦猴般的旺财，村长不得不扭曲着身体，把半拉干瘪的屁股都坐歪了。这是很不正常的，也是从来没有过的事情。石头那会儿正在屋里吃早饭，他听见了外面的议论声才端着个饭碗出来的，但他没大看清楚，只看见那摩托车的影子往路边飞快地一蹿，一下就不见了，但他看清楚了摩托车屁股后面曳出的那一溜烟儿。

但谁也没想到，村长和旺财两个人去的时候还抱成一团抱得那样紧，一回来就闹翻了，很可能还没回来两人在路上就闹翻了。村长和旺财是为啥闹翻的很少有村人知道，石头更不知道。但村长当天一回来，哪儿也没去，就一瘸一拐地走进了石头的果园。石头也没有看清楚村长是从哪个方向过来的，石头当时正撅着屁股盯着地上一些奇怪的虫子看，是地老虎，那些专啃树根的地老虎，这林子里竟然闹地老虎了。石头一开始没感觉到有人盯着自己的屁股，村长盯着他的屁股看了好一阵，他才感觉被人盯上了。他一回头，就看见村长了，这让他很奇怪，村长只是盯着他的屁股看，他却感到脑袋一阵一阵发涨。他注意到了，村长的脸色很不好，看上去还有些浮肿，村长浮肿着脸站在那儿一声不响地看着什么，又像在想着什么。

石头第一眼看见村长时还有点掩饰不住的慌张，他以为村长是来给他下最后通牒的。但村长却和颜悦色地笑了。村长笑着随便指了指一棵树，问，石头，这是什么树？

石头奇怪地看了村长一眼，这还用问么，梨树啊。

村长又笑着随便指了指一个梨子，问，石头，这是什么果？

石头又奇怪地看了村长一眼，这还用问么，梨子啊，大黄梨啊。

好！石头，你不傻，有人说你疯了，我不相信，你没疯，还知道这是什么树结的是什么果，那我现在以石牛寨一村之长的身份告诉你，明明白白地告诉你一个结果，这山坡上的梨树都是你的，这梨树上的梨子都是你的，但这地是村里的，你现在最要紧的是把这些梨树梨子看好喽，我这个当村长的就是要把这片地看好，这是村里的地，是集体的财产！

石头突然明白了，村长和旺财一大早是去镇上干什么了，而村长这样一总结，他心里什么都清楚了，如果这片山坡地被征收，他能拿到的就是梨树和梨子的补偿了，而这土地的补偿全归村里了。石头后悔啊，后悔得肠子都发青了，他怎么就把那么多树枝和梨子都剪掉了呢，他是真的上了那个老姜的当啊。多亏了旺财点醒了他，要不然不知他还要剪掉多少呢，那都是钱哪。他一双眼睛又瞅着林子外边了，他是那样急切地盼着旺财回来，整个石牛寨，也只有旺财才是他的主心骨了。

石头脑子里的想法，村长一眼就看出来了，他要彻底打消石头的最后一个幻想。村长把身体探过来，压低声音问石头，你昨天去旺财那儿干吗？你已经去了几次了，莫以为我不知道。你听他的？他是个啥球人你不知道？他把你龟儿子卖了你还帮着他数钱哩！

石头踉跄后退了两步，村长的唾沫星子都喷到他脸上了，他使劲地擦了一把说，我知道哩，我还知道，这村里想卖我的不止一个人哩。

你个龟儿子！村长嘶吼一声，又把眼睛盯在石头脸上了，可石头没有一点儿躲闪的意思，石头也紧紧地盯着村长了。这让村长又惊又恼，他伸了一下巴掌，但他愣是没敢把一个耳光扇过来，他咬咬牙从牙缝中迸出一句话，好，石头，你有种，有种啊，老子看着呢！

村长丢下一句狠话，就气呼呼地冲走了。看着村长一瘸一拐地走远了，石头长长地出了口气，他感觉这口气出得特别痛快。

/ 7 /

村长刚走，旺财就像个鬼一样猫腰钻了出来。他好像一直就待在石头这片林子里，嘴里正嚼着一个大黄梨，嚼出满嘴水脆脆的声音。他转身瞄了瞄村长一上一下地颠着的背影，从嘴里吐出一颗梨核，又抬眼仔细地打量着石头了。

石头，你是真的像变了一个人啊！旺财意味深长地说。

石头，你现在终于晓得了，这石牛寨还有比我厉害的人吧？我是干了不少贪婪下作的事，但我可从来没有坑过你，到底是谁坑了你，把你的地换到这背阴的山坡上？又到底是谁在算计你，说这块地是村里的地呢？说是村里集体的，可这集体的还不是他村长一个人的？你以为石牛寨真的人人都有份哪？你做梦去吧，这补偿多少钱都是要被村长他们几个人吃掉喝掉的，他妈的，下次我要出来竞选村长，这村里不换村长不行了，这好事可不能让几个人长期霸占了！

石头突然又明白了，旺财为什么会和村长闹翻了，他原本也想跟着村长沾点儿荤腥呢，没想到村长到镇上把政策搞清楚了，就口口声声说决不能瓜分集体的财产了。旺财竹篮打水一场空，旺财把心里的火气一股脑儿都发泄在石头身上了，旺财说，要不是你个傻逼犹犹豫豫的，哪会生出这么多事，只要你那晚把合同一签，你这地啊树啊我全包了，你说有啥事我摆不平的呢？可现在，你这样一闹，你娘又那样一闹，村长又去镇上一说，一层窗户纸捅破了，这纸还能包住火？你个傻逼，你是自个儿把自个儿给坑苦了！

石头一张脸又像哑巴哭丧了。旺财已经把话说得再明白不过了，他现在就是后悔也来不及了。旺财就是再神通广大也弄不来后悔药。旺财看着石头哭丧着脸，忍不住笑了起来，他好像有点儿幸灾乐祸了，他笑着随便指了指一棵树，问，石头，这是什么树？

石头奇怪地看了旺财一眼，这还用问么，梨树啊。

旺财又笑着随便指了指一个梨子，问，石头，这是什么果？

石头又奇怪地看了旺财一眼，这还用问么，梨子啊，大黄梨啊。

旺财又像个孩子似的乐了，石头，你不傻啊，这树是你的，这梨子也是你的，你管他地是谁的呢，你只管把这树这梨子看紧了就成了啊，你现在哪儿也不能去，要日日夜夜都守在这片林子里！

石头懵懂地问，那我住哪？

旺财说，聪明，聪明哪，你这话问到点子上了！

旺财丢下这句话一转身就走了，却把一脑门子的疑问留给了石头。石头拼命琢磨着旺财的话，他知道旺财话里有话，可这个滑头，他不到挑明的时候是决不会挑明的，他从来不给人落下任何话柄。石头只能靠自己一个人琢磨了，石头琢磨了大半天还真是在天黑之前把一件事给琢磨出来了。聪明，聪明哪，他还真是琢磨到点子上了！

石头马上就开始动手了。他已经有点儿等不及了。他要在这林子里搭一个看青的棚子，以后就日日夜夜住在这里。开始他想用那些剪枝剪下来的树枝搭，但这些树枝太小了，哪怕搭一个棚子，那些柱子，檩条，椽皮，也是一根也不能少的。这山坡上长满了梨树，但石头一棵也舍不得砍。他拎着一把斧头回家了，他这个样子把在门口夜色中坐着发呆的老婆婆吓了一跳，石头没有搭理这老不死的，一下就冲到他每天冲凉的井台上，去砍那棵不知生长了多少年的老槐树。这棵树太粗壮了，石头砍得气喘吁吁，老婆婆也嘘嘘地喘着粗气儿看着儿子砍树。她不知道儿子要把这棵好生生地长着的大树砍掉做什么，看不见儿子的表情，但感觉儿子脸上隐隐有杀气。嚓嚓，嚓嚓，石头一边砍一边变换着角度，老婆婆也颤颤巍巍地围着一棵树打转。这时候又有很多吃饱饭了没事干的村人围上来了，他们都看着一个强壮的汉子在砍一棵大树，但谁也没有猜到石头要把这棵树砍掉了做什么。终于，从大树深处传来一声呻吟，石头大喊，闪开啊，快闪开！他又一次高高地抡起了斧头，像突然拥有了至高无上的权力，围在周围的人立刻像潮水般哗哗退去了一大片。但这棵大树并没有立马倒下，石头又砍了大半夜，砍得又困又乏，他拎着斧头到一旁去歇息时，一棵大树沧沧桑桑地倒下了，像一具僵直的尸体。

这时候整个石牛寨已不见一个人影，但石头还是听见有人骂了一句，败家子！

石头吃惊地回头一看，听见一扇门吱呀一声关上了。这可能是石牛寨最后关上的一道门，他知道，是村长。

接下来数日，石头每天都在山坡上搭棚子，现在他终于又有一件事情可以干了，他甚至有一种迎战的紧迫感。这个棚子怎么搭，没有图纸，他更不指望村里会有谁来给他帮个忙。他先在山坡上栽下四根柱子，再在柱子上搭一层木板的平台，再在平台上继续上升，盖上遮雨的顶棚，又在四周钉上挡风的板壁。他好像不是在搭一个看青的棚子，而是在盖一座吊脚楼哩。在技术上这没有太高的难度，难的是没个帮手。如果他有个婆姨就好了，就可以站在下面给他递递檩条、橡皮、木板了，他也就不必像现在这样上蹿下跳了，他那样子就像一只上蹿下跳的大猩猩。眼看着一座棚子渐渐有了个轮廓，他越来越觉得旺财真是给他出了个好主意。但旺财已经好几天没在村里露过面了，石头都不知道他是又出山了，还是一直猫在家里。这让石头更感到深不可测。石头这些天忙得一塌糊涂，他没时间去旺财家里，他一直盼着旺财能来他的林子里看看。他从来没有像盼亲人一样这样盼着一个人。

旺财没来，老姜倒是来过了三次。老姜每一次来，都会发现这林子里正在发生的变化。第一次来，老姜看见山坡上刚刚栽上了四根柱子，像是栽上了四棵树。这让老姜有些迷惑，他把每根柱子都仔细观察了一番，但他没问这四根柱子是做什么用的，他只问石头想好了没有？石头心想，你不是跟村长早已合谋好了吗，你有种就把村里的地拿走啊！

老姜第二次来时，石头已经在四根柱子上架上横梁了，这看青的棚子第一层是不能住人的，还必须架起一层平台，人才能住在上面。石头把这活路干得特别扎实，这次老姜显然已经看出石头是在干什么了，老姜显得特别焦急，他抬头望了一下头顶上的石头，他摇头晃脑地问，石头，你这是干什么啊？石头听得清清楚楚，这一次老姜没有叫他一声兄弟。石头在心里冷笑了一声，把一颗钉子狠狠地扎下去了。

但石头没有想到，搭一个看青的棚子竟然这么费材料，他把家里房前屋后的大树小树都砍光了，但材料还远远不够，他只得把目光从屋外转向了屋内，但这住了多年的老屋里几乎是家徒四壁，但他很快就发现了一样东西，那是他的床。他马上就要住到那棚子里去了，还要这张床干吗呢。他把袖子一撸就开始拆床了。他拆床的响声很大，老娘过来了，但老娘没有阻拦他，还咧开一张没牙的嘴天真地笑了。她以为儿子这次是真的要娶婆姨了，在娶婆姨之前便要拆老床打新床，这是石牛寨祖祖辈辈传下来的规矩呢。石头正用拆下来的床板给棚子钉上遮风挡雨的板壁时，老姜又来了。这床板的木头不大好，又轻，又薄，闻起来还有股陈旧的苦涩味。老姜一下就嗅到了，是苦楝树的味道。老姜这次已经是痛心疾首了，石头，你这是何苦啊！

一个高脚棚子终于在乌蛮山的第一场秋雨来临之前搭好了，这棚子其实并不高，但地势高，远远地一眼就能看见。但必须走得很近了，你才能看见这高脚棚子里正坐着一个汉子，眼睛正瞅着一个方向出神。那个方向就是旺财家的方向。石头眼里望着的，脑子里想着的，不是别的，就是小河对岸那片绿荫丛中的小洋楼，那是这山野中树木长得最葱茏的一个地方，很多事情以前你是看不见的，但只要爬到这高脚棚子上就能看见了，那琉璃的瓦顶和白瓷的墙壁正在树丛中崭露出清晰的头角。还有年轻女子的笑声，银铃般地，隔河一浪一浪地传来，石头仿佛第一次这样真切地感觉到，这花园洋楼和女人的笑声离自己原来这样近。

石头正这样痴痴地望着时，老姜又来了，这次他是和村长一起来的，两个人的神色都非常沉重，他们看着这座突然从林子里冒出来的一个高脚棚子时，甚至有些震惊。

村长指着几乎就站在他头顶上的石头喊，你有种，有种啊，你给老子下来！

石头朝天上翻了翻眼睛，他不肯下来，他现在是打定了主意要跟村长对着干了。

老姜倒还是一副苦口婆心的样子，他的表情很悲伤，石头，你变了啊，你看看，你现在都干了些什么啊，你要跟我玩花招儿你玩得过吗？你下来吧，咱们现在就把合同给签了，你应该知道，我们从来是不会让老实人吃亏的啊。

可石头还是不肯下来，石头现在不只是铁了心要跟村长对着干了，他现在和老姜也拧上劲儿了。这个结果村长似乎早就预料到了，村长说，老姜你别急，这是村里的地，他不跟你签，我跟你签！但老姜摇头道，不，我们只认承包人，除非他自愿转让或放弃他的承包权。老姜这样说时还望了石头一眼，他这话就是说给石头听的。但石头好像根本就没有听见，石头又瞅着一个方向出神了。他这样子几乎让老姜绝望了，石头，你到底是怎么想的啊？我已经来找过你三次了，这是我最后一次来找你了！

但是石头还是毫无反应。老姜只好转身走了。村长跟着也转身走了，但村长走了几步忽然又一下扑上来，抓住那高脚棚子的一条腿使劲摇了摇，搞得整个棚子都摇摇欲坠了。

村长说，你有种，有种啊，你可别一个跟头栽下来了！

自这以后石头就日夜守在这个看青的高脚棚子里，只有听见老娘在村口喊他吃饭时，他才会匆匆回家吃顿饭，把筷子碗一放，又急忙赶回他的林子里。他这林子好像不是一片山林了，好像真是一座金山了。不知不觉的，这一片背阴的山林正在悄悄改变颜色，渐渐散发出被延迟了很久的成熟味道，很多梨子都黄了，尤其是那些剪过枝叶的梨树，还真是结出了一个个大黄梨。老姜的预言还真不错，眼下集市上的梨子都差不多卖光了，石头的梨子正好卖个好价钱。很多买主找上门来了。老乡，你这梨子得赶紧摘了，再不摘就要掉了！石头却像没有听见一样。那些人还是纠缠个没完没了，他们一点一点地把价钱升高。石头知道，他们开出的价格在集市上已经是最高的价格，但石头还是无动于衷，他在等待更大的买主呢。有个买主看见石头不肯摘梨子，干脆就自己动手摘了起来，他连秤也带来了，摘了马上就过秤。石头突然大叫一声，他的喊叫声把那人吓了一大跳。石头眼睛通红地喊，谁敢摘老子的梨子，老子就要他的命！

那人吃惊地看了石头一眼，被石头那凶恶的样子吓坏了，他以为自己遇上傻子了，要么就是个疯子。

石头听见了口哨声。旺财的口哨声在秋风和夕阳中响起。白露已过，秋分即将来临。这是乌蛮山一年中最宜人的季节，潮湿闷热的季节已经过去，秋高气爽，人也是神清气爽的，随着秋风一阵一阵吹着，石头看见旺财走过来了。他不知道旺财怎么这样高兴，好像石头搭的这个高脚棚子就是为他而搭的。旺财这里看一下，那里瞅一眼，他的眼睛亮亮的，兴奋得连声说，好，好！旺财费了老大的劲才爬上这个高脚棚子，旺财很快就发现了一个致命的问题，他一个瘦猴样的人爬上这样一个棚子，都搞得整个棚子摇摇欲坠了。旺财感觉到了危险，他觉得石头有些偷工减料了，他问石头是不是缺钱？他拍拍胸脯慷慨地说，你要缺钱就到我屋里去拿！他这话石头一听就明白了，石头本想向他借点钱的，有了钱就可以买一些好木头来，反正自己很快就有钱了，用不了多久就可以还上了。可石头看着旺财这样叭叭叭地拍着胸脯，他又变得异常警觉了。石头不傻，有个问题他一直在琢磨，旺财这样一个贪婪下作的人，怎么对他这么关心呢？他的警觉绝对不是多余的。但旺财说的又是实情，他这个棚子要是不赶紧加固，也许等不到第一场秋雨降临，就在某个时刻垮塌了，他的一切努力就前功尽弃了，他可能是真要栽一个大跟头了。

　　石头没找旺财借钱，他觉得家里应该还有派得上用场的东西，那老不死的也时常嘀咕，破家值万贯呢。石头回家吃了夜饭，又开始满屋搜寻了，这次，他盯上老娘的那口棺材了。这棺材是老婆婆早就为自己打好了的，她是怕这没出息的光棍儿子到时连给她打口棺材也打不起。她给自己打了这口棺材就把老汉用一条命换来的那点儿钱全部花光了。她守着这口棺材也更加坚定了她守寡的念头，要不她真不知道这几十年她怎么能守过来。但是现在，这棺材已经被她的光棍儿子给盯上了，老婆婆开始不知道儿子盯着她的棺材干什么，但她一下就感觉到了儿子眼里的凶狠。这让她感到格外紧张。当儿子把斧子猛地抡起来时，她突然明白了，他要劈了它！她扑上去一把把儿子连同那把斧头一起抱住。石头，石头，使不得啊，你这是要劈你老娘的命啊！可石头把手臂恶狠狠地一甩，老婆婆一下就被甩到了墙角里。她发出一声惨叫，好像是撞在哪儿了，她也不知道自己撞在哪儿了，但她爬不起来了，她开始一声一声地叫唤。石头在棺材上砍一下，她就发出一声惨叫，仿佛那斧子就一下一下地砍在她身上。砍到最后，只听哗啦一响，整个棺材解体了，老妇人也听到自己浑身的骨头哗啦一响，整个人就散架了。

但石头没听见他老娘骨头散架的声音。石头抱着一大堆棺材板出门时，连看也没看那老不死的一眼。

石头在林子里又忙了一整夜了，这棺材板还真是非常结实。天亮时旺财又来了，石头还手忙脚乱地干着呢，他竟然没有看见旺财。旺财给石头递上一块木头时他都没有反应。旺财用那块棺材板敲了一下石头的脑袋，啪！他才猛醒过来。他吃惊地看着旺财，他不知道旺财这么早来干吗。旺财围着一个高脚棚子不停地转圈，这里拽一下，那里推一把，他对这棚子的坚固程度感到震惊，石头，这是什么木头啊？但石头没有告诉他，石头也得有石头的秘密呢。旺财看了石头那一脸诡秘的样子也就不再问了，又连声说，好，太好了，石头，你可真是要发横财了，现在这山坡上不止有梨树梨子了，还有房子了，你这不是一个看青的棚子呢，你这是一幢两层的房子呢，这尺尺寸寸都是钱哪，都是要按面积补给你的！

石头激动地点着头，他现在一点儿也不怀疑旺财的话了，他对旺财的每句话其实从来没有怀疑过。这旺财可真是有层出不穷的主意啊，要不是他点醒了自己，这片山地还真是在自己手里糟蹋了。他打心眼里感谢旺财，他甚至还猜测到了旺财的一些心机。旺财是打过这片地的主意的，旺财眼看着已经无法得到他原本想要得到的东西，就干脆来给石头出主意了，把他原来想好了的主意一个个说出来，让石头来帮着他一个一个地实现。反正他自己是没指望了，那就不如看看别人是如何实现的。对旺财心里的想法，石头还真是猜测到了一点，旺财还真是这么想的，但旺财还有一层更深的心机，他是在和村长斗法呢，他得不到的，村长他们也休想那么顺顺当当就能得到，至少要让他们付出更高昂的代价。然而对旺财的心机石头又怎能一一猜到呢。人心实在太复杂，尤其是像旺财这样的人。

旺财又爬到高脚棚子上边去看了看，这次他没有感觉到一点儿摇晃，但旺财还是喊了起来，石头，你也该好好收拾一下啊，你这里就像个狗窝啊！还没等石头回答，旺财又说，你别以为这棚子里只有你一个人睡啊，马上就有婆姨来陪你睡了！旺财说这话时颇为认真，还咬了咬牙。石头一下有了这么多好事，他好像恨得牙痒痒的。

旺财走后，石头就在这棚子里扎扎实实睡了一觉。这一觉他睡得特死，又特累。他是什么时候醒过来的他自己也不知道。但他肯定是饿醒了，他的肚子已经饿得咕咕叫了。他很快就感觉有些不对头，怎么没听见老娘喊他回家吃饭呢？他看了看天色，一下就看见了从对面山坳里照过来的夕阳，老天，他都睡了整整一天了啊，早饭、中饭、夜饭，他都没有吃呢，难怪肚子这样饿，难道那老不死的把他给忘了？还是她在怄气，故意要饿他一整天？石头从高脚棚子上爬下来，气呼呼地冲回家里。大门还像往常一样敞开着，但老婆婆却没有守在屋门口，石头也没有绊到她做针线的笸箩。但石头听见了从某个黑暗的角落里传来的声音，那是争吵的声音，厮打的声音。他吃惊地睁开眼，看见黑暗中无数贪婪的眼睛一明一灭，闪着幽幽绿光。他愣愣地看了半天才看清这黑暗中争吵和厮打的竟是闹成一团数也数不清的耗子，仿佛一世界的耗子都跑到这儿来了。它们到底在争抢什么呢？他大吼了一声，一大堆耗子呼啦一下被他轰走了，他立马就看见了，他一双牛眼越睁越大，墙角里，那分明是被耗子啃噬得一堆血肉模糊的尸体。

娘——娘啊——！那是怎样不可名状的一声惨叫啊，整个石牛寨的人在那个秋天的夜晚都听见了，过了许久，他们的耳朵还被震得嗡嗡作响，仿佛那一声无比悠长的惨叫拖着永不消失的尾音。

/ 8 /

后来，很多人都猜测，石牛寨一个叫石头的光棍汉就是在那个夜晚发了疯。

这显然是误解了石头。事实上，石头在经历了极端的震惊和悲痛后，很快就明白了一个事实，老娘死了，那老不死的终于死了。她可能在石头抱着一大堆棺材板出门时就已经死了。但她死了一夜一天都没有任何人察觉，石头家的大门敞开了一夜一天，但没有一个人走进这道门，甚至没有谁朝那门里看一眼。但至少有一个人在这一夜一天里心神不宁，是村长，他嗅出了某种异样的味道，甚至就是死亡的味道，但他并没想到这是村里有一个人死了，他还以为这是从自己身上散发出来的气息。他觉得自己快死了。这让他变得相当烦躁，他不怕死，但他现在还不想死。

石头开始料理老娘的后事时才发现村里没有一个人挨他的边，这当然不能怪石牛寨的人，石牛寨的人是很厚道很讲义气的，只要谁家死了个人都会主动过来帮忙，然而现在他们都袖手旁观了，好像死了个外人。这只能怪石头，是他把自己搞到同全村人隔绝的地步。第一个来吊唁的是旺财，石头已经把老娘的一副骨骸用她盖过的一床破被单一层层裹了，但他却没钱买棺材了。危难之中，又是旺财慷慨帮忙，他要借钱给石头买棺材，办丧事。他知道石头没有钱，只要石头给他十棵梨树就行了。石头泪流满面地答应了，石头很委屈，他可以委屈自己但不能委屈了娘。

石头刚和旺财谈好价，从门外便传来了哭声。

旺财皱了皱眉头说，我就知道他们会来的，石头你可得小心点！

石头抬头一看，正好和胸前戴着白花、手臂上戴着黑纱的老姜打了个照面。老姜身后还跟着七八个人，抬来了一个大花圈。他们的到来，让石头家里一下充满了死亡的气氛。老姜哭得很伤心，看上去比石头更像一个真正的孝子。老婆婆连个遗像也没有留下，小饭桌上只有一个刚刚摆上的灵牌，老姜就冲着这个灵牌一边哭一边叫娘。石头忍不住也在一旁呜咽起来。老姜的哭声把村长引来了，毕竟他们都是国家的人，村长这时候不出面已经不行了。在村长的再三劝慰下，老姜才抬起头，满脸泪水地看着石头，他又叫石头兄弟了，他没问娘是怎么死的，只叮嘱石头把丧事办好，老娘这一辈子走过来不容易，一辈子走到头了，不能委屈了老人家，石头缺什么，有啥事需要他帮忙的，只管开口。

石头却是一副呆滞无神的样子。石头现在想的是，该把老娘埋在哪里呢，村里有一片坟山，埋的都是那些寿终正寝的死者，石头他爹也埋葬在那里。但村里早有人放出话来了，石头他娘死得太不吉利了，连尸骨都被耗子啃噬得不像个人样了，那祖宗的坟山是决不能进的。石头知道，村里还有一片乱葬岗，埋的是些短命鬼、女人生下来的死胎和一些来路不明没有宿主的孤魂野鬼。但石头决不会把老娘埋在乱葬岗，石头宁可把老娘埋在自家屋里，也不会埋在那样一个孤魂野鬼出没的地方。

又是旺财给他出主意，就埋葬在那片山林里。石头红着眼圈吃惊地看了旺财一眼，山林里？旺财沉痛地点了一下头。这一点又把石头一下点醒了，这可真是一个绝顶聪明的主意，这让石头一下悲喜交集了。旺财的这个主意也让石头婉言谢绝了老姜的一片好意，他跪下给老姜磕头了，他是孝子，孝子是要给每一个来吊唁的人下跪磕头的，但老姜还是慌忙把石头搀扶起来了，老姜一看石头那无比坚决的眼神，就知道自己想给他帮忙也帮不上了，他只好眼含热泪地告辞了。在他走了之后石头才看见，他在老娘的灵位下留下了一沓钱。石头急忙和旺财交流了一下眼神，旺财说，收下吧，这是他给你娘的香火钱。

石头不要老姜他们帮忙，也没求村里人来帮忙，几个抬棺材的丧夫，都是旺财骑着摩托车从邻村叫来的，给钱，有钱能使鬼推磨，一个人一百块。一副棺材抬到了石头那片山林里，但在动手挖土之前石头还有些犹豫，他无法想象在这果园里埋上一座坟后会变成什么样子。旺财说，这里埋的是你亲娘呢，她就是变成了鬼也会保佑你的，你怕什么呢？石头这才点了头，丧夫们一齐动手了，几把铁锹唰唰唰地挥舞着，旺财说，坟要大！

那座大坟从早晨一直挖到天黑才垒好，这是石牛寨有史以来最高大的一座坟。整片林子里都能感觉到它的存在。这时旺财早已走了，而村长不知什么时候来了。石头在坟下长跪着，村长在坟边上站着，两个人就这样僵持着，谁也不看谁，谁也不吭声，一时间就昏天黑地了。其实没有什么，只是夜幕像往常一样降临了。村长转身走了，石头听见村长哀叹了一声。他哀叹什么呢，这座坟跟他有什么关系呢？石头仿佛第一次感觉到，村长真的跟自己没有一点儿关系。

但村长一走石头就感觉自己真的成了一个孤儿了，三十五六岁的光棍汉石头现在是真的成了孤儿了，村长不理他了，全村人都不理他了，老姜也不理他了。他的裤子破了没人补了，他连糙米饭都没得吃了。石头很少回村，很少回家，那屋子阴森森的，每次回去都只有一屋子互相厮杀的耗子。他已经很少走出这片山林了，吃住都在这片林子里。第一场秋雨降临了，很多熟透了的梨子连同秋叶一起被风雨打落，连地里拉出的那两条白灰线也被雨水冲洗得看不见了。石牛寨也很少有人再走近这片林子，好像一片林子里埋了一座坟就真的闹鬼了。深夜，时常会从那片林子里传来悲怆的哭声，像一个鬼在哭。石头不知道是自己在哭，石头被这哭声惊醒了，是谁在哭呢？他抹了一下脸，抹满满的一把泪水。

这世上好像只有旺财还惦记着这片林子。旺财每次走进林子都显得小心翼翼，用两只手抱着自己的脑袋，他怕突然掉下来的梨子砸到了脑袋。旺财偶尔也会伸手摘一只梨子，在嘴里咬了一口，一股腐败的气味猛烈地扑向石头。这是石头最焦急的，眼睁睁地看着一个个熟透了的大黄梨就这样烂掉了，可他等着的大买主就是不来。但是旺财却显得十分有把握，他几乎是用一种谴责的口气对石头说，你急什么？现在还有人比你更着急呢，难道一条路能从天上飞过去？现在已经到了最关键的时候了，就看谁能扛到最后了，他们都在背后盯着你呢，现在你绝对不能后退半步，还要继续给他们加压，压得他们受不了了，他们就要来向你哀求了！

旺财这样恶狠狠地说着时，一双眼又盯着那座大坟了，他突然问，石头，你爹埋在哪里啊？

石头被问得猛地一愣，旺财怎么突然问起自己死去多年的爹了？他还没来得及回答，就发现旺财正使劲地盯着自己看，看得石头一阵不寒而栗，旺财却已嘎嘎地笑起来。这怪异的笑声让他又打了个寒噤，他一下又被点醒了，他突然明白旺财的意思了。有些事是不能说破的，有些事只能靠你自己去琢磨。石头发现自己现在真是变得越来越聪明了，他很快就把爹的骨殖迁到了这片林子里，谁也不能说石头不该迁坟，他这是尽孝呢，是让爹娘在黄泉之下长相厮守呢。这林子里又多了一座坟，那些个掉在地上烂掉了的梨子就不算什么了，石头现在已经很聪明了，他知道按国家的补偿标准一座坟值得多少钱。石头现在又可以踏踏实实地躺下来睡觉了，他甚至感觉这一切都变得非常美满了，他们一家三口竟然以这样一种方式在这片果园里团圆了。

老姜果然又来了，他一来就在坟前跪下了，闭上眼，一动不动，他站起来时两条腿好像有些发软，他站在那里看着石头，眼里似有深深的悲悯，石头，石头啊，你怎么变成了这样子啊，我看你真是鬼迷心窍了，你还嫌这林子里埋一个人不够？你是不是还想在里边再埋一个人？

他声音极小，却像说出了一个惊人的秘密，石头猛地又打了一个惊战。

老姜又说，石头，听我一句话，赶紧把这梨子采摘了，多少还能卖几个钱，虽说发不了财，但也够你吃饭穿衣了，好好过日子吧兄弟！

老姜说着就走了，可老姜这是什么意思呢？老姜没有把事情说破，一件事该怎么说他已经有了相当丰富的经验，他知道有些事一经说破就成了某种凶兆，只能留给那个当事人去慢慢琢磨。把这件事说破的是村长，确切说也不是村长说破的，是报纸上的一条消息引起了村长的注意，事实上他每次看报也看得特别仔细，没有哪条消息能从他眼皮底下溜过去。一条几百字的消息让村长在那个深秋的早上变得激动起来，又有一种在长久期待之后的失落感。他笑了笑，把报纸揣进怀里，一瘸一拐地走向了那片背阴的山林。

石头站在那高脚棚子上，老远就看见村长走过来了。石头捂着头。他想了一夜也没有想出老姜那话里的意思，他头晕的老毛病又犯了。这一次他的头晕和平常的那晕很不一样，像是有什么尖锐的东西在脑子里一下一下地扎着。他捂着头看着村长，但村长并没有直接就走到他的棚子这边来，村长正盯着那两座坟看呢，这两座坟正好埋在那两条白灰线中间，但那两道白灰线早已看不见了，他不知道村长到底在看什么。村长一瘸一拐地，从一条早已看不见的白灰线上走过去，一直走到了林子边上，顺着这条线朝更远的方向望，村长不禁哦了一声。村长又顺着另一条白灰线走了回来，一直走到林子的另一个边缘上，顺着这条线朝大凉山的另一个方向望，村长忽然又哦了一声，像是恍然大悟的样子。村长这才不慌不忙地走到石头的高脚棚子下边来，他斜睨着捂着头蹲在棚子上边的石头，但他脸上露出了慈祥的微笑，石头，你有种，有种啊，你爹当年为了修路连命都送掉了，也没成为典型呢，你连一条路的边儿也没挨上，可你成了典型了！

石头不知道村长在说什么，但他不像以前那样害怕村长了，他甚至还觉得村长有点儿虚张声势。典型，啥典型呢，他当然能听出村长那讥讽的意思，难道他……？村长懒得跟他啰唆，把一张报纸从怀里掏了出来，看看吧，看看你就知道了。石头虽说念书只念到了高小，但一条简单的消息他还是看得懂的。那还真是一个很典型的事迹，乌蛮山二级公路建设指挥部为了把占用农人的耕地和山林减少到最低的程度，在实地勘察了多次之后，最终决定绕开石牛寨村民石头的八十多亩果园，给一个果农把果园完整地保留下来了。就是这样一条简单的消息，让石头看得一个劲地发抖了，他捂着头，这时他已经不是捂着头，而是用两只手使劲地掐着脑袋。他头痛欲裂。

石头，你有种，有种啊，你竟然逼得一条路都为你拐弯了！

村长把屁股一扭，又一瘸一拐地转身走了，他刚走出这片林子，就听到了一阵疯狂的笑声。但村长依然走得不慌不忙，这是他预料中的事情。村长甚至觉得，这是命。石牛寨人是很信命的，而且认命。如果一个人突然不认命了，那肯定是疯了。

但村长一直不相信石头是真的疯了。当石头抢着斧头一路追赶着慌不择路的旺财跑过来时，整个石牛寨陷入了惊恐万状之中，杀人啦，杀人啦！一村的人都像惊慌的耗子一样四下里乱窜，但那喊叫声里既充满了惊恐又夹杂着莫名的兴奋，这时石头已经杀红了眼了，他见到什么都要砍一斧头，连牛羊猪狗也不放过，连树也不肯放过，他这样一路砍过来，一路上的树都被他砍出了白瘆瘆的刀口，就像一只只突然睁开的眼睛，目击了那个黄昏一路所向披靡的刀锋。在这要命的关口，石牛寨人再次感到了一个村长作为村长的那种坚不可摧的存在，连一向与他作对的旺财也要向他呼救了，救命哪，村长！村长，救命——哪！村长往前一拐，就把旺财挡在身后了，村长又以一种威严的眼神盯住了他的亲侄子，石头，把斧头放下！

石头在一瞬间被村长威严的眼神钉在那里了。这让村长不觉松了一口气，但石头猛地挺上来就是一斧头，一股鲜血直喷到了村长脸上，村长的一张老脸立马就血红了。村长也不知道这一斧头是劈在自己身上还是旺财身上，但他和旺财都没有倒下，两人在那个鲜血迸溅的瞬间下意识地抱成了一团，他们的血都流在一起了，散发出一种诡异的腥甜气味。两人都把大嘴张开了贪婪地呼吸着。

在相当长的一段时间里，他们就这样互相支撑着，看上去竟然有几分悲壮。

村长说，我看这龟儿子是真的疯了哩。

旺财显得很激动，就像终于看到了一样真实，他，他早就疯了。

这也是村长和旺财在倒下之前清醒地达成的某种默契，也是石牛寨所有人的默契，后来他们当着警察也是这样说的，石牛寨解放这么多年了从来没有出过一件凶杀案，连小偷小摸也很少见，石头更是村里最老实憨厚的一个人，只是神经出了点儿问题。这一说法在精神病院里也得到了验证，石头并非一般意义上的疯子，他的精神失常只是因为脑子里某一根神经长期受到了压抑，而疯子的整个世界都是虚幻颠倒的。石头这毛病比疯病好治，他要改变的只是一根几乎看不见的神经，而不是要改变整个虚幻而颠倒的世界。

乌蛮山那条二级公路是在第二年早春通车的，石头也是第二年春从精神病院里回来的。这就是说，他没看见这条路是怎样修通的，但他搭上了一辆从县城里开往石牛寨的班车。这车坐着又快又舒坦，一条路一直在他的视线里延伸，他一点儿也看不出这条路在哪些地方拐了弯。他的脑袋已被某个高明的大夫动过手术，剃光了的脑袋又长出了青勃勃硬扎扎的短发，这让他看上去特别精神，眼睛也是亮亮的。他再也不用捂着头了，他头晕的老毛病已经彻底治愈了。除此之外，他的脸也长白了，长胖了，还穿了一身城里人的衣服，如果他不开口讲话，村里人还真是有点儿不敢相信，这个人竟然是石头。

石头从村长家门口走过时，村长正坐在门口看报。他把报纸看到第三遍，像往常一样正要折叠起来时，眼睛突然亮了一下。村长看见了石头，但他摇了一下头，这人是谁呢？这说明他真的已经老了，也说明石头的变化也真是太大了。石头看着村长那懵懂的样子笑了笑，但脚步没停。他已经很久没有回家了，他现在好像特别想回家。他已经走到自己的家门口了，他好像突然走错了门，那两扇破门已经重新油漆过了，老旧的墙壁也粉刷过了，连房顶上长出来的那些野草和野蒿子也被拔掉了，那些漏雨的地方都盖上了小青瓦。他正一脸茫然地看着时，邻家大嫂告诉他，这房子是老姜他们撤走时给他修好的。石头急忙问，老姜他们撤到啥地方去了？大嫂摇摇头，谁知道呢。

石头又去自己的果园里看过了，他一眼就看见了自己搭起来的那个高脚棚子，经历了数月的风吹雨打，又被冰雪沤了一个漫长的冬天，木头已沤得发黑，可它还站在这里，连一块木板也没少。他又看见了那两座大坟，看上去甚至更大了，坟头上已经长满了野草和野蒿子。还有那些梨树，几个月没人管了，那些掉在地上的梨子在腐烂之后，居然又长出了一棵棵嫩绿的小树苗。

旺财的口哨声在阳光和春风中响起，旺财又领回来了一个小娘儿们。

俊不俊？旺财指着那小娘儿们得意扬扬地问。

石头看了那小娘儿们一眼，憨厚地笑了笑，然后又俯下身子去干活了。他从走进这片林子就开始干活了，在这个时候回来是赶上季节了，要给梨树除草、松土、施肥，还要给梨树剪枝。他没忘老姜教给他剪枝的方法。在给脑子动了一次手术后还没忘记，一辈子也就不会忘记了。石头很快就干得浑身发热了，他把一身衣服都脱了。一个农人，只有光着膀子才能发现自己的手臂有多粗，胸脯有多强壮。他的手臂充满了力量，一下一下地往地里使劲，野草和野蒿子被他呼啸着连根拔起，连根拔起的泥土喷射出湿润、新鲜而浓烈的土腥味儿。这气味一个劲儿地往肺腑里钻，他感到心里深厚了许多，又踏实了许多。

石头干活的声音很大，连有些耳聋的村长也听见了。但他没有走过来，他只是远远地站在那里看，在他视线的尽头，一个汉子打着赤膊，油黑的背脊和膀子上一片亮光，那是很多的汗水正在奔涌而出。这时你觉得他天生就是一个农人，兴许这背阴的山坡上也确实需要这样一个农人，居然把一片荒芜的林子弄得这么惊心动魄，发出空旷而深厚的回声。

这让村长感到有些莫名的恐惧，又觉得无比舒畅和痛快。

石头，你有种，有种啊！

玲珑塔

文 / 尹学芸

/ 1 /

六年前，我认识朱小嬛的时候，她叫我老师。她在一家行政单位办公室工作，负责写写简报总结之类。她偶尔写些小散文，发到我们主办的内部杂志上，看得人心里一动一动的。有一天夜里十一点多，朱小嬛来敲我家房门，像受惊的兔子一样惊慌失措。原来，她跟单位领导下乡，被人安排到了山里的私家别墅，荒山野岭之中，只有她和领导两个人。房门被人反锁，她是跳墙逃出来的，十几里山路，鞋子都踩烂了。

"他不就是看我离婚了欺负我么。"朱小嬛的眼里窝着两泡泪水，不停地用手背去抹，脸上的神情瞬间从惊恐转换成了激愤。"他以为我离婚了就好欺负，他瞎了眼！"

我给朱小嬛倒了杯白开水，想说些什么，却无从开口。她的单位领导我也认识，那么小的县城，谁跟谁三天两头都能见个面。我印象中，那个领导是一个敦厚的人，白白胖胖，大耳垂轮，断断想不到他会打朱小嬛的主意。

朱小嬛穿着淡灰色的休闲衣裤，袖肘、衣襟都有污浊的痕迹，显见她在这之前确实历尽艰辛。朱小嬛殷殷地看着我，问我怎么办，是不是要告发那个老流氓？他打朱小嬛的主意已经很久了，还有某次下乡，还有某次外出开会，还有某次他尾随朱小嬛到家门口，都曾经对朱小嬛动手动脚，但最后朱小嬛都逃脱了。有一次，朱小嬛甚至在他的手臂上咬了一口，险些咬掉一块肉。说到这里，朱小嬛突然笑了一下，露出来一口细碎的芝麻牙。那牙可真叫白，看得人心中一凛。我崇敬地看着朱小嬛，朱小嬛的大眼睛圆润饱满，纤尘不染，从这里似乎能看到她的灵魂。我不是朱小嬛的亲人，但我愿意像亲人一样给她提建议："此事还是不声张的好，他不是没得手么？以后多注意就是了。宣扬出去可能对他没什么，但对你不好。"

我的潜台词是，你是个离婚的女人，以后还得找对象呢。

朱小嬛叹了一口气，"我也是这样想的。我如果打算告他，早就告了。告发了他，可能都没人相信他那样，倒不知有多少人编排我。"

我说："你这样想倒是多虑了。不会有人编排你，是你奈何不了他……现在这世道，没人把这种事情当回事了，何况你既无人证，也无物证。"

朱小嬛突然挺了下腰身，眯起眼睛说："我一路也在想证据的事，我想制造点证据，让人抓他个现行，您看怎么样？"

我吃惊地问："制造？证据怎么制造？"

还能怎么制造，旋即我就明白了，我连连摇头，不好不好。你千万别胡思乱想，好好睡个觉，明天一切就都过去了。其实我心里想的是，你还能逃出来，就证明对方没下死手。有了今晚这一回，说不定以后就相安无事了。

朱小嬛垂下眼帘发了会儿怔，说："陆老师，我听您的……我今天不能回家了，能在您家沙发上睡一会儿么？"

朱小嬛说，她家里母亲陪着儿子大概早就睡了，他们有早睡早起的习惯。他们都知道朱小嬛今天出差了，要住到外面，若是这么晚回家去，会把他们吓坏的。

我二话不说就去收拾客房，客房的床上堆放着许多换洗衣服。朱小嬛追过来说，陆老师不要麻烦，我在沙发上眯一会儿就行。我说，你跑了这么远的山路，肯定累坏了，睡个好觉吧，明天就什么都好了。

我从衣柜里拿出新的床单枕套，朱小嬛尾巴似的跟着我，我铺好床直起身来，朱小嬛突然把我抱住了，说："陆老师，您是好人！"

我笑了笑，拍了拍她的后背，说："你也是好人。"

/ 2 /

如果我没记错的话，那个夜晚以后，朱小嬛就不叫我老师了，改叫姐。有一天我在马路对面的柿子树底下等人，朱小嬛从那里路过，从老远跟我招手说："姐，等车哪？"

这一声姐，叫得我心里多少有点儿异样。毕竟，她叫我老师已经多年，习惯了。说不上的一种感觉，多少有点儿不适应。其实社会上叫我姐的人很多，但似乎都不像朱小嬛那样硌生。

她住的小区离我住的小区只有一条马路之隔，我们上班下班偶尔能见个面。有时候，为了把某个话题说完，她会从小区西门口一直陪我走到北门口。我家在北门口附近，而朱小嬛住的翠微小区还要从北门口折回来，她为了陪我，要绕百米左右的远。我们谈得最多的是她的婚姻问题，谁给她介绍了什么人，她一定会告诉我，然后让我给她拿主意。比如，有个大夫，长她十几岁。有个年轻时的花花公子，在我们这座城市里很有名。还有一个是大机关里的科长，妻子因病去世，家里有一对双胞胎儿子。林林总总，她说我听。她总是让我表态，我开始还谨慎，毕竟不是亲姐妹，有些话说多了不好。后来我发现，我们考虑问题的角度大致相同，我能想到的，基本上也是她的想法。她表面拿不定主意的事，其实是想让我说出来，支持她一下，她就可以痛下决心了。

朱小嬛的第一次婚姻，是四川的一位网友。两人在网上热恋了两年，男方扔了工作跑来跟她结婚生子，婚姻维系了七年，朱小嬛提出了离婚。朱小嬛的妇科病经年不好，她去医院检查，医生告诉她，她的病是男人传染的。男人也提出了一个新名词：阴冷。当时几乎成了城市流行语。朱小嬛给我的解释是，妇科病还不是离婚的全部理由。男人过来以后一直没有正经工作，其实很快就后悔了。他一直想说服朱小嬛跟他走，回四川。朱小嬛对我说，他把工作都踢了，混得这么惨，我要是也把工作踢了，将来儿子靠谁?

我注意到,朱小嬛说不愉快的话题的时候,习惯皱鼻子,这让她的鼻翼两侧的皮肤时而拱起时而扯平。当年与千里之外的网友结婚,这举动足够惊世骇俗,我问朱小嬛哪来的胆气,朱小嬛说,人在恋爱的时候都是傻子。这一点我赞同。我说,离婚的时候,智商是不是就高出很多了?

有一晚,朱小嬛给我打电话:"姐,我能到你家坐会儿吗?"

我说:"来吧。"

朱小嬛说:"我不是一个人,还有……他。我想让您帮我参谋参谋,您不会说我不懂事吧?"

我呵呵地笑,说:"怎么可能呢!"

若是朱小嬛一个人来,习以为常,我是不会刻意准备什么的。多了一个"他",我就忙乱了那么几分钟。沙发巾抻整齐,茶几抹干净,不单准备茶水,还得准备水果。可没容我收拾妥当,门铃响了。朱小嬛的身后,是一个高高大大的男人,穿了身海军制服,满面春风的不等朱小嬛介绍,就抢着先叫了我一声姐。

我幸福得有些发蒙。一个军人,准确地说,营职干部周刚坐在我家沙发里,我都有点儿喜不自禁,甚至不吝惜最好的词语褒奖他。英气,儒雅,五官周正,皮肤是一种浅棕色,刚好是男人很衬体貌的一种肤色。短暂的寒暄,我发现周刚有惊人的口语表达能力。他管朱小嬛叫嬛儿,亲昵却不失淳朴。那时还没有《甄嬛传》这部电视连续剧,所以周刚没有模仿之嫌。起初我还有些听不入耳,可看朱小嬛笑得殷实,我便把耳朵慢慢放低了。

见到周刚,连我都觉得踏实了。朱小嬛就应该找周刚这样的,能够把她收到行囊里,背到背上。

这一晚,我们聊了三四个小时。周刚起初在部队当通讯员,写些新闻稿。因为喜欢摄影,经常自己写稿自己配图片,军队报社的编辑很喜欢他,连年把他评为优秀通讯员。他也因此荣立两个三等功,后又考了军校。老家就在山里一个叫红花峪的村庄。我惊奇地说:"红花峪?我们每年都到那里去采桑葚啊!"周刚说:"对,就是那个红花峪,漫山遍野都是桑园。"朱小嬛说:"姐下次去采桑葚想着叫上我。"我给他俩倒了茶,说:"小嬛这话说得不科学,以后我吃桑葚该由你负责。"

周刚看了眼朱小嬛,拍着她的膝头说:"听见没有?姐吃桑葚你负责,你是红花峪的媳妇了。"

朱小嬛亲昵地挑了他一眼,拉长声音说:"知道了——"

连我心里都是油里调蜜的感觉。

相比天南海北的外省人,周刚被信任的砝码在迅速增加,我在心底一点一点地接受了他。再看他和朱小嬛并排坐在沙发里,鼻梁下面都是刀削似地平整,眼睛都略显鼓凸,居然还有一点儿夫妻相,现在社会上大龄男女比例严重失调,女多男少。三四十岁的男人甚至都可以娶二十岁左右的姑娘。周刚这样的王老五,实在是奇货可居。

在这之前,朱小嬛从没跟我提起过周刚这个人,显见是想给我个惊喜。在周刚滔滔不绝说话的时候,朱小嬛始终手托腮帮子静静看着他,心无旁骛。周刚的有些话,其实就是说给朱小嬛听的,就像一幅油画,这时如果我起身离去,丝毫不影响这幅画的完整。

可我愿意分享朱小嬛的幸福。她信任我,我也愿意对得起她这份信任。

我问他们认识多久了。周刚认真地对朱小嬛说:"两个月零八天吧?"

朱小嬛看了看表,说:"马上就要零九天了。"

两人相视而笑。

三杯绿茶已经淡尽了颜色,周刚站起来告辞,说难怪嬛儿说陆老师就像亲姐姐,怎么说话都说不够。我有一件事不知道能不能麻烦您,我在这座城市没有亲人,有事情了都没人可以拜托。他笑得有些难为情,还用一只手去摩挲后脖颈。我赶忙说,你说,只要我能办到的。周刚说:"我有个战友叫刘万福,几年前复员了,过得不太好,他如果有什么困难找到姐,还希望姐能帮个忙。"

我大受感动,觉得这个男人有情义。只是……我难为情地说:"大事我可办不了,咱先丑话说在头里。"周刚赶忙说:"他就是一个老百姓,守着一个包子摊过活。万一有什么事情找到姐,姐能帮就帮一把,不能帮就算了。"

我这才尴尬地笑了笑，说你放心吧。

"啪"地一下，周刚给我敬了个军礼，慌得我不知怎么才好。我送他们到门外，夏夜清凉，星光熠熠。俩人走出几步就手牵了手。朱小嬛的白裙裾一飘一飘，像天上的仙女一样。我不由嘴角漾出了笑，三十五岁的朱小嬛开始谈恋爱，这滋味几多好。

后来听朱小嬛说，周刚有过一次婚姻，但没有孩子。妻子的老家在河北，与他结婚五年，总是源源不断跟他要钱。他成了穷光蛋，妻子却在他的眼前失踪了。

那女人就是个骗子。朱小嬛重复了周刚说的话。

/ 3 /

胖子谢福吉从老远就把手伸了过来，嘴里说："陆老师您好，我们真是缘分不浅哪，在城里碰不到，却在这海拔最低的地方碰到了。今天在这儿我可不显个子矮了。"

谢福吉的几句话，说的我们一行都笑了。

看着那张圆白胖大的脸，我嘴里手里应付着，却一下就想起了朱小嬛。那一晚，朱小嬛就是从谢福吉的魔爪底下逃出来的。可眼下的谢福吉是一脸敦厚朴实的笑，他的那只手像小棉被一样厚实温暖。我很难把眼前的这个胖子同那些丑行联系起来。谢福吉不修边幅，一双旅游鞋，一对肥裤脚，衬得两条腿又粗又短。稀疏的头发在脑顶翩翩起舞，宽大的额头锃光瓦亮，闪着银质的光。

从大的范围看，我们这座城市北高南低，从海拔一千多米的高峰，一直低到海拔零点几的洼里去了。那里是一大片泄洪区，上个世纪的五十年代，还是一片汪洋泽国，到了七十年代，政府找专家论证，说降雨量逐年递减，遂从山里搬出来十几个缺水的村庄，安顿到了洼里。我们就是来这里下乡的。午餐一大桌子人，有农工委的，有检察院的，乡镇三四个，谢福吉带了俩，还有我们编辑部的另外两个人，一个摄影，一个录像。男人大张旗鼓喝酒，谢福吉对我说："您吃菜，甭管他们。"口气就像个老大哥。谢福吉问我此次下乡带了什么任务，我说："这里的吉祥庄有唱大鼓的民间艺人，我们刊物给她做个专访，顺便收集一下她的资料。"谢福吉说："所有的工作中你们其实是最有意义的，这也是非物质文化遗产吧？失传了可不得了。"我说："盲艺人已经八十多了，后继无人，她会一百多首曲目，随便唱哪支曲目，也许都是最后一次了。这些曲目要整理出来出版，刻印光盘。"谢福吉说："文化人干点儿事情不容易，有困难么？有困难找我，我如果能帮助你们，也是幸事。"

胖子谢福吉的几句话，让我很受感动。过去我只是跟他认识，没怎么打过交道。他们那层干部中，有几个年轻时做过文学梦，谢福吉算一个。按照镇里领导的安排，他坐在我的上席，一身蒸腾的热气，让我的脑子里忽而闪现那晚的朱小嬛，以及朱小嬛说的那些话。他似乎是有点儿感觉，龇着两只兔牙笑，说自己就是个大火炉，挨着谁烤谁。我倒了一杯酒，敬他，说起我们刊物的经营状况，人手少，资金短缺。财政困难，经费还是十几年前的标准。可印刷成本都已经翻几番了。我见他听得认真，顺便又奉承了两句，说如今像他这样理解文化人难处的领导不多了，主动帮忙的更是少而又少。如果各部门的领导都像谢主任这样有文化，我们的工作就好做了。一杯酒喝下，谢福吉眼见长了豪情。他说明天我让会计开好现金支票等你，你可以随时来取。

转天上班以后，我故意在办公室渗着，去得太早怕人家说我心急。给自己泡了一杯茶，左等右等茶不凉，我骑着自行车上了路。路上我走得很慢，又故意绕远走了玄武大街，大街两侧都是柿子树，把整条路都遮出了浓荫。此时的我很幸福。我每年都为办刊经费跑东跑西，那种化缘的滋味又忐忑又难受。一栋七层的办公大楼坐落在外环线的路边，这里是新规划的行政一条街，与老城区不同，到处干净得纤尘不染。走进办公楼大厅，电梯就要往上运行了，我按了下按钮，两扇门又无声地打开了。里面是打扮得有点儿卡通的朱小嬛与一个和她年龄相仿的女子。朱小嬛惊奇地说："姐……你怎么来了？"我迟疑了一下，说，找谢主任办点儿事。朱小嬛略显诧异地看了我一眼，介绍我，又介绍身旁的同事。到了三楼，我和朱小嬛一起下了电梯，朱小嬛扯了我一下，把我牵到了楼梯拐角处，说："姐找他啥事？"

我说："有点儿公事。"

朱小嬛抱着一个蓝色的文件夹，像抱着孩子一样紧了紧，负气似地说："公事是啥事？"

我笑了笑，说："公事就是公事……你就别打听了，快去忙你的吧。"

朱小嬛孩子气地看着我，白眼仁一闪一闪地。我转身要走，她又慌忙拉住了我，朝我身后看了眼，叮嘱说："我跟姐说的话姐可不要告诉他。"

我怔了怔："你说了啥话？"

朱小嬛说："那天晚上……"

我"哦哦哦"地点头，说你放心吧，你说些什么我早忘了。

朱小嬛说，姐多加小心……死胖子不是好人。

我拍了下她的肩膀，朱小嬛做着鬼脸往走廊左边走，我则向右走。那副装修了的门框是整栋楼里唯一的，我知道谢福吉应该在那里办公。

可我并没有找到谢福吉，他去市里开会去了。我只得去找朱小嬛，让她问下会计，谢主任临走的时候有没有什么吩咐？会计就是刚才一同乘电梯的女子，脸白得像敷了一层面粉。她的屁股像被钉在了椅子上，勾着头跟我说话，却不舍得抬下屁股。她大模大样地说，谢主任一早就走了，什么话也没说。我失望地从那栋大楼里走了出来，朱小嬛一直把我送到外面，说："谢福吉一句实话也没有，你信他，除非高山低头河水倒流。"朱小嬛孩子气的话让我哑然失笑，我挥了挥手，告辞。

转天，谢福吉主动把电话打了来，问我全年经费差多少，我说了一个大概的数目，三十万左右。这个数字显然惊着了谢福吉，他长长地"哦"了一声，随后简单地说："你来吧，带上收据。"我忐忑地推开了谢福吉的房门，先发制人说："三十万都能支持我们？这可是破天荒了。去年我找了十多家，才凑齐了这个数目。"我注意看谢福吉的表情，谢福吉说："我是谁，要么不支持，要么全支持，绝不让陆老师再去为难。"几句话说得我险些掉了泪。

这个上午难得清闲，我坐在谢福吉阔大的办公室里听他谈了半天这座城市的历史和人文掌故。那些常识我都知道，可我不得不频频点头，做出受益匪浅的样子。他重点谈到了玲珑塔，说我们这一方风调雨顺，玲珑塔功莫大焉。明清之交本城三次被屠，全城人聚集塔下，拼死保护，故城虽屠，塔无恙。后又历经大小无数次地震，周围民房皆夷为平地，玲珑塔却有如神助，屹立至今。谢福吉问我："你信因果报应么？你信冥冥之中有股神秘的力量么？"

我点头："我信。"

谢福吉做心有灵犀状："我也信。"

说起小时候听到的一些鬼怪传说，谢福吉津津乐道。又说自己如何乐善好施，凡是遇到的乞丐，都要送一餐饭钱。他还即兴朗诵了自己年轻时写的诗，情诗。酸溜溜的句子，配着他略显尖细的小嗓门，很可笑。很难想象胖子的嗓门是尖的，还带一点儿颤音。像冬天的风刮过松软的柴火垛，是一种酥麻的感觉。我使劲咬着嘴唇，没让自己笑出声。他朗诵完，遭到了我的严重夸奖。不得不承认，我此时的夸奖言过其实，若是在这里写出来，自己都要脸红。可谢福吉很得意，欢喜得就像小年儿的灶王爷一样，甚至坐不稳屁股。当然，我们也谈起了朱小嬛。是他主动提起来的，说自己善待下属，爱惜有才的人，比如朱小嬛爱写作，就在办公室专门给她配了台电脑，有些科长都没有朱小嬛的电脑配置高。我问："朱小嬛工作怎么样？"谢福吉说："还行，就是人有点儿格色。"

格色是土话。在我们这里的方言中，就是你与人不一样，不合群，不随和，等等等等，反正不是什么好词儿。

我说："她单纯。"

谢福吉龇着兔牙哼了声，说："不单纯的时候也复杂着呢。"

我问咋个复杂法，心里却在说，难道你是指她那天晚上跳墙？那也是让你逼的。

谢福吉说："心眼儿比筛子都多。"

哈哈，我开心地笑了。

外面有人敲门，我趁机拿起了自己的包，重复说了那些感谢的话，告辞。谢福吉却说你等等。先对门外说了声，进。然后从书橱拿出来厚厚一本书，是本城县志，1985年修订的。有一枚象牙书签夹在那本书里，他打开，左下角的图片是本城标志性的建筑，一座玲珑宝塔。

"听说老县志的玲珑塔图片是手绘的？"他偏着头看我。

我一惊，脱口问："你怎么知道我手里有？"

他哈哈大笑，笑得我直发傻。

我问他怎么对这座宝塔感兴趣。谢福吉说："不是我感兴趣，是我的朋友感兴趣，他是大学历史系的教授，专门研究古代建筑的。听说我们这里有一本老县志，就让我代他寻找。这不，我都想了很多法子了。你不找我，我也正想找你，你是文化人，一定能帮我这个忙，对不？"

我的心有些慌。我手里的这本民国年间的志书是丁兆和老人的。老先生是北大的高材生，当年反右下来的。我和丁兆和老人在一间办公室工作七年，他得肺癌去世，把手里的资料全部留给了我，包括这部志书。

图书馆和档案馆都曾找过我，让我把这部书捐出来，我拒绝了。我拒绝的理由是：这不是老人的遗愿。

我说的是真话。丁兆和老人要是愿意捐献，就到不了我手里了。

谢福吉说："能借给我看看么？"

我笑得脸上的肌肉是僵的，说："这——"

他兔牙一龇，说："我是最爱惜书的人了，你借一回就知道了。"

/ 4 /

夏天跟秋天就隔一层纱，纱捅破了，秋风就钻出来了。这座城市大街小巷都是柿子树，秋天柿子黄了，叶子红了。蓝天白云，甚是打眼。外地客人到这里总会夸赞这座城市和这座城市的人，满大街的柿子金光闪闪，挂在枝头唾手可得，却一个柿子也不丢。这一座城市的人都温良恭俭，每每听到这些，我都不由衷地笑，不知道别人如何，我是对柿子不感兴趣的。生的熟的软的硬的都不喜欢吃。有一句俗话，说柿子专拣软的捏，为什么？

因为软的柿子好吃。记得小时候，山里的亲戚用麻袋送来柿子，我们用面盆捂，用温水泡，甚至放到被窝里暖，都没能让它完全脱涩。后来到城里工作，才发现山里的乡亲会驮着大筐来卖脱涩的柿子，那种涩脱得干净，一星不适的口感也没有，又脆又甜，可我还是不喜欢吃。这些年柿子的价格一路下滑，不知道是不是大多数的人跟我一样的缘故。雪天去山里走，发现那些柿子都还高高挂在枝头，身上披一点儿残雪，打远处看，像梅花一样艳丽。问老乡咋不把柿子摘下来？老乡说，价格太低，不够工钱。

我在朱小嬛的婚礼上认识了刘万福。他就坐在我的邻桌，周刚经过时，把他拽过来匆忙给我介绍，说这就是刘万福，我还想让姐帮他的忙呢。刘万福憨憨地笑着跟我握了下手。他骨节粗大，脸色苍黑，颧骨很高，一看就是经常栉风沐雨的。周刚介绍完就去忙了，我和刘万福聊了几句。大厅里太吵，说三句也不见得能听到一句。他说，他们是一年的兵，周刚这个家伙能折腾，是他们那批兵里混得最好的。

我隐约记得刘万福是做包子的，问他生意咋样。刘万福闪着耳朵听了半天，方说："能过，能过。"

婚礼上的周刚，浓烈得像一杯烫好的白兰地。他的脸上脖子上除了汗就是油，人兴奋得就像要蒸腾了一样。他一会儿招呼来宾，一会儿跑到台子上摆弄花，调试话筒音量，摆放香槟酒瓶，如果不是衣服上别着新郎的标志，肯定会有人当他是司仪。我撒目了半天，才发现穿着婚纱的朱小嬛坐在大厅的角落里，落寞地望着参加婚礼的人。我绕过十几张桌子走了过去，由衷地说："朱小嬛，你今天真漂亮！"朱小嬛却怏怏地站起来，靠到了身后的暖气管子上。朱小嬛说："我觉得我是在参加别人的婚礼。"我说："你是新娘哎，大家都是冲你来的啊。"朱小嬛把脸别过去看窗外，窗外是一棵梧桐树，硕大的叶片间，十几只麻雀探头探脑。我说："连麻雀都在羡慕你，快别东想西想了。"我把头上的满天星给她重新戴了下，把婚纱的裙带往颈上提了提，我说："高兴点儿，你这个样子会让人觉得你不幸福。"

"我是不幸福。"朱小嬛眼圈红了。

我连忙站在前边挡住她，拿出纸巾给她拭了拭眼睑，我说有什么事回头说,大喜的日子可不许不高兴。你不知道你今天多漂亮,你是天底下最好看的新娘!

我说的是真话。朱小嬛有点儿卡通的脸型,化了妆以后显得精致典雅。白纱裙两肩堆出的褶皱高耸,衬托着雪白的一段脖颈。说真的,她可一点儿不像35岁。可我的话一点儿作用也没起,朱小嬛茫然地看着大厅中间百合花插的月亮门,眼神遥远而又隔膜。

"我不想结婚。"

朱小嬛突然用手捂住脸,抽噎着哭了。

事后我才知道,朱小嬛走进这场婚礼十分不情愿。周刚多少有些心理问题,比如,坐出租车,司机多看了朱小嬛两眼,周刚在马路上就跟人干吵子。平时稍有言语不合,周刚就大发雷霆,不单砸家里的东西,还对朱小嬛施以暴力。朱小嬛提出分手,周刚在她家门口不吃不喝坐了三天三夜。他让朱小嬛原谅他,他脾气不好,是因为感情受过伤害。

朱小嬛逃不掉的婚礼,也与父母有关。她的父母都是中学教师,愁嫁愁到了无以复加的程度。周刚的军官身份,又没孩子,是父母眼里的硬件条件。"要是再没点儿脾气,人家也不可能看上一个十岁儿子的妈妈。"他们这样说服朱小嬛。

我好长时间没有见到朱小嬛,但有关她的消息张开耳朵就能听到。城市小,谁跟谁拐上几个弯也许就能攀上同学、朋友、新旧邻居、拐把子亲戚。很多新闻传得比风还快。总之,新闻都是负面的。朱小嬛经常红肿着脸去上班,那上面有鲜红的手指印。周刚的工资一分都不交给她,两人一起逛菜市场,买根葱也得朱小嬛花钱。春节了,朱小嬛给母亲买了件羊绒披肩,周刚也大发雷霆,说朱小嬛是败家子。他逼着朱小嬛的儿子叫爹,不叫就让孩子脸朝墙站着,不许上桌子吃饭……每次听到这些我心里都很痛,这些信息勾勒出的周刚与我印象中的周刚相去甚远,完全是一个自私的变态狂形象。闲暇的时候想起朱小嬛,我自己都跟自己较劲,我自诩看人从没看走过眼,只有这个周刚,让我无话可说。

有时候下班,我会下意识地看一看西边的路口,我想见到朱小嬛,又怕见到她。见不到她还惦记，见到了又不知该说点儿什么。也许朱小嬛也不想见我，因为有多半年的时间，我们连一次也没碰到过。

那天朱小嬛给我打电话，我正坐在办公室发呆。电话铃音突兀地响起，吓了我一跳。我用最快的速度抓起听筒，就听里面吞吞吐吐地喊了一声："姐……"

我大声说："朱小嬛？你怎么了？"

也许我的声音太大了，反把她吓了一跳，停顿了一下才带着哭腔说："姐有空么？能到我单位来一趟么？"

我看了下表，已然到了下班时间。我什么也没问，就慌慌张张跑了过去。来到三楼办公室，一眼就看到周刚在沙发上斜倚着，一只胳膊肘支到沙发扶手上，快把自己放平了。他明显喝了酒，脑袋像是安在脖子上的，转得有气无力。他竖着一根指头，一声一声地点着名骂谢福吉，说你如果再敢打朱小嬛的主意，可别怪我对你不客气！

朱小嬛说："人家早就下班了，你骂人家人家也听不见了。"

我问朱小嬛是怎么回事，朱小嬛告诉我，今天周刚的几个战友聚会，一场酒从中午喝到下午四点多。喝醉了的周刚径直来到了朱小嬛的单位，见门就踹，问谢福吉在哪里。谢福吉过来看了下，说有事情回家去解决。周刚一下薅住了谢福吉的衣领，说你别以为我不知道，你打朱小嬛的主意不是一天两天了……

整栋大楼都很安静。我走到周刚面前，问："你认识我么？"周刚咧嘴一笑："是陆老师，您怎么来了？"他站起来要跟我握手，我佯装没看见，躲开了。我心里有股说不出的腻歪，眼前的周刚，再不是初次到我家的那个人了。从某种程度说，他身上已经有了符号，负面的。我冷着脸说："这里是朱小嬛的单位，不是你家里。你是部队干部，在这里闹，自己觉得合适么？"周刚看了看朱小嬛，无辜地说："我闹了？我闹什么了？"朱小嬛说："你别装傻充愣，闹什么了自己清楚！"周刚不好意思地笑了笑，说："夫人生气了。夫人生气了不好，还当着陆老师的面，真让人不好意思。"他过去挽朱小嬛的胳膊，要用衣袖去给朱小嬛抹眼睛。朱小嬛一挡，把他推开了。周刚更加无辜地说：

"我怎么了么，我怎么了么。我以后再也不这样了好吧，嬛儿……"

朱小嬛厉声说："你现在回家不？"

周刚说："回家。"

朱小嬛没好气地拖着他朝外走，回头对我说："我劝他半天他都不肯跟我回家，现在是冲姐的面子。周刚你说是不是？"

周刚朝我挤了下眼，说："姐不来我不跟她回家。"

两人像演双簧一样。

我在楼道里看着他们上了电梯，周刚在电梯口跟跄了一下，险些摔倒。朱小嬛赶紧扶住了他，周刚顺势搂住了她的脖子，在脸上亲了一口。电梯门合上的一刹那，朱小嬛跟我摇了下手，说："姐，我们先走了。"

转天上午，朱小嬛给我打来电话，说周刚睡了一宿好觉，回部队了。"他特意嘱咐我转达他的歉意，说让姐费心了，以后再不会这样了。"

我说："谢福吉打你主意的事，他怎么知道的？"

朱小嬛说："我告诉他的。"

我说："你这是干什么！"

朱小嬛："我就是想知道他在不在乎我。"

我叹了口气，说："朱小嬛，你以为你十八啊？"

/ 5 /

春天过去了许久，柿子树干还是皴黑的颜色，连一点儿春意也没有。后来像猫耳朵一样冒出嫩芽，迎春连翘之类早开的花朵都谢了。新辟的公园就叫如意园，里面移植了许多高大的柿子树。新移的树木知春更晚，有些外地游人走到这里，就以为那些树已经死了。

城北原来有一段护城河，没有水，河底被附近的人家种了庄稼，再早一些，我在附近遛弯儿，看见三只野兔在下面竞相奔跑。一只突然站住了，伸着耳朵听动静。另两只像是双胞胎，赛跑样地耸着身子窜动，怪有趣。如今，护城河也成了公园的一部分，上面铺了草皮，隔出的菱形块里，有野花摇曳。每天晚上来散步的人，都比赶大集的还多。公园有一方正门朝北，但还留了一道门方便护城河边的人出入，那条巷子名叫成衣巷，连接了如意园与整个城市。有一天我突发奇想，从那里信步进城，才发现这个城市的边缘地带有种说不出的韵味。在这里居住的土著居多，房屋参差不齐，但家家门口花团锦簇，草茉莉、金达莱、曼陀罗在墙根石缝里随意生长。随处可见属于文物的马槽、石臼、磨盘、碑文残片，各家门口供人小坐的那些石凳莫不与文物有关。玲珑塔的塔影映在一串人家的屋脊上，仰起脖子看，也只能看到塔上三分之一的高度。这是一座辽代的塔，纯白色，八角。每个角都挂着风铃。塔是整座城市的标志性建筑，朱小嬛最近的一篇散文就是写这座白塔的："白塔的周围，都是烟火百姓的房屋，似是在地上匍匐——那座塔实在是太高了。与塔同等高的，是各家烟囱里的炊烟，借着风力扶摇直上，在空中与塔厮守纠缠，于是这塔，分明也食了人间烟火……"

这天走到这里，也是炊烟升起的时分，才发现朱小嬛文里的炊烟早已不见踪影。我左看右看，方知朱小嬛的文字愚弄了我，还别说这里已经是城市了，就是在乡村，炊烟的景致怕也成为历史了，朱小嬛文字里的意境，大概只在她的梦里。我正在自嘲，有人喊了声陆老师，我扭回头一看，刘万福吊着一只白胳膊从一株柿子树下走了过来。我问他怎么了，他说不小心摔的，在建筑工地上从三米高核桃板上掉了下来，摔劈了骨头。我依稀记得他是卖包子的，说："你不是卖包子么？怎么又跑去建筑工地了？"刘万福说："早不卖了。"我说："上次朱小嬛结婚的时候，你不说生意还好么？"刘万福不好意思地说，那时人多不得说话，也是顺口搭音儿的事，包子早不卖了。我追问为啥，他指了指墙体外的一块空场，说原来的包子铺就在这里搭了棚子，没税，也没人收管理费。后来城市规划把这些临建拆了，把这些摊贩赶进了市场，卖包子就不挣钱了。

我说，市场里卖包子卖大饼的都有，人家肯定挣钱。

刘万福说，各有各的道儿，想挣钱我也挣得了，可我昧不了良心。

我笑了，想起社会上传的那些商贩的小手段，大概是真的。左不过在油、面和斤两上下功夫。那些食品闻起来芳香，却是添加剂的功劳。

我留意到旁边的一处老房子，低矮陈旧，还是两扇木门，上面落着麻花锁。我走近处看了眼，麻花锁外表锈痕斑斑，但锁孔油渍渍的。这样的锁我还是几十年前见过。我用一只指头触了触那门，那门严丝合缝，我用了点儿力气，那门岿然不动。我说，这地方还有这么老旧的房子，真是稀奇。这样的锁头都几十年不见了。刘万福介绍说，这房子主人一直想卖，但却没人买。我问为什么。刘万福说，几年前的凶杀案你记得么？有人租住这个房子，一家四口都被杀了。

我说，记得记得。有仇家杀了人，把四个人一起埋到了院子里，还在上面种了棵树，过了很久才被人发现。

刘万福说，这座房子现在也不安静，里面经常传出哐当哐当的声音。附近的人都说，那一家四口都还住在那里，他们一到夜晚就闹动静，有的时候，还能听见拌嘴声呢。

我怕冷样地抱住了肩膀，情不自禁寒噤了一下。有暮色水样地漫上来，把刘万福的高颧骨弱化了。刘万福客气地让我到他家吃饭，我摇了摇手，告辞。

刘万福说，真巧。今天朱小嬛也来这里了，你来的时候，她刚走。

/ 6 /

周刚右手捂着腰眼到我家来，斜倚在沙发上，一条腿木杠一样伸出去，朱小嬛赶紧把靠垫给他塞到了背后，还顺带拍了拍他的肩。我问周刚这是怎么啦？朱小嬛说，周刚假日陪她去做个采访，结果遭遇了车祸。我问这是什么时候的事，朱小嬛说两周多了。拍了X光，骨头没碍事，可他的腰总是不舒服，还查不出啥毛病。城市这样小，周刚出车祸的事我也没听说。我问朱小嬛去采访什么，朱小嬛说，他们去采访一个护林人，那人在山上生活了十七年，听得懂各类鸟叫。这座城市有百余名文学爱好者，朱小嬛算勤奋的，总有各类文章在报刊上发表。

沙发是布艺的，有一个月牙似的弯儿。周刚就靠在那里，隔几分钟朱小嬛就为他捣鼓一下靠垫，或者，捏捏他的肩背。这会儿，朱小嬛又变成一个幸福的女人了，周刚无论说什么，她都专注地倾听，像第一次他俩到我家来一样。看来那些关于他俩的传言也不尽准确，或者，他们已经过了磨合期，彼此重新找到了感觉也未可知。期间，周刚去了趟洗手间。我吃惊地发现，他起身很利落，一点儿也没借助朱小嬛扶过来的手。只是腰背有些僵硬，似乎不怎么敢放松走动。机会难得，我抓紧时间问："你们怎么样？"朱小嬛坐得很端庄，翘着嘴角说："陆老师，我们现在蛮好的。"陆老师？我格愣了一下，有点儿回不过神来，不知怎样华丽地一转身，自己又变回了许久以前。好吧，我就是陆老师。既然是陆老师，我就不能再过问人家夫妻之间的事了，诸如家庭暴力、工资卡、买根葱也要朱小嬛花钱等等。而且一下子我还找不到话说了，脑子里转了半天，才想起一件可说的事。我问，谢福吉怎么样，那次周刚骂了他，他没找你的麻烦吧？

问这话时，我心底忽地一沉，想到了借出去的那本志书。丁兆和老人行为严谨，从不说一句对社会对他人不满的话。但有些信息，我能从他的眼神看出来，当初他把报纸包的包裹交给我，是轻轻放到桌子上的，却什么也没说。我打开包裹，见是本古旧的书，大十六开本，用蓝色的绘图纸包着书皮。我知道这是本民国年间的志书，有人出价500想买，丁兆和老人却不卖。他当时的工资只有140元。单位的领导也找过他，让他把这本书"贡献"出来，他也婉拒。问题是，丁兆和老人是一个极其"听话"的人，听领导的话，从不会让领导"难堪"。自从知道癌细胞钻进了他的肺里，丁兆和老人一直在按部就班地处理后事，但怎么也没想到，他会把这部志书留给我。

这部书，跟别的志书不一样。里面的建筑物都是手绘作品，精致到哪怕一个榫件都能换算出面积或体积。现在我知道了，这本书的价值远远超过谢福吉对我们刊物的资助，每每想起这些，我心里都不是滋味。

提起谢福吉，朱小嬛却打开了话匣子。说他几年前又开矿，又办厂，又养女人，借了不知多少高利贷，钱没赚来，那些高利贷却来吃人了，整天焦头烂额忙于应付。我说，谢福吉办厂、开矿怎么能赔呢？他那么有能力。朱小嬛说，他有能力，架不住他运气不好。人家开矿都能淘来金子，只有他，上千万的投入打了水漂，连传说中狗头金的影子都没见着。他的水泥构件厂原本效益不错，可被河南人骗了一下，又接连出了两次大事故，至今还有个植物人在医院躺着，像个无底洞一样。据说他把厂子兑了出去，只把一屁股饥荒留给了自己。

听到这里，我的心又格愣了一下，谢福吉不会把我那本志书当文物卖掉还债吧？

说到谢福吉的饥荒，朱小嬛倒笑了一下，她的嘴角有黄豆粒大的一个窝，笑的时候就往深里旋，就像美人痣落在了井里。"他是顾不得刁难我了。"朱小嬛得意地一指洗手间方向，"谢福吉要是敢碰我，周刚会杀了他。我就是这么对谢福吉说的。"

我扯了一下嘴角，没有表示什么。朱小嬛说的这一切，我姑妄听之。谢福吉骚扰她是可能的，但因为骚扰而产生对谢福吉的误读，也是可能的。

我说起那天碰到刘万福，刘万福告诉我朱小嬛刚刚离去。朱小嬛看了眼洗手间的门，小声说："我是去打听点儿事。"她迟疑了一下，告诉我说："周刚过去结过婚，这个我知道。可他还有个儿子，却一直没有告诉我。在这件事情上，他一直在骗我。"

我很吃惊，这可不是小事。我问他为什么要隐瞒，隐瞒的动机是什么？

朱小嬛说："他太爱我了，他怕失去我。"

我说："你确定？"

朱小嬛说："确定。"

我问那个女的是哪里人，做什么的。朱小嬛说，是部队附近村庄的，村姑。当初她主动追求周刚，周刚看她可怜，就和她结了婚。她总是以各种名目跟周刚要钱，为娘家盖起了一座大房，房子盖好了，就提出跟周刚离婚了。周刚等于是被她既骗了钱，又骗了感情。

我问儿子判给了谁，朱小嬛说，周刚想要孩子，但女方不给他。孩子是个筹码，女方还想继续要挟。

这其中缺少最起码的逻辑。想起周刚甚至在乎一棵葱钱，我试探着问："这些话你信？"

朱小嬛说："我不信周刚还能信谁？现在我们已经把疙瘩解开了，周刚说，他告诉了我，他也轻松了。不过周刚心里总是有阴影，夜里经常做噩梦，所以才会把钱看得重，把感情看得重，他怕再被骗。我告诉他不会了，我的家就是他的家，我的儿子就是他的儿子。他们父子的关系很好，跟亲生的没啥两样。"

就在这个时候，周刚从洗手间出来了。我盯着周刚的那张脸看，发觉这是一张陌生的脸，眉目混沌，脸上都是暗影，一点儿也没有当初见到他时那种良好的感觉。周刚看着两盆盛开的米兰使劲吸了吸鼻子，说："嬛儿，咱家就是缺植物，总觉得眼前干巴巴的。你喜欢什么花？部队附近有个花市，下次休假我捎几盆回来。"

朱小嬛说："大老远的费那力气干啥，赶明儿我去花店买几盆，不对心思你可别抱怨。"

周刚说："我怎么能抱怨呢？你喜欢的我都喜欢。"

朱小嬛有深意地看了我一眼。

周刚没有坐回来，而是向朱小嬛伸出一只手，说："让陆老师早些休息吧，我的腰也累了。"

朱小嬛顺势站了起来，说："陆老师，我们走了。"

/ 7 /

早上醒来，望着屋顶发了会儿呆，突然想起夜里做梦了。我好像梦见丁兆和老人了。但是梦中什么情境却迷迷糊糊想不起来。与老人在一起做同事的时候我还是个小姑娘，每天早晨负责给办公室打水。办公室一共六个人，谁喝水都理直气壮，只有丁兆和老人总是谦逊地说，谢谢小陆了，没有小陆我们就只能渴着了。那个时候，我们这个编辑部是个临时机构，大家都是从各个单位抽调上来的，为了写一本有关本城历史的书。丁兆和老人不单是活字典，还是活辞海。谁遇到什么问题，总是向他请教。他是唯一没有公职的人，每个月只有别人三分之一的工资。可他从不抱怨什么，总是浅浅淡淡地笑，不单置身事外，甚至置身人外。终年一件蓝布中山服，衣领总是整洁干净。望着对面这张干瘦清癯的脸，我甚至怀疑他不食人间烟火。反右把他反到了乡下，他就在乡下结了婚。儿子都已经成家立业了，也看不出他对老婆孩子有感情。

他住在城西的一间出租屋里，出来进去要低着头。这种房子都是寄居在大房底下，简陋阴暗。房门是岁月中叫风门的那种，现在已经很难见到了。上半部是小格子窗，下面是木板衔接而成，刷的红油漆已经褪尽了颜色，一看房门与门框就是搭配的。我来给丁兆和老人送单位发的月饼票。要过中秋节了，老人身体不舒服，在家休息。我不知道世界上还有这样小的房子，两步就能从房的这一端，跨到那一端。床头顶着的小柜子上放着盘碗，下面，被一块肮脏的布帘遮着，横枨上露出了一只旧鞋子的后跟，鞋帮都踩塌了。床脚下堆放着许多古旧和残破的书。这都是丁兆和用他微薄的工资从地摊上买来的。屋里一股霉变和油腻混合的味道，让人不敢深呼吸。我没敢在那里驻足，就迅速逃掉了。后来老人身染肺癌，我一直在想那个小屋里凝固的空气，不知道有多少致癌物质。

那本民国年间的县志也是从地摊上买来的，花费60元。丁兆和老人告诉我这些时，我打了个激灵，想不到一本书会这么贵。我的反应落在了丁兆和老人的眼里，老人解释说，这应该是孤本，眼下这本书值60块钱，将来也许会价值连城。因为手绘建筑的明善大师是僧人，就在盘山的千像寺出家。明善大师是高超的手艺匠人，外出云游时，就把那些古代建筑用写实的手法临摹，然后结集成册，其中一部分，被收录到了志书里。这个版本的志书，只在明善大师的朋友之间传阅，并未广泛刊发。

丁兆和老人净了手，才来翻这本杏黄色的志书。竖版、古体、墨字，饱含着一股书香。翻到玲珑塔，丁兆和老人的手指停了下来。他指着这座通天彻地的宝塔说："你看，这七层。斗拱、双重栏杆、仰覆莲花、方形门簪，雕刻的神兽、舞伎和舞伎手持的琵琶、拍壶板、方响、横笛、毛员鼓，和八角上的硬朗汉，哪一个不栩栩如生！更可贵的是，他还把地宫的内置画了下来，虽然地宫从没启封过，明善法师却像目睹了一样！供桌、神龛、佛器，就像在眼眉前儿一样！"

我说："地宫没有启封，谁知道里面什么样？"

丁兆和老人说："明善法师知道，因为他有一双透视眼。还也许，悟道之人心性也是透明的。在他们面前，世界没有屏障。"

丁兆和老人说这话时，心情有些激动，干枯的手指显见发抖。我则带一点儿悲悯地看着他，一点儿也感受不到来自那本志书的分量。

后来，那个报纸包被我单独放在了一个抽屉里。我其实并不很懂它的价值，因为是老人的临终馈赠，既觉得它很珍重，又觉得怪怪的，所以我一直都知道它在抽屉里，但几乎没有翻动过它。

那本民国年间的志书成了我的一块心病。转眼就是一年过去了，在这一年里，我碰到过谢福吉四五次，还曾在一起吃过饭，但他一直没有提还书的事。我经常排练怎么跟谢福吉张嘴讨书，给他个什么理由，既轻描淡写，又达到目的。过于郑重，我怕别人说我轻视人家。但是一直也没找到那么一个妥帖的理由。有一天，我对着镜子刷牙，白色的泡沫在口腔里越聚越多，"噗噗"漱干净了口，我点着镜子里的自己说，你今天就去找谢福吉，他还能吃了你？

房门虚掩着，我敲了敲，顺便就把门推开了。那个脸上敷着面粉的会计正在给谢福吉掏耳朵，见我来，会计停了手，顺手拿走了桌上的一份文件，说过会儿再来。我说，我来的不是时候？谢福吉说，是时候，永远都是时候。他嬉皮笑脸朝我笑，两颗兔牙像是在顶牛，边角都有点儿向两边翘，特别可爱。我紧张的心情一下放松了，一屁股坐到椅子上，干脆开门见山："谢主任，您还记得借我的那本书么？一年多了，我可是来讨了。"谢福吉说："记得，咋会不记得。那本书真是好，我的朋友如获至宝。"我说："没在你手里？"谢福吉说："我当时说得很清楚，是为朋友借的。我字眼儿浅，那些繁体字根本认不了几个。"我说："这么长时间，你的朋友也该看完了吧？要不，你打个电话问问？"谢福吉不看我，整张脸朝向窗外，脸上仍然是笑的，但那似乎只剩下了一层皮肤。再说话，谢福吉多少有点不耐烦："陆老师，我的朋友是做学问的，你再容我一段时间好吧……今天中午哪也不许去，喝酒！"说完他就动静很大地撂电话，拿起听筒先问我吃不吃海鲜。我只能说，吃。他对着电话说："海鲜楼定一桌，范围要小，水酒要好。蟹要七两一个的，就说我说的！"

事已至此，我仍然不死心。他打电话的时候，我走到了他的身后，查看他的书橱。我知道领导干部的书橱都是装饰，书都是簇新的，成套的，许多都是没拆封的。谢福吉也不例外。我从上到下看了个遍，没找到那本书。我心里想，别让我看到，看到我第一时间就装进包里，一点儿都不会客气。可是没有。又看了一遍，还是没有。我甚至动手拉开了一个抽屉，里面有一个金黄色的布包，显见不会包那本志书，厚度不够。我用身体挡着，让那个抽屉复原。我厚着脸皮说："那本书真的没在书橱啊！"谢福吉咕嘟咕嘟漱口，一下喷到了万年青的花盆里。谢福吉说："这里的书都是没用的，有用的书都不会放在这里。"

"哦。"我说。

不好再追问，我装作突然想起来什么似的说："你当初怎么知道我手里有本老志书啊？"

"啊？哦，"他说，"我就是随便那么一说，谁想你手里真有？天下的事就是这么巧，在这之前我是踏破铁鞋无觅处，没想到得来全不费工夫。"

我心里暗暗叫了一声苦。

一顿饭，吃得强颜欢笑。同座的几个人不时向他献殷勤，其中就有给他掏耳朵的那个会计，谢福吉叫她丫头。他们喝酒调闹，开心得不得了。谢福吉不时露出两颗兔牙，嘴角都要咧到耳岔子上了。多亏有朱小嬛坐我旁边，局面才稍显不那么尴尬。我主动跟她聊天，是为了掩饰我心底的郁闷。朱小嬛说，她想怀孕了。她想生一个她与周刚的孩子。周刚喜欢女孩，那就生一个女儿吧，名字都起好了，就叫周一。这名字奇特吧？

我说："你们都有自己的孩子，何苦再生。抚养一个孩子得多大的精力？"

朱小嬛说："我们都有自己的孩子，却没有我们两个人的孩子，这生活还是不完美。"

我说："他的孩子也是你的孩子，你的孩子也是他的孩子。"

朱小嬛果断地说："那不一样。"

我想起她过去说过的话。"你说过，他和你儿子的父子关系很好，跟亲生的没啥两样。"

朱小嬛环视了下周围，小声说，周刚又要升职了，我不得拽紧点儿？

我明白了。朱小嬛所谓的"拽紧点儿"是想把孩子变成秤砣，压住周刚这杆秤。

我呵呵笑了，说："朱小嬛，我没想到你还有这样的想法。我一直以为你单纯无邪。"

朱小嬛也呵呵笑说："陆老师，我还是蛮单纯的。"

别人都敬谢福吉的酒，唯有朱小嬛浅浅淡淡的样子，谁的酒也不敬，什么话也不说。谢福吉反过来敬朱小嬛，朱小嬛端起饮料抿了口，都没怎么挑眼皮儿。

/ 8 /

刚入秋，一场薄薄的雪粉洒下，霜冻提前来了。大街小巷到处都是提着相机照相的人。对，不是照相，是摄影。不知从什么时候起，小城都为摄影发起烧来，器材从几万到十几万不等，有人甚至航模拍摄，听说哪里有种奇特的鸟，驾车几千公里都不在话下。雪粉挂在柿子树上，实在是单薄，太阳一出来，只是潮湿了一片叶子。但树下的月季明显受了霜冻的影响，花蔫了，叶子卷了。我从旁边的小卖店现买了手套，骑车去了印刷厂。这期刊物是非物质文化遗产专辑，里面收录了盲人铁板大鼓说唱艺人的百余篇作品，反复采访多次最终完成。那些曲目都是口口相传传下来的，作者是谁，已无从考证。封面就是这位名叫李秀芬的老人，虽是八十高龄，但灰色的头发，每一根都抿得很整齐。关于这则封面照片，也跌宕起伏。主管刊物的领导说，人家刊物都是美人玉照，我们偏是要恶心读者。我当然不同意他的看法，美人玉照当然养眼，但李秀芬的形象，养心。

走在玄武大街上，潮湿的空气有一股清凉的味道，吸进鼻子里，喉咙和胸腔都是凉浸浸的。路上的三马车如过江之鲫，左突右撞。有好几次，都险些与我的车辖辘相撞。我走神了。回想起第一次下乡，在那个海拔最低的乡镇，遇到谢福吉一行。如果不遇到，就想不起让他资助经费。不开口向他求援，也不会将志书外借。这些东西，总是在我心里咕咕哝哝，不干不净。其实我一再宽慰自己，不就一本书么，在你手里也没什么用。这么多年，你又何曾翻阅过呢。也许，在别人手里才是它发挥效力的时候。它有用处，丁兆和老人也会欣慰的。从谢福吉，我又想到了朱小嬛，有一次，朱小嬛告诉我，周刚的副团批下来了，也费了许多周折。光朱小嬛就往部队跑了三趟。我问，你去部队能干啥？朱小嬛说，送礼。两个人去比一个人去好说话，可以少很多尴尬。我留意地看了眼朱小嬛的腹部，还很平坦。我问，送礼是你的钱还是他的钱？朱小嬛说，当然是我的钱，周刚的钱还要养儿子，男人在外用项多，他几乎没啥富余。其实我想说，你不也有儿子么？可我没有说。这些事情实在跟我没关系。朱小嬛主动告诉我，她也没花多少钱，钱都是她父母的。她对父母说周刚提职要送礼，父母二话没说，就把唯一的存折给了她，十万块。

"其实我也觉得挺对不起他们的。"朱小嬛的话说得很冷静，"周刚说以后要好好孝顺他们，他们的钱不会白花。"朱小嬛补充。

我有点九曲回肠的感觉，可还是没忍住想说的话。"周刚这样想当然好。"

朱小嬛马上叫了起来说："不是想，他会做的。陆老师！"

我就不知怎么接朱小嬛的话茬了。我没觉得我的话唐突，倒是朱小嬛的反应过激让我觉得不适应。冷了会儿场，就有西北风穿了过来，像一条冰河在我和朱小嬛之间横亘。薄薄的雪粉落在了朱小嬛的鼻尖上，卡通脸孔如同蜡人。我不说话她也不说话，场面有点儿难堪。朱小嬛大概也觉出了什么，嘴巴鼻子一个劲地挪动。她把肩上的包松了松带子，下决心似的说："陆老师，我走了。"

又过了一段时间，有一天晚上十一点多，突然有人摁门铃。我开门一看，朱小嬛站在外面。这样晚的时候，我想周刚肯定在后面跟着，探出头去看，黑森森的楼道里空无一人。家人还在客厅看电视，我把朱小嬛请进了卧室——她这样晚来，一定是有重要的事。端来的水杯还没来得及放下，朱小嬛搂住我"哇"地哭了。我轻拍她的后背，抚弄她的头发，等她。但也不无恶意地猜想。果然，朱小嬛的第一句说的就是："姐，我离婚了！"

她的大眼睛盛满泪水，等待我石破天惊的反应。我在床边坐了下来，也让她坐。她的手石头似地凉。我让她别着急，慢慢说。朱小嬛却抽噎着平静不下来。我去客厅端水果，顺便跟爱人老许打了个招呼，让他烧些热水，把新毛巾烫软。朱小嬛慢慢平复了，她把热毛巾整个敷到脸上，过了好久，突然把整张脸露了出来，说："姐，我好无奈啊！"

朱小嬛说，有一天，周刚回来突然给她跪下了。"朱小嬛，我爱你。"朱小嬛吓了一跳，"男儿膝下有黄金，有话好好说，你跪得是哪门子！"朱小嬛把他拉起来，周刚说，他遇到难处了，逃不过去了，眼下只有朱小嬛能救他。经过再三追问，周刚才吞吞吐吐告诉朱小嬛，他的前妻听说他提了职，找到了部队，要求复婚。他哪里肯答应。前妻就爬上了部队办公楼的楼顶，要往下跳。当时军区领导正好来检查工作，前妻在楼顶大呼小叫，说周刚是陈世美。军区领导气坏了，说部队哪能容忍道德败坏的人。你或是复婚，或是上军事法庭。怎么办，你自己拿主意。

周刚哭着对朱小嬛说："你说我怎么办？若是上军事法庭，我这一辈子就完了。"

我把纸巾递给朱小嬛，这才有些吃惊："就这样离了？"

朱小嬛说："姐，我总不能送他上军事法庭吧？"

她既然叫我姐，我就无法掩饰我的愤怒了。我说，朱小嬛，你没觉得周刚在演戏？你没觉得你受骗上当了？你哭啥用也没有，你应该给他两条路：还钱，或是上军事法庭！

朱小嬛吃惊地看着我，好像没想到我能有这么大的反应，支吾着说："周刚，周刚没有骗我。"

我说："连根葱都不给你买的男人，你居然还为他说话！"

朱小嬛说："姐，你误会了。周刚爱我。你看他给我发的短信，没有感情的人根本说不出那种话。"

朱小嬛打开了手机收件箱，我毫不客气地看了几条。都是嘘寒问暖的真挚关怀，真让人随时受不了！再看发信日期，居然都是最近两天的。其中有一条这样写道：嬛儿，今天天儿凉，多加件衣服。你我的腰都不好，你保护好了你的腰，就是保护好了我的腰。

　　我问他们离婚多久了，朱小嬛说，半个多月了。

　　我说，他这是在稳住你，怕你闹到部队。

　　朱小嬛正色说："姐你怎么这样说话。周刚知道我不会闹到部队，所以他用不着稳住我！"

　　这样说，倒是我有小人之心了。我实在不想面对她，起身去了外间。老许大概听到了动静，早就把电视声音调小了，此刻问我："怎么回事？"我烦躁地说："甭打听，没事儿。"我掐腰站在客厅中间喘粗气。老许端了果盘递给我，把我往屋里推。我长出一口气，回了卧室。朱小嬛正在发呆，灯光在她的背后，她的整张脸上都是阴影。我把水杯递给朱小嬛，她摇摇头，没接。我又找了个话题："你那次去找刘万福，他都说了些什么？"

　　朱小嬛说："我就是问问周刚的前妻是怎么回事。刘万福讲的跟周刚说的差不多。"

　　我问朱小嬛下一步怎么办。朱小嬛说，还能怎么办，现在家里连周刚的一个线头儿都没有了，就像他从没在我家出现过一样。我叹了口气，说人生不如意事十之八九，你大概也该着有这个坎儿。

　　朱小嬛说："没想到我又变成了离婚的女人。找个人一起生活怎么就那么难！"

/ 9 /

　　屋脊上有几片瓦碎了，肯定是小偷蹬踏的。刘万福一直想买新瓦代替，但都没着落。那种青灰色的小瓦还是上世纪的产物，现在已经很难见到了。刘万福的房子是上个世纪九十年代他父亲建的，那时他们这里就寸土寸金。因为挨着玲珑塔，游人、香客络绎不绝，旁边的许多户人家，都做起了各种各样的生意。刘万福复员回来，身无长技，就跟老婆蒸起了包子。开始蒸的包子不是碱小就是碱大，馅儿干得吃在嘴里像是在嚼沙子。后来终于找到了诀窍，用粉条和五花熟肉做包子馅，再配以适当的青菜，大包子香喷喷、软和和的。包子摊就在自家的院墙外，他们用石棉瓦搭起棚子，用大铁桶砌起炉灶。时间不长，正赶上玲珑塔周围清理违章建筑，棚子和炉灶都被人囫囵个儿地端走了。刘万福的老婆哭了一个中午，两口子合计，是进市场卖包子，还是另谋个别的职业呢？思来想去，老婆去一个家政公司入了股，刘万福每天早晚管玲珑塔附近两条街道的卫生。他的大扫把拴了红布条，就在门槛里面戳着。收入虽然不高，但固定，不累。

　　这天，刘万福在玲珑塔院里的一个墙角发现了十几片小瓦，显然是当年搞工程时遗落的，小瓦排着队站在一个石臼后面，身上长满了青苔。经跟人协商，刘万福把小瓦宝贝似地抱回家，当即借了梯子爬到了房顶。他们家的房子，比左邻右舍都矮。左边是小二楼，右边是四破五的高房大屋，墙体上都贴着瓷砖。相比之下，他家的房子就像委身在人家的屋檐底下。站到屋脊上，刘万福发现自己有玲珑塔的两层高，一点儿也不比左邻右舍矮。这个发现让他很开心。前面是那个大院落，刘万福从打一落草就能听见塔上的风铃声，认识几个字，就会背塔身上的偈语。"诸法因缘生，我说是因缘。因缘尽故灭，我作如是说。"认识是认识，但刘万福从来也不知道这几句话是啥意思。有一次，寺里来了个住持，刘万福经常听他说经讲法，刘万福问他那几句偈语是啥意思。住持说了半天，刘万福仍不知所云。

　　换几块小瓦分分钟的事。所以刘万福不急，他先举目四望，整座城市尽收眼底。空气中氤氲着一层雾霭，因为角度不同，很多熟悉的景物，反而变得陌生了。比如，一座建筑物头上戴了三顶大草帽，刘万福辨认了半天，才搞清楚那是家星级宾馆。刘万福的眼睛像镜头一样从远处往近处摇，一下就摇到了眼皮底下，右侧路边那座古旧的房子，木质门，麻花锁，曾经发生过凶杀案，想卖都没有买主，大家都叫它凶宅。房身正好与玲珑塔在一条水平线上，从这个角度望，前院后院，尽收眼底。刘万福揉了揉眼睛，看清楚了那座房子的后院与周围人家不同，是一座大院落，怎么高出许多。

对，都是湿土。湿土的颜色是一种金黄色，与整座城市的颜色都有色差，甚至堆出了一座土丘。好大的一座土丘，倚着西北东南两面墙，就像工厂矿山堆放的散石碎料那么大。刘万福甚至能看清那土丘有一个明显的坡面，上面滚动着一只白色塑料袋，在风的吹拂下，且起且落。刘万福忽然对这个院落生出了兴趣，小心地在屋脊上坐了下来，细细研究这座无人居住的院落是怎么回事，难道这里居住着传说中的仙女？

眼睛左移到玲珑塔上，刘万福几乎想跳起来，脚下一滑，半个身子出溜到了瓦垄上。他使劲扒住瓦垄，才让身体保持了平衡。顾不得摔疼的屁股，刘万福慌慌张张从房顶上下来了。老旧的房子依然大门紧锁，就像亘古无人一样。他想，坏了。这座院子里的工程肯定与玲珑塔有关，否则哪里用得着这样偷偷摸摸？

刘万福打通我的手机时，我正和老许在菜市场买菜。刘万福在电话里急切地说：陆老师，您马上到我家里来一趟！

眼下正是做晚饭的时间，我有些踌躇，问他什么事。刘万福紧张地小声说，在电话里说不清楚，您最好亲自来一趟。

我说：明天行不行？

刘万福说：不行，您最好快一点儿来，越快越好！越快越好！

我慌了，也不管往市场深处走的老许，扭头就往市场外面跑。自行车在马路牙子上停放着，我搬动车子时，甚至撞歪了停在路边的一辆婴儿车。我骑上车子走了。边走边想刘万福找我会有什么事，难道与周刚有关？

我从马路南口拐进了成衣巷，成衣巷的石板路呈上坡状，疙疙瘩瘩，我拼尽力气蹬车，却一点儿也没有速度。我第一次觉出那条巷子那么长，像神仙的一只袖筒，越走越觉得路程只加不减。

刘万福看见我，就迅速从自家大门里搬来了一架木梯。看得出，他不光等在这里，还在为等在这里做了准备。他把木梯支好，就来接我的自行车。刘万福说："陆老师，您快上墙，看一眼，只看一眼。"我奇怪："我上墙看什么？"刘万福把车支好，来帮我扶梯子。刘万福说："您上去就看一眼，看一眼就赶紧下来。"我越发狐疑，刘万福急了："您上去看一眼不就明白了?"我多少有点儿恐高,战战兢兢登上了木梯,走一阶,又走一阶,头刚与墙齐,刘万福就焦急地问:"看见了没有?看见了没有?"

又登了一阶,墙头就齐胸高了,院里的一切尽收眼底。那些湿土在我的眼里似乎冒着热气。我惊讶地张大了嘴巴,一回头,玲珑塔劈面撞上了我的眼睛,我眩晕了,险些从木梯上栽下来。

我从木梯上下来了。

/ 10 /

玲珑塔的地宫被盗很快成了旧闻,因为表面什么也看不出。那条盗洞是从屋里往玲珑塔的方向挖过来的,据说只比一个人的腰略粗。有关消息上过全国几乎所有的媒体,所以一段时间里,玲珑塔的门票收入出现了一个小高潮。塔是辽代的,地宫里面的物品最少是辽代以前的,每一件都应该是价值连城。这些消息在市井发酵,一段时间以后,那些流失的物品是什么,都有鼻子有眼了。

刘万福挥着扫帚扫街,经常被游人追着问起发现地宫被盗时的情景。开始,刘万福总是不厌其烦地指着屋脊上那几块新换的瓦,喋喋不休。领他们去古旧的那所宅院去看究竟。那里仍是木质门,麻花锁,门楼上瓦缝里的草越长越高,然后像长发一样披了下来。里面的情景其实什么也看不到。但刘万福会告诉他们,所有的土已经回填,地宫重新放了镇物,又被封死了。其中就有一棵玉白菜,是寺里的住持开了光的。那些游人会给刘万福一支烟,一瓶水,然后合个影,然后满意离去。

人们远道而来,都要围着塔转几圈,发现玲珑塔一点儿被盗的痕迹也没有,多少有点儿失望。那条盗洞深藏在地下,连影子也看不见。来的人满足不了好奇心,那些不来的人,似乎都有了先见之明。有关玲珑塔的热议,很快就冷却了。那些一拨一拨的客人,很多都是不买票的,被公家单位的头头脑脑领着,拿着事先开好的免费条。到这里转一圈,就直接去饭店了。早早晚晚,到这里来遛弯儿的多是本城人,人们从北面的如意园打了太极跳了舞做了操,宁可拐路也要弯到这里看个究竟。咒骂几句该死的盗墓贼,说挖坟掘墓尚不可善终,你盗镇城的玲珑塔,不断子绝孙才怪。

朱小嬛请人画了符,偷偷到这里烧了纸。她是当作隐秘告诉我的,还告诉我千万别告诉别人。我理解朱小嬛的心理,都是公务人员,信这些好像有点儿不应当。但朱小嬛说,那个仙师很灵验的,能破解很多灾祸。举了很多例子,有的我有耳闻,有的闻所未闻。我问朱小嬛,你想破解什么?朱小嬛说:"玲珑塔动了真气,需要一段时间聚拢。我请仙师画符咒,玲珑塔躲过这一劫,从此千秋万代,永远太平。"

我差点笑出声,觉得朱小嬛天真的可以。我说:"你相信有永远这回事么?"

朱小嬛翘起嘴角说:"我相信。"

朱小嬛翘起嘴角的样子,是最好看的,那里会窝出一个豆粒大小的旋,就像美人痣落到井里。"不愧是在这座城市出生的,你们对玲珑塔有感情。"我不想再说别的。

朱小嬛说:"当然也不完全为玲珑塔,也为我自己。"

我说:"说说看。"

朱小嬛说:"我这前半生都不顺,我不想后半生也不顺。"

我说:"你才多大,说什么前半生后半生的。"

朱小嬛落寞地望着天空:"我已经老了,我做梦都梦见自己不停地掉牙齿。"

我想起她写的有关玲珑塔的文字,说炊烟与塔在空中纠缠,塔就有了烟火气。这意象不错。我说:"烟火气的塔,也能保佑人么?"

朱小嬛叹了一口气:"我也是有病乱投医。"

/ 11 /

我就是听刘万福说朱小嬛失踪的。那天我陪客人去看玲珑塔,夜里下了场大雪,通往玲珑塔的路还连脚印都没有。北方的旅游城市冬天都冷清,何况这样一个寒风凛冽的清晨。客人有一位是古建专家,对古寺古塔多有研究。他刚考察了应县木塔，对本城这座有古代印度建筑风格的砖结构玲珑宝塔很有兴趣。一行六人踏雪施施而行，有位女士的高跟鞋踩在雪地上，被取笑留下了小兽的足迹。女士一再惊呼雪柿子好看，粗粝的枝头被雪裹了半个身子，红柿也在雪窝里探头探脑。那点点红艳点缀了半个天空，让灰扑扑的世界都明亮起来。远远就看见刘万福在扫雪，手头不单有扫帚，还有把铁锹，他不时轮换着使用工具。看见我他很惊奇："陆老师，您怎么那么早就来了？"我告诉他有客人要赶飞机，所以不能等到玲珑塔的工作人员上班时间。我说如果不遇到你，我们就想在外面看一眼。遇到了你，你肯定有办法让我们进去吧？刘万福急忙放下了劳动工具，跑到那扇铁门跟前去拍门。我则对客人介绍刘万福这个人，若不是他上房换瓦，也许到现在也不知道地宫被盗。有人问我破案有没有线索，我摇了摇头。这起案件已经上报到公安部，截止到目前，连一点儿消息也没有。

大门被刘万福叫开了，我千恩万谢了开门人。客人们加快脚步往塔跟前走，我站下来跟刘万福说话。刘万福说："前几天周刚来电话，打听朱小嬛，说朱小嬛的手机一直打不通，让我去她单位打听。你猜怎么着，朱小嬛一直没上班，单位的人说，已经很久没见到她了。"

我说："我也已经很久没见到她了。"

刘万福问我最后见到她是什么时候，我想了想，是她烧符咒的时候，初秋。

"她能去哪呢？"刘万福关心地问。

因为是替周刚打听朱小嬛，我便对这件事情有了戒备。无论怎么说，周刚都不应该再打扰朱小嬛，朱小嬛躲起来，肯定也是为了躲周刚。

他能躲周刚，我倒觉得是一件好事。我对刘万福说："甭担心，她没事。"

刘万福说："我倒不是担心她有事，周刚总来电话打听她，我没法向他交差。"

我说："这有什么不好交差的，不知道就是不知道么。"

刘万福说："周刚这个人不是一般的人。一般的人别人不知道也就罢了，周刚是，你越不知道他越跟你打听。打听不到，倒像是我不尽心。"

这话信息量有点儿大，我一时没反应过来。客人们从塔后转了过来，大声地彼此探讨。我把刘万福拉到了大门外，站定。我对刘万福说："他干吗一定要找你打听啊？"

刘万福笑了下："他不是一定要找我，他肯定是熟的人都找了。"

我说："他没找过我。"

刘万福说："他大概不好意思吧？"

我想想刘万福的话也有道理。交往下来，我觉得刘万福倒是一个实诚人。我试探地问："你觉得周刚对朱小嬛真有感情吗？"

刘万福突然憨厚地笑了笑说："人家两口子的事情，我怎么知道啊？"

我觉得自己问得多了，只好笑着点了点头。

正好客人招呼我，让我指认地宫被盗的位置，我让刘万福给大家做个介绍，刘万福热心地从墙的位置，用脚画了一根雪线，连到玲珑塔。作为有功之臣，刘万福被允许从盗洞进入过地宫，所以最有发言权。刘万福说，地宫的门有半个人高，是两方石头门，被盗贼用撬棍撬开了。供桌，神龛，佛器，能拿走的都被盗贼拿走了，初步估算也有一两百件。有人见到过盗贼装车，光麻袋就有好几个。

一行人啧啧有声，说不出的惋惜。刘万福又说："有个叫明善的和尚画过这个地宫，收录到了县志里，据说跟这个地宫里面一模一样，和尚都有法眼。"

古建专家正从多角度给玲珑塔照相，听了这话，走过来问："现在还能找到这本志书么？"

刘万福说："哪能找得到。都是上上辈子的事了。"

就像戳了我的心尖子，我骤然感到心口一阵剧痛。我急忙岔开了这个话题，念起了那些偈语："诸法因缘生，我说是因缘。因缘尽故灭，我作如是说。诸法从缘起，如来说其因。彼法因缘尽，是大沙门说。"解释说，这几句话说的是缘起缘灭，诸行无常。此有彼有，此无彼无。生者必有尽，无生则无灭。无有诸苦，故名为乐。

客人说："没想到陆老师对佛法还有研究啊。"

我赶紧说："没研究，没研究，我是从别人那里听来的。"

"别人"就是丁兆和老人。那时，我经常跟他到处跑资料，有一天来到了玲珑塔下，他举目看了半天，对我说了那些话。我还听不太懂，丁兆和老人说："你还年轻，到了我这个年龄，可能就都懂了。"我还远没到丁兆和老人的年龄，但是我感觉好像懂了一点点。

春节前几天，我知道了朱小嬛出车祸的事。那天，县里召开年终总结表彰大会，被表彰的就有谢福吉。他笑成了一尊弥勒佛上台领奖，胸前别着大红花，双手捧着大镜框，一溜儿领奖人中，他站在中心的位置，给他颁奖的是县委书记。谢福吉获奖，是因为他在城市改造中发挥了突出作用，敢打硬仗，冲锋在前。我领奖是因为"非遗"项目，因为谢福吉的赞助，几个"非遗"课题做得都很顺利，尤其民间铁板大鼓艺人李秀芬的所有资料，都得以出版，她留下的二十几个唱段，都刻制了光盘。事实证明这些资料都是抢救性的，我们结束采访不久，她就去世了。如今她把最后的影像留在了人们的记忆里，出版物和光盘，成了历史的见证。

从会场出来，谢福吉在门口站着。见我走过来，谢福吉说："朱小嬛出车祸了，陆老师知道情况么？"我忙问怎么回事，啥时出的车祸，人有没有大碍。谢福吉告诉我，朱小嬛有段时间腰不好，想去北京看专家门诊，结果路上遭遇了车祸。人一直住在北京的某个医院，应该说，问题相当严重。我说我一点儿也不知道，她一直没有跟我联系。谢福吉说，她只给单位打了个电话，从此就再没音讯。单位想去看看她，都不知道她住在哪家医院。我问车祸是什么时候的事，谢福吉想了想，说，好几个月了。

我忍过了春节，上班后的第一件事就是给朱小嬛打电话，不通。她的两个手机号不是停机就是关机。然后有一段时间，我不再给她打电话。隐隐约约地等她的电话，也没电话来。然后有一天，我翻电话号码，一下子翻到了她，就又拨了一下，竟然通了。我喊了声"朱小嬛"，声音都有点儿不自觉地高了。朱小嬛那边倒是很平静，她说："是陆老师啊，我在家养病，一直没去看您，您还好吧？"我问她怎么样，她说她还好，让我别担心。我说你告诉我门牌号码,我去看看你。朱小嬛说,这样吧陆老师,我现在能出去了,哪天我去单位看您,我也想出去走动走动。

又是过去了好久,朱小嬛终于出现了。她坐在我的办公室里,我发现她白了,胖了,气色很好。外面的柳树叶都绿了,春已经很深了。朱小嬛穿着别致的小唐装,居然是小桃红的颜色,坎袖,抹肩,说不出的韵致。我盯着她看了一眼,说:"你都返老还童了。"朱小嬛说:"陆老师取笑我。我整天在家里猫着,人都成卷子了。"我问她到底伤到哪里了,有没有留下后遗症。朱小嬛说,别处还好,肋骨断了三根,早就长好了。就是腰总不舒服,坐时间久了就会痛。我马上赶她走,怕她累着。朱小嬛噘着嘴说:"那么久不见,陆老师一点儿都不想我。"我笑了笑,没再说什么。朱小嬛说:"我这段时间也没闲着,看书,写东西。改天我把写的文章拿给陆老师看,看我进步了没有。"

我说:"从打发了那篇《玲珑塔》,就再没看到你的文字。早就等着看你的作品呢。"

提起玲珑塔,自然谈起了地宫被盗的事。朱小嬛问我有没有听到什么消息,我说没有。朱小嬛说:"社会上早就有传言,说出口缅甸的货物中发现了几件文物,可能与玲珑塔的地宫有关。警方一直蛰伏,大概就是在等待着文物浮出水面。否则这样一个没头没脑的案件,到哪里去找线索。"

我说:"你整天在家潜伏,消息倒比我灵通。缅甸货物的事,我从来没听说过。"

朱小嬛说:"我也是听周刚说的。他关心玲珑塔,总给我发手机短信,打听玲珑塔的被盗情况。最近他告诉我案件终于有线索了。"

我说:"你们还有联系?"

朱小嬛淡如墨菊,浅浅地扯了下嘴角,说:"我早就无所谓了。就像一个长长的梦,总会有醒来的时候。"我问周刚怎么样。朱小嬛神情一暗,说:"他好得很,跟部队一位首长的女儿结了婚。"我沉默,想起当初周刚离婚的理由是因为前妻。朱小嬛叹了口气,想说什么,却什么也没说。我也没再说什么。临走,朱小嬛握着我的手说:"谢谢,陆老师。"

朱小嬛前脚刚走，后脚就有人来串门了。是个老大姐作者，跟我认识快三十年了。她只看到了朱小嬛的背影，问我："朱小嬛的事，都解决好了？"

我以为她指的是朱小嬛的车祸，把她请进屋，说："我没仔细问，应该解决好了吧。"

大姐说："她还真挺勇敢，这年月，还敢自己生孩子。"

我愣了一下，说："她去年出了车祸，断了三根肋骨，一直在住院休养。"

大姐说："不是那么回事。她住院肯定不是因为车祸，而是因为生孩子。离婚的女人还要自己带孩子，太可怜。"

我突然激动了，大声说："你说的不对！"

大姐笑了笑，宽容说："你没我清楚，我亲眼看见她在北京的一家医院待产，当时我们还说了话，她还让我保密。"

我说："她怀了孕离婚的，还是离婚以后发现自己怀孕了？"

大姐说："她的事神仙也弄不清楚，想一想都伤脑筋。"

我张口结舌。这个朱小嬛，她这是要闹哪样！

/ 12 /

央视的一条新闻让老许抹汗脖子的一只手停了下来。画面一共有七个人，其中一个白白胖胖大耳垂轮。镜头一一从他们脸上扫过，主持人说：本城玲珑塔地宫被盗案件告破。警方历时一年多的时间，多省市协同作战，截获了运往境外的53件文物，其中大部分属国家一级文物。多名犯罪嫌疑人落网。主犯系某大学历史系教授，伙同本城一名县处级领导干部，利用职务之便，与社会闲散人员相互勾结，将玲珑塔地宫内千年宝物盗挖一空……

我听见了"历史系教授"这几个字。

老许把毛巾搭到肩膀上，"哎哎哎"地喊我："快来看快来看，你的志书就是借给那个人了吧？"

我从厨房钻出来。那则新闻我看到了尾巴，镜头正摇向玲珑塔，蓝天白云底下，玲珑塔高大巍峨庄严神圣，塔身雪白，真叫个七窍玲珑。见我有些发憷,大概是为了宽慰我,老许又说了一句:"即便是那本志书帮了他们的忙,此事也与你无关。"

其实在这之前我已经知道了盗塔事件与谢福吉有关。不独我知道,全本城人民都知道。那天正在开乡镇局领导干部会议,宾馆的服务员来到了谢福吉面前,躬下身子对他说,外面有人找。谢福吉匆匆走了出来,却被蹲伏在门口的警察一下摁住了。肥胖的谢福吉立时魂飞魄散,是被几个人合伙拖进警车里的。可这件事情官方一天不报道,我一天不相信玲珑塔失窃案与他有关。怎么可能是他呢。谢福吉官不小,权不小,钱不少,怎么会想起盗玲珑塔呢?话又说回来,千年古塔是镇城之塔,都成精了,即便警方不破案,他也不怕有报应么?记得他也是相信因果的人,他对历史文化有研究,还是写过诗的人呢。但还有一种声音不这样看。我记得朱小嬛也跟我提过,他们说谢福吉这些年总是穷折腾,把单位折腾穷了,把家也折腾穷了,他现在除了一屁眼子饥荒其余什么也没有。别看他表面天天乐呵呵的,心里愁得都长虮子了。还有传言说有黑社会老大扬言他若再不还高利贷就要卸他一条腿,横竖他也没个好,若是这次盗挖文物能得手,他这辈子才算是高枕无忧了。

但是,不管怎么说,现在已经确证了,谢福吉参与了盗塔事件,他迟迟不肯归还丁兆和老人的那本书,原因应该就在这里。老许说,此事与我无关。我想他肯定是安慰我。要是真的没有关系,他就不用啰唆这么一句了。

晚上躺在床上,我不停地思想整个事件的过程。哪里出了问题?这是一个什么因缘?谢福吉怎么就那么慷慨,赞助了我三十万元?我们用它抢救了铁板大鼓艺术的"资料",为此我搭进去一本书。即使他不赞助,他如果向我借这本书,我会拒绝吗?想来想去,我觉得除非没有这本书,或者没有我这个人,事情才确定不会发生。但是前一个晚上想通的事,第二个晚上,我又开始从头想,在床上翻来覆去睡不着。丁兆和老人送我那本书时的情境不时地浮现出来,有时候我以为这是梦中的场景,但想想我根本没睡着。有一下我想到,要是老人送我这本书的时候郑重地说两句什么,我会不会就有理由拒绝谢福吉了,至少我不会这么轻易地外借了。他为什么只是轻轻地把书放在我的面前，好像送我一盒平常的麻花一样。但是连档案馆索要这本书，他都没给，这书对他绝对不是一盒麻花那么平常啊。想着想着，我的心忽然抽了一下，我想起来老人那副谦卑的样子，我一直把它当成是老人的学问修养，其实，他可能真的是自感卑微，那个年代过去了，而心里的阴影还深藏着。以至于对他来说这么重要的东西要托付一个人，都不会说出一句重话。

他是想让我感悟？

/ 13 /

我背着家里最大的一个包出门。

老许惊讶地看着我说："你要出差？"

我说："不是。"

老许说："秘密？"

我摇摇头，说："回来告诉你。"

我先步行到里正街的一家天堂用品超市，买了若干纸钱，然后坐上了通往十棵树的公共汽车。这个村名在我的脑海里存储了若干年，就是因为当年丁兆和老人偶然提起过。说村里的第十棵树，是他的爷爷种活的，村庄也因此而得名。那是盐碱滩上的一个耳朵眼儿，丁兆和老人说得形象，所以我若干年不忘。

我在午饭前赶到了那座村庄，小得就像一顶柴火垛，歪歪扭扭地坐落在大洼深处。稀疏的树木怎么也长不大，都被盐碱拿住了。我前后问了三个人，一个女人两个男人。女人不知丁兆和是谁，男人不知道丁兆和埋在哪儿。这让我原来的计划落了空。我只得打听丁兆和老人的儿子住在什么地方。巧了，就是我左边的这座宅院，青灰色的砖瓦，一看就是几十年前的老房。一家人正在堂屋吃饭，丁兆和老人的儿子迎了出来，身量，眉目，连走路的姿式我都熟悉。他问我找谁，我说是从城里来的，来看看丁兆和老人。他埋在哪儿了？老人的儿子马上变得敏感，上下打量着我，问我为啥来看一个死了很多年的人。我实话实说，我们曾经做过同事，他是我的师辈，我最近老想到他，所以想给他烧些纸钱。老人的儿子笑了下，说烧纸钱你哪里用得着跑这么远，早就世界大同了么。我说，我也不多耽搁你，你就告诉我坟墓的位置就行，我自己去找。那儿子胡噜一下头发，说当初骨灰没回家，就地扬了。看见我吃惊，他又紧跟着说了句："这是我爸的主意，是他不愿意回到老家来，不是我不愿意掩埋他。"

我在村前的一个十字路口烧了那些纸钱。因为是正午，前后左右一个人也没有。我没有找到丁兆和老人，这实在出乎我的意料。他没有回家，他连个坟都不想立。

回家以后，我昏天黑地睡了好久，直睡得浑身的筋骨都是散的。

/ 14 /

好在烧过纸后，我的心真的平静下来了，不再整宿整宿地思想那件事了，对好多事我也有了新的看法。

有天晚上，一个陌生的电话号码打到了我的手机上。我不想接，可那个手机不屈不挠。老许把手机摁通了递到我手里，里面说："陆老师，您能不能帮帮我，让朱小嬛把孩子抱回去吧。一个孩子要挟不了我……再不抱走我要送去孤儿院了。"

我听出了对方是谁，平静地说："哦。"

周刚说："朱小嬛的孩子，扔到我这里就不管了，都快八个月了。"

我说："不也是你的孩子么？"

周刚说："陆老师，您可能误会了。孩子如果是我的，我养着就是了，眼下我有这个条件。可我和朱小嬛结婚那段一直在避孕，她赖不上我。她如果不相信，我可以去做亲子鉴定。"

我说："朱小嬛一直都想要个孩子！"

周刚呵呵地笑了，说："我当然知道她想要孩子。就是因为她疯了似的想要孩子，我才在她的水里饭里放避孕药，陆老师，我是真的让她逼得一点儿办法也没有。"

我摇了摇头。朱小嬛一直渴望怀孕，想借此拴住他。可道高一尺魔高一丈，朱小嬛真是碰到了对手。此刻我一句话也不想再对这个人说，可有一句话卡在了我的喉咙里。我问："那……孩子到底是谁的？"

周刚说："您看一眼就知道了，虽然是个丫头片子，可跟谢福吉长得一模一样。"

/ 15 /

玲珑塔要"申遗"，周围的房子都拆迁了。那天我从如意园出来，又信步走到了那里，发现周围已经辟出了广场，那座隐匿了盗挖者的古旧房子被拆除了，同样被拆除的还有刘万福以及他的左右邻居。视野开阔了，玲珑塔尤其显得巍峨。香客莫名其妙多了起来，有人捐了一鼎香炉，院子里整日青烟缭绕。香炉两侧有两棵翠柏，树身上挂满了游客系上去的护身符，传说都是这里的住持开了光的。刘万福家房子的位置，修了凉亭，下面有石凳。我在如意园散完步，经常走到这里坐一坐。我坐到这里，就想闭着眼睛听一听风铃声，那种响声可真像天籁一样。玲珑塔已经在这里屹立千年了，不知还能屹立多久。我经历的人和事，它看到了。它经历了什么，我却全然不知。薄雾和暮色氤氲而来，模糊了眼前的视线。

手机响了，是朱小嬛。朱小嬛在电话里说："陆老师，我想找您待一会儿，您有空么？"知道周刚所说的一切都是真的，我就想一辈子都不再见朱小嬛。我不愿意看她那张清纯的脸。可眼下，我心静如水，没有一丝波澜。一对蝙蝠在空中翩翩起舞，我对朱小嬛说："我在看玲珑塔，你也来吧。"

寻找艾薇儿

文 / 苏兰朵

/ 1 /

我贩狗为生，今年 26 岁，叫张顺飞。

我有两个哥哥，所以贩狗的那帮哥们儿也叫我张三。张三不像一个具体人的名字，容易被人不信任。所以在我贩狗比较辉煌那几年，名片上都是规规整整印着张顺飞。别人不像我这么规整，东北话叫"整景"。比如二毛的名片上就直接印着大大的"二毛"两个字，下面用小字标明专销博美、松狮、萨摩。然后是手机号。二毛说，其实只有卖什么狗和手机号是买狗的人需要的。至于名字，有两个功能，一个是给你打电话时的称呼，不能一打电话就说"那什么，我要买狗。"得说，"你是二毛吗？我要买条松狮啊。"第二个功能是让人家容易记住。所以得简单特别一点儿。就像"老王太太糖葫芦""黄瘸子驴肉馆"之类的。二毛一直坚持叫我张三，后来简称三儿。

二毛是个黑胖子，有点像他的松狮种犬阿里，脸鼓得像个包子。一头羊毛卷，总是忘了剪也忘了洗，蓬松着，像顶着一朵大菊花，脏兮兮的。他一年四季都穿耐克，我鉴别了一下，春秋穿的那套防雨绸面料、挂绒里子的是真的，其余基本都是假货。二毛现在都买真的也买得起了，但是二毛舍不得。不熟悉他的人容易被种犬阿里一俊遮百丑地唬住，以为二毛的耐克都是真的。但是我知道，二毛即使有 10 条价值 16 万的种犬阿里，也只舍得买一套真的耐克。话说回来，贩狗的人，天天一身狗毛、狗臊、狗臭气，穿什么都白穿。像我这样一回到家就洗澡然后马上换一身行头的，基本属于异类。二毛翻了翻他的水泡眼，"没准儿你真是投错了行。"我那条血统纯正，来自俄罗斯，出生证明和获奖证书摞起来足有一尺高的萨摩种犬普京被人毒死的那天晚上，他就站在我家的门厅，翻了翻他红肿的水泡眼，说，"没准儿你真是投错了行。"我没好气地说，"滚一边去！"二毛是个讲义气的人，或者他在心里一直希望自己能成为一个讲义气的人，像关二爷那样，所以他站在那儿没动。一把推开他摔门滚蛋的是小红——与我同居了两年的一个吉林女人。摔门之前，我当着二毛的面踹了她一脚，谁让她不停唠叨，事后诸葛亮！我免不了又要说说小红，像我喝醉了酒经常和二毛絮叨那样，说说小红。

　　小红挺不一般的。我是这么觉得。她长得漂亮，家里穷。大老远地来辽宁打工，孤身一人。按说应该做鸡。到洗头房，或者洗浴中心。只要她肯做，两三年就能衣锦还乡，或者碰着个贪恋她的有钱人，做个妾，日子也能过得不错。但是小红没有。她宁愿跟我一起贩狗。"你就知足吧。小红不做鸡，比做鸡可厉害多了。人家那是要留着身子傍个有钱的。你没钱了，扯你？"二毛喝得眼睛红红的，冲我扔过来这句话，像扔过来一碗醒酒汤。

　　普京去世小红跑了之后，我的生意一落千丈。为了买这条贵族种犬，我折腾进去十几万。以为从此以后一本万利，可以坐收渔利了。配种的钱，五千六千的，到手就和小红一起挥霍了。到现在，房子还是租的，车的贷款还不上，转给别人了。我那辆九成新的红色马自达 6 啊！

　　不说这些了，我还得活着。

　　我 19 岁开始贩狗。即便如二毛所说，真是入错了行，也只能错下去了。不贩狗，我干什么去呢？不在贩狗时间赚点儿钱，我在贩狗以外的时间拿什么去消费呢？我那么喜欢和二毛泡小酒馆，吃肉串、鸡脆骨、牛板筋、烤馒头，喝雪花啤酒。那么喜欢逛超市，买薯片、口香糖、长白山香烟、火鸡腿、枣糕和大枣口味的酸奶。那么爱看报纸——晨报、晚报、日报、参考消息、北京青年报、法制日报。按说这些也花不了多少钱，可总归是要花钱的。一个大男人怎么能被钱憋住呢？这不，看着报纸，赚钱的机会就来了。

晚报有一版叫《天天快讯》，其实就是广告。我特喜欢这一版。这个版面设计有特色，横平竖直切割成若干豆腐块，每个豆腐块里是一条信息，五花八门。比如，电子琴（加黑加大），下面小字是电话。这是招学员的。比如，歪脖老母（加黑加大），下面小字是电话、发团时间。这是组团去烧香拜佛的，据说很灵验。普京被害之后的若干天，二毛天天怂恿我去拜拜。当然了，我是不会去的。供在中国东北农村的歪脖老太太能保得了贵族血统的俄罗斯狗吗？比如，潘世江（加黑加大），下面小字是离婚、合同、债务，还有电话。这人是律师。我打电话证实了。因为二毛不同意我的判断，非说是私人侦探或者黑社会之类的。比如，二毛（加黑加大），下面小字是纯种松狮配，手机号，很像他的名片。那天我陪他到晚报广告部，措辞的时候，我说，你把二毛拿下去，换成阿里。二毛不听，说，凭什么换成阿里？我打的就是"二毛配种"这块牌子。我说只有卖狗的哥们儿知道二毛是人，不是纯种松狮。二毛还是不听，说，我愿意！再比如，寻爱犬艾薇儿（加黑加大），5000元（加黑加大），下面小字是电话。我的目光一下子定住了。我不可能错过这条信息。我连潘世江都不会错过，我怎么会错过艾薇儿？我兴冲冲地奔到二毛的店里。

我说，二毛，发财了！二毛的小眼睛在肿眼泡儿里瞥了我一眼，你想发财想疯了吧？阿里这几天正拉肚子。他起早贪黑地伺候。晚上与狗同床，还插电褥子。"操！我爹都没让我这么孝敬过。""你就当它是你爹吧。伺候不好就得送终了。""送终？死了它就一钱不值！"阿里看看二毛，又看看我，突然叫了一声。"它还有精神头生气？估计问题不大。"我把报纸举给二毛看。二毛的眼中亮光一闪，"5000？"

我说，"老规矩，你先领条蒙事的狗去打探消息，把狗的情况摸清楚了，我再去骗钱。"二毛眼中的光忽地灭了。"还老规矩啊？一次都没得手。""5000块啊！从来没这么多过。总得试试。"

对，总得试试。二毛最终同意了我的想法。反正闲着也是闲着，我们不去骗，也自有别人去骗。

/ 2 /

我和艾小姐约在红旗广场。艾小姐就是艾薇儿的妈。她在电话里说，我家就在红旗广场附近，你方便吗？我说方便方便。我家离那儿也不远。（我家离那不是一般的远。）她说就是，薇儿也跑不太远。

临出门前，我拍拍艾薇儿的头，对她说，艾薇儿，现在你有名字了，记住了，艾薇儿。我又重复了一遍，艾薇儿。这次她抬头看了我一眼，似乎明白了这个古怪的发音与她有关。对了，艾薇儿就是你，我就知道，唯有你可担此重任，二毛所有的萨摩当中，就顶数你最聪明了，性情还好。她把脸转向一边，不再听我唠叨。可我还是控制不住唠叨下去。自从小红走后，我就经常在家里自言自语。二毛说，你领条狗回家里去，管它懂不懂的，也有个说话的对象，别一天到晚像大街上那帮对着耳机讲电话的傻子似的。我说小红不喜欢家里有狗味。他的小眼睛"啪"地一瞪，我操！你还当她能回来呐？我懒得跟他理论，小红走的时候，本来就没说不回来。

我说，艾薇儿，根据你二毛爹打探来的情报，从各方面来看，现在你都和你妈说的一个样了。母狗（从名字上就猜到了），全白（有三处精心染过），四岁（谁能看出你三岁还是四岁呢），少一颗门牙。幸好是少一颗门牙，要是身上有块疤，一时半会儿还做不好呢。对了，一会儿就见到你妈了。听声音，年纪应该不大，普通话说那么好听，没准挺漂亮的，她出了5000块钱找你，不用说，一定很有钱，你也算有福气。别人买你的话，2000块钱顶天了。所以，见了面，最好能跟她亲热点儿，她把你弄丢一个礼拜了，估计也记不大清楚你长什么样了。但愿如此吧。我对这事的把握并不大，以往的经验告诉我，那些丢了宝贝的狗妈妈狗爸们，总是一眼就看出来这个孩子是冒充的。说狗受了惊吓或者被自行车撞成了脑震荡也不行。

为什么我和二毛还坚持不懈地做这件事呢？因为，确实有人成功过。虽然没过几天就被失主识破，但钱还是骗到了，大不了废一个手机号。二毛其实对这事早就没开始那么上心了，他认为成功的几率比中彩票还低。但是他不愿意背弃我，尤其是小红背弃了我之后，他觉得更有责任向我证明"兄弟如手足，女人如衣服"。

我说，艾薇儿，希望这次我们能成功，希望你妈妈是个弱智。我锁上门，跟隔壁的二毛打了招呼，带着她准备离开狗市。二毛头也没抬，对我说，阿里刚拉了泡屎，你要不要踩一下再走？我说，今天穿的是帆布鞋，弄上屎回头还得刷。我真不应该过来跟他打招呼，好像赚了钱不给他似的，每次都这么充满嘲讽地送我上战场。还是跟艾薇儿说话比较好。我边走边对艾薇儿说，按说，这次我们也不算黑你妈妈，因为你本来就是只公主一般的萨摩犬，虽然血统不怎么纯正，赶上好年景，把毛色好好染一染，你也能蒙 5000 块钱。可现在不是那什么 CIP 吗？到底是 CIP 还是 CPI 呢？我也弄不明白了。反正啊，就是钱毛了，买菜买房子还顾不过来呢，谁还花大价钱买你呀是不是？所以你就蒙不了那么多钱了。要说以前骗别人家长那会儿，那才叫惊心动魄呢。我和你二毛爹爹曾经把一只笨狗改装成了雪橇犬，雪橇犬的奶奶——一个患白内障的 70 多岁老太太马上都要点钱了，结果天突然下起了雨，她"大孙子"身上的毛开始掉色，摸了她一手黑乎乎的，气得她直哆嗦，抡起拐杖就打我们，说我们丧尽天良。幸亏我和你爹跑得快，要是胳膊挨上那么一下子，一准瘀青。你瞧你，多漂亮！你妈妈一准会喜欢你的……我发现，手里牵着一只狗在大街上唠唠叨叨，确实比对着耳机讲电话的那些傻子们正常多了。没人奇怪我和一条狗说话，二毛的话是有道理的。虽然艾薇儿并不搭理我，只顾着在行道树的脚跟底下嗅来嗅去。

走到我眼冒金星，又打了 15 块钱的车，终于到了红旗广场。我一瞧手表，晚了 5 分钟，心说正点，就是要晚那么一点点，才像个拾金不昧的正人君子。

艾小姐是个苍白的女人，当我握她的手时，瞬间冰冷的感觉，让我想到了吸血鬼。《暮光之城》那部片子就是这么说的，面色惨白，皮肤冰冷，吸血鬼都这德行。小红很喜欢那个男主角，脸像擦了白粉，唇色猩红，一副欠揍的模样。我说，你是不是犯贱？她一脚踹我屁股上，说，对，你变个吸血鬼给我看看。我才懒得那么变态，不过此刻我想，如果小红和艾小姐都变成狗的话，小红一准是满市场最欢实的，艾小姐嘛，蔫头耷脑，脱手之前得经常喂去痛片。但是她身上有一种特殊的气息，说不清是什么，却很吸引人，是小红身上没有的。

我说，你这条狗，可把我累坏了，快给钱吧。然后尽量使劲儿喘粗气。

她不看我，盯着狗。脸上是一种模糊的表情。

我的心提了起来。

她死死地盯着狗，突然说，艾薇儿，过来，让妈妈看看。

我的大脑迅速开始旋转，如果艾薇儿不听话，怎么办？

然而奇迹发生了，艾薇儿上前两步，开始舔她的手，还拼命地摇了两下尾巴。这个叛徒，选她真是选对了。

艾小姐蹲下身，手从狗的头上轻轻抚过，眼神像子弹一般，密集地扫过艾薇儿的全身。我屏住呼吸，准备随时应对。我看到她试探地摸了摸狗的嘴，意识到她想看牙齿。果然，在艾薇儿温顺神态的鼓励下，她用拇指翻开了艾薇儿的上唇，一个完美的豁口呈现在眼前。艾小姐轻轻地皱了皱眉。难道拔错了？不是这颗？我的心再一次悬起来。

就在这时候我听到她说，果然是你。同时脸上现出了笑容。

我不敢相信这一切，尽量把声音放镇静，催促道，好了，母女重逢了，快点给钱吧。

艾小姐站起身的时候，脸色比刚才红润了些。她说，前面有个超市，门口有个提款机，你跟我过去取吧。她把艾薇儿牵在手里，向前走去。浅灰色风衣，白色长裤，白的帆布鞋，和艾薇儿还真般配，情侣装似的。

我在原地站了好一会儿，直到她回头唤我，怎么不走呢？我将脚向广场的一个大人物雕像踢去，疼。这一切都是真的。我对自己说，有时候，真的东西也可以像梦一样不真实。对了，这就叫梦想成真吧？但我随即告诉自己不能高兴得太早，这女人会不会是个反骗高手？一会儿取钱的时候不会耍什么花样吧？还是跟紧点儿好。我快走了两步，并且不停观察着周围，会不会有同伙过来接应？突然有点害怕了，真应该让二毛跟着一起来，虽然他为了打探艾薇儿的详细消息已经牵着另一条蒙事的萨摩和艾小姐见过一面了，但此刻躲在暗处，总有个照应不是？

事实上一切顺利，电影中常见的打斗场面没有出现。艾小姐将分三次取出的百元钞票交给我，没有一点儿犹豫，她的心思，此刻都在艾薇儿身上，不停地胡言乱语。她说，薇儿，我们给爸爸发个短信，他听说你来了，说不定会回来看你……你哥哥偏不肯陪我，再也不回来了，还是你好，喜欢我……薇儿，你就住在哥哥的房间怎么样？睡我的床也可以，只要你爸爸没看见……超市的广播里放着一首钢琴曲，她断断续续地说着，声音无比动听。可我听了一会儿，还是决定迅速离开，不是怕她反悔。我现在可以肯定，她绝不会反悔。因为我强烈地感觉到，这个女人，脑子有点儿问题，就是说，我可能碰见了一个精神病。我用小得她几乎听不见的声音说，那好，我们再见吧。然后侧身迈步，准备离开。可只走了两步，她把我叫住了，张先生，您有急事吗？我吓了一跳，无奈地回过头，啊，是啊，有事，有事。哦，她又用刚才那种模糊的表情看着我，你能不能帮我个忙？帮忙？帮什么忙？我想进去买点儿狗粮，你在这里帮我照看一下艾薇儿，可以吗？啊，可以可以。我马上接过皮绳，做微笑状，愿意为美女效劳。她似乎苦笑了一下，转身进了超市。

不多时候，艾小姐面含微笑，满载而归。购物袋撑得鼓鼓的，依稀可见有罐装的狗粮、火腿肠、牛奶、冰激凌、德芙巧克力、大白兔奶糖……还有半个红惨惨的西瓜。她说，这些，都是艾薇儿喜欢的。My God！我在心里对着艾薇儿说，你这回可真是进了天堂。她将袋子放到地上，甩了甩手腕，对着艾薇儿，可把妈妈累着了。我假装看手表，不看她。她也不接我手里的皮绳，继续念叨，要是薇儿能自己拿这些东西就好了。我靠！我在心里骂道，这到底是个什么女人啊？脸皮不是一般的厚。我还就不惯你毛病，我连小红的毛病都不惯，我惯你？你好看你自个儿的，我又没得着什么便宜。我把手机掏出来，低头假装看短信，拿狗绳子的手冲着她伸去。她无奈接过皮绳，站了一会儿，另一只手缓缓提起地上的大袋子，然后低低地说了声，张先生，再见！说完，步履有点儿艰难地向着广场北边走去了。我摸摸兜里的钱，心说，对不起了。

/ 3 /

当我揣着5000块钱返回到二毛面前时，他像不认识我一样盯着我，老半天才憋出一句，这世界上真有这样的傻子？我确定地点点头。钱不是假的吧？我又确定地摇摇头。他咧开嘴，发出周星驰般恣肆的笑声，一拳砸在我肩膀上，水泡眼像两朵小花般绽放。

看来瞎猫还真能逮着死耗子啊？这就是传说中的梦想成真吗？他当即宣布从这个礼拜开始买彩票，并兴奋地在地上走来走去。大菊花一颤一颤地，包子脸更大了。过了一会儿，他忽然停下来，问道，三儿，你说，如果我每天都不停梳头发，羊毛卷是不是最后也会开？他一直为他的羊毛卷苦恼，从我认识他起，这就是他一块心病，为此他还留过一阵子光头，可是他的头上有块暗红的胎记，像俄罗斯一位大人物似的，不过长在后脑勺上，剃光了头发才发现，可是已经来不及了。他和他妈大吵了一架，说这么大个事，你怎么不告诉我。他妈反驳他，多大个事？早都忘了。我记得那天他气呼呼地叫我出去喝酒，非说自己不是他妈亲生的，要不怎么姥姥家奶奶家往上数三代，就他一个人是羊毛卷？然后又问我，你知道二毛子是什么意思吧？我说我知道，别胡思乱想了，你的小名叫二毛，不是二毛子。而且就你那双水泡眼，典型的亚洲人眼睛，和西伯利亚普京海参崴啥地，都扯不上关系。此刻，我望着他头上盛放的大菊花，不忍心打击他。我说，兴许能行，要不你逮两根先梳着试试。他点点头，忽然又醒悟了似的，说，试个屁，烫都烫不直。我哈哈大笑起来。他说行了行了别傻笑了，走。干吗去啊？喝酒！这还没到饭口，喝什么酒？中了这么个大彩头还不庆祝一下，什么饭口不饭口的，二爷我现在就想喝！我一想，也是，晦气总算到头了，走！

我和二毛迅速收了生意，打车直奔韩国烧烤街。进了一家平日舍不得去的店，二毛把手往桌子上一拍，啤酒！先来一箱！

不一会儿，牛肉、鱿鱼、明太鱼、烤串、板筋、鸡脆骨……摆了一桌子，都是我俩爱吃的。二毛用筷子"嘭嘭"撬开两瓶雪花，泡沫飞溅，我们一人抄起一瓶撞在一起，高呼"Cheers！"

就在庆祝酒会进行到正酣之时，我的手机响了。我拿起来看了一眼，名字显示"爱犬艾薇儿"，这是寻狗广告上的词，看见广告的当时就被我存上了。我说，糟了，受害者找上来了。二毛一惊，抢过我的手机看了看，不接，听见没？千万不能接，准没好事。我没接，再响，还是没接。过了一会儿，过来一条短信：艾薇儿很好，真是多谢你了！我举着手机大笑起来，二毛，我现在是雷锋了，你赶紧敬我一杯，哈哈哈。二毛把手机抓过去看。看罢，一脸困惑，苍天啊！她到底是不是人类？怎么会这么弱智？然后转过头对着我，哎，这女的是不是长得脸惨白惨白的？身子骨精瘦精瘦的？说话不是本地口音？我说那叫普通话懂不懂？本地人谁没事闲的说普通话？我就问你，咱俩前后脚见的是同一个人吧？我说对呀，你不就是大前天领条笨狗假装艾薇儿去打探的消息吗？回来告诉我，母狗，全白，四岁，缺一颗门牙，然后咱俩就染毛，拔牙，今天我隆重出场的吗？别犯贫，我再问你，那女的是不是二十七八岁三十来岁？对呀。你觉得她有什么不正常吗？二毛用手指敲敲我的脑袋。我说，还行啊，虽然说话有点儿莫名其妙的，总体来说还算行啊，5000块钱都没数错。二毛不解地皱起眉，是啊，跟我说话的时候也挺好个人啊。你说，我领条笨狗去蒙她，她都没生气，对我特有礼貌，一看就很有教养。我说，对，就这样有教养的人才好蒙呢，她觉得别人啊，都有教养，哈哈。二毛瞥了我一眼，就你？有教养？我呸！我怎么了？我这模样，一看就是好人家的孩子，就你那贼眉鼠眼的，人家还未必把5000块钱给你呢！二毛并不生气，喝了口酒，摇摇头说，你说这要是蒙个傻老娘儿们吧，我觉得蒙也就蒙了，可是骗一个这么高级的漂亮妹妹，我这心还真有点儿不落忍。我看着满桌狼藉，心说，吃都吃了，还说这种屁话。

又喝了一会儿，我实在喝不动了。对二毛说，剩那4瓶别喝了，一会儿退了吧。二毛不同意，退什么退？我都能喝了。他看了一眼我的手机，接着说，三儿，听我话把号换了，一了百了。现在没看出来狗是假的，不等于明天看不出来，以后看不出来。染的那毛啊，顶多半个月，就得露黑碴儿。我没吭声。二毛不屑地看着我，瞧你那倒霉德行！你留着它干吗？你真以为她还能回来呢？说不定现在正躺在别人床上呢！我一把抓过手机揣进怀里，面无表情站起身，咕哝一句，我喝不动了，先走。酒宴的欢乐气氛被小红是否已经睡在别人床上的臆想打碎，我和二毛不欢而散。

二毛说的没错，我留着这个手机号，等小红。小红走后，我从未给她打过一个电话，但是，我总是感觉有一天，她会顺着电话线，回来。这个念头我不想告诉二毛。二毛的情谊深似海，但是二毛代替不了小红。

第二天下午收了市，二毛来到我的店，说要带我去游戏厅，玩半条命。那是道歉的表示。我说我不去。他说，操！跟你做朋友真他妈累。推门走了。

我在店里坐了一会儿，吸了一支烟，想不出来去干什么，于是决定回家。沿途在一个报刊亭买了几份报纸，天还大亮着，离晚上还漫长着。我很无聊，于是我拐进了超市。

超市是个很好的去处。明亮、热闹，最适合寂寞的人前往。每个货架前转一会儿，时间就迅速消失了。除了丰富的货品，还可以看人，各色的人。老太太带着小孙子，假装生气又溺爱地看着他把一个又一个袋装小食品扔进购物车里。中年夫妇漠然地互不搭理地往前走，从容选购高档货，显示他们物质的富有。年轻人，是的，每时每刻，每个超市里，都会有那么几对年轻人，热恋中的样子，黏黏糊糊地贴在一起，从我面前走过，像我和小红曾经做的那样，从我面前走过。

回到家，天终于黑了。

我把从超市买的土豆丝卷饼在微波炉里热了一下，又开了一瓶啤酒，打开电视。

刚要吃，手机响了。"爱犬艾薇儿"，吓了我一大跳，我操，阴魂不散啊。发现是假的了？我一边吃饼，一边看着它响。也许，真应该把这个手机号扔了。小红不会回来了。都走了半年了，要回来早就回来了。再说，她又不是找不到家。可是……她要是先打个电话，发现这个号码已经不是我的了，还会回来吗？我忽然有点儿烦躁，屋里到处都是小红的气息，越到晚上越鲜明，我拿起沙发垫子盖住那恼人的铃声。

艾薇儿她妈，那个姓艾的女人，那个和小红迥然不同的高级女人，她不让我安静地想一会儿小红，她的短信过来了。她说，艾薇儿突然拉肚子，好像要死了，求求你帮帮我。拉肚子？怎么会？没听二毛说这是条病狗啊？我看着短信，思量着，兴许是真的，那一大袋子乱七八糟的食物，人吃了也得拉。可是她为什么要找我帮忙呢？因为我认识艾薇儿？真把我当成艾薇儿的恩人了？若是不接电话也不回短信，她会不会反倒怀疑我呢？

我回，傻子，你带她去宠物医院啊。

她又回，我不知道哪里有啊。

我想告诉她狗市附近有一家，但是没敢。万一她在那一带发现我和二毛可怎么办？我回，我也不知道。

那边不再说话了。我想继续帮她想点儿办法，可是，忍住了。我有资格帮她吗？我不过是个骗子。我最好从她的意识中消失。她为什么要找我呢？如果不是发现这是个骗局，她的狗出了毛病，轮得着我帮忙吗？我是她什么人啊？真是莫名其妙。

隔天早上，我被手机短信的铃声惊醒。艾小姐：艾薇儿没事了，我求了一个诊所的大夫帮忙，呵呵。没事了？没事就好，没死就好。我回：祝艾薇儿健康长寿！她还用了个"呵呵"，是在为找了个大夫得意吗？据我所知，一般的大夫都不愿意给狗打针，但是只要给的钱多，请他们出山也不是多了不起的事。

我躺在床上，睁大眼睛回想着艾小姐的短信，难道说她还没发现艾薇儿是假的吗？

/ 4 /

接下来的两天相安无事，我以为这件事就这么过去了。像列车驶过站台。但是她又在下一个站台出现了。

这天晚上，我正靠在沙发上百无聊赖地看电视。手机里飘过来艾小姐一条短信：你在干吗呢？我愣愣地看着这几个字，人仿佛一下子被卡住了。

眼前浮现出艾小姐的形象来，苍白，瘦弱，着灰衣，说普通话。身上有一种吸引人的气息，对了，这气息就是二毛说的，有教养。她为什么要问我这句话呢？想跟我聊天？还是发错了？我的手指在手机键上犹豫着……

我回：一个人，在家。鬼使神差般按出这几个字以后，我感到浑身有些发热。

我把电视音量收小，屏息看着手机。过了好一会儿，短信过来：哦，我也一个人。

我惊得从沙发上站起来，抬手关了电视。不会吧？她真的想跟我聊天？我走到洗手间，站在镜子前，一张胡子拉碴的平庸面孔出现在眼前。马上泄了气。她那样的女人怎么会看上我呢？再说，她好像有男人啊。我想起她那天的胡言乱语，对着狗说什么你爸爸，你哥哥的。我记得有一句是"说不定你爸爸会回来看你"之类的。莫不是离婚了？

回到沙发里，我拿起手机：艾薇儿的爸爸不在家？

艾小姐：他们还没见过面呢。

还没见过？出差了？还是两地分居？我琢磨着，忽然对这位艾小姐产生了好奇心。

接下来的几天，艾小姐都在晚上九点多发短信来。话题五花八门，只是不再提艾薇儿爸爸的茬。她问我现在看什么电视剧，我说《雪豹突击队》，挺好看的。她说国产剧没什么好看的，你看美剧吧。最近有一部叫《别对我撒谎》，讲一个心理学博士通过人的表情来识别谎言，帮警察破案，很有意思。说得我心里一惊。又问我读什么书，我有点儿窘，回说工作太忙，没时间看书，就看看报纸。她说时下流行侦探小说，你若有时间，可以看看东野圭吾，写得很好，推理好，文笔也好。我说好。她又问，你喜欢听音乐吗？这次我考虑了很久，慎重地说，我喜欢听陶喆和雅尼（其实我更喜欢周杰伦，雅尼只知道一首曲子，站前广场以前在晚上总放，很雄壮，好像有多大事似的）。但是艾小姐告诉我，雅尼近年没有好作品，班得瑞也不禁听，还是肖邦百听不厌。我的手心出汗了，脸涨得通红。幸亏她看不见。

每次跟她聊完，都觉得自己要虚脱了。她问我做什么工作呀？我踌躇了一会儿，说是做电脑工程的。她问，开发软件吗？我含糊地说，负责一点儿管理。然后忙问她干什么工作？她说，我以前在出版社工作，现在辞职了。我说为什么辞职？是不是嫁了个有钱的老公啊？她说，想自己做点儿事情，还没想好。我问是想做生意吧？她回说，不知道。我说你好像不是东北人吧？她说你看出来了，我是安徽人。一个人在东北？她说，不完全是。有时候她会跟我谈星座，像个很迷信的小女孩，但是说着说着就会把人分析得深入骨髓，让我心生敬畏。有时候她又跟我讲小时候，说我们这代人很幸福，尤其是小时候，物质虽不那么富有但大家都很快乐。但是大学毕业后就开始不幸。社会变了，人也跟着变了。我说你有什么不幸？那么有钱。她说，我原也以为有钱会很幸福，但是现在发现，不是那么回事。我心里不舒服，酸酸地说，你是饱汉子不知饿汉子饥。她说，你若像我一样，也会觉得没意思。我问，你什么样？她又不说了，转移话题，说，我们谈谈小时候的动画片吧。这个我感兴趣，有说不完的话，那天晚上，我们聊到了后半夜，意犹未尽。我和小红在一起两年好像也没说过这么多话，谈话内容从来没有这么丰富过。

我一下子爱上了晚上的这段时光。我开始在白天没事的时候泡网吧，去搜索那些艾小姐提到过的内容，然后把牛气的句子编辑成短信存在手机里，等着与她交流的时候装作很随意的样子发出去。我甚至在周围闹哄哄的视频话聊背景中一个人插上耳机听肖邦。

二毛觉得我不对劲儿，问我，最近你怎么神秘兮兮的，泡妞呢？我不愿意跟他讲，含糊地点点头。他说这就对了，别一棵树上吊死。三儿，虽说你长得不算好看，可是你这身材，在男人里那得算一流的，色女看到要流口水那种，小红根本配不上你。我说行了，别忽悠我了，八字还没一撇呢。说完这句话，我被自己吓了一跳。

回到家里，我再次来到镜子前打量自己，真的像二毛说的，身材让人流口水吗？那么她呢？我笑了，怎么可能呢？我这档次，和人家差得太多了。可是，她为什么这么喜欢和我聊天呢？她没有别人可聊吗？她的男人晚上一直都不在家吗？

这天晚上，我一直在等艾小姐的短信。我甚至预先编好了一个笑话存在手机里，准备她一来信息，我就发过去。但是，没有。有几次我想先给她发，又担心她家里有人，比如艾薇儿的爸爸回来了，那样就不好了。想到这里，我忽然感到有点儿落寞。我觉得这个晚上无比漫长。当电视屏幕出现零点的时间时，我起身准备睡觉。可是睡意全无。我站在洗手间的镜子前，问我自己，张三，你这是怎么了？

漫长的两天过去后，我又等来了艾小姐的短信。这一天，她好像心情不大好，问我一般不开心的时候会干什么。我说喝酒啊，喝酒最管用了。她说对呀，我怎么没想到呢？然后过了半天，她过来一条信息，你一般喝什么酒？我说最喜欢雪花啤酒。她说，哦，那我这红酒就不请你喝了，呵呵。我好像看到了她的样子，脸红红的，端着玻璃杯，像电视剧中的女子。我问，你老公还没回来吗？"老公"这个词，我早就想用了。我越来越想知道答案。没想到她马上回复道，谁跟你说我结婚了？我看着这条信息，手抖了一下，心竟然怦怦跳起来。我迅速把那个笑话发给她。然后问，现在心情好些吗？她说，有意思。你这人心肠还挺好的嘛。这句话有点儿像针，刺了我一下。我能算心肠好吗？我难道不是个骗子吗？仿佛从云雾里一下子跌回到地面。

与艾小姐互道晚安后，我陷入了一种难言的空虚。我算了算，十天了。从红旗广场见面到今天晚上，这十天像梦一样不真实，也像梦一样奇妙。这一切都是真的吗？二毛的话在我耳畔响起，顶多半个月染过的毛就得露黑碴儿。再过五天，她就会知道我的真实身份。我看着手机，确切地说，我穿过手机的壳看着那张 SIM 卡，五天之后，就要把它丢掉吗？我现在比从前更舍不得丢掉它。

/ 5 /

这一天，我正在二毛的店里帮他忽悠一个大胖子女老板，她看上一条松狮，二毛唱白脸我唱红脸正在谈价钱呢。艾小姐忽然来了一条短信：昨晚上忘了问你，艾薇儿这几天怎么在屋里到处尿尿啊？以前不是这样的。

尿尿？不应该啊。就算这条狗不纯，也是成年狗，怎么说也不会像小狗一样"到处"尿尿啊。我问二毛是怎么回事。他头也没回，还用问，发情了。我一想，是了。艾薇儿也该发情了。我告诉艾小姐，你家公主想找对象了。

短信的事我一直没告诉二毛。如果对他讲了，说不定他会把我的手机扔了。因为，很显然，这是一件很危险的事。打发走了女老板，二毛想起来问我，谁的狗发情了？什么狗啊？要是想配，让他找我啊。我只好说行。恰巧这时候，艾小姐的短信又过来了。二毛眼尖，一眼扫到屏幕上"爱犬艾薇儿"几个字。我操！她怎么还给你发短信呢？啊？然后一脸疑问地看着我。我拿着手机不知说什么好。二毛一把夺过我的手机，按开短信：那你帮艾薇儿找个对象吧。敢情是她的狗发情了？二毛的水泡眼一瞪，三儿，你这段时间一直都跟她有联系吧？我说你想哪去了，这不是狗有事吗，大概想起我来了。三儿，不是我说你，你可得离她远点，耗子可不能给猫当三陪呀！我说，她好像没觉得狗有什么问题。那可难说，这都十来天了，也快露馅了。你说她的狗想配种是真的吗？该不会钓你上钩，再找警察把你逮起来吧？我说不会吧？

回到家里我一直思量这事，怎么回答艾小姐？那条给艾薇儿找对象的短信还没回复呢。找个托词拒绝吗？也不是不行，然后就等着大限一到，扔掉手机卡，让一切都消失？那剩下的这几天也毫无意义了。我从现在开始就已经不是她心中的正人君子了。忽然间，觉得心里很不好受。

这时二毛的电话进来。他冲口就说，三儿，我合计了一下，这个赚钱的机会咱们可不能错过。我说，你说啥呢？莫名其妙的。少装糊涂！他有点儿不耐烦，说啥你不知道？给艾薇儿配种啊！说什么呢你，不怕给猫当三陪了？动动脑子啊——二毛拉了个长音，这事啊，我仔细合计了一下，可以办。怎么办？咱俩都不用出面，这么着，叫你二哥去。我找条狗交给你二哥，让艾小姐和你二哥联系，他们自己定时间地点。配狗总不犯法吧？就算警察去了，也不会抓你二哥的。赚了钱，咱们仨分。你看怎么样？我从心里佩服二毛这个主意，我说，二毛，你真是块做生意的料。二毛有点儿得意，总不能有钱不赚吧？何况咱们还是干这个的，你说是不是？我看那女的有的是钱，趁着艾薇儿身上的黑毛露出来之前，咱们再宰她一笔，然后就彻底消失，你听我的，干完了这次，就把你那手机号换了。我沉吟了一会儿，说，二毛，这次给她配不是不行，只是咱能不能正常给她配？二毛犹豫了一下，三儿，过了这村可就没这店了。你该不是惦记上这女的了吧？我告诉你，一点儿戏都没有，她跟我们不是一路人。再说，你还骗过人家。我说你别瞎猜，没那事。正常配你也是赚，再说，我们都黑过她一次了，这心里……行行行，二毛打断我，就按你说的，给她找条好狗，但是价钱得要多一点儿，6000，一分不能少。

　　事情就这样说定了。我马上跟艾小姐联系，在短信里说完价钱，她没有表示任何异议。我说那就等我和那边定好时间再通知你。她说，好。

　　晚上躺在床上，我翻来覆去无论如何睡不着了。习惯性地拿起手机，已经后半夜了。我打开信息箱，艾小姐的短信都整齐地躺在里面。我翻开，一个一个地看，想象着她的样子，想象着那些夜晚。她的面容已经开始模糊，身体却越来越鲜活……这一切都要结束了吗？或许还要结束得更早。

　　早上起来，我做了一个决定：去见艾小姐最后一面。

　　两天以后，我早早来到狗市，牵上那条即将与艾薇儿做爱的公狗，迅速返回家。我没有告诉二毛我的决定，只对他说把狗给我哥送去。

　　在回家的路上，我拐到干洗店，取回两天前送来的西装。进门后，我把狗关进阳台，然后冲到卫生间。我要洗个澡，还要仔细地刮一下脸，再吹一下头发，打一点儿定型膏。我用了阿迪达斯沐浴露，这是我昨天晚上特意去超市买的，它有一种淡淡的男士香水的味道，能遮住我身上的狗味。衬衫也准备好了，是条纹的休闲款，这样就可以不用打领带，显得随意一些，洒脱一些。还有鞋，很久不穿的皮鞋，一会儿需要仔细擦一下。还有什么呢？对了，还有口香糖，出门的时候要嚼两块，再带上银行卡，或许能吃顿饭吧？希望如此。我也不知道。

　　当我忙活完这一切，离与艾小姐约定的时间还有两个小时。我站在镜子前，打量着张三，我很满意。张三没法更帅了，配得上与艾小姐站在一起了。

我牵着狗走出家门，天气很好。树很好，草也很好。街道很好，行人也都很好。我慢慢地走，慢慢地被风吹，头发要稍微乱一点儿才自然，还有足够的时间。

如约抵达红旗广场，艾小姐还没来。

我点了一支烟，边吸边等。记得她上次是从北面过来的，那有一片高档住宅区。我看着那个方向，想象着她会穿什么衣服，我能远远地认出她来吗？我希望她来得晚些，再晚些。

然而最终艾小姐没能来。我等到的是她的一个电话。

/6/

艾小姐住院了，严格讲，叫住院观察。因为突然昏倒这种事，以前从未发生过。医生建议她做一个全面的检查。

那天她在家里给艾薇儿洗澡，准备带它出来会男朋友。可能是蹲的时间过长，站起来的时候突然就昏倒在洗手间。一个小时之后她苏醒过来，感到心脏十分难受，已经站不起来了，勉强够到电话，打给了我。

我按照她微弱声音的指引，迅速赶到她家。看到她的样子吓坏了，背起来就往医院跑，中途她又昏了过去。抢救过来之后，她的心率一直不稳，医生说暂时不能和家属说话。我就在重症监护室外边等着，表现得很焦急，大概是那样的表情吧。他们自然而然就拿我当家属了，理所当然地要我去办住院手续，并严肃地告诉我，遇到这种情况要让病人平躺，然后打120，不能没头没脑地背。

晚上七点多，艾小姐被推回病房。看到我，她歉意地笑了笑，然后似乎想说什么。我示意她别说话。她还是努力把嘴唇拢成一个喇叭形，半天，发出一个音，狗。我这才想起来，因为情况紧急，没顾上两条狗，它们现在都在艾小姐家里。艾小姐这一住院，没人管它们了。现在我基本可以断定，艾小姐是一个人住，即便有亲密的人，也不在身边。否则，她不会在苏醒过来之后第一个想到给我打电话，而且在再次苏醒过来之后只想到狗。想到这些，我说，你放心，我会照顾好狗的，一会儿就把它们接到我家去，你看行吗？她笑了，指指裤兜，示意我拿钥匙，然后疲惫地闭上眼睛。这笑容让我欣慰。

我打车回到艾小姐家。这次我仔细打量了一下房间，这个神秘女人的家让我好奇。两居室，面积并不大，装修也没有我想象中豪华，只是客厅中有一架白色钢琴让我印象特别深刻。她就是经常坐在钢琴旁给我发短信的吗？等待我回复的时候就弹一会儿？我注意看了一下，屋里没有男人的照片，也看不出有小孩子的痕迹。证实了我的猜测。两条狗已经将屋子弄得凌乱不堪，不知是不是已经做过该做的事了。我把艾薇儿叫到跟前，用手指翻开它的毛——这是我来此的路上一直惦记的一件事。谢天谢地！她依然是一只白雪公主。

带着两条狗回到二毛处，我只跟他说没配成，艾小姐突然住院了，狗先放咱们这给照看一下。二毛当然很惊奇，一连串问了我好几个"怎么回事"。我简单解释了一下，并不顾他的强烈反对，马上要折回医院。二毛是有足够理由惊奇的，明明出去的时候是为配狗的，怎么突然间管起人住院来了？他打量着我，三儿，你怎么弄得像新郎官似的？不是你哥去的吗？你怎么知道她住院的？回头我再和你细说。三儿，你到底在搞什么鬼？这一阵子就觉得你不对劲。我说我得走了，对不对劲的，两条狗现在不是都在你手里吗？二毛看看狗，可也是。又一把拉住我，我看你还是别去了，要是她摸清你底细就不好了，随时都能把警察招来。我说她现在人事不省，报不了案。二毛有点儿急了，那你更不能去了，回头再死你手里，咱说不清楚。我说那怎么行啊？住院押金都是我掏的。二毛听了一跺脚，在我后面骂，你个傻子！

回到病房，夜已经深了，艾小姐躺在床上，安详地睡着。值班医生说，病人现在情况稳定，你可以休息了。

我端详着艾薇儿，这个名字是我在办住院手续时脱口而出的，我不想让人知道我连她的名字都不晓得，那样我要多说很多话。艾薇儿的脸色比原来更加苍白了，除此之外，她呼吸均匀，表情舒展，完全不像个病人。白色外套和牛仔裤被整齐地叠过，平放在椅子上。应该是护士整理的。手机被放在床头。

她的一只手放在被子外面。那是一只漂亮的手，白嫩，纤长。我似乎看到它在白色钢琴上跳舞，自信而娴熟。这瘦弱的身体里，原来埋藏着那么多令人神往的秘密。我看得出了神。

手机在此时震动了一下。我犹豫了片刻，决定看看，毕竟现在是非常时期。

小巧的白色手机是触摸屏的。我用手指敲了一下屏幕，屏幕亮起来，显示是一条短信，下面是来电人：老公。这两个字让我吃了一惊。她不是说没结婚吗？短信里说了什么呢？我被一股强大的力量攫住，忍不住打开了那条短信。

只有一行字：明晚我过去。

过去？我推敲着这个词，一个被称作"老公"的男人对"老婆"的家只是有时候"过去"？这意味着什么呢？我看着艾薇儿，她一动不动地安睡着，那么美，尤其是这种放松的状态。可这么美的女人，在病中的夜里，除了一条只有传达意味的短信之外，怎么就没有人惦念她呢？现在似乎能理解她为什么会出5000块钱找一条狗了。我把那只漂亮的手抬起，放到被子里。呆坐在她床前，不知过了多久……

第二天早晨，当我被强烈的阳光刺醒，艾薇儿已经在地上走动。

她面颊红润了些，冲我笑一下，"你醒了？帮我办一下出院手续吧。"

"出院？"我一愣，"不是说要观察两天吗？"

"我和医生咨询过了，他们说一会儿量一下血压，做个心电图，如果没有问题，就可以出院。"

"哦。"我注意到她手里拿着手机，有点儿尴尬。她却没提短信的事，转过身，对着窗玻璃理了理头发，"我看起来还挺精神的吧？"

"是啊！挺好的。"我站起身，披上衣服往外走。心中莫名地有点儿恼火。

到了住院处收费室，艾小姐的主治医生也在，正给一个办出院的病人家属解释收费情况。他有些疑惑地看着我，问道，"真要出院？""是。"我很肯定。他摇摇头，"我建议还是再观察两天，弄清楚病因。最好验一下血，再到精神科做一下心理咨询。""心理咨询？为什么？""我怀疑她有抑郁症，这可能是病因。""你为什么这么怀疑？"我的好奇心又蠢蠢欲动。"别误会。"他摆了一下手，"是因为查不出器质性问题。"他显然以为我的质问表达着身为家属的不满。又补充道，"现在这个社会，谁没有压力呢？但是每个人的承受能力是不同的，释放的方式也不同。"我回味着他的话，想着艾薇儿神秘莫测的生活和反常的言谈举止，觉得他的猜测很有道理。医生以为我在担心，拍拍我的肩膀说，出院后找个机会去做下心理治疗也好，现在好多人都做，不是什么大不了的事。我接过退还给我的几百块钱，心说我担什么心，又不是我把她弄成这样的。

回到病房，艾薇儿却不见了，连同她的衣服、钥匙、手机，全都不见了。保洁员大姐正在打扫房间。我问，"人呢？""不是出院了吗？"她奇怪地看着我，似乎想探究什么。我操！忽然有种被涮的感觉，看着手里的医疗费收据，愤怒从心底油然而生。爱犬艾薇儿，你个骚货！一分钟都等不及，怎么不抑郁死你！

/ 7 /

艾小姐仿佛蒸发了一般，消失了。"爱犬艾薇儿"这个名字再也没有从我手机的电话簿里蹦到屏幕上来。每次有短信的铃声响起，我都非常紧张。我设想着，如果是她的短信，我第一句话对她说什么？但打开信息，十回有九回都是垃圾广告。时间一点儿点流逝着。有几次我想给她打个电话，或者发个短信。可说的其实很多，比如身体怎么样了，艾薇儿挺好的，你什么时候来领回去？但是，如果我还是她心中那个艾薇儿的恩人，那个在夜晚与她聊天的电脑工程师，那个背着她去医院并为她垫付医疗费的男人，她难道不应该先跟我说句谢谢吗？

离我原定扔手机卡的日子已经过去一周了，艾薇儿身上的黑毛如期露出来了，我想，也许留着这张卡已经真的没什么意义了。

二毛感觉到了我情绪的变化，几次想拉我出去喝酒，都被我拒绝了。到底发生了什么呀？他小心地探问我。换来的是我的沉默。我从来没用过沉默的方式来表达不高兴，即便是小红跑了之后的那段灰暗日子，我也是通过喝酒来解决心中的郁闷。这让他很吃惊。他转而安慰我，住院费不就是1000多块钱吗？艾薇儿咱俩一人宰了她2000多，你还是赚。我不吭声。他又接着说，狗不是还在我们手里吗？不赔！我还是不吭声。不过说到艾薇儿，这阵子我倒一直惦记着一件事，就是把狗毛再染一染。那天，在艾小姐家见到艾薇儿时，我就有了这个念头，等黑毛露出来之后，一定要再染一染。不过现在，也许没有必要了。

又过了些日子，我终于决定弃用这个手机号，包括已经破烂不堪的手机。我和二毛到手机市场溜达了两回，已经看好了一款新的，手机号也准备买个189的新号段，与139的日子彻底拜拜。

一切仿佛又回到了从前，我准备全身心投入到贩狗的事业中，游说我两个哥哥一人拿出10万块钱，准备再买条差不多的种犬，正经做生意。希望能再创事业的高峰。只是我不再喜欢玩半条命，而是迷上了肖邦。我把MP3里的周杰伦删除干净，都换成了肖邦。在回家的路上，我沉浸在音乐中，常常忘了自己是谁。

这天，我正和二毛在店里热聊着美国的狗选美大赛的事，手机响了。是"爱犬艾薇儿"。而且是一个电话。我呆住了，我没想到这个名字有一天还会从电话簿里跳出来。二毛也愣愣地看着我。良久，我按开通话键。我不知道我会说什么，我听到我说，你还活着呢？

那边没有生气，有笑声，说，还行，没死。

沉默。我等她说。

她说，那天……真是谢谢你了！

一丝安慰狂喜着从心底涌上来……

她说，后来有点儿急事，先走了。你别介意。

我依然沉默，听她说。我知道，她要说的还有很多。比如关于艾薇儿。

果然。她问，我的艾薇儿还好吧？

我说，好得不得了，就快管我叫爸了。

她笑了一下，这就好。然后问我，你什么时候方便？我请你吃顿饭，表达一下感谢。另外，医疗费得还你。

吃饭？这事我可没料到，有点儿不好意思了。我说，那啥……不用……

她说，要的，我要离开这儿了。以后……恐怕再也见不到了。

这样啊？我又吃了一惊。

我们于是约好明天晚上。

放下电话，我冲二毛说，赶紧的，把艾薇儿领过来，明天得还人家。

二毛翻了翻眼珠，手抚了抚乱蓬蓬的头发，突然一捂肚子，哎哟！不行了不行了，我先上趟厕所。说着，往门边挪。

我一把拎住他的衣领子，上厕所？骗谁呢你？我太了解二毛了，他在撒谎之前总是动作过多。

二毛的包子脸憋得通红，用水泡眼可怜地看着我，三儿，你别生气。

我生什么气？啊？怎么回事？

二毛用手抓着脑袋上的大菊花，狠了狠心，三儿，实话告诉你吧，卖了。

卖了？我抓住他的肩膀，不敢相信。卖了？你竟然瞒着我卖了？啊？前两天我还看见它在你那边呢。什么时候卖的？

就昨天，一早来了个老板，一眼就看中了，当时就甩出2000块，2000还不卖？那不是傻吗？我这还没来得及染呢，要是染染，估计3000也卖了。二毛说完咧了咧嘴，三儿，手轻点儿，疼。

我一把将他推出去，真不是东西！我怎么跟人交代？

交代什么呀？二毛一脸不屑，要不说你这人傻，把电话号一换，不就全解决了吗？反正你也要换了。这都这么长时间了，谁知道她还要不要啊？一条萨摩前前后后卖了7000，就现在这行情，偷着乐去吧你！他整理着衣服，继续嘟囔，平白地得3500块钱，还想怎么样？

我已无话可说。因为，我是这场骗局的一部分。

钱呢？我没好气，把钱给我！

/ 8 /

第二天晚上，我比约定的时间提前到达饭店。

坐在包房里，我点了一支烟。我要趁艾小姐到来之前的空档，想想一会儿该说什么。我是个不善言辞的人。对一个不善言辞的人来说，要表达这么复杂的事情，有点儿难度。我摸了摸揣在裤兜里的5000块钱，好在钱能说明一切，它能帮我省掉很多话。

昨晚，我想了半宿，最后弄清了一件事，如果我还想继续撒谎的话，那么今天就不必坐在这里。像二毛说的，把手机里的卡拔掉，扔进厕所，按一下水箱的冲水按钮，就行了。非常简单，一了百了。她不是要离开这里了吗？再也见不着了吗？那还见这多余的一面干什么呢？但是，我总觉得哪里不对劲，说服不了自己。拜拜了，亲爱的5000块钱。二毛若是知道我又搭进去1500，一准还会大骂我傻子！卡棱子！……我是不会告诉他的。这是我张顺飞自己的事情。

艾小姐在服务员的引领下进来了，我停止了臆想。

她缓缓在我对面坐定，抬头笑了一下，你能来，我真高兴。这一笑，不知为什么，很苦涩。这段日子没见，她看上去憔悴了很多。

我问，你身体怎么样了？

她说，没什么大碍。

她叫服务员拿来酒水单，两人点菜。出乎我意料，她竟然要了白酒。

不一会儿，酒菜齐备。她亲自倒了酒，然后举起杯，张先生，那天晚上，真谢谢你！真的，非常感谢！说完，干了。

我被她的诚恳感动了，什么也没说，一饮而尽。

气氛马上变得很融洽，我不忍心破坏。她也没有马上问到艾薇儿，让我很释然。

　　大厅飘过来轻柔的音乐，她的脸红润起来，把玩着小巧的玻璃杯，显得分外迷人。我一定傻愣愣地盯着她瞧了半天。瞧到她有点儿受不了，放下酒杯，低头夹菜吃。过了一会儿，她忽然想起什么来，拿过皮包，从里面取出一个信封，推到我面前，张先生，这是那天的医疗费……我后来又回医院了，可你已经走了。

　　我接过钱，有点儿疑惑，又回医院了？一大早你急三火四地干吗去了？

　　她整理了一下头发，缓缓说道，我给美容院打电话，问那天有没有时间给我做美容，一向都是需要提前一天预约的，我也拿不准，没想到美容师告诉我早上恰巧没订出去，我就赶紧去美容院了。真是不好意思，也忘了跟你打声招呼。说完，她歉意地笑了笑。

　　原来是这样！我想起那条短信来。她就是为了它急着出院，急着去做美容的吧？

　　她似乎看出了我的疑问，却没有顺着答案的方向说，而是转移了话题。她问，张先生，您有女朋友吗？

　　我说，已经分手了。

　　哦，她若有所思，举起酒杯，张先生，您人这么好，一定会找到一个好女人的。来，为你的美好未来，干一杯。

　　我看着她，也为你的美好未来吗？

　　对，也为了我的。她干了。

　　我看着她又变得模糊的目光，不知说什么。

　　真好，你能来。好长时间没人陪我喝酒了。她给自己倒了满满一杯，一仰头，又干了。

　　我将酒瓶拿到自己身边。艾小姐，不急，慢慢喝。对了，我想起来问她，还不知道你叫什么名字呢？

　　她一愣，随即笑了，是啊，名字。也许以后，我就叫艾薇儿了……

　　我讪讪地笑着，表面上有点儿不好意思，心里却对自己说，张三，你个傻子。聊过几次天，以为她就信任你了吗？

我的眼神泄露了内心的信息，她收起笑脸，对我说，张先生，您别误会，我的意思是说，我真的准备以后就用艾薇儿这个名字了。

我不解地看着她。

她低下头抚摸着酒杯，自语般地，薇儿是我小时候的名字。

这样啊，明白了。我想起了那些夜晚，她无数次地在短信中提到"我们小时候……"心底涌起一股暖意。

我抬手将两个杯子斟满。举起自己的，来，干杯！为了小时候！

她也端起自己的。两个杯子撞在一起，发出清脆的响声。我看到她脸上浮起一片温暖的光。

大厅里的音乐此时转成了钢琴曲，我们都停止了吃菜，聆听着……一曲终了，我说，多好啊，肖邦。她吃惊地看了我一眼，随即会心地笑了。

接下来的谈话很舒服，在肖邦的映衬下，我放低了声音，学着她的样子说话，夹菜时手活动的幅度也不知不觉小下来。这种感觉很奇妙。让我享受。

聊了一会儿，她忽然有些伤感，盯着空杯看了半天，然后说道，你看到的我手机里那个叫"老公"的电话号码，已经被我删除了。说着，一滴泪掉进菜里。

我一下子不知所措，慌忙给她倒酒。

她端起来一口喝干净。

分手了？婚外情吗？她的事情我依然那么好奇，渴望探听。忍不住小心问道，为什么呀？

不明白是吧？她看着我，突然充满嘲讽地说道，我就是传说中叫"二奶"的那种女人啊！我吃惊地张大了嘴。她看着我，继续说道，看到了吧？不是美若天仙像狐狸精，也没有三头六臂像母夜叉。我回过神来，呷了一口酒。她似乎还不过瘾，发泄似的继续说着，我被人秘密包养，不用上班，有钱花，随便买漂亮衣服，名牌手袋。说着敲了敲她的皮包。我这才注意到包是香奈儿的。她的情绪明显有点儿失控了，手有点儿抖。我想打断她，举起酒杯。但是她不理我，沉浸在自己的情绪中。可是我寂寞，太寂寞了！他只有想要我的时候才来，要完了扔下钱马上就走。你知道那种日子吗？

你当然不知道！你又不是女的。我无可奈何，只好自己喝酒。她并不想让我参与进来，只自说自话，我后来想生个孩子，但是没有成功。我瞒着他，死撑到六个月，最后还是做掉了。是个男孩，你知道吗？她嘴一咧，突然大放悲声。服务小姐马上推门进来，我尴尬地连说不好意思，没事没事。她看了看她，又看了看我，似乎明白了什么的样子，什么也没说又出去了，将门严严实实地关上。

一个优雅的女人瞬间就变成了一个泼妇，如果不是亲眼看见，我无论如何不会相信。长期以来承受压力的结果，大概就是这样吧？太可怕了。这还是那个与我短信聊天的有教养的女人吗？我感到心有点儿难受，忽然想早点儿离开这里。

她哭了一气，心情似乎好了些。又给两个杯子斟了酒。来，喝，今天真痛快！真应该早点儿找你出来。

我喝了一口，进入话题，这么说，你要离开这儿了？

是啊，再也不想回来了。

哦，那要去哪里呢？

回老家。

回家挺好，家里亲戚朋友多，就不孤单了。准备做什么呢？

还没想好。不过，肯定不用再养狗打发日子了。

说到正题了。我清了清嗓子，艾小姐，艾薇儿它……

她打断了我，对了，我正要说这个事呢。她整理了一下头发，双手在脸上搓了搓，我这一走，也不能带着它，张先生你人这么好，艾薇儿……就托付给你吧！

我一惊，险些碰掉了筷子，这个变化，完全在我的意料之外。我不知说什么好，愣愣地看着她。

她仿佛表达完了所有想表达的（可能也包括大哭），显得很轻松。

我在柔和的灯光中注视着她，陷入想象。就是那个男人，那个被她称作"老公"的男人，将她消磨成现在这个样子吗？苍白，瘦弱，神经质，歇斯底里？

我问，你爱他？

她将目光放远，仿佛看着那个男人在说，他是我见过的，最成功的男人，又懂得哄女人。他和一般的男人，不在一个层面上。任何一个女人爱上他都很正常。

我操！这话让我自惭形秽。

我错就错在，高估了他对我的爱。以为他总有一天会变成我的老公。现在，我终于明白了。她神色黯然，将我面前的长白山香烟盒拿起来看了看，又闻了闻。我以为她想抽，忙举起打火机。她摆摆手，怀孕那会儿就戒了，后来就再也没抽。可是，经过了这么优秀的男人，我还能爱上谁呢？

我无声地端起酒杯，喝了一大口。我不想吹牛，真的觉得，她眼中此刻的悲哀，能杀死人。我问她，他是做什么的？这男人让我好奇。

她没有回答我。沉默了一会儿，看着酒杯，我答应过他，要保守秘密。

哦！我张了张嘴，心里骂自己嘴贱。

谈话陷入僵局之后，我重新开始焦虑。

我知道，该面对狗的问题了。来此之前，我只知道这次会面不能告诉二毛，尤其是我想坦白真相，把5000块钱还给艾小姐这件事，打死都不能说。我很不自信。在未来那么多个和二毛吃肉串喝啤酒的晚上，要守住这个秘密，不知自己能不能做到。坐到这里之后，我一直在试着找机会开口，但我发现，开口比我想象得难多了。可是刚才，艾小姐突然说回老家，要把艾薇儿托付给我，一下子打乱了我的计划，一个新的方向出现了。这5000块钱还要不要拿出来？要不要将我和二毛合伙骗她这个秘密就此守住？也许，顺势替她照管艾薇儿，什么也不说，就当什么都没发生，也未尝不是个好的选择。我被这些思虑推来压去，快要爆炸了。

酒已经没有了，我开始抽烟，以缓解心中的纠结。我不明白，老天为什么要这样折磨我的心？我只是个落魄的狗贩子，不是天将降大任的那个人。难道就因为用假艾薇儿骗了她吗？我看着她叫服务员进来，掏出红色的钱包，拿出钞票，买单。可它为什么不去惩罚二毛呢？他那么胖，比我禁折腾。

我听到艾小姐说，张先生，艾薇儿就拜托你了。我们认识，也算缘分。后会有期吧。再见了！说完，她站起身，向门口走。

在她的手够到门把手的瞬间，我终于决定了。

我将5000块钱掏出来，放到桌上。我说，等一下，把这钱，拿回去吧。话一出口，顿时轻松多了。

她回过头，吃惊地看着我，又看看钱。张先生，我不是要把艾薇儿卖给你。

我知道。我将烟捻灭，沉吟了片刻，吃力地说，这个艾薇儿……是假的。我是个狗贩子，我骗了你……对不起！

沉默。所有的声音都消失了。

艾小姐站在门口，良久，移动步伐，走到我身边。又是一阵难堪的沉默。然后，有颤抖的声音传过来，"应该道歉的是我！张先生，从来就没有报纸上的那个艾薇儿。那条狗，是我凭空想象出来的。是我……用来打发寂寞的……一个游戏。"

我张大嘴巴，呆住了。老半天才回过神来。我寻找着她的目光，发出结结巴巴而奇怪的声音，"那……那些短信呢？"

她的身体一抖，手扶住了餐桌，咬了咬嘴唇，却什么也没说出来。我逼迫着她的目光，她躲闪了几次，最终还是迎了过来。可那里面的内容太复杂，我还没来得及找到我想要的部分，她已经低下头，深深地向我鞠了一躬，"对不起！"

"啪！"手机从我手上滑落，在触到大理石地面的瞬间，碎片纷飞……

上海白领

文 / 帅泽兵

/ 1 /

屈指算来，曾小晴来到这个传说中遍地都是黄金的摩登都市已经有七个年头了。七年的时间不算长，但亦不能算短，足以把一个人的豆蔻年华遗弃在尘埃中，把一个单纯无知的少女衍变为性感俗艳的少妇，或者说，把一个简单的女生变为复杂的女人。这种巨变无疑能够让人满腹感慨，也不胜唏嘘，要情不自禁地哀悼青春的远逝和命运的离奇。然而即使这样，还算很不错的，还至少可以说，这位女性在正常的时间走上了正常的人生旅程。

让曾小晴深感悲哀的是，她的年龄已经到了奔三的边缘，却仍然待字闺中。放在七年以前，曾小晴打死也不相信她有一天会成为剩女，几乎每一天每一个钟头都心惊胆战地在女同事的背后议论和男同事的挤眉弄眼中艰难度日，在亲朋好友的牵线搭桥和父母双亲的旁敲侧击中度日如年。显而易见，这样的日子是让人惊怵而疲倦的。

终于，在一个独守空床辗转反侧的夜晚，曾小晴想，不能再这样了，要不自己迟早会崩溃的。她终于放下了往日的那份矜持，在昔日闺中密友的撮合下，去和一位据说是 IT 精英的男人相亲。在做出这个决定的时候，曾小晴的表情悲壮，像一位义无反顾的勇者。

相亲的地点安排在中山公园，据好友说，这里不仅交通方便，风景宜人，还恰好和两位当事人的住处构成了一个大约等值的距离。曾小晴想，这样也好，即使不成，谁也不会觉得亏欠。这个周末午后，她早早地在一家常去的美发店里做了发型，挎上了新买的LV提包。她想起了很多年前，年幼的她背上了崭新的书包在母亲的陪伴下去村里的小学报到，小鸟在前面带路，而初秋的凉风从她的脸庞上轻微拂过的情景。这种感觉非常美好，有一种依稀可辨的羞涩和若隐若无的期待。然而与此同时，曾小晴也觉得有点儿苦涩，眨眼间就过去了七年了，都七年了还没有找到一位如意郎君，理想中的白马王子，按当年所设想的把自己给风风光光地嫁出去。思绪至此，她长叹了一口气，很不甘心地掏出了包里的镜子。镜中的她面容清秀，肤色白里透红，虽然较之以往，眼角边上多了一丝皱纹，但毕竟还称得上是小家碧玉，貌美秀丽。曾小晴怎么也想不通她的命运竟然沦落到如此，沦落到了上个世纪七十年代所流行的水准，去和人相亲的尴尬处境。曾小晴在心里自我解嘲道，这简直就是一个笑话。

三号轻轨线在鳞次栉比的高楼大厦的包围之中毫无滞碍的一路穿行，像一阵自由的风穿越水草丰茂的原野。让曾小晴颇为不快的是，车厢内很挤，她没有抢到座位。不仅如此，一个蓄着小胡子的长发青年还有意伫立在她的旁边，目光闪闪烁烁，逡巡不去，不久过后，从他身上所散发出来的一种很浓郁的酒香和劣质烟草的气息彻底激怒了她。曾小晴以一种厌恶的表情和退守到门边的举止表达了她无声的抗议。遥望窗外，她看见远处苏州河的两岸生长着一排排婆娑的杨柳，远远地望过去，很多纤弱的柳条垂落在水里像一团鹅黄绿色的烟纱。曾小晴感觉到了一种发自意识深处的亲切。这种在老家的田间地头或者池塘旁边也能时常见到的植物总是能够让她毫不费力地想起出自曹雪芹笔下的一首词，"万缕千丝终不改，任它随聚随分。韶华休笑本无根，好风频借力，送我上青云。"在曾小晴上高中的那几年间，父亲经商失败，因为家境中落而几度面临辍学危机的时候，这首调寄《临江仙》的诗词曾经给予了她以极大的鼓励和无穷的信心，并陪伴她度过了很多无眠的夜晚。

从轻轨站出来之后，曾小晴才发现她来早了，离约定的时间下午三点还差半个小时。这种局面的出现无疑让她有些惊慌失措。天气很好，透明的空气中洒满了娇媚的阳光，和煦的春风吹动了迎接世博的条幅，也带来了一阵阵清爽的凉意和沁人心脾的花香。一只纯白色的哈巴狗从她的前面飞快地跑过，狭窄的人行道上走动着三三两两的人群。不幸之中的万幸是，经过反复张望，再三确证，曾小晴没有发现任何一张熟悉的面孔。一颗悬着的心终于落了下去。完全可以想象得出来，万一她今天的行踪被公司里的同事发现，将会引起一阵多么大的轰动和不堪面对的流言蜚语。那些恶毒的人肯定会到处传播，说她也终于熬不住了，要迫不及待地找男人了，竟然提前了半个小时到达相亲的现场，比狗见了肉骨头还要慌张。说句刻薄的话，这肉骨头到底是不是属于她的还说不定呢，简直把我们上海女人的脸都丢尽了。

"看吧看吧，这个贱人也憋不住要发情了。"曾小晴仿佛听到了这些碎嘴女人的唠嗑以这样的一句感叹结束，恰到好处地赶在她走近之前结束了这种风言风语，然后神色自如若无其事地装作什么都没有发生过一样把头埋在了文件堆里，连看都不看她一眼。就算她想挑衅，想要借机闹事，也很难找到一个光明正大的由头。

为了以防万一，避免这种结局，曾小晴慌不择路地躲进了附近的一家时装店里。

/ 2 /

此时此刻，这个位于轻轨站一楼的时装店里顾客稀少。老板应当是那个神情倨傲身体发福的中年妇女，她百无聊赖地站在丰腴的石膏模特后面眺望落地窗外的风景，看车水马龙的街道和步履匆忙的人群。在她落寞的目光尽头有一位年轻的流浪艺人，坐在一株茂密的梧桐树下卖力地吹拉弹唱，几枚散落的硬币在光滑的瓷砖上反射出了一道道微弱的白光。他的歌声和吉他的旋律在都市的喧嚣与汽笛的鸣叫声中被彻底地淹没了。令人过目难忘的是他那惊心动魄的英俊面孔、精致有型的长发和落拓不羁的眼神，他的手指修长，弹奏吉他的手势娴熟而优雅，像一头精灵的白鹿以矫健的姿势跨越山间流动的小溪。

这样的场景是颇有杀伤力的。曾小晴似乎听到了自己的心所发出的怦然跳动的声音，但她很快就克制住了这种感情的泛滥和幼稚的向往，她清晰地意识到了恐怕自己早已经过了那般荒唐的岁月和花痴的年龄。

想到这里，曾小晴很果断地收回了目光。她在一件件样式各异的时装面前漫不经心地来回穿梭，暗自评点它们的质地和色泽。以她一贯挑剔的眼光来看，这家时装店里的绝大多数衣物都已经跟不上她的档次和品位了。她不由得流露出了一抹轻蔑的笑容。也许，唯一让她产生了浓厚兴趣的是一双达芙妮牌的鞋子，七厘米的高跟恰好是她最钟爱的一种类型。曾小晴对自己的外貌一直都很自信，唯有身高问题构成了她羞于向外人启齿的难言之隐。四年前的一次相恋之所以在谈婚论嫁的紧要关头无果而终，就在于男方的家长对此提出了异议，从而想借此大幅度的削减所应偿付的大笔财礼。对此，曾小晴的父母深感愤怒，因为年华老去，老迈无能，宝贝女儿的婚姻大事已经成为了他们咸鱼翻身重振家业的最后一次良机，他们当然不会妥协同意。现在回过头来，曾小晴不止一次地懊悔不已，长吁短叹，梦醒时分追悔莫及，年轻人就是冲动了一些，想当初是没有必要听从父母的挑唆的，虽然说自己从来就没有爱上过他。凭借她目前的条件和青春将逝的背景，基本上已经不可能再找到一位拥有上海土著的身份、名校硕士的文凭、四套房产、三辆轿车而年龄和相貌都比较般配的未婚男人了。

曾小晴把鞋子从货架上取了下来，反复试了几次，大小和宽窄都比较合适，款式也还新潮，几乎可以说是完全中意。这种一发即中的情形在曾小晴丰富的购物经验中是极为少见的。不知不觉中，促销小姐很殷勤地挨了过来。这个看上去刚二十出头的小姑娘有着一张眉清目秀的笑脸和窈窕迷人的身姿，她的目光清澈，顾盼流转，丰满的胸脯上面像是悬挂着两只成熟的苹果。虽然这个小姑娘的絮絮叨叨像一群苍蝇一样一直在耳边萦绕不去，比唐僧还唐僧，或者比祥林嫂还祥林嫂，让人听了不胜其烦。但曾小晴还是对她的这份执着保持了某种必要的耐心和罕见的容忍。她从这个小姑娘标准式的职业性微笑和一身素朴的打扮上面回忆起了她初来上海打拼时的艰难时光。那时候，她刚大学毕业，人生地不熟，不得不把那张花了四年时光换来的本科毕业证书锁到箱底，在一家大型的购物广场屈尊做采购助理。采购部总监是一个满脸横肉的中年胖汉，眯缝成一条线的小眼睛里终年累月都是一种色眯眯的模样，总喜欢在她身上拍拍打打，凑近她的嘴唇和她说话。有一回中秋节，采购部里的同仁集体聚餐，他乘着酒意正隆把手伸进了她的超短裙里，在她最隐私的部位摸了一把。一时激愤之下，曾小晴不得不把手里的半碗鱼汤浇到他肥大的头颅上面以捍卫自己脆弱的尊严。"你给我记清楚了，也不是不可以，而是你不配。"曾小晴义愤填膺地大声说道。她的眼角悬挂着两串晶莹的泪花，在众人的诧异中，她连包都顾不上拿就捂着嘴唇悲伤地离去了。

　　回过神来，先问清了折扣，曾小晴从随身携带的鳄鱼皮夹里取出了几张百元大钞。她略带怜悯地看着这个曾经的自己，有意拿捏出了一种高傲的做派，她说，"不用找了。"她在这个促销小姐的欢天喜地中看到了自己的发展和成就，头顶暧昧的灯光和屋外芳菲的四月让她感觉一阵良好。

　　但往往高峰的体验过后是低谷，接下来的打击让她有一些猝不及防。刚踩着一字步走到公园门口，那个原定要和她相亲的男人给她发来了短信郑重其事地宣告他的决定，"我从来不和一个不守时的姑娘发展进一步的关系。"曾小晴抬起了手腕一看，手表时针已经指向了三点零五分。

　　也就是说，她还没有和人见面，就被人家给抛弃了。

/ 3 /

　　这种突如其来的打击让曾小晴一度消沉了半月之久。在她长达二十九年的漫长岁月中，类似带有荒谬意味的耻辱似乎还只出现过一次。大三那年暑假，她在学校附近一家非主流风格的酒吧里做服务生，期间认识了一个自称是金融公司高管的中年人。他清癯的面孔、黝黑的短发、谨慎的谈吐和充满自信的目光无不让曾小晴浮想联翩，情不自禁地回想起了经商失败前的父亲。这样的回忆温暖而亲切。那时她的父亲在镇上的供销社里担任会计一职,这份旱涝保收的职业在周围那些辛劳愁苦的农人眼里无疑是风光而体面的。这位原本略显拘谨的中年人在见到了曾小晴后,立即为她的美貌所吸引,向她展开了热情洋溢的攻势。虽然由于幼时严格的家教和固有的传统观念尚在发挥影响,在经过一番仔细思索后,曾小晴最终拒绝了他。但他所提出来的最后一个请求却不免让曾小晴感到心中一动。这位中年人说,虽然曾小晴的拒绝让他黯然神伤,但他仍然尊重她所做出的所有决定。不过呢,为了纪念这种美丽的邂逅和无疾而终的单恋,他希望曾小晴能够让他亲吻一下。

"也不是要求你让我白吻一下,"中年人稍微迟疑了片刻,随后摊出了他的底牌,"只要你同意,这两千块钱就是你的了。"

中年人随后果然从西装口袋里掏出了一叠百元面值的钞票,在酒吧昏暗的灯光下,这一叠钞票就像是一捧紫红色的火苗燃烧在曾小晴的内心深处。这让她感觉到一阵激动的同时,也觉察到了一种不堪忍受的羞辱。然而眼下开学在即,巨额学费的压力、母亲苍老的面孔和这个中年人最后一番带有埋怨意味的说辞到底还是打动了她,"也不是说买你一个吻啦,不过是想借机略表心意,以资怀念。本想送你几套时装,又不晓得你的三围。"

曾小晴闭上了眼睛,鼓起了英勇献身的劲头承受了这个男人的拥抱和亲吻。在这个过程中,男人的左手从大腿的部位向上摸索,右手从腰部向下平滑,最终都停留在了她丰腴的臀部上面,像是有两只蚂蟥在轻微的蠕动。与昔日的憧憬相反,在这次初吻中她没有体验到任何形式的甜蜜或惊悸战栗的欢乐。恰恰相反,从这个男人的牙缝中间所发散出来的一种腐殖的气味差点没让她呕吐起来。到了这个时候,中年男人想必是发觉了她的反感和不快,知道应当适可而止,他把那叠钞票塞到了曾小晴的手掌心里后,就神色慌张地逃之夭夭了。当时曾小晴还在酒吧的厕所里面偷偷摸摸地细心清点了一番,的确是二十张,一张也没有少。

第二天中午上街购物的时候,曾小晴才发现那是假币,没有一张真的。换一句话说,她的初吻分文不值。刹那间,她欲哭无泪。

不过痛定思痛之后，也促使了曾小晴对自己眼下所面临的不利处境有了一种更为清醒的认知：年近三十，韶华将逝，又没有可堪称道的背景和富裕多金的家境，虽然全身名牌，貌似出身不错，毕竟只是一个行头，骗得了别人骗不了自己，而唯一能够引以为傲的外貌姿色也在随着年岁的递增而不断地缩水。总而言之，再也不能拖下去了。恐怕再拖下去，连腰斩的价位都得不到，只能跳楼价出让了。

因此这一天，午饭过后，当公司行政部的未婚男性冯甲半开玩笑一般向她发起了不冷不热的爱情攻势时，即使明知他的家境平常，他也无力买房，普通院校本科文凭，没有任何学历优势，能力亦十分有限，薪水还不到自己的三分之二，职场表现平常，前景暗淡无光，眼下也没有充分的迹象表明他的追求是缘于真心实意地喜欢和灵魂深处的真爱，曾小晴也没有像往常所惯有的习性那样，当场踮起脚跟，趾高气扬地把玫瑰花砸在这个经不住太多挑剔的男人头上，大声呵斥他说，"麻烦您照一下镜子好吗？"而是一反常态地嬉笑道，"一支玫瑰花就想把我拿下来？你总得先请我喝一杯咖啡吧？"

于是就约定先去喝咖啡。

/ 4 /

这个决定是曾小晴在转瞬之间完成的。她依稀想起了五年前这个谨慎羞涩的男孩子大学毕业后第一天来到公司报到上班的情景。盛夏时节，上海的空气酷热而潮湿，骄阳高照似火，不免使人芳心大乱，蠢蠢欲动。他明朗的面孔和腼腆的笑容引起了公司上下绝大多数年轻女性的浓厚兴趣和部分不怀好意的讨论。有很多人特意找了一个借口去行政部所在的楼层悉心打探了一番，回来后都一致传说，"简直就帅呆了。"只不过到了后来，当大家得知这个冯甲的家境可谓贫寒，不但买不起房，而且供不起车，他的父亲是乡下的小学教师而母亲在家务农甚至连最基本的医疗保险都无福享受之后，就再也没有谁对他打过主意了。这些女人的肤浅和翻脸不认人的庸俗让曾小晴一直记忆犹新，也时刻提醒着要把自己的过去包裹得密不透风严严实实。曾小晴想，不能嫁个富二代，找一个英俊小生玩上一把心跳也不错了。她在办公室同事们的哄笑声中微笑着把这支玫瑰花插在了矿泉水瓶里。

她想，反正闲着也是闲着，不如给他一个机会，也让自己多上一个选择好了。

这天下午的时光因此变得缤纷而暧昧，怅惘中往事如烟幕，精彩而纷呈。曾小晴想起了读大学时的初恋对象也就是中文系一位学长在苦苦追求自己时所说过的这样一番话。那时她还在西北师大念企管，马上就大四了，对方为了离她更近，于两年前自愿放弃了广东佛山一所贵族中学的教职，而去了甘肃省内的一所地区师专讲授中文写作。因为始终未曾走出校园，这个同样身为农二代的学长尽管已经毕业多时，却仍然保持着一种学生时代的文雅和单纯。他在一次结伴同行前往青海旅游的途中明确无误地劝告她说，草根阶级向上的通道已经被基本堵死了，只有门当户对的婚姻才能稳定而持久，彼此也才能够做到相互理解，共建美满的婚姻与和谐的家庭。这番深刻表述的言下之意是让曾小晴接受他的建议和感情，陪他去当周草原上面的那所专科学校教书育人，衣食无忧，携手共度以后和风细雨平凡相守的每一个日子。当时的曾小晴意气风发，对此不以为然。她的耳朵中始终轰鸣着在上大学之前父母亲所给予她的警告：千万不要在穷小子的爱情蓝图面前失去了阵脚。曾小晴眺望着远方，高原上的夏天一片微凉，草长莺飞，青海湖的岸边布满了黄绿相间的麦地和大片大片的油菜花，眺望着那些飞鸟在湖面不断滑过的痕迹，相信凭借自己的努力将毫无疑问地拥有更高更远的天空和彩云一般的锦绣年华。

最后要分手时，曾小晴甚至连一个廉价的吻都没有舍得给他。她冷冷地走在他背后，看着他在火车站的地下通道里逐渐开始走路摇晃，随后扑通一声单膝跪地，片刻之后，这个一向镇定从容举止沉稳却被她眼下无情抛弃的年轻男子就这样颓然倒下了。他的脸上流溢着奔腾不息的泪水和遮掩不住的哀伤。四周人来人往，光线昏暗，满目喧哗。一个普通男人的失恋对于这个物欲横流躁动不安的城市来说是不算什么的。曾小晴心如铁石面无表情地从他的身边走过，她捏紧了拳头，发誓要尽自己的全部所能与年少时的贫困和一种卑微简单的人生彻底告别。

而今一朝梦醒，转眼白驹过隙。很多时光悄无声息地远去了，岁月仍然以一无所有的方式诠释曾经很多光辉灿烂的理念和梦想。有很多次蓦然回首，愁肠百结时，曾小晴才发觉她在年轻气盛自视甚高中所伤害的是一个爱她至深她也暗自喜欢的男人，这个为了她不顾一切地放弃了南方的繁华和高薪，自愿流放高寒山区任教的追求者把全部的感情和最纯的初恋投放在了她的身上是真正意义上的血本无归。

就这样，曾小晴在办公室里想了很久很久，有一段时间，她的脑子里一直装着的是他们在青海旅游的时候，夜晚，风很凉，他牵着她走在西宁的马路上，突然很怀念那些早已远去的时光和春心荡漾的年华，替这个不幸的学长委屈到了一阵心疼。也许，这个世界的确是残酷的，她搭上了两个人的初恋和幸福平凡的人生，却仍然没有逃脱一种潦倒下层的命运。

这样一想，曾小晴就自我否决了游戏爱情的念头。已经伤害到了一个男人，倍觉歉疚，就没有理由再去伤害另外一个了，如果他是一片真心的话。

/ 5 /

这家位于公司附近的咖啡店素来以精致的果盘和适中的价位著称。头顶上的彩条和淡黄色的灯光，古色朴拙的桌椅和光滑如镜的地表，还有小型的喷水池，挂在墙壁上的名画仿作和憨态可掬的动物雕塑，无不营造出了一种暧昧的氛围和小资趣味的情调。在落地窗户的旁边分开散坐着几对学生模样的情侣，他们的窃窃私语和压抑不住的欢笑像一阵微风掠过一望无际的海洋，在明月朗照的海面上掀起了波光闪烁的荡漾。

曾小晴和冯甲在大厅中央的一处情侣座上坐了下来。点单过后，一位打扮性感的女服务生很快送来了两杯原味的咖啡和一份中号的水果拼盘。女服务生用微波流转的目光轻快地扫过冯甲英俊的面孔，在她转身的一刹那，曾小晴不出所料地发现了她高挑细长的大腿和完美窈窕的腰肢落入到了冯甲意味深长的眼神之中。

尽管对此早有心理准备，也深知彼此的关系还没有发展到允许心生妒火的地步，曾小晴还是很不情愿地闻到了一阵醋瓶打翻在地后所发出来的酸溜溜的气味，像是有一只蚂蚁爬进了深不可测的鼻孔。她想起了念高三时的那年夏天，班里的部分同学晚上精力不太集中，总是萎靡不振，恹恹欲睡。实事求是地说，附近农家小院所传来的浓郁的栀子花香和夜晚的凉风的确有一种催人入眠的作用。于是教数学的班主任自作主张，从家里带来了一瓶陈年老醋。这番好心的结果却导致了在体检时，很多人已经无法对水和醋酸的气味做出一种有效的区分了，从而严重地影响到了他们在专业选择上的自由程度。曾小晴自然也是受害者之一，她不得不把研习医科的理想束之高阁，转身学了企业管理，毫无疑问，这种体验让人非常不爽。

随后两人的谈话在昏暗的灯光下有一句没一句地断断续续地进行着，像乐师的手在不停地调弄喑哑的琴弦。他们从公司的近闻谈到了股市的动荡，又从股市的动荡转到了惊心动魄的职场。这些谈话内容的衔接是松散而随意的。在淫靡感伤的背景音乐中，曾小晴感觉到冯甲的嗓音似乎一直在轻微的颤抖，好像有一只手正卡住了他细长的脖颈而扰乱了他平缓的呼吸。这让曾小晴不快的心情稍有缓解，她开始感觉到了一阵春风扑面的美好，看得出来，这个帅气的男人多多少少还是有一些在乎她的。在谈话的间隙，曾小晴漫不经心地瞥见了对面灯火辉煌的楼宇，在正中间的位置有一块宽大矩形的显示屏在反复播放着同一个绚烂煽情的广告：长相甜美的美眉是如何充满爱心地把纯净水送到了车窗下养路工人的手中。曾小晴立即不无刻薄地想到了这是一种虚假的完美。

冯甲也顺着曾小晴的目光把视线转移到了窗外，他从明亮的广告屏里所看见的只是一张精美绝伦的面孔和妩媚动人的笑容。他突然心里愤愤不平了起来，像一把野火在燃烧，他妈的，老子也是一个人，怎么就找不到这样标致的极品女人做老婆？不过他很快就把这种失态和不满抑制住了，他比任何人都清醒自己眼下在上海的落魄和一种穷困的处境从未远离。他很及时地转过了头来，心底里长叹了一声。

沉默了一阵后，冯甲用一种期期艾艾的眼神凝望着曾小晴，"你想要喝水吗?"他的声音压抑并且低沉,就像是一位憔悴的母亲在试图轻声地唤醒她睡梦之中的孩子。

"他们让晴朗的夜空都失去了光泽。"

曾小晴答非所问地说道,她似乎徜徉在一片诗情画意的梦幻中。这个叫冯甲的男人不得不因此而皱起了很深的眉头,他猜不透对面座位上这个中上姿色的女人心底究竟在想些什么。在怅惘若失的表情和模糊灯光的遮掩之下,他的目光像一条冰冷的蛇冬眠在了对方隆起的胸脯上面。

这种猥琐的举止自然不可能逃脱曾小晴犀利的眼神。她冷笑了一下,四年多前的一个深秋的傍晚,她和那位上海土著并排行走在街道旁边的梧桐树下,落叶翻飞,在秋风阵阵的凉意之中,她不由自主地打了一个冷战。对方很快把握住了这次良机,他在暮色的掩护之中毫不犹豫地抱住了她。不久,他的两只手开始了不安分的摸索。他的手掌灵活,随心所欲,就好像他所面对的是一具毫无知觉的裸体。记得当时人来人往,有人还饶有兴趣地驻足观望。曾小晴不得不涨红着脸花费了极大的力气把自己的身体从他的拥抱之中解脱了出来。她的恶心、悲愤和难言的羞辱只持续了一个短暂的夜晚,因为到了第二天中午,这个风流好色的男人就用一颗硕大的钻戒和浪漫豪华的求婚方式轻易地取得了她的谅解。只是万万没有想到的是,成也萧何,败也萧何。财礼危机爆发之后,曾小晴对他采取了冷处理的策略,不再和他卿卿我我,任他随意抚摸,她的原意是想逼他迅速妥协。结果半月之后,他却在一位妖艳的酒吧招待的怀中乐不思蜀了,他甚至连已经送出的价值数万元的金银首饰也顾不上索回就迫不及待地提出了退婚。在这种情况下,曾小晴想以婚姻换上位的计划遂告一段落。

一想到这个失策就让曾小晴感到浑身冒火。她想,疯了,真是疯了,大鱼没有钓到,她现在反而沦落到了要和冯甲这号小虾米厮混的地步了。一时激愤之下,她当即一言不发地起身离席。

这种突如其来的变故让冯甲有些措手不及,怀疑是不是自己窥探的目光被对方发现了。他尴尬地跟在她的身后,眼巴巴地看着这个时髦成熟的白领丽人没有打一声招呼就消失在了一辆拥挤的公交车中。

/ 6 /

然而夜深人静，辗转反侧之时，曾小晴又开始对今晚的情绪失控懊丧起来。她的孤傲就像是一滴夏日清晨的露水，转眼间就在阳光的照耀下消失得了无痕迹了。如同约会前所意识到的那样，她的青春已经所剩无几，所能够把握的机遇更是寥若晨星。客观地说，除非的确倾城国色，不然一个快三十岁的女人在上海滩是没有多少竞争力可言的。每年七八月份，都可以在火车站看到成千上万刚毕业了的大学女生像潮水一般疯狂地涌向了这个繁华摩登的东方洋场，这批人越来越年轻可人，也越来越性感开放。在习惯于以貌取人和见钱眼开的小市民中，兜售色相从来就不是一件必须引以为耻的隐私，恰恰相反的是，在很多人眼里，它反而成了一项众所公认的个人机遇。只是有人把握住了，有人运气欠佳而已。而更多的人在倍受打击中选择了接受生活，她们及时婚育，循规蹈矩，相夫教子，简陋生活，却也偶尔其乐融融。想到这里，曾小晴不免对自己的父母有一些埋怨起来，是他们扼杀了她的爱情和命运，让她在名利场上一路狂奔，以至于错过了路边很多美丽妖娆的风景。

然而现在，却说什么也没有用了。

不过曾小晴也深知，把责任全部推给自己的父母是不太公平的。上大学后，所有的人生节点都完全处在她自己的一手掌控之中，由她决定上海向左，还是西北向右。毫无疑问，只要自己心甘情愿，父母亲的反对是无力改变的。所以，换一句话说，是她耽误了她自己。

现在，曾小晴躺在床上一动不动地看着头顶上方的天花板，映入她眼帘之中的是一片因为楼上漏水所形成的漫漶的水迹和不断脱落的墙面。自从婚约取消之后，在这个简陋的一居室中，她已经独自一人度过了一千多个漫漫长夜，她早已受够了每晚要在抽水马桶的滴漏声中迟迟不能安然进入梦乡的日子。也曾时常扪心自问，理想中的白马王子最终能否出现，她还要等多久，这样的生活何时是一个尽头？

曾小晴抬手熄灭了日光灯管的开关，稠密的黑暗和萧索的寂寞顿时包围了她。她晶莹如玉的肌肤在浓郁的夜色中仍然散发出了一种白皙的质感。曾小晴顾盼自怜地两手交叉，揉捏起自己裸露在外的两条胳膊，它们丰满，浑圆，轻度发热，毛孔微张。她感觉到自己就像是躺在一条平缓的船上，风从头顶吹过，耳边是哗哗响动的河水。河畔滩涂沙地的芦苇已经由青转黄了，白色的芦花在清凉的空气中瑟瑟发抖，成群结队的麻雀从河流的这一边飞到河流的那一边。中秋的阳光温柔地抚摸着她。两三米外，接她去外婆家探亲的表哥正在船尾吃力地摇动船橹，他一会儿引吭高歌，卖弄不知从哪里学来的几首酸曲小调；又一会儿手舞足蹈，想要以此吸引她这个漂亮表妹的注意。见她始终不愿搭理，这个鲁莽的少年终于失去了耐心。他弯下腰去捉了一条游动的水蛇，朝曾小晴走了过来……

刹那间，她的脑海里一片空白，她突然失声尖叫了起来……

曾小晴连灯都来不及打开，就连摸带滚地蹿进了卫生间里。一阵微凉的冷水把她蓬勃的欲念完全浇灭了，她能感觉得到皮肤下面的血管开始逐渐冷却下来。一种原本很微弱的念头终于在这个漆黑的夜里和她模糊混沌的意识中以异常清晰的面目出现了，她就想要一个男人，这难道也有错吗？该来的恐怕早已经来了，不该来的就算等一辈子也是枉然。如果目前这种糟糕透顶无比尴尬的局面可以得到迅速的改观，有那么一个男人愿意和她同舟共济，共同面对，她又何必还要无望地苦苦等待呢？冯甲究竟有什么不好？他的确是家里穷点儿，薪水低些，但他毕竟高大帅气，还比自己小两岁呐。更重要的是，就像初恋男友所说的，他们家境相同，也许彼此能够做到相互理解。

从卫生间里出来以后，曾小晴没有再犹豫，她只是用一条艳丽的条纹浴巾简单地包裹住了自己丰腴的胴体，就马上迫不及待地拿起座机。

曾小晴在话筒里说，"冯甲，你明晚可以陪我逛街吗？"

感谢命运的是，她没有听到让她失望的回答。

/ 7 /

两人感情的发展节奏比曾小晴所预想中的要缓慢一些，两个星期之后，他们才开始了恋爱中的第一次牵手。这天傍晚，华灯初上，他们正穿越一条狭窄的巷道去对面的酒楼共进晚餐。当一辆骄横跋扈的宝马轿车从远处疾驰而来的时候，这个向来温暾羞涩的男人终于被迫开始了大胆出击。他一把捉住了曾小晴柔滑的小手，他那激动迅猛的动作和小心翼翼的表情使他看上去就像是在捕捉一只即将要展翅欲飞的麻雀。曾小晴突然想起了她小时候所饲养的一只黑色八哥，这还是她暑假去外婆家玩耍时她那调皮的表哥送给她的。这只八哥漆黑油亮的羽毛和两只明亮的眼睛非常的引人注目。有一段时间，曾小晴足不出户，她把自己的主要精力都放在了如何教八哥学说话的事情上了。八哥并没有让她失望，它很快就学会了"朋友你好"和"你很漂亮"之类的发音。这种令人欢欣鼓舞的进步让曾小晴渐渐对它放松了警惕。有一回在给鸟笼换水时，这只狡黠的鸟趁她没有注意倏地一下拖着细长的绳子飞走了。它在曾小晴一片紊乱的心情之中一下子消失得无影无踪。

冯甲拖着她的小手快走几步奔到了马路边。他稍微迟疑了一下，最后还是略带腼腆地把两个人的手松开了。他故作严肃的面孔使他看上去就像是在给小鸟放生。这样的纯粹和不带一点儿欲念的体贴在曾小晴毕业以后的阅历中是不多见的。她好像回到了大学生活，她的初恋学长牵着她的小手在朦胧的路灯下从马路的这一边走到马路的那一边，凉风吹起了废弃的纸屑和灰色的尘土，他们心如止水，质地单纯，不带有任何卑污的俗念。她不由得开始对这个二十七岁的男人颇为怜悯起来。要这样看来的话，那天晚上在咖啡店里他对她重要部位的窥看和贪婪的觊觎是值得原谅的。无论如何，一个还没有经历过女人的男人有对女人的身体保持好奇之心和大胆张望的权利。她几乎是同情地伸出了左手，主动牵住了他。

他们手牵着手跨进了酒楼的大门。曾小晴能够感觉得到冯甲的紧张和狂乱的心跳。他的手掌心已经湿热了，脸色明显变得潮红。一种莫名不安的燥热像导电一样传了过来。受这种情绪的感染，曾小晴也依稀地感应到了某种美好的初恋情怀和欲说还休的心语，像阳光雨露的明净和丁香一般的芬芳缭绕不去。曾小晴做梦也没有想到，以她二十九岁的年龄和苍凉世俗的心态还能拍拖上一位如此清新的男生，宛如一张白纸。这种男人简直就像珍稀动物一样生活在当今这个污浊不堪的俗世中，引人神往，但却可遇而不可求。

这顿饭吃得有一点儿心不在焉。这个一向都拘谨羞涩的冯甲在尝到了某种甜头之后，就再也舍不得轻易地放弃了。由此显见的是，无论多么纯洁如玉的男人在遭遇了女人的诱惑之后，都是很容易变坏的。他把曾小晴的小手紧紧地握在右手的手掌心里，即使是在吃饭时，也坚决不肯放下。他对周边某些人的窃笑完全置若罔闻。这种缠绵毫无疑问给冯甲的用餐带来了不便，他并没有左手进食的习惯。曾小晴看着他笨拙的吃饭姿势和滑稽的夹菜动作禁不住一阵莞尔。在很大程度上，一个对她能够产生如此痴迷和深刻眷念之情的男人是足以让人放心百倍的。

她没有抽回她的手。

晚餐过后，夜已经很深了，他们沿着空旷的马路漫无目标地行走，仿佛是在水晶般透明的童话世界缓慢穿行。在他们的四周是辉煌闪烁的灯火和朦胧一片的夜空。有很长一段时间，两人都没有怎么说话，只是注视着脚下一团模糊的身影，路在前方。虽然对冯甲的木讷少言和不解风情颇为恼怒，然而曾小晴想，两个人的沉默厮守总比一个人的孤单寂寞要好一些，尤其在这样一个春风沉醉的夜晚，夜色如许，是多么的温柔迷人。到最后，冯甲松开了手说，我就不送你进地铁站了，我还要折回去赶夜班车。他轻快地吻了一下曾小晴的脸颊，好像一只蜻蜓点水，随后慌乱地跑开了。

曾小晴目送着他落荒而逃的背影，抚摸着脸上被吻的地方，笑容像鲜花一般灿烂地开放。她想，或许这种感觉就叫作爱。

/ 8 /

因为压抑不住一种内心深处的兴奋和情绪的盲目乐观，曾小晴忍不住有意识地向家里人透露了一些口风。但万万没有想到的是，这样一种在曾小晴看来芬芳扑鼻令人迷醉的爱情却遭到了父母亲的极力反对。他们首先郑重其事地检讨说，四年前逼讨财礼的行为的确目光短浅，也不太光彩，以至于错失了翻身的良机和可能的姻缘。但话说回来，这也未尝就不是一件好事。这个上海土著的花心萝卜、不负责任和见异思迁难道是你这个乡下村姑所能摆平的么？在对曾小晴的综合能力适当地敲打了一番之后，他们又开始安慰和鼓励起来。父母亲说，像你这样月薪过万又念过大学的小资白领，走到哪里都要被人高看一等，又不是急着要找一个人养你，有必要这么匆匆忙忙迫不及待地往外嫁么？这么一个猥琐男人，家境普通，文凭又差，工资也不如你，我们就搞不懂，到底是哪一点儿打动你了？

随后，他们恶毒地说，千万不要让人家笑话你守不住了。你不讲脸，我们还要讲面子呢，你让我们怎么见人，怎么去见亲朋好友？我们先把话撂下了，这个男的我们不认。你说什么，你说爱情？现在这个世界还有什么爱情？你看隔壁的陈文丽，五大三粗，说话粗鲁，除了脸蛋模子漂亮一点儿，根本就是土包子一个嘛，去年不也嫁了一个汽修店的大老板么？人家好吃好喝，高档别墅，这不比你的爱情强上一百倍？

"你还是多等等。"末了，他们如此这般地建议说。

要是放在以前，曾小晴也就姑妄听之了。但是这一回，也不知道从哪里飙出来的一股无名孽火，她恨不得在电话里高声叫嚷：陈文丽，又是陈文丽，我能跟她比吗？她十八岁就知道嫁人比上大学更重要，十九岁就生了个娃。早知道这样，你们当初就不要让我上大学嘛，干脆找一个老男人卖了岂不省事得多？这样你们面上也有光彩。我二十岁的时候听了你们的劝，不谈恋爱，结果失去了刻骨铭心的初恋、安稳的生活与平凡的幸福；二十五岁在你们的鼓动下，想帮你们敲上一笔财礼回家，结果又失去了即将到手的富贵奢华；现在我二十九岁了，跨个年头就是三十，马上就要做灭绝师太了，你们真的就希望这样吗？

顿了一顿，曾小晴强忍住通天怒火，她把后面的这一席话活生生地憋在了心里：我现在管不了你们在我身上的期望和理想。你们真还有什么实现不了的愿望，大可以抱养一个被人丢弃的女婴用心培养。我求你们放过我吧。你们认也好，不认也好，反正也就这样了。你们自己看着办吧。

"你们自己看着办吧。"她啪的一声摔掉了电话。事实上是，这次并不愉快的交谈和来自家人的反对并没有使她和冯甲的关系产生缝隙，反而戏剧性地与某封远方的来信一道大大地促进了她和冯甲在感情方面的进展和由量变到质变的显著升华。

这封信是初恋学长从遥远的西北寄过来的，信封上的字迹潦潦草草，一如当初，他的硬笔字功底一直都让人不敢恭维。仔细想想，也的确是难为他了，竟然拐弯抹角地知道了她的通讯地址，连她自己都还不是很清楚呢。刚一开始从内勤部的阿姨口中听说她有一封私人来函时，曾小晴简直有点儿不敢相信自己的耳朵。她始终无法想象在二十一世纪的今天，竟然还有人通过这种二十世纪的通讯方式联络感情。在她模糊的记忆中，她所收到的上一封信还是在高三毕业那年，本班一位看似内向的男生在信中向她抒发了朦朦胧胧的好感和难舍难分的依恋。这封情书让她当即暴跳如雷。这并非缘于一种少女的本能对所有肉麻表述的羞愤，而在于她彼时很坚定地认为，凭借自己优异的成绩和靓丽的外表绝对不是这个笨小子也有资格打主意的。她记得她一怒之下，把这封信贴在了学校的报刊栏上，引起舆论一片哗然。没过多久，这个男生就辍学了。据谣传说，他后来在珠海发愤图强，知耻后勇，以便利店起家，旗下已有二十多家加盟连锁，宝马香车，美女如云，业已成就了一番不大不小的事业。只是不知道这种传言是否可信，曾小晴也没有认真打听，她在潜意识里是不愿意接受这种事实的。

单从式样来看，也许把这封信叫作请柬更为合适一些，信封上烫金的"囍"字和龙凤呈祥的图案无不印证了这一点儿。在拆开封口的时候，曾小晴甚至已经在开始考虑给多少钱的礼金更合适的问题了。虽然自从那年青海一别，两人已有八年未曾来往，但彼此在对方心目中的重要地位却是无须赘言。不过事实很快就证明了，她显然是多虑了。这张大红的请帖上面既没有标明婚礼的时间，亦没有标明婚礼的地点，请帖上面甚至连男女双方的名字都看不到，只是在末尾有这样手写的简短的几句话：

"对不起，曾经发过誓，要在你结婚之后再结婚，看着你幸福之后再幸福。但世俗的压力太大，请恕我，只能坚持到今天……"

曾小晴仿佛觉得时间停止了。豆大的汗珠从她的额头上面滚落下来。尽管这几句话是一种平淡的口吻和克制的语气，尽管来自异性的表白在以往的岁月中也曾时有耳闻，她还是从中感觉到了一种巨大的震撼：对方竟然在对她的刻骨怀念之中孤苦地度过了八年时光。她头一次明白了一个人对另一个人的爱究竟有多深，牵挂有多久，究竟能够到达怎样的一种程度。她原本已经倾向于认为自己不能为他做什么了，恐怕各自都忘记了。但是现在，负疚的心理和补偿的冲动使她强烈地意识到了，唯有自己赶紧结婚，把自己嫁出去，才有可能使对方尽量减少这种长久的思念和牵挂的痛苦。

她已经没有了更多选择，一切都显得事不宜迟了。

/ 9 /

公司内部有一条不成明文的规定，男女同事之间不能发生情感纠葛，一旦恋爱关系公开确定或无形之中走漏了风声，两位当事人中至少有一位要自动离职。即使背景颇深，又能力出众，亦不能有所例外。去年冬天曾小晴所接任的这个经理助理的中层职位，就是因为她的前任心甘情愿做了高管填房，把位置给空下来的。她所创下来的光辉业绩很长一段时间里都让曾小晴深感苦恼，面上无光。考虑到冯甲的职场表现不如人意，甚至可以说是平庸无能，不可能找到一个薪酬更高的职位。那么，为了能够打开局面，成就恋情，曾小晴就只能牺牲自己。尽管打心眼里来说，她并不想放弃目前这家公司；在金融危机的阴影尚未远去的前提下，她对于自己眼下能否找到一个更为合适的工作也是心存怀疑。

虽然曾小晴所递交上去的辞职信被部门经理先后拒收了三次，某位主管人力资源的高级副总裁也出面进行了热情挽留，奈何她的去意已决，上司们也就不好意思多费口舌了。共事期间，曾小晴与同部门的某些人难免发生过一些或大或小的矛盾，因为竞争经理助理一职，也一度和几位同样资深的业务骨干闹得很不愉快。不过，所谓人之将走，他人之言也善。消息传开以后，本部门的全体同事还是说好凑了份子，决定在附近的一家酒楼集体聚餐，相约为她送行。

聚餐的时间说好是傍晚六点，阳光已经西斜，马路边的人行道上挤满了骑电动车下班回家的人群，他们意气风发地一路穿越纵横交错的大街小巷和初夏的微风。曾小晴在他们的身上看到了自己平凡而卑微的未来，这也是大多数人的未来，认知到这一点儿后，她头一次对这样的生活不再厌恶。只是略感遗憾的是，她从来没有想到过她会主动离开这家公司，当年从成千上万的求职者中脱颖而出以后，她自觉在这里度过的是生命中最为年富力强的一段年华和足以铭记在心的日子。她感觉到有很多缤纷复杂的往事像流水一样随着汹涌的人潮消失在目光的尽头里了。她最后又一次仔细打量了公司所在的摩天大楼一遍，她看着这个像火柴盒一样的钢筋水泥建筑沐浴在夕阳的余晖之中，她的眼眶里充满了不舍的泪水和混沌般的｜诗意。

晚餐上的觥筹交错和众人煽情的话语让曾小晴一度产生了某种迷茫困惑的思绪和想要大哭一场的欲望，但这种想哭的错觉很快就在湘菜的刺激和酒精的作用下消失得无影无踪了。由于以往的利害关系和矛盾的纠结伴随她的离去而告一段落，物伤其类的感伤情绪终于再一次抬头，总而言之，这次办公室同仁性质的聚餐达到了前所未有的沸点。一片热闹当中，大家都换上了白酒，此时此刻，这种无色透明的液体不再局限于一种次要的助兴作用了，它在事实上已经变成了衡量感情深度和友谊多少的主要指标。没有人不知趣。灯红酒绿之下，仿佛以往发生在众人之间的钩心斗角和阴谋算计就从未有过一样。与众人稍有不同的是，曾小晴不是在酒精的刺激下越来越神志不清，事实上是，她反而变得越来越清醒。她在这种热闹喧哗的场景背后惊心动魄地发现了一种寒冷彻骨的悲凉和人际建构的虚妄。

曾小晴假装醉意醺醺地靠在了饭桌上，她比以往任何时候都明白接下来需要做些什么，她的脑海里面充斥着骚动的喧哗和一阵忐忑不安的紧张。一段时间过后，场面上的混乱终于开始逐渐冷却下来，有人开始想回家了，也有人提议转场去唱歌。到了这时，看上去不省人事的曾小晴就成为了大家眼里的一个累赘，有人认为，是到了该脱手的时候了。

冯甲接到不知谁的电话赶过来接人的时候，晚餐早已经结束了，包间里面一片杯盘狼藉。留下来负责照看的一位女同事帮冯甲把曾小晴抬上了出租车。临告别的时候，这个生性轻佻的女同事开了一个听上去意义不明的玩笑，她说，"你要找对地方。"

在她的暗示下，冯甲还果真找对了地方。他吩咐司机把车开到了他所在的那个小区。这与曾小晴的最初设想是完全相符的。

曾小晴在冯甲的搀扶下一路跌跌撞撞地闯进了房门，她深知她的醉态仍然是一种必不可少的掩护和可靠的遮羞布。开灯以后，她把冯甲所租住的一居室完全当成了是在自己家里。在睁开了朦胧的双眼后，她一会儿扬言说要洗澡，一会儿又抱怨气温太高。在这种致命的挑逗下，墙角饮水机旁的另外一个男人显然已经是无法自持了。他放下了手中的那杯开水，满脸激动地朝曾小晴走了过去，嘴里所发出的急促的喘息声使他看上去就像是一头暴怒之中的丛林野兽。没过多久，两人身上的衣物就像冬天的树叶一样四方飘零了……

/ 10 /

曾小晴在一阵窗外的鸟叫声中兀自醒转的时候，已是第二天的晌午八点。冯甲已经去上班了。温和的阳光透过宽大的玻璃斜照在了屋子中央的茶几上，上面摆放着一杯冒着热气的豆奶和两块精致的面包。想必这就是冯甲替她准备的早餐。一想到这个男人的细心体贴和昨晚的巫山云雨就不由得让曾小晴感到一阵幸福的战栗。她清晰地记得事情发生过后，他把脸埋在了她那丰腴的胸脯上面喜极而泣的神情和一阵温柔亲昵的告白：你是我的唯一，我一定要娶你……这种激动人心的言行和不可或缺的庄重承诺一时间让曾小晴觉得长达二十九年修女一般清心寡欲的生活毕竟也是有所回报的。

由于长久以来沉迷于工作的心事重重业已成为了一种相伴左右的习性，一旦暂时解脱出来，曾小晴反而感觉到了一种迷茫的错乱和颇不自在的空虚。她先是翻看了几本时尚杂志，随后又掏出钥匙串上的指甲刀修起了指甲。末了，她无所事事地站在冯甲的房间里，打量着脚底凹凸不平的木板、破损的墙壁、窗户玻璃上的一个小洞和两张老式的藤椅，到底还是禁不住一阵失望，神色凄楚，悲从中来。她年少时所设想中的第一次应当是这样的：

春光明媚，暖风宜人，欧式别墅外的阔大草坪上开满了大片大片的紫阳花和招蜂引蝶的鸢尾，香樟树上不时传来了几声悦耳的鸟鸣，在远处海风的伴奏下，一个面容俊朗的年轻男子从宝马座驾上走了过来，神情优雅地解开了她一身雪白的婚纱……

曾小晴果断地停止了这种不切实际的胡思乱想和离奇的悲欢，她早已经清楚地知道了一个灰姑娘所憧憬的豪华婚礼和盛大完美的喜宴实际上不过是走向幸福所在的迷途。

就在曾小晴考虑着是要留下来秀一次厨房手艺还是要打道回府的时候，她接到了冯甲的电话。冯甲在电话里说，他已经在小区外面的快餐店里订好了两份盖浇饭，他建议两人可以考虑共进午餐。曾小晴对此当然是不便拒绝。这种来自异性的呵护和可以预见的缠绵让曾小晴感觉到了一种久违的欢乐。她躺在藤椅上安然等待，精心设想着两人美妙的前景和可能的未来：她要立即找到一个工作，凭借她已在这个行业打拼七年的资历和良好的业务记录，想来应当问题不大；这些年来虽然存款有限，但合二人之力，首付肯定是够了，可以考虑买一套位于郊区的两室一厅的小套，一方承担每月还贷，一方负责日常开销，如果勤俭持家，经济上的压力并不明显；初步安稳之后，还可以要一个孩子；盛夏的时候，男人带着孩子去海边玩水，而她作为贤妻良母，守在家中为他们准备丰盛的晚餐……

曾小晴从缤纷的遐想中回过神来，感觉到一阵饥肠辘辘的时候，时针已经指向午后一点儿。她初步估算了一下，从公司到小区总共也只有五六站的距离，就算是散步亦应当到了。冯甲的这种言而无信和明显的失约行为让曾小晴体验到了一阵依稀的不快。不过，曾小晴马上就意识到了，类似这种芥末小事上的反常很有可能意味着一种惊天的变故或不堪承受的灾难。曾小晴开始为冯甲担心起来，难道是上班的时候出了差错，或者横穿马路的时候撞上了轿车？曾小晴不敢往后想下去。她想给冯甲打一个电话，却发现手机没电了，这个吝啬鬼也没有安装座机。禁不住内心的惶惑和心烦意乱的担忧，曾小晴简单收拾了一下，就出门了。她想先到小区外面的快餐店里问一问，倘若没有消息，就打一个公用电话到公司行政部询问详情。在这个时候，曾小晴已经隐隐约约地有了一种十分不祥的预感。

曾小晴刚从楼道口走了出来，一阵耀眼的白光和温湿的空气立即把她包围了。她能够感受到炎热夏季的莅临和酷暑的征兆。看得出来，这个居民小区建于若干年前，素朴的石灰墙面和红色坡形的尖顶无不表明了这些房子已经有很多年头了。在曾小晴看来，这些位于黄金地段，统共不过七八层的低矮建筑分布在大片大片的绿化带间——尽管符合健康居住的理念和绿色天然的梦想——能够在如今商业开发的热浪和拆迁的大潮中安然无恙，不能不说是一种天大的奇迹。曾小晴就是在这种迷惑不解的叹息声中发现了冯甲在一座假山的前面和另外一个年轻靓丽的女子拉拉扯扯。他那瘦长的身影和藏青色的西装在红花绿草的点缀中非常的引人注目。曾小晴仿佛感觉到心脏被人用针刺了一下，她甚至一度感觉到自己的心跳就要停止了。她万万没有想到的是自己再一次遭遇了这种俗得不能再俗的困局。

曾小晴以前所未有的毅力强迫自己镇定了下来，就像鬼使神差一般，她摸索着绕到了假山的后面。初夏的午后非常的宁静，花草树木间也还尚未出现蝉鸣的噪音。在一阵阵青草的气息和花朵的芬芳中，冯甲和这个女人的争执很清晰地传了过来。尽管所有的迹象都充分表明了冯甲一直在向着自己，这对狗男狗女的感情纠葛不至于影响到她和冯甲的恋爱与即将到来的婚姻，她还是从冯甲最为冗长的一段告白中感觉到了一种难言的羞耻和巨大的讽刺：

我不能说我不爱你，事实上是我很爱你，但这又能怎么样呢？我一个月只有七千，你还不到我的一半。我们在上海买不起房子，结不了婚；就算是裸婚吧，生下了孩子也上不了学，看不起病，连奶粉钱都成问题。难道你希望我们过上这种暗无天日的生活，子子孙孙都挣扎在贫困线上，丝毫没有出头之日？爱情是不能当饭来吃的。真心实意劝你一句，趁自己还年轻漂亮，找个有钱的男人嫁了吧。

话音还未落，曾小晴就听到了一记响亮的耳光和两个人的相对而泣，或者是在抱头痛哭。他们显然沉浸在了巨大的悲痛中不能自拔而无暇顾及旁边路人的感受和惊诧莫名的目光。爱而不能的痛苦，她曾经也体验过，对此完全能够理解。曾小晴对自己的人生历程突然心灰意冷了起来，她从来都没有感觉到如此疲惫过。这些年来，她一心一意地想要找个有钱的男人嫁了，却始终未能如愿；等她好不容易想明白了，也降低要求了，想要找个相爱的人结婚了，为了表示诚意，还献出了珍贵的第一次，结果却发现对方并不是真心爱她。世界上还能找出这样的事情来吗？

曾小晴选择了悄然离去。她已经想好了，立即结束她和冯甲之间荒唐透顶的关系，申请恢复她在公司的职位，虽然有点儿困难，但也并未为晚，她这样一个熟手总要比新手更有利用价值一些。至于婚姻，只要对方有钱，哪怕是一个糟老头子也无所谓了，这个世界还能相信有真爱吗？

然而潜意识里所流泻出来的一团困惑不解的迷云使她顿时改变了主意。曾小晴想起了初恋学长和那封简短的来信，这位一向都对她魂牵梦萦的追求者为什么终于决定了要娶一个他所明显不爱的女人？既然他曾经关于婚姻的见解是如此的深刻，那么他现在所做出的关于婚姻的抉择想必也不会是全无道理。如果这个世界真像别人说的，有情人皆成眷属是一种传说，两个人中有一个人愿意真心付出同样少见稀罕，而更多的则是两个彼此并不相爱的人最终结合，同床异梦的婚娶是一种生活常态的话，那么她凭什么故作清高，不愿苟且，看到别人不喜欢她就不愿嫁？谁说了嫁给一个不爱自己的男人就得不到幸福和家庭的保障？比方说，学长的新婚妻子，她过得幸福吗？如果说学长的妻子还自认为过得马马虎虎，平安快乐，她为什么不能依照葫芦画瓢？

曾小晴突然觉得自己一下子抵达了生活的本质。现在，她很希望能对这种本质进行一番必要的验证，再来决定自己的取舍与何去何从了。

她检查了一下随身携带的手提包，银联卡、身份证无一不在。曾小晴稍微迟疑了一下，随即中止了走向公司的步履。她扬手叫了一辆出租车，向飞机场疾驰而去。

/ 11 /

曾小晴从西北赶回上海是在第三天的下午。飞机穿过厚厚的云层在跑道上俯冲降落的时候，曾小晴仿佛觉得自己正经历着一次浴火重生。等到飞机完全平稳下来，那些世俗功利的观念和爱与不爱的计较在她的心目中似乎已经变得无足轻重了。她决定从今后起，做一个平凡的人，喂马，劈柴，关心粮食和蔬菜。

下飞机后，她直接叫了一辆出租去冯甲那里。由于连日的奔波和心绪的动荡使她的大脑皮层极为困乏，她几乎是从刚一上车起就进入了酣然的梦乡。以至于窗外的熙熙攘攘和半途中开始的淅沥小雨也无所注意。

显而易见，因为一种迫切的心情在发挥作用，曾小晴以最快的速度赶到了冯甲的公寓外。在她尚未完全想好在门打开以后，是先给他一个深深的亲吻还是对着他的耳边说我想你的时候，她发现了贴在房门上的告示，上面写着：此屋出租，价格面议。下面附有一串电话号码。这张不期而遇的黑字白纸给她的感觉无异于是当头一棒或者说刻薄的嘲讽。她不明白这一切究竟是为了什么。不过考虑到她的不辞而别给冯甲所造成的伤害需要弥补，她又觉得这也无所谓了。只要能够联系到他，解释清楚，遮掩一番，事态的发展仍然在她的掌握之中。她还没有理由妄自菲薄。

曾小晴再次打车来到自已租住的小区门口。几乎是刚一下车，一位认识她的保安就立即叫住了她。保安告诉她说，有一个长相帅气的年轻人前两天来找过她，五次三番，脸色焦虑，并且于昨天晚上向保安室托管了她的一串钥匙。曾小晴这才想起来，由于一时疏忽，她的钥匙大概是遗忘在了冯甲的房子里了。这种致命的失误并没有引起曾小晴过多的注意，她反而还把这当成了一种难得的契机：既然冯甲已经来找过了，那么理所当然，他想必还会再来的。

保安的取笑进一步强化了曾小晴的这种错误的判断，他说，你男朋友还真是关心你，来的时候失魂落魄，去的时候失望之极……

曾小晴笑而不语地接过了钥匙，一时间，她的心情在纷飞的雨水中像阳光一般的透明。透过深重的雨幕和阴沉的天气，她看见远处的芳菲落尽，树叶焕发了新颜，散落在地的各色花瓣漂浮在欢腾跳跃的水流上，从脚边蜿蜒而去。她的耳朵内灌满了风雨交加的响动声和汩汩水流的微吟。曾小晴情不自禁地抱怨起了这个小区糟糕的排水系统，一个初秋的早晨，正准备赶早去上班的她被一片汪洋泽国的景象所吓倒，不得不蜗居在了家中，以至于挨了上司的一顿痛骂不说，还白白丢掉了五百大洋的全勤奖励。一想到物业公司的不负责任和所谓"天有不测风云"的托词就不免让人哭笑不得，亦心绪难平。

刚一进门，曾小晴就听到了座机的提示音响。这部固定电话还是那位上海土著送给她的，质量上乘，功能齐全，不但能够显示来电，还能对所有的通话自动录音。座机显示有三十几个未接来电和两个通话记录。曾小晴查看了一下，三十几个未接来电里面，有一多半来自老家，有一少半来自冯甲。这种亲情与恋情的双重呵护又开始让她感觉喜不自胜了。

她开始倾听第一个通话记录。打电话的人是她的母亲，接电话的人是冯甲。曾小晴从母亲一声拖长的感叹里面想象出了她在电话那头听到一个男音时是如何的万分惊奇。不过母亲很快就克制住了这种情感的波动。母亲先是和冯甲搭讪了一会儿，从上海的天气谈到了日常方面的衣食起居。随后她开始切入了正题。她在电话里说，她和小晴父亲两人，没有什么能力，又生活在农村，能够含辛茹苦地把小晴供到大学毕业，已属不易，也就不能支持你们的事业了。不过也不打算给你们增添什么额外的负担，只要你们自己发展好，两人和和美美的，我们做家长的也就放心了……

客观地评价说，曾母的这一番话是不存在任何问题的，相比以往，简直难能可贵地体现出了一种巨大的进步和明显的宽容。但曾小晴却从中感觉到了一种如芒在背的滋味。她依稀想起了很多年前，青海旅游归来不久，那位初恋学长的母亲打来电话说了一套同样的话语。了解到这些后，她给学长发了一条短信，这条短信的恶毒程度能让所有的藕断丝连顷刻之间化为乌有。她说：只可惜你没有良好家境，你是一个农民。不仅如此，她还当机立断地更换了手机号码，调整了学生宿舍，让自己消失在了茫茫人海中，消失在了对方的视线所不能及处。曾小晴完全能够预感到她和冯甲的结局了，她的内心注满了偌大的悲凉和无边的感伤。

曾小晴的这种猜测很快就得到了印证。她听到了冯甲在第二个通话记录里的哭诉：老爸，我上当了，她根本就不是什么高级白领，她是一个乡下农民……

夭夭

文 / 樊健军

我叫夭夭，1984年春天出生，属第十三生肖鱼，能歌善舞，身体滑溜，喜欢用肢体语言说话。

——摘自夭夭日记

/ 1 /

夭夭在没有确定寻找马赛之前就逃出了北门街173号。她有过两次出逃的经历，第一次偷偷跑出来时无处可去，藏在酒酒的房间，让谢沁儿用晾衣叉从床底下请了出来。另一次，她在一家小旅馆开了间房，拉着酒酒一块睡了一个晚上。这一晚睡得安静，可第二天事情就败露了，她们身上的钱不够，摸遍了口袋也凑不上第二晚的房费，酒酒回去拿钱时正好碰上谢沁儿和陈雪。这二个女人一个软刀子杀人不见血，一个硬刀子不见血不收手，酒酒架不住她们的软硬夹击，一个回合没走完就将夭夭出卖了。

有了前车之鉴，夭夭的第三次逃离相当谨慎。她分析了前两次失败的原因，除了自己准备不充分外，就是过分相信酒酒。并不是酒酒不可信任，而是酒酒同夭夭一样太缺乏经验，出走到哪，住哪，怎么生活，丝毫没有预见。即使谢沁儿放任不管，夭夭最终还是得没脸没皮缩回去。所以第三次逃走，夭夭将酒酒撇到了一边，等事情成功了再告诉她也不晚。夭夭只不过想走出谢沁儿的拘管，并没有离开小城的想法。她必须得到别人的帮助。她暗地里留意，哪个人有可能助她一臂之力，哪个人有可能会出卖她。她接触到的人，不管是同学还是所谓的朋友，都让她归纳到了后一类人中。夭夭只有按兵不动，二十年都忍受了，没必要在乎这最后的一些日子。她不相信，世界这么大，就没有一个会帮助她给她以力量的人。

夭夭等待着，也积极筹划着，就算谁都不出手相助，她也会努力而且一定会逃出来。就在她打算单独行动时遇上了刀鱼，是他的身体让她注意到了他。他俯卧在红地毯上，两条腿从背脊上折转过来，朝正前方支开着。两腿之间，是颗瘦小的头颅。他向着她笑，是那种无邪的笑。他好像不是一个人，而是只断了尾巴的龙虾。他朝围观的人群扮了个鬼脸，溜出长长的舌头，可他的目光全落在她身上。他在招呼她，吸引她。他变换了一种姿势，将自己的身体齐腰对折，胳膊和腿叠在了一块。过一会儿，他又将身体团成了圆球，滴溜溜地在舞台上滚动着。他的身体不断变化，方形的，多棱角的，普通人做不到的姿势，甚至想象不到的姿势，他都能活灵活现地塑造出来。他是只变形虫，只要他愿意，他想怎么做就能怎么做，谁也猜测不到他下一个姿势。他的身体是柔软的，无骨的。他是软体动物，这是夭夭最后得出的结论。她的眼神是惊异的，不确定的。她想用手触摸一下他的身体，一个人能够将身体运动得如此自如，肯定有不同于常人的地方。她想象她抚摸他，掐着他的肌肉，捶打他的身体，那种感觉究竟怎样。他是怎样的材料，像石头，像泥土，还是钢筋铁骨。夭夭不知道。

夭夭在一家电器行开业三周年的庆典现场认识了刀鱼。电器行用钢管和木板搭了个简易的舞台，铺上红地毯，就成了刀鱼表演的天堂。他表演他的软体柔术，刚开始观众并不见多，稀稀拉拉的几个人，但很快舞台就让奔涌而来的人流包围了。夭夭抵达得不早不晚，被裹挟在人流中间。她靠近不了舞台，也无法脱离舞台。她不喜欢这种让人固定的感觉，挣扎着，刀鱼又在舞台上召唤她，用他的目光和软体柔术，让她不甘心离开。她打开她的想象，天马行空，可刀鱼阻断了她，他从舞台上直起腰身，结束了软体表演。他站了起来，将身体树立在天天头顶。他不是软体动物，也不是变形虫，而是流动的固体。下一个节目是刀鱼同观众互动，馈赠纪念品。天天让刀鱼拽上了舞台，他捉住她的手腕时她不相信他有力量将她拽上去，她对他的想象还停留在他的软体上。她的顾虑是多余的，她在他的提携下凌空飞了起来，稳稳当当落在了舞台上。

　　刀鱼的这一拽，将天天完全拽到了另一个世界。她成了他的助手，他表演时她主持，她背着谢沁儿学会了很多东西，唱歌跳舞，说笑话，甚至讲一些相对文雅的黄段子。一个小小的舞台让她主持得风生水起。舞台之下，他用摩托车载着她，在大街小巷穿行，到郊区兜风。去蹦迪，去酒吧买醉。所有展示青春活力的事情，他们都愿意干，而且干得轰轰烈烈。刀鱼的身体是瘦削的，可无论走到哪里，他都不放过表演他的软体柔术。有一次，在酒吧的圆台上，刀鱼表演了他的招牌动作，像只断了尾巴的龙虾一样趴在台面上。他赢得了无数的尖叫和夸张的掌声。等他回到她身边时，他的脸上，胸口，到处贴满了陪酒女的红唇印。他在炫耀他的身体。他似乎很在意这种享受。刀鱼的表现也感染了天天，有一天，她天真地央求刀鱼，教她练习软体术。刀鱼用手抚了抚她的脊背，叹了口气，说，太晚了，你的身体超过了练习软体柔术的年龄。刀鱼的声音透着无限的惋惜和苍凉。

　　刀鱼的话并没有让天天灰心，不能练习软体柔术无所谓，她的身体还可以做别的许多事情。凡是一个年轻的身体允许做的事情她都能做，她相信自己能做得比别人漂亮。她首先得从北门街搬出来，如果不搬出来，她什么事也做不成。她将想法告诉了刀鱼，他似乎很乐意做她的同谋，瘦削的脸蛋都发红了。他们选择在星期一的上午将天天的铺盖行李搬了出来，这个时候谢沁儿正在医院忙碌着，没时间顾及她。天天给谢沁儿留了一张简单的字条：姐，我搬出去住了。从天天咿呀学语时开始，谢沁儿就不让天天叫她妈妈，而是叫她姐姐。后来叫习惯了，天天再也改不过口。再往后，天天同谢沁儿走在一块，旁人还真以为她们是姐妹俩，连天天也犯迷糊，谢沁儿到底是她妈妈还是她姐姐。等谢沁儿看到字条时，刀鱼的摩托车早将天天载得没了影子。天天就这样搬进了刀鱼的蜗居，他租了套两室一厅的房子，一间做卧室，一间当练功房。夭夭搬进来后刀鱼就将练功房收拾了给她做卧室，他练功用的器材就裸放在客厅。

/ 2 /

北门街在小城本是个杂居之地，只有短仄的一条街道。不见高楼，到处都是矮逼逼的屋子，一间连着一间，不要说巷子，连简易的通道也见不着。居住在北门街的人最拿手的本事就是穿街钻巷，瓢泼的雨天，不撑伞，不披雨具，依旧雨不沾衣。北门街最初是坟场，后来小城通了公路，这儿就成了咽喉之地。建了车站，市面日见繁华，居民也日渐复杂。做生意的，开小旅馆的，扒手，飞车抢劫的，顺手牵羊的，都拿北门街当作了天堂。有一段时间，这儿成了小城最早的红灯区，洗头房一间挨着一间，透明的玻璃门，一律都是红灯笼。白日里只要男人经过，就有女人给他抛媚眼，晚上，她们就直接来挽男人的胳膊了。北门街因此故事特别多，几乎天天有新闻。有丢了钱包，垂着头蹲在路边一声不吭乞讨的汉子；有孩子走失了，呼天抢地哭喊的娘儿们。也有成群结队打架斗殴的小混混，听见警笛声，跑的跑溜的溜，眨眼都不见了鬼影。流血的场面常见，死人的事情也不少。1983年的那场严打，北门街一个流氓团伙，有三个流氓被枪毙了，五个被判了重刑。两个卖水果的女孩因为争抢摊位发生撕打，一个女孩的上衣扯破了，露出了乳房，旁边一个混混见有机可乘，抢上去摸了一把女孩的乳房，结果混混被判了十年。一个绰号叫喜上梅的女人喜欢跳舞，先后有过一百多个舞伴，同多个舞伴有过暧昧，也被枪毙了。一个有怪癖的男人，专偷女人的内裤，也险些断送了性命。两个男孩子打赌，谁敢亲吻路边的一个女孩，付诸行动的那一个被判了五年。

这些年小城就像发酵的面包一样膨胀，北门车站因此迁了新址，北门街的风光不再，慢慢冷落了。夭夭的成长正好历经了北门街由盛而衰的过程，对于其前期的历史几乎一片空白。北门街的繁华留给她的印象就是人多，嘈杂，那些盛传一时的新闻早让别人抛之脑后了，也没有谁来告诉她。

天天有限的记忆全部集中于北门街173号，这是一座孤独的院子，耸立的青砖墙将院子围成了一口竖井，仅留下一道窄小的门洞与外面的世界相通。院内有四间房屋，东西两边各两间，谢沁儿和天天住在东边。西边曾经住过陈雪和酒酒，住一阵子她们就搬走了，隔一段时间，她们又搬回来，反复几次后彻底离开了。天天出逃时西边的屋子始终没人居住，好像特意替陈雪和酒酒留着。院子的正中间是厅堂，供奉着一尊观音，脚踩祥云，口吐莲花。院子里唯一的景观就是一棵枇杷树，由于院墙的遮挡，开的花瘦，结的枇杷也稀拉。枇杷花开枇杷黄，是天天童年无限的盼望。

除了期盼枇杷快些熟黄，天天还幻想着有一天摆脱谢沁儿，她们之间的关系可以用两对特别的词语来概括：跟踪与反跟踪，侦探与反侦探。从出生的那天开始，天天的每一天都在谢沁儿的掌控之中，她不允许天天轻易离开她半步，天天尚小也离开不了她。谢沁儿在医院做清洁工，医院在小城的北面偏西，北门街在小城的北面偏东，处在一座叫凤凰山的山脚。去上班时她不走街道，而是拉着天天，在傍山的松林中左穿右拐，走过一片坟场，经过太平间，经过锅炉房，才进入医院。她的身体让灰不灰黑不黑的厚布衫包裹着，不透一丝缝隙，走动时却像只小兔子，上蹦下跳，甚至有些顽皮。在松林中，她的身体是自由的，放任的，还散发着一种特别好闻的香味。像枇杷花的香味，仔细嗅着又不是枇杷花香。似乎是松林的气息。天天分辨不出来，但她情愿让谢沁儿捉着她的手，她沉浸在谢沁儿散发的香气中，又恐惧松林深处埋伏着的某种不可知的怪物，似乎它们随时会蹿出来吞噬她们。谢沁儿有时会加快脚步，故意将天天丢在身后。姐，姐，你慢些走。天天就会慌张地叫喊。这种轻盈的时光很短暂，到了医院，谢沁儿立刻在身体上罩上一件白大褂，戴上白帽子，只剩下脸部那块窄小的地方露着。如果天天不在旁边，天天都有可能认不出谢沁儿。

谢沁儿有可能感染了某种恶习，以为天天的身体就是她自己的身体。她在包裹自己的同时将天天的身体也包裹了起来。她给天天买长袜子，长裤，高领的衬衫。天天对于服装的记忆从来都是灰色的，看不到鲜亮，花裙子永远穿在别人身上。天天成年后，有一天自己做主添置衣服时，满目的赤橙黄绿让她发晕了，不知该如何选择。那种灰色的调子，偏男性的服装风格，时不时还会蹿出来影响她对服装的审美，顽固地将她拽回流逝的时光。随着夭夭的长大，谢沁儿的包裹越来越严密，从帽子围巾到脚掌上的长靴，哪儿都不能显山露水，哪儿都密不透风。她恨不能将夭夭用麻袋装起来，抠出两个小窟窿，仅让夭夭的眼睛能够看清道路。可夭夭的身体不能听任她包裹，有效的办法只有一个，就是拼命生长。谢沁儿发现夭夭的衣服不是短了就是小了，前几天买的裤子今天穿就短了那么一小截，今天买的衬衫明天穿胸部就绷紧了。她怀疑自己的眼睛出了问题，给夭夭买的衣服往往就长一些，宽松一些。到后来，谢沁儿的包裹战术也不奏效了，夭夭的身体像被什么发酵了，有些地方再怎么包裹它们都一样花枝招展，扯人眼球。夭夭的身体险些将谢沁儿的包裹撑破了。谢沁儿不敢相信夭夭这是怎么了，她的眼神是死灰色的，是绝望的，有愤怒，还有对夭夭身体的仇恨。如果她有办法能将夭夭缩小，小到可以放进口袋里，那对她就是莫大的安慰。她对待夭夭的态度全写在她的眼睛里，毫无遮拦，赤裸裸的，纤毫毕现。

　　夭夭快要从包裹中脱出来时发现谢沁儿在跟踪她。从入读幼儿园开始，不管阴晴雨雪，谢沁儿每天都要接送夭夭，早上将夭夭送到校门口，中午接回家，午饭后又送去学校，放晚学时一定在校门口守着。进入初中后，夭夭对谢沁儿的接送腻烦透了，终于有一天夭夭向谢沁儿抗议，如果她继续接送她，她宁可辍学也不愿谢沁儿尾巴一样跟着她。谢沁儿让女儿言情激愤的模样震住了，但她很快回过神来答应了夭夭的请求。夭夭因为这小小的胜利轻快了好些天。可有一天晚上，下晚自习后回北门街时夭夭隐隐觉得有脚步声尾随着她。夭夭回过头，身后的街道空寂寂的，什么人也没有。她走动时脚步声又隐隐约约跟了上来。夭夭壮着胆子回过头重新察看了一遍，依旧没有什么发现。当脚步声再次在身后响起时，夭夭怎么也佯装不了镇定，发足狂奔起来。逃回北门街后，夭夭没敢将被人跟踪的事情告诉谢沁儿，也许她正找不到借口来接送夭夭。之后有两个晚上又出现了类似的经历，夭夭险些向谢沁儿妥协了。经过几个晚上之后，夭夭反倒镇定了，尾随她的脚步声似乎并无恶意，如果有企图早该兑现了。她猜想谁在跟踪她，有可能是某个暗恋她的男生，那时候就有男生偷偷往她的抽屉塞过纸条。后来天天还是从谢沁儿的行动中瞅出了破绽，每次她下晚自习回家时院子里都是空落落的，不见谢沁儿，但天天放下书包没过两分钟，她就气喘吁吁地进了门。天天断定就是谢沁儿在跟踪她。天天没有捉到她跟踪她的证据，谢沁儿肯定不会承认。有次回家的路上，天天耍了个心眼，将张皇失措的谢沁儿拦住了。天天低估了谢沁儿，她说她刚从陈雪那里回来，这么巧同天天碰上了。天天没法揭穿她的阴谋，后来的日子她故意在小城中迂回曲折捉弄谢沁儿，每一次她都没能逃脱谢沁儿的掌心。对于小城，谢沁儿远比天天熟悉。无论天天走得多么诡谲，谢沁儿都能以静制动，在天天出现的地方守住她。这种猫和老鼠的游戏，最终以天天的失败告终，只有听任谢沁儿跟着她。无论老鼠多么狡猾，它的道行永远超不过猫。

/ 3 /

天天遇上大眼刘和苏小卒之后无数次怀念过她同刀鱼的那段生活。对于刀鱼，她知道的并不多，认识他之前，甚至不知道小城里有这么个人存在。他是她生命中一个偶然的过客，他走后，她对他的了解并没有增加多少。那些日子，只要她醒来，刀鱼就在客厅里训练，劈叉，压腰，将身体扭曲成各种古怪的形状。有时候他会长时间保持一个姿势，一动不动固定在垫子上。他随时随地都在摆弄他的身体，身体就像是他随身携带的一件玩具，百玩不厌。他有没有想什么，他想了什么，她一无所知。他引人注目的就是他的身体，用身体创造出来的各种奇特的造型。他对身体有着无穷的想象。或许身体就是他的思想，就是他的灵魂，就是他的生活。他在利用他的身体，压榨他的身体，雕刻他的身体。他的身体是他永远挖掘不竭的矿藏。这是天天的胡思乱想。

每一件事物都有它们与众不同的身体，都有它们本身的形状、颜色、气味。楼房是站立的，趴下就成了废墟；汽车的轮子是圆形的，变成四方形汽车就死了。楼房是不能运动的，让地震强迫运动房子就散架了。汽车是不能静止的，静止的汽车就成了小房子，不叫汽车了。刀鱼的身体就是用来运动的，不停止的运动，否则刀鱼就死了，刀鱼不死，刀鱼的身体也会死亡。刀鱼的解释让天天很茫然，一会儿房子一会儿汽车，一会儿静止一会儿死亡，但她记住了一个关键词，刀鱼反复说到了身体，他的身体。

刀鱼在提醒天天，让她关注自己的身体。天天对于自己的身体是有信心的，身材修长，腰肢柔软，双腿匀称。谢沁儿绞尽脑汁包裹天天，最终也没能将她包裹住，天天的身体化蛹成蝶了。这个，天天从男人们偷溜她的目光中就看得出来。一个女人想知道自己长得怎样，那就看男人的眼睛，如果男人的眼睛发亮，你就比一般女人漂亮；如果男人的眼睛发呆，你就是非常漂亮；如果他们的眼睛在喷火，那你就是女人中的极品。如果他们的目光将你烧成了灰，那你就是极品中的孤品。刀鱼的眼光却是另一种内容，不发呆也不喷火，天天读不懂它的含义。没有演出的时间，刀鱼训练天天，教她挺胸，提臀，压腿，摆胯，如何舞动自己的腰肢，扭摆自己的身体。刀鱼有时会拍打她的身体，对她说，放松，再放松一些，别锁着自己的身体。刀鱼这么做反倒让天天紧张了，身体更僵硬了。是你自己禁锢了你的身体，你是你身体的敌人，刀鱼说。他让她张开手，张开一些，再张开一些，张开到极限，你的身体就全部打开了。天天听见自己的骨头在嘎嘎叫着，好像在抗议。那瞬间，她才明白刀鱼说的她的身体老了，不能练习软体柔术。刀鱼恰好成了谢沁儿的反面，他在同她对着干。他和她都拿天天的身体当作了自己的作品，一个拼命包裹，另一个在想方设法放开。谢沁儿为什么包裹她，刀鱼为什么渴望打开她的身体，天天很迷糊。谢沁儿如果知道刀鱼，还不知道对他会怎么样。天天不讨厌刀鱼，甚至在心底有那么一些喜欢。她将这种喜欢藏着，不想让刀鱼察觉。

有了刀鱼的训练，天天感觉自己的身体以前是沉睡的，现在让他唤醒了。她的每一块骨头都在奔跑，每一块肌肉都在运动，每一个细胞都在舞蹈。她是一条鱼，在水中游戏；她是一条蛇，在草丛中扭动；她是一匹马，在旷野里奔跑；她是一只鸟，在云彩里飞翔。天天让这种感觉震撼了，俘获了，驯服了。她和刀鱼处在同一个舞台上，她和他都在用自己的身体吸引观众，一个让人惊叹，一个让人骚动。刀鱼的身体是魔幻的，能够展示许多极限的动作，开启了观众对于身体的想象空间；夭夭是狂野的，奔放的，煽动了人们原始的欲望。包裹夭夭身体的，不再是谢沁儿处心积虑购买的衣衫，而是无以数计的眼球和火光。

有一天，夭夭在围观的人堆里发现了一双眼睛，那是谢沁儿的眼睛，她的目光是惊恐的，绝望的。她好像见到了地狱，或者夭夭就立在断崖的边缘，再往前一步就会坠入万丈深渊。她的身体在哆嗦，她用双手反抱自己的身体，她的身体却不听从她的安抚，颤抖得更剧烈了。她挥舞着双手，朝舞台挤了过来，但密集的人群阻碍了她的行动。她朝着舞台上叫喊，她的喊声让音乐声覆盖了。夭夭没听清楚她在叫喊什么，但谢沁儿的企图赤裸裸的，夭夭提前结束了表演，跳上刀鱼的摩托车，一溜烟逃走了。

同刀鱼在一起的时光每一天都是新奇的，充满了变幻不定的刺激。到处都是刀鱼的身体，折叠的，扭曲的，纠缠的，各种各样的形状。它们围绕在夭夭周围，将夭夭彻头彻尾包裹了起来。夭夭愿意接受这种包裹。放松，放松一些，再放松一些，你的身体就飞起来了。夭夭听见刀鱼在她耳边说。每一次他拥抱她的身体，她都是紧张的，害怕也害羞。在他进入她身体的那一瞬间，她完全放开了，飞了起来。就像她站在舞台上，音乐徐徐响起。你的乳房是埙。刀鱼用嘴叼住了她的乳头。耳边是苍凉的埙声。你的手臂是长笛。刀鱼的唇触着了她的手臂。笛声悠扬。你的指头是短笛。笛声如歌如诉。你的肚子是鼓。有激昂的节律。你的脊背是竖琴。他抚摸着她的脊背。琴声缠绵。她身体的每一个部位，在刀鱼的抚摸下都成了有形有声的乐器。她渴望刀鱼的手指，刀鱼的嘴唇，刀鱼的身体。她扭动自己的身体，像蛇一样找寻刀鱼的身体。她期望他的弹奏。身体同身体的接触是多么美妙的事情。夭夭的身体柔软了，变幻出各式各样的形状。她在表演属于她的软体柔术。她同他的身体一样弯曲，折叠，好像她同他原本就是一个人，或者两个人合用一具身体。他们的身体是一曲流畅的乐曲。后来夭夭无论同哪个男人身体接触，她耳边响起的总是刀鱼的声音，你别锁着自己的身体，放开一些，你的身体就飞起来了。每一次天天都这样飞了起来，像歌声一样飞得无边无垠，在云彩上飘荡。在江湖上浪迹。

这种欢乐是短暂的。天天的身体腾飞的时候，刀鱼走了，走得无声无息，没有任何先兆。他退出了她的身体，离开了小城。他没有给她留下任何信息，就像她发现他一样那么突然，走也是那么突然。天天发觉自己躺在床上时，屋子里空荡荡的，只有刀鱼训练用的器材仍在，它们留在原来的位置，不见任何变动。后来大眼刘替天天拍摄写真时，它们成为了她的背景。每次天天翻看照片，那些器材就不是器材了，而是刀鱼正在表演他的软体柔术。她用指头比画着他身体的形状。他像只断了尾巴的龙虾匍匐在那儿，向她扮着鬼脸。天天一个人站在舞台中央，摇滚，跌宕。她欢笑着，而又泣不成声。

/ 4 /

谢沁儿一天也没放松对天天的跟踪。只要她有空闲的时间，一双眼睛全落在天天身上。天天走到哪，她就跟踪到哪，几乎寸步不离。她的目光是警惕的，凶狠的。那不是一个母亲看待她的女儿该有的目光，她好像面对着她的仇人，或者天天是一个不祥之物，她不仔细看管着，她就会蹿出去祸害人间。或者天天是一枚炸弹，她不得不小心捂着她，包裹着她，否则就会爆炸，让这个世界来个魂飞魄散。她对天天的担心，不是某一天的心血来潮，而是从天天出生的那一天就开始了。天天一天天长大，谢沁儿的担心也在一天天演变，担心慢慢累积就变成了恐惧，恐惧又一天天滋长，壮大。谢沁儿已经成为一只火药桶，随时随地都有可能爆炸。轮到天天恐惧了，她要炸毁的也许只有天天。

天天记得，谢沁儿的恐惧就是那一天冒出来的，一露头就枝繁叶茂，寒气逼人。那是个特别的日子，快放午学时天天感觉身体湿漉漉的，像被水浸透了。她偷偷摸了一把自己，指头上沾满了猩红。天天并不惊慌，相反藏了些许的兴奋和期待。她的身体在流血，鲜活的血，只有一个成熟的女人才会流出的成熟的血液。夭夭，比任何女孩子都要早熟，在返回北门街的路上，她一步一步走得非常镇定。像个成熟的女人那样，身体矜持，步子不窄不宽，富有节奏。有血顺着她的大腿往下流，流过小腿，流到了脚踝上。谢沁儿替她买的长裤包裹着她的下肢，血液只是暗流，外表不露任何破绽。当夭夭坐在椅子上脱下两只红亮的袜子时，谢沁儿刚巧推门而入，夭夭不慌张也不害羞，而是直起身若无其事地脱下了裤子。她想用这种方式告诉谢沁儿，她同她一样，已经是个成熟的女人。她不能包裹她，也不能跟踪她。她有她的隐私，她有她的自由。也许是夭夭的冷静让谢沁儿觉察了某种可怕，虽然屋子里只有她们俩，她仍旧砰的一声将门关死了。那神情好像夭夭做了什么见不得人的鬼事，生怕别人窥见了。谢沁儿的脸由苍白变成了羞红，红色急剧褪去，转眼成了死白，白里浮上了青，也许因为屋子里的光线暗淡，后来成了死青色。她在打着冷战，牙齿咬得嘎嘎响。她没有帮助夭夭，也没有向夭夭解释，而是瘫倒在椅子上，两只眼睛直勾勾地瞪着夭夭，仿佛死不瞑目。

夭夭不指望谢沁儿会帮助她。她身体内流出的血，谢沁儿包裹不了，也不可能将它们送回原地。夭夭揩干净血迹，找到谢沁儿的卫生巾，粘贴在内裤上。她娴熟的动作让谢沁儿非常震惊，她几乎不敢相信自己的眼睛。夭夭真的是个不可理喻的怪物。其实，夭夭的老成来源于谢沁儿，每个月谢沁儿都逃不开那几天。那些鲜红在提醒她，她是个女人，是个成熟的女人。谢沁儿的神情是厌恶的，恶心的，好像她不应该有这么几天。她哪儿也不去，医院的活早同别人做了调换，连夭夭也懒得拘管了。大部分时间，她要么躺在床上，要么躲在卫生间清洗身体。她好像染上了绝症，或者身上永远有洗不干净的东西。偶然的一次，夭夭撞见她将浸染血污的卫生巾狠狠摔在垃圾桶里。她才吐口气，仰头靠在门框上，仿佛她身体某个肮脏的部位或者器官让她彻底切除了，摔掉了。她那个恶狠狠的手势从此印在了夭夭脑子里，只不过夭夭没有重复她的手势。对于那个过程，夭夭是从容的，舒缓的动作中暗含了惊喜，包括对自己身体的怜悯。她的身体中应该流动着如此鲜红的血液。

夭夭的成长让谢沁儿寝食难安。夭夭的身体虽然包裹着，可谢沁儿见过她的裸体。夭夭的身体凹凸有致，曲线玲珑，生长了无限的风景。她的每一寸风景都是惹火的，热辣的，让人想入非非。除了包裹和跟踪，谢沁儿想方设法侦察夭夭的行动，一步步侵入她的日常生活。夭夭的书包，文具盒，放书本的抽屉，衣服的口袋，她每隔两天就要搜寻一次。她唯一的收获就是夭夭夹在语文课本中的一张小画片，画片上一只老鼠和一只猫在追逐着。她仔细琢磨画片的内容，并没有发现什么不轨的地方。她狐疑地将画片放回书本，但最后仍旧不放心，收走了画片。她的幕后行径很快暴露了。夭夭翻遍了所有课本，都没有找到那张画片。几天后，她在谢沁儿床前的地板上捡到了它。后来夭夭在她的书包和抽屉上都做了暗记，暗记很快让谢沁儿破坏了。甚至有一天，夭夭撞见谢沁儿捧着夭夭的内衣，似乎想在上面找到什么痕迹。有可能她什么也没有发现，只见她将内衣放到鼻子下，扇动鼻翼，似乎在捕捉什么可疑的气息。就是这个瞬间，夭夭拿定主意，一定要离开北门街，离开谢沁儿。

　　尽管没有找到蛛丝马迹，谢沁儿对于夭夭的监视没有半点儿松懈。她拉拢酒酒充当她的间谍，她在医院做清洁的时间，酒酒就成了她的眼睛，在背后盯着夭夭。她的这个举动瞒过了陈雪。对谢沁儿和陈雪，夭夭有过许多猜想，都没法落到实处。她们之间似乎存在某种必然的神秘的联系，可夭夭不知道连着她们的究竟是什么物质。谢沁儿在小城几乎不同任何人接触，陈雪却是个例外，她是唯一一个深入谢沁儿生活的人。谢沁儿的生活现场，只有陈雪能够看到。实际上陈雪又几乎看不到什么，虽然同处一个院子，但各住各的屋子，关上门，门里边的事情相互都不可能知道。而且从表面上看，她们不像是朋友，而是陌生人，彼此见面都很冷淡，难得说上两三句话，进进出出碰面的机会并不多见。谢沁儿的眼睛目不斜视，全盯在夭夭身上。而陈雪呢，晚出晚归，两头都见不着人影。她在保险公司做推销员，整天有见不完的客户。她在见谁，不见谁，谢沁儿不知道，夭夭也不知道。反正经常扔下酒酒一个人。在对待女儿的问题上，谢沁儿和陈雪的态度截然不同，举个例子，枇杷熟时，夭夭想上树摘枇杷，但只要谢沁儿在就只能巴望着，她不敢爬上树去。如果谢沁儿不在，陈雪冷不丁会走过来，托住夭夭的屁股，将她送上树。陈雪的身体不像谢沁儿纤瘦，她有力气托起夭夭。陈雪对酒酒的不管不顾让谢沁儿有机可乘，她不强迫酒酒像夭夭那样包裹身体，只要酒酒有需要，包括吃饭，喝茶，哪天有个感冒发烧，谢沁儿都尽可能照顾她。酒酒倒不像是陈雪的女儿，而是谢沁儿的女儿。陈雪也没有因此感谢过谢沁儿。倒是夭夭很羡慕酒酒，她有陈雪做母亲，给她那么多的自由空间。自由自在，多好。

酒酒没有人拘管，性情却一点儿也不见野，文文静静，说话轻声细气。她的身体不像陈雪，倒同谢沁儿像是一个模子里铸出来的，纤纤细细。对于谢沁儿的照顾，酒酒很感激，谢沁儿让她做间谍，她点头默认了。可她从来没给谢沁儿提供过有价值的情报。她在内心始终同夭夭站在一块儿，除了夭夭，酒酒也没有什么朋友。夭夭的秘密就是她酒酒的秘密。直到夭夭第一次出走，让谢沁儿从酒酒的房间搜出来，谢沁儿才明白酒酒骗了她。酒酒面对谢沁儿并不见任何愧疚，相反同夭夭一样挺着胸脯，一样的大气凛然。这时候，谢沁儿才发现酒酒并不是她的女儿，她不能拿酒酒怎么样。酒酒虽然没做间谍，但她也没将谢沁儿让她做间谍的事情告诉夭夭，夭夭永远也不可能知道。

/ 5 /

夭夭在遇到大眼刘时已经知道有马赛这个人存在。那段时间，夭夭一个人独享舞台，唱歌，跳舞，随便她怎么样。小城给她敞开了无数的舞台，生意开张，晚会庆典，婚礼主持，都成了她表演的天堂。她奔跑，蹦跳，摆胯，扭腰，摇摆身体。她扭动她身体的曲线，展现她身体的起伏。她是灵动的，自由的，在舞台上没有谁阻止她的动作。她又是孤独的，没有了刀鱼，她的内心有一块像是跟着没了。她有些恼恨刀鱼，他打开了她的身体，她飞起来了，他却不见了，将她重重地摔在舞台上。他给她开了个玩笑，扔下她不管了。有时她又释怀，他给了她一个舞台，他带走的只是他自己的身体。她不会表演软体柔术，可刀鱼走后，她的身体更奔放了，更舒展了。她的表演是疯狂的，放肆的。刀鱼的身体能够变幻出他想象得到的任何形状，而天天不逊色于刀鱼，她身体的每个细胞都在同她一块儿舞动，欢呼。它们尽情抵达她幻想的任何动作。原始的运动，抽象的演绎，千手观音，肚皮舞，似乎她无所不能。围绕她舞台的风景更加热闹，更加繁华。有一天，她险些在舞台上暴露了她赤裸的身体，她的衣衫在舞动中一件一件凋零，台下的观众都在等待，就在防线快要突破的最后一刹那，她飞快地背转身。他们看到了她一个背影，其实她什么也没有做，只是做了一个欺骗他们的假动作。这种欺骗性的表演给她带来了无穷的快乐。也许她得感谢刀鱼，如果没有他，她说不定仍在同谢沁儿玩着猫捉老鼠的游戏。

天天知道，这种疯狂只是为了掩饰她对刀鱼的思念。她思念他什么，她问自己，只有他的身体，最初刀鱼吸引她的是他的身体，他离开了她思念的也是他的身体。也许身体与身体的关系是最不可靠的，他离开了，带走了他的身体。他的身体同她的身体本来毫无联系，它们的共同点都是身体，除此之外似乎没有别的共同之处。他的身体活在他的空间里，她的身体不能追逐他的身体而去，只能留在了这个小城。她的身体可以做身体能做的任何事情，但与刀鱼的身体，她和他之间那些经常扭结在一起的事情，包括做爱，现在不可能再现了。刀鱼给她的舞台，让她的内心丰盈了，她的身体却空虚得几近透明，近乎成了一具空壳。

大眼刘在天天的身体空洞时乘虚而入。他接近天天的方式很特别，竟然利用的还是刀鱼的身体。他的相机存储了许多刀鱼的照片，折叠的，跪着的，扭曲的，翻腾的，各种姿势的都有。刀鱼在相机里向她微笑着，扮着鬼脸。有一张照片，刀鱼以手当脚，倒立着，而他的脚变成了手，拈弓搭箭，百步穿杨。这是他的经典动作之一，他的身体无所不能，他在变幻着，让人神秘莫测。一切都是如此清晰，一切都恍如昨日。天天控制不住自己，潸然泪下。她的泪因为怀念而流，也因为感动而流。在这小城，除了她，想不到还会有别的人在意刀鱼的身体，用相机替她留住了那些永恒的瞬间。那些照片彼此都是独立的，可是组合起来就成了一个完整的刀鱼。

刀鱼的身体还活着，活在了另一个虚拟的世界。天天能够注视他，却触摸不到他的身体，也闻不到他身体的气息。可有了照片，怀念的时候天天就有了寄托，尽管怀念是虚无的，无形无体。

天天开始留意这个给她照片的男人。他不同于刀鱼，刀鱼的身体是柔软的，阴性的，而大眼刘的身体是阳刚的，硬朗的。他的体形魁梧，身上的线条都是直棱棱的，嘴角，腮，肩膀，好像用斧头砍出来的，哪儿都留下了锋利的棱角。就连他的头发，胡子，眉毛，也都是硬挺挺的直线条。他全身没有柔软的地方，他的力量都呈现在这些紧张的线条中。如果让他的身体像刀鱼一样，那样折叠，扭曲，最后的结果可想而知，大眼刘绝对会碎成无数块碎片，像玻璃一样尖锐的碎片。同大眼刘接近时，天天的身体有了一种不适的反应，她的毛孔在收缩，皮肤在收缩，整个身体硬梆梆的，谁也进去不了。可天天仍然感觉大眼刘就像一把锉刀，威胁着她，她身体的某个部位在流血。她的身体在拒绝他的接近。

可大眼刘给她预备了一个崭新的世界。他的相机里不只藏着刀鱼的身体，也藏着天天的身体。他张开了一张网，等她来钻进去。天天看见了无数个自己。歌唱的天天，奔跑的天天，跳舞的天天。她在舞台上旋转，扭动。她的身体像刀鱼一样变幻出无数的形状。天天简直不敢相信那就是她。有一张照片，不知大眼刘怎么拍摄的，画面上全都是流动的线条，她处在线条的旋涡中心，身体简化成几根弯曲的线条，就像一个不可捉摸的幽灵。也许大眼刘有阴险的一面，他用这种方式俘获了天天。天天在窄小的铺满红地毯的舞台上跳舞，歌唱，这一切都让大眼刘捕捉了，她身体虚幻的一部分，永远锁在了他的照片中。在现实中，天天的身体是自由的，可在那个只听命于大眼刘的世界，天天的身体让他拘留了，怎么也走不出来。

大眼刘用相机记录的世界远不只这些，后来的一天，天天在他的电脑中有了惊人的发现。无数的照片，无数的身体，都是天天不熟悉的人物。他用相机将他们的身体肢解了，有的只有头颅，有的只有修长的腿，丰盈的胸脯，浑圆的臀部，红唇，媚眼。他似乎有意在制造一个残缺的世界。虽然那个世界是虚幻的，可天天仍旧感觉身体寒意森然。这种破碎的阴冷侵入了她的骨头。夭夭陷入了大眼刘虚拟的那个世界。寒冷过后，他又向她揭开了另一个赤裸的世界。脱去包裹身体的衣衫后，她们完全裸露在照片中。乳房是裸露的，小腹是裸露的，身体的每一个部位都无遮无掩，毫无保留。她们的身体鲜明而又真实。这是人体艺术摄影。大眼刘解释说，如果你喜欢，哪天我帮你拍本写真集。夭夭让其中的一张照片吸引了，一个赤裸的身体仰躺在岩石上，周围的世界灰暗得有些模糊，一束天光恰巧笼罩在裸体上。那种圣洁的光芒让夭夭极为感动。夭夭感觉那就是她，是她的身体。在这个赤裸的世界中，她的身体不只自由，而且美丽，圣洁。她忽然想到了那次表演，那个在舞台上的假动作让她无比羞愧。她一定要拍一张相同的照片，让大眼刘替她写真一回，夭夭想。

/6/

对于谢沁儿，夭夭隐隐约约觉察到她一定藏了什么秘密。在夭夭被跟踪被监视的过程中，谢沁儿的生活似乎毫无隐秘，完完全全裸露在夭夭眼前。她每天往返于北门街和医院，除了跟踪夭夭，几乎从不脱离这个线段。不管下雨还是飞雪，生意盎然的春天还是萧瑟的秋天，凤凰山脚下的松林是她的必由之路。除了偶然在松林中感受到她的轻盈外，她的身体比夭夭的身体包裹得还要严密。长裤，长袖的衬衫，高领的毛衣，手套，帽子，围巾，这些都是她偏爱的穿戴。她将她的身体封锁在衣衫之下，无人能见，就像她在北门街那座孤独院落中的生活，无人知晓。在这座小城中，她没有朋友，也没有亲戚。没有人进入她的生活现场。她在医院的清洁工作也不用安排，每天都是重复前一天的内容，拖地板，换床单，清扫医疗垃圾。进出医院的人如流水，可没人会注意一个清洁工。以前每个月她会去财务室领一次工资，后来发了工资卡，连财务室也不需要去了。

谢沁儿的业余生活也相当简单。她不看书，不唱歌不跳舞，静下来的时候就守着一台电视机，之前是黑白的，后来换成了彩色。之前她守着电视机的时间会长一些，后来时间慢慢缩短，到后来很少再开电视机了。有一次，一部电视剧中有一个男女主人公在床榻上缱绻的镜头，刚开始她的目光还停留在画面上，但很快她就啪嗒一声关了电视机。她一脸潮红，呼吸急促，站也不是坐也不是。关了电视机后，她多余的时间就倾注在花草上，也不是什么特别的花草，而是仙人掌，仙人球，仙人柱，几盆几钵，红红绿绿全都有，占据了院子好大一块地盘。经过她的侍弄，仙人掌们长势盎然，刺挺挺的，会开几朵小黄花，夭夭却不敢走近它们，生怕被它们的刺扎着。

夭夭不相信谢沁儿的生活就是这样，也许她看到的只是某种假象，她总怀疑她隐藏着什么秘密。夭夭甚至猜想，有某种外在的力量迫使谢沁儿将自己的身体关闭了，将她的生活封锁在北门街这座破败的院落里。她就一直关闭着自己，不知是她无力打开，还是惧怕打开了会有什么不祥的东西闯进来，或者干脆恐惧有东西进入。这是夭夭的假想，无法找到证据来证实。夭夭回忆，小时候她曾追问过谢沁儿，她的父亲是谁。对这个简单的问题，谢沁儿却是惊慌失措，无语回答。夭夭没有得到答案并不死心，她怂恿酒酒去问陈雪，酒酒的父亲是谁。酒酒却不敢追问，她害怕陈雪会揍她。陈雪的脾气不像谢沁儿那样含蓄，弄不好她就会雷霆万钧。有一天，夭夭壮着胆子询问陈雪，酒酒的父亲是谁。陈雪愣怔了半会儿，但很快清醒了。他死了。这是陈雪的回答，说这话时她并没有发怒，相反眼睛里有光芒闪动，那是泪水的反光。夭夭再问陈雪，夭夭的父亲是谁，陈雪的回答却恶狠狠的，都死绝了，死绝了。她好像在诅咒谁。后来懂事一些，夭夭和酒酒猜测，她们有可能是谢沁儿和陈雪的私生女，她们的家庭是单亲家庭。对这个答案，夭夭和酒酒彼此心照不宣，从不与外人说及。

陈雪的回答说服不了夭夭和酒酒，从她说话时反常的表现推断，十有八九她在骗她们。夭夭和酒酒一致相信，她们的父亲还在某个地方活着，只不过谢沁儿和陈雪不愿告诉她们，或者不想让她们同她们的父亲相见。至于她们阻碍她们父女见面的原因，夭夭猜想不到，酒酒也一无所知。可她们坚信，总有一天她们会同她们的父亲见面。从那个时候开始，夭夭就像谢沁儿对待她一样，她也在暗中观察谢沁儿的生活，侦探她的隐私。她会留意谢沁儿的一举一动，希望能发现什么破绽。她也会背着谢沁儿，翻找她的被褥，衣衫，所有能够隐藏秘密的角落。可谢沁儿似乎经得起她的检验，夭夭没有发现任何让她感兴趣的事物。同处一个院落，同处一室，谢沁儿也没有隐藏秘密的地方。

但夭夭终于有咬住谢沁儿尾巴的时候，有一天，是夭夭十六岁时的某一天，她回到北门街那个院落时，隔着墙就听见有说话声。她是谁的女儿？你说。说话的像个男人，嗓门很粗厚，像砖头一样沉重。你别问我，我不知道，反正跟你没关系。是谢沁儿的声音，压抑着哭腔。你不承认是吧？我去找她问。问话的男人好像难抑怒火。求求你，别去打扰她。这是夭夭第一次听到谢沁儿的乞求，她不相信自己的耳朵，谢沁儿会说出这样的话，而且是哀求的腔调。夭夭听出了墙内的对话或许同她有关。她推开门，见到一个高大的男人叉着手立在院子中央，谢沁儿则捂着脸，蹲在仙人掌旁边的空地上嘤嘤泣泣。谢沁儿见了夭夭，赶紧从地上站起来，抹去眼泪，并且暗示男人离开。男人却对谢沁儿的眼神视而不见，目光全落在夭夭身上。夭夭也不回避，男人打量她她也在打量男人，男人长得浓眉大眼，粗胳膊粗腿，整个人就像座铁塔。他是陌生的，夭夭从来没有见过他。他的粗壮同夭夭的纤细有着巨大的落差，他的身体同她的身体找不到任何相像之处。如果说夭夭是他的女儿，不要说别人不相信，夭夭自己也不相信。那瞬间，夭夭怀疑自己听错了，他同谢沁儿争论的对象也许不是她。你是夭夭吧？男人和颜悦色地朝夭夭走了过来。但他没来得及接近夭夭，谢沁儿就跳过来将夭夭挡在了身后。你走吧，别吓着孩子了。男人让谢沁儿半推半拱送出了门。临出门时，男人回头望了一眼夭夭，那眼神就像大眼刘的相机镜头，直愣愣地对准夭夭。

男人走后好长一段时间，谢沁儿像是做了什么亏心事，在夭夭面前抬不起眼。时间长了，她才慢慢恢复常态，甚至将夭夭盯得更死了。夭夭假装不在意谢沁儿对她的松与紧，心底却暗暗期待男人出现。她的期待最终都落了空，男人后来再也没在北门街现身过。夭夭想，也许男人察觉夭夭不是他的女儿，放弃追问谢沁儿了。偶然的一天，夭夭跟随在谢沁儿身后穿过松林，途经锅炉房时竟然遭遇了那个曾质问过谢沁儿的男人。这完全超出了天天的想象，她一直以为那个男人在远离她们的某个地方，想不到他会在她们的眼皮底下出现。她才明白，谢沁儿为什么会穿过松林，从后山进入医院。她们每次经过锅炉房时都有一双眼睛盯着她们的背影。对于这个遭遇，谢沁儿也许早就预料到了。天天以为男人会拦住她们，谁知男人主动退到了一边，给她们让出了道路。走过去之后，天天回首身后，男人仍然立在原地，痴痴地盯着她们的背影。天天给了他一个微笑，有些和善。男人可能没猜测到天天会向他微笑，慌乱之间不知如何应答，赶紧埋下了头。他看起来五大三粗，其实有些羞涩，天天的笑就有些调皮了。天天打听到男人姓尹，别人都叫他尹师傅，是医院的锅炉工，同谢沁儿和陈雪是一个年代的人。

/ 7 /

当天天问及他认不认识一个叫马赛的男人时，大眼刘没有回答她认识还是不认识。他的沉默是对天天的欺骗，其实他早就知道马赛。不认识某个人，对谁都不是一件奇怪的事情。世界上的人这么多，谁又能认识多少。天天对大眼刘的沉默没有朝深处想，他的隐瞒也没有什么不可告人的目的，只不过那会儿不想多说话而已。而天天呢，完全沉浸于同大眼刘相处的快乐中，其他的事情暂时抛到了九霄云外。大眼刘的身体是霸道的，蛮横的，天天的身体不得不听命于他。可他的身体又愉悦了她的身体，让她的身体颤抖，痉挛。这种时候，刀鱼的声音就在她耳边回响，你放开一些，再放开一些，你就飞起来了。天天追随着大眼刘，一会儿天上人间，一会儿又波峰浪谷。天天揣测，大眼刘的这些经验一定同别的身体有关，他同她们碰撞，交合，而后才有了天天现在的飞翔。大眼刘的身体不属于她一个人，谁的身体都是自由的，谁的身体都不属于别人，仅属于他自己。她在内心感谢刀鱼，是他打开了她的身体，是他教会了她飞翔。天天感觉她的身体在变成兽，或者在还原成兽。她甚至想象，谢沁儿和陈雪都这么想过，这么做过，但她们通往兽的道路被阻断了。她们找不到身体的祖居地，她们被她们的身体放逐了。

对待身体的态度，大眼刘也不同于刀鱼，刀鱼迷恋于自己的身体，迷恋于他的软体柔术，他的自恋是天生的，是他身体不可分割的一部分。大眼刘对自己的身体并不怎么在意，别人见着的是他强势的外表，内在的身体连天天也很迷糊。他对别人身体的迷恋从他的目光中就可见一斑，甚至到了贪婪的地步。刀鱼迷恋于身体的形状，而大眼刘迷恋的是身体的表面，一种身体的幻象。他是一家影楼的摄影师，近水楼台先得月，他的摄影满足了他对别人身体无止境的贪恋。有那么多年轻的身体自愿进入他的镜头，供他观赏，让他拍照。那是身体与身体的自由组合。他们是放肆的，可又甘愿接受他的摆布，他想怎么拍摄就怎么拍摄。他将他们的身体摄入相机内的世界。一旦他们进入了，就永远也逃脱不出来。他们虚幻的照片，照片中虚幻的身体就成了他个人的财产。天天见过的那些照片，有相当一部分来自于影楼。在大眼刘的相机里，天天发现过酒酒的一张照片，唯一的一张，酒酒素颜而坐，左手托腮，眼神忧郁。酒酒的身体同别人的身体多么不同，天天从未见过她的这种神情。不知是大眼刘捕捉到了这个细节，还是酒酒在他的镜头前流露了真实。

大眼刘的迷恋也感染了天天，她比他更热爱照片内的那个世界。不只是因为照片中有刀鱼，而是她领悟到了一个人的身体能够以这种方式保存。无论经历多久的时间，不管在什么地方，她的身体仍然是她的身体，不会变成别人。昨天她穿着超短裙在舞台上蹦蹦跳跳，今天她换了修长的牛仔裤，如果想看到昨天已经不可能了，可大眼刘替她保存了昨天的她。只要她打开他储存照片的电脑，就能够找到自己的过去。过去的每一天仍在，她仍在那个舞台上扭动，摇摆自己的身体，让观众如痴如醉。尽管是虚幻的，哪里还能找到比这更完美的办法呢。大眼刘快成了她的专职摄影师，替她拍摄了更多的照片，几乎一场表演都没有落下。

除了摄影，大眼刘还让天天体会了另一种快乐。他很难有片刻的安静，游泳，登山，攀崖，在乡间的小道上奔跑。他的身体天生就是运动的，在天地之间运动。他们是疯狂的，草地上，树林中，山谷的溪流边，都成了他们的温床。刚开始这种无遮无拦的野合让夭夭很紧张，不过很快她就坦然接受了。树成了他们的观众，草也成了他们的观众。天上有飞鸟，鼻间有花香。夭夭有了一种很奇特的感觉，她躺在树林中，她的身体好像铺陈了整个树林，而大眼刘不过是其中一棵树。她匍匐在草地上，她的身体就是整个草地，他是其中的一根草。她睡在春天里，她的身体就是春天，春暖花开。她在冬眠，冬天就是她的身体，银装素裹。有一次，在夏天，他们在流水中游动着，戏耍着。大眼刘的身体像手掌一样托住了她的身体，他们在水中飞啊飞啊，不知飞向了何方。她的身体成了水，成了鱼。如果不是大眼刘清醒，也许那一次她就会沉睡河底，永远上不了岸。

这些疯狂的日子，大眼刘替夭夭拍摄了许多写真照片。他总能找到那么多场景，夭夭在开满野花的草地上奔跑，睡在满地红叶之上，背靠一棵沧桑的古树，斜倚一堵风侵雨蚀的老墙，身后爬墙虎有力的茎就像无数的手指。夭夭脱去衣衫，她的身体泛着某种光芒。明亮的，柔和的，带着玫瑰红，或镀上了古铜色。她的身体不只是身体，而是身体的雕塑，活的雕塑。她能够变幻一万种颜色，一万种形状，一万种表情。也许她的身体原本就是这样的，真实，可又无可捉摸。有一天，大眼刘拉着夭夭参加了一次大型的野外人体拍摄活动，几个女孩子在众多的镜头下追逐着，嬉戏着。她们是他们请来的人体模特。模特，写真，人体艺术。夭夭想他们真能找到语言，身体就是身体，不需要这么多花花哨哨的语言，也不需要这么多虚伪的装饰。无论是欲望，还是他们说的人体艺术，他们都在贪恋她们的身体。这些词语只不过是他们的借口，夭夭取笑过大眼刘。

他们的疯狂最终酿出了苦果。夭夭怀孕了，她的身体在变形。原本平坦的小腹慢慢隆了起来，像揣了一个小小的包裹。这个包裹是个魔，是会生长的癌，她怎么也包裹不了它，就像谢沁儿无法包裹她的身体一样。她在舞台上笨拙了，她的身体像灌了铅。她扭动不了她的腰肢，更不敢裸露她的身体。她害怕它会吞噬她的身体。她必须将它除掉，将它从她的体内驱逐出去。她不敢上谢沁儿所在的医院，大眼刘陪同她去了一趟省城。她躺在手术台上，那种锥心的痛险些将她的身体掏空了。她以为自己会那样死去。天天的身体残缺了,她的一部分扔进了医院的垃圾桶。这是对她的惩罚,对她放纵的惩罚。可天天又想,如果早知道保护自己的身体,她就不会有这个遭罪的过程。如果谢沁儿和陈雪知道如何保护她们的身体,那天天和酒酒就有可能不会来到这个世界了。天天的出世也许就是对谢沁儿的惩罚。

/ 8 /

谢沁儿同尹师傅的关系是个谜团,让天天很费解。她的父亲是不是尹师傅,还是她的父亲另有其人,谢沁儿为什么对她隐瞒这些,这一连串的问题纠缠着天天。谢沁儿是天天的亲生母亲,可制造天天身体的另一半——父亲,现在何方。就算尹师傅不是她的父亲,至少他是谢沁儿的熟人,或许熟知谢沁儿刻意隐藏的这些秘密,有可能他会帮她解开这个谜团。

天天怀着这种希望去接近尹师傅。从外表看锅炉房像个庞然大物,可内部空间差不多让锅炉全占去了。天天进去时尹师傅正在往炉膛里添煤,根本没发觉有人进来了。火光从炉膛里泼出来,染得他一身红亮。他的背有些驼,已经显露了身体的老态。锅炉房弥漫着一股刺鼻的煤气,天天咳嗽了一声,尹师傅才抬起头,煤铲都未放下就僵在了原地。天天的到来让他很是意外。天天只好向他笑了笑,说,我渴了。尹师傅慌忙丢下煤铲,穿过过道,钻进了锅炉房右侧的屋子。进去老半天,才捧出一只小桶似的茶缸,茶缸里结了老厚一层茶垢。他的手很粗糙,指甲缝里塞满了黑泥。这只手老了,他的年纪看上去比谢沁儿大一些。天天接过茶缸却不喝水。尹师傅憨憨地瞅着天天,两只手掌不住地摩挲着,表情有些发窘。天天同他的谈话也不顺畅。你是我妈的朋友吗?天天问。是,哦,不是,是不是。尹师傅的回答结结巴巴,后来可能感觉连他自己都不明白在说什么,便开始摇晃脑袋。天天不得不重复了一遍问话,尹师傅又多摇了几次脑袋。你认识我妈妈?天天又问。不认识。尹师傅又摇了几下脑袋,可接着又点头承认,哦,认识,认识。也许他想他同谢沁儿在一所医院上班,说不认识她有些不合常情。你是谢沁儿的女儿？他反问过天天一次。天天点点头，之后的谈话再也没有什么结果，也没法往深处谈。尹师傅不知是不善于同女人交流，还是故意装憨，表达的意思总是含糊不清，天天听得云里雾里。也许谢沁儿同他早串通好了，让他在嘴边加了一把锁，天天离开时想。

不管谢沁儿和尹师傅如何掩饰，天天断定他们之间存在某种关系，究竟是怎样的关系，她想到了另一个人陈雪，也许她有可能知道。有段时间，天天同酒酒走得特别近，她们本来就是少时的伙伴，这内在的原因深究起来恐怕是谢沁儿和陈雪的关系在起着微妙的作用。谢沁儿和陈雪的关系看起来冷淡，但陈雪是进出北门街那座老院子唯一一个自由的人。正是因为这种自由，才透露出她同谢沁儿的关系非同一般。天天接近酒酒，目的在于接近陈雪。酒酒并不知道天天玩的心眼，从小到大，天天都是一个让她信赖的朋友。酒酒不同于天天，酒酒天生就是安静的，甚至有些不合群。天天同一帮孩子疯玩，踢毽子，荡秋千，老鹰捉小鸡，酒酒就在旁边坐着，一动不动盯着她们看。她的眼神小时候就很迷离，完全不像一个小孩子。天天生在二月，酒酒生在同年四月，天天是姐姐。天天平常疯着，对酒酒却是照顾有加，酒酒在谢沁儿面前也替天天守口如瓶。天天对酒酒的照顾也只限于外表，酒酒会自己照顾自己，洗衣做饭，打扫卫生，什么活都会干。陈雪偶染病痛时，也是酒酒端茶送水。长大后，谢沁儿的拘束也起不了多大作用，背地里天天依旧疯狂。她画眼描眉，抹口红，涂胭脂，画指甲。谢沁儿恨不得将她的手指甲脚趾甲全剁了。她的恨终究解决不了问题，天天的身体该红的地方依旧红着，甚至她还想过纹身，因为害怕针刺的痛苦才放弃了。酒酒同天天刚好翻了个个儿，谢沁儿的教育没在天天身上产生影响，却熏陶了酒酒。酒酒依然文文静静，在一家影楼做收银员，每天端端正正立在柜台前。天天也揣摸不透酒酒内心有什么想法。酒酒有过一些小动作，比如她利用上班的便利，偷偷拿过几本影集同天天一块儿观看。都是客户没来得及拿走的婚纱照，画面上的装束几近相同，洁白的婚纱，被摄影的对象一律捧着花，机械地面对镜头，机械地笑着。她们的身体是笨拙的，僵硬的，天天很不喜欢这样的照片。酒酒却是无比羡慕，眼睛里都有了光芒。酒酒还给过天天多次的意外。有一次她拿过一本影集，里面全是大眼刘的照片，像是他的写真集。嬉笑的，扮着鬼脸的，沉思的，都是夸张的表情。他的眼睛为什么那么大，酒酒用手摩挲着大眼刘的照片喃喃说。她的话让天天心里咯噔了一下。还有一次，一个很偶然的机会，天天偷看到酒酒身体的一个细节，在她的肚皮上，接近小腹的位置，有一块细小的纹身，是一只鸟在振翅欲飞。那一刻，天天都有些震惊了。就是这个细小的发现，天天彻底改变了对酒酒的看法，她读不懂她，但她对酒酒没有说破。

　　酒酒进入北门街时四岁或者五岁，这个时间天天没有确切的记忆。后来她才慢慢了解到酒酒为什么会来到北门街，完全是因为陈雪婚姻的失败。酒酒进入北门街一次，陈雪的婚姻就失败一次。前前后后加起来，酒酒进入北门街五次，陈雪也就经历了五次失败的婚姻。第一次，陈雪嫁给了某个村子的一个木匠，木匠姓张，酒酒跟着姓张。陈雪忍受不了村子里单调的生活，苦熬了几年，最终一走了之，又无处可去，才进入了北门街同谢沁儿为伴。第二次陈雪嫁给了一个酒鬼，酒鬼姓胡，根本不在意酒酒姓什么，只要他有酒喝。陈雪的日子跟着过得酒醉糊涂，颠三倒四。陈雪的第三任老公是个茶场下岗的职工，锄了半辈子茶苑，下了岗锄不了茶苑，就拿陈雪当茶苑天天锄，锄锄都是折干断茎。陈雪回到北门街时养了大半年，才将身体上的瘀紫消除。经历了三次失败的婚姻，陈雪依然不肯安静，像是对结婚离婚上了瘾。后来的婚姻时间越来越短暂，第四次过了半年，第五次仅维持了一个多月。酒酒跟着改了三四次姓，在北门街搬进搬出三四次，后来干脆单独租了房，同陈雪分开过起了日子。陈雪可能也厌烦了，不再搬进北门街。北门街院子的西厢房始终空着，哪一天如果陈雪搬回去住了，也不是什么怪事。

　　天天原以为酒酒会知道陈雪很多事情，了解了陈雪说不定谢沁儿的历史也就弄清楚了。天天始终坚信自己的判断，谢沁儿和陈雪她们有着必然的联系，甚至有可能有过一段相同的历史。天天接近酒酒也是徒劳的，对于酒酒出生之前的生活，陈雪没有吐露过半个字，她们不约而同对天天和酒酒隐瞒了那段历史。酒酒也羞于谈论陈雪。天天也问过酒酒，想不想知道自己的父亲是谁。酒酒的回答很简单，知道与不知道又有什么区别，无非让她再改一次姓，不姓陈就是姓马姓周或者姓梁姓赵。她甚至说了句让天天吃惊的话，她见了男人眼睛就放光，恨不得将他们吞到肚子里去。酒酒说的是陈雪。酒酒似乎将陈雪从她的生活中剔除了。而陈雪也好像忘记了有这么个女儿，她的热情全部投入了结婚离婚的游戏。天天想她必须去找陈雪，直接追问她。

天天找到陈雪时陈雪正同一个半老的男人谈论什么，嘀嘀咕咕的，两颗脑袋凑在一块儿掰也掰不开。这是两具正在衰老的身体，男人的头发白了一半，女人的身体变了形，已经不见了腰身。天天在他们旁边站了老半天，男人才注意到她，他示意陈雪，陈雪才回过头。陈雪的眼睛很迷惑，不知天天为何会找她。她将男人打发走了，男人走了几步远回头看看她们，走几步又回头看看她们。陈雪朝男人挥了挥手，男人这才不再回头了。天天的问题很直接，尹师傅是她父亲不。面对天天逼视的双眼，陈雪丝毫没有怯意，而是一脸的警觉。你问这个干什么，你该去问你妈。陈雪同样直视天天。那一瞬间，天天明白了她突破不了这个女人，可又不甘心。那么酒酒的爸爸呢？他是谁？天天反戈一击。天天想错了，这个问题并没有起到反击的效果。她原来就此追问过陈雪。陈雪的脸只是灰暗了一下，很快就将天天的问话堵死了。这个就更不该你来问了。陈雪的声音冷冰冰的，拒人于千里之外。

/ 9 /

大眼刘对天天说，马赛是苏小卒的父亲，亲生父亲。天天狐疑地盯着大眼刘，不怎么相信他的话。他只好补充说，苏小卒随他母亲姓苏。大眼刘说这话的时机不对，天天认识苏小卒没多久，正同他火热。她以为大眼刘的话隐藏了某种阴谋，他不可能吃醋，他对于她的身体是不留恋的，他留恋的也许只有相机里虚无的影像。可天天听见这话时身体莫名其妙地颤抖了一下，有种冷在她体内游动。她的身体似乎在向她暗示什么。

认识苏小卒之前天天做过一个梦，她梦见自己赤身裸体在一条弯弯曲曲的巷子里奔跑，转过一个弯，又转过一个弯，已经记不清转过多少弯了，巷子依然曲曲折折。后来她发现巷子两旁的墙壁不是砖砌的，也不是水泥的，而是人墙，一具具赤裸的身体，死死盯着她，向她呵着冷气。巷子起风了，是阴风，越吹身体越阴冷。天天只有拼命奔跑，一步也不敢停歇。她必须尽快找到出口，从巷子里逃出去。巷子里的光线越来越暗淡，黑暗越来越黏稠，她好像身陷泥沼中，每迈一步都非常吃力。她大口大口地吸着气，努力挪动自己的身体。她有种奇怪的感觉，她不是在奔跑，而是向黑暗中跌落，下跌速度越来越快，耳边都能听见嗖嗖的风声了。她不知道自己会坠落何方，她的眼前虚无一片。她觉得好像是在自己的小肠内奔跑。拐弯，拐弯，没有尽头。转过一个拐角，突然无路可去，巷子让什么堵死了，那东西像只企鹅又像只熊猫。快进来吧。那东西的肚子裂开了一道缝隙，有个声音冲她喊叫。她什么也没想就一头撞了进去。她的身体碰撞在一种坚硬的物体上，哎呀一声，她痛醒了。摸摸枕边，大眼刘不知什么时候离开了，只有她的身体孤独地占据了整张床。

天天反思过这梦，她好像在恐惧什么，又像是会遇见什么。大眼刘的身体是不可靠的，他有他的自由，随时可以离开。其实任何一个人的身体对别的身体都是不可靠的，不值得信赖，它们有各自的自私，任性，又有各自的完整，和不可分割。喜欢一个人的身体，可谁也不可能带走一个人的身体。天天胡思乱想着，想不出什么结果。天天一个人在舞台上跳着舞，唱着歌。她是孤独的，她的身体是孤独的。这样的时候很容易让她怀想刀鱼。那逝去的日子多么美好，多么温馨。她欢歌劲舞时刀鱼就在同一个舞台表演软体柔术。这种场景现在只有大眼刘的照片中才有。该死，又是大眼刘，照片。她身体的一部分似乎被那个虚幻的世界软禁了。她想到刀鱼，可立刻又想到了大眼刘，由一个身体过渡到另一个身体，她在他们之间摇摆，徘徊。天天无比感伤。

有一天，天天的目光在舞台之下漫无目的地游弋。她突然遇上了一双眼睛，那双眼睛放着光，光芒全照耀在她的身体上。那种光芒是稚嫩的，纯真的，夭夭身体的某个部位让他照亮了。可是她瞧不见他的身体，他躲藏在一只巨大的企鹅中，在舞台下来来回回。他在给商家散发宣传单。一群孩子跟着他走来走去，他们摸摸他藏在翅膀下的手，又瞧瞧他的眼睛。他们对企鹅体内的那个身体充满了好奇。有孩子模仿他的脚步，一步一步，走得滑稽可笑。他们的父母让他们逗乐了，在呵呵笑着，可分不清谁是谁的父母。夭夭想到了那个梦，梦里那个堵在巷子中间的动物，原来就是企鹅。她要遇见的就是这个藏在企鹅体内的人。

　　我认识你，你叫夭夭。苏小卒从企鹅的肚子里钻出来，向她傻傻地笑着。我叫苏小卒，你的忠实粉丝。

　　这是个稚嫩的身体，稚气的眼神，稚嫩的嘴唇，稚嫩的手，稚嫩的躯干。他的脸是娃娃脸，脸上的神情除了阳光，还有羞涩。唇边的胡须是浅色的，没有成熟男人的粗犷。他的声音也是稚嫩的，甚至有些奶声奶气。只有他的鼻子高挺，有几分男人的气质。夭夭听人说过，男人鼻子高挺，他身体的某个部位也是高挺的。也许他的稚嫩是种假象，他的鼻子暗示她，他是个熟透了的身体。可在夭夭眼里，他是稚嫩的，他让她想起了大眼刘陪她去省城医院的经历，她身体的某个部位隐隐作痛。她有了一丝错觉，苏小卒仿佛是她丢弃的孩子，他来找寻她了。夭夭的内心起了惶恐，不知该拿这个孩子怎么办。她无法抑制身体的战栗。

　　刚开始，夭夭就想着如何逃离苏小卒，她必须逃离他，她不能被自己丢弃的东西捉住了。可夭夭无处躲藏，她走到哪苏小卒就跟踪到哪，他围绕她的舞台，将她死死包围。他比谢沁儿更固执，不给她喘息的时间。夭夭想拿大眼刘做挡箭牌，大眼刘却不近她的身。他在隔岸观火，瞅着她让另一个身体纠缠，他冷眼她的狼狈。大眼刘不属于她，她也不属于大眼刘。他同她分开了，成了两具毫无瓜葛的身体。

　　夭夭的挣扎只不过拖延了时间，最终没有逃离苏小卒。她对他的身体也是好奇的，他整天藏在企鹅的肚子里，不知他的身体会是怎样。他是柔软的，还是刚性的。她想到了那个梦，梦里那种阴冷的感觉让她不寒而栗。当他抱住她的身体时，她好像被他蜇了一下，他的身体同梦中的感觉决然相反，他的身体是炙热的，像裹了一个世界的火。也许他身体的热量让企鹅包裹住了，丝毫没有走失。火焰围困着她，舔食着她的身体，她的身体也着火了。她在软化，又在焚烧，她的身体一块一块脱落，在火中化成了灰烬。他是个饥饿而又贪婪的孩子，好像从来没有吮吸过乳汁。他快要将她的身体吸干了，她的身体成了空壳，轻飘飘的。他的动作是凶狠的，霸道的。他无法控制自己的力量，也不懂得控制自己的力量。他让她想到了一个被拒之门外的孩子。他被人抛弃了，渴望回到他的世界中。他哭着喊着，用他的身体撞击着封锁他的门。他害怕被外面的黑暗吞没了。他的撞击让她快乐而又痛苦不堪。她是他的企鹅，她是他的母体，只有她的身体是他安全的庇护所。妈妈，让我进来吧。他在她耳边叫喊。她模仿梦中那只企鹅的声音对他说，快进来吧。她因为堕胎而残缺的身体等待他来填充。她的内心充满了对他的怜爱和悲悯。她在同他一块儿毁灭。自由地毁灭，心甘情愿地毁灭。

/ 10 /

从北门街出走之后，谢沁儿似乎放弃了对天天的追踪。她努力过几回，可天天有刀鱼的掩护，她捉不到她，更不可能将她拘回北门街。每一次天天跳上刀鱼的摩托车，谢沁儿的脸很快就让烟雾淹没了。这种猫捉老鼠的游戏不知什么时候才能结束，天天不知道。谢沁儿的眼睛是绝望的，背影是佝偻的，她的身体在快速地苍老。有一天，天天注目谢沁儿飘动的白发忽然有了恻隐之心，也许她不该这样对待她，她是她妈妈，是她的母体。可天天想到北门街那个破败的院落，立刻将这份感情掐灭了。她不愿意拿这份感情交换她现在的自由自在，换来谢沁儿的包裹和跟踪。她的舞台可以在小城任意一个地方，整个小城都是她的舞台，而不仅仅是北门街那个局仄的院子。她的身体也不仅仅属于谢沁儿，而应该属于小城无数的观众。她旋转，摇摆，扭动，她炙热的身体，火辣辣的动作，都是她献给观众的礼物。刀鱼走后，天天有过一阵惶恐，担心谢沁儿会揪住她不放。她总感觉有一双眼睛在暗处盯着她，她走到哪她就盯到哪。她看不见她，可真真切切感觉到她的存在。她的这种感觉似乎又是错觉，她同大眼刘在一块儿，谢沁儿没有跟踪她，她同苏小卒在一块儿，也没人跟踪她。她不相信谢沁儿就这样让她打败了。她趁谢沁儿上班的时间偷偷溜回北门街，院子空落落的，并没有因为天天的离开而产生任何变化。她离开时什么样子，现在仍旧什么样子。西边的房子空着，枇杷树只有厚绿的叶子，早过了吃枇杷的季节。场地上仙人掌比以前更茁壮了，它们的刺让天天望而生畏。

天天不想同谢沁儿遭遇，可偏偏就遇见了。有一次，她返回北门街时让谢沁儿堵在了院子里。天天正准备出门，门却主动开了，谢沁儿把住了出口。她摸准了天天暗地里在进出北门街。天天无路可逃，只有束手就擒。谢沁儿却不见什么动作，只是死死地盯着她，她的目光比刀子还要锋利，几乎能将她杀死。天天豁出去了，不管谢沁儿对她怎样，她决不会低头。天天的倔硬换来了谢沁儿的缓和，她的语气里有了绵软。天天，搬回来住吧。谢沁儿乞求天天。天天拿定了主意，软硬都不吃。谢沁儿只有让出了道路，天天拔腿就往外走。你要是跑出去，姐就死给你看。谢沁儿发了狠。天天却不理会她的威胁，一步不停朝门外走去。她知晓她不会这么做，她不过是吓唬她。你今天出了这个门，就永远不要回来了。谢沁儿冲着天天的背影叫喊，可她的叫喊软弱无力，天天一个字也没有听进去。

走出北门街后，天天很清楚地知道，谢沁儿让她打败了。她以后是自由的，谁也管不着她。在她眼里，谢沁儿是强大的，她将她的身体死死包裹着，针扎不进，水泼不进。她的内心应该足够坚硬。结果却如此不堪一击，她彻底溃败了。天天听见她在她背后嘤嘤泣泣。天天没有回头，如果她这时候回头，那么之前所做的努力全泡汤了。谢沁儿对她的拘管也许出于母性的本能，并不存在其他原因。天天想说服自己。

天天犯了一个错误，不该放松对谢沁儿的警惕，谢沁儿的退让并不是对她的放弃。她丝毫没有放任她，她仍在暗中跟踪天天。有一天，天天返回她的住处时，发现房门敞开着。她以为遭了贼，进了门却见谢沁儿坐在客厅的沙发上。她正在翻看一本影集，那是大眼刘替天天拍摄的写真。她的手不停地颤抖，她的身体筛糠似的抖个不停，好像随时有可能跌倒。她的脸是苍白的，是那种惊恐的白色。她一边翻看，一边低声说着什么。她恐惧夭夭的影集，可又舍不得丢开，连夭夭进门她也没有发觉。夭夭故意跺了两声脚，她才抬起头，并没有其他动作。她坐在那儿，两眼呆呆地盯在夭夭身上。她的眼神是死寂的，她的大脑好像失去了思索的能力。好半天，她才发出声来。你会挨枪子儿的！你会下地狱的！谢沁儿用沙哑的声音诅咒夭夭。她用力撕扯夭夭的影集，将夭夭的照片撕成无数的碎片。她将碎片扬起来，扔到夭夭身上。你看你干了什么蠢事。谢沁儿趴在沙发上号啕了起来。

　　夭夭猜不透谢沁儿为什么如此激动，她竟然会诅咒她。她的诅咒让夭夭感觉莫名其妙。她并没有做什么恶劣的事情，无非就是几张照片，绝对不会挨枪子儿，更不会下地狱。如果真像谢沁儿说的，地狱早就没有夭夭的位置了，大眼刘相机里的那些身体足够占领整个地狱。可谢沁儿不会无缘无故诅咒她，她绝对有她的原因。她的原因说不定就隐藏在她的历史中，那些夭夭所不知道的生活。谢沁儿，陈雪，尹师傅，他们向她隐瞒了什么。她必须找到他们隐藏的东西，将它们挖掘出来，不管它们藏得有多深，藏得有多隐秘。

　　终于有一天，夭夭在北门街有了惊人的发现。她在一个墙洞里找到了一个笔记本，那是一个蓝色封皮的本子，颜色已经颇旧。夭夭以为本子上会记录着什么，翻开看过却是空白一片，只有其中一页上写着几个名字：花脸，青皮，尹长清，这三个名字写成一排。还有一个名字：马赛！单独成一行，马赛的名字之后是个惊叹号。她又逐页翻看了一遍本子，只有这几个名字，其余都是空白。这是四个人的名字，花脸，青皮，似乎是别人的绰号。尹长清和马赛，这两个名字也许是真实的。她瞄准了尹长清，他会不会是尹师傅。后来，在本子的封皮内又有了新的发现，夭夭找到了一张照片，照片虽然发黄了，可画面依然很清晰。画面上是一个年轻的身体，挺立的双乳，修长的腿。她对着镜头微微笑着。她的笑是骄傲的，她的身体是骄傲的。瞧到仔细处，夭夭发现照片上的人竟然是谢沁儿，年轻时的谢沁儿。这也是夭夭第一次见到谢沁儿的裸体。夭夭试图拿照片上的身体同她的身体比较，那时的谢沁儿是丰满的，虽然是黑白片，可她的身体像镀了一层诱人的光泽。她的窈窕盖过了天天，这是天天的结论。

谢沁儿为什么拍摄这张照片，出于对自己身体的迷恋，还是为了珍藏身体的记忆。那个替她拍照的人是谁。这张照片勾起了天天的好奇，她猜想谢沁儿是不是在拍摄写真，或者她就是个人体模特。照片的背后应该隐藏了谢沁儿的一段生活，可天天无法追问她，那到底是怎样的生活。笔记本上的名字，那些人也是知道真相的，不然谢沁儿不会留下他们的名字。天天决定去找尹师傅，说不定能从他身上找到突破口。他有可能就是尹长清，那四个名字中的一个。

尹师傅见天天进了锅炉房，以为她又口渴了，赶忙替她泡了一杯茶，是个刚买的茶杯。他似乎预料到了她还会来。花脸是谁？天天接过茶杯时轻描淡写地问了一声。她的腔调是伪装的，她要给他一个猝不及防。她收到了预期的效果。好像有件重物砸中了尹师傅，砸中他的脑袋，自上而下，他的身体跟着剧烈地震动了一下。他的眼神也在急遽变化，先是狐疑，不确定，后来就固定在天天脸上。谁是青皮？天天一步也不放松，又逼问了他一句。这声逼问彻底击垮了尹师傅，他控制不住身体的晃动，他的身体迅速矮了下去，蹲在了地上。他的脸本是黑色的，现在变成了铁青色。您怎么了？天天假意关心他。她的脸上还浮着微笑。正是她的这种表情让他相信了，她全部知道了，什么都知道了。您就是尹长清。天天对于这具弯曲的身体突然有了某种同情，她得到了答案，尹师傅就是尹长清，她没将答案说出来，也没必要说出来了。

/ 11 /

也许大眼刘不该告诉天天马赛是苏小卒的父亲，如果他不说，天天有可能永远也找不到马赛，或者她会放弃自己的寻找。大眼刘说出这个秘密也得到了应有的惩罚，有一天攀崖时，他从断崖上摔下去了，血肉模糊，面目全非。一具身体的毁灭竟然如此简单。天天不敢相信那就是大眼刘的尸体，全身软塌塌的，没有了一根骨头。夭夭连着做了好多天的噩梦。

梦醒之后，夭夭要做的第一件事情就是如何摆脱苏小卒的纠缠。每一次热烈过后，苏小卒都是泪流满面，他的泪水是无声的，又是滚烫的。他久久伏在夭夭身体上，不愿意离开。好像只要脱离了她的身体，他就让她彻底抛弃了。他是个被关在门外的孩子，敲了无数次门，都没人放他进门。他从企鹅腹中脱出来，仅仅认识了夭夭。或许他认定了夭夭就是他的母体。他必须捉住她。他的固执和坚持让夭夭觉出了某种可怕，她不属于他，她的身体不能同他一块儿装进企鹅的腹中。她也不能让他焚毁了她。她的身体只属于她自己，属于那个舞台。她对他有过怜悯，可她不能让这种怜悯束缚了手脚。就像她不能念及母女之情而容忍谢沁儿的包裹一样。她想慢慢疏远苏小卒，也许时间会在她和他之间竖起一堵墙。她的阴谋也许让他识破了，他死死地追着她，不让她有喘息的机会。夭夭只有将自己隐藏了起来。她退掉了现在的房子，另找了一个僻静的地方，关了手机，甚至放弃了舞台上的表演。

夭夭的身体突然安静了下来，但这种安静是短暂的，大眼刘除了告诉她马赛是苏小卒的父亲，有关马赛的其他事情他没说半个字。她必须通过苏小卒找到马赛，这是条捷径。夭夭一反常态，戴上墨镜，穿上男性服装，将自己彻头彻尾包裹了。她必须隐藏自己，她在跟踪苏小卒，可又不想让他看破她。才跟踪了两三回，夭夭就发现了她的目标。她丢下苏小卒，暗暗跟上了马赛。马赛的日子过得很悠闲，每天在大街上游来荡去，好像没什么目的。他有可能退休了，可他的身体并不见什么衰老的迹象。头发是漆黑的，脸上看不到皱纹。他的块头比大眼刘还扎实，立在街边，就像一座铁塔，那气势压死人。夭夭内心隐隐有些惧怕，他的身体似乎是一种重磅的武器，随时可以消灭她。她在他身后跟随了好几天，不知怎么去接近他。有一天，夭夭注意到马赛的一个细节，他在闲逛，他的眼睛却离不开女人。每当有年轻的身体从他身边经过时，他的眼睛就有一种躲躲闪闪的光芒。他的目光在她们浑圆的臀部和修长的双腿上爬行。那一瞬间，夭夭找到了抵达他的途径。

天天摘去墨镜脱去伪装时，马赛的眼睛像是两只鱼钩，完全让她的身体勾住了。她几乎没费任何力气，就靠近了马赛。你叫天天，桃之天天的天，不是妖精的妖。马赛说。天天怔住了，他早就认识她。她在舞台上表演时，有可能他就混杂在观众中间。她的身体，她的每一个动作，他都看见过。她的歌，他也听见过。是她主动表演给他观看的。像马赛一样的观众小城中不知有多少，无论她走到哪，他们都能一眼认出她。她的身体已经无处躲藏。我是陈雪的女儿。天天第一次撒了谎。她在试探马赛，可又不想说出谢沁儿的名字。马赛的目光有些茫然，他在记忆中努力搜索，陈雪是谁。天天白费心机了，马赛摇了摇头，想不起陈雪是谁了。

第一次同马赛接触，天天颗粒无收。她有些沮丧，白费了这么大的力气，也许她应该将花脸青皮尹长清谢沁儿，将这些名字全部抛出来，也许他们当中有一个能唤醒马赛的记忆。你母亲是不是保险公司那个陈雪？有一天马赛突然问天天。他的神情是警觉的，对天天像有一种戒备。不是。天天矢口否认。她预感他一定知道陈雪的事情，如果她是陈雪的女儿，他有可能什么也不会告诉她。天天解释说她的母亲在乡下，他不可能认识。马赛的表情将信将疑。

天天的努力最终消除了马赛的戒备，他破解了谢沁儿苦心隐藏多年的秘密。其实并没有什么秘密，只不过被很多人遗忘了。马赛说起了1983年北门街那起流氓团伙案。马赛说到了花脸，青皮，尹长清，还有几个天天没听说过的名字。他们一伙流氓在一块儿鬼混，观看黄色录像，拍摄裸照，淫乱。花脸是他们的老大，长得很帅气，在北门街开了家照相馆，一大群的女孩子包围着他。在暗室里同他鬼混的女孩子就有十多个，搜出来的裸照有三百多张。花脸和青皮几个后来被判了死刑，枪毙了。尹长清被判了十五年有期徒刑。马赛还插叙了一件事情，严打时花脸逃跑了，是马赛他们几个在邻县一处西瓜棚里抓获的，马赛是治安大队的副队长，抓捕队伍就是他领队。花脸枪毙后据说有一个女孩子为他殉情跳了河，让一个钓鱼的救了起来。那么陈雪呢？天天问。陈雪是个受害者。马赛说，好像有几个女孩子让他们弄大了肚子，到底被谁弄大的，连她们自己都弄不清。其中有个姓谢的，就住在北门街。

马赛在拿1983年的那件案子取悦夭夭，其中的一些细枝末节说得绘声绘色。这就是谢沁儿和陈雪隐瞒的历史。身体之外无秘密。她们坚守了那么多年，顷刻之间就土崩瓦解了。她们完全赤裸在夭夭面前，体无完肤。难怪谢沁儿不敢告诉夭夭，她的父亲是谁，原来连她自己也不知道。夭夭没有窥破私密后的任何快感，她的身体突然有了一种沉重的感觉，往下坠落，不断下坠。她不知她的身体会坠落到什么地方。之前的那个梦境又重现了，她赤身裸体在一条弯弯曲曲的巷子里奔跑，转过一个弯，又转过一个弯。巷子两旁赤裸的人墙死死盯着她，向她呵着冷气。巷子起风了，是阴风，越吹身体越阴冷。夭夭只有拼命奔跑，一步也不敢停歇。她是流氓。有人指着夭夭在嘶喊。流氓是什么？夭夭很迷乱。花脸是流氓，青皮是流氓，尹长清也是流氓。那谢沁儿呢？陈雪呢？她们也是流氓？夭夭不知道，就连她自己是不是流氓她也不知道。夭夭想起了那张照片，谢沁儿一脸骄傲的笑。那一定是花脸拍摄的，那是作为流氓证据的裸照还是人体艺术照，夭夭无法分辨，在她的意识里，花脸和大眼刘，他们是不是同一个人，她也无法区分。也许谢沁儿不是受害者，而是参与者，享受了身体的愉悦。她曾经成为了他们的兽，她自己的兽。夭夭猜想，谢沁儿有可能出卖了其中的某个人，或者出卖了他们。她控诉他们侵害了她，侵占了她的身体。她因此逃脱了惩罚。夭夭甚至猜想，谢沁儿会不会是那个为花脸殉情的女人。夭夭对谢沁儿有了锥心的鄙夷。

/ 12 /

夭夭回到北门街时，谢沁儿正在翻箱倒柜，院子里一片狼藉，到处都是呛人的灰尘。所有的东西都摊在地板上，抽屉，散乱的书籍，翻倒的椅子，一些坛坛罐罐。有一只泡沫拖鞋落在仙人球上，尖锐的刺将鞋底扎穿了。谢沁儿掀起这个，又放下那个，什么也没有找到。她一屁股跌坐在地上，脸上是绝望的惨白。夭夭立在一旁冷眼看她，等她静了下来，她才将那个蓝色的笔记本扔出手。笔记本啪嗒一声掉在地上，着地之前从它的肚子里溜出来一张照片，照片飞舞了两个"之"字，也落到了地板上。别找了，你要的东西在这儿呢。天天的声音有几分森冷。她的话音未落，谢沁儿的身体朝前一扑，将照片捉住了。她就埋着身体趴在那儿。她的双肩在轻轻颤动，她的身体跟着在哆嗦。她在无声地哭泣。天天没去搀扶她，她已经俯首在地了，天天也没法将她搀起来。天天转过身，一言不发离开了北门街。

　　在要不要将马赛说的事情转告酒酒时，天天犹豫了好久，最后才说服自己酒酒应该知情。可她去晚了一步，酒酒竟然自杀了。她吞下了整整一瓶安眠药，等到发现时她的身体早已冰冷了。天天猜不透酒酒为什么会厌世，清理遗物时才知道她的离世同大眼刘有关。这是一个真实的殉情故事。酒酒同大眼刘在同一家影楼工作，酒酒离世时胸前搂着一张大眼刘的照片，照片上的大眼刘背着盛装摄影器材的包裹，回头笑对镜头。照片背后有一行字：你带走了我的心，为什么不连同我的身体一块儿带走？地上有一堆灰烬，灰烬里能见到照片的残片。大眼刘不知替酒酒拍摄了多少照片，都让酒酒付之一炬了。也许酒酒在焚毁照片的那个瞬间也焚毁了自己的身体。她是如此绝望，根本不想在这个世界留下任何痕迹。

　　酒酒的殉情超出了天天的想象。这么长时间，她都不知道酒酒深爱着大眼刘，更让她意想不到的是酒酒会殉情。她回想起同酒酒一块儿观看照片时的情景，酒酒纤瘦的指头在大眼刘的照片上摩挲着。他的眼睛为什么这么大。酒酒喃喃自语。也许从那个时候开始，酒酒就在暗恋着大眼刘，只是天天没有察觉。天天有些恼恨自己，她同酒酒交往那么深，可酒酒在想什么，她什么都不知道，酒酒也不对她透露半个字。天天就是个傻蛋，除了自己的身体，她还知道什么。

　　酒酒的自杀可能让陈雪彻底绝望了。没过一个星期，陈雪因为投毒被公安部门逮捕了。陈雪租住在一座四合院里，院子里还租住着几个年轻人。陈雪的供词上说，那帮年轻人彻夜不眠，男男女女，嬉嬉闹闹的，吵得她心神不宁。她将买来的农药调在饮料里送给那帮年轻人喝，有几个中了毒，幸好及时送到医院，才没弄出人命来。天天去看望了陈雪一次，除了天天，也许没人探视她了。陈雪的精神状态并不憔悴，见了天天只不过笑了几声，再也无话可说。

天天的身体空荡荡的。就像走下手术台的那一刻，她的身体不知被谁掏空了。她在大街上漫无目的地走着。她就是一具行尸走肉。满大街都是流动的身体，满大街的行尸走肉。遇上马赛之后，她才醒过来，她想要干点儿什么，也该干点儿什么。她将马赛带往她的住处。马赛跟在她身后一声不吭，连脚步都悄无声息，可她听见他的体内有种激越的声响，在狠命地撞击他的身体。他在微微晃动，好像把持不住自己的身体。她回过头微微向他笑了笑。她的微笑像是染色剂，马赛的脸突然熟红了。他明白了她的笑在暗示什么。他埋下头，乖乖地跟随她的脚步。

这是一具外强中干的身体。他的头发是漂染的黑色，他的皮肤在松弛，他的骨头空洞了。他竭力想抱紧她，可他的力量不听他的使唤。它们都溜走了，离开了他的身体，只给他留下一具沉重的躯壳。他的沉重让天天不堪重负。刀鱼说，你放开一些，再放开一些，你就飞起来了。刀鱼的声音在她耳边说了一万次，可天天仍旧喘不过气来。他是堆没有任何怜悯的石头，死死地压住她的身体。他不让她飞起来。她的身体被他压扁了，不存在了，去了另一个世界。她没法将他当作刀鱼，也没法将他当作大眼刘。你是个老流氓。天天冲着马赛的耳朵叫喊，她的叫喊没能阻止马赛的动作。你是个要人命的女流氓。马赛咬了一下她的鼻子。天天别开脸，闭上了眼睛。她不想看见这个世界，不想看见鸟瞰她身体的这张脸。勉强结束之后，天天在浴池里泡了好几个小时，才将自己的身体找回来。

天天又在苏小卒的视野中出现了。她在舞台上奔跑着，蹦跳着。苏小卒仍旧躲藏在他的企鹅腹中。他围绕她的舞台，转着圈。他的眼睛闪着晶莹的光芒，他的身体在流泪。天天的身体跟着柔软了一下，但她很快收住了自己。她不能柔软，也不能怜悯，她的身体是一件锐利的武器。她要让苏小卒围绕她的身体飞翔。马赛终于发现了天天的秘密，她同苏小卒搅在一块。马赛的眼睛火光闪闪，喷射的全是愤怒，他的身体嘎然作响，像有什么在坍塌，崩溃。这是天天想要的结果，可她假装没有看见，暗自欢笑着。

他让她离开苏小卒，天天没有理睬。她不会让苏小卒离开她，她要马赛目睹这个过程。她的身体同苏小卒的身体纠缠在一起，黏合在一起。他无法将她和他分开。

后来的一天，马赛突然找到天天，一句话没说，就掐住了她的脖子。他将她朝死里掐。她死命挣扎着。她不知道会是这个结果。她窒息了，她的身体黑暗一片。她像在那条弯曲的巷子里飘荡，脚不着地，毫无方向。她的身体越来越冷，越来越僵硬。她想她的身体正在死亡。死亡就是这样子的，身体轻飘飘的，没有任何重量，也没有任何力量。谁也挽救不了。她就这样死去了，甚至她的身体来不及发出一声叹息。她飞起来了，她的身体在快要接近死亡的一刹那飞起来了。她的周围到处都是飞动的身体，她飞翔其间，酒酒也飞翔其间。天天想飞得高一些，再高一些。可她的身体像被谁拽住了，她没法往高处飞去，那股力量将她拽回了地面。她睁开眼时发现她就立在屋子的中央。马赛瘫倒在地上，有血从他的后脑勺渗出来，在地板上流出一条弯弯曲曲的河，鲜红的河水快要漫到她的脚边了。苏小卒垂手立在一旁，他的手上握了一件重物。那物体硬梆梆的，像是一具死去的身体。他向她惨然一笑。

倒悬人

文 / 林渊液

/ 1 /

电话铃癔病一样发作时，提兰双手都没空着，一手沾满了雕塑泥，一手还拿着黄杨木刀。电话那头是遥远的姐姐，提兰有些久违的惊喜，也有些需要掩饰的惊惧，但她很快释然了，这不只是电话嘛。

姐姐来电话的话题是在晚餐时候提起的。自从提兰开始这尊雕塑创作之后，她与丈夫的晚餐总是极其简单。提兰想起以前总是满满一桌的饭菜，觉得有些反胃。不过以前不同，以前儿子还没住校。三个人的晚餐，传统的家的味道还是浓些。

丈夫是犟上了，他说，小藤在大学里没找到单人房间之前，就住家里来吧。人家大姨把女儿送回这座城市，不就是因为有"厝人头"么。这地方，讲"厝人头"，就是有亲戚有熟人，外来者有得照应。提兰心里不以为然：就姐姐那样的人，能是这层意思？当然了，像丈夫这样的榆木脑袋，姐姐用七斧八斧也是敲不开的。

提兰不是反对小藤住进来。要是在以往，那是一千个一万个没问题。可是现在……

晚饭后，提兰拉开客厅的大幅拉门，她的那个"她"，就咄咄逼人奔她而来。"她"是与她形体等大的，这使"她"的存在更加具有进攻性。"她"分明是静态的，像花瓣舒展的向日葵，像汁液饱满的桃子，但"她"分明又是动态的，像禁笼里挣扎腾挪的小兽，又像那小兽刚刚逃出了禁笼。提兰迎头一撞，内心就嘎的一声当空断裂开来。这种断裂，虽然疼痛，却也痛快。而不是像往常那样，那种隐痛像是被蚕噬的，一小口又一小口。

提兰觉得每天都在塑造"她"，却又每天都在接受"她"的挑战。

丈夫像石英钟一样，午夜十二点准时发出提示。他在卧房里，隔着一个大客厅对提兰嚷嚷：睡了！

提兰知道，他会再等她五分钟，过这五分钟之后，他才把床头书放下，熄灯睡觉。这五分钟的时间，她用来洗手、刷牙、脱掉居家服，虽然匆忙一些，但这是可以办到的。之前，提兰是喜欢跟他一起入睡的，她害怕一个人被抛在黑暗里，她希望在听到他沉睡的呼吸声之前尽快睡去。还有，他的怀抱很温暖，他的肢体叠放的曲度也刚好可以与她的互补。他们的躯体是相向而眠的，这是多年来的习惯。

提兰微蹙了一下眉头，是在犹豫。但她最终没有放下手头的活，只回了一句：

你先睡吧。

丈夫就这点好。他是一个很宽厚的人。从不勉强提兰做任何她不感兴趣的事情，也从不勉强她停下她正在喜欢或者还刚刚喜欢的任何事情。就如雕塑。提兰其实根本不是艺术界中人，偶尔画几张画是有的，但做雕塑纯粹是心血来潮。她明天还得照常上班，做一些养家糊口的常规事情。当提兰告诉他，自己要做一尊等大的人体泥塑时，他虽然有些吃惊，但还是很快就默认了。她把阳台收拾一空，然后像变魔术一样，从网购的快递包裹里拆出各式各样奇怪的用具和材料，一件又一件，一批又一批地摆放上去。他每天坐在客厅里他那张独占的沙发上，静静地看着这一切。他知道她这次玩大了，不过他包容得下。

"她"的泥已经上得差不多了，提兰再把几块泥补上去，然后用双手的拇指把"她"全身的肌肉均衡地撸了好几个回合。提兰是按照自己的样子来塑造"她"的，但"她"与提兰又有所不同。最具视觉效果的是，"她"比提兰更加丰满。提兰抚摸着"她"的双肩，就像抚摸着自己的一样。姐姐的身材其实没有提兰好，姐姐最痴迷的就是提兰的胸部、锁骨和双肩。姐姐是一个很自恋的人，少女时期，有一次提兰无意间在镜子里看到她半裸着上身，自我陶醉地抚摸着自己的肩部和胸前。提兰已经很久没有与姐姐彻夜长谈了。姐姐以前总是怂恿提兰跟她一起逃到外面去，她觉得，这地方太闷了，像囚在一个看不见的城堡里。姐姐的活力无人能敌，外人眼里那些纠结的事情，到她手上，咔嚓咔嚓，三下五下就摆平了。比如，早恋、离婚；比如，与一个小她五岁的男人相爱和同居，与前夫成为好朋友和工作伙伴……

提兰的困境，如果由姐姐来解决，不知道是什么样子，但绝对不会是目前如此的消极被动。

提兰与丈夫的感情关系出了问题。或许，在别人眼里，什么问题也没有。但提兰还是觉出了问题。他们还像从前一样，相拥而眠；他们还像从前一样，对对方充满了关切和照顾。可是，提兰知道，那关切里有一些礼节性的成分，还有一些惯性的成分，少了一味什么药，少了一丝什么光。刚结婚那阵子，提兰喜欢临睡前跟他讲讲话，呵呵，那当然了，像他这样的闷葫芦，讲话的总是提兰这一方。但他总是听得极细致的，这个提兰知道。他虽然不善言辞，但他有足够的诚意。提兰的想法一经说出，有些他是可以很快就咀嚼了消化了，变成自己的东西。有些看法却是自己并不认同的，大致可归之为男女的不同，他也不反对，在心里随便找一处地方，把它们悉数搁放下来。提兰的口才不错，想象力和结构能力都挺强，经常会讲得春花烂漫，活色生香。黑暗就像一个地窖，把提兰的故事酿得有了酒气，丈夫就开始动了情，用脸颊来亲提兰的脸颊。可是现在，丈夫每次听她讲话总是意兴阑珊的，人的框架还在，心已经不知道在哪。有一次提兰问他话，他还支支吾吾接续不了。听者走神，讲者自然就神色黯然。而且，他们经常是个把月也未曾"运动"一次，他们以往的频率是每周一次。提兰以前从没主动过，频率发生变化之后，她尝试了几次，虽然只是躯体的一点儿暗示，但都被丈夫抑制住了。他把庞大的手臂搂过来，抱住她就僵化了，什么也不说，一副即刻睡去的样子。

当提兰必须在黑暗中独自面对孤独的时候，幸好有"她"及时来临。

突然，提兰发现"她"有一处突兀，搭架的时候弄长了。提兰不得不动用钳子，把那钢丝钳断。那是"她"的左手中指。提兰右手握钳，左手握住右手，终于把它钳断了，豆大的汗珠爬满了前额。对于钳子这样的工具来说，提兰显得弱小了，力绌了。提兰心里像是有一个什么东西也被钳掉了，血丝拖了满地。

/ 2 /

小藤的行李竟然有六大件，进门时肋下还夹着一个半人高的公仔。提兰倒吸了一口气才让自己安定下来。小藤的强悍进入，让她自己有些憋屈，却又对小藤的理直气壮充满了羡慕。难怪姐姐说她肯定住不了那四人一间的研究生宿舍。丈夫想必是从接机时就看习惯了，一声不吭地替她当了搬运工。

他们有四年没见小藤了。四年的时间，好像蜕过一层壳，整个人长了一圈，不只高挑了，身体该彰显的地方也毫不留情地彰显了。看起来风情万种，丰熟中又有点儿青涩动人。九月的南方，尽管是傍晚，天气还燠热着。小藤只穿着一件薄如蝉翼的孔雀蓝绵绸长衬衫，上下的纽扣都空着，只扣了中间三四颗，低胸看到的是内里的黑色蕾丝文胸。或许是小藤的辐射力太强了，丈夫感到了房间的逼仄，不停地喊天气太热了。

第一个晚上，提兰就告诉小藤，从现在开始，客房就她独自一人享用了，但她的私人化物品，最好也就停留在这方寸之间。小藤的六箱子东西慢慢地整理下来：三箱子是衣衫、一箱子是披肩和帽子、一箱子是挂袋和玩偶，一箱子是书籍和饰品。这么琳琅的东西令提兰叹为观止。姐姐的服饰和生活用品倒是简洁和中性的，这一点儿母女可不像。提兰还告诉了她，每晚冲完凉衣服可以放在洗衣机里洗，但内裤和胸罩，必须自己手洗，就像提兰自己一样。但很快提兰就发现，从洗衣机里取出湿衣物的时候，小藤的装饰华美的胸罩就纠结在她姨夫的背心上。接着再取，发现小藤的内裤和姨夫的内裤交缠在一起。提兰提醒过小藤数次，她总是随口说：哦，忘了。对不起啊小姨。提兰心中却有了不快，她觉得，这女孩子也太不自爱了，终究会吃亏的。而且，家里还有姨夫在呢，这样子也着实不成体统。提兰有时站在生活阳台上，一会儿眺望远方，一会儿望回一家子刚刚晾上的衣衫，胸口便觉得有些碎石在搅拌。不知道那些碎石最终给拌碎了，还是从胸口上爆出了口子。

/ 3 /

小藤去学校办理各种手续，忙了两天，回家倒头便睡。等到第三个晚上，她冲完凉，意气风发的样子，拉着小姨说去阳台上吹风。

该来的总是会来，提兰早就知道这秘密是守不住的。小藤一旦见到了"她"，那么提兰身上的所有衣装也就被剥脱干净。提兰干脆大大方方地把小藤带来见"她"。这是小藤所不曾预料的一个见面礼。她的双脚还停留在客厅里，只有目光似乎历经亿万年的时空，轻柔地向"她"摩挲过来……"她"是一个倒悬着的女子，"她"的赤裸的一双玉足和"她"身上松松裹着的绸布斜斜地飘飞着，"她"的双乳饱满地坚挺着，右手臂把其中一只抚住了，"她"的头颅挣扎着抬起来，还没有真正抬起来。"她"身上的所有细胞都充满着一种期待的欲望，而"她"的眼神却充满了痛苦。

"小姨……"

小藤的眼光里是怀疑，也是问询。提兰勇敢地迎着她，心想，肉搏战就要开始了。

小藤摇了摇头，口里喃喃有如呓语，却不是对提兰说的：

"欲望的边境在哪里，在哪里……每个人都是倒悬人，谁能够逃脱……离开难道只是回避……"

提兰终于听到了清晰的一句：

"小姨，我想吃冰淇淋……"

看来小藤还没开战已经投降。提兰想，裸着的状态，虽然最弱，可它也是最强的。

小藤嗞嗞吸吮着冰淇淋，缓过了神，对提兰说：

"小姨，你太令人刮目相看了……"

小藤的意外，提兰是可以预见的。小藤小的时候一直非常喜欢小姨。姐姐把她打扮得很男孩子气，每次随妈妈回老家，她总是觊觎小姨的衣装：小姨，你的裙子穿小了就送给我。她妈和小姨都笑了，小姨再不可能长高了呢。从此之后，小姨与她有了秘密通道，她经常给她寄送裙子和发饰。

但她对小姨的了解不可避免的还来自她妈。姐姐以前一直揶揄提兰，说她是一个幸福指数特高的女子，她的幸福感就像溪涧边的福寿螺一样到处繁殖泛滥。即便在一个普通的日子里，她依然会对着刚刚醒来的晴空大呼小叫：看看，太开心了，今天又是一个晴天！以前提兰和丈夫住的是四层楼，春天蚊子多，有一次提兰买到一床满意的蚊帐，每天晚上睡在里面，看到帐外有蚊子在愣头飞翔，便幸福盈盈地说：太好了，怎么有人设计出这么棒的蚊帐，高高地撑挂着，人在里边舒服自在，而不像一只被扣住的苍蝇。她的蚊帐用了有几年了，她的幸福感不断有崭新的补充。她最后一次的开心感叹是，蚊帐底下数十厘米的织造竟然是密实的，即便手臂随意搁放，蚊帐外的蚊子也叮咬不着！每次听她这些小女人的话语，丈夫总是显得特别高大特别像一个胸拥十万重兵的将军，他微颔着头，用充满爱意的目光看着她。

这一切也不知道是何时改变的。丈夫的爱，像一株失水的植物，懈怠、委顿、低垂着的叶片边缘开始泛出枯黄。而她，每天像这个倒悬人一样，被文火煎熬着。

婚外恋？面对这种情状所有的女人都会这么反应。可提兰觉得，这理解太不对路了。如果他的心里还有另一个人占住，那他应该……提兰有时傻傻地坐着，忽然地吸了吸鼻子，发现什么异味也没有。提兰相信自己的感觉非常灵敏。是的，他的味道还是纯净的。

提兰是在儿子住校之后才发现了不同。之前，每天晚上十一点儿之前，她几乎没有自己。下班之后上菜市场、做晚餐、吃饭、洗碗、督促孩子做作业、收叠前天的干衣服、洗晾当天的脏衣服……等到十一点儿之后，已经人困马乏了。这么说来，丈夫的懈怠由来已久，只是由于她把自己分身给杂务和儿子，所以才未曾察觉。这么想来，提兰心里一惊。原来竟然是自己有负了他。小藤尚未到来的那段日子，提兰把记忆一段一段地切下来回放，她沮丧地发现，这种状况已经持续了十四年。自从儿子出生后，她的生命中那个叫作爱的宝库里，碧玺、玛瑙、钻石、铂金、水晶、玳瑁……那些最为珍贵的东西，通通都在各种生活场合以各种样貌送给儿子了。给丈夫的东西，所剩无几。当然，责任是尽到的。可是，作为一个妻子，难道仅仅尽了责任就足够么？提兰换下脑筋继续想，与自己相对应的，她的丈夫呢？这数十年来，他也仅仅是在尽一个丈夫的责任么？提兰觉得，这问题越来越大了，如果他仅仅是在尽丈夫之责，那么他爱她吗？提兰和丈夫是经朋友介绍的。在姐姐的眼里，这一直是一个天大的笑柄。姐姐这种为情为性的女子，眼睛里进不得一颗沙子，她怎么能够忍受连丈夫也是借助媒介而得来的。更可恨的是，提兰记起来了，他们当初结婚，时间那么仓促，那可是为了拿着结婚证到丈夫的单位等着分房子哪……

提兰被自己击倒了。莫非她所有的幸福感都是镜花水月，都是她的幻觉？

"小姨——"

小藤把冰淇淋舔得干净，似乎还没餍足。她黑葡萄一样的眼睛里有一种寒冽的暧昧：

"让我猜猜你的故事。"

提兰没有想到，这尊雕像，原来是把自己还原为一个女子本来的样子。因为她的这个样子，连外甥女也把她当成平等的人了。

小藤顾自开始了她的故事讲述：

"你与另一个男人相爱了，你们爱得很深。能够爱得这么深的人，做什么事情都应该是没有任何障碍的。可是小姨，你的修养和观念束缚着你，让你痛苦不堪。你的灵和肉两坨泥巴没有揉捏均匀。"

提兰苦笑着，怜爱地看着小藤。她这么年轻，能够懂得什么叫爱？什么叫作灵与肉？

小藤低声对提兰耳语：

"小姨，你太美好了，你需要有一个男人来好好爱你，姨夫他配不上。"

提兰心里一喜，仿佛这话可以把丈夫这些日子带给她的愁烦一扫而光。只一瞬，她又懊恼起来：

"小藤无礼，别乱讲！"

/ 4 /

小藤把这里当成了自己的家。客厅的茶几上，有她散落的蓝松石项坠；卫生间里，有她的粉色头箍；沙发上，有她皱皱褶褶长长短短的两三条披肩。她的气味无处不有。她的所有东西都是小女人的，但它们一起织就了一张无形的网，网给人的感觉向来就是充满了威胁感。有时，小藤的手机响了，她会倏地跑回自己的房间，顺便把门关了。现在的孩子都这样，提兰巴巴地等到周末儿子回家，还没聊上三句，人家也是这样，砰的一下把门关牢了，还严肃地告诉父母亲，有事情找他得先敲门。可是，小藤不一样，她的眼神儿提兰觉得不太对头，有些闪。这丫头，亦正亦邪的。提兰对小藤的视角甚为复杂，有时是女人的，有时是姨妈的，有时是丈夫的妻子的。丈夫倒是泰山一样岿然不动，小藤的网他视而不见。每天一回到家，就坐定他的"御椅"。遥控器就在他的手边，但他从不调台，电视给他什么频道他就让它停留在那个频道，电视节目是什么似乎与他毫无关系，外界的变幻似乎也与他毫无关系。看样子他是很累，累得不愿再有多余的付出。提兰有了"她"之后，内心似乎经历了一场新的恋爱，也不去烦他，累就让他自个儿好好休憩吧。

开学第一周的那个周末，小藤说她要去当家教，得赶时间哪。提兰内心有些疑惑，但给她的评分还是加了不少。从她六大件行李招摇空降过来读书就知道，这丫头花起钱来大脚大手的，没个度。如今看来，她至少还懂得自己赚取一点儿生活费用。提兰本不想管得太宽，忍不住还是问了那户人家的境况。小藤扮鬼脸答道：

"任性的女孩子，与表弟一样年龄，单亲家庭，嘿嘿，是她老爸带的。"

小藤出门前，扭着腰肢给提兰展示她的衣裳与身体，腰果花的紫红色衫裾在提兰的面前翻飞起来。提兰在心里想：这么个容易发生故事的地方，这么个容易发生故事的女子，千万别发生故事才好。此后每逢周末，小藤去这一程，提兰总是有些走神。

/ 5 /

周日午后，丈夫送儿子回校，家里只剩下娘儿们俩。提兰还在厨房洗碗，小藤在自己的房间大声问：

"小姨，你网上银行有开通的吧？先借我点儿钱。"

提兰口里"哦"了一声，手下却停了。她知道，姐姐对小藤的供给向来不少。这个事情，她问是不问呢？

提兰从厨房出来，正用手霜涂擦着手掌，却见小藤冲了一壶花茶在阳台上自斟自酌，一边看着"她"发呆。

"小姨，'她'让我想起了过去，你想听听我过去的故事吗？"

提兰惊讶地看到一个不认识的小藤。她的脸，是春天午后睡起般的嫣红，却有着不相称的忧郁。

姐姐把女儿从自己的身边送走，果真不是平白无故的。提兰把雕塑转盘下面搁放的棉麻坐垫取出来，就在"她"的旁边，两人挨着砖墙坐牢了。这样子，天高地阔，山长水远，怎么聊都不为过。聊吧聊吧。

小藤的故事口味有些重。

一开始，听起来不外乎大学校园里的一个三角恋。有两个男孩子同时爱上了小藤。可小藤还有另一句话补充，当时，爱上她的男孩子都可以成一个连了。提兰不得不在脑海里，把这两句话转译一遍：爱上小藤的男孩子何止这两个，问题是小藤也同时爱上了他们，而不仅仅是他们当中的某一个。

　　世俗的观念不可能波及小藤，这一点儿，从她妈妈已经开始践行了。小藤对两个男孩子都是认真的。小藤承认了这一点儿。提兰看着她较真的眼神，也非常相信她。或许，有的人，她的爱是狭隘的，单一的；有的人，她的爱是宽敞的，是多车道的。等等，提兰心里头有各种想法奔涌而来。这世界就是这么怪异。一个多车道的男人，他是再正常不过了，他可以有小车、越野车、大卡车、摩托车、公共汽车，或者步行，甚至在另外一个空间上，他还可以有飞机御风而行。在这个四通八达的旅程上，他春风得意，车道转换自如。路边的人看着，眼里净是敬佩和艳羡……可是，一旦这个多车道的人是一个女人，她的人生便如一个原始森林，充满了未知、荆棘和历险，而路边的人看着，却视若怪谲，只配给它以流言蜚语和鄙夷的眼神。

　　两个男孩对小藤的爱都越陷越深，他们都迷恋上小藤的身体，不能自拔。小藤的讲述既率直又犀利，一刹那间，提兰的脸上腾起两团红色的云。看看小藤脸色如常，它们又急急退了回去。提兰觉得，它们的来去都是如此的鲁莽。

　　事情发展到这个地步，小藤已经读大四了，要做毕业论文。小藤想，我先试婚吧，大家过一段日子，看看日常生活是否会把一个人的真相彻底交出来。而且，她向来不喜欢集体生活，搬出来单门独户地过，做起毕业论文来还更舒适称意。

　　原来，生活可以这么自在地选择！提兰算是开了眼界。她这一代人，哪里敢于触及试婚的话题。回想当年，提兰周围也不乏男孩子，可她是挺着胸脯目不斜视假装什么也看不真切。同学当中，就有人说她矜持啦、孤傲啦，其实，她是没有做好与男生交往的准备。几年的大学生活，她竟然连男生的手都没碰过。

　　两个男孩子中，有一个是高小藤一届的师兄，已工作，有经济能力了。另一个是文科男，刚好被老师带去乡下做田野调查几个月。小藤不知道，这是天意安排，还是她自己的潜意识里首先选择了师兄。反正，师兄很快在学校周边租下了房子，与小藤过起了小日子。文科男回校后看到物是人非，伤心欲绝。几次找小藤要她重新给他以机会。他提出的条件连小藤也觉得过分，他要小藤同时与两人进行试婚，每人轮流一天。小藤是有原则的人，她说，既然我与师兄试婚了，那就让我安心试婚的日子吧。

那文科男并不善罢甘休。

小藤的讲述开始变得急促，口唇开始枯焦。提兰斟了两杯花茶，把其中的一杯推给小藤。

有一天下午，文科男以给小藤送论文资料为名，潜入他们的出租屋，来了就赖住了，强行与她发生了关系。小藤讲得有些凌乱，有的话还重复了两三遍。事情就是这样凑巧，师兄那天临时回来换装，要去参加一个重要晚宴。开锁进来的时候，他们刚好已经完事了。小藤不知道他在外面待了多久，即便刚刚回来，他也不可能听不到她的喊叫声。如果是求救声，他或许内心会好受一些，可惜他听到的是她快乐而痛苦的……

小藤的眼神里是很罕见的无助和迷茫，她说：

"小姨，身体是这么奇怪的东西。那一次我分明没有接受他，我的拒绝是严厉的，但我的身体竟然接受了他。"

后来发生的事情小藤不太了解，那些天，她昏天暗地地写着论文，两耳不闻窗外事。但有一个残酷的结局出现了。师兄在校园的松林里死于非命，他在与人争吵的时候，不停地倒退不停地倒退，他的后脑被一根尖锐的短树杈插入。而与他同在现场的，只有那个手无缚鸡之力的文科男。已经毙命的师兄满身酒气，一动不动地站立着，眼神凶戾，气贯长虹，而文科男被吓得浑身筛糠一样，抖个不停。

现场无疑是可怕的，即便是事隔许久，小藤讲着讲着还是抖个不停。

提兰抱住小藤，像抱住一个婴儿。

"小姨，我把他们两个都害了。"

小藤说出的竟然是这样的话。这话更像是提兰碰到这种事情时说的。提兰想起一个说法，"红颜祸水"。看看人家海伦，引发了多大的战争，但在整个世界史上，却从来没有谁对她发难过。提兰很惊讶自己可以这样理解，并找出海伦来说事。她感觉，自己的疆界在向外开拓。

提兰本来想安慰小藤，时光可以化解一切的。可是，她觉得这个道理大而无当，它与小藤根本不搭边。就在这时，她有了一个比任何事情都更为重要的发现。这个发现发端于如此悲情的时刻，提兰觉得有些对不住小藤的师兄，但她禁不住内心的那阵狂喜。

提兰定定地看住小藤：

"小藤，给我做模特吧。我对'她'的头脸部不满意。"

小藤把身骨挺直，这挑战对她来说是一剂兴奋药。她把两只手掌往自己的脸庞揉了一揉，似乎是为了确认醒着的感觉，也就是这一揉，她的悲伤像一层手机薄膜，一下子就被完整揭掉了。

/ 6 /

提兰寻了一个时机，临睡前把小藤的故事小心地讲给丈夫听。

她不能让丈夫觉得小藤是一个坏女孩，她寻找着更加温良的字眼，讲述得更加本真和深情。她的讲述想必是在什么地方做了手脚，连她自己也觉得有些失真。事实上，小藤爱上两个男孩子的时候，她是有着很大主动性的，但提兰把小藤的无奈用放大镜放大了。还有，提兰在听到小藤讲述爱的时候，想到了多车道的问题，但她觉得，一个男人，怎么会喜欢女人谈论单车道和多车道的问题呢，她把这个想法删除了。

最后，只有最后讲到小藤与文科男的那次关系，提兰把它放在显微镜下，把精微细节都讲了出来。是的，以前小藤虽然与他做过很多次，但那一次她是拒绝的。可是，她的身体竟然很快被点燃了，他们的身体相互认识、相互熟知、相互喜欢，像磁性相异的两个磁极相互吸引，它们没办法像陌生人一样。甚至，当她拒绝之后，她的身体一旦释放出来，与他强横的进入相互应答，那种快感竟如滚滚风雷，汹涌而又充满梦幻。

提兰有些怀疑，她这是不是在对丈夫进行色诱，这个发现使她打了一个冷战。窗外的花枝在净色的被面上晃了过来又晃了回去。提兰看着她们暗夜里招展的样子，有些同情地心酸。

提兰同时还有另一层的担忧，当她的色诱成功之时，小藤也就如一枚小小的楔子，钉入了他们夫妻关系的内部。在以往，这种生活的里子发生了问题，提兰觉得是应该由自己来解决的，但现在，无疑地，外人已经长驱直入。她与身边这个男人再也不可能严丝合缝了。最直接的结果或许是他对小藤产生了性幻想……

提兰讲到这里突然打住，但在这个地方打住本身就是不合常理的。沉寂的荒野上，那棵想象的薇甘菊便蓬勃地疯长起来，顷刻之间，枝枝叶叶藤藤蔓蔓铺满了整个世界。丈夫也不吭声了。黑暗中两个人喘气都不自在起来，幸好，他们也看不见彼此的难堪。不知什么时候，提兰才记起，她可以把故事往下讲。讲着讲着，有了悲剧的味道，丈夫也应和了几句，像老朋友聊着社会世情那般。两人终于从难堪里解脱出来。

提兰的这个故事讲得真失败，但有一点儿尚可安慰，丈夫不仅没有因此对小藤怀有成见，看待她的目光反而更加温煦了，似乎知道了她的隐私就是得到了她的信任。只是，这信任是由谁给予的呢？小藤对此一无所知。看在眼里的还是提兰自己。她发现自从那个秘密的周日下午，自从她在悲伤的小藤的脸上发现了"她"的影子，她就开始爱上了小藤，并且把她当成易碎的水晶瓶，尽一切可能呵护她。

阳台上的"她"塑造得越发精致越发丰富了，如果说，提兰把自己当成模特，塑造的"她"只是欲望的荡漾，以及欲望难以抵达的痛苦，那么当小藤成为她的新模特之后，"她"脸上的表情已经不止这些了，还有纠结、迷茫、通往远方的渴望……那一天，提兰望着一丝不挂的小藤，望着她倒悬着的身体和微仰起来的头，她手里的木刀下得很轻很轻，只怕稍一不慎，会把小藤伤到。小藤的青春胴体，比她手下的"她"，更像一件艺术品。提兰很想放下木刀，走上前去抚摸她，她想象得到自己手下的贪婪。可她忍住了，她的身体里仿佛被灌注上一种魔法力量，她的手指和木刀充满了神奇的创造力。

小藤对提兰与雕塑的缘遇充满了好奇。提兰说那是连她自己都觉得不可思议的。雕塑的种子种在十多年前。那时候姐姐在美术学院读书,她去找姐姐的时候走错了路,意外走进了学院的雕塑系。这个陌生的世界里,一尊尊雕塑的光芒像白晃晃的阳光扎得她睁不开眼。还记得一尊叫作《雅各与天使的搏斗》的青铜雕塑,提兰被它的力量感震慑了,许多年刻印在脑海里,任何时候她都能够立刻把它描绘出来。后来她胆大包天地潜入一个教室,听了一节泥塑人体课,美院的师生沉浸在课业里,根本没人发现她,只是她自己胆怯,下课前偷偷溜出教室的。这事情窖藏得深,连姐姐都没告诉过。比起其他的艺术门类,雕塑在提兰的眼里,一直是高不可攀的,供奉它的,不是厅堂,而是悬崖,似乎谁若是试图接近它,就会坠入万丈深渊,尸首不全。

接下来的事情令提兰一半欢喜一半忧。

先说说这喜。提兰就像在病榻边,发现昏迷日久的植物人手指头有了动静。也就是小小的动静。丈夫在"御椅"上冲阳台望去,看的并不是他所能看到的一切,而是,固定的一个点,那个点就是"她"。是的,他远远地盯着"她"看,入神得僵硬的面部表情甚至有了起伏。晚上睡到半夜,提兰的右手被他伸过来寻找的左手拉住了,然后他们继续入梦。很久以前,他们也是这样的。提兰内心的幸福感又重新荡开涟漪。

再说说这忧。小藤很快把钱还给了提兰。提兰说不急的。小藤说,她的老板付工资了,付了双倍呢。小藤眼神里又有了那层忧郁:

"上回借钱是因为资助两个大学生的打款时间到了。师兄生前资助的他们。"

提兰皱着眉头,看样子她理解得有些吃力。

"小姨,我不是被道德绑架了,我见过这两个大学生,与他们有感情的。"

提兰锐利地提出另外的问题:

"你老板……"

小藤讪讪地说:

"小姨你狠!从一开始你就预计到了是吗?如果不是我爱,我不可能滥情的，你放心好了。"

秋意渐浓，小藤的碎花牛仔长衬衫外面套着一件敞开的马甲，提兰看着她大片的酥胸，恨不得把她揽入怀里。小藤的身上，天生就有一种蛇的诱惑力。与她对话，没有定力是不行的。她说他们研究生院有一个羞赧的男生，远远地看见她干脆掉头就走。提兰想象得出那个男生的熊样儿，听小藤讲起时，忍不住与她一起恶作剧般地狂笑起来。只是，比他勇敢的人还是大有人在。那千千万万的爱里，就如勃发的春草，会有挤挤挨挨的疼痛吧。

在一座没有女主人的房子里，一个男子爱着眼前的这个小藤，他会以女孩子的学习为由展开交流，他付出双倍的家教费博取好感，他这只八爪蜘蛛终会一爪一爪地往她身上爬移。提兰能够放心得下吗？

提兰已经没有办法把小藤从自己身上褪去了。

/ 7 /

"植物人"一直在好转当中。有时早晨上班前，提兰送他出门，会从后面环腰抱住他，他侧过身来用右臂拍了拍她的肩背，这一拍虽然看起来很随意，但提兰知道他的心在的。有一次小藤开了一句玩笑话，他竟然接茬儿了。事情是这样的，那天，他们已经围在餐桌边吃晚饭，砂锅里还在煲着凤爪，锅里滚开时，锅身和锅盖发出了一种奇怪的声音，竟然特别像压抑着的女子的叫床声。他们仨都愣住了。小藤自告奋勇去揭锅，边走边说：放开点！放开点！丈夫惯常严肃的脸被逗笑了，他与提兰对望着，两个人那憋不住的笑一开始还在相互试探之中，很快地，得到了对方的允许和引导，变得更加放纵。丈夫禁不住对小藤说道：你这是在对牛弹琴呀。

提兰现在的幸福感多了一层，有一个叫作小藤的女孩儿生活在自己的生命里。

提兰的那个幻觉是从何时开始的？

那一天，提兰招呼丈夫一起去超市，他说不去，招呼小藤一起去，她也说不去。提兰只好一个人去。出门的时候，丈夫坐在"御椅"上看电视，小藤在自己的房间里上网。提兰买了食物买了家用，买了丈夫的剃须刀片又买了小藤的珊瑚绒睡袍，大包小包地回到了家。开锁进去，只见两个人影倏地变换了位置，是丈夫和小藤，他们站在客厅的拉门边，略显拘谨地面对着提兰。身后就是她的那个"她"。

提兰把各种物品安放到它们应在的位置，却在心里把他们两个人的身影分别还原了。在他们站着的那个地方，丈夫顺时针旋转九十度，小藤逆时针旋转九十度，他们是什么样的姿势。幻觉就是在这时候开始的，小藤抱住了姨夫的头，姨夫抱住了小藤的腰，他们的口唇慢慢地接近……他们分开了又接近，分开了又接近，分开了又接近。提兰身体里有了一种奇异的反应，胃内的酸和胆汁的苦一齐翻搅起来。似乎是在一只风雨飘摇的小舟之上，提兰用手抓住船帮，不让自己倒塌下去。突然地，整个世界似乎猛烈地震动起来，眼前的山谷裂开了大豁口儿，提兰一下子被送到了一个陌生的境地。在那里，蓝天万里，白云大朵大朵地低垂着，似乎触手可及，万顷草地上，开满了粉粉的小花，是一种开阔的动人和美丽。她禁不住伸展开肢体，躺了下去。这一刻，内心竟然平静澄明。这难道不是自己所祈望的么？这个男子的身体，是她所喜欢和渴望的，而这个女子唯美而充满诱惑的身体，正是提兰曾经年轻的时候，它们难道不该美好地结合在一起？提兰把他们相拥相吻的幻影剪贴在自己的卧房里，不管他们到底发生了没有，她在心里怂恿着他们，要开始就开始吧。这么想着的时候，提兰兴奋得浑身颤抖。这种兴奋，比快感还来得更加惊心动魄。

当提兰返回客厅的时候，丈夫还坐在"御椅"上看着电视，小藤也返回她的房间上网了。一切回到她还没出门之前一样。似乎什么也没发生过。或许，这一整天的事情都是一个幻觉也未可知。

小藤几天后回来说，在学校里找到单人房间了，立刻就搬过去住。三个月过去了，六个大箱子已经装不下，她说等她空了箱子再回来取。提兰让姨夫送她，她说不用了，研究生院有同学过来帮忙。小藤按着小姨的手，让她不用再张罗了，又似乎在帮她下着什么决心。很快地，帮忙的同学嗒嗒嗒地上楼来了，一来来了俩，一个比一个帅气。小藤怎么每次碰到的都是俩？提兰想，担心也担不过来，索性让她自由走吧。

那天夜里，提兰坐在客厅，看着阳台上的"她"发呆。

夜深了，丈夫在提兰身边坐下，温柔地抱住了她。他们像年轻时一样，开始心无旁骛地做起来。这房子真大，小藤不在之后，它才蓦然间大了起来。他们的身体和思想都可以肆意伸张。最后，他在沙发上把她倒悬起来，她与"她"刚好面面相觑。丈夫的激情从未如此凶险。提兰不知道，他是为谁复活的。现在跟他做的，也不知道到底是她，是小藤，还是"她"。

提兰倒悬的双眼，扫看了一周，整个世界既熟悉又陌生。电视里的人，她看到的都是他们的脚和下身。他们走路的样子像在进行着不断重复的无聊游戏。提兰倒悬的目光还是回到"她"的面前，只有"她"才是灵魂相通的人。丈夫在开始用劲了，她的手向外抓呀抓，却抓不到"她"的手。"她"对于远方的渴望是什么？或许小藤说的对，提兰有一个相爱很深的男人，能够爱得这么深，做什么事情都没有任何障碍。只不过他在很远很远的地方。提兰依稀记起几句破碎的诗：

请你站在十字路口上，
阻止我的心奔向所有的道路。
可是，你应该知道，
风是阻挡不住的。

那个深夜，三条大街以外的人们，都听见一个女子尖锐的叫声。

我们的五弟

文 / 马云洪

/ 1 /

曾经有好几年，我们兄弟之间见面，从来不提及一个人，即使快要讲到他了，我们都要刻意绕道而行，就像无证司机回避查车的警察一样。这个人就是我们共同的弟弟老五赖国元。虽然他是我们兄弟五人中最后一个来到这个世界上的，但却是我们兄弟五人中最早离开这个世界的人。我们心照不宣地回避着这个人，就仿佛这个世界上从来没有出现过这个人一样。我们掩耳盗铃般地活着，一心一意地想在这个物欲横流的世界上出人头地。虽然我们一个个已经进入中年，大哥和二哥已经和老年擦上边，但并不妨碍我们对美好生活的渴求，我们这样做在外人看来有些无情无义，但我们内心坦然，并不觉得自己做错了什么。我们孜孜以求地找寻着生活中每一个可乘之机，以满足我们内心的占有欲望。事实上，这种占有欲望在很多人看起来是渺小可笑的，但我们还是乐此不疲。至于我们的母亲，一个年届八十的乡村老妇，只要她偶尔在我们面前提起她的小儿子，就会被我们兄弟中的任何一个人用粗暴的毫不留情的语言打断。这时的母亲除了马上噤口外就是无辜地看着我们，像是一个即将走进屠宰场的无辜的小羊羔。那是一个什么样的人呢？是很体面的事吗？他两次被抓入监狱，已经打破了我们那地面的所有的人所能创造的纪录，而他以自杀的方式瘐死于大牢中，更是在人们的想象之外。虽然我们不想在仕途上有什么作为，但我们也不想让这个兄弟作为阴影笼罩我们的内心，像鬼魂一样缠绕着我们的生活。有人对我们说，毕竟血浓于水，好歹兄弟一场，这是有今生无来世的事情，让我们多多少少宽容一些，至少在大面上说得过去。但我们都是坚定的唯物主义者，不信这套说教。每次过年或者清明节，母亲都小心翼翼地提出让我们到五弟的坟头看一看，烧烧纸，也算尽了兄弟的情分。母亲担心他在那边过得孤单，更怕他在那里缺衣少食。但她这一并不过分的要求都被我们毫不容情地回绝了。我们的理由是，没有大的祭奠小的道理，虽然这并不是家乡传统中的要求，但我们就是要创造出这个传统。每次母亲自己提出要到自己小儿子坟头看一看的时候，我们都异口同声地表示反对。年迈的而且常年患有风湿关节炎的母亲一个人是无法走到远在村东五里外的老五的坟头上去的，那段路崎岖难行，而且五弟的坟头早已为荆棘所覆盖，面目全非，据说已经凹陷下去。母亲听了我们的话之后，只能暗中流泪，一遍又一遍看着五弟在上个世纪八十年代初留下的唯一一张黑白照片，那是五弟曾经来到这个世界的唯一证据。照片上的弟弟天真无邪，一双黑白分明的大眼睛好奇地打量着这个世界。只有在这种时候，我们兄弟中的任何一个人才会在心里动一点儿恻隐之心，涌起一种无法说清的情愫；但这种恻隐之情在我们转过眼睛之后很快就会消失了。每年过年或者清明，我们回老屋拜祭过父亲之后，留给母亲一些钱物，以表明所谓的孝心，然后就很快地各自散开，剩下母亲一个人留守老屋。母亲就又陷入对五弟的无尽思念之中。她的眼睛无数次向偏房的柴屋望去，那里除了一口油漆几乎脱尽的寿材之外，一无所有。说起来，这副寿材已经在那里存放了将近二十年。这副寿材是五弟用在小煤窑挣得的苦力钱为父母购置的，当时一共购置了两副，都是上好的柏木材料，两副棺材一共花了一千二百块钱，相当于五弟当时一年半的工资。五弟的此举在当地获得了孝子的美誉。五弟总共在小煤窑干了三年，除去寄给我上大学的费用和购买这两副寿材外他一无所余。五弟的骨灰从沙洋农场送回来时，母亲一心要用剩下的那口棺材安放老五的骨灰，但她这一无理要求被我们兄弟四人及时而坚决地制止了。我们的理由很简单：少不及长，动用父母的棺材乃是忤逆之举，我们都不想做忤逆儿子，也不让已经成为骨灰的老五成为忤逆儿子。事实上是我们不想再花一笔冤枉钱为老母亲购置上好的棺材，因为那时候一副上好的柏木棺材已经涨到五千元，而且还难搞到。后来我们兄弟每人出了一百五十块钱，购买了一个价格最低的瓷质骨灰盒把五弟的骨灰草草掩埋在远离村落的一块荒地上，之前有很多人已经在那里入土为安。本来按照母亲的意思，就在父亲坟墓的一侧安放老五的骨灰，让他们父子相伴，能够说说话，不孤单寂寞，但那要花去五百块钱的购地费用，这笔费用我们谁也不想出。母亲见央告无果，只得心不甘情不愿地随了我们。而任我们把她最小的儿子埋葬于远在村外五里之外的乱石岗上，那里是无主地，没有人收我们一分钱。自母亲失去劳动能力之后，她每一分钱的花销都是我们兄弟四人均摊的，因此我们兄弟的决定对母亲来说是神圣的，也不可更改的。在妯娌们的严格监督下，我们所付的赡养费也是精确到人民币的每一分钱，毫厘不差。母亲丧失了劳动能力，也就丧失了在家庭的话语权，不再像小时候那样成为我们遵守的圭臬。对于我们兄弟的所有决定和安排，她只能逆来顺受地全盘接受。这也是我们自认为是孝顺母亲的重要观点和举措。该吃吃，该睡睡，什么事都不要管，什么心都不要操。这是我们给风烛残年母亲的唯一任务，这就譬如说我们让她安静地等待死亡。事实上，我们也一直等待这一天的到来，像是要完成一个不能推脱的任务一样。如果老五还在，在很多情况下他是不会违拗母亲的意愿的，因为他是母亲的小儿子。在没有女儿的情况下，老五是被当作父母的贴心小棉袄使用的。皇帝爱长子，百姓宠幺儿，民间都是这样说的。关于我的五弟，我现在只能提供如下信息：赖国元，男，汉族，1971年冬天出生于江汉平原一个农民家庭。文化程度：初中肄业。终身未婚，无儿无后，无田产，无住房。曾前后两次入狱。2008年卒，年三十七岁。

/ 2 /

事实上，我们并不是一开始就对五弟这样无情无义的。小时候，我们的关系怡怡,像任何一个正常的多子女的农村家庭一样。虽然时有磕绊,但总体上还是说得过去的。虽然他时常成为我们的累赘,但带给我们更多的是快乐。作为年龄最为接近的手足兄弟,带老小是我必做的功课之一。另外一件必做的功课就是放牛。我的整个少年和青年早期就是在交替或者混合着做着这两件事情,读书只是我的副业之一。我从他身上看到过我曾经的幼稚和天真,这是一种很大的精神补偿,因为我自己在能够幼稚和天真的时候却并未具备欣赏和把玩它们的能力。这让我多少有些满足,也是我带老小的动力之一。在我外出读书的期间,我也和他保持着兄弟之间最经常和最亲密的联系。这种关系一直维持到我大学毕业参加工作。但自从他第一次坐了六年大牢回来,就完全变成了另外一个人。我并不是说他经过政府的强制改造之后已经悔过自新,我没有这个心情为什么人摆功。我是从一个兄弟的角度来看待这个人的。他的相貌已经完全土匪化,跟所有影视剧里面的这种角色没有什么两样,他的面庞粗犷,脖子粗短,面相凶恶,眼里射出的是阴鸷的光线,没有一件事一样东西让他顺眼顺心。这与从前的他大相径庭,连我这个亲哥哥看了也感到害怕。这种现象的出现,我到现在都不能解释,难道监狱不仅能改变一个人的思想、精神、灵魂,还能改变一个人的相貌?说起来真是有点儿匪夷所思,但我从来没有就这个问题向高人请教,毕竟不是什么体面的事情。但最可怕的不是相貌的改变,而是他性情的改变,仿佛是基因突变。他对他周围的一切充满着仇恨,包括对他的母亲,当然也是我的母亲。至于对待我们这些兄弟,更是这样。仿佛他进监牢是我们的功劳,这一点儿我是可以局部理解的。实际情况是,为了使他不进牢房,我们做了很多努力,包括钱财的、人情关系的,甚至尊严的,但我只是一个无权无势的教书匠,最大的长处是认识几千汉字,有时候也能把这些文字组成一些形式各异的方阵,别人称为所谓的文章。虽然有几个同学和学生的父亲在县城里占据要津,有着不同程度的话语权,但在对待这样大是大非的问题上,他们对我也只能是虚与委蛇,最后的结果是可想而知的。我的三个哥哥更无须说,除了二哥因为早年当兵有功补了一个国家饭碗外,其余的两个只是初识文字的农民而已。但为了显示所谓的兄弟之情,他们也上蹿下跳,到处钻营,出钱出力,可惜我们所有的行动就好像拳头打在棉花上，没弄出一点儿响动，意义是没有的。我们之所以这样做，并不是只想安慰父母，更重要的是我们喜欢这个弟弟。那时候父母双双健在，他们最心疼的就是这个小儿子。之所以最疼他，是因为他虽然已经年届三十，但是还没有结婚。我们那里的人普遍都这样认为，没吃早饭总是早，没有结婚总算小。而疼小儿子在我们那儿是所有父母最愿意做的事情。这件事的结果是，父母对我的看法发生了根本性的变化，他们认为我没有用。我是我们兄弟中唯一一个读了大学而且在外面做着公家事情的人，而且我还有一个同学在当地法院做副院长。他们都认为我的书是白读了，不能为自己的家人做一点儿事，尤其是关键的时候。我们那里的人有一个很不好的评判人物的观点，那就是看这个人是否当了官，而且能用做官的影响为家人排忧解难，当然能够谋取利益是更上一层楼的事情。如果做不到这一点儿，哪怕你是大学教授，也是废物一件，和村庄教小学的民办老师没有什么两样。他们一致认为，这样的大学不读也罢。他们数次数落我说读大学的时候，弟弟在小煤窑里挖煤供我读书，有几次差点死于煤矿中的事故的故事。这些故事让我感到无比的羞愧。我读大学是上个世纪八十年代的事情了，每个学期我都能收到弟弟给我寄的一百二十块钱。那时候他还不到十六岁，初中刚毕业（没有得到毕业证）就进了小煤窑。我也认为我的书是白读了，除了跳出农门之外别无建树，连自己的生活都过得磕磕绊绊。所以在他坐牢的时候，每年我都要去探监，给他带去很多好吃的，还有很多书，供他消磨无聊的时光，包括一套我自己最喜欢的汪曾祺的小说全集，还有一个德生牌的收音机，当然还有钱。每次都是两百，相当于我那时一个月的工资加上补课津贴。我以这种行为来补偿我内心的歉意。我叮嘱他和管教好好套好关系，争取早点儿出狱。我知道说让他好好改造他不会高兴。只说让他和管教套好关系。我没有把父母的嘱咐告诉他。父母每次都要我把他们的话告诉他，千篇一律地听政府的话，早点儿出来，娶一个老婆，安安心心过日子。因为五弟最不耐烦听这样的话。他说他这一辈子也不会结婚。因为他是因为女朋友的事情跟别人动了刀子才进的监狱。那个女孩我似乎见过一次，叫个什么白静，样子和名字一样文文静静的，和我们家的老五站在一起很不般配。但老五一根筋地认为那个白静就是他将来的老婆。作为兄长，对于弟弟所追求的幸福我是不能干涉的。我在心里一方面不看好，另一方面却祝愿他心想事成，我希望奇迹的出现。但就是这个文文静静的名叫白静的女孩让他进了监狱，至少我是这样认为的。不管什么原因，我都在心里恨上了这个女孩。虽然平心而论，这种仇恨毫无来由。

为了迎接五弟从里面出来，我出了八百元钱租了一辆崭新的金杯面包车带着我和三个兄长一路奔驰数百里到了沙洋农场他的监狱门口。为这事老婆还跟我闹了一个星期的矛盾，她说弟弟是大家的弟弟，要出钱大家分摊，凭什么你一个人出钱。对这样的女人你没法给她讲道理，虽然她也受过高等教育，说到底还是一个农民的女儿，眼睛眶子就是窄。我没有听她的数落，也不同她争辩。男人一沉默，女人心里就没底。我们这样冷战了一个星期，总算风平浪静。哪知五弟在看了迎接他出狱的阵容后，显得不屑一顾，主要是对那辆金杯车不屑一顾，认为这车子的档次也太低了一点儿。他说，他的狱友们回家时坐的都是外国车，最低版本也是日本丰田的，高档的还有奔驰宝马的，对于用这样低档的国产车接他出狱，有损他的面子。脾气火爆的三哥当即就想发作，幸好被脾气温和的二哥暗中阻止。二哥是一个善于和稀泥的人，也是一个没有原则的人，因此他人缘很好，别人都是这么说的。只有五弟从来不买他的账。年近六十的大哥麻木不仁地抽着烟，看着这个小他二十多岁的弟弟有些迷惑。他是一个资深的中国农民，对讲庄稼十分在行，对于场面上的事情多少持着事不关己的态度。看到这个比我小五岁的弟弟的表现，我在心里着实不高兴，心里说你还以为你从外国领奖回来呢。当然我没有把这句话说出来。我们的任务是先把他平安地送到母亲的面前，然后就各自忙各自的生计。兄弟么，小时候自然是怡怡的，大了，怡怡的亲密状态便不存在了，隔阂倒是出现了，便各人是各人的世界。所谓天干无露水，人老无人情。人的年纪越大，就越能面对世界上的悲伤，对于儿女情长，自然就冷漠了许多。按照当天的安排，我们要在镇上最大的餐馆请五弟吃一顿饭，算是接风。这是我们那地方的风俗，只是不是传统的风俗，是近一二十年才兴起的风俗，凡是亲人从外面回家，不论是当官回家，还是当兵回家，抑或是出国归来，从监狱出来，都要走这个程序的，表示一下被亲人接纳的态度。这世界态度有时候是最重要的，态度就是姿态，有时候决定着一件事情的成败。小镇里的餐馆当然不能上档次。这一次五弟又发作了。他板着那张凶恶的脸愤怒地看着他的四个哥哥，好像我们给他摆的是鸿门宴。他拒绝动筷，拒绝端起酒杯，拒绝说话，那场面十分尴尬。已经忍了一路的三哥这回终于忍不住了。他说，你爱吃不吃，不要以为我们欠了你的，我们谁也不欠你一毛钱；你也不要以为你坐牢有了功劳，有了资本。不管怎么说，坐牢都不是一件光荣的事，你还以为你是共产党员坐的是国民党的监狱呢，要不是看老娘的面子，我才不来接你，我关了饭馆的门来接你，一天多的不说，至少要损失三百块钱。说完他摔破酒杯：我不陪你了，我自己走回家。县城离我们家乡小镇有十五公里路程，他要走回家怎么也得三四个小时。我知道他说的是气话，他一定会搭车回去的。三哥走后，老实巴交的大哥也说话了：老五，不是我说你，当时你在小煤窑做事，一年怎么也能挣个上千块，那时的钱多值钱啊。你说那里危险，回来就回来吧，在家里种个地多么安稳，你说你要到城里挣大钱，这没什么错，你千不该万不该为一个女人跟别人动刀子，幸亏那人没有死，如果死了，你一定会把牢底坐穿，像《洪湖赤卫队》中唱的那样，这下好了，坐了牢，全家人跟着你丢脸。你以为我出来一趟容易，家里的小麦田等着我浇水呢。你大嫂常年害病，做不得重活，如果误了农时，我一年就白干了，我喝西北风去？这酒我也不喝了，我得回家去给小麦浇水施肥去。二哥见他们走了，也发话了：老五，你是我们最小的弟弟，按理说，应该更多地得到我们的关心，现在就你这个样子，我们怎么关心你？为了接你出来，我向领导请了老半天的假，现在我们单位正在搞"三个代表"学习整风，本来规定谁也不准请假的。我们领导看我是老党员老职工的面子才准的假。你现在这个样子，我也不想陪你了，我也得回城里去了，你好自为之，老四，你好好陪老五，过一段时间我们回家看老娘。现在整个饭桌就剩下我和老五了。见他沉默不语，我也不知道该说些什么。老实说，我不想责备他，也不想纵容他。我想他心里一定是很难受的。一个年届三十的人，一无所有，有的是一身坏名声，未来的日子怎样过，我心里没底，我想他心里也是没底的。我们草草地吃完饭,就上车往家里赶。母亲见了老五,高兴得满脸皱纹都挤成一团,说,我儿回来了,回来了就好。赶明儿娶一个媳妇好好过日子。我的年届八十的母亲天真地以为,娶一个女人就像到自家的自留地里挖回一棵白菜那样容易。

  回来了就好只是母亲的一厢情愿。老五只在家老老实实待了三个月。在这三个月里,老五过着隐居的日子,他不愿意见任何生人和熟人。他活在他自己的封闭世界里。同时,他还过着衣来伸手饭来张口的老爷似的日子,任母亲拖着日渐衰老的身体在家里忙来忙去。这还不算,对于母亲每餐端上饭桌上的饭菜,老五横眉竖眼地呵斥,不是嫌母亲菜里面的盐放多了,就是嫌油放少了,要么说鸡蛋煎得太老,要么说菜里一点儿油腥味都没有。可怜母亲围着灶台做了一辈子的饭,现在一下子变得无所适从起来。每次吃饭的时候,母亲都诚惶诚恐地看着老五的脸色,生怕自己的幺儿子又给自己出什么难题。最要命的是,老五每餐吃饭还要喝酒。自从父亲去世后,酒就在家里绝了踪迹,因为医生说,如果父亲不是常年喝酒,至少可以多活上个三年五年。这句话对母亲的刺激很大,所以之后母亲就从来不让我们往家里带酒。最小的儿子要喝酒,母亲不得不破例。她佝偻着矮小的身子像风一样飘走在乡村的土路上,高一脚低一脚地跑到离家两里开外的代销店去买酒。村里的人都知道母亲给儿子打酒,都以怜悯的眼光看着这个年过古稀的老人像揣了金银宝贝一样把那个玻璃瓶塞进她已经干瘪的胸怀中。不论下雨天还是烈日炎炎,她都义无反顾地做着这样一件她自认为神圣的事情。怎么你儿子自己不来买啊?经常有人这样问她。我儿子怕丑呢,他不想见任何一个人。母亲如实地回答着人们的问话。碰上有时候身上没钱,还得向别人说好话赊酒。酒赊的多了,代销店伙计的脸上就有了颜色。母亲察觉到了这种颜色,主动地说,我儿子会还酒钱的,我有五个儿子,这点儿酒钱还是还得起的。母亲每次提起五个儿子,脸上都显示出自豪的光泽。代销店的伙计听了这话,就不再说什么,低下头去记账。老五有时候喝高了,就丢筷子摔碗地乱骂一通,骂爹骂娘骂兄弟,骂天骂地骂政府。母亲只是在一旁听着,什么话也不说,像一个小学生听校长训话。等到老五骂完,母亲就驯服着接着干她该干的事情，喂猪喂鸡，伺弄菜园，洗衣做饭。可喜的是，在这三个月内，老五居然白了也胖了。他在这三个月内，只做了以下几件事情，一是吃饭，二是睡觉，三是拉尿拉屎。除了这些，他也偶尔在房屋前走一走，踱着方步，背着双手，像一个下乡检查工作的乡镇干部。我们不知道母亲为什么要这样惯着他？可能她认为老五在牢房里吃过太多苦现在要补偿他吧。临终前，母亲告诉了我们这个秘密。母亲说，我跟你父亲一辈子没有住上好房子，你们现在有了本事，有的在城里买了房，有的在乡下做了新房。可是你们谁也没接我过去住一天一晚。你们兄弟老五虽然没有让我住新房，但他给我买了上好的万年屋。柏木的寿材我们村里有谁住得起啊，在过去只有地主老财才住得上，可是你们的弟弟老五给我买上了，还给你们的父亲买上了。我在阳世穷了一辈子，可是我到阴间却能住上好房子。我惯着老五，都是因为这个原因，还有一点儿，我给他读书读得少，初中没毕业就下了煤窑，虽说是他不想读书，但十五六岁的小孩子下煤窑是多么危险的事啊。他下小煤窑的三年里，我没睡过一晚上的好觉，生怕出事情。他老大不小了，我没能耐给他娶媳妇，我不疼他还有谁疼他？我死后，你们千难万难也要帮他娶上一个老婆，哪怕是身体有点儿小毛病的，也要帮他娶上。管他愿意不愿意，先让他留个一男半女再说，我知道这个儿子心气高。这些都是后话了，这是老五第二次入狱之后母亲在病重期间告诉我们的。她的这些话我一想起来心里就一阵难受。

/ 3 /

看着老五这样肆无忌惮地奴役着年过古稀的母亲，连一向本分甚至木讷的大哥也看不过眼了。大哥就住在母亲老屋不远的隔壁，对老五的行径一清二楚。本来他不想管事，他历来就是这样一个人。但凡他看不过眼的，一定是很出格的事情。他拿出本来就不存在的所谓大哥的威风训斥这个不成器而且最小的弟弟。他以他农民的思维向老五宣布了几条纪律，一是下地干活，二是帮助母亲做家务，三是自己的衣服自己洗，四是自己喝酒自个儿买，五是不许打骂母亲。老五对老大提出的所谓五条纪律不屑一顾。

反唇相讥地说大哥除了一辈子种地之外什么也不懂。种地把他的脑筋种坏了，不然为什么自己年过二十六岁的儿子现在连一个媳妇都找不到。打人不打脸，骂人不揭短，本来就为这事愁白了头的大哥突然爆发了。他的爆发也是农民式的，听了这话，他二话不说就抄起扁担向老五劈去，幸亏一向病快快的大嫂在一旁看得真切，死命抱住了盛怒之中的大哥，不然老五一定会头上开花。暂时处于安全之中的老五在惊恐之余突然显示出了英雄本色，他视死如归地迎着大哥的扁担而上，说，你看不惯我干脆打死我算了，我又没吃你一口饭，没喝你一杯水，你凭什么教训我。老妈为我洗衣做饭，她愿意，关你屁事？说完他泼皮无赖似地躺在大哥的脚前，要大哥打死他算了，然后大家平安。刚才还在盛怒之中的大哥反而缩了手，一时不知所措。大嫂乘机把大哥推进屋。老五躺在地上闹了一会儿，看没有人接招，自觉无趣，也就偃旗息鼓，悻悻地收场了事。

但这事没完，老五待在家里两天没有出门，第三天突然主动找到大哥，说是要和他算算账。大哥对老五的举动不屑一顾，他说我没有工夫搭理你，我要下地给庄稼打药，棉花地的虫子现在已经成了灾，再不打药一年的活就白干了。老五说等这笔账算好了之后我下地帮你打药，误不了你的收成，一辈子在黄土里死受死干，到头来还是穷人一个。大哥听了这话脸色由黄转灰，由灰转黑，但终于忍住没有发作。大哥停下脚步问我们有什么账可算的？我可是没借你一毛钱一颗米呢！再说了你有什么可以借给别人的？除了自身的光棍一条。大哥说完这些话有些农民式的自豪，又有一些阿Q式的精神胜利。老五说借没借你看完这张账单再说。原来老五回家后恍然大悟似地想起自己的两亩责任田给大哥白种了六年，这地可不能白种的。按一亩地每年两百块的租金，两亩地六年租金算起来有二千四百块钱呢。大哥接过老五递过去的纸条，一看是要他交租种责任田的租金，脸上突然出现了红色，仿佛正在行窃时被别人抓了一个正着。大哥正在为钱的事发愁，儿子找不到女朋友，其根本原因是家里穷，没钱。本来以儿子的身材长相，找个老婆是不成问题的，但现在的女人现实得很，身材长相只适用于谈恋爱的阶段，至于结婚，还是要看钱说话。没有钱，哪怕身子给男人睡透了，也是不会答应的，这是原则问题。目前的问题是，不是没有女人愿意嫁给儿子。女方提出的条件是最好在县城里买一套房子，最不济也要在镇上买一套房子，这是做女人的价值所在，而且是过了这个村没有那个店的。为了这个事，大哥大嫂很是伤神。本来家里是应该有点儿小钱的，可是大嫂常年看病吃药用了个尘土不剩。大哥看了那张账单之后思忖了良久，说，我租了你的两亩地六年，现在我也把我的两亩责任田租给你用六年，六年之后再还给我，当初我种你的地并没有种粮补贴，而且还要交农业税，我是看地荒了太可惜才种你的地，再说我们当时又没有打合同。大哥知道老五是不可能老实在家种地的，于是自以为很聪明地想出了这样一种办法。老五也不是省油的灯。他说，既然你这样说，我就收下你的两亩地，时间也是六年，我自己不种，让它荒着；要么我也租给别人种，连同我自己的两亩地，一共四亩，每亩每年只收三百，六年下来也有七千多。我知道现在不收农业税了，政府还发补贴，我就不相信没人种。大哥听了这话，突然愣在那里。这一回合，大哥自然是打输了。

接下来是老五逼着大哥交地，不仅要交出老五的两亩地，还要交出自己的两亩地。老五下了最后通牒说，如果一个月之内不交出地，他就会放火烧了那四亩地的庄稼。那四亩地里，其中两亩种着棉花，两亩种着小麦。棉花快要开蕾苞了，小麦呢，也快灌浆了，但一个月之内绝对不能收获的。这个通牒让大哥着了急，他知道依照老五现在的脾气是能做得出来的。他始终端着的大哥的架子突然间就化为无形。他向老五说好话，但老五一口咬定要公事公办，容不得半点儿私情。大嫂也拖着病躯向老五求情，要求老五再宽限两个月，让他们把地里的庄稼收获了之后再交地。老五铁了心的黑着脸一言不发。大哥大嫂见这招不行，急忙找母亲从中调解。母亲好言好语地向老五说了三个晚上，但老五就是不肯让步。母亲气急攻心，突然病倒在床。大哥把这一情况向二哥、三哥和我通报，希望我们从中阻止老五疯狂的行为。为此，我们不得不在同一天回到老屋，一起做老五的思想工作。老五说你们站着说话不腰疼，身无分文的日子谁都不想过。这话当然是假话，因为我们都知道从监狱出来时，政府发给他三千多元，当然不是工资，也不是资金补助之类的东西，而是他在里面劳动了六年的名义性报酬。最后还要我提议我们兄弟三人帮大哥凑足了两千四百块钱，每个兄弟八百块，而且声明是借给大哥的。为此，二嫂、三嫂有半年没有和我说话。她们埋怨我出了一个奇臭无比的主意，她们说我在为虎作伥，助纣为虐。当然这两个词是我事后才想起的，她们是说不出这样高深的词语的。我的老婆也因为这事和我分床两个星期。这个婆娘一点儿出息都没有，动不动就跟我来这一套，好像我很稀罕她那破身子似的。因为她们都知道，以大哥现在的能力，三年五年是还不了这笔钱的。老五得了钱，也就失去了再闹下去的理由，于是就坡下驴偃旗息鼓。

/ 4 /

母亲的病居然在不吃药不打针的情况下慢慢好了，这也是她一辈子对付病魔的唯一方法，而且每次都能奏效。并不是我们不肯为她看病，而是她的坚拒，大概是因为年纪大了讳疾忌医的原因。母亲认为老五的毛病关键不是在于没有钱，而是在于没有女人，一个年过三十而没有女人的正常男人，一切反常的举动都与女人有关，这是母亲的朴素观点。她觉得现在给老五找一个女人成为我们老赖家的中心工作，是重中之重，应该刻不容缓地纳入她的议事日程。事实上，从老五回家的第一天起，她就在思谋这件事情，之所以没有付诸行动，是因为没有看清行情。实际上，对进入新一个世纪的婚姻行情她一直都是糊涂的。到了现在这个时候，她不得不用她的经验和方法试一试。她的方法很老套，就是先找媒婆，让媒婆给老五找媳妇，然后看人，看家产，下聘礼，然后新人入洞房。母亲找了她年轻时至今几个健在的说媒拉纤的姐妹，但人家告诉她，她们不做这行已经很久了。她们还告诉母亲，整个村庄现在连一个业余媒婆都没有了，更不要说专业的媒婆。现在生活好了，谁还看得上那几斤白糖几斤挂面什么的。母亲好像没听清楚那些老姐妹说的话，反复向别人强调自己的幺儿子如何如何孝顺，如何如何一表人才。老姐妹顺着母亲的话恭维她，在心里很不以为然：一个年过三十一穷二白的男人，还是住过牢的，任你说得天花乱坠，现在要找一个媳妇简直比登天还难。母亲的三番五次造访，搞得别人烦不胜烦，又不好明面上赶她出门，只得虚与委蛇地与她周旋，好比闲下来拉拉家常。渐渐地，母亲感觉到了这种冷漠和拒绝，但她并不死心。没有什么事比帮儿子娶媳妇更重要的了。这条路走不通，她只得退而求其次，找那些比她小二十来岁的小辈们。这些四五十的大婶们忙的时候在田头，闲的时候在麻将桌上，好不容易逮着了，人家也只是看在她年长的面子上，客气地打个招呼而已。通常的情况是，母亲坐在田头先和别人拉家常，恭维别人的庄稼长得好，牲口长得壮，然后不由自主地把话题转移到自己的小儿子身上，说自己的儿子如何如何孝顺，她死后睡得老屋就是老五添置的；又说自己的儿子长得好，一表人才什么的。别人听了，张口打哈哈，突然又骂起来，说这个世道没法过了，什么都涨价，农药涨了，化肥涨了，钱越来越不经用了，一张红彤彤的钞票一打开转眼间就没了，也不知道买了些什么。母亲听得没趣，就艰难地站起身，佝偻着身体，拄着拐杖，高一脚低一脚地向家的方向移动，像一小捆会移动的枯黄的稻草人，似乎没有一点儿分量。母亲当然不会这么快就死心，她趁着别人打麻将的时候再去。母亲不懂麻将，她搭讪着和别人拉上话，别人有一句没一句地和她说着，不时地就麻将牌说一些粗俗的野话，大抵是和男人女人之间相关的物件。母亲有些听不下去，但她还是硬着头皮坐在那里。一次又一次地把话头拉向她的小儿子，没有人接她的茬儿。突然间就有人骂爹骂娘，当然是输家。开始还是指桑骂槐，见母亲还不离开，于是骂声的指向就明白无误了：背后站个人，盘盘都是赢，背后坐个猪，盘盘都要输。母亲听了，心里十分难受，只得站起身来，悄悄离开。事实上，整个村庄没有一个适龄的女性可以嫁给母亲最小的儿子。她们不是太小，就是太老，不太老不太小的女性都外出打工去了。母亲虽然年纪大，但还没有老糊涂，她在心里算计着可以嫁给老五的女人，算来算去，只有一个叫张群英的寡妇与老五的年龄般配，可那个年龄已过三十四的原籍四川的女人还拖着一个挂油瓶儿子。

她每次在路上遇见母亲，总是叫母亲大娘，还很甜蜜地同母亲拉拉家常。在经过反复肯定和否定的衡量之后，母亲决定探探这个女人的口风。张群英不置可否地回答了母亲的试探，同时向母亲透露了一个信息，那就是她那个已经与她离了婚的死鬼男人现在又企图与她重修旧好。母亲说，那个在外面养小三的男人有什么值得留恋。张群英说，他是孩子的爹呢！母亲听了无话可说。她又试着把这个想法告诉老五，被老五粗暴地回绝。这下母亲没辙了。她想起了自己娘家的亲人，主要是侄儿侄女，因为与她同辈的人几乎都已经去了另一个世界。那些侄儿侄女们在电话中满口答应母亲的请求，并说一有了目标，一定会马上告诉给姑母。可是两个月过去了，他们没有回给母亲只言片语。在完全没有办法的情况下，母亲只得端出母亲的架子，给我们兄弟四人下达了帮助弟弟找老婆的命令。她知道我们都是外行，拙于口舌。实际上她是向她的四个儿媳下命令，只不过通过我们转达而已。当我把这个命令向老婆转达的时候。我的老婆，那个教了二十年政治的中学女教师露出了自己的想法，不愿与不屑。她觉得做媒婆降低了自己人民教师的身份。事实上，由于她所带的课程在学生中日益边缘化，加上更年期的如期而至，她的脾气与时俱进，有时候甚至达到令人难以忍受的程度。对于这个命令，我只是传达，尽点儿人子之心而已。大哥两口子自从与老五交恶之后，一直没有与老五说过话，要他们帮助找老婆，无异于缘木求鱼。二嫂子赤脚医生出身，现在穿上皮鞋在县城开了一间小诊所，是我们老赖家最能赚钱的角色，自认为自己对老赖家的贡献最大，对我们兄弟从来都是低看一眼，连我这个在外面吃着公家饭的老师也不在话下。她对二哥说，她懒得操这份心。二哥平时就仰望着自己的老婆，这时只得俯首听命。三嫂子倒是一个热心人，而且在外面开餐馆有年，接触面广。她费了九牛二虎之力连哄带骗地将一个长年在沿海打工误了婚期的女孩说通，终于让她同意与老五见上一面。可是老五一点儿面子也不给，在电话中只用"我他妈的谁也不见"回绝了三嫂。三嫂说我热脸贴在冷屁股上了，于是对三哥端了一个星期的冷脸，仿佛这是三哥的错。在整个过程中，只有我还是清醒的：在女人方面，老五其实另有想法，这个想法可能与那个叫白静的女人有关。当年,老五就是因为白静的事情进的监狱。后来事情的发展,不幸被我猜中。

/ 5 /

在老家乡下待了三个月后,老五觉得很闷,觉得现在是进城的时候了。依老五手中的钞票,他在县城是待不了多久的。他必须有一个营生,才能在县城常住下去。老实说,老五的这一举动,对母亲是一个利好,对大哥大嫂更是一个利好。但对在县城生活的二哥、三哥和我就未必是一个好消息。老五进县城只是跟母亲说了,没有告诉我们兄弟中的任何一个人。母亲说,也好,乡下太憋闷了,出去散散心也好。母亲以为老五进城是散心,事情并没有那么简单。老五先在二哥单位的招待所租了一间房子,为期一个月,租金是八百块,先交上三百块的押金。由于他事先向招待所通报了他与二哥的关系,招待所同意他剩余的钱在一个月后一次性付清。住的地方有了,再找吃的地方。其实这个地方不难找,三哥就在县城开着小吃店。有了免费吃住的地方,在县城待上个一年半载是没有问题的。在满足了基本的生活条件后,老五开始了自己的工作,寻找那个叫白静的女人。老五隐约听说,在他进去后不久,那个叫白静的女孩就嫁到了县城,男人是一个小老板。老五的寻人过程是一种漫无目标随心所欲的过程。通常的情况是,早上从招待所起床,先在三哥家的小餐馆吃完早餐,然后就在县城的大街小巷随意逛荡。中午时分,他会准时出现在三哥的餐馆。吃完午餐,他会回到招待所睡上一个小时的午觉,下午再接着到街上寻人。晚上在三哥那里吃过晚饭后,他会准时回到招待所睡觉,像正规上班一族一样,十分有规律。他的注意力主要放在女人的身上,他希望通过这种方式与那个叫白静的女人不期而遇,然后与她续上关系。他已经说不清白静长得是什么样子的了,但他确信,只要与这个女人相遇,他一定能够认出她来。他的这种做法效率低下,而且时间成本很高,但这并不妨碍他一意孤行,因为时间对他来说并不重要,有时候时间还会成为他的累赘,多得难以打发。他必须做一件他自认为有意义的事情来打发这些没有穷尽的时间。在县城的第一个星期里，他发现了很多新鲜的玩意儿，比如说网吧。但一开始他对这些东西没有兴趣，因为他并不会玩电脑，连基本的汉字输入法他都不懂。他认为自己没有必要掌握这些东西。头两个星期，老五对自己这种寻人的方法在充满乐趣的同时还充满信心，他认为只要白静还在县城生活，他总有一天会遇到她。他的逻辑推理没有问题，但推理只是推理，与现实毫不相干。后来他就感觉有些厌烦。并不是因为一时找不到白静使他感到厌烦，而是县城对他已经失去新鲜感了。在他对县城感到厌烦的同时，三哥三嫂对他感到厌烦了。老五每次到了三哥那儿，就像银行里的 VIP 客人，具有优先权。不出钱也就罢了，还要插队，这让顾客对他侧目而视。于是三哥三嫂有了意见。三嫂嘴上不说，脸早就黑下来了，可是当着客人的面，又不好发作。在店里不好发作，只好回家对三哥摔脸。三哥息事宁人地让三嫂忍着，让三嫂好歹看在亲兄弟的面子上，不要撕破了最后一层皮。三嫂说三哥说得轻巧拿根灯草，因为很多熟客因老五的出现而改投他处，营业额自然是直线下降。关于赚钱的事情，三哥一向是很敏感。于是决定对老五当面锣对锣鼓对鼓地讲清楚，免费吃饭可以，但要给什么吃什么，这是一，二呢，要按顺序来，不能插别人的队。老五听了，默不作声，算是应承了。这是老五出狱后第一次向别人屈服，他知道人在矮檐下不得不低头的道理。

　　厌烦归厌烦，老五还是继续在县城的大街小巷里逡巡，像一个专业的侦探。这一阵子，他看遍了县城里各种类型的女人，但无论是漂亮的还是妩媚的还是美艳的还是性感的，都引不起他的兴趣。他的一门心思在那个叫白静的女人身上。他想象她的各种举动，包括一颦一笑，在心里得到一种从未有过的满足。说话间夏天就来到了，县城突然间就变得炎热无比。这让老五的行动稍稍有点儿受阻。但老五依然按时出行，不过稍有改变的是他减少了每天行路的距离。他经常走上一阵子又歇上一阵子，以避免体力的过度消耗。这天他来到县法院旁边的一处荫凉地，那里有一个象棋摊子。老五坐在旁边津津有味地看着别人下棋，五块钱一局。每次都是挑战者赢钱。老五在监狱里曾一度迷上过这种游戏，实际上这是他在里面最大的娱乐活动。很明显的棋局，红方在棋局上占据着绝对的优势，但要后行；黑子在棋局处于劣势，但先行。老五决定出手，他理所当然地选择了红棋，当然第一盘他赢了。同样道理，第二局、第三局他也赢了。老五喜滋滋地把摊主递过来的十五块钱揣进口袋。在摊主的恭维声中，老五开始了第四局的搏杀，不过这一局的筹码已经提高到五十块。老五依然选择红方。可是摊主突然改变走棋的套路，走了一步无比惊险的马步，就在围观者心里说老板必输的啧啧叹息声中，老板突然宣布自己赢棋。老五见回天无望，只得掏口袋。他掏口袋只是做做样子，因为他每天出门身上只带一百块钱。他决定在县城打持久战，就必须严格控制每天花钱的数目。他当然不愿意把这一百块钱拱手送人。无意中他掏出了一个小本本，这个东西连他自己都忘记是什么东西了。等掏出来一看，居然是那本代表他曾经身份的刑满释放证。不想这个证件起到了意想不到的效果。虽然摊主的手臂上纹着一条吐着红色信子的毒蛇，但一看就是一个山寨版的黑社会。他一见那个小本本，就像李鬼遇到了李逵。他恭恭敬敬地把本本壁还给老五，一边说，大哥，这东西您老收好了，丢不得的，算我有眼不识泰山，您老走好。老五在惊愕中突然觉得自己伟岸起来。第一次入狱后，老五的第一代身份证已经过期，他还不知道有二代身份证的说法，于是每次出门都带上这个小本本，以证明他现在是一个良民，至少是一个已经改造过的良民。不想在关键时候就起到了作用。

有了类似于通行证的刑满释放证，小五突然觉得自己也是一个有身份的人了。他重新打量这个位于江汉平原腹地的小县城，觉得自己在这里还是大有可为的。但在有作为之前，他一定要先找到那个叫白静的女人，至于找到她之后，是与她重修旧好，还是其他什么，他还没有想好，到时候再说呗。至于报复的心他是没有的，因为没有这方面的理由，说到底，老五不是一个睚眦必报的人。

有一天，老五照例行走在县城的街道上，在一条名叫金虾巷的路口，老五碰到一个身材个头年龄长相酷似白静的女人，他跟踪了她许久，他确认这人就是白静。他从路口一直走到巷道的深处，眼看那个女人就要消逝在人群里。他大叫了一声"白静"，但那个女人似乎没有听见。他急忙上去扯那个女人的衣服，可是那个女人只穿了一件无袖的紧身连衣裙，无意中他拉开了女人连衣裙后背的拉链。于是那女人的白花花的后背就暴露在大庭广众之下，连黑色内裤的一角也看得清清楚楚。那个女人大声哭喊着抓流氓，这下老五傻眼了。那个女人根本不是什么白静，而是一个无比接近白静却永远不是白静的女人。老五当场就被抓着了，被人打趴下了之后，他又被人送到附近的派出所。在派出所，警察从他身上只搜到了一百一十五块钱和一张刑满释放证。在详细询问了事情的前因后果之后，警察倒也没有为难他，只是让他交三千块钱的罚款走人。怎么弄到这三千块钱，颇让老五费了思量。在县城里，他熟悉的只有二哥三哥，而我这个四哥在离县城还有五公里远的城郊中学教书。而让他们帮忙交罚款，无疑是与虎谋皮。但老五别无选择，还是硬着头皮给二哥打了电话。三个小时后，二哥终于拿着三千块钱到了派出所。二哥黑着脸把老五领出了派出所。老五这次没有嫌二哥姗姗来迟。其实二哥家里虽然有钱，但他却没有支配权。他是向二嫂求来的，而且还向二嫂打了借条。二哥丢尽了面子，自然对老五没有好脸色。一路上二哥只对老五说了这一番话：这钱是我向你二嫂借来的，三个月后你必须还上这笔钱，本来她还要你偿还三百块利息的，这个利息我自己认了，你只要还本金就行了，谁叫我们是兄弟呢。老五听了二哥的话，什么也没有说，只是在心里增加了瞧不起二哥的程度：一个男人，要用钱还要向老婆打借条，算是窝囊到家了。

　　这次挫折并没有减少老五寻找白静的念头，反而强化了他非要找到她的信念。但目前这种寻找方法一定要改进，至于怎样改进，老五暂时却没有更好的办法。漫天撒网不行，只能守株待兔了。白静嫁的是一个小老板，六年过去了，小老板可能已经长成了中老板或者大老板，也可能变成了打工仔。如果是前一种可能的话，那么她一定居住在县城的高档住宅区。至于后一种情况，就无法定位了。他决定先按第一种情况搜索，因为这种可能性更大一些。他向别人打听到了这个县城几个高档小区之后，然后按图索骥地每天到那几个地方报到。他当然不能到这些小区里去一家家地查询，因为那里门禁森严。在坚持了两个星期一点儿线索都没有摸排到之后，他的信心受到了打击。现在进到三哥的餐馆吃饭，三嫂的脸色一次比一次难看，脸上好像能够挤出几斤墨汁般的水来，不仅如此，她现在已经开始指桑骂槐了，日妈倒娘的，像一个泼妇一样。三哥听任自己的老婆骂着自己的亲弟弟，一言不发。要是在平时，他一定会对老婆非打即骂。与二哥家的情况相反，在三哥家，三哥绝对掌握了家庭的话语权。但这回老婆骂出了自己的心声，三哥对自己老婆的骂声也就听之任之了。老五现在越来越怕走进三哥的餐馆，每次走进去都有一种做贼的感觉。他现在开始减少在三哥餐馆就餐的次数。开始是只在三哥餐馆吃两顿，中餐和晚餐。后来就改成一餐。只在餐馆快要打烊的时候回来吃一顿晚餐，早餐和午餐他自己在外面解决。二哥和三哥从来不问老五待在县城这么长的时间究竟做了些什么。他们不是没有兴趣，他们知道即使问了老五也不会对他们讲真话。他们希望老五早一点儿离开县城，不管到哪里去，只要不在眼前晃荡就行。但老五好像与他们作对似的，日复一日地出现在他们的眼前，这让他们心里烦躁得很。为此，三嫂甚至起了与二嫂联手作战的心思，但因为三哥的阻拦并没有实现。因为三哥历来瞧不起二嫂飞扬跋扈的样子。

老五在乡下农村养了三个月刚刚胖起来的脸庞迅速消瘦下去。他像一个没有灵魂的僵尸一样终日在县城的大街小巷游走，但那个叫白静的女人始终没有出现在他的视野。虽然如此，老五每天都在设计与她重逢时的情景。平淡的也有，更多的是激动的场面。这些不过是老五一厢情愿的情景罢了。老五生活在自己的幻觉里不能自拔。我想如果有可能，他会在这一辈子所剩下的时间里只做这一件事。

/ 6 /

事情的转机很偶然。那天他照例在县城的那几个高档小区游走，照例是无功而返。通过金虾巷时，他被一家叫蓝天的私人网吧里面的声音所吸引。他突然厌倦了在街边巷角坐下来休息的方式，他想走进一间有座位的屋子好好休息休息，顺便喝上一杯热茶。他的进入，自然受到了店主的欢迎。老实说，到了县城几个月，他还从没有受到如这般的语言贿赂。但他声明自己不会上网。这个没有问题，老板说，简单得很，我来教你，包你五分钟学会，我们这里是全城收费最便宜的，每小时只收两块钱，而今眼下，两块钱算什么，两根香烟的价钱，半碗热干面的价钱。老板热情而又活络地招呼着老五，让老五感觉到了久违的亲切。老五不是一个笨人，他果然在老板所说的五分钟的时间里学会了电脑的最初操作。虚拟的世界果然比现实的世界精彩。他乐不思蜀地在里面痛痛快快地玩了一个一佛出世二佛升天。第二天，第三天，他像上班一样准时来到网吧。一个星期后，他突然又对那些打打杀杀的游戏厌倦了，他向老板请教，除了玩游戏，电脑还能做什么？老板说，电脑能做的事情海了去了，就是你要找女人，电脑也会帮你找到，无论是天涯海角。这句话对老五的启发很大。老五说，怎样找呢？你和她网聊呗。可是我怎样才能找她网聊呢？老板这次没说话，只是坐在电脑前实际操作了一遍。老五说这样只能过过干瘾，有什么意思呢？老板说，先聊呗，聊出感情了，再电话联系，然后见面，然后到宾馆里开房睡觉，然后走人；然后再找第二个女人，第三个女人，这样循环往复以至于无穷。只要你有钱，这个世界没有不上钩的女人。问题的关键是，老五没有钱，他只有一张刑满释放证，老五把自己的意思说了。老板说，这也不难，这张证件可能比一张北京大学的毕业证还管用，现在遍地都是大学生，没听说遍地都是刑满释放人员，物以稀为贵嘛。老五说，我不想找女人，我想找一个女人。老板笑笑，说不想找女人，想找一个女人，说来说去，还是找女人嘛，难道还找一个男人不成？找女人没有难为情的，不找女人才难为情呢，当今世界，不找女人怎么证明你是男人呢？老五被老板的话绕得有点儿糊涂。老五说，我想找一个有名有姓的女人，我们有多年没见面了。老板说，这个更简单，你愿在百度里找就在百度里找，你想在谷歌里找就在谷歌里找，保证一找一个准。老五听了老板的话，突然对这个新奇的东西发生了新的兴趣。在老板的调教下，老五在百度里输入白静两个字。网页上出现了186条相关的信息。但这些信息似是而非，老五并不能确定哪个就是他要找的白静。后来老板又在白静的前面加上县城的名字，这样信息就压缩到了32条。在经过全面比较和权衡之后，老五把那个开着一家美容店的白静确定为自己要寻找的目标。还有一条信息也与她有关，就是白静的女儿正在一家名叫小天使的幼儿园上学，白静作为这家幼儿园家长委员会的成员，曾经发过一次言。事实上，他选对了。

电脑可以确定目标，但要找到具体的人，还是必须用传统的方法，蹲守。于是老五找到了位于县城开发区的一家装饰得美轮美奂的美容店，像一个有耐心的猎人蹲守在那里，一连三天，他都没有从进进出出的人群中发现白静的影子。这是怎么回事，难道是电脑提供的信息有误？第四天，他终于耐不住性子走进了那家美容店，店里面却是没有白静的身影。老五向店里的小妹打听，小妹告诉他说老板两口子到欧洲半月游了。老五又问他们什么时候可以回来？小妹说，她才出去一天，还有两个星期就可以回来了。老五决定等。在没有具体目标前，两个星期不算长，但在确定了具体目标之后，两个星期对老五来说就显得无比漫长，因为老五的吃住已经开始出现危机。先说住，本来说好的，一个月后再支付剩下的500块的房租，但招待所的经理在询问了二哥的意见后，决定提前一个星期收取那笔钱，不仅如此，如果还要续租的话，必须提前预交下个月的租金。这让老五有点儿猝不及防。老五手头的钱不多了，还不到一千五，能否坚持到见到白静成为一个问题。再说吃，本来已经把在三哥餐馆一日三餐减少到一日一餐，但三嫂依然心犹不甘。她对三哥说，这算怎么回事，难不成我养了老的还要养小的？亲兄弟明算账么？赶明儿我也叫我娘家兄弟来这里长驻，把这个家吃光败光算数。三嫂一日念三遍，三日念九遍，让三哥烦透了。开始的时候，他还埋怨老婆不懂事，但每次看着老五理直气壮地狼吞虎咽的样子，就气不打一处来。他问老五究竟待在县城做什么？还要在这里待多久？好像县城是他自己的一样。老五吃完饭，并没有回答三哥的问话，只用那充满阴鸷的眼神看了三哥一眼，就不慌不忙地走出餐馆，临行前还不忘扯了两尺长的纸巾擦了擦满是油迹的嘴。三嫂在旁边看了，说，前世欠他的，明天我就不做了，做了也是帮别人白做，我每天起三更睡午夜地干为了什么呢？三哥听了一言不发，只是脸黑得像包公一样。

老五决定搬出二哥单位的招待所。但前提是他必须有一笔钱。这笔钱从哪里出让他犯了难。老娘是没指望的，都快入棺材了。大哥更不用说，早就成了仇人。现在连二哥三哥也成了仇人。他唯一能找的人就是我这个教着书的四哥了。本来他是不想找我的，因为在四个哥哥里面，只有我对他还存着一点儿怜悯之心，他不想把这点儿最后的温情也转化为怨仇。但现在没有办法了。他打的到了位于城郊的我的学校，开门见山地说要借六千块钱。我老婆听了，也就开门见山地回绝。她说，老五啊，你以为我们家是开银行的，你以为你四哥是中石化的老总啊。老五说，我是找我四哥借，又没找你借。老婆说，你四哥是谁？他的钱还不是我的钱。我四哥读大学的时候，我每年还给他寄钱呢，一个学期一百二，我连寄了三年，算算多少，那时候的钱多值钱？老婆说，今天你不是借钱来了，你是来讨账的吧？说吧，我们亲兄弟明算账，你要我们还多少？见老五不说话，老婆拿出计算器。一五一十地算了起来：一个学期一百二，三年共六个学期，六乘以一百二一共是七百二，按照十倍的通货膨胀率，我们应该还你七千二。我现在就给你取钱。老五接过我老婆递给他的钱之后，什么也没说，只是用很复杂的眼神望着我，我知道他心存歉意。但我也无话可说。临了我说，留在这里吃晚饭吧？我老婆在一旁说，饭肯定是没得吃，连水都没得一口喝，我们的债不是还清了吗？我狠狠地盯了这个在中学教政治课正处于更年期的女人，转身送弟弟出校门。老五在路上说，四哥，你的大学白读了，娶了一个外貌丑内心更丑的老婆，随便找一个乡下女人也比她强得多。我听了只得苦笑。我说我们到外面的小餐馆吃点儿东西吧？老五说，当不起，不然你的那个母老虎老婆今晚又不让你上床了。我说，管她的，她的更年期提前到达，在学校教一个人嫌狗厌的政治课，心情不好，你多少担待点儿。

在小餐馆里，我问老五一次要那么多钱干什么，老五开始不肯说，最后我问得急了，他才把事情的前因后果详详细细地讲给我听。我说，这事恐怕你做得不理智，你现在还去找别人有什么意义呢？你还指望她离了婚再嫁给你？不说你现在没有钱，即使有钱她也不会嫁给你。退一万步说，即使她嫁给你了，你用什么养活她？你在给自己找麻烦。既然她不会嫁给你，你做这些事情就失去了意义，一件没有意义的事情是不值得去做的，你现在完全是为了赌一口气。老五说，嫁不嫁是次要的，我主要是想问她，当年我为她动刀子进监狱，她对天发誓说要等我回来，她为什么说话不算数。听了这话，我笑笑：不要说她一个小女人，现在就是一个伟大的人物，说话不算数的也多了去了。话有时候还不如一个屁，屁放了还有一点儿臭味，话说了连一点儿臭味都没有；趁着你手头现在还有一点儿小钱，赶紧找一份正经事情做。老五听了不作声，我知道我没有说服他。事实上，现在没有一个人可以说服他。

那一顿老五喝了很多酒，他喝酒的样子不像是在喝，而是像在往喉咙里倒，我几次想让他少喝点儿，喝慢点，都没有说出口。走出小餐馆时，老五已经歪歪斜斜，没有重心，像大风中的稻草人一样。我怕他出事，一直跟在他的后面。他发现了，用很恶毒的骂声想赶走我。我只好退后远远地盯着。老五并没有向县城的方向走，而是相反的方向。我们的前方是一条类似于小河的干渠，里面的水汤汤满满地急速流动着，不时翻滚着暗藏着危机的旋涡。我怕他掉进水里淹死。事实上我的担心是多余的。过了干渠的石桥，老五来到了一片长满荒草的大平地。那片大而无当的平地早先是一个军用机场，六十多年前日本人侵华时修建的，不过现在废弃了变成了一片荒地，远处近处长满了蒿草，听说一家著名的房地产商已经看上了这块荒地，不久就要把它变成全县最大的居住小区。见老五走到了那块平地，我的心放回了肚子里。我蹲在一处半人高的荒草里，远远地盯着老五的一举一动。在皎洁的月光下，老五的身子成了一幅剪影，既清晰又模糊。不久那幅剪影在月光下舞动起来，样子极为矫健。开始是无章法的胡乱扭动，而后那动作就有点儿意思了，先是有点儿像叶问的咏春又有点儿像陈氏太极拳式，柔锦而又不失刚劲。随着过程的推进，那动作变得干脆利落起来，出手风快，有点儿武当和少林的招式。我以为眼前的一切都是梦境，但用右手使劲掐了一下左手，确认眼前的一切都是真实的。不久，那动作变得舒缓起来，样子极为抒情，像迪斯科又像探戈，期间还穿插着水兵舞的成分。这时的老五像一个舞蹈高手，在满月的光里尽情挥洒。月光的清辉把他的身体勾勒成一个精灵，又在他身体的轮廓边镀上一层银边。我看得有点儿呆了，不知道他什么时候学的这些东西。不知过了多久，那动作变得拙朴起来，开始我没看出名堂。渐渐地，我发现他在做一些儿时游戏的基本动作。先是跳房子的动作，再是滚铁环的动作，后来又成了抽得禄的动作，然后就是斗鸡的动作。那一招一式，极像我们小时候在一起做的乡村游戏。这些动作有些调皮有些任性，更多的是天真无邪。这些游戏离开我们已经有好多年了，老五做得还是那么纯熟。我想他是回到童年了。这时除了天上的月光和草丛中虫子的鸣叫外世界变得无比单一纯净。天底下好像只剩下他一个人了。再后来，老五开始唱歌了，开始时声音很小，似乎在试探，后来声音变大了。我听到了歌声的内容：

谁知道角落这个地方，爱情已将它久久遗忘，当年她曾在这里徘徊，为什么从此音容渺茫，嗯——。

谁知道角落这个地方，春天已将它久久遗忘，当年她曾在村口停留，到何时她回到这里探望，嗯——。

他一遍又一遍地唱着，声音一遍比一遍高，直到变成了撕心裂肺的哭泣，最后声嘶力竭地戛然而止，像陡然间崩断了弦的胡琴。然后他的身体也颓然倒地。我的内心受到了从未有过的震撼。我想走上前去安慰他，但马上就否决了这个念头。我知道他这时候最需要的是安静，是发泄后的安静，最不需要的就是所谓的安慰。我待在草丛中大气不出，继续观察着后面即将发生的事情。

不知过了多久，他站起身来，向四周望了望，然后意态怏怏地走出了那块大平地。我看见他走到草地边的公路边，然后招手叫了一辆过路的出租车，绝尘而去。

直到他坐的出租车消逝在我的视线之外，我才大病初愈般地折身回家。那天晚上，我一夜没有睡着，我隐隐觉得，老五的事情没有那么简单，他可能做出了一个重大的决定，也可能有更大的麻烦在等着他。但我没有把自己的这个想法告诉任何人。

/ 7 /

老五在县城的偏僻处另外租了一间房子，以避开二哥三哥的视线。至于在二哥单位招待所所欠的五百块钱房租，老五觉得已没有必要理会了，二哥自然会摆平。那个叫白静的女人现在远在欧洲，老五有力使不上。老五决定等。但三天过后，老五就觉得这不是一个好办法。因为对任何人任何事来说，等待都是一种消极被动的做法。怎样才能早点儿见到白静，老五想不出更好的办法。在这个无聊的时间里，老五突然想到当时在百度里查到的有关白静的信息。白静有一个女儿，在小天使幼儿园读书。那么为什么不见见这个小女孩呢？这个女儿本该是我赖国元的，看看本该属于自己的东西现在是一种什么样子是一件多么天经地义的事情。想到这里，老五突然为自己聪明的想法感到高兴。为了证实这条信息的准确性，老五又特意到了蓝天网吧，再次核实这条信息。这次查询，他不仅证实了上述信息的真实性，还从一条家园简讯中知道了白静女儿的名字叫上官雅琴。想必上官就是白静老公的姓氏了。怎样才能见到这个上官雅琴呢？还是老办法，到幼儿园门口蹲守。老五很幸运，第一天就见到并且确认了那个长得如瓷娃娃一般的小女孩，简直和白静是从一个模子里雕刻出来的，是具体而微的白静。当时她被一个打扮体面的老太太牵着，想必这老太太不是白静的母亲就是她的婆婆。只是远远地见一面并不是老五的初衷，最好带她出来和自己独处一段时间，就像与久别重逢的女儿一样享受特别的温馨。这种难得的机会很快就到来了。第二天幼儿园放学的时候天突然下起了大雨。老太太牵着小女孩被阻在幼儿园大门的外面，见大雨一时停不下来，老太太低下头对小女孩不知说了什么话，就离开了，回头时还不忘盯了小女孩一眼。老五在对街看得真切，撑着雨伞跑过去，对小女孩说："你是上官雅琴吗？你奶奶说让我接你回家。""叔叔，你是谁呀？可是我不认识你。""我是你在乡下的舅舅啊。小时候我还抱过你呢。""我外婆为什么突然不接我了呢？""外婆她脚扭了，走不了路了，她让我来接你回家。""你真是我的舅舅吗？""当然，我怎么会骗你呢？走吧，雨越下越大了，我们坐出租车回家。"小女孩有些迟疑，但还是很快就跟着老五坐上了一辆蓝色的出租车。

"乡下有蚂蚱吗？"

"有的，有红的，有绿的，还有花的，好玩儿极了。"

"乡下有蝴蝶吗？"

"有的，到处都是，它们是彩色的，像，像——"

"像什么呢？是不是像萤火虫？"

"对头，它们像萤火虫，不过蝴蝶是白天在天空中飞，萤火虫呢，是夜晚在天空中飞。"

"舅舅，你可以帮我抓蚂蚱、抓蝴蝶、抓萤火虫吗？"

"当然可以。可以抓好多好多。"

"乡下真好玩，你可不可以带我到乡下去玩啊。"

"当然可以，那里有好多小朋友呢，像你一样大，他们成天和这些小动物待在一起，过得开心极了。"

"那我一定要到乡下，和这些小朋友们一样。"

出租车在老五的出租屋停下来。老五带着小女孩走进屋子。

"舅舅，这里不是我的家呀？"小女孩发出疑问。

"对，这是我临时居住的房子。你妈妈打电话给我说，现在城里流行手足口病，让我带你到乡下住一段时间。"

"可是我们老师不知道啊，她肯定会骂我的。"

"你妈妈说她已经向老师请过假，一个星期后我们再来城里上学。"

"雅琴，你最喜欢做什么呀？"

"我最喜欢画画了，画蚂蚱，画蝴蝶，画萤火虫，还有燕子，还有蜻蜓，老师说我画得最好了，还说我长大了可以当一个画家，舅舅，什么是画家呀？"

"啊，画家，画家就是整天画画的人，想画什么画什么。"

"真好，长大了我就当画家，想画什么画什么，我画好多好多的蝴蝶，分给每一个小朋友。"

"雅琴，我们现在不谈画画的事情了，我们现在吃饭、洗澡、睡觉，明天一早我们就到乡下画画，好不好？"

"好的，舅舅，你真好，可惜我以前不认识你。"

第二天中午时分，他们出现在邻县的一个偏僻的乡村。

/ 8 /

江汉平原的夏天像一幅碧绿的大毡子，铺排着一块一块的稻田，连绵起伏到视野的深处。稻田中间，一户户农家点缀其间，被翠色包裹着，像西方的油画一样，自然、和谐、妥帖。在蓝天白云的映衬下，一切美妙得无以复加。低矮的天空中，流动着蜻蜓、燕子、斑鸠、雨雀，给静谧的空气带来灵动的景致。蚂蚱在碧草间蹦跶，寻找着食物；蝴蝶从一处飞往另一处，展示着它们美丽的翅膀；还有蜜蜂，嗡嗡嗡地叫着，从一丛花移动到另一丛花，在乡村的五月吟唱着一种谁也听不懂的歌声。这一切，给从小生长在城里的小雅琴带来了陌生而新鲜的感觉，从前在书上、在电视上见到的东西现在在现实中看到了，她兴奋好奇地看着这一切。她觉得自己的眼神不够用了，于是她就用画笔记录它们。老五像一个慈祥的父亲陪着小女孩做着这一切，不时回答她的回话。当然，这些都是我的合理想象。包括以上部分内容和以下的部分内容。

"舅舅，小燕子为什么一直不停地飞呢？它们不累吗？"

"因为它们快乐，所以就不感觉到累。"

"为什么斑鸠与鸽子长得一样呢？它们是一家人吗？"

"当然不是一家人，因为它们连名字都不一样。"

"舅舅，你说蜻蜓像不像直升飞机。"

"对头，要不是你说，我还没发现它们很相似。我们的小雅琴真聪明。"

"蚂蚱为什么是绿色的？"

"因为它们在绿草中生活，为了隐蔽自己，不被别的动物伤害，它们就长成绿色的了。"

"我知道了，就像变色龙一样，这是它们生存的需要。可是蝴蝶为什么是彩色的呢？它们不怕被别的动物伤害吗？"

"这个，这个，没有什么动物会伤害它们的，因为它们太美丽，这个世界上，每个人都喜欢美丽的东西，就像我们的小雅琴一样，一辈子都会得到别人的喜欢。"

"舅舅，你为什么不早点儿带我来这里呢，有时候我在幼儿园感觉到好闷好闷，老师从来都不带我们到乡下，而且什么事情都要管。"

"这是老师对你们负责，怕你们出危险。"

"你刚才还说没有人会伤害美丽的东西。"

"是的，每个人都喜欢美丽的东西，但可能由于喜欢的方式不同，有时候也会给美丽的东西带来伤害，因为这个世界是复杂的。"

"舅舅，你说的话我不懂。"

"你现在当然不懂，等你长大了你就会懂了，现在我们专心画画好不好？"

"好的。我这只蝴蝶快要画完了，我要给它涂上最最美丽的颜色。"

老五觉得这是他从监狱出来后过得最快乐的一天，不，这是他从小到大过得最快乐的一天。他多么希望这个叫上官雅琴的小女孩就是自己的女儿，不，哪怕就像现在有这样一个假冒的外甥女他也就满足了。

夜晚，他们在农家吃过晚饭后，就像父女一样搬着竹椅坐到干爽清凉的农家稻场上。天上星星出现了，一颗一颗地密布天穹，忽然一颗星星像是受了惊吓，倏地一声从一个地方划向另一个地方。小女孩对老五说，舅舅，这就是书上所写的流星吗？是的。那星星为什么会逃跑呢？它们不是逃跑，它们是在天空中溜冰，它们高兴了就出去溜冰，比谁跑得快。清风从稻田深处吹过来，带来稻花的清香，一切的景致均与城里是不同的，即使是老五本人，与这种景致也是久违了的。蛙声传过来，一鼓一鼓的，使老五突然想起了"稻花香里说丰年，听取蛙声一片"的诗句。他读的书少，但这句诗歌他还是记得很清楚。不久，小女孩就有些困了，老五问：困了吗？想睡觉了吗？小女孩努力地睁开沉重的眼睛说，我不困的，你不是说要帮我抓萤火虫的吗？对了，你看我差点儿把这件大事情忘了。他们开始在稻场的周围寻找萤火虫。其实萤火虫早就出现在他们的周围。那星星点点的萤火虫在夜幕里不慌不忙地飞动着，在密不透气的暮色中勾画出一条又一条美丽的曲线。他们抓住了一只，又抓住了一只。每抓一只，小女孩都要把它放进透明的塑料瓶中，看着它们在瓶子里一闪一闪的，小女孩开心极了，困意早就跑到九霄云外。不久，月亮从东面的山坡上冒出了头，红红的脸蛋煞是惹人喜爱。小女孩问：舅舅，那是太阳吗？不是的，是月亮。可是月亮为什么是红色的呢？我在城里见过月亮的，那里的月亮都是白色的，是不是城里有一个月亮，乡下有一个月亮？不是的，傻丫头，其实只有一个月亮，城里的月亮也是这个月亮，城里的月亮是白色的，是因为城里的空气被污染了；乡下的月亮是红色的，因为乡下的空气没有被污染。你看见月亮里的一棵大树了吗？没有。你再仔细看一看。是有一棵大树，为什么月亮里会有一棵大树呢？因为月亮需要有一个伙伴，它想了很久很久，就向天上的玉皇大帝说，给我一棵大树做伙伴吧，这样我就能每天看见绿色了。于是呢，玉皇大帝就给它种了一棵大树。书上说，月亮自己是不发光的，它的光是反射太阳的，是不是这样？书上说的，肯定是正确的，因为谁也不知道这究竟是怎么回事。说完，老五就哼起了小时候祖母教给他的一首歌谣：月亮婆婆我跟你走，我给你提花篓；一走走过奈何桥，我吃鸡子你吃毛——唱着唱着，老五突然失声哭了起来，他想起了小时候的夏夜躺在祖母怀里乘凉的事情来了。舅舅，你为什么哭呀？是不是我惹你不高兴了呢？不是的，是一个蚊虫飞进了舅舅的眼睛，小琴很乖的，舅舅见了你高兴都来不及呢，怎么会哭呢？夏夜的乡村静寂的有点儿怕人，不久，小女孩在老五的怀里睡着了。老五就抱着她走进农家院子。这个院子中相邻的两间房子是老五向屋主租下来的，预定租用一个星期，每天三十块钱。白天吃饭也在这户农家，饭钱另计。老五轻轻地抱着小女孩走进房间，一拉亮电灯，他发现有很多飞蚊躲藏在蚊帐里。他轻轻地放下小女孩，然后拿起蒲扇驱赶那些蚊子。他放下蚊帐，把灯熄掉。走到门口，又折返回来，重新打开电灯，轻轻地在小女孩脸上吻了一下，他感觉就像多年前吻在那个名叫白静的女孩子脸上，那是他的初吻。

接下来两天，老五都在做着同一件事情。白天，他带着小女孩在乡村里漫无目标地走动，更多的时间，他陪着小女孩画画。晚上，他和小女孩在稻场里乘凉，给小女孩讲故事，讲自己小时候的事情；他们还抓萤火虫，他们已经抓了整整一塑料瓶的萤火虫了。他准备让小女孩带进城里分给幼儿园的小朋友。这几天，老五忘记了自己的身份，不是一个刑满释放犯，不是一个寻找从前女友的痴情男人，也不是一个被自己兄弟所孤立的浪荡子，不是一个被年迈母亲所记挂的不孝子，也不是名义上被称为舅舅的顶替者，而是一个父亲，一个与女儿失散多年如今又重逢的内心充满情和爱的父亲。他努力记下小琴的一举一动，一颦一笑。在这几天里，他找回了曾经久违的童年，找回了曾经有过但已丢失多年的亲情。他甚至忘记了这次行动的目的，找回六年前自己的女友，在得到了旧恋人的孩子之后，他觉得他的角色发生了根本性的转变，有点儿得鱼忘筌的意思在里面了。他想如果有这样一个乖巧的女儿，这一生他就更无所求，在这乡野里一箪食一瓢羹地过上一辈子也是功德圆满的。

但这种乌托邦似的幻景仅仅维系了三天就破灭了。虽然老五也知道，这种海市蜃楼般的情境迟早会破灭，会还原为坚硬冷酷的现实，但他没有想到时间只有这短短的三天。

/ 9 /

当警察带着上官雅琴的家人出现在他们面前的时候，小雅琴正在给一只蝴蝶涂抹翅膀上的色彩。本来她是想给它涂上明黄色的，但她觉得明黄色不够味道，她决定给它涂上红色，亮红色。只有红色是最鲜明的，也是最美丽的，这是她一直以来的观点。他们安静地坐在一方池塘的堤埂上，池塘里长满了圆圆的荷叶，有蜻蜓在上面悠然地飞动，它们不时地转动着飞行的方向，或者悬停在宽大的荷叶上面，就像一架微型的直升飞机停留在宽敞的绿色草坪上。还有低飞的雨燕，也在荷塘的上方低空飞翔着，它们以锐角的幅度转动着身体，进行着前后左右上下方向的折返跑，在空中画出一个又一个立体的之字图形，虽然空气感觉到了它们的存在，但却没有留下一丝痕迹。还有青蛙，躲在弥弥望望的荷叶的空隙里，鼓动着青白色的腹部，守株待兔般地等待着蚊虫进入它们的视野，伺机捕捉。天气是再好不过的阴历五月，虽然有些热了，但低矮的云层过滤了大部分的太阳热量，让人感到温暖惬意。空气中氤氲着一些嗡嗡嗡的响声，那是蜜蜂劳动时发出的快乐的歌声。上官雅琴心无旁骛地画着蝴蝶，那是一幅群蝶戏花的图案，它们以各种姿态或飞或停地聚集在紫荆花的周围。只要画完这只最大最美的蝴蝶，这幅画就算大功告成。老五坐在上官雅琴的旁边，一声不响，专心致志地观看着，甚至连呼吸也是小心翼翼的，生怕干扰了她的思路。只有当飞蚊出现在小雅琴的周围时，老五才伸出手在空中划出驱赶的符号，借以吓唬那些胆大妄为而且不明事理的捣蛋鬼。荷塘的远远近近没有人，乡村静谧着，庄稼和草木都在静静地生长，各种深浅程度不一的葳蕤色彩努力装点和涂抹着这一方类似世外桃源的地方。对于警察们的到来，他们都没有半点儿察觉。当三个警察呈扇形包围他们两人的时候，老五和小雅琴才感觉到异样。他们不知道为什么会突然出现这一群人。上官雅琴在人群中认出了自己的妈妈、爸爸、外婆和奶奶。她眼中没有一点儿惊喜，只是说，妈妈，我画蝴蝶呢，你们站远一点儿，我快要画完了。一个年长的警察用手阻止了另外两个警察即将进行的鲁莽的抓人行动，同时也阻止了上官雅琴家人们的言行。他们静静地围在这两个人的边上，看小女孩进行自己的创作。上官雅琴不慌不忙地给蝴蝶着色，一笔红色的，又是一笔红色的，那耀眼的红色让人心里陡生惊悸。蝴蝶的身体被涂成了红色，翅膀被涂成了红色，连脑袋、眼睛和尾部也被涂成了红色。这样，一只硕大的红蝴蝶出现在画夹上，与周围的景致很不协调，在视觉上形成了局部大于全体的冲击效果。做完这一切，上官雅琴才丢下画夹扑向妈妈的怀抱。这时，那个年长的警察不失时机地向手下两个年轻的警察发出动手的眼神。老五没有丝毫的反抗，只是熟练地把手伸向两个警察，做出一个甘愿伏法束手就擒的姿态。在这个过程中，老五只是很漠然地看了看脸色憔悴的白静，动了动嘴，但什么也没说。小雅琴惊慌地看着这一切，发出了令人恐怖的哭叫声音，但这个声音很快就消失在这布满翠色的乡村原野。

/ 10 /

老五以拐卖儿童罪被判处六年徒刑，本来是应该判刑五年的，但鉴于他是累犯，于是加重了一年。关于他的罪名，法官分为两种意见，一种是绑架罪，一种是拐卖罪。但这两种罪行所规定的要件在老五的行为中并没有得到充分的体现。说是绑架罪，老五并没有使用暴力手段，而且不是以勒索钱财为目的；说是拐卖罪，老五并没有把这个叫上官雅琴的小女孩转手到第三方，更没有关于钱财的交易。老五的行为虽然让法官们为了难，但并不妨碍法官们为他定罪。最后七个审判委员以四比三的比例通过了拐卖罪的提议，由于没有造成严重的后果，法官们选择了最少年限的量刑期。在整个审判过程中，老五没有为自己请律师，也拒绝了法庭为他请律师的建议。他觉得这是一件没有意义的事情，或者他认为，里面比外面要更好一些。在这段时间内，我们四个做哥哥的没有一个参与进来。与老五第一次进监狱形成了巨大的反差。大哥大嫂在心里想，老五的两亩责任田我们又可以无偿耕种了，这样每年虽然辛苦些，但至少可以多赚千儿八百块钱。二哥二嫂对于借出去的三千块钱还有老五所欠的单位招待所的五百块钱只得自认倒霉。为此，二嫂经常数落二哥。二哥决定降低抽烟的档次，同时，也增加了他平时与单位同事斗地主的次数，以期用这种节支增收的方法在一年内迅速补填这笔亏空。三哥对老五再次进监狱持一种麻木的态度，对他来说，多一个食客少一个食客是一样的，三嫂则完全同意三哥的意见。我老婆对老五再次入狱持一种幸灾乐祸的态度，她从一种专业的角度分析说，老五的结局是他没有坚守一种信仰的结果，一个没有信仰的人最终总是会被有信仰的组织所打败，古今中外概莫能外。仿佛她这样说就可以减少她更年期的烦躁，也可以降低她因为所教的政治课在学生中日益边缘化所带来的失落。我除了对她的观点嗤之以鼻之外也别无他法。至于老五从我们手头拿走的七千二百块钱，老婆还算拎得清，从来没向我提起，因为那是一笔还债款，例无追索的。只有我心里很难受，难受而已，我不想再动用我的所谓社会关系为他奔走，虽然我的那个同学已经升任县法院的院长，我的一个学生的父亲已经做了主管政法的县委副书记，而我呢，也进入所谓的副高的行列，做了中学的高级老师。这实在是一种没有意义也没有结果的努力。如果只是做做样子，这个样子给谁看呢？母亲与死亡日益接近，我们四兄弟谨守着所谓孝子的底线，没有把老五再次坐牢的消息告诉给她老人家。我们统一口径，说老五在县城里开了一个小店，日子正在逐步走上正轨。每次母亲听了之后，脸上会照例露出笑容。之后她都要额外提出一个请求，那个请求就是让我们帮老五找一个媳妇。她说，家里有了女人，男人才会安心过日子。我们每次听了，都在嘴上敷衍说，那是必须的也是一定的，谁叫我们是兄弟呢。

后来母亲还是知道了老五的事情，她这回显得很平静，没有病倒，也没有情绪激动，只是变得比以前沉默了许多，对我们貌似关心的言行也冷漠了许多。她以这种方式又活了五年，直到八十三岁那年无疾而终。

我们兄弟最后在一起提起我们的五弟赖国元，是在母亲去世后的第三个清明节。那天，我们为已经去世多年的父亲和去世三年的母亲合立了一个石头碑。是整块石料的那种，而不是人们通常用的水泥碑，看起来大气庄严。为此我们兄弟多花去六百块钱。那碑上的文字，是我亲自写上去的，而不是工匠们通常用的电脑字。那场面搞得很大，还请了吹鼓师傅和道士先生，整天播放佛教音乐《大悲咒》，这样闹腾了整整三天，算是全须全尾地终结了我们做儿子的与父母之间的养育关系。我们之所以把场面搞得很大，是因为我们兄弟四人或多或少有了那么点儿出息。我二哥在五十多岁时突然提了一个副科级的副局长，进入所谓的当官的行列，连他都没有搞清楚是什么原因，不知我们哪一代的祖宗的坟上冒了烟。事后才知道是二哥当兵时的一个战友当了市里的同一系统的局长，念在他们同在东北卧冰吃雪守了国家北大门三年的情分上，那战友发了恻隐之心顺便赏给二哥一个比九品芝麻官还小的官位。三哥的女儿嫁了一个大款做了填房，不知道人家看上三哥女儿身上的哪一点儿，据说是那个大款很念旧，看中了三哥女儿脸上的酒窝。原来他死去的原配老婆脸上有同样一个酒窝。因此他告别将近三十年的烟熏火燎的小餐馆，做了半个准太爷，吃的穿的都是女儿送上门来。三哥于是就经常找人斗斗地主，进茶馆喝喝茶，日子过得甚是逍遥。他的际遇成为当地生女胜于生男的标本话题，应了古诗中"信知生男恶，反是生女好"的说法。有人说这是三哥前世修来的福分，是老天对他将近三十诚实经营的褒奖。我呢，也在四十多岁莫名其妙地被学校提了一个副校长，在这之前，我一点儿感觉都没有。在讲究干部年轻化裙带化送礼化的今天，这就好像是一个奇迹一样。本来这个副校长是没有我的份的，那一年不知哪个主事的领导突然发了神经，发了文件规定每一所中学必须配备一个非党员的副职，念在我毕业于名牌大学多年来与世无争且勤勤恳恳的原因上，那个傀儡副校长的名分突然就降临在我的头上。我只能把这归结于朝西还是朝北。虽然我这个副校长连签字权都没有，可是学校让我主管教学，我多多少少可以支配别人了；而且在有些场合，我也可能有良心地小小地腐败一把，为家里带来些许实惠。为此，我那个同是老师老是骂我不上进的老婆像是突然间焕发了青春，时不时在床上做出妩媚的样子主动缠上我，多少让我有些受宠若惊。我把这一切都归功于这个可有可无的官位。大哥呢，他那个多年都未能找到老婆的儿子突然间带回来一个标致的女朋友，还说要在他三十二岁生日那天举行婚礼。因为大哥终于为儿子凑够在镇上买房的首付款。大嫂为此一改病容到处宣传未来儿媳如何标致如何通情达理。每当这个时候，大哥都在旁边用满是皱纹的笑脸加上印证，证明大嫂说的不是假话，一改先前矜持木讷的形象。在那个碑文的落款上，我们没有刻上五弟赖国元的大名。这个决定没有人提议，大家在潜意识里都是这么认为的。五弟活了三十七岁，没有老婆，也没有后人，自然没有人提出异议。这是我们心安理得的理由。在随后的饭桌上，我们得出结论，在我们五个兄弟中，除了老五是个不孝忤逆的东西外，其他四个，个个都是孝子。我们是根据古人所说的"不孝有三，无后为大"的金科玉律得出的结论。在这次聚会之后，我们兄弟四人就没有再见过面了，我们各自过着自己的日子，一天比一天好。我们一致相信，兄弟就是个名分上的东西，很多时候是当不得真的。

　　话虽然是这样说，但还是经常想起五弟赖国元那天晚上在月光下跳舞和唱歌的情景，心里隐隐难受。有一段时间，我每天晚上做梦都梦到五弟，他不是在我面前唱歌就是在我面前跳舞，歌声总是那首《角落之歌》，声音悲切，令人听后潸然泪下。舞蹈呢，也是那天晚上的动作。他在梦中告诉我，他在那边还是单身一人，没有钱用，过着十分窘迫的日子。这些梦让我精疲力竭，具体表现为在教学上出了几次小疏忽，而且在每半月一次与老婆交公粮的时候，力不从心。惹得校长和老婆都对我不满起来。我找了一个借口，回到乡下老家。在大哥家坐谈了一会儿之后，就去给父母上坟。给父母上完坟后，我又偷偷地来到五弟的坟头。我原以为五弟的坟头已经破败颓废，但让我吃惊的是，不知谁又给五弟新垒了坟头，那坟头圆润饱满，像一个制作规范的馒头。还有就是，坟头前堆满了新烧纸钱的灰烬。会是谁不知不觉做的这件事呢？我想了很久也想不出答案。一开始的时候，我认为一定是我三个哥哥中的某一个人，但我都一一否定了。因为在老五的四个哥哥中，我是最有理由给他上坟的。后来我又想到了那个叫白静的女人，但我不能肯定。我想至少有百分之八十是那叫白静的女人。但我并不想求证得出正确的答案。我给弟弟烧了一个美女，那是我花了三十八块钱从冥器商店买来的纸品，那个美女美丽娇媚性感，我想老五会满意的。我又烧了数以亿计的冥币，足足烧了半个小时之久，然后我就离开了。后来一直到今天，我再也没有梦见过老五了，我想老五已经接纳了我的礼品，在那边过上了美满幸福的日子。

桃李赋

文 / 叶子

/ 1 /

渊明餐厅环境幽雅，四壁贴着陶渊明的诗与画像，菜式新鲜，价格也合理，因为靠近河西大学传播系，所以教授们都爱到渊明餐厅小酌或豪饮。不知从何时起，渊明餐厅几乎成了传播系的定点餐厅，餐饮报销比例竟占了六七成左右。

今天系里宴请，为的是欢迎海归博士王子恺加盟。王子恺头上光环一串又一串，这让陶教授很是感到威胁，因为系主任马上要退休了，王子恺却在这个时候杀进来。陶教授带着不愉快的心情踏进渊明餐厅，看见系里的几个学生正在餐馆大厅里小酌，桌上几个凉菜几个热菜，外带一瓶白酒和一箱啤酒。学生喝得面色微红，热闹地笑谈着，大概正在谈美国次贷危机。见了陶教授，学生礼貌地问好，陶教授也微笑着颔首。其实他内心是不喜欢在用餐的时候碰到学生的，估计学生会想着他们这些教授们又来吃腐败餐了。这种相遇的不自在，就好像在厕所里相遇，他还在抖着撒尿的家伙，学生们却笑着对他说："教授好！"这算咋回事！

酒桌上闹哄哄的，根本没办法让人想心事，于是陶教授也跟着一杯一杯地豪饮。桌上的菜大都是陶教授喜欢的：茶香浓郁的茶香鸡、色泽鲜艳的龙井凤片、茶香味浓的红茶蒸桂鱼、滑嫩爽口的茉莉鱿鱼卷、滑嫩味浓的普洱猪蹄，还有五香茶糕、绿茶薯饼等甜点。陶教授夹起一个薯饼大口咬下，薯饼立刻缺了一大半。醉眼蒙眬中，服务员小桃为他端来了一杯热茶，小桃那张光洁的脸让人不由自主想抬手摸一摸，但陶教授克制住了自己。小桃身上有一股细腻如丝的香，蛇一样钻进他的鼻孔里。陶教授努力用手掐住自己的大腿，怕自己的手不听使唤伸向不该伸去的地方。他喉咙发紧，呼吸困难，把一直拿在手里的桃子重新放回水果盘里，拿纸巾擦了擦被桃子弄湿的右手。节能灯照着小桃那张水红粉嫩的脸，上面还有一层小姑娘细微动人的胎毛儿，如将熟的桃子上还有一点儿毛蒙蒙的白，陶教授努力克制着内心那出于男人的原始冲动。

年轻真好啊。陶教授感觉自己还没尽情享受过年轻的好处就衰老了。时间打败肉体，肉体打败他。作为教授，陶教授是骄傲的；但作为男人，他身体上的短处——矮与胖，让他气短。近几年的养尊处优下来，直接结果是以前的西装扣上的纽扣总有要崩断的危险，只好另买新的，淘汰下来的西装其实还很新，可惜不能穿了。正在胡思乱想，老板娘进来敬了酒，出于礼节，大家便拉老板娘稍坐了一会儿。老板娘习惯性地将左手支在桌上，因为这样的姿势才能让对面的人将她中指的大翡翠和她手腕上的大块羊脂玉看得最清楚。陶教授在心里连连冷笑，只不过是两块石头罢了，值得这样显摆吗，也不怕手酸。倒是王子恺一迭声地夸奖老板娘的羊脂玉，老板娘高兴起来，朝王子恺竖起大拇指："不愧是海归博士啊，见多识广！各位是贵客，我给大家加个菜吧！以后到餐厅来，我都打七折！"

陶教授心中又冷笑起来，却不能说破。陶教授只得端起高脚杯又灌下了满满一杯葡萄酒。老婆有些生气，小声道："你是不是患上酒精依赖症了？"不料这话被耳尖的王子恺听了去，他端了酒杯过来："嫂子你错了，碰到好兄弟酒才能喝得畅快呀！陶教授，咱干一杯，以后还得劳您多多关照！"两人又是一杯见底。老婆不禁顿足：这是什么酒鬼理论，被强逼不过的时候得喝，碰到哥们儿更要畅快地喝，那什么时候才可以不喝？

这时，酒桌上热闹极了，王子恺和老板娘相见恨晚，他正在向老板娘吹嘘:"我评教授时一次性就通过了。"王子恺喜滋滋地重复。陶教授几乎要憋不住吼出声,你不就是关系硬一点儿吗,不就是人头广、八面玲珑吗,不就是一个人精吗,你别这样让人恶心行吗?陶教授不愿意再将目光放在王子恺身上,便一边喝酒,一边玩味着小桃和老板娘。老板娘花枝招展,小桃羞涩内敛,陶教授想,一个人有一个冷漠的外表可能有一个艳丽的内心,但一个人拥有艳丽的外表她绝不可能拥有冷静的内心。陶教授喜欢外表冷漠内心艳丽的人。

回到家,老婆愤愤不平:"海归博士有什么了不起?平白无故杀出来跟你抢摘桃子!你在桃树下等这颗桃不知等了多少年了,凡事总该讲个先来后到!他要是太过分了,老娘也不是好惹的!"老婆的话让陶教授心里一阵反感:什么老娘老娘,你是谁的老娘呢?亏你还是系里的办公室主任,与街上的泼妇无异,有辱斯文啊!

王子恺长袖善舞,很快知道了陶教授就是自己最大的竞争对手,表面上却对陶教授特别亲近。这天,王子恺夫妻约陶教授夫妻打牌。打了一会儿,陶教授便有些坐不住了,打牌有两种人,王子恺很精很认真,偏偏他老婆很傻很天真,王子恺便生气地对老婆大呼小叫。陶教授喜欢打牌很精很天真的那种人。打八十分有两种规则,跟对子或者不跟对子。不跟对子的打法就像田忌赛马那种类型,人家出大炮,你打游击躲起来,等对方弹尽粮绝,你再发起反攻。牌局里演绎的就是一种险恶的人生。

老婆属于自来熟,是那种进攻型的人,只要认识的,都是她的好朋友;不认识的,也可以在认识之后马上变成好朋友。在打牌的几个小时里,她便和王子恺老婆好得像发小似的。偏偏陶教授却是蜗牛型的人,总把触角缩在壳内。他喜欢全世界都是陌生人,干脆利落,不拖泥带水,免得买个衣服都不好意思讨价还价,还落下了人情,好像自己占了多大的便宜。而老婆恰恰相反,她喜欢全世界都是熟人。王子恺夫妇回去后,老婆提醒他:"你对别人就不能热情一点儿吗?"老婆屡次触碰蜗牛触角屡次进攻蜗牛壳,陶教授便不高兴起来,我把自己躲进壳内还不行吗,你还让不让人安生!陶教授急了,老婆也急了,每次想知道老公在想什么,他却一言不发,老婆叫嚣："早晚有一天我要把你的蜗牛壳砸了！"

"砸了便砸了，怕你什么？"不知为什么，在人际关系上陶教授一开口总是说错话。因为怕说错话，干脆就少说或不说了。陶教授死猪不怕开水烫，老婆便气急。老公有很多想法她弄不清楚，这种感觉很让她抓狂。老婆总是不明白，人的内心是需要自留地的。陶教授特别怕和那些自信心满满的人在一起，因为，他的自我感觉经常不好。偏生老婆却是个自信心满满的人，凭了一张伶牙俐齿，捞了个办公室主任的职位，平日里迎来送往，自以为经营了很强的人脉，每每顾盼自雄。陶教授一见老婆顾盼自雄的模样，便很想跟老婆讲讲狐假虎威的寓言故事。狐假虎威这个寓言故事讲述了几千年，但这世界上依旧有千千万万只毫不自省不自知的狐狸，他们自以为天生威严，实际上只不过是权力折射在他们身上的光芒，离开了权力这个平台，一旦退休，他们才会知道，人们畏惧的是权力这只老虎，而不是狐狸本身。陶教授几次话到嘴边，都咽了回来。没意思，说了她也未必领悟。况且，一个自信心满满的人是不会去理睬什么寓言故事的。

老婆提醒陶教授："你还别不当一回事儿，搞不好桃子还真被那只海龟摘了去，到时你哭都来不及。"

陶教授冷冷一笑："他凭什么？"

"就凭他是主任的远亲侄儿！"

这下轮到陶教授傻眼了。

"那只海龟是主任的侄儿，这是全系公开的秘密，你不知道么？"老婆吃惊地瞪大双眼，眼珠子似乎要掉出眼眶外。

陶教授这只蜗牛也觉得实在有些不好意思了："我真不知道。"

老婆撇撇嘴："谁叫你没有朋友，活该！"

/ 2 /

小桃是河南人，是家中三个女孩中的第三个。母亲还没生小弟之前，父亲喜欢邻家小弟，喜欢到悲伤，喝上几杯酒后，会用特别悲伤的眼神看邻家小弟，那眼神，小桃一辈子也忘不了，就像苍蝇对着玻璃窗后的糖果的迷恋。小桃怨恨父亲，当父亲坐了近千里的火车来看她时，她看到父亲，并不说话，把身子扭过去，站在窗前，抬起头，看着外面灰灰的天，倔强地不让眼泪掉下来。父亲温言劝慰，又掏出两百块钱给她，小桃还是站在窗前，不回头，她要的不是钱，是要让父亲看到一个不被重视的女儿天长地久的委屈。父亲无奈地坐着，无话可说。

父亲走了。他是为小弟的升学而来的。他问小桃在河西大学附近打工，可否认识河大的教授。小桃冷着一张脸："不认识。"父亲失望地走了。小桃倍感凄凉。她孤身在大城市里打工，在这个大城市里，她经常感到孤苦无依，她只能发奋努力工作。她经常提前上班，做卫生定位摆台，仔细检查台面餐具有无破损、水迹、油迹、污迹，力求台面干净整洁。她还主动清理地面卫生和室内卫生死角，勤快地参加班前例会，接收值班经理对当天的工作安排。当阿琴将顾客领到包厢时，小桃便及时微笑点头向顾客问好，殷勤地拉椅让座，递上菜单并翻开第一页请顾客阅览。"先生您好，我们的特色菜是茶香鸡，茉莉鱿鱼卷，普洱猪蹄，不知你们感不感兴趣？今天啤酒打折，先生来一箱怎么样？"等客人把酒水菜单都推敲完毕，小桃已经飞快地记下了客人所点的菜品酒水，日期、桌号、用餐人数、服务员姓名已一并写得清清楚楚。她重复了一遍菜单，然后甜甜地提醒客人稍等，菜马上就来，又一次提醒客人注意随身携带的物品以免丢失，才小跑着奔向厨房。一天的服务工作下来，她整个人就像散了架一般。父亲怎么不安慰安慰她呢？走在大街上，满大街都是妖冶到天上去的女人，她们像地里的小葱那样漂亮滑嫩，她们尖叫着嬉笑着，任由男人色眯眯的目光娇宠着她们。小桃羡慕有男人娇宠的女人。

小桃那双亮晶晶的大眼睛里盛满盈盈秋水，在这潭盈盈秋水的映衬下，陶教授这个五十岁的老男人就是一段枯木。但是，那天酒醉的陶教授把手伸进她的内衣时，小桃并没有拒绝。陶教授如一片被饱满的风鼓涨的风帆，兴奋地颠簸起伏在巨浪的顶端，又如挣断笼络与缰绳的野马，腾跃啸叫于无涯的九天，探索遍小桃身体的每一个角落。小桃定定地看着陶教授，像凝视着一名陌生的男子，又像凝视着自己的父亲。她觉得自己现在就像一艘孤零零的小船出了海，没有了码头，没有了港湾，没有了缆绳。是的，她把自己变成了一叶孤舟。

陶教授到了鲜花店里，准备买一束红玫瑰送给小桃。女老板见他指着红玫瑰，笑着搭讪道："先生您真浪漫。"陶教授脸红了："我不要红玫瑰了，给我来点儿粉色的就行。"女老板大概意识到自己可能无意间刺伤了顾客，便极力弥补："先生您想好了，红玫瑰热烈，粉玫瑰温馨，看您需要哪一种。"陶教授突然恼怒起来，抓起旁边一束已经包装好的粉玫瑰，丢下一张钞票，狼狈地落荒而逃。陶教授越走越懊恼，一大把年纪干吗还这么在意别人的目光呢？

小桃感受到找一个老男人当情人的好处，他有着年轻人没有的经济实力，可以让她像贵妇人一样在二十层高楼上一边吃海鲜一边喝红酒一边欣赏外面霓虹灯组成的五颜六色的河流。这个老男人像父亲一样宠爱着她。

陶教授每次和小桃幽会出来，走在大街上特别茫然。他害怕回到家里去面对老婆。五十岁的徐娘，泡个澡必定撒上红玫瑰花瓣，一星期上一次美容院，每日一杯枸杞桂圆茶，没见过哪只老鸟如此爱惜自己的羽毛。有时陶教授会恶毒地想，老婆其实和王子恺才是天生的一对。每每陶教授见老婆开始往浴缸里撒红玫瑰花瓣的时候，他便觉得一口气堵在喉咙里出不来，借口散步出了门。不然该怎么样呢？难不成跟老婆一起洗个鸳鸯浴？世上还有这么老的鸳鸯在一起洗澡的吗？只能出门散步。老婆在浴室里面喊："帮我把睡衣拿来，我忘记了，第三个衣柜里第五件，粉红色的……"陶教授装作没听见，自顾自出了门。

老婆知道陶教授散步是借口。他一个多小时后还没回来。她憎恨谎言，她希望他明明白白告诉她他要去哪里。她洞若观火，他害怕她那双眼睛，害怕她的精明。他不与她交流。那种绝望的感觉，无数次希望后的失望，无数次幻想破灭后再幻想再破灭，到最后认命，知道对他无从希望，那种绝望的感觉旷古悲凉。

在校园里散步的时候，看着成双成对的学生，陶教授就会想，不知这些年轻的情侣里面有多少对像他和老婆那样错点的鸳鸯。老丈人是他的硕士研究生导师，导师看中了他的大脑和他手中的那支笔，便极力撮合。当时陶教授虽矮，一米六五的个儿，却清瘦，端坐着看起来神清俊朗。那时老婆还只是个专科生，觉得找个研究生很有面子，两个人便凑成了一对。慢慢地，老婆开始不满了，陶教授的大脑不错，可惜在人情世故上实在是笨拙了些，你看那些长袖善舞的人精，一个个系主任都当了七八年了，唯独老公还在副主任的位置徘徊，踟蹰复踟蹰。老公吃亏就吃亏在一张嘴不会表功，不会为自己涂脂抹粉，老婆一想起陶教授的这个短处便恨铁不成钢，横看竖看对老公都看不上眼。不过她终归不敢怎么在陶教授面前张牙舞爪：于学术方面，她深知自己的斤两，也知道陶教授怎么看她。她更没有勇气破釜沉舟甩掉陶教授，自己人脉虽广，若离了婚却找不到一个合适的人，爬得高的人比比皆是，关键是人家都是儿女成行，没人会甩了家中的黄脸婆来娶她。于是只能自怨自艾，偶尔和陶教授斗斗气，若气氛实在不行了，临了也只好软下身段委曲求全。老婆急，陶教授却不急，他是以研究陶渊明起家的，笃信猴子爬得越高尾巴便露得越长，因此总是淡淡的，很有些陶渊明的做派。陶渊明作为古今隐逸诗人之宗，他的隐逸历来为世人所津津乐道，但有人称其为真隐，也有人说他是假隐，无论如何他的隐逸总归是实实在在存在着的。陶教授本人因为姓陶占了不少的便宜，只要他愿意，他甚至可以冒充陶渊明的某某代孙。但他不愿意这样说，觉得没必要拿古人往自己脸上贴金，他一向瞧不起某些教授自搞的噱头。事实上，说不定他真是陶渊明的某某代孙呢，不然为什么天生就喜欢陶渊明的诗，觉得陶渊明亲近如同自家人。可惜他这个原本应该待在中文系的教授，稀里糊涂被调到了传播系。

老婆冷笑："你还自比陶渊明是吧？省省吧你！陶渊明早就死了几千年了，世无桃源，陶渊明焉在？"老婆这番话颇刺到陶教授痛处，他竭力忍耐，若是闹开了，脸上不好看，只能徒增别人笑话，都奔五了，人生几乎可以看到那个一成不变的未来，将就着过吧。

在鸣翠湖边走着走着，陶教授的心情慢慢好起来了。他喜欢绕着校园红区的鸣翠湖散步。河西大学堪称一个美丽的风景区，在寸土寸金的城市里占有几百亩的土地，骑着自行车一天下来都走不完。鸣翠湖周围路面高低不平，曲折回环，湖中央波光潋滟，塔影婆娑；亭立湖心，石船横卧；石鱼翻尾，欲含塔影；垂柳环湖，岗峦起伏；小桥流水，松柏叠翠。柳丛竹影下，有孔子、吴晗等雕像及埋头看书的师生。在月朗星稀的夏夜，流芳亭旁的露天舞场荷香袅袅，舞曲悠悠，是河西师生最爱去的地方之一。每次散完步，陶教授都会觉得心满意足，昔年陶渊明为五斗米而苦恼，他陶教授却可以在河西大学这样的世外桃源里如鱼得水，两耳不闻窗外事，一心只作圣贤文章，这样的生活接近他的人生理想，很符合他的心意。

陶教授走累了，微微出汗，便在长椅上坐下来休息。校园里的风景那样熟悉，却百看不厌。横贯东西的主校道旁有一座白色三拱的牌坊，大拱两侧各嵌两根陶立克西式立柱，上有老校长书写的"厚德载物"四个大字，牌坊雄浑大气，线条流畅精细，外形挺拔清丽，在背后两棵古柏的呵护下显得美丽而有内涵。穿过牌坊往里，前面豁然便是一方绿色的大草坪。大草坪西侧，有一座外观普通的三层建筑，暗红的砖墙，灰色的坡顶，大门上方刻有三个闪闪发光的金字：图书馆。陶教授要去开会时必定经过这里，特别是早晨，排队入馆的学生以及清澈见底的大喷水池更显得这院落有股醇香的人文气息，令人陶醉。洁白的朱自清坐像端坐在池塘北边，静观一池静水里春夏秋冬的万千变幻。

陶教授坐着坐着，只见王子恺迎面走来。眼看遇到了不喜欢的人，陶教授心中有些不悦，不料王子恺嬉皮笑脸地打了招呼，一屁股在陶教授身边坐了下来，陶教授只好将身体往右边挪了挪。"哎，听说王主任马上要退休了？王主任还那么年轻，完全可以多干几年，为什么国家规定干部六十岁要退休呢？人大不是在讨论延长退休年龄吗？可惜王主任赶不上这趟车喽。"王子恺一向很健谈。

"是啊，年龄是一条分界线，也是一把刀。六十岁退休好啊，要是真延长退休年龄，年轻人没有就业机会，说不定真会出现网络上所描绘的爷爷拄拐杖去上班孙子到公园遛鸟练剑的场面。"陶教授懒洋洋地附和他。王子恺谈兴正浓，问："陶教授你今年55是吧？"

"是。"陶教授用最简洁的话来回答，他简直是越来越不耐烦了，他不喜欢这个话题,他知道,王子恺才49,正是男人的好时候。

第二天,陶教授去系里开会。他们传播系在礼堂的对面,远看高大的礼堂泛着铜绿的圆顶、红色敦实的墙身,四根汉白玉大石柱撑起的白色门廊以及泛着金光的大铜门。陶教授走进大楼的门厅及长廊,一股浓厚的文化气息便随着满目的名画奇雕扑面而来。一拐弯,陶教授看见王主任正走在他前头,他赶紧迎上前去,恭敬地喊了一声主任。王主任转过头,冷冷地看了陶教授一眼:"陶教授,听说你很拥护六十岁退休的政策?你就这么迫不及待等我退休?"说完径自往会议室去了,也不给陶教授一丝解释的机会。陶教授目瞪口呆,自己何时拥护六十岁退休的政策了?这话是何时由何人传到王主任耳朵里的?他马上想到了昨天黄昏与王子恺的闲聊,不禁愤恨地骂了句:卑鄙小人!

走进会议室,王子恺已经在座了,陶教授愤慨地瞪了王子恺一眼,但王子恺却神态自若,一脸天真无邪地望着他,仿佛陶教授无理纠缠似的。今天主要是讨论学生毕业论文的事,王主任咳嗽了一声:"我马上是要退休的人了,也不想操心太多,但我毕竟还有四个月才退休,只好勉力再主持系里事务一段时间……"陶教授脸上一阵红一阵白,只恨不得将心剖出来给主任看。

陶教授心烦,会议结束后一双脚便不自觉地走到了渊明餐厅,要了个小包间,叫了几个热菜和一瓶红酒。他很快喝得半醉,小桃看了不忍,捂住他的酒杯:"你有什么不开心的事吗?在我眼里,你们这些大教授都是本事通天的人,你们一伸手,就可以摘到天上的月亮,怎么还会活得不开心呢?"

陶教授惊奇于自己这样一个在大学里没有什么权力天天唯唯诺诺的人在小桃眼里竟然可以"一伸手就摘到天上的月亮",他半哭半笑:"什么狗屁教授,不怕你笑话,我老家的侄儿到城里找我,求我帮他安排个工作,可怜我在城里混了大半辈子,连帮侄子安排个工作的能力都没有。"

小桃没想到她眼中的大教授也这么脆弱这么伤感,在她看来,当教授的人都是天上的星宿。她变着法儿哄陶教授开心,自己小弟想读河西大学,陶教授大笔一挥,那还不是一件容易的事儿?

昨天陶教授上的是学生的选修课,选修课是学生最散漫对待的,他勉强打起精神走进梯形教室。三个班的学生参加者却寥寥无几，陶教授的心先凉了半截。这一两年，古典文学课越发门庭冷落。为了讨好学生，他先展示了自己精心收藏的大量关于陶渊明诗歌的真草篆隶法书名帖，以及雕塑、木刻与雕刻陶诗名句的篆刻，插图二十幅。可惜这些陶教授眼里的珍珠到了学生眼里却变成了粪土，陶教授见学生有的交头接耳窃窃私语，一个学生走动着挪到一个女生的位置旁。有三个学生退场。他假装低头没有看见那三个学生退场，可是，后面竟然响起了一个男生的鼾声，要知道，刚上课不到十分钟啊。他大概昨晚和女朋友熬夜了吧。陶教授再也不能假装听不见鼾声了，他走过去摇醒男生，男生嘴角带着风干的白色涎水，一脸茫然地睁开双眼。陶教授回到讲台桌，教室里空调尽职尽责地工作着，陶教授却觉得有些热，翻开精心准备的讲义。按他的备课，陶渊明足足可以讲半学期，从义理、辞章、考据切入，再加上训诂、诗学、陶诗书画的传播，合构成多维度、全方位的理论与格局，完整而大气。但现在看来，义理、训诂等绝对不能再讲了，讲下去教室里最后可能只剩下他一个人。现在的学生没人关心颈联尾字该用平韵还是仄韵，他们只关心找个富二代或官二代来谈谈恋爱，或者关心自己所跟的导师有没有前途，有没有分量。

  陶教授清了清嗓门，先请学生谈谈他对陶渊明的印象。没有人发言。陶教授只好自问自答，陶渊明是中国士人向往的典范，他的诗散发着美学思想的双重价值。陶渊明的平淡是基于防卫，包括他的好酒也是如此。但他的平淡不是外包装，而是和内在奇拔融合得浑然无迹。他用平和、静穆，甚至微笑，来表达他金刚怒目的愤慨，只是让人不觉罢了。陶教授顿了顿，扫视了教室一眼，没有人做笔记。照现在这个情形，不知道后面的课还能不能讲下去，他本来还打算单独拿钟嵘的"省净说"从诗学分析陶诗语言的言简意远的表达功能，从微观上深入肌理，接下去还准备以阐释萧统的"文章不群，词采精拔，跌宕昭章，独起众类，抑扬爽朗，莫之与京"缜密解析陶诗文本，阐释陶诗内涵的真意与美学趋向，以及独立于时代风格之上的内在原因。这些打算看起来统统都是多余的了。陶教授草草收兵，布置了一篇关于陶诗语言分析的小论文，就坐在讲台旁抽烟，煎熬着等下课。

剩下坐在前几排的十几个学生，用怜悯的目光看着陶教授，这目光本该让陶教授感动，然而，陶教授却因羞辱而感到恼怒了。

如果陶教授的教室是冬天的话，那王子恺的教室里应该是夏天了。教室里人满为患，外系的学生也赶来了，一直堆挤到教室门口。学生两眼炯炯放光，唯恐漏听了一个字，怕失去了成功学的葵花宝典。王子恺讲名人逸事，总之，要一鸣惊人，要与众不同，要惊世骇俗。他的表情千变万化，手势准确有力，浑身散发着佛陀般的光芒。他的课结束了，教室里响起暴风雨般的掌声，学生潮水一样涌上前去将王子恺围得水泄不通，请教问题，询问在哪里可以买到他的专著，有一些女生还掏出笔记本请王子恺签名。在三尺讲堂上，王子恺的传播学如鱼得水，越游越欢快，而陶教授的古典文学，犹如涸辙之鲋，连个坟墓也没有，只能成为野地里晾晒的干尸。每个人都要把手中那点儿可怜的权力放大到极致。陶教授和主任住对门，每天听王主任家的门铃声响十几回，他真担心王主任家的门槛被踏破。七八月份本是一年中太阳最明亮的月份，却是高校各种肮脏交易的高峰期。陶教授被自己可怜的处境所刺激，决心全力以赴去争取系主任这顶乌纱帽。王主任退休在即，两星期后要进行新主任的提名与考核。这两个星期，对陶教授简直是煎熬：生活就是这样一程一程的等待和盼望。小区对面，新开了家婴儿用品店，每天用高音喇叭不知疲倦地喊着："全棉内衣买六十送六十。"单调的内容以三十秒钟一遍的频率循环反复播放着，喇叭金属的质地不知疲倦陶教授反而替它疲倦了。照道理他的耳朵应该起茧，他惊诧于自己还能如此清晰地听见这种让人麻木的日常生活的伴奏。不经意间一抬头，小区拐角那棵树不知何时开了满树繁花，陶教授惊奇地跑过去抬头端详。

老婆天天对陶教授施加压力，让他烦不胜烦。陶教授每次跟老婆吵过架后，小桃那里就成了他的避风港。他觉得现在挺好，老婆蒙在鼓里，小桃乖巧听话，彼此相安无事，这是最美满的状态。看着小桃盈盈的笑脸，陶教授心头的不愉快消散了些。小桃，这名字真好听。陶教授真喜欢这名字。陶渊明若有女侍，该就是叫小桃的吧。和年轻姑娘在一起，人也变得年轻起来。老年人通过攫取年轻来减小自己的年龄。看着小桃那张红扑扑的脸，脸上还带着婴儿般的绒毛，陶教授就琢磨着该为小桃谋划个好的将来。总不能一辈子在这餐厅当个服务员吧。小桃说："我没有机会读大学，之所以在渊明餐厅做服务员，就为了离大学近些，也好沾些大学的仙气。"瞧瞧这孩子，说得真让人心疼。小桃这模样，到他们系的资料室里干个复印的活应该是可以的，不过，得先为她弄个文凭。小桃勉强读到高中毕业，细细一问，英语单词几乎就只剩下"thank you"和"bye-bye"。不过，总有法子。先让她到他们系里读个本科函授班再说。陶教授在这件事上不想做得太明显，他知道有些人干脆就找做假证的买个本本，陶教授觉得这样做实在太危险，万一东窗事发，后果不可收拾。还是老老实实按部就班来的好。头疼的是小桃基础实在太弱，这件事只好由他来一手操作。跟出卷的老师要个题目是没问题的，只要他敢开口；或者暗示改卷的老师笔下留情皆可。陶教授生平从未做过这样的事，觉得二者都有些为难，只得亲自为小桃抓重点，忍痛将温存的时间节约下来为小桃温习。

小桃摸着陶教授带来的簇新的书，努力想进入状态。另一个心思却想着，陶教授这般真心对她，她无以为报，她唯一的好东西就是这具青春的肉体。因此，在陶教授为她解说的时候，她便往陶教授身上蹭，蹭得陶教授身上着了火，两人抱作一团，书掉落在地，陶教授哀叹一声，今晚看来又读不成了。小桃却不在意，只是全心全意迎合着陶教授。怕什么呢，考不及格，自有陶教授这棵大树为她撑腰。

考完后，陶教授细细问了小桃的答卷情况，心知不妙，只得厚着一张老脸去跟改卷老师说。

"我有个远房表妹，很爱读书，这孩子挺努力的，就是考得不大理想。"一句话让陶教授说得磕磕巴巴的，一张老脸竟然涨得通红。招生办的陈教授一脸暧昧地拍拍陶教授的肩膀："你放心啦，老兄，你把你远房表妹的考号和名字写给我。"说着将纸和笔拍到陶教授跟前。

事情办得很顺利。高兴之余，陶教授斗胆趁老婆上课的时候把小桃带回家里。楼中楼，一屋子煌煌的，博古架上的真假古董让小桃眼花缭乱。厨房里的德国进口整体厨具一尘不染，发出亮闪闪的光。小桃立刻想起餐厅里油腻腻的厨房，心里不禁感叹："要是能做这屋子的女主人该多好啊！"念头一出，她立刻把这一非分之想摁下去，如同把刚出生的女婴溺死在水中。第二天恰好是周六，陶教授对老婆撒了谎，带了小桃去看海。海浪喧哗，海风把小桃的长发吹乱，让她平添了一股魅力。陶教授想起有个诗人说："多少年了，我在反复的诵读与默念中，感叹大海撤退的平静。我想认真学，却终究学不到，它顺其自然、收放自如的进退。"陶教授感叹，人人都想进，何曾想过撤退也是一种本领？

/ 3 /

陶教授提拔系主任公示期间，他的心都提到了嗓子眼。这个社会越来越复杂了，匿名信经常满天飞，真的、假的、捕风捉影的、子虚乌有的，只要有匿名信就会混淆视听，要是学校纪委一调查，事情一拖延，系主任的乌纱帽就飞走了。因此，这七天内，陶教授真是食不甘味、寝食难安，连散步的心情都没有，只一味躲在家里熬过一寸一寸的光阴。所幸，竟然相安无事，七天过去了，一切风平浪静，他顺利地戴上了乌纱帽。

一切尘埃落定，陶教授却疑在梦中。他竟然顺利当上了系主任。没错，海龟有老主任当靠山；但校长更欣赏陶教授，胳膊终归没有扭过大腿。这个结局简直有些失真，陶教授如腾云驾雾一般，总觉得人浮在空中，而不是踩在地上。看来，傻人有傻福，上天还是厚爱他的。老婆犹如打了鸡血一般，兴奋极了，说话倍儿大声，底气倍儿足，越来越爱向人多的地方去，耳边一片恭喜之声，老婆嘴里谦虚着"侥幸罢了，侥幸罢了"，神情却说不出的得意。陶教授暗地里告诫她不可太过张狂，树大招风，你没看见王子恺那眼神，背后不知准备了多少暗箭，还是小心点儿为好。老婆不高兴了，大声嚷嚷起来："整天夹着尾巴做人有什么意思？我就是高兴，难道我高兴还不行了？谁说我不可以高兴？"陶教授跟老婆纠缠不清，说了几回，便没有耐心再跟她说了。他自己陷入请不请客的矛盾之中，请吧，别人说你烧包；不请吧，别人说你吝啬。想来想去，依惯例是该请的，就依了惯例罢。那请谁好呢？请不请王子恺？请吧，可能让王子恺觉得他是在以胜利者的姿态嘲笑失败者；不请吧，又让王子恺觉得受了蔑视。想了一整夜想得头都痛了，那就请吧。

这天陶教授在渊明餐厅摆酒，大伙儿庆贺他新官上任。王子恺不想落人口实，说他没有雅量，虽心中不情愿，却也跟着去了。走进渊明餐厅，迎面是"采菊东篱"的牌匾，龙飞凤舞的草书，是餐厅老板向系主任求来的墨宝。不少传播系的师生在此优哉游哉地浅斟慢饮，天南地北地闲聊。服务员清一色的紫色旗袍，头发高挽，脸上是淡淡的脂粉。若有若无的音乐，让人觉得说不出的宁静清雅。此处的酒局，其味清雅，其功养生，让人有说不出的受用。放眼望去，整个餐厅里都是悠闲小酌的人，看起来所有人心情都不错。陶教授他们包厢很快就进入了状态，大家都 high 起来了，小桃来上菜，陶教授老婆恰好上卫生间，陶教授已半醉，酒杯和小桃的菜碰在一起，红葡萄酒一大半洒在白衬衫上，小桃慌不迭声地叫起来："哎呀，新买的白衬衫，五百块呢，也不知能不能洗干净？"王子恺听出那话里有着心疼和惋惜，全没有服务员做错事应有的惊慌和懊恼，不禁冷眼看了小桃，这小姑娘还长得蛮不错。其他人都喝高了没有在意，倒是陶教授看到王子恺的眼神后酒吓醒了大半，忙半真半假道："小桃，这白衬衫要是洗不干净我要你赔钱的！上星期你不是在酒桌上听我老婆说这白衬衫五百块吗？你还吐舌头说这么贵呢！"小桃不知陶教授是什么用意，便一连串地道歉，陶教授摆摆手："吓唬你一下，以后做事可要细心些！"老婆从卫生间出来，见那洒了红酒的白衬衫，心疼得叫唤起来。

小桃白了脸，回到厨房发呆。同乡小菊正在剥蒜，厨房里弥漫着一股蒜味。厨师正在炒菜，他将油哗哗倒进锅里，火旺得很，火舌不时跑到锅沿上来。另一个学徒正在切土豆丝，将砧板切得咚咚山响，还有一个正在"嘭、嘭"地揉面，以及稀里哗啦洗碗盘的声音。一只花猫在泔水桶旁边嗅来嗅去，那里面有客人吃剩的半条鱼，可惜浸在泔水中，花猫脑袋里大概在斗争吃还是不吃这条鱼。小桃发了会儿呆，听见 313 在喊着要啤酒。小桃赶紧搬了一箱百威啤酒过来，启开瓶帮陶教授他们倒酒。她额头前的那缕刘海被汗水濡湿了，更显得妩媚。陶教授有些心疼，克制住自己安慰她的冲动。他们推杯换盏觥筹交错，小桃默默地站在他们身后，以便及时补充客人所需。陶教授老婆满面春风，小桃心头滴血。

  他们吃到十一点儿才散了，小桃默默清理着桌上的螃蟹壳、肉骨头、鱼刺等台面垃圾，将桌椅擦干净，重新将台面摆整齐。餐厅该打烊了，却仍然有一个大学生没走，桌上是吃剩的几样简单菜肴，另外就是几排空空的啤酒瓶，大概是失恋了吧。小桃悄悄抹好其他的餐桌，然后和几个服务员静静地坐在一旁看电视等待，心里发愁着这个客人什么时候走呢？以前她在另一个餐馆做事，只因渊明餐厅靠近河西大学，她便托老乡帮她弄到渊明餐厅上班。原以为河西大学的师生会比其他的食客文明，哪知他们喝醉了照样骂人，照样发酒疯，这未免让她感到些许的失望。当然，也有高兴的时候，那些大教授，一个个都西装革履，却一个个都那么和蔼可亲。在还没有认识陶教授之前，小桃想，要是能和其中随便哪个教授混得熟一些，自己弟弟考大学的事便多了些把握，一想到这儿，她便又兴奋起来，更加努力地工作。后来和陶教授有了肌肤之亲，那些教授便从先前的云端掉到了地面上来。

  那个失恋的学生终于醉醺醺摇摇晃晃地走了。小桃拖着疲惫的身体下班回宿舍。路上，手机响了，是陶教授的号码。小桃心里怨恨，不接，任由手机无辜地响着。停了一会儿，手机又响了，小桃心如磐石，就是不接。侍候陶教授她是乐意的，但她可不乐意侍候陶教授老婆。到了宿舍，门一开，陶教授竟然坐在屋内，吓了小桃一大跳。陶教授上前用双手围住小桃，小桃要挣开，却挣不脱。陶教授温言软语："我知道你不高兴，可我没办法，我没有理由不让她去。以后，要是我到餐厅吃饭，你就不要当我这桌的服务员了，你到另一桌去。"

  小桃的身子这才软了些，两人温存一番，陶教授喝了口小桃泡好的碧螺春："你这样下去终归不是办法，我得给你设计个好前程。等你本科文凭拿到手了，我把你弄到我们系的资料室去。"

陶教授把小桃哄高兴了才回家，回家后老婆却一脸不高兴，等着兴师问罪："那个叫小桃的服务员怎么回事？要叫她赔那件衬衫！我讨厌名字里有桃的人，以前一个名字里有桃的朋友来家里坐，我失手打碎了一个青花瓷，过后出门还被一辆电动车剐到，总之，名字里有桃的人会给我带来飞来横祸。"老婆态度很激烈。陶教授一脸没好气："她一个服务员，怎么赔？跟一个服务员有什么好计较的？"见陶教授就要发飙，老婆只好软下来，心里却愤愤的。

慢慢地，陶教授感受到了当官的好处，他知道了什么是众星捧月。以前，他一直是星星，现在终于尝试了当月亮的感觉。他喜欢上了这顶乌纱帽，喜欢上了这把传播系的第一把交椅。

陶教授戴上系主任的小乌纱帽之后，老婆对他看得更严了。只要他外出，老婆经常要反复追问。陶教授以为老婆会理解他忙得脱不开身，但老婆从不这么想。我们总天真地以为别人会自然而然地理解我们，实际上别人通常都不理解我们，也许是懒得进入我们的内心，也许是能力问题，别人根本没有能力踏上我们内心那条曲折幽晦的小径。反正从结婚半年后开始，陶教授就发现他的话老婆从来没有听进去过，老婆的话他也从来没有听进去过。彼此都认为对方的思维是发散性思维，可惜欠缺战略高度。或者换另一种说法就是"你的智商越来越朴素了"。这两句话翻译成直截了当的说法就是："你这个白痴！"一晃十年，陶教授一直拿不准对老婆的称呼。叫老婆太世俗，叫太太过于文气太自我抬举，叫爱人浑身起鸡皮疙瘩，叫妻子太无趣，因此，便沿用了婚前的称谓"小王"，或者称为"哎""喂"。现在看这个"喂"整天奔进奔出，陶教授便会从书桌前抬起头目送她的背影发出一声冷笑。

十年来，老婆对陶教授的升官发财梦经历了"幻想——破灭——再幻想——再破灭"这样恶性循环反复的过程，陶教授干脆对老婆说："你就别再幻想了！"可老婆怎能不幻想呢？陶教授是她唯一可以幻想可以依靠的对象呀！即使幻想破灭了一百次，她还是得开始第一百零一次的幻想。陶教授整日浸淫于老婆的唠叨之下，觉得自己实在是不容易。他送了老婆一个外号"爱生气",老婆说,我爱生气还不是因为你经常犯错误才生气,我也要送你一个外号"无厘头"。老婆觉得侍候陶教授还真劳心劳力,她要像天底下的所有女人一样与酒精争夺男人(杜康他万万没有想到自己发明了女人的情敌)。而且,她极为痛恨陶教授没有金钱观念。慷慨,在婚前是优点,婚后变成了缺点。同样一百元,她的一百元是人民币的价值,而陶教授一百元的价值是日元的价值。有一次买鞋,店老板说三百元,她刚要讨价还价,陶教授急着回家写论文,不耐烦地大声喊:"很便宜了,赶紧买回家拉倒。"逗得店老板也笑了。瞧,自己的男人就是这样一个连小生意人都嘲笑的惊人白痴。

蛛丝马迹总是有的。陶教授到法国交流访问,带回了两条法国披肩。长长的流苏纷披着垂下,卖披肩的小姑娘将披肩示范性地围起来,流苏便随着身体的晃动而微微颤动,有一种异域的妖娆风情。陶教授为老婆选了一条玫瑰红底子的,老婆年龄往上走了,喜欢大红大绿来挽住年龄的颓势。他给小桃带了一条天蓝色的,那种蓝,说不出的清新典雅,小桃戴起来一定比蓝天还要纯净,还要明媚,还要青春。陶教授为这条蓝色披肩实在伤了脑筋,他知道,回到家后老婆照例要借收拾的由头检查他的行李,因为他的一切理所当然都是她的战利品。陶教授想来想去,也没想出什么好借口。

果然,老婆看到这两条围巾欢呼起来,先从塑料袋里取出玫瑰红的那条在梳妆镜前比画来比画去。她换下玫瑰红的这条,又待取出那条天蓝色的,陶教授阻止道:"这条是带给阿芬的,别弄乱了。"阿芬是他的妹妹,以前常常帮着老婆带孩子。老婆一听,便把手缩回来了。倒是陶教授懊恼得很,这借口也真不高明,披肩有没有送妹妹,老婆很容易探明虚实。但既然话已出口,收不回来,只能这样了。于是,陶教授另外到中闽百汇买了一瓶法国香水送给妹妹,装作不经意地说,原本还要送一条披肩的,但不小心弄脏了。妹妹觉得惋惜,但有了法国香水,始终是高兴的。

过了一阵,老婆的法国披肩已经在办公室里赢得了一片赞叹声,这天见到小姑子,便好奇地问小姑子怎么不围那条披肩,一条人民币七八百呢。小姑子说,哥哥说披肩弄脏了,改送我法国香水。老婆心中顿时疑窦丛生,却并不表露，她不想让小姑子笑话自己的猜疑，便回家审问陶教授。陶教授从容道："那天送披肩的时候，外面的塑料包装不小心被钩破了，又随手将披肩放在车里，结果沾了油污，没办法送阿芬，只好扔了。"陶教授心中暗暗出了冷汗，同时佩服自己怎么能在几乎没时间思考的情况下编出这样一番谎话，可见人人是天生的撒谎专家。老婆不大相信："那你怎么没告诉我？"

"不是怕你骂我吗？做事毛手毛脚的，不仅毁了一条披肩不说，还搭进去一瓶法国香水，我要是告诉你，不是自己找骂吗？"

老婆无话可说。

/ 4 /

在很多个夜晚里，王子恺一直咂摸着陶教授和小桃的对话，越咂摸越觉得意味深长。他越想越兴奋，便打电话给小菊："我觉得你们餐厅里的小桃和陶教授不一般呢，你帮我向小桃打探打探口风。"小菊不以为然："这有什么大惊小怪的？就只许你和我好，不许人家陶教授和小桃好？"唉，这小菊真是头脑简单，根本不知道其中的利害关系，王子恺便哄道："乖乖的，你帮我把事办成了，我重重有赏。"

小菊来劲了："真的？上星期我看中了一条白金项链，我生日快到了，你买来送我。"

"这就要看你表现了。"王子恺在电话那边嘿嘿笑了几声。

小菊睡不着了，一骨碌爬起来到小桃的宿舍去。小桃同宿舍的阿琴回老家去了，新员工还没进来，小桃这段时间独占单人宿舍惬意得很。哟，平时没注意，这小妮子不知何时手上多了一枚戒指，在灯光下特别耀眼。小菊一把捉住小桃的手，细细看了那戒指，故意道："真漂亮！不过，肯定是地摊货，哪里买的？我也去买一个戴戴。"小桃急了："才不是地摊货呢！两千多块呢，被你说得一钱不值！"

小菊摇头："你哄谁呢？两千多块！鬼才相信！你一个月工资一千五，还要寄钱回家，哪来的两千多块！两块钱差不多！这么漂亮的戒指我一定也要买一个,快告诉我,哪里买的?你别这么小气嘛!看不得别人漂亮!"

小桃是个老实人,禁不起小菊这样逼问,便红着脸道:"是陶教授送我的。"话刚出口她便后悔了,慌忙摇着小菊的手哀求道:"你可别告诉别人呀!"小菊惊讶地扬起眉毛:"陶教授?"小桃飞红了脸点点头,小菊便扑过去挠小桃的胳肢窝:"亏我们姐妹俩这么要好,你倒是对我瞒得密不透风!你老实交代,什么时候好上的?"

丑闻被直接捅到了网上。网上硕大的标题怒吼着:服务生变身本科生!教授被服务生贴身服务!河西大学一夜之间闻名于天下。校长几乎要被陶教授气昏过去:见过笨的,没见过这么笨的!事情闹大了,想为你遮丑护短都不行了!只能把陶教授交出去了。陶教授不要面子,河西大学还要面子,他堂堂河西大学校长还要面子。

陶教授今天是现代传媒学的课,走进教室,只见学生个个表情怪异,其中一个还笑出了声。陶教授莫名其妙,借着讲台的掩护摸了摸自己的裤裆拉链,好好的,并没有城门洞开。这下他放心了些,咳嗽了一声问道:"有什么不对吗?"

全班不吭声,集体失语。这是从来没出现过的现象。陶教授无奈,只好说:"既然没事,我们就上课吧,今天讲如何制作专题片。"正待他转身在黑板上写板书,班长终于站了起来:"老师,您还是回家上校园网看看吧。"陶教授一头雾水,虽然班长那表情让他直觉事情大大不妙,可他还是想坚持上完课,要知道,教师随便在上课时间离开教室那可是教学事故。陶教授勉强打起精神上了三十分钟,下面的学生几乎没怎么在听,陶教授便匆匆布置了作业,让学生自习。他小跑着回到家里打开电脑,一进校园网,上面的图片和文字几乎把他炸蒙了:电脑屏幕上,他正搂着小桃亲吻!而相关说明文字,有真有假活色生香。陶教授哆嗦起来,一行一行看下面的跟帖,足有几千条之多,用语之刻薄之下流是他闻所未闻。陶教授不敢再看,只觉得脸皮正在被一层层剥开,露出血淋淋的骨肉。流言像子弹一样将他击穿,有说他"良心的城堡已经坍塌",也有大声召唤他"良心赶紧战栗着醒来"。陶教授大口喘着气,隔了几分钟之后又打开校园网,一条条评论像雪球般滚动,总共有一百多页，怎么也读不完，陶教授现在读到第五页，仿佛后面还有数不清的狂吠的恶犬在追赶，那些嘶叫咬破他平静的天空。

陶教授再也看不下去了，"啪"的一声关了电脑。这时，老婆开了门旋风般冲到他面前，劈头给了他两个耳光，陶教授愣在原地。老婆咬牙切齿："刚刚升了个主任，就生出这么多花花肠子！你也不撒泡尿看看你是谁！我没脸见人了！"老婆号啕大哭，边哭边叫："品位也得高点儿呀，弄个女教授什么的，结果弄了个女服务员，你真是猪狗不如，见腥就扑！"陶教授一声不吭，任由老婆言语的子弹和利剑射到他身上砍到他身上，只一味拿沉默当最后的护身符。过了一会儿，陶教授开始收拾衣服，学校他是待不下去了，至少得离开一段时间。打开门的时候，他扔下一句话："要离婚随时找我，我随时签字。"老婆捞起沙发上一个抱枕狠命朝他砸去："想得美！叫我让位给那个小狐狸精？我要让你们生不如死！"

陶教授拎着行李下了楼，只见不远处一个女生冲着地上啐了一口："真恶心！让我和女服务员当同学，亏得某些老师干得出来！道貌岸然啊！道貌岸然啊！"陶教授只得装作没听见，快步钻进汽车里。他恨不得自己有隐身术，他知道，现在对自己最好的保护就是消失，否则只能平白无故当了所有正义人士的箭靶。每个人的手指都戳向他，每个人的嘴巴都在咀嚼他，将他的骨肉嚼得稀巴烂再呸到地下。是的，他没有克制住自己的情欲冲动，他承认自己的错误，但不承认舆论对他奸淫的指控。因为小桃是自愿的，虽然年老对年轻的攫取在公众眼里有失道德。他们迫不及待地等着看他的笑话，盼望一场好戏快点进入高潮，他们在旁边敲锣打鼓疯狂助阵。没有任何尊严。像狗一样。陶教授不合时宜地回想起他和小桃第一次的情景。怪只怪小桃的皮肤太白，怪只怪小桃那天穿得太少。仿佛是另一个男人，他的手穿过她薄薄的衣服覆盖到她那年轻的富有弹力的乳房上去。一个女人就是一个黑洞。他的前程就从这个黑洞漏掉了。天色灰蒙蒙的，像周围恶劣的脸色。他停在小区空地上的汽车遭到了破坏。玻璃上用水粉写上了"叫兽"两个红得像血一样的大字，车胎被扎扁了。流言的巨石不仅会砸烂人的声名，还会砸烂人的肉体。

路过鸣翠湖的时候，陶教授摇下车窗，将自己的手机用力扔进湖里。手机瞬间便消失得无影无踪，湖上荡起的涟漪也很快恢复了平静。陶教授稍微舒了一口气，这样一来，即使记者将他的手机打爆，他也不必烦恼了。

河西大学的校园论坛热闹极了，好像迎来了一个百年不遇的盛大的节日。哎，怎么说呢，河大的师生们感情太复杂了，既有学校名誉受损的义愤，又有对陶教授幸灾乐祸的快活，还满足了私下里不可告人的窥淫欲。要知道，河大的教授、讲师们都有一个肥大的舌头，渊明餐厅事件让他们充分享受了舌头的快感。他们详细描述了陶教授与小桃一起寻欢时这一老一少的生理差异及心理感受的异同，他们似乎都听到了陶教授在床上奋不顾身的吁吁喘气声，他们甚至准确地还原了陶教授下身那时而高涨时而低垂的性器的大小，仿佛他们都是亲历者。从此以后，陶教授便多了诸多外号：陶渊明、陶公、东篱先生等等不一而足。这个陶公是会被写进校史的，即使不能进入正史，野史里也断断少不了陶公的名字与风流韵事。身败名裂后，满世界都是你的熟人，每个人都认识你。

渊明餐厅一夜走红，前来就餐的食客络绎不绝，一时生意暴涨。平时较少来这里用餐的师生一窝蜂地涌向渊明餐厅。一进门就伸长脖子："那个叫小桃的服务员呢？"

"对不起，她这几天休假。"经理彬彬有礼地道歉。问的人便一脸失望的神情。

就像一群苍蝇闻到了臭蛋的味道，记者们蜂拥而至。找不到小桃没关系，餐厅里不是还有无数小桃吗。问得所有的服务员脸上青一阵白一阵，小菊想发火，隐忍着。经理交代过了，顾客就是上帝，得罪了顾客，就请你卷铺盖走人。小菊觉得自己变成了动物园里的猴子，任凭别人参观与戏耍。

校长送走了一批记者，马上又迎来了一批。后来，校长躲起来了，让学校纪委副书记、监察室主任陈有亮全权负责此事。风口浪尖的滋味不好受，让手下替他去站一站吧。不知是哪个爆料者将陶教授的丑闻捅到网上去的，这些网民，唯恐天下不乱，经常以激烈的言论煽动裹挟民意，实在令人恼火。校长的第一个冲动是希望这个丑闻是捏造的，他害怕河大的多年声誉毁在他手里，他不能让随便一个家伙就颠覆了河大固有的形象。假如这一丑闻是捏造的，河大就可以顺理成章地从被迫的仲裁者转变为受害者，就可以对爆料者说话的权利与责任意识做一番深刻的剖析，从而还河大一个清白。然而，校长深知这件事绝不会这么简单收场，这里面水太深了。作为一名资深的传播学教授，校长深知民众经常带着偏见并裹挟社会矛盾看待公共事件，以仇官、仇富的眼光在网上随心所欲发表言论，诸多因素混合在一起，造就了激烈言论的舆论市场。因此，煽动家在网上影响力极大，简单粗暴的具有民粹倾向的意见更受欢迎。

在把重任交给陈有亮之前，校长召集学校领导及党委开了多次讨论会，征求大家的意见："现在老陶出了这档子事，大家都说说该怎么办才好。我最焦虑的是河大的声誉，我担心的是由一位教授的道德品质被质疑蔓延成整个河大被质疑。"

刘副书记斟酌着开口了："我害怕这出戏演的时间越长，观众会越多。"

陈副书记说："这下咱河大让广大网民欢乐得不行。他们都期待着黑幕进一步掀开，看看黑幕后面的烂泥潭有多烂有多深。咱们千万不要阴沟里翻船。"

教务部长说："老陶确实太不像话了。大学本来是最纯粹的，是最不应该有功利主义的地方。正因为这种纯粹，社会的流毒以及垂暮的习气才能被遏制。可老陶却把服务员弄进函授班，这样做影响实在是太坏了。咱们学校要是对服务员都敞开了大门，那堕落是必然的飞快。"

会议拖到晚上七点半才结束，与会人员对陶教授心怀怨恨。这该死的老陶！风流也就罢了，弄到大家为他饿肚子开会，那就是该死了。校长的脸上挂着冰凌，在休会前宣布了一条铁的纪律："反正大家少传播是非，让我听见了，别怪我不讲情面。"

校长阴沉着一张脸。餐厅事件让河西大学在全国丢尽了脸面，也不知有多少人在看河西大学的笑话。他恨那个在网络上匿名散播谣言的人，也恨手下这些不成器的系主任。在第二次党委会上，校长劈头盖脸地臭骂了各系主任一顿，责令以后若有到渊明餐厅用餐的一律不予报销。会议室里一片死寂。停了一会儿，校长把目光盯在陶教授脸上，陶教授慌忙低下了头。他是昨天被急令回校的。校长过了一会儿才把目光停在学校纪委副主任陈有亮身上："老陈，这件事由你召开新闻发布会澄清。"

校长的脸上好像挂着冰凌。这件事麻烦大了，处理得好，可能只领一张黄牌警告，教授们顶多开几次会多学习师德师风问题；处理不好，河大会领到一张红牌，直接影响到招生问题。沉默的压力把会议室塞得满满当当的，要朝屋子外边涨溢或炸开。他讲了河西大学的百年荣誉，讲了河西大学目前正在争取的中国十佳名校的头衔。最后，他悠长地叹了口气，目光复杂地望着陶教授："老陶，你这事出得不是时候呀。"陶教授不敢抬头。副校长说："老陶一向是高风亮节的，如果老陶能发表一个声明，说此事与河大无关，并主动辞职，我们会弥补你的。老陶，我有一个老同学在燕京诗歌中心当研究主任，那个地方最适合你不过，我那同学非常欢迎你。"这时，组织部长及时递上了他们拟好的辞职信和声明书，并推过来一支派克钢笔："你只需要签一下姓名就可以了，其他的工作我们来安排。你放心，学校不会亏待你的。"陶教授因研究陶渊明曾获过国际大奖，当时很是轰动了一阵子，学校如果强硬开除陶教授，恐怕会引起不必要的麻烦。因此，党委开会研究的时候，个个都赞成要冷处理，不能热处理。

副书记、教务主任、职称处长该说的一个个都说过了，话语如水流在陶教授耳边嘤嗡响着，校长看了看陶教授低垂的头颅，用舌头舔了舔有些皱裂的嘴唇，总结道："学校的工作原则一向是民主的，现在我们举手表决，同意让老陶暂时病休半年的请举手，不同意的可以不举。"校长话音刚落，在座的七个领导哗啦啦同时举起手来，集体宣誓一般。陶教授梦游般看了看这七只手，这七只知识分子的手都很白净，有的肥胖，有的瘦削青筋毕露，这些手，可真是知识分子的手呀。鲁迅说过，知识分子可用手中的笔作匕首作投枪，现在进步了，无须用笔，直接用手就行了。陶教授率先走出了办公室。校长环顾了学校的领导班子，严肃地说："那个爆料者也要严查，这种唯恐天下不乱的人才还要请他另谋高就，我们这里庙小，容不下道行这么高的和尚。"纪委书记用力点了点头。校长又把脸转向陈有亮："作为新闻发言人，你尽量少说话。现在出点儿事，无论大小，官方说的，民众根本不相信。总觉得你在遮掩，在撒谎，在扭曲真相，甚至毁灭证据。总之把官府极力往坏处想。官方的事件调查，无论怎么做都不能让民众满意。这段时间你尽量少出门，不要让记者逮住你。要是你说错话，我唯你是问。"

散会后，各院系主任一个个溜得比兔子还快，只有艺术系的孙主任平日里与陶教授交好，见陶教授木偶般走着，孙主任凑近陶教授的耳朵道："玩玩就好啦，怎么搞得像真的似的？"陶教授尴尬一笑。

陶教授的主任自然是撤了，换了王子恺。王子恺想，风水轮流转，以前说三十年河东，三十年河西，现在只需三年河东，便三年河西了。

校长回到家里，老妻问他："吃过了没有？"校长没好气地摇摇头，见老妻要去加热饭菜，校长摆摆手："别弄了，我不想吃。你帮我摁摁头。"于是校长便躺在老妻大腿上，享受老妻的拿手绝活。见他闭着双眼，老妻知他累了，也不说话，只一味在手上用功。摁着摁着，校长突然睁开了双眼："老陶艳福可真不浅！老牛吃嫩草，牡丹花下死，做鬼也风流啊！"老妻不高兴了，把校长的头推开，霍地站起来，冷笑道："我看你羡慕得紧哪！"校长便讪讪地笑了。到了晚上十二点，晚间新闻出来了，校长看到了学校的新闻发言人陈有亮。陈有亮西装革履，在电视屏幕里侃侃而谈。他信誓旦旦地告诉全国人民，河西大学已经成立了渊明餐厅事件调查组，若查明陶教授确有不良行为绝不姑息。校长起初有些生气，这个陈有亮怎么搞的？后来仔细想想，校长笑了。确实不能急于澄清，否则会留给人武断的印象。校方此时理应站在中立者的角色，致力于寻求事实真相，而不能急于发表文章批评爆料者的流氓习性。在事实尚未浮出水面之前，这种有着浓厚行政背景的批评行为，只会被视为曲线护短。在这个紧要的节点上，河大校方应该做的，只能是给真相一点儿时间。而且，时间是万能的灵药，这个世界新闻一大堆，今天八十岁老汉强奸幼女，明天情侣窗台野战从八楼坠落，后天公车爆炸，吸人眼球的新闻数不胜数，慢慢地，世人自然会淡忘渊明餐厅事件。到时，甚至可以告爆料者一个诽谤罪。想到这里，校长从酒柜里拿出一瓶珍藏了七年的XO，给自己倒了一杯，慢慢地品咂起来。看来，这个陈亮可堪大用，还可以让他进步一下，将来成为自己的左膀右臂也未可知。校长用指头有节奏地敲打着桌面。

/ 5 /

小桃这几天都躲在自己的出租屋里不敢去上班。小菊一下班，便对她说："你幸亏没去上班，不然你可就惨了，来咱们餐厅参观的人一拨又一拨的，都想看看你长什么样子，就像买票到动物园里看大猩猩一样。我和阿丽这些一起在餐厅里端菜的姐妹们也跟着一起倒霉，外面风传什么餐厅里稍微长得漂亮一些的服务员都是有主的，说什么河西大学各系主任经常在咱们餐厅举办群芳宴，报销的公款多得吓人，还呼吁中纪委彻查此案。"小桃听了，咬着嘴唇不吭声，眼泪顺着眼角无声地流下来。小菊拍拍小桃的肩膀，正要安慰她，突然手机响了起来，是小菊母亲从乡下打来的："阿菊啊，你在餐厅里有没有什么事啊？怎么全村的人都在说你们餐厅的服务员个个都是狐狸精，跟什么老教授有一腿？那餐厅要是真这么坑人，你就别做了，赶紧回来吧，帮家里种蘑菇，不然你以后可不好嫁人……"小菊不耐烦地打断母亲："妈，你别听外面的人瞎嚼舌头，人家大教授什么身份，哪会看上我们这种乡下来的服务员？你放心吧，没事儿。"说完便把手机挂了。小菊冲小桃摇摇头："好事不出门，坏事传千里，连我乡下的妈妈都知道咱餐厅出事了。"小桃突然跳下床来收拾东西，小菊惊问："你干吗？"

小桃凄然一笑："还能干吗，餐厅肯定是待不下去了，我只好滚回老家去，还能干吗？"

小菊一时也不知道该怎么办才好，愣了老半天，怂恿道："不然你上寺庙拜拜佛，说不定坏事儿能变成好事儿？"

小桃眉眼低垂："不拜也罢。每次我对菩萨有所求时，菩萨没有一次帮我实现我的愿望。我求什么，菩萨就让我落空什么，而且求菩萨之前，其实我隐隐就知道我的心愿必定落空。"

听小桃这么一说，小菊也没辙了，眼睁睁看着小桃收拾物件。小桃也没什么行李，三下五除二便收拾妥当，她将一个小瓷人塞到小菊手里："这个送给你。"这个小瓷人小菊很喜欢，多次向小桃索要，小桃都舍不得给，现在要送给小菊，小菊反而不好意思接了："你自己留着吧。"小桃不由分说将小瓷人塞到小菊手里："收着吧，说不定以后就没机会再见面了。"小菊默然："我送你到车站吧。"小桃摆摆手："不要你送，哭哭啼啼的样子太难看。我这行李轻得很，自己拎着走就是了。"说着，冲小菊挤出一个比哭还难看的笑，便拎起行李走出了宿舍。

原是想一走了之的，但小桃想起了还没结算的工资，今天三十号，小桃是个尽职的人，她想该把最后一天班上完。于是，小桃拎着行李走进餐厅，迎来了她生命中的劫难。陶教授老婆冲进渊明餐厅的时候，小桃还在当值，她正在给客人上菜，并不知道一场灾难正在朝她扑来。那是一盘热气腾腾的鱼翅汤，小桃小心翼翼地两手端着朝前走，一个怒气冲冲的女人从天而降，劈手夺过鱼翅汤，小桃还未反应过来，本能地将鱼翅汤递给对面的女人，她怕两人拉扯来拉扯去把汤洒了。哪知那女人竟然把鱼翅汤朝她脸上泼去！小桃惨叫一声，本能地护住脸，脸上好像烧起熊熊大火。那女人又一把抓住小桃的头发，两人便抓扯撕咬起来。女人的双脚往小桃的裤裆猛踢："我让你骚！我让你骚！"小桃被打得满腔悲愤，一张嘴巴也不饶人："就你那烂逼，怪不得老公碰都不想碰！"老婆被戳到痛处，嗷嗷嘶叫起来，下手更狠，两人好一场混战。七八个服务员好不容易将两人拉开，小桃脸上烫伤的地方红通通一片，密密麻麻都是水泡，头发上还缠夹着几根滑溜溜的鱼翅。陶教授老婆鞋子掉了一只，脸上也有几道长长的挠痕，那是小桃长指甲的杰作。周围的人把鞋子寻来让她穿上，陶教授老婆便开始哭诉小桃如何纠缠她家陶教授，如何施展狐媚术，如今弄得陶教授声名狼藉，斯文扫地。小桃早已在姐妹们的庇护下去了皮肤医院，老婆还在对着虚无的空气叫喊："这下你满意了吧？我家老陶当不成主任了，看你这狐狸精还勾不勾引他！"

小桃躺在病床上，她整张脸包扎得密不透风，只剩下一双眼睛目光空洞地看着天花板。小菊劝道:"小桃,你可千万别想不开,你要是想不开,那就是天底下最大的傻瓜,只会便宜了那老女人!"沉默了一下午的小桃忽然冷笑起来:"我才不会那么傻呢!我要那女人赔偿我的医疗费!把我的手机给我!"小桃摁了陶教授的号码,里面却传来一个甜美的女声:"您所拨叫的号码已关机。"小桃顿时灰了心,将手机扔在一边,憋了一下午的眼泪终于汹涌而下。

陶教授此时病倒在一家异地的小旅馆里奄奄一息。小旅馆里没有像渊明餐厅里那样合胃口的菜。陶教授勉强能喝几口水,就像一头困兽,每天都处于被制服的状态。最后,眼看就要出人命,店老板强行把陶教授拉到了医院,陶教授才捡回了一条小命。到后来,他的病情慢慢好转,感觉再也不能天天这样僵尸般地躺在床上,于是慢慢走到医院后花园里。看着照射在冬青树上的一缕阳光,陶教授不禁流下了两行热泪。身与心的双重衰老,就在阳光下同时到来。一个病人走过来,骂骂咧咧的,将陶教授撞向一边,胡子拉碴的陶教授仿佛没有知觉。平时,他不容许有人对他这样无礼,不容许自己这样长满络腮胡。现在不一样了,现在他根本没有心情去理会什么胡子。他现在置身于名誉受损的大虚空里,失去知觉,失去重力。

他知道,他和小桃,彼此已经永远地失去了。他确实是喜欢小桃的,可要他离了婚娶小桃,他知道自己绝没有这样的勇气,单单想到老婆张牙舞爪的嘴脸,他就不寒而栗。每次他试图冲击老婆的彪悍,最后都被反弹回来,被打翻在地。他索性彻底投降了。现在事情已经糟到不可收拾,自己是该给小桃一个说法的,总不能一辈子当缩头乌龟。自己剥夺了她的美好,折断了盛开的玫瑰。至少该给小桃一个电话,但电话里要说什么?似乎有千言万语,但似乎每一句话都不合适,再怎么说都是徒劳。陶教授思想斗争了一星期,终于拿起了那个千斤重的话筒。至于说什么,等电话通了再说吧。总比音讯全无强,即使在电话里沉默,打电话本身就表明了一种态度。陶教授咬咬牙,像上刑场的死刑犯一般,颤着手指拨打了小桃的手机。

手机里的女声说:"您所拨打的号码不存在,请核实后再拨。"

没想到,小桃比他更决绝。一个比一个决绝。小桃对他是失望了。不,不是失望，是绝望。他运气好，碰到一个不纠缠他的女孩子。换了别人，也真不知要怎么闹了。小桃竟然连惩罚都懒得惩罚他，一声不吭便从他的世界里消失了，这才是对他最大的惩罚。就像一个死刑犯，等着枪响的那一刻，枪竟不响了，死刑犯被告知他可以走了。死刑犯号啕大哭，因为，生不如死啊。作为教授，学术上他声誉尚可；作为一个老男人，他声誉很低。而现在，人们都不把他当教授看，而是百分百将他当一个老男人看。他感到羞耻，他只想成为小桃人生中很小的一部分，而她连这一部分都舍不得给予他。人到了五十岁，在女人面前就不讨好了，就这么回事。你就老老实实靠所谓事业这服春药把剩下的日子过完吧。作为一个男人，他的力量正在一天天消失。

　　陶教授最想不通的是究竟是谁在网上爆他的料呢？笑脸后面怎么会藏刀子呢？以他的性子，刀子就是刀子，无论如何是用笑脸藏不住的，可别人偏生就有这种好本领。想起王子恺那张笑脸，陶教授几乎疑心自己错怪了王子恺，不过，跟自己抢系主任位置的就只有王子恺一人，便是王子恺无疑了。陶教授凄凉地笑了。自己爱了一辈子陶渊明，没想到最后竟成了柳永。"忍把浮名，换了浅斟低唱。"陶渊明不为五斗米折腰，自己即使不回河大，也得另找一所大学任教，否则，他靠什么吃饭穿衣呢？要知道，他连陶渊明的一亩三分地都没有呀。陶渊明是主动放逐，柳永可是被放逐的呀。校园里寒光闪闪，刀来剑往，你若武功差，只有被砍杀的份儿。自己想做陶渊明而不得，只能被迫习成武林高手，可他真不愿意去学习砍砍杀杀的武功，何去何从，他真是彷徨了。

　　深秋的夜，凉意丝丝，淡淡的月空上飘着一朵雨云，毫无目的地飘着飘着。风吹起云朵里藏着的故事，一道忧伤划过夜空，坠落在都市的边缘。

山水控

文 / 邱贵平

/ 1 /

崇文小学有个体育老师叫杨德胜，是个资深驴友，得知范崇山是石井镇人，饶有兴趣地问他，石井有座大山，你知道吗？范崇山摇了摇头，石井山很多，你指的是哪座山？杨德胜说，崩山啊，石井人不知道崩山，好比北京人不知道香山，不合常理。范崇山说，惭愧惭愧，我是身在山中不知山，不过听还是听说过的，崩山离我家蛮远，我家在东崩山在西，相隔五十多里，崩山在自然保护区内，根本不让进……杨德胜打断他，听你这话，跟山还是有缘的，身在山中不知山，只缘身在此山中，你其实是个崇山之人啊。怎么样，这周末有没有兴趣跟我一起去爬山？范崇山说，好啊，我正闲得起壳，去，一定去。

周六爬的是座小山，范崇山还是有点儿吃力。那可是真爬，时不时匍匐前行，驴友称之为野爬。所谓野爬，就是山上有路不走林间无道偏行，野兽般穿林钻草，硬是闯出一条路来。走在前头的驴友，还要挥舞砍刀，披荆斩棘。

中午打尖，驴友们魔术般地从包里掏出炉具和食物，个别驴友还带了茶具。汇集大江南北的小吃琳琅满目，不像范崇山，只带面包和橘子，一看就是新驴。

那是范崇山多年来，最开胃的一餐。

范崇山走到那位带茶具的驴友面前，惊叹道，兄弟，你真是武装到了牙齿。驴友看了他一眼，你是新驴吧？范崇山说，我是第一次参加这样的活动。驴友说，看得出来，像你这样的，在我们圈里叫驴毛。

范崇山："什么叫驴毛？"

驴友："驴友分为驴毛、驴皮、驴尾、驴腿、驴头五个级别。驴毛严格意义上只能算是准驴，也可以叫作新驴或者注册驴友。因为他们从来没有出行过，也不拥有点儿滴的户外装备，更谈不上户外出行经验与体会。

"驴皮也叫作小毛驴，和驴毛相比，驴皮总算是坚实地迈出了走向户外活动的第一步。驴皮一开始就不满足于在论坛或QQ群里充当看客，而是积极投身于户外事业。每每户外的出行召集帖一发，驴皮就会及时跟帖。驴皮信奉生命第一出行第二，享乐为主运动为次，他们有驴心没驴胆。

"驴尾也可以称为大毛驴，是现在各类户外队伍中的主体，他们已经具备户外活动所需的一定的体能、必要的户外基本装备，和一定的出行经验。驴尾最大的特点是具有信赖性和摇摆性。他们一般不关心出行的攻略，也不认真学习户外知识，甚至连什么是强度难度危险度都不太了解，对户外装备的使用也一知半解。他们多半是那种既不太用情又不太用心的人，对线路没有多大的选择，却对出行的同伴有很强的信赖性和选择性。

"驴腿是户外的骨干力量，通常也被称为老驴，经验丰富，在驴队中拥有很高的威望。驴腿一般体能较好，上可攀雪山，下可玩漂流，中等强度、难度的线路在他们看来，根本不在话下。驴腿更喜欢全装备出行：背包，帐篷，睡袋，防潮垫，防雨袋，地席，头灯，手杖，冲锋衣，冲锋裤，速干衣，排汗袜，登山鞋，海拔仪，定位仪，防紫外线太阳镜，腰包，专用炉具，餐具，牙具，刀具，水袋，水壶，酒壶，医药盒，安全套，针线包，相机DV随身听……可以说五花八门，应有尽有，有个性的还会扎个漂亮的头巾，可谓帅呆了酷毙了。驴腿是每次出行队伍中的主心骨，懂得在户外必须具备团队和互助精神，在关键时候，他们会挺身而出，把困难和压力留给自己，别看他出行时带了那么多的物品，而实际上很多时候这些东西是为别的驴友准备的，他所带的只是一份关怀和经验而已。

"驴头是一个地区最早参与户外活动的驴友，也是出行次数最多，经验最丰富，装备最齐全，户外理念最新，户外知识最广博的驴友，也常常是各种出行队伍的领队，代表着先进的生产力和先进文化的发展方向，他们很早就接触网络，从网络聊天，到私人博客，从个性空间，到音乐发烧，从精彩贴图，到数码上传，成为这个 e 时代的弄潮儿。驴头一般性格豪爽，率真坦诚，不随波逐流，不依附权贵。天行健，君子以自强不息，地势坤，驴头以厚德载物。在户外过程中，驴头不断净化自己的心灵，见贤思齐，最终达到仁者不忧、智者不惑、勇者不惧的最高境界。"

范崇山说，你一定是驴头吧？驴友从口袋扯出一条花头巾扎上，No，充其量驴腿而已。范崇山说，你太谦虚了，凭你刚才那番高论，当驴头绰绰有余。驴友摇头，我真不是驴头，凸驴才是驴头。范崇山说，秃驴是谁？驴友指了指杨德胜，是他！范崇山一脸惊讶，不对，他满头黑发，不秃啊？驴友笑道，不是秃顶的秃，是凹凸的凸。范崇山说，他不是叫杨德胜吗？驴友说，驴友一般用网名。范崇山说，那你的网名是什么？驴友说，插一腿。范崇山说，什么，差一腿？驴友说，不是差一腿，是插一腿，插入的插，一二一的一，大腿的腿。范崇山大笑，这个网名太有意思了，很高兴认识你，我叫范崇山，模范的范，崇敬的崇，登山的山，请问真姓大名？插一腿说，英雄不问出处，驴友不问真名……

当天共有六人成行，除了杨德胜，范崇山不知道其他五人的真实身份和姓名，自我介绍互相称呼的都是网名：插一腿、凸驴、混帐危险、想开即天堂、赚碗饭吃、孩子归我。想开即天堂是位女驴。他们建有一个名为"乐山乐水"的 QQ 群，凸驴是群主，即驴头。

想开即天堂自我介绍的时候，一双大眼紧盯着范崇山，睫毛蝶翅般扑闪着，范老师，我认识你。范崇山说，你认错了吧，我又不是名人，我们从没见过面，你怎么可能认识我。想开即天堂说，我很久很久以前就认识你。范崇山说，这更不可能了，我很久很久以前要么在娘肚子里，要么还是宇宙一粒尘埃。想开即天堂说，你真幽默，不过可以理解，贵人多忘事嘛。范崇山说，混成这个样子，人样都没了，还贵人？你抬举我了，能告诉我真名么？就算我忘了人，也不可能忘记名字，我是老师，对名字特别敏感，凡是教过的学生，都记得。想开即天堂淡淡一笑，算了，也许我真认错你了。

范崇山问凸驴，杨老师，我能不能加入乐山乐水。凸驴瞪大眼睛盯着范崇山，你怎么把乐山乐水念成要山要水？范崇山也瞪大眼睛看着凸驴，没错啊，要山要水，不信你手机上网百度一下。山不远不深也不大，有手机信号，凸驴将信将疑一搜，果然读"要"，惭愧之余对范崇山刮目相看。凸驴说，范老师，你是个人才啊，要山要水热烈欢迎你，不过，你要至少登三次山，才能加入。对了，以后别叫我杨老师，叫我凸驴，我们这帮人喜欢叫网名，你的网名是什么。范崇山说，我没有网名。凸驴说，这怎么可能，有QQ的人，哪个没有网名。范崇山说，我用的是真名。凸驴说，那你起个网名，有意思点儿的。范崇山说，许多网友微博成瘾淘宝失控，自称微博控淘宝控，我叫山水控如何。

凸驴击掌叫好，山水控，这个网名起得有水平，表达了群驴的共同心声，看来你骨子里是个喜欢山水的人，以后我们就叫你山水控了。山水控说，你能不能让我先入群。凸驴说，群有群规，必须登三次山才能入群，谁也不能例外。范崇山说，你是驴头，照顾一下嘛。凸驴说，群规面前人人平等，谁也不能例外。范崇山说，那就遵守群规，真人不露相啊，看不出，你竟然是驴头，插一腿对驴头评价可高呢。凸驴说，我这个驴头，就是个召集人，与插一腿说的驴头，差十万八千里呢。范崇山说，你真谦虚，插一腿说，驴头都是非常谦虚的人……

傍晚回到县城，大家一起吃了饭，酒足饭饱，尽兴而归。

/ 2 /

范崇山虽然生在山村长在山村，却怕山。他生长的那个村庄办有完小。范崇山在家门口读完三年级，翻山越岭到南面的大青村中小读四五年级，然后翻更高的山越更大的岭，到北面的石井镇中学读初中。

范崇山是村里第一个初中生，也是石井镇中学唯一走山路上学的学生，要穿过一座深山老林，盛夏感觉不到阳光热度，隧道般昏暗的羊肠小路上铺满落叶，脚板踩在上面发出啪哒啪哒的响声，好像后头有人跟踪追击。

读了三年初中，范崇山考上师专，读了三年师专，又回到山里，成为母校大青村中小首位公办老师。每到周六上午，上完第三节课，范崇山顾不上吃饭，噼里啪啦地推出那辆刹车失灵、挡泥板和后座全无的裸体自行车，以亡命的速度骑乘在河床般坎坷的机耕路上，颠簸得内脏错位摩擦得睾丸发麻，到石井镇赶十二点半的班车，风尘仆仆与女朋友毕玉簪约会。

毕玉簪是范崇山同窗，分配在梅溪村中小，梅溪村中小和大青村中小，不隶属同一个镇，相距八十多里，对恋人来说，比八百里还远。不过，梅溪村交通比大青村方便多了，村部就在公路边，下车步行十分钟即到学校。

苦恋六年，有情人终成眷属。六年当中，毕玉簪莅临十次大青村中小，年均零点八三次，范崇山去梅溪村中小的次数，高达二百一十次，骑烂了一辆半自行车，以及四条外胎六条内胎。前面那辆是二手车，本来破旧，只能算半辆，彻底骑烂后，买了辆新的。

范崇山骑烂自行车的同时，骑坏了毕玉簪。结婚两年多，毕玉簪肚子迟迟不见隆起，这才意识到大事不好，到医院一查，子宫伤情严重。罪魁祸首是范崇山，安全期死活不戴安全套，致使毕玉簪三次扒胎。两人苦恋六年才结婚，并非考验爱情而是条件限制，毕玉簪母亲早逝，范崇山母亲年迈体弱，加之分居两地，一旦有了孩子，仅靠毕玉簪一个人带，太难了。

好在有情人终成眷属前夕，范崇山调至梅溪村中小，终于团聚。婚后五六年，两人的金钱和精力，全花在传宗接代上，一到暑假，揣上本年度省吃俭用下来的积蓄，寻找真理般四处寻找名医妙药。名医看了两个排，妙药吃了两箩筐，毕玉簪的子宫依然死气沉沉，冬眠不醒。

两人心灰意冷，好长一段时间，连爱都懒得做。开始是懒得做，后来是做不了。问题出在毕玉簪身上，阴道一年三百六十五天，三百天干旱，月经也失去诚信，爱来不来。火气却日见增长，一点儿即燃，别说求欢，发个求欢信号，可能引燃燎原之火，疑似提前进入更年期。范崇山如履炭火，老是想起"秋冬草木干，谨防火烧山"这句随处可见的防火护林标语。

又过了五六年，范崇山同学当上县教育局副局长，托同学洪福，夫妇先后调进县城。范崇山城北崇文小学教语文，毕玉簪城南太平小学教数学，相距不到一公里。

回到家里，毕玉簪正在偷菜。山水控洗刷完毕，主动上前捏肩。毕玉簪说，太阳从西边出来了，今天怎么这么殷勤，我偷了半天菜，肩膀正酸着呢，好好帮我捏捏。山水控却不好好捏，轻描淡写捏了几下，十指直袭双乳。毕玉簪打了一下他的手背，没好气道，爬了一天的山，还不嫌累啊，早点休息吧。"吧"字尾音拉得很长。毕玉簪说完，继续忘我偷菜。

掐指算来，山水控一个季度没做爱，快成和尚了。饶是如此，山水控也不敢发火，毕玉簪没向他狮吼，已经阿弥陀佛。山水控轻轻叹了口气，上床看了一会儿书，不知不觉睡着了。

毕玉簪是校花，追求者众多，山水控在三百多号学生的石井镇中学是帅哥，到了三千多号学生的师专，仅算得上五官端正。毕玉簪对他而言，高不可攀。山水控拿出世上无难事只要肯登攀的精神，战胜各路好手，终于在毕业前夕成功登顶。毕玉簪就是他的大好河山，山水控从此流连忘返。时间快得像飓风，二十年过去了，毕玉簪不再水肥草美，快成荒山秃岭了。

男人四十一朵花，前提是要有权势名利滋养，否则就是塑料花。转辗难眠之际，山水控也想另觅锦绣山河，此念闪电般稍纵即逝。这是个有实力才有魅力的年代，男人没有经济实力，莫说婚外恋，恋爱的资格都没有。

既然这样，那就纵情山水。

/ 3 /

转眼到了国庆。按照惯例，长假期间，乐山乐水群要进行一次大穿越，穿越一千五百米以上的高山。参加穿越的，清一色男驴腿。

当地海拔千米以上的山峰，有五百多座，一千五百米以上的，有五十多座。山体主要由侏罗纪火山岩组成，其次为花岗岩和变质岩。山势雄伟挺拔，地表切割强烈，局部基岩裸露，沟谷呈峡谷和嶂谷型。

一千五百米以下的山峰，登顶亦可当日返回。一千五百米以上的，至少两天一夜。今年国庆，群里打算穿越崩山。崩山海拔2530米，少则三天三夜，多则四天四夜，是乐山乐水组群以来难度最大的穿越。山水控强烈要求参加，被凸驴拒绝，主要担心他的体力，其次他没有帐篷、睡袋、睡垫。男女混帐固然危险且被禁止，男驴混帐同样不受欢迎。

山水控说，帐篷睡袋睡垫不成问题，马上网购。凸驴，实话跟你说，你可以怀疑我的能力，决不可以怀疑我的体力。你知道吗，十来岁的时候，我跟大人一起搞副业，大人扛毛竹和杉木，小孩扛毛竹尾巴和杉木尾巴，扛到八里外的大队，山路一天跑两趟，都不觉得累。上山挖春笋，一挖就是一天，中午地瓜代饭，那需要多大的体力。凸驴撇了撇嘴，这算什么，好汉不提当年勇，过去体力好并不意味着现在体力好。山水控不服气道，上次跟你们野爬，我不也没掉队吗。凸驴不屑道，那算什么，几乎空手，爬的是人工再生林，海拔才七百米，对于我们这些驴腿来说，小菜一碟，热身而已。穿越就不同了，要备足两三天的食物和燃料，加上帐篷睡袋睡垫，五十多斤。负重五十多斤在高山密林中穿行，体力消耗之大，是你难以想象的。虽然到了第二第三天，随着食物和酒精的消耗，背包重量减轻了，你反而觉得越来越重，因为你的体力下降了。前年国庆，有个武警战士回家探亲，他是混帐危险的外甥，非要跟我们一起穿越大歧山。开始我不同意，经不住他苦苦请示，看在混帐危险的面子上，勉强同意了。我心想他是武警战士，体力和毅力肯定不成问题，带上他至少不会成为累赘，或许还能从他身上学到不少东西。按照计划，我们当日登顶宿营，哪知爬到半山腰，意外下起大雨，打乱了计划影响了速度，距山顶还有三百多米时，天完全黑了下来。处在陡坡上的我们，上也不是下也不是，连块屁股大的平地也找不到，无法搭帐篷，为了防止跌落山崖，只好穿着雨衣，把自己绑在树上站着睡了一夜。天太冷了，恨不能把自己埋进土里取暖。我是唯一没有绑上的，不是不想绑，而是没人帮我绑。我拿出睡垫，垫在一棵腰粗的杉树脚下，坐在地上，两脚夹住杉树，骑马似地，双手抱着树干。我们喝光了所带不多的高度白酒，还是无法抵御刺骨的寒冷，浑身颤抖，感觉绑着的树都在发抖。半夜，我打着手电用酒精兑水，大家喝下后才感觉暖和了些，雨也停了下来。那个自称钢铁战士的武警战士哭了，妈的，堂堂七尺男儿，哭得那个伤心，好像刚刚死了老爸老妈又死了老婆孩子，边哭边骂，妈个巴子，以后你们就是用十把手枪逼着老子，老子也不来。我也气得直骂，以后你小子就是用十门大炮逼我，老子也不带你来。

山水控不吭声了。凸驴拍了拍他的肩膀，哥们儿，别泄气，下次你跟我们来一次小穿越，考验考验体力，考验过了，明年国庆再带你去，只要你够威够力，以后有的是机会。

/ 4 /

天公不作美，9月30日艳阳高照，10月1日一早下起雨来，一下三天。驴蹄发痒的凸驴他们郁闷死了，山水控却幸灾乐祸。老天爷似乎过意不去，4日突然放晴，凸驴连忙召集驴马，向猴子山进发。

猴子山与县城的直线距离，不到十里，高高耸立在县城北部，是县城的标志山峰，无论站在城区哪个角度，朝北方一抬头，它便气势磅礴扑入眼帘，撞得眼球微微生疼。猴子山并非因猴多而名，乃山脊有两座酷似猴形的石峰而名。猴峰一大一小一高一矮，直线距离三百来米。大猴峰远眺似乎最高，制高点其实在三千米之外的主峰。令人惊夺的是，海拔一千八百多米的主峰之巅，居然有一块四五个足球场大的高山草坪。据县志记载，当年红军某部曾在草坪操练，又称操兵坪。在操兵坪赏月看流星雨和日出，幸福指数堪比洞房花烛夜。

山脚到操兵坪，空手行进至少6小时，负重起码9小时，一般人难以企及。乐山乐水建群六年来，每年至少上操兵坪宿营两次。上操兵坪本没有路，走的驴多了，硬是踏出一条驴道来。

山水控网购的装备，恰好10月3日到货。3日晚，山水控请凸驴喝老酒，喝一会儿到阳台观望一下天色，当他第五次走到阳台，大叫起来，雨停了，月亮好像要出来了。凸驴说，你喝多了吧。山水控说，不信你出来看。凸驴走到阳台一看，果然，月光微微透出云层，月廓时隐时现。凸驴大喜，抓住山水控胳膊用力一捏，哈哈，有戏有戏，举杯邀明月，我们继续喝，把月亮喝出来。

过了半个小时，月亮出来了。

凸驴顾不上喝酒，掏出手机上QQ，发了一条信息：月亮出来了，明天准是个好天气，做好上操兵坪宿营准备。

立即有三头在线驴腿回应赞同，多头驴皮、驴尾表示严重关注和羡慕。三头驴腿是插一腿、混帐危险、想开即天堂。插一腿说，老天有眼。混帐危险说，再不天晴，驴蹄发霉了。想开即天堂说，月亮出来了，老天爷终于想开了，整理行装去了。

山水控说，这酒喝得值吧，五年陈酿，你要是不带上我，小心良心酒精中毒。

凸驴说，吃人家嘴短喝人家舌软，操兵坪虽远，好歹有路，难度不是太大，看在五年陈酿的份上，给你一个接受考验的机会。

山水控喜不自禁，还有一瓶呢，从操兵坪回来再喝。

上山非常顺利，登至风动石，众驴卸包小憩，补充水分。

风动石是猴子山一大景观，四颗圆桌大的圆石累叠在一起，高达5米，大风刮过，圆石微微晃动，晃而不倒。

山水控问，到操兵坪还有多远？想开即天堂撇了撇嘴，怎么，吃不消了？山水控说，小看我是不是，要不要我帮你背两瓶水？想开即天堂说，到操兵坪至少需要三个小时。山水控看了一眼手机，现在才九点多，要是早点儿出发，那不是一天可以来回么，何必宿营？想开即天堂笑道，上操兵坪不宿营，好比新婚夜不入洞房。山水控击掌道，说得太好了，我今天就是特意来操兵坪破处的，为了你这句话，非要帮你背两瓶水不可。

山水控说罢，强行从想开即天堂包里掏出两瓶矿泉水，塞进自己包里。

插一腿递给山水控一支烟，老兄，看不出，很会献殷勤啊，是不是想跟想开即天堂来一腿？想开即天堂打了插一腿一下，狗嘴吐不出象牙。山水控点上烟，猛吸一口，吐出一串烟圈，怎么，兄弟，你想插一腿？插一腿站起，拍了拍大腿，我的腿缺钙，插不动。

众驴哈哈大笑。

凸驴背起包，大叫一声，废话少说保持体力，出发！

山水控跟在凸驴身后。想开即天堂抢在插一腿前面，跟在山水控后面。

想开即天堂长着一张娃娃脸，五官极为精致，但皮肤粗糙，除了嘴唇和脸皮，斑痕漫山遍野，好像童话里饱受后母摧残的公主。撇开这张脸，想开即天堂女性特征异常模糊，胸脯平平、屁股平平、身材平平，又称平兄。称"平兄"而不称"平胸"，可见众驴根本不把她当女人看待。否则按照群规，女驴没有丈夫或男友陪同，一律不准宿营，怕的是混帐，混帐危险呀。

邻市一兄弟驴群宿营时，曾发生男女混帐之事。就像田径场上注定没有美女，强驴队伍里头也注定没有美女，硬要说有，有的只是好身材，决无好脸蛋和好胸脯。脸蛋好的美女怕树枝和烈日刮破和晒黑脸皮，胸脯好的美女负担重阻力大耗氧量更大。这个群意外，有头极为漂亮的单身女驴，脸蛋好胸脯好身材好体力好，乃驴中穆桂英花木兰是也。她是群里男驴的大众情人。一次宿营，甲男驴钻进美女驴帐篷暗度陈仓，恰巧被出帐小便的乙男驴看见。乙男驴暗恋美女驴已久，对他而言，宿营野趣是次要的，跟她一起过夜，才是主要的。不能与她混帐，把帐篷搭在她旁边，乃至旁边的旁边，都是人生一大享受。彼时彼刻，乙男驴那个羡慕妒忌恨，尿意全无浑身颤抖，人家是急中生智，他是急中丧失理智，居然扯开嗓子大喊起来，大家快起来看啊，有人混帐了！这一喊不得了，石破天惊，驴友们打着强光手电，争先恐后蹿出帐篷，将美女驴帐篷团团围住，电光齐射。好在帐篷不透明，只照见影影绰绰两团，具体内容看不清。更好在群主头脑尚清醒，吼道，你们这是干什么，太卑鄙了吧，快关了手电，滚回帐篷去。他这一吼，一张张糙脸（包括乙男驴）一下滚烫起来，仿佛混帐的是自己，连忙滚回帐篷。第二天，大家起帐好久，美女驴和甲男驴仍不见动静；吃罢早饭，还不见动静；收拾好帐篷背包，就要出发了，依然不见动静。群主来到甲男驴帐前，叫了数声，没反应，打开一看，无人。群主来到美女驴帐前，叫了数声，没反应，打开一看，无人。方圆百米找了半天，活不见人死不见尸。乙男驴说，也许他们没脸见人，提前下山了。群主说，但愿如此，我们下山吧，下山再说。下山后，无论谁打他们手机，不是关机就是无人接听。过几天再打，电脑音答号码不存在，QQ也从群里退出。不久，驴友先后遇到美女驴和甲男驴，皆视而不见，形同陌路。这事传到乐山乐水群，大家先是觉得好玩，继而觉得很不好玩，从此立下若无老公或男友陪同，女驴不得宿营之群规。为了防患于未然，一男驴索性将网名改为混帐危险，时刻警示大家。

经过大猴峰和小猴峰时，对面山谷传来猴叫。

山水控惊叫，猴子！凸驴说，人品不错嘛，我登了十几次猴子山，这是第三次听到猴子叫，你第一次就听到了。山水控问，你见过猴子没有？凸驴说，没有，一次也没见过。想开即天堂说，范老师德高望重，也许你能看到。山水控说，凸驴是驴头，驴头都看不到，我这驴毛岂能看到。凸驴大笑，别拍我驴屁，小心我放个驴屁熏死你。

夕阳西下，众驴登上操兵坪。山风拂过枯黄的草坪，犹如麦浪翻滚。

山水控在草地上翻滚，尖叫。

是夜，操兵坪月大如斗月明如昼，那是山水控有生以来，看到的最大最亮的月亮，还看到了流星雨。那月光美得空前白得绝后，感觉黧黑的皮肤要被美白了。

凸驴举起酒杯，对着山水控，感受如何？山水控说，好极了，胜过洞房花烛夜。插一腿说，那就好好享受你的初夜。山水控说，你们不也久别胜新婚么。插一腿双手做喇叭状，套在嘴上大叫，天苍苍野茫茫，今夜我们都是新郎和新娘。

混帐危险将头巾蒙到想开即天堂头上，新郎太多，新娘只有一个，混帐危险，混帐危险啊。想开即天堂打了他一下，去你的。凸驴打了个呵欠，不早了，我要入洞房了，明早看日出。

凸驴他们先后钻进帐篷，只剩下山水控和想开即天堂。

想开即天堂问，你还不想睡吗？山水控说，这么美好的夜晚，睡觉太浪费了。想开即天堂说，今晚可是你的新婚之夜啊，春宵一刻值千金。

山水控不语。

想开即天堂问，你在想什么？山水控说，什么都想，什么都不想。

想开即天堂说，想也好不想也好，想开才是天堂。早点儿睡吧，明天要下山呢，上山容易下山难，睡个好觉才有精神和体力。山水控说，谢谢，你先睡吧，我再坐一会儿。

/ 5 /

自六年前群驴首登操兵坪以来，都是南上北下，轻车熟路，从未从西面和东面下过山。东面壁立千仞寸草不生，猴子也下不了。西面山势陡峭植被如毯，感觉即使跌落也不至于摔死。受好天气刺激，加上还有三天假期，他们决定不走寻常路，从西面下山。

转来转去，不是遇到悬崖，就是碰到峭壁，GPS定位系统失灵，众驴迷路了。

山水控小心翼翼道，要不我们返回吧，已经一点儿多了，现在回去也许还来得及。插一腿瞪了他一眼，驴毛之见，驴腿从不走回头路。凸驴说，经天纬地，看你的了。

经天纬地是条沉默的老驴，不是驴头胜似驴头，是乐山乐水群的精神领袖。经天纬地之老，不止老于年龄和驴龄，更老于老道。

经天纬地趴在地上，翕动鼻子嗅了嗅，竖起耳朵听了听，而后站起，敏捷如猴，爬上一棵大树顶端眺望。

经天纬地下树，说，右边不远有条沟，有水声，沿沟下，问题不大。

山水控为之惊叹，老兄，你真是神人啊，穿着登山鞋爬树，比八十岁老头爬楼梯还利索。经天纬地不动声色道，我上辈子猴出生。山水控说，我也属猴啊，跟你比真是天差地别。凸驴说，这就叫猴比猴气死猴。插一腿说，猴出生跟属猴是两码事。山水控说，反正我们跟猴子都是亲戚。经天纬地笑道，你们是远亲，我是近亲。

大家沿着水沟，一会儿迁左侧，拽树而下；一会儿回右侧，系绳而下，险象环生，最险处几乎垂直降落。整条水沟好似山顶垂下的水淋淋的粗绳，有的地方直，有的地方曲，有的地方折，折的地方，相对平坦开阔，插一腿称之为高速公路。每到平坦开阔处，众驴心境豁然开朗，从一块石头蹦到另一块石头。

天黑时分，众驴走出小沟，进入一条平坦的大沟，突然下起小雨来，一疙瘩一疙瘩棉花糖似的雾气，蒸汽般从四周涌出，迷迷蒙蒙亦真亦幻。只听见溪水嘻嘻哈哈，手电一照，沟中巨石沟边巨木好像魑魅魍魉。一种极为神秘而又略带恐惧的大美，蚕茧般裹罩着他们。沟边正好有一沙滩，沙滩挺大，可搭十来顶帐篷。草草吃过晚饭，各自钻进帐篷，仿佛钻进深不可测的魔境。

一觉醒来，百鸟啁啾，钻出帐篷，无不为眼前美景战栗：沟中巨石形态各异鬼斧神工，有竖着的、蹲着的、卧着的，有兽形的、鸟形的、人形的，有些石头表面还长着惟妙惟肖的象形文字。溪流笑出一朵朵浪花，淌出一条条绸缎，泄出一叠叠白练，呼出一团团水气。两边山坡高耸入云，树冠墨绿厚如花菜，愣头愣脑地绽放在碧蓝的天空底下。山腰和山顶有数棵鹤立的参天大树，椰树般笔直，不生枝丫只长树冠，远远望去，仿佛永恒绽放在空中的绿色礼花，又似静悬在空中的降落伞。绿海丛中似有红霞燃烧，这儿红一窝，那儿红一片。那是珍稀天然红枫，树叶一长出来就是红的，不知疲倦从春红到夏从夏红到秋，比经霜才红的枫叶更红，红得那样疯狂。天空蓝得诡异，金色阳光喷洒在红叶上，发出釉子的光芒。

沙滩后面，帐篷紧挨着的，便是两棵高大的红枫，山风吹来拂去，枫叶跌来宕去，弄得你心里痒痒的。沙滩前面，是个椭圆形水潭，长约三十米宽约四米深约二米，潭底由一块平坦光滑的蜡黄色巨石构成，纹理清晰可见，宛若天然浴缸。红枫巨大低垂的树枝几乎遮住半个水潭，阳光化整为零琐碎穿过红叶，在水面折射出斑斓微波，如诗如画。

水太清了，镜清镜清。

山水控扑通跪下，连声大叫，天啊，太美了，简直美得让人受不了。

凸驴早已耐受不住，急吼吼剥光衣服，一头扎进水里，发出犀利的尖叫，一半是冷的，一半是兴奋的。山水控朝他扔了一粒小石子，骂道，你别把水洗脏了。凸驴双掌掬水，朝他们泼去，都下来吧，把肠子脑子好好洗洗，只有这么清的水，才能把花花肠子肮脏脑子洗干净，洗干净回去好好做人。

山水控他们禁不住诱惑，灌了几口高度白酒，纷纷跳进水潭，兴奋得像发情的公狗。山水控不小心看了一眼半裸的想开即天堂，想开即天堂瞪了他一眼，看什么看，看了你也记不得我，老娘上面和你一样。山水控哂笑道，果然名不虚传。凸驴大笑，下面还是不一样的，想开即天堂，你要是不来，我们就可以裸泳了。想开即天堂大笑，裸啊，只要你们敢裸，我也跟着裸。指点江山蹲在水中，双掌合十道，女菩萨，你饶了我们吧，你一裸，那可就日月无光山川失色了。混帐危险挤眉弄眼道，男人婆，你洗白点儿，今晚我俩混帐，苦干合干巧干。混帐危险在为私企做宣传，"苦干合干巧干"是其企业精神。动不动拿企业精神励志，是他一大喜好。插一腿皮笑肉不笑，混帐危险，混帐危险噢！

畅游半个多小时，上岸后，水潭依然清澈见底。

吃过早饭检点供给，尚可维持一天半。兴奋得几近病态的他们，出于一种莫名其妙的使命感，毅然决定穿越此沟。

没走多远，一棵合抱粗的果树蓦然出现，鲜红的果实繁星般缀满枝头，超载的枝条柳枝般下垂，其中一根超出承受极限，爆裂开来。

众驴一齐惊叫起来，天啊，红毛丹！手忙脚乱摘下几粒果实，大小、颜色、果皮以及果皮上的"触须"，与红毛丹毫无二致，但果质坚硬很难剥开，果仁白色，味苦且涩。

凸驴说，肯定不是红毛丹，红毛丹生长在亚热带，我们这里是高寒山区。山水控说，我吃过红毛丹，没见过红毛丹树，回去上网搜索对比一下……指点江山打断他，我在海南见过，这树和红毛丹树一模一样。

指点江山是驴中土豪，去过不少地方，见多识广。

插一腿说，也许亿万年前，我们这地方是海洋，亚热带气候，原本生长着红毛丹，后来沧海桑田，气候发生变化，红毛丹变种，变成今天这个样子。

插一腿的话很快得到验证，他在岩石上发现了贝壳化石。

越往前走惊喜越多，枝繁叶茂果盛的疑似红毛丹树，几乎三步一岗五步一哨，大大小小的水潭更是星罗棋布。整条沟落差不大，平缓上升。从一块石头蹦跶至另一块石头，即可沿沟而上。最让人惊奇的是，每隔数百上千米，大沟右侧必然出现一条陡峭的叉沟（左侧一条也没有），幽深莫测，总感觉那里面会淌出童话寓言来。

昨天便是沿着其中一条叉沟顺流而下的。叉沟不大落差大，飞瀑密悬，一个落差十几米的瀑布，从瀑顶下到瀑底，要绕行几十几百米。

夕阳西下，一道八十多米的瀑布，咄咄挡住去路。瀑布两旁石壁呈凹形，瀑布就从凹口，即两块巨石之间喷射而出。凹口逼仄，水流挤压成柱状，仿佛从枪口朝下的巨型高压水枪中射出，擦着石壁旋转着垂直降落，在瀑底深不可测的潭里发出嗵嗵巨响，犹如炮弹不断在水中爆炸。

众驴兴奋得手舞足蹈，嗷嗷直叫。

凸驴把嘴贴到插一腿耳边，看来已经到顶了。插一腿说，不到顶也到顶了，上不去啊，你看这石壁，刀削过似的。经天纬地做了个手势，让大家后退几步，你们有没有留意，从出发到现在，一共发现六道叉沟，每隔几百上千米出现一条，但是从最后一道叉沟到这里，三千多米，一道也没出现，意味着什么？山水控说，意味着山穷水尽？经天纬地说，不，山穷沟尽。凸驴说，再回走几步，找块平地宿营吧。

第三日一早沿沟而下，下到前天宿营处，再往下走，又从左侧（上右下左，实为同侧）发现三道叉沟，三道叉沟相距不远，三沟与二沟相距千余米，二沟与一沟相距五六百米。一沟往下四五百米，即到公路，也就是说，三沟到公路，仅个把时辰。有趣而又奇怪的是，一沟到九沟，越往上走，叉沟与叉沟之前距离越远，八沟与九沟竟然相距四千多米。

回到家里，山水控上网查阅资料，得知此沟叫寒皮沟，是省级自然保护区。山水控觉得寒皮沟不好听，阴森森的，心想寒皮沟有九道叉沟，风景水质不逊于九寨沟，何不叫九道沟？上群发帖征求意见，众驴一致赞同。

山水控写了篇激情澎湃的日志：

九道沟之美，令我心旌摇荡魂不守舍。九道沟之山峨兮可以壮吾腰，九道沟之林翠兮可以绿吾心，九道沟之氧纯兮可以润吾肺，九道沟之石巨兮可以健吾骨，九道沟之水清兮可以涤吾魂。置身于九道沟乐山乐水的我，犹如当年置身于会稽山阴之兰亭的王羲之，仰观宇宙之大，俯察品类之盛，何等快意何等幸福，天子来呼不上船，帝力奈何吾兮。

记得在一部小说里看过这样一段话："有时一个人偶然到了一个地方，会神秘地感觉到这正是自己的栖身之所，是他一直在寻找的家园。于是他就在这些从未寓目的景物里，从不相识的人群中定居下来，倒好像这里的一切都是他从小就熟稔的一样，他终于在这里找到了宁静。"曾经以为这方水土不过穷山陋水，九道沟之行，发觉自己多么肤浅，真爱的人就在你身边你却茫然不知，最美的风景就在你身边你却左顾右盼。我在九道沟找到了从未有过的幸福和宁静。黄山归来不看松，九道沟归来不看水，九道沟，你是我的至爱。

山里人登山，都是有目的的，或砍伐打猎，或摘果采菇，哪有闲情欣赏风景。小时候，我总恨不得有一股神力，把密密麻麻的树木一夜之间砍光，把层层叠叠的高山一夜之间铲平，一条笔直宽敞的大马路竹席般铺到门前，这样我就能看得很远很远，走得很远很远，看到大海草原高楼大厦，走到上海北京天涯海角……现在回想起来，既好笑又后悔，为儿时天真残忍的想法感到好笑，为错过儿时的大好河山而感到后悔。年少的我不谙山水之美，就像五六岁的小屁孩不谙少妇之妙，哪怕夜夜与其同床共枕……

山水控这篇日志，被凸驴转到乐山乐水群，得到群驴高度评价。凭着这篇日志，山水控提前入群。

/ 6 /

毕玉簪对山水控的日志无动于衷，对他拍摄的照片亦不屑一顾。山水控仰天长叹，江山如此多娇，美女无动于衷，悲哀啊。

为了保护九道沟独享九道沟，乐山乐水群连夜出台新规，不准在QQ空间和博客贴照片。九道沟是化名，山水控日志中没有提及县名，外人即便看了日志，对其方位照样一无所知。何况乐山乐水群设定了阅读和评论范围，只有好友才能阅读和评论，并且拒绝转载。

除了凸驴他们，九道沟依然美在深山无人识。

山水控带回的山寨红毛丹和几片树叶，倒是诱发了毕玉簪的好奇心。严格地说，那树叶不是树叶是藤叶，长在刺藤上的藤叶。刺藤并不稀奇，树林里比比皆是。稀奇的是，叶子背面，长满米粒大小的"乳头"，轻轻挤压，可挤出白色的"乳汁"。

以红毛丹和奇叶为诱饵，佐以半斤口水并吐血推荐，山水控终于使毕玉簪将信将疑九道沟是人间仙境地球净土，答应跟他去九道沟眼见为实，体验一番。

十月的第三周，周末天气好得你看到一泡狗屎都觉得美好，乐山乐水群再探九道沟。这一次多了四条驴皮，毕玉簪是唯一驴属。四条驴皮看了山水控的日志，强烈要求到九道沟一游。

九道沟并不难走，县城出发乘车四十分钟即到自然保护区边缘，在一石拱桥上下车。桥下湍急的溪流，就是九道沟主流。坦荡的九道沟汇入大河之际，突然受到山体挤压和打击，变得叉沟一样仄险峻。九道沟漫漫二十几公里，落差才三百来米，而接近石拱桥这段近千米的沟流，落差却高达二百余米，两边长满荆棘和灌木，恰到好处地把出口掩饰起来，这恐怕也是九道沟迟迟未被发现的原因。沟深水急疑无路，攀过这段有惊无险的险沟，便柳暗花明了。

一进沟，毕玉簪便发出叫喊，四条驴皮或引颈长啸或仰天惊呼，惊起丛丛飞鸟。走到三沟，也就是上回首夜宿营处，稍作休息，补充水分和食物，行至五沟，然后返回。上次穿越，发现整条沟只有三沟这一处沙滩，最适宜搭帐篷。十人九顶帐篷（山水控与毕玉簪混帐），正好。

沙滩上方还有一块十几平米的长方形平地，也许是被巨大的红枫遮住阳光雨露，平地上只长了些低矮稀拉的杂草，稍稍将草踏平，亦可搭帐篷。

山水控单独将帐篷搭在平地上。插一腿问他为什么不跟大家搭在一起。山水控说，我怕你插一腿。顿了一下，又说，我怕晚上弄出太大动静影响你们。边说边瞄了一眼妻子。毕玉簪的瓜子脸飞快红了一下，好像发生化学反应的试纸。插一腿哈哈大笑，妈个巴子，山水控，你这是要野合啊，下周我也把老婆带来，本来这周就想带她来的，可她死活不来，喂，你是怎么说服老婆的，传授传授。山水控笑道，这个嘛，只可意会不可言传……

半月过去，疑似红毛丹更红了，枫叶更红了，红得发紫。打个喷嚏，便有红衰的枫叶和熟透的果实，结伴从枝头跌落。落叶无声无息，落果却在水面溅起一朵朵娇滴滴的浪花，在石头上打着一个个肉嘟嘟的圆滚。果实不断跌落，枝条负重减轻向天空反弹，发出欢快的呢喃。落果和落（枫）叶填词般把整条沟填红了，腐烂发酵的落果，发出令人走火入魔的香味。

毕玉簪袖子和裤管挽得高高的，露出雪白的胳膊和小腿，眉飞色舞面孔潮红，容颜一下青春了许多，身材一下窈窕了许多，仿佛变了一个人，孩子般上蹿下跳，疯子般大喊大叫，掀开一块块掀得动的石头，发现了四眼螃蟹和四脚半边鱼。半边鱼本不长脚，是一种吸附在石头底部、腹部扁平指头粗细的溪鱼，味道鲜美至极。半边鱼为什么长脚，螃蟹为什么多长两只眼，只有天知道。

山水控在一旁看呆了，感觉自己这么多年瞎了眼，毕玉簪的皮肤竟然这么白，脸蛋竟然这么红，身材竟然这么好，天性竟然这么顽。

毕玉簪把兴奋持续到了晚上。月底月亮消失，星星多如少男少女脸上的青春痘，向地球抛着古老的媚眼。入帐之前，山水控打开迷你音响，将一只耳机塞进毕玉簪耳窝，传来噼里啪啦的鞭炮声，那是他行前特意从网上下载的。山水控把嘴附在她另一只耳朵轻声道，亲爱的，入洞房了。毕玉簪啐了他一口，去你的。说罢猫进帐篷。山水控一入帐，毕玉簪便轻解罗裳，主动求欢，久旱逢甘露，毕玉簪柔滑得像条鳗鱼。山水控匍匐在毕玉簪身上，脑袋深埋在她颈窝，皮肤挨着皮肤，心灵串着心灵，沉浸在森林、溪流、腐果气息里，一会儿高高隆起翻山越岭，一会儿深深塌陷翻江倒海……

九道沟之夜犹如洞房之夜，沦肌浃髓。

山水控和毕玉簪不知道，想开即天堂涟漪般荡漾的眼神，正专注地扫描着他们翅膀般颤抖的帐篷。

山水控和毕玉簪从此念念不忘九道沟。上次山水控难忘的全是沟里的风景，这次最难忘的是帐里的销魂。毕玉簪既难忘沟里的风景，亦难忘帐里的销魂。优美的自然风光往往能唤起人类的原始欲望。

山水控和毕玉簪对九道沟念念不忘，凸驴他们却暂时撇开九道沟，把目光瞄向高山险峰。秋季是登山黄金季节，把钻石般宝贵的周末消磨在九道沟，有意志消沉之嫌。

九道沟没有攀登难度，可留待夏日作为避暑胜地。

五月到九月，乐山乐水群进入休登期，雨水多天气热是次要原因，主要怕蛇虫叮咬。九道沟的发现，为夏日休闲游提供了绝好去处。既可当日往返，也可宿营。白天一会儿潭里戏水，一会儿吊床眯觉，一会儿捉四脚半边鱼和四眼螃蟹。晚上沐浴着星光或者月光，坐在高高的大石头上，仿佛儿时坐在高高的谷堆之上，品茶饮酒打嗝放屁瞎扯，困得不能再困之际，一头钻进帐篷，一觉到天明，人间至乐，莫过于此。

山水控和毕玉簪每周都想去九道沟宿营，但是无驴响应，单独去又没胆量，只能与驴队保持一致。乐山乐水群还有一条规定，三人以上方可宿营。毕玉簪骨子里对秀山丽水有兴趣，但骨子里对跋山涉水没有兴趣；就像大多人对樱桃有兴趣，但对种植樱桃没有兴趣一样。毕玉簪不能夫登妇随，于是扳着指头期待夏天。

一个秋天下来，乐山乐水群登了十几座一千五百米以上的高山，几乎每周一登每登必宿。非自然保护区，可烧篝火，围坐篝火品茶饮酒打嗝放屁瞎扯，那是另外一种享受。

霜降过后就不宿营了，天气太冷，海拔一千五百米以上的高山平均气温零度以下，极寒可达零下七度，即使裹粽子般裹在防寒睡袋里，也抵挡不了针刺般的寒冷，南方人不耐寒，可能冻死。乐山乐水群的原则是，冒险但不冒生命危险，挑战但不挑战极限。

转眼到了夏天。

以往夏天，乐山乐水群除了组织一两次集体远游（比如到海边宿营），要么不活动要么单独活动。单独活动的主要是驴皮，跟团旅游。驴腿宁愿待在家里上网发呆，也不屑跟团。对驴腿而言，跟团是一种亵渎。驴腿当中除了指点江山，经济条件都不太好，不想花也花不起那个钱。

今年夏天，无论驴毛驴皮驴蹄驴腿，周末基本泡在九道沟。为了能够在九道沟多住一夜，群驴每周五下午就进沟了，山水控和毕玉簪一次没落下。夏天的九道沟，沟畔百草丰茂，百草枝头鲜花怒放，鲜花上头蝴蝶翩跹，花朵有多少蝴蝶就有多少。蝴蝶有大有小，小的小似甲虫，大的大如蝙蝠。真是一条大沟腾细浪，风吹野花香两岸，蜓飞蝶舞叶绚烂。

九道沟因此又多了两个美称：花沟和蝶沟。

九道沟不仅有蝴蝶，还有蜻蜓和树蛙。蜻蜓没有蝴蝶多，呈红、黄、褐三色，偶尔也有几只白色的，个头大而长，小的小指大中指长，大的中指大手掌长，战机般在空中穿梭。树蛙体态细长而扁，色绿，后肢长，吸盘大，脚趾间有发达的蹼，可用其在空中滑翔，身子一耸四肢一张，从一棵树奋飞到另一棵树上。树蛙喜欢首尾相接串联在树上，少则三两只，多则十几几十只，爬满整根树干，蔚为壮观。树蛙还喜欢吐泡，吐出的白色泡沫可包裹全身，以此保护自己迷惑天敌。

偶有蜻蜓停驻身旁，众驴不敢与其对视。蜻蜓歪着脑袋，怔怔地看着人，目光婴孩般纯净高僧般深远，仿佛能看透人的五脏六腑。

无人捕捉蝴蝶和蜻蜓，众驴一致认为，九道沟的蝴蝶和蜻蜓全是精灵变的，谁伤害它谁遭厄运。

山水控和毕玉簪在芳香馥郁的九道沟疯狂做爱，其酣畅淋漓的程度，连昆虫和夜鸟都发出妒忌的聒噪。一个夏天下来，困扰毕玉簪多年的月经不调，不治而愈。

本年度九道沟最后一夜，毕玉簪附在山水控耳边说，老公，我想要个孩子……

/ 7 /

距 2012 年国庆还有三四天，乐山乐水群开始高度关注天气预报，27 到 30 日，预报国庆期间天气良好，他们决定穿越崩山。

崩山海拔 2532 米，面积 30 万亩，是未被开发、难以开发、不许开发的国家级自然保护区。崩山险峻无比，上个世纪 90 年代中期，某军区空投一个特务连到崩山集训，他们是自红军之后，首次深入崩山的人。六天之后，一半走着出来一半躺着出来，走着的抬着躺着的，有六位直接抬进医院，三位一周出院，两位半月出院，一位半年出院。

崩山有块足球场大的地方，蛇岛般聚集着各种各样的毒蛇，人称蛇窝。21 世纪初年，一蛇类专家带着助手，花高价雇了一名向导，夏季进山探寻蛇窝，蛇窝找到了，人却回不来，三人全被毒蛇咬死。蛇类专家随身携带了针剂蛇毒血清，致其死亡的是一种闻所未闻见所未见的剧毒黑蛇，注射血清根本不起作用。

崩山最险要之处，是距主峰顶端两百米左右的崩塌处，面积有篮球场那么大，崩山之名由此而来。崩塌的缘由，有说是亿万年前地震造成的，有说是岩体风化导致，也有说是妖怪和神仙恶战时劈掉的……

穿越崩山是乐山乐水建群以来，行程最险耗时最长的一次穿越，驴腿未必都有资格参加。经过层层筛选，驴队由凸驴、山水控、经天纬地、指点江山、插一腿、孩子归我、混帐危险、想开即天堂八驴组成。凸驴任队长，经天纬地任副队长。

行前做好充分准备，查阅资料下载地图，绘出具体路线图，对讲机和 GPS 升级换代，每人自带三两雄黄用来驱蛇。崩山年平均气温比山下低二至三度，中秋过后，早晚气温降至个位数，蛇大多深居简出，行动缓慢反应迟钝。即便不幸进入蛇窝，亦不至于造成多大威胁。带雄黄是防患于未然。

9 月 30 日，在家过完中秋，八驴租了一辆面的，鬼鬼祟祟连夜赶到崩山脚下宿营。崩山是国家级保护区，管理很严，白天有防护员来回巡逻，很难进入。近几年，时有外地驴友企图穿越崩山，皆被眼睛雪亮的防护员及时发现阻止。两年前，一队外地驴友，侥幸避过管理员视线，结果一进山就迷了路，七转八转，转了两天转不出来。情急之下，在一空地燃起熊熊大火求救。保护区配备了卫星防火监控系统，只要出现稍大一点儿的明火，卫星电子眼即可侦察到。保护区接到火情，立即组织人员进山扑火，很快找到四位晕头转向的外省驴友。如果把崩山比作一本大书，他们仅仅进入扉页。驴友从此成为自然保护区重点防范对象，保护区房屋墙壁上刷着血淋淋的标语：防火防伐防猎防驴友！

凸驴他们把帐篷搭在沟旁树丛，次日天一亮，沿沟而上，攀了整整一天，不见尽头。

上午，沟流两侧发现水渠、屋基、（木）碳坑、田垅等遗迹，以及断断续续的石子路。崩山早在上个世纪50年代中期即辟为国家级自然保护区，山人全部迁出。下午，随着海拔的升高，遗迹和石子路统统见不到了。

午后，崩山深处传来一声吼叫，众驴停下脚步，你望着我，我望着你。

想开即天堂吓得声音都变了，什么动物叫，好瘆人，我毛孔都竖起来了。孩子归我说，从来没听过这种声音。插一腿说，我听着像大象叫。混帐危险说，我看你脑袋被大象踩了，华东地区哪来的大象。指点江山笑道，也许是鬼叫。经天纬地说，有可能，因为我们谁也没见过鬼，谁也没听过鬼叫。凸驴说，有点儿像熊叫，但又不像。山水控沉思道，天啊，会不会是人熊？

众驴异口同声："人熊？"

山水控："我小时候听老人说，崩山有一种怪物，人形多毛、青面赤须、凶狠残忍、以人畜为食，遍体毛色黄白，脖子和后肢比普通棕熊或黑熊更长更高，力大无穷，海碗粗的老树嘴一咧牙一龇，说拔起来就拔起来，遇到人则直立而起穷追猛扑，姿态五官似人，所以叫人熊。人熊凶狠无比力大无穷，经常捕食村民的耕牛。民国初年，崩山曾经发生人熊吃人吃牛的惨事，那以后再无人熊踪迹。人熊虽然不再出现，好长一段时间，崩山人依然闻熊色变。哪个小孩不听话，大人吼一声叫人熊来吃你，立刻老老实实。据说崩山山顶有个老大的洞，人熊可能睡着了，等到天下出现乱象，便窜出来吃人吃牛。"

想开即天堂大叫,可现在是太平盛世啊。山水控说,也许我们惊扰了它。混帐危险说,我可不想成为人熊的点心,要不咱们撤吧?凸驴说,要撤你撤,想撤的人举手。

无人举手。

混帐危险哂笑道,我开玩笑的,我才不撤呢,你们都撤了我也不撤,这叫明知山有熊,偏向崩山行。

混帐危险说完,快步走到前头。

随着海拔的升高,攀登越来越艰难,夕阳西下,得宿营了。可是放眼望去,山高岩巉林密坡陡,即便用高倍放大镜,也找不到课桌桌面那么大块平地。天黑之前如果找不到平地,只能坐着睡了。

补充水分和水果之后,心怀那么一点儿恐惧,继续攀登。

几分钟后,走在前面的经天纬地,猛然大叫起来,声音亢奋惊恐,好像看见妖怪:快看,快看!

每次登山,都是经天纬地在前面探路开路。探路要多走路,开路要披荆斩棘,消耗更多体力。负重五十多斤登山,体力消耗巨大,有时连吐痰和拉尿的力气都没有。刚才补充水分和水果时,指点江山掏老二的力气都没有,愣是尿在裤裆里。好在穿的是快干裤,裤裆很快干了。

经天纬地是个水利水电勘探工程师,年轻时不敢说走遍千山万水,至少走遍本县二千多平方公里的山山水水。崩山他也走过,但没有深入,就像前面提到的外地驴友,走到扉页就浅出了。好汉不提当年勇,那都是二十多年前的事了,不再年轻的经天纬地,却比当年更勇。公元2012年,经天纬地已经53岁高龄。乐山乐水群大多驴腿,四十多岁即沦为驴皮驴毛,被踢出群(一年活动少于三次,即被踢出群),加入走走群。走走群是当地最大的户外活动群,活动范围限于乡间小道,活动时间限于一天。偶尔登登千米以下低峰,一定有现成路可登,或者本没有路,但登的人多了,早已登出一条路来。经天纬地这把年纪还当领头驴,丝毫没有退缩的迹象,令人敬佩。山水控说了句很有尿水的话,山高人为峰,但我还是要拜倒在经天纬地裆下。

经天纬地不仅有超人体力,还有超常能力,迷路之际,趴在地上嗅一嗅听一听,十有七八能嗅出和听出路来。如果嗅不出听不出,则爬上大树顶端眺望,十有八九能眺出路来。

经天纬地站在十几米外拐弯处,山水控他们只闻其声不见其人。山水控说,经天纬地,你是不是看见鬼了,我们什么也看不见。经天纬地骂道,笨蛋,快上来,小心眼珠子。

山水控他们奋力上前,众眼珠虽不至于弹落,却甲亢患者般暴凸。三十米开外,一条飞瀑从天而泻,发出巨大轰鸣,好像有几十台巨型鼓风机在合唱。九道沟瀑布与其相比,顿失滔滔。

瀑布跌成三叠,一叠比一叠高,胭红的夕阳映出三条彩虹,一叠一条。第一叠垂直90度落差近百米,第二叠倾斜70度落差六十余米,第三叠倾斜50度落差四十余米。枯水期气势尚如此恢宏,丰水期可想而知。两旁树枝和树冠,承受不住瀑布巨大的冲击波,手舞足蹈摇头晃脑,好像服了摇头丸。瀑顶一左一右顶天立地着两棵疑似黄山松,各自朝对方伸出一枝茁壮的虬枝,似乎要握手好像要掬水。树顶飘浮着一朵火烧云,两只雄鹰云底盘旋,翅膀有扁担那么长。

一个个嘴巴张得老大,高声呼喊着各自的偶像或神灵。

经天纬地:"毛主席啊!"

指点江山:"上帝啊!"

凸驴:"埃德蒙·希拉里啊!"

插一腿:"佛祖啊!"

山水控:"徐霞客啊!"

想开即天堂:"阿K啊!"

孩子归我:"孩子他妈啊!"

混帐危险:"天神啊!"

孩子归我在外打工,一年难得回家几次,参加活动较少。因为他情况特殊,乐山乐水群对他网开一面,一年参加一次活动即可保留群籍。

喊罢，孩子归我问凸驴，埃德蒙·希拉里是谁？凸驴说，新西兰著名登山家，世界上第一个登上珠穆朗玛峰的人，亏你还是驴友，这都不知道。孩子归我又问，那你知道我孩子他妈是谁吗？凸驴说，你小子光棍一条，哪来的孩子，没有孩子，哪来他妈？孩子归我说，光棍就没有孩子？光棍就没孩子妈？老子是条结了婚的光棍！凸驴反问，结了婚的光棍？孩子归我答，对，结了婚的光棍，硬梆梆的光棍，老子无论在女人还是大自然面前，都是条硬汉。

凸驴："看来你小子在外打工这么多年，也是曾经沧海啊。"

孩子归我突然张开双臂，眼里隐隐有泪，连声高呼："孩子归我，孩子归我……"

除了想开即天堂自己，谁也不知道阿K是谁，反正一有风吹草动，阿K便从她嘴中脱口而出。想开即天堂最喜欢在QQ空间用阿K造句，比如：阿K，这事你怎么看；阿K，人生一世草木一秋，活出自我和快乐，比什么都重要；生命不息驴行不止，阿K，耶！

山水控本不想喊，想哭，震撼得想哭！可是大家都在喊，觉得不喊一下过意不去，缺乏团队精神。喊谁呢？他最崇拜的人是鲁迅，可呼喊鲁迅明显不妥，鲁迅的投枪匕首从未掷向大好河山，一跺脚喊出徐霞客的名字。徐霞客是史上无可争议的驴头，强健的体魄是他唯一的装备，呼喊他的名字，再合适不过。"徐霞客"一出口，山水控突然发现自己对他崇拜得五体投地。

呼喊过徐霞客之后，山水控泪流满面地跪下，眼前的景色让他联想起电影《魔戒》的某个山水画面，这哪里是仙境，简直是魔境，美得令人癫狂，美得让他泪崩腿软。崩山如此多娇，引八驴竞折腰。能够在她面前哭几分钟跪几分钟思想几分钟，多么幸福多么荣耀，哪怕历经世上所有苦难，都是值得的。

山水控浮想联翩，李白要是去庐山之前来崩山，写的就不是《望庐山瀑布》，而是《望崩山瀑布》。他也许会这么写：夕照绝壁彩虹间，遥望瀑布挂前川；飞流直下三万尺，疑是银河落九天。

山水控最虔诚，指点江山最兴奋，捧着尼康 D700 拍个不停，咔嚓一下呼喊一声上帝，呼喊一声上帝咔嚓一下。八驴当中，指点江山体重最重背包最重，相机加上广角镜和三脚架，有十二三斤重。每次登山，指点江山总是落在最后，一是包重，二是拍照耗时间。指点江山是资深摄驴，唯一拥有单反的驴腿，作品曾在省级摄影大赛中获过二等奖。尼康 D700 是他的第三部相机，按照插一腿的话说，那是他第三个老婆，前面两个老婆，被他用废了。

指点江山本来不参加此次穿越，说有要事，9 月 29 日晚 12 点突然打电话给凸驴，说他没事了，决定参加。一路上，指点江山一改往日豪放风格，心事重重沉默无语，直到此时才开金口。指点江山平时虽忙，但一年至少参加三次活动，全是五一、国庆、元旦期间的重大活动。忙归忙，指点江山从不放弃体能训练，一周至少三次晨跑。他的办公室挂着一条"商道即山道"的书法横幅，人问其意，他总是说，我是个商人，也是个山人，前面的商人是经商的商，后面的山人是登山的人。若对方还不理解，他会补充一句，我是个驴友，经商如登山。若对方再不理解，他就不多说了。

攀到一叠瀑底，又有惊喜。瀑布覆盖不到的岩凸上，密密麻麻蹲满了拇指大的螳螂，卡通般搔首弄姿，好像在欢迎他们的到来。专业机，卡片机，手机，又是一通猛烈拍摄。

瀑底有个三十米见方的长方形深潭，潭边竖着一块二米多高水牛肚粗的扁石，侧面呈页状，仿佛一本开口参差不齐的辞典；正面和背面呈大脑状，一圈圈脑沟像一个个形态各异的问号。也许这是块有思想的石头，见证了沧海桑田，思考着桑田沧海。

驴友们纷纷在石头前合影。

想开即天堂突然尖叫起来，蛇，眼镜蛇！

瀑布覆盖不到的岩凹里，一丛一丛的圆形青草，头发般茂密柔软，对面茶几面大的一丛青草中，弹起一条胳膊粗的眼镜蛇，扁颈鱼翅般撑开，足有乒乓球拍大，吐出的信子有筷子粗。这不是一般的眼镜蛇，而是太上皇级的眼镜王蛇，刚才静卧于草丛，受惊后弹簧般弹起。

人在深潭左前侧，蛇在深潭右上侧，相距七八米，对视了一会儿，眼镜王蛇朝他们点了三下头，匍下身段，无声无息滑过岩石滑进树丛。受惊的螳螂呼啦飞起，复又落下，更加卖力地搔首弄姿。

/ 8 /

天色暗了下来。

眼镜王蛇的出现，在八驴心里引发阵阵恐惧和焦虑：蛇窝是不是就在附近？前进还是后退？要么前进要么后退，停留是不可能的。此潭与九道沟瀑布之潭不同，彼潭前面沟流平缓，一块大石平如桌面，可容纳六七个肥臀。此潭前面尽是凹凸不平大小不一的乱石，别说躺，坐的地方都没有，只能勉强站着。水雾那么大，站上几分钟，全身湿透。

后退至少退到中午打尖处才有平地，可勉强摆下帐篷，但要五六个小时才能抵达。上山容易下山难，黑夜中下山，难上加难。前进必须攀上瀑顶，但面临巨大风险，一是能否顺利攀上，二是攀上之后，上面有没有平地？如果没有，后果不堪设想。

退亦忧进亦忧，一时拿不定主意，指点江山坚决主张前进，拍着胸脯表示，哪怕单枪匹马，即便死路一条，老子也要勇往直前。

大家被他顽强的精神打动，一致决定前进。

大家又往身上撒了些雄黄，打起精神，在经天纬地的带领下，混帐危险紧随其后，沿着瀑布左侧70度山体（右侧是光溜溜的峭壁，无法攀登），蚂蚁般迂回攀向瀑顶，动作极为迟缓，仿佛影视里的慢动作。

经天纬地踩塌一块石头，石头飞过混帐危险头顶，混帐危险发出一声惊叫。

经天纬地大叫，拉开距离，小心脚下。凸驴跟着叫，大家小心了，千万小心。混帐危险笑道，老家伙，腿功不错嘛，这么大石头被你踩塌，我现在连只蚂蚁都踩不死。

孩子归我说，我的腿肚子快要爆炸了，脑袋里好像在敲锣打鼓，好想坐下来休息一会儿。指点江山说，你这是体能耗尽的信号，千万不能坐下，再慢也不能坐下，一坐就跟爬雪山的红军一样，再也起不来了。

山水控说，我倒是想坐，可哪里有坐的地方？唉，苍天啊大地呀，崩山之大，竟容不下区区一个屁股。插一腿说，别说屁股坐，脚都没地方站。

插一腿话音刚落，一脚踩空，掉了下去。

走在最后的指点江山（插一腿在他前面）惊叫起来，不好了，插一腿掉下去了。走在插一腿前面的凸驴直冒冷汗，回头大叫，插一腿，插一腿你没事吧，听见我的叫声没有？

众驴一起对着崖下喊，插一腿！插一腿！下面传来插一腿的声音，老子没事，被一棵树叉住了。

凸驴喜道，听声音就在下面不远，大家别慌，先把背包捆在身旁树上，拿出绳子，跟我一起救人，想开即天堂待在原地别动。想开即天堂问，为什么？凸驴说，不为什么。想开即天堂说，因为我是女的？凸驴说，都什么时候了，还跟老子争男女平等，别废话了，救人要紧。

想开即天堂身后的山水控拍了拍她的肩，凸驴是为你着想，你去也帮不了忙。想开即天堂还想说什么，山水控将食指竖在嘴唇中间，轻声道，听话。想开即天堂眼里隐隐有泪，递给他一块剥好的巧克力，小心点儿。山水控将巧克力放进嘴里，谢谢。

山水控脑海闪了一下想开即天堂年少时的影像，旋即熄灭。

众驴聚拢，以各种姿势分散在插一腿掉下去的地方，有的金鸡独立，有的双手抱树，有的单手挽树，有的一条腿直一条腿曲。

指点江山跃跃欲试，被凸驴拦住，你体重太重，不行，我来。指点江山不以为然，我体力一点儿不比你差，救人能力也不比你差。凸驴说，说你不行就不行，别乱来。指点江山说，你口气好大，像领导一样。

凸驴说，我是驴头，当然是领导，都别争了，你们无权跟我争！

争着下去救人的众驴立即无语，脸上露出钦佩和感动的表情。

凸驴熟练地在腰部和大腿打好吊坠绳结，绳子另一端系在树上（与此同时，经天纬地将另一根绳子系在同一棵树上，绳子另一头打活结系在凸驴腰上），溜下山崖。

天黑了下来，众驴打开头灯，目光和灯光一起朝山崖照去。

凸驴下降了二十来米，找到插一腿。插一腿骑牛一样，骑在一棵崖壁上斜长出来的、碗口粗的树上。

凸驴问，兄弟，太惊险了，没事儿吧？插一腿甩了甩腿，没事儿，受了点儿皮肉伤。

话音刚落，嘎巴一声，插一腿连同树干往下一沉。凸驴大叫，千万别动，树干怕是承受不住重量了，我把绳子给你，赶快系上。

凸驴把腰上的绳子解开，甩给插一腿。

插一腿说，我先把包解开扔掉吧，减轻分量。凸驴急道，别，千万别，解包扔包的时候，会产生下坠的力量，更危险，赶快把绳子系上。

插一腿麻利地把绳子系在腰上。凸驴用力拽了拽绳子，朝上面喊道，拉，用力往上拉！

插一腿身体上升时，右脚蹬了一下树干，又是嘎巴一声，整棵树连根从崖壁脱落，坠落崖底。

插一腿胳膊交叉挽住绳子，双掌合十，念念有词，佛祖保佑！佛祖保佑！

拉到一半，插一腿身上的背包被树枝挂住，怎么也摆不脱。凸驴好不容易帮他折断树枝，他的两条软得像香肠的腿，再没力气往上蹬。

失去支撑的插一腿，顿时悬在空中。

拉绳的指点江山，掌心突然受到绳子下坠的反作用力，磨出两道血痕。

指点江山笑道，幸好经天纬地想得周到，事先把我绑在树上，不然我就提前驾崩了。山水控问，提前驾崩，什么意思？指点江山摇头晃脑道，崩盘啊，完蛋啊，魂归崩山啊。山水控说，我怎么觉得你话里有话。指点江山朝掌心吐了口唾沫，搓了搓，呵呵，没什么，你想多了，随便说说。喂，插一腿，别灰心，我胳膊比你大腿还粗，保证把你拉上来，刚才他们还跟我争，救人不能感情用事，要靠实力……

系绳子的那棵树，往前一步是悬崖，往后一步是岩壁，左边是下坡，右边是上坡，只能一个人拉绳，其他人干瞪眼。指点江山胳膊最粗臂力最大，拉绳的任务义不容辞地落到他身上。为了防止他吃不住力，被插一腿反拽下崖，经天纬地事先将其腰身绑在树上。

凸驴大叫，再扔一根绳子下来。

经天纬地把绳子一端系在另一棵树上，扔了下去。

凸驴接住绳子，系在插一腿背包上，解开背包，用力拽了拽绳子，拉，往上拉。

背包一下被拉了上去。

凸驴轻轻捶了一拳插一腿，兄弟，这下轻松多了，加油！说罢，拽了拽系在插一腿身上的绳子，朝上面喊道，再拉，使出做爱的力气往上拉！

指点江山不辱使命，将沉甸甸的插一腿拉了上来。

插一腿抱着一棵树，瘫倒在树干上。

经天纬地欲解开指点江山身上的绳子，他摆了摆手，先别解，让我喘口气。

凸驴边解绳子边说，如果不想绑在树上睡觉，那就打起精神，继续往上爬。插一腿哭丧着脸，就是范冰冰在上面等我，我也爬不上去了。

经天纬地笑道，给你吃点儿春药，你就上去了。经天纬地说罢，从包里掏出一盒口服葡萄糖，每人发了一支。

众驴一饮而尽。

插一腿说，还是经天纬地想得周到，喝了你的葡萄糖，浑身上下有力量，说到这里，他用力捶了捶胸脯，叫道；现在就是想开即天堂在上面等我，我也能爬上去。

想开即天堂笑道，看在你大难不死的份上，不跟你计较。山水控也笑，你掉下去两腿叉在树上，肯定把腿中间那玩意叉坏了，上去也没用，以后不叫你插一腿，叫你叉一树，交叉的叉，哈哈。

除凸驴外，众驴皆笑。

凸驴说，别笑了，省点儿力气，抓紧时间。

天黑透之前，他们终于攀上瀑顶。

经天纬地振臂高呼:"毛主席啊,毛主席万岁!"

接下来是凸驴、混帐危险、山水控、想开即天堂、插一腿、孩子归我、指点江山,无一不再次发出呼喊。这一次,孩子归我和想开即天堂也流下了泪水,那是绝处逢生的泪水。

/ 9 /

瀑顶一左一右一高一低两条沟,左边是低沟湿沟,也就是瀑布水源;右边是高沟干沟,略高于湿沟。干沟布满石头,全是小石头,关键是平坦。众驴或拨拉石头,或砍树枝铺垫,很快搭起帐篷,但只搭起七顶,第八顶无论如何搭不下。

插一腿胳膊扭伤,动作迟缓,搭不下的正是他的帐篷。

插一腿大叫,天意啊天意,今晚必须混帐了。混帐危险问,那你想跟谁混帐呢?插一腿说,这还用问,当然是跟想开即天堂了。想开即天堂朝他呸了一口,你别害我啊,你要是跟我混帐,我会想不开的。

插一腿笑得色眯眯,怎么会想不开呢,想开即天堂嘛,混帐如此销魂,何乐而不为呢?凸驴说,插一腿你别做梦了,还是跟我混帐吧。除了我,怕是谁都不愿跟你混帐。

众驴皆表示不愿跟他混帐。

插一腿仰天长叹,你们好无情啊,幸好凸驴高风亮节,凸驴,不,驴头,你不会蹂躏我吧?凸驴说,切,东风吹战鼓擂,这年头谁蹂躏谁。

搭好帐篷,为了节省时间和力气,早点儿睡觉,一律煮方便面。草草吃过方便面,驴们死猪般睡去,很快鼾声一片。指点江山鼾声最大,好像一台巨型挖掘机正在作业。

山水控有夜尿习惯,半夜独自出帐很是考验胆量,怕自己经受不住考验,煮方便面的时候,水放得很少,几近干拌。本欲少补充水分,避免夜尿,不想干拌太咸,睡下不久即被咸醒,喝光满满一保温杯茶水,才重新入睡。入睡不久,又被尿憋醒,一鼓再鼓终于鼓起勇气,打着手电趔趄出帐。帐外温度很低，比帐里低三四度，比睡袋低五六度，感觉一脚从深秋迈入深冬。因为身体和牙关哆嗦得厉害，老二好像突然口吃，前列腺似乎一下肥大，便得很不顺利，半天才尿完。

山水控既是被尿憋醒，也是被噩梦惊醒的。梦中的他，被一群大大小小探头探脑的眼镜蛇层层包围。憋了许久，把牙根憋酸，把嘴唇憋麻，把膀胱憋得大叫，把老二憋得笔挺，才不得不出帐。一出帐，不害怕了，凛冽的寒风刷地一下把脑子吹得清醒了。在二三度的气温下，是不可能有蛇的。

山水控没有立即回帐，膀胱空了胆子大了，一身轻松的同时，身上却感觉凝重了，那是月光的重量。月光有重量么？自古以来，人们常常这样比喻月光：皎洁的月光水银般泻下。水银比重大，既然水银般泻下，说明月光是有重量的。十五的月亮十六圆，月亮越圆月光越重。站在一千二百多米的高山上，山水控前所未有地感受到了月光神秘的、不可言说的重量。

山水控中了魔怔似的，呆呆站在那里，沐浴着质地优良、仿佛公元前的月光，就在这时，他听到了孩子的哭声，山水控被电击似的，浑身猛一哆嗦，下意识把手电调至最亮，朝湿沟照去。

映入眼帘的，是两条大腿粗的娃娃鱼，头对着头，趴在肚脐般低浅的水底，吞食着山水控他们洗碗时遗下的方便面。人类的到来，使它们亿万年来第一次吃上了面食。吞食着面条的娃娃鱼，偶尔发出几声哭叫。也许他们睡下不久，娃娃鱼就开始哭了，只是被高昂的鼾声掩盖了。

娃娃鱼肤色与岩石极为相似，几乎融为一体，如果不是听到哭声、不是手电正好照在身上、不是它们正在抢食面条，身体不停晃动，山水控不可能一眼认出。此前，山水控没有亲眼见过娃娃鱼，只在电视里见过。说来也巧，前不久，他正好在央视纪录频道看了一部娃娃鱼的专题片。

紧接着发现石鳞。

山水控不仅见过石鳞，还吃过石鳞，这么多这么大的石鳞，却是头一回见到。电光所及，沟里每块石头上，都蹲着一只或数只拳头大的石鳞。

山水控返身轰醒七驴，特意走到想开即天堂跟前，轻轻说了声：谢谢你，巧妙给我增添力量。想开即天堂一时没反应过来，你说什么啊，我不明白你的话。山水控说，巧克力啊。想开即天堂一下明白过来了，笑道，你真聪明。

凌乱沉重的脚步惊跑敏感的娃娃鱼，石鳞却处变不惊，依然蹲立石上。在八束强光的照射下，八双眼睛发现更多石鳞，娃娃鱼却无影无声。

石鳞是冷血动物，昼伏夜出，栖息在高山密林溪流沟涧里，味道鲜美无法养殖，黑市五六百块一斤。一般的石鳞，青蛙大小，这么大这么多的石鳞，实在罕见。

山水控想起村里有个名叫水火的石鳞捕捉高手。每到夏秋时节，只要天气晴好，吃过晚饭，水火脚穿草鞋手提松火肩背竹篓腰别柴刀，独自深入深山老林，直到天亮才回来，从不空手，从未被蛇咬过。装石鳞的竹篓呈花瓶状，上窄下宽，下面虽宽但容量不大，顶多装十来只。篓颈仅鹅蛋大，石鳞塞入无法跳出。竹篓是祖传的，烂了可以重做，体积不能改变，无声告诫后人：切莫贪心。

水火每周最多捕捉两次石鳞，拿到集市出售，所得收入补贴家用。据说水火懂得石鳞的语言，呱呱叫几声，石鳞便主动钻出岩缝石隙让他捕捉。水火还会法术，出发前画一道符念几句咒，放进贴身口袋，毒蛇避而远之。可惜水火三年前死了，不然从崩山下来，山水控一定要拎上一瓶好酒揣上一条好烟，专程回村跟他好好聊聊。

山水控越想越遗憾，竟然错过身边高人。

石鳞虽是冷血动物，但在二三度的气温下，早该休眠啊。石鳞多得让人头皮发麻，吉兆还是凶兆？蛇也是冷血动物，有蛇的地方未必有石鳞，有石鳞的地方必定有蛇。尽管没在石鳞身边发现蛇，除了指点江山，众驴心里一下害怕起来，争先恐后钻进帐篷。

鬼使神差，指点江山独自走向瀑口，攀上一块大石。石头有两个台球桌面那么大，卧在右边那棵疑似黄山松脚下，登上石头，三叠瀑布尽收眼底。

一登上石头，指点江山就跳了下来，跌跌撞撞冲进帐篷，又跌跌撞撞冲出帐篷，嘴里不停地叫，快快快。大家以为他看见蛇群或者人熊，犹豫了一会儿，才战战兢兢出帐，有棍子的抄棍子，有登山杖的抄登山杖，什么都没有的抄石块，循声攀上大石头，指点江山已经架好三脚架和相机，嘴里依然"快快快"地叫个不停。

眼前景象难以置信：第二叠瀑布上方，高高拱起一条巨蟒般茁壮的月亮彩虹，发出令人晕眩的暗光，成千上万的蝙蝠和夜鸟，围着彩虹上下纷飞，似乎在争抢彩虹，要把它衔走。

想开即天堂哆哆嗦嗦地问，我们不会穿越到另一个星球上吧？

没人回答，也没人能够回答。太阳彩虹人人见过，月亮彩虹闻所未闻。

此虹只应天上有，人间难得睹一回。众驴困意顿消，个个灵魂出窍，以最快速度返回帐篷，取来睡袋和白酒御寒。睡袋披在身上，每人喝水似地喝下半斤白酒。光线太暗，手机和卡片机无法拍摄，山水控他们只好用眼睛拍摄。就像指点江山的单反半天才响一下快门，山水控他们的眼皮半天才眨巴一下。前者为了延长快门释放时间，后者怕眼皮眨巴多了，少看几十分之一秒这人间抑或天堂奇景，都是损失乃至罪过。

指点江山雕塑般戳在三脚架后面，睡袋是凸驴帮他拿来并披上的，白酒是插一腿帮他倒进嘴里的。

直到月亮彩虹消失在晨曦中，他们才离开大石头，点火做饭收拾帐篷。

第二天仅攀登八百多米的海拔，瀑布层出不穷，高的十几米低的五六米，落差虽然不大，但一遇瀑布就得绕行，很费时间。路上惊喜不断，发现四脚泥鳅、野荔枝。四脚泥鳅比普通泥鳅大而长，最大的有黄鳝那么大那么长，颜色也与其相近，但不是黄鳝。两者很好分辨，泥鳅嘴上有触须，黄鳝没有。

野荔枝拇指大，体积与荔枝相去甚远，果皮和果仁与荔枝一模一样，外红内白。和九道沟的疑似红毛丹不同，野荔枝可食，跟荔枝一样甜，但有酸味，酸甜可口。荔枝成熟季节是六七月份，崩山野荔枝推迟了三四个月，或许和山里气候有关。

还发现四方竹和血藤。四方竹手腕粗，叶绿皮褐，皮上有星星斑点。血藤是意外发现的，经天纬地被一条刀柄粗、弯若抛物线的黑藤挡住去路，一刀下去，红汁鲜血般喷出。经天纬地以为砍在蛇身上，吓得直呼"毛主席"。

最让人惊喜的，是没发现蛇，倒是发现蛇的天敌野猪，大大小小一个加强排之多。

太阳落山之际，行至水穷处，海拔仪显示 2050 米。

沟的源头，在一棵红树根部。红树有孕妇腰身粗，叶子是绿的，二指宽，粉红的树皮面膜般层层翻卷。胳膊粗的树根章鱼触须般吸附在岩石缝中，一块毛巾大手掌厚的苔藓紧挨树蔸，泉水汩汩从苔藓冒出，形成一个微型瀑布，好像红树在小便。

红树两侧，各有两块台球桌大的平地。这是昨晚宿营点之外，唯一的平地。如果没有那段干沟，昨晚只能坐着睡觉，想想都后怕。当然，如果一开始就出现或者发现月亮彩虹，根本不用睡觉。月亮彩虹像一剂强烈的兴奋剂，消除了他们的疲劳，使得第二天的攀登相对变得轻松。

凸驴卸下背包，一屁股坐在地上，这里有平地，有水，宿营吧。

山水控说，走了一天，才发现这里有块平地，不能再走了。孩子归我说，不走了，再走也走不动了。

昨晚混帐，没睡好，今晚无论如何要独睡，我和凸驴有优先选择权。插一腿边说边用脚尖画圈，这是凸驴的地盘，这是我的地盘。

混帐危险说，昨晚大家都没睡好。指点江山说，你们先圈地，我最后圈。

想开即天堂说，要是像昨晚那样，只能搭七顶帐篷怎么办？指点江山说，那只好混帐了，混帐对象由我选择，被选中者不得拒绝。

经天纬地说，指点江山，你真是老谋深算啊。指点江山说，你们猜猜，我会选谁？

插一腿说，这还用猜？地球人都知道，想开即天堂呗。想开即天堂冲到插一腿跟前，做了个踢人的假动作。

指点江山说，错，我选插一腿！凸驴用川腔说道，老兄，你口味好重哟。

插一腿说，我宁愿绑在树上睡，也不跟你混帐，你那呼噜跟推土机似的，非被你震成脑震荡不可。来来来，我把地盘让给你，你先搭。

众驴大笑。

山水控是被阳光拍醒的，那种被拍的感觉，类似马屁拍到马屁眼上，舒爽之极。小时候，每当他赖床，若是晴天，母亲必扯开嗓子大喊，崇山，崇山喂，快起床咧，再不起床，太阳公公拍你屁股了。

/ 10 /

第三天清晨，每人携带三瓶水（三斤），向山顶攀登。

越往上攀坡度越陡，植被越来越稀，距山顶三百来米，也就是海拔二千二百多米处，没有大树，只有草和灌木。草是圆形软草，齐腰深，走在草里好像蹚在深水里。灌木全是两米左右的高山杜鹃，密如稻株，除了爬虫，没有动物能够穿过。

经天纬地大显身手，披荆不止斩棘不停。此时此刻，就是老天爷，不，应该是老天娘，给每人垂下一只奶汁丰富的乳房，除了经天纬地，其他七驴连吸奶的力气都没有了。

距山顶二百米，驴友们看到那个巨大缺口，缺口下方，是千仞峭壁。众驴歪歪扭扭站在缺口左侧，无法看到那个传说中的大洞。缺口有老鹰飞进飞出，这说明大洞或许真实存在。插一腿带了高倍超清军事望远镜，是网上淘来的。据他说，用此宝贝观察五百米之外裸体，阴毛历历可数。驴友们若不信，他便露出猥琐的笑容，我靠，不信是吧，不信你脱光站到五百米外让我瞧瞧？有驴说，要不你脱光站到五百米外让我瞧瞧？他便耍无赖，我是光猪，那地方没毛，你找别人吧。

望远镜在众驴手里传来传去，有的说老鹰有直升飞机那么大，有的说有桌子那么大，有的说有蓑衣那么大，有的说有大象那么大。

山水控心想，前天傍晚看到的那两只老鹰，是不是这洞里面的呢？

望远镜传到想开即天堂手里，她惊叫起来，快看快看，有只老鹰爪子好像抓着什么动物？大家顺着她手指的方向，果然看见一只朝洞口飞来的老鹰，爪子下挂着什么东西。山水控站在想开即天堂身边，抢过望远镜仔细一看，老鹰翅膀有一扇门那么长，爪子上抓着的，是只山羊，估计有二十几斤。抓着这么重的猎物，还能飞得这么高，到底是不是老鹰？不会是《神雕侠侣》里的神雕吧？难道这里不是南方的崩山，而是西部的天山，或者他们穿越到了天山？

山高眼阔，或者他们的眼睛都成了放大镜？

众驴看了半天鹰进鹰出，吃过午饭，继续向山顶攀登。沿着刚才观鹰的山峰，下行四百多米，平行二百多米，再上行五百多米，七驴哭着喊着笑着骂着，于北京时间5点10分35秒成功登上46亿岁的崩山之巅。

山顶有大半个篮球场大，还算平坦，只长草不长灌木，搭帐篷不成问题。天上飘浮着奇形怪状的彩云，有的像雄鹰展翅，有的像战机腾空，有的像骏马奔腾，有的像佛陀打坐，有的像丘陵沟壑，有的像梯田，有的像蘑菇，有的像城墙，有的像石头……

放眼四眺，峰峦叠嶂层林尽染，远天远山远水，组成一幅又一幅展示不尽、动人心弦的长长画卷。山水控不禁热泪盈眶，逝者如斯，唯有天长地久。

山水控摆了一个曲来拐去的Pose，扯开嗓子吼了一句："美景配猛男，妩媚又野蛮。"

凸驴跟着喊："做男人真命苦，要登山才舒服。"

愤怒出诗人，美景诱诗兴，一个个作起诗来。

经天纬地："崩山，老子来了！"

指点江山："不到崩山非好汉，再登一步到天上！"

想开即天堂："阿K，登上崩山，什么都想开了，花岗岩脑袋都想开了！"

插一腿："崩山啊崩山，老子终于跟你有了一腿！"

混帐危险："天苍苍林莽莽，登上崩山好儿郎！"

孩子归我："孩子归我，崩山归我，天地归我！"

山顶露水极大，帐篷才搭好，外帐即被洇湿。大家纷纷掏出压包好货，庆贺登顶。山水控打开迷你音响，将音量开至最大，电子鞭炮响彻山顶。驴腿只有酒量小的，没有不喝酒的，喝的都是52度高度白酒。想开即天堂的体力和酒量，在八驴当中属于中等水平。这次每人带了两斤白酒，第一夜喝了半斤，第二夜喝了半斤，剩下一斤今晚统统喝干。指点江山的酒最好，一瓶五粮液一瓶茅台。他把茅台留到了今晚。为减轻分量，白酒装在矿泉水瓶里。

月亮出来后，山顶气温更低，零度左右，所幸无风。尽管有高度白酒在体内燃烧，还是冷得发抖。眼看白酒所剩不多，凸驴建议猜拳，赢者喝酒，获得一致通过。指点江山发挥出色，所剩白酒三分之二进了他肚子。当然，剩酒不含茅台，茅台一拿出，即被嗷嗷瓜分，想开即天堂分得最多。

想开即天堂冷不丁说了一句："你们说，老鹰半夜会不会把我们叼走啊？"

大家面面相觑，无言以对。山水控打破沉默，如果真被老鹰叼走，那是我们的造化，那是天葬啊，魂归崩山，灵魂像月亮彩虹发光，我看挺不错，千年修来的福分，万年积下的功德。插一腿说，想开点儿想开点儿，想那么多干什么，想开即天堂嘛。指点江山哈哈大笑，尔等太无知了，老鹰不是猫头鹰，夜里不捕食。再说了，我们一打呼噜，老鹰就是来捕食，也会被我们的呼噜吓走。今晚我们喝了这么多酒，呼噜肯定惊天动地，别说老鹰，人熊也会被吓走。山水控说，还有鞭炮呢，睡下后我把音响一直开着。

指点江山这么一说，都放心了，钻进帐篷，期待明早日出。

在指点江山的号召下，除了想开即天堂，众驴纷纷扯开喉咙大鼾特鼾，山顶上好像有七台推土机、挖掘机、战斗机、拖拉机、切割机、收割机、钻井机在同时工作。电子鞭炮声完全被淹没。

半夜，山水控感觉有人钻进帐篷，以为做梦，摸了对方一把，立即明白是想开即天堂。山水控紧张得肌肉僵硬汗毛倒竖，感觉阴毛都竖了起来。想开即天堂轻声道，崇山，你别紧张，我不会强奸你。山水控一下放松了，笑道，如果你实在要强奸，看在巧克力的份上，豁出去了，我配合你。想开即天堂说，你再怎么配合，我也强奸不了你，我六年前得了子宫瘤，下面一锅端了。山水控无语。想开即天堂说，崇山，你真想不起我了？山水控摇头。想开即天堂说，你好好想想。山水控闭上眼睛，全马力开动脑筋，想了一会儿，睁开眼，对不起，我真想不起来。想开即天堂轻轻捶了他一拳，你真浑啊，我是叶琳，你的初中同桌。

山水控电击一般，叶琳，你是叶琳？我记得你的名字，实在不好意思，我不记得你的长相了，我们好像只在初三上学期同桌了半年，你就转学到县城了，我那时在你面前，很自卑呢，你家那么有钱，老爹还当着什么官。想开即天堂说，我却记得你，死死记得你，记得我借你的橡皮擦，记得我抄你的作文，连我自己都觉得奇怪，怎么会把你记得这么牢，一记二十八年，二十八年啊，我每年都要记起你几次，你那个时候，成绩那么好，长得那么帅，你知道吗，整个年级的女生，都在羡慕妒忌我跟你同桌……

山水控泪流满面，那是幸福的泪水，感动的泪水，愧疚的泪水。山水控抱住想开即天堂，仿佛抱着一个少女。想开即天堂说，抱紧点儿，再抱紧点儿，我怕老鹰把我叼走。山水控说，不能再紧了，你太瘦了，把我骨头都硌疼了。想开即天堂在他怀里扭了扭，山水控顺势松开手臂，问，这么多年，你是怎么过来的？过得好吗？想开即天堂说，别问这个，俗，没意思。山水控说，那我问个有意思的，阿K是谁？想开即天堂说，不告诉你，你别问那么多，好好抱着我，过会儿我回自己帐篷了，小心被他们发现……

想开即天堂离帐后，山水控眼皮沉重得像一扇防盗门，却无法入睡，无法原谅自己竟然把她忘得一丝不挂！这不是健忘，而是无耻！

最早醒来的是想开即天堂，孩子似地欢叫着，起帐起帐了，看日出看日出了。插一腿露出半个脑袋，喂，叫什么叫，叫春啊？想开即天堂乜了他一眼，嘴角顽皮一翘，破坏你的春梦了？混帐危险皮笑肉不笑，我昨晚梦见有人混帐了！想开即天堂一愣，随即上前踢了他帐篷一脚，梦见你情人了吧？混帐危险白了她一眼，反正不是你。

山水控一下钻出帐篷，手舞足蹈，噢噢噢，再不起床，太阳晒屁股了。

一个个打着酒气熏天的呵欠钻出帐篷。本应最早钻出帐篷拍日出的指点江山，迟迟没有动静。眼看天际开始大出血，太阳就要出世，指点江山还是没有动静。经天纬地说，这家伙昨晚喝多了，睡得这么死。凸驴说，不会被老鹰叼走了吧？插一腿说，怎么可能，帐篷好好的。山水控猛然觉得不对劲，怎么没有鼾声？一个箭步冲到指点江山帐前，叫了几声仍无动静，扯开帐篷一看，人已气绝身亡。

如果不是发现遗书和安眠药瓶，七驴宁愿相信人熊存在，也不相信指点江山自杀。他们会以为他酒喝多了，加上疲劳过度，被呼噜窒息而死，或者突发心脏病而死。尽管这个死因不靠谱，就像处女不可能得性病，驴腿怎么可能有心脏病？

遗书大意是：我遇到了过不去的坎，这个坎比登崩山难一百倍，本想随便用个方式了结自己，比如跳楼上吊触电什么的，一想自己好歹是条驴腿，死在高山之巅岂不浪漫一些？于是我强忍着，把命攒到今天。死在 2530 米的崩山之巅，死亦为鬼雄啊，痛快，实在是痛快。本不想写什么鸟遗书，又担心给你们造成不便，还是写了。我身上这部相机送给凸驴，我知道他做梦都想买部单反。另外，出发前，我给每位淘了部单反，全部寄凸驴收，回家就能收到，也不枉驴友一场。驴腿怎能没有单反，以后登山拍到好片，放在群空间时给我打个招呼，我若有灵，会来欣赏的。"我这次拍的照片，也选一些放到空间，尤其是月亮彩虹的照片，多选几张。能够看到和拍到月亮彩虹，是我的福气和意外收获，死十回都值。全世界看到和拍到月亮彩虹的人，怕是屈指可数吧。我坚信，看到月亮彩虹的人，一定能够进入天堂。说真的，前天晚上我好想一头扎下瀑布，让月亮彩虹带走我的灵魂。但我还是忍住了，一则怕连累你们，二则还没有登上山顶。"妻儿老小我都安顿好了，可能的话，请给予他们物质以外的帮助。千万别把尸体抬下山，就让我躺在帐篷里烂掉，或者被老鹰吃掉。下辈子我再也不盖房子，盖什么房子啊，大自然才是最好的房子。永别了，驴兄驴弟，噢，还有驴妹想开即天堂，非常抱歉，影响你们看日出。祝你们登更多更高的山。阿门！

遗书是打印的，落款时间是 9 月 28 日，可见他出发前已做好必死准备。引号里的文字是手写的，毫无疑问是昨晚临时加进去的。

指点江山是房地产商，最崇拜的人是王石。不过，他崇拜的是作为驴友的王石，而非房地产大鳄王石。

孩子归我咬牙切齿道，老子平生最恨的，就是房地产商！老子在外混了这么多年，因为没有房子，孩子不归我，老婆也不归我！

众驴愤怒地看着他。

孩子归我连忙摆手，不过，今后我可能不会那么恨了，唉，他既指点不了迷津，也指点不了房地产，还怎么指点江山？口气好大哟。

随着旭日发出的第一缕曙光撕破黎明前的黑暗，东方天幕由漆黑逐渐转为鱼肚白、红色，直至耀眼的金黄，喷射出万道霞光，最后，一个硕大的蛋黄跃出天际，腾空而起，整个过程像一个技艺高超的魔术师，在瞬息间变幻出千万种多姿多彩的画面，满天彩霞与地平线上的茫茫云海融为一体，犹如巨幅油画从天而降，月亮妒忌太阳的光辉，迟迟不愿遁去，交相辉映，一架飞机射出一股白烟，从月亮旁边掠过……

七驴雕塑般跪在指点江山面前，除了想开即天堂，谁也不说话，视若无睹。想开即天堂哭得像个爷们儿，阿K啊，你怎么想不开呢，到了这么高的地方，还有什么想不开的呢，呜呜……

不知跪了多久，七驴各自从包里掏出雨衣绳索（登山必备），把指点江山包了个严实捆了结实。山顶找不到一块石头一把泥土，无法埋葬，只能这样了。

山水控给迷你音响换了一块电池，摁下播放键，放在尸旁，电子鞭炮还能响上半天。

下山从另一个方向，花了两天两夜，一路顺利一路无话。路上发现奶藤、金丝楠、红豆杉、疙瘩树（树干高大笔直，每隔几尺长一圈疙瘩）。奶藤外形与血藤无异，切断后淌出的是白汁。经天纬地一刀砍断后，又连砍数刀。六驴一一接过柴刀，将奶藤碎尸万段，把失去指点江山的悲痛，发泄在无辜的奶藤上。

还发现拳头粗的粪便，是否人熊所屙，不得而知。

还发现数支被折断的、碗口粗的树枝，叶子还是绿的，说明折断时间不久。枝条长满不知名的硬果。是否人熊所折，亦不得而知。

/ 11 /

崩山之后，山水控他们暂时停止了登山，直到夏季到来，才去了几趟九道沟，与其说去消暑，还不如说去缅怀指点江山。

夏季接近尾声，毕玉簪子宫良心发现，终于怀上了孩子。山水控将喜讯第一个告诉想开即天堂，想开即天堂说，祝贺你，真诚祝贺你们。山水控不知道，凸驴他们也不知道，从崩山下来不久，她住进上海一家著名的肿瘤医院。她儿子在上海，混得不错。她是悄然离去的，在QQ空间留下美丽谎言：我媳妇生了，生了个大胖小子，我要带孙子去了，争取把他培养成一条驴腿。今后好长时间不能参加活动了，可能连上网时间都少了，不过我会时刻想着你们的……

确认怀上那天起，毕玉簪严正警告山水控，从今以后不准登山更不准宿营。山水控说，九道沟也不准去么，她可是生命之沟造人之沟啊。毕玉簪说，九道沟例外，不仅允许你去，等孩子出生长大了，我们还要带他一起去。

山水控心里想的，却是届时怎么找借口上崩山祭拜指点江山。从崩山回来不久，乐山乐水群决定，以后每年国庆，只要天气好，只要体力吃得消，每头驴腿都去朝拜崩山祭拜指点江山。生当为驴腿，死亦为鬼雄；至今思崩山，岂能不登攀。崩山和指点江山，由此成为乐山乐水群心中的神山和神驴。

那里溪流总是澄清，那里空气充满宁静，雪白的明月照在大地。一想到崩山和指点江山，山水控内心异常宁静辽远，一道月亮彩虹横跨心间。

公元2013年9月中旬的一天，乐山乐水QQ群出现想开即天堂的一条消息：驴兄驴弟们，当你们看到这条消息，我已经变成骨灰。消息是我嘱托儿子发的，到时他还会把我的骨灰，送到你们手中。你们一定要再上一次崩山，每人捧一把我的骨灰，撒在崩山顶上，由你们亲手送我上天堂。永别了，驴兄驴弟们，谢谢六年来，你们给予我无私的帮助带给我无穷的快乐。我会跟指点江山一起，在天堂注视你们祝福你们，为你们加油为你们喝彩！

山水控收到想开即天堂的一封邮件，邮件是用定时发送系统自动发送的。也就是说，想开即天堂是在预测到自己将不久于世、头脑清醒之际写下这封信的。她预测得很准，儿子在乐山乐水QQ群发出那条消息的第三天，山水控收到邮件。

邮件大意如下：

我得的不是子宫瘤而是子宫癌，晚期，医生说化疗最多活一年。我问医生，要是不化疗呢，他说最多半年。我想既然化疗最多活一年，花钱又遭罪，何苦！不如不化疗，顺其自然，把钱省下来留给儿子。他爸爸很早和我离了婚，我死了，一切得靠他自己，能省就省能留则留。患癌后，我经常到网上搜索抗癌方面的文章，其中一篇文章的观点深深启发和震撼了我：与其抗天不如顺天，与其抗击癌症不如适应癌症，化敌为友。文章作者也是子宫癌患者，患癌后坚决不治疗，通过户外运动，竟然不治而愈。不久，我加入走走群，随后又加入乐山乐水群，两群有活动我都参加，从不落下，痛痛快快活了六年。虽然癌症最终要了我的命，我却感谢癌症，它没有太折磨我。在医院，我坚决不化疗，很痛的时候，才打一针杜冷丁。也许你会疑问，为什么不像指点江山那样，痛快了断自己。我只能告诉你，这不是我的风格，我尊重指点江山的了断方式，但决不会仿效他。我要死在我儿子跟前，这是我最后给他的母爱。

总而言之，我要感谢癌症。要是不得癌症，我就不会参加户外活动，不参加户外活动，就不会与你重逢。这都是天意啊，抗天不如顺天，顺天就有好运。崩山之夜你的拥抱，温暖我有限今生的最后人生，还将温暖我无尽来生。谢谢你，崇山。

阿K，不得癌症，我永远想不开。我的癌症，也许就是想不开造成的，想开即天堂啊，阿K。崇山，如果你还愿意继续记得我，记得我很久，那么，请你站在崩山顶上，多撒一把我的骨灰。

想开即天堂最后写道：

崇山，阿K就是你啊，是你是你就是你。

/ 12 /

国庆天公作美，山水控他们再次登上崩山，指点江山的尸骨荡然无存，了无痕迹。山水控他们迎着日出，人手一把（山水控两把）想开即天堂拌有鲜花的骨灰，虔诚地撒向空中。忽然，数只巨大的雄鹰腾空而起，花瓣和骨灰缤纷落到雄鹰的翅膀上，雄鹰鸣叫着，箭一般射向霞光万道的朝阳……

缓期执行

文 / 何葆国

　　他本想打个盹，但混混沌沌的却睡了过去。班车在山间公路跑得欢快，这是新开的旅游公路，早已不是十多年前那盘旋而上的"天路"，现在的路平坦得让他眼光发直，一会儿高架桥，一会儿隧道，以前回家坐的虽然是轿车，哪一次不是颠簸得肠子都要吐出来？现在的路居然修得这么好，看来政府为了搞土楼旅游开发，确实下了大本钱。路阔气了，车子平稳了，瞌睡虫就爬上来了，他也实在太困了，这些天几乎就没合过眼，当眼皮耷拉着要合上时，那些陈年旧事就从脑子里跳出来，影影绰绰地有许多人上蹿下跳，好像有人支起木棍把他的眼皮撑开一样……

　　"哎，到啦，下车，下车！"他被人拍着肩膀叫醒，抬起迷糊的双眼看着面前的女售票员。

　　"杨坑，往前走就是了。"女售票员往车窗外比了一下手。他下意识地哦了一声，像是从梦里醒过来一样，连忙起身往下走。他双脚刚在地上站稳，眼光还没有适应面前的一切，一只写着旅行社名字的提包砰地从车上扔在他脚边，这辆过路班车噌地又开走了，卷起一股烟尘。

　　这是他的行李包，他弯腰提了起来，迟迟疑疑地往前走去。这就是他的老家杨坑吗？原来熟悉的景象早已不复存在，一切都变得如此陌生。脚下的水泥路闪射着阳光，他感觉到一阵阵眩晕，身后突然响起尖利的汽车喇叭声，嘀——嘀——嘀，把他吓了一跳，他慌忙闪到了路边。一部旅游大巴从他身旁开了过去，接着是几部小车，它们都是来杨坑的。他想起许多年前他坐着一辆除了喇叭不响哪里都响的老吉普车回到杨坑，土楼里许多足不出户的老人都颤颤巍巍过来看稀奇，那不知是多少杨坑人第一次看到活的汽车……当然那至少也是三十年前的事了，那时他刚刚从乡里调到县里，现在一条笔直的水泥公路就通往了杨坑，身旁又驶过了三四部车。尽管这些年一直在高墙大院里，但他也是知道的，土楼成了世界文化遗产，杨坑也搞起了旅游。

前面一棵大榕树，这就是他再也熟悉不过的风水树了，它在村口已耸立数百年，一视同仁地对待所有归来的游子，他不由地加快了一点儿脚步。大榕树左侧建了一个停车场，右边则是一排红砖瓦房，房间里走出两个穿保安制服的年轻人，一个脸上长满青春痘的像交警一样做了个停的手势，说："买票，买票。"

他顿了一下，方才明白这是对他说话，便张嘴说："我是、我来是……"他本想用客家话说，不知为什么，一开腔却是普通话，他感觉舌头硬梆梆的，堵住了声音的发出。

"这里是旅游景区，参观游览都要买门票，你有老人证吗？可以打五折。"那青春痘向他走了过来。

他佝偻着背一时说不出话，那房间门上钉着一块木牌，写着售票处三个字，下端还有一张图表，看不清上面的字，里面又走出了一个人，这是个长条脸的中年人，盯着他看了看，挥手对那两个年轻人说："让他进去。"

他想不起这人是谁，但可以肯定是他侄子外甥辈，他喉咙里咕咚响了几声，他觉得还是应该说一句话，脑子里搜索到了一些客家话，但说出来还是客家话和闽南话混杂的腔调："我回来了，杨坑变得让人认不出来了……"他还在说着，那中年人和两个年轻人已经扭头走进了房间，他们显然没兴趣听他说话，看着他们冷漠的背影，他的心也开始往下坠……

其实，所有的一切，杨怀荣早在出狱前就已经料想到了，只是他在城里早已没有立锥之地，而且他觉得自己年纪也大了，杨坑毕竟是老家，立本楼里好歹还有一间他的房，他可以开点荒地种点菜，了此残生，在城里他能干些什么？那个叫作柯岚的女人在他刚刚被纪检立案调查时就人间蒸发了，他也算不清她通过他的关系捞了多少信息费和中介费，这二十年间偶尔会想起她，她就像一团飘忽不定的影子，越来越模糊了，她的话声却还是当年那股媚劲，"杨副，下半辈子我就陪你好好过了"，这声音在耳边响起时，他总要惊出一个哆嗦。

杨怀荣一脚跨进立本楼时，恍然觉得整座楼晃了一下，其实这是他内心的震颤，土楼何等坚固，数百年来风雨不动安如山。他第一眼就看到了天井货摊上的晓红，那活脱脱就是她母亲的翻版，他心里快速算出晓红今年应该是45岁，却让他看到了老婆55岁的样子，她老得也太快了。老婆和他同岁小几个月，在他坐牢不久后就病逝了，那年也就55岁，他最后一眼看到她就是她55岁的样子，现在，她的愁容似乎无一遗漏地复制到了女儿脸上。他早已麻木的心突然有了一丝灼痛感。

晓红扭头也看到了杨怀荣，脸上就像一潭死水似的没有任何表情，默不作声地从天井走上廊道，向楼梯口走去。这时，立本楼里游客不多，楼门厅一个穿着时髦的卖茶叶的女孩冲着杨怀荣说："这位老先生，坐下来喝杯铁观音吧。"杨怀荣望着女儿的背影，迈着不大利索的腿脚沿廊道走去，楼梯口过去第三间，那是他家的灶间，又好像不是，他感觉就像是在梦游一样。

晓红拉开腰门走进灶间，从壁橱里端出两碗菜搁在桌上，说："饭在锅里。"她是对着墙壁说的，她甚至没看他一眼，就从他身边走了过去，又回到天井里的货摊上。杨怀荣愣愣地转着身子看着土楼里的新景象，一切都像是梦境一样不真实，楼门厅、天井、祖堂，到处是货摊，摊上千篇一律摆着茶叶、地瓜、树根、书籍还有一些莫名其妙的工艺品。这时，有一个导游举着一面小旗子走进了土楼，后面跟着十多个衣着鲜艳的中老年妇女，土楼里顿时响起一片叫卖声。杨怀荣看到女儿手拿一包茶叶，嘴巴一张一合地对着一个老太太不停地说着什么，那老太太还是皱着眉头离去了，她转眼又缠上另外一个游客。

土楼变成了圩市，这完全不是杨怀荣记忆中的土楼了，他发现自己是一个局外人，既不是土楼人，也不是游客，匪夷所思地出现在这里。那个举着小旗子的导游朝他走了过来，不时往后面喊一声："大家跟上，跟上。"杨怀荣走进灶间，放下手中的提包，这是他出狱前马干部送给他的，上面写着旅行社的名字，其实人生就是一场旅行，眼下就有这么多人到他老家的土楼来旅行嘛。那群中老年妇女从灶间门前花枝招展地走过。杨怀荣装了一碗饭，桌上的两碗菜早已凉了，多年的牢狱生活使他对饮食全然不挑剔，他扒了几口饭，夹了一筷子的炒薇菜，吃得满嘴啧啧有声。一个老太太游客探进半个身子，用普通话向杨怀荣问道："你在吃什么？"

"吃饭。"杨怀荣头也没抬地说。

又有两个老太太挤过来，她们用方言叽叽咕咕说着什么，杨怀荣没听懂，但他知道应该是讨论他吃饭吃什么的内容。回到土楼的第一顿饭，遭到了陌生人的围观，以前回到土楼里，在灶间吃饭的时候，隔壁邻居都会过来看他，有人还把家里的好菜匀一小碗端过来，现在呢，甚至没有一个楼里的人注意到他回来了，只有游客用听不懂的鸟语议论着他。出狱前他曾给女儿寄了一封信，主要说他何时出狱和他准备回土楼两件事，女儿没回信，但肯定是收到了信，只是没声张。这确实也没什么好声张的，从女儿冷漠的表情里，他知道自己的回来对她来说其实是一种耻辱。

砰地，灶间腰门突然被踢了开来，闯进一个十五六岁的少年，头发乱七八糟的像鸡窝，眼光斜斜的，嘴角上还淌着涎水，他瞪着杨怀荣看了一眼，突然跳着脚跳出灶间，又惊恐又亢奋地大声尖叫："坏人，坏人偷吃饭！"

杨怀荣一时没明白过来，透过窗棂看到那少年跳到天井里，向晓红的货摊跑去，比手画脚地叫着："灶间有坏人，坏人……"

晓红抬起手打了他一记耳光，说："去死，还嫌不够丢人是不是？"

耳光的响声有点儿沉闷，它像是打在杨怀荣的脸上，他这下明白了，这个少年是他的外孙，是他从未谋面的唯一的孙辈。他从土楼乡调到马铺县政府那年，晓红在村里小学当民办教师，他想过几年找关系给她转正了，在城里找个好男人。但是随着职务的升迁，他把女儿的事忘记了，或者没记在心上，在他当上副县长之后，身边出现了一个叫作柯岚的女人，他开始了跟老婆的离婚冷战，女儿的事就完全被搁置一边了。后来，婚没离成，他出事了，女儿被学校清退了，他在牢里给女儿写过几封信，表达过一个父亲的悔意，希望她找个可靠的男人嫁了，就在土楼里好好过日子。女儿没给他回信，她从没回过一个字，也没寄过任何东西，他渐渐觉得这样才是正常的，这也是他作为一个父亲的失职的惩罚，就如他的犯罪，他被判处死刑，缓期执行，没收个人全部财产一样，他在女儿的心里，也早已是不可饶恕的极刑。杨怀荣看到外孙捂着脸嘟哝着走开了，晓红拉住一个男游客开始推销货摊上滋阴壮阳的树根，他收起碗筷，心里对这个外孙充满了愧疚。女儿在他坐牢后嫁给了一个来杨坑打石头的外乡人，几年后这男人不辞而别，这些事他在牢里隐约听说过，他所不知道的是她生了一个儿子，虽然看起来明显是智力发育不正常，但终究也是他的孙子。

"怀荣佬，是你啦。"腰门前停住一个人，冲着他说道。他一看是他的堂弟杨怀忠，连忙点了点头。杨怀忠推门走了进来，说："什么时候出来的？"

"今天，刚到一会儿。"杨怀荣说。

"出来就好，出来就好，"杨怀忠说，"我现在还是村支委，你有什么困难可以跟我说。"

"嗯，嗯……"杨怀荣说。

杨怀忠抖了抖手上的一叠纸，说："镇里发通知，明年元旦起，死人一律不准土葬，统统火葬。还有，村里要在坑尾建一座木桥，发动大家都捐一点儿钱。你先坐，我去发通知了，每家每户一份。"

杨怀荣没说什么，看着堂弟离去，他知道他当年在县里权倾一时，没给这些亲戚办过事，他们一直愤愤不平，在他出事后甚至有人幸灾乐祸，想想也是自己活该，没什么可怨叹的。

窄小的灶间甚至比牢房还小，当然牢房里不止他一个人，而现在灶间里只有他一个人，让他觉得没有牢房里自由自在，他局促不安地走了两步，又木桩似地呆住了。某种意义上说，他在牢房里还是主人，在这里他是什么呢？当年他被判处死刑，缓期两年执行，并处没收个人全部财产，要是这土楼里的房间当时也归在他名下，不知会不会被没收？其实这土楼是祖上所建，代代相传，它是所有子孙后代的，只给你住并不归属于哪一个人。

杨怀荣看到外孙沿着廊道又走了过来，他全然忘记了刚才挨打的经历，没心没肺地咧着嘴，一路哼着什么调子。杨怀荣心里莫名地紧缩了一下，想起行李包里有一罐王老吉，是马干部给他路上喝的，他没喝，他连忙蹲下身子，从包里取出王老吉，握在手心里，像是握着一个手雷，或许可以炸得外孙心花怒放的。

外孙晃到灶间前，用身子撞开腰门，眼睛连看也不看杨怀荣一眼，好像根本没看见他一样，手就往壁橱伸去。

"你要啥货？我这给你。"杨怀荣说着，把王老吉递了过去。

外孙的眼光一下就直了，手在空中停住，突然就抢过了王老吉，动作熟练地噗的一声拉开铝环，仰起脖子往嘴里灌，溢出来的茶水从下巴顺着脖子往下流。

"别急，慢慢喝。"杨怀荣说。

外孙猛喝几口停了下来，抹着嘴说："你是谁呀？"

"我是你妈妈的爸爸，你要叫我阿公，你不知道吗？"

"我妈妈也有爸爸，我怎么没有？"

杨怀荣心里咚地响了一声，说："你叫什么名字？"

"我叫志伟，杨志伟。"

杨怀荣摸了摸志伟的头，说："好名字。"

杨志伟甩着头走了，他站到廊道上把王老吉喝完，然后空罐子放在脚下，使劲地踩得像鞭炮一样噼啪作响。他的神态确实异于一般同龄人，杨怀荣一眼就看出来了，这在本地话里叫作"半丁"，不能算一个人，只能算半个了。杨怀荣觉得半个也好，半个总比没有好。他突然想起来，以前他也是有过一个儿子的，叫晓强，高中毕业那年死于车祸，这事情差不多已经忘记了，没想到还能想起来。

天色渐渐暗了，立本楼安静了下来，各个货摊都在收摊，人们开始在灶间做饭。土灶已完全不用了，人们大多用的是电磁炉，也有个别人家用液化气灶。杨怀荣坐在灶洞前，灶上摆着一个电磁炉，他没用过这玩意儿，他知道现在做饭是很容易的事了，以前他还在乡里当干部，偶尔回家，看到老婆蹲在灶洞前起火，总要被火烟呛得直咳嗽。晓红收摊回到了灶间里，对她来说，坐在灶洞前的杨怀荣仿佛不存在一样，她没吱声，依旧绷着脸，按部就班地做着自己的事：淘米、通电、按下开关、抹桌子……

一团巨大的影像就在眼前晃动着，杨怀荣看到女儿的动作时而麻利，时而疲惫，有时又显得拖泥带水的笨拙，他想女儿的今天主要还是他造成的，要是当初及时把她转了正，调到城里的学校，一定不会出现像今天这种情况。突然，砰的一声，晓红从壁橱里拿起一只瓷盘子时，不知怎么掉到了地上，摔破了。

杨怀荣吃了一惊，连忙站起身，说："是怎么了……"

晓红还是默不作声，用脚踢了一下地上的破瓷片，抄起靠在墙上的扫把，把碎片扫到了墙壁角落。

杨怀荣感到一种说不出的惶恐，连声音也发抖了，说："晓红，我、我对不起你妈、对、对不住、你……"

"别说这些，我不爱听。"晓红声音硬硬地说。

"真的……"

晓红沉着脸扭头走出了灶间。电磁炉上的高压锅嘶嘶嘶地尖叫着，杨怀荣心想，它要是爆炸了也好，把自己炸飞了多好。这时，高压锅里传出一股焦味，嘀的一声，电磁炉自动断电了。他想，女儿不接受自己的忏悔，这也怪不得她，那时把她们母女俩伤得太深了。那时他已经和柯岚公开住在一起，准备用最多一年的时间把第一桩婚姻处理掉，谁知陷入泥潭似的，五六年都没能摆脱干净，在他被双规的前半个月，法院第三次开庭审理他的离婚案时，老婆身揣一瓶乐果，随时准备以死来维护这场早已死亡的婚姻，在这不公开的审理过程中，他看到了坐在旁听席的晓红绝望而冷漠的眼神，那直勾勾的眼光一从他脸上掠过，他就经受不住扭过头去。最后法庭还是没有判决，他对着那个中年秃顶的法官咆哮起来。他记得那天晚上县委书记找他个人谈话，批评他闹得太过分了，搞得鼻屎大的马铺县都知道一个副县长要离婚。他心一酸，竟然哽咽了几声，说副县长就不能离婚吗？我追求幸福，这有什么不对吗？

晓红从地里摘了一棵小白菜，在流水沟里洗了干净，回到灶间就放在砧板上切，她咬着牙很用力地切着，菜刀在砧板上发出咔咔咔的响声，她切的分明不是小白菜，而是猪腿肉。

"晓红……"杨怀荣还是忍不住叫了一声，他把两只手整齐地放在裤腿上，背往下驼着，神态就像是请罪一样。

晓红没搭理他，转身背对着他，把砧板上的小白菜倒进电炒锅里，唰啦一声，勺子翻动起来。

"晓红……"

"别说好不好？"晓红操着勺子在锅里敲了一声。

杨怀荣就闭上了嘴，心里凉凉的。他想，要是能缝上，他干脆把嘴巴缝起来，把心也缝起来，全身都缝起来……他怔怔地从地上提起行李包，走出了灶间。晓红手持电炒锅把锅里的菜倒进盘子里，看也没看他一眼，勺子炒得直响。

天已经黑了，环环相连的灶间大多开了电灯，土楼里晃动着一束束光亮，有的人家在炒菜，有的人家已在吃饭，小孩叫喊，大人训斥，四处飘动着土楼晚餐的热闹气息。这也曾经是杨怀荣所熟悉的土楼晚餐的景象，现在他独自佝偻着背，提着行李包，像一个外来的游客，脚步蹒跚地从廊道上走过，扶着墙走上楼。没有人注意到他，即使有人看到他也不以为然，自从土楼开发成旅游景区后，土楼里时常有一些陌生的游客幽灵般四处游荡，他们也已经不稀奇了。杨怀荣摸黑走到了三楼，楼梯口过去第三间是他的房间，不，准确地说，是老婆的房间，因为他已经二十多年未曾在这里住过了，当然，他不会忘记，这房间曾经是他和老婆结婚的婚房，小小的房间里也曾留下他们欢乐、甜蜜的回忆。

杨怀荣走到房间门前，刚伸出手，门就自动似地开了，原来门没关，他在门后找到电灯拉绳，拉了一下，灯没亮，再拉一下，灯亮了。房间里有一张床和一张桌子，床上有被子和枕头，看起来都是用过的，但洗得很干净，整个房间也是比较洁净的，很显然刚刚收拾过不久，他想，为了他的回来，晓红还是有所准备的，心里有一种小小的感动。一阵霉味冲到他鼻子里，他不由得打了一个喷嚏，整座立本楼似乎都震荡了一下，他想，也许这是告诉所有楼里人，我回来了。可是后面就是长久的沉寂，整座土楼好像沉没在冰雪里。他拉了灯，脱了外衣外裤爬上床，身体刚刚接触到床铺的时候，似乎有一种要被弹起来的感觉，想起来，他至少也有23年没睡在这张床上了，前面6年是和老婆闹离婚，不回来睡，后面17年是想睡睡不着，只能睡监狱里的铁丝床。杨怀荣翻动了几下身子，心想这把老骨头还能动弹多久？要是当年被立即执行，现在骨头都烂成灰了，缓期执行的后果就是他必须继续活在这个世界上接受命运无穷无尽的惩罚。

这时，有人在房间门上踢了一脚，杨怀荣正要开腔就听到了志伟的声音："你要不要吃饭啊你？"口吻像大人呵斥孩子一样。他知道应该是晓红支使他来的，便说："你去告诉你妈，说我不饿，不想吃。"

"你不想吃饭，你是不是想在床上偷吃东西啊？"志伟说。

杨怀荣扑哧笑了出来，这就是志伟，他的外孙，一个"半丁"的思维，他已经很久不会笑了，没想到现在还能笑出声来。他说："我床上没什么东西吃，你爱吃什么东西，我明天买给你吃。"

"我爱吃王老吉，还有、还有王老吉……"志伟憋着说不出第二样东西，用手擂了几下门，强调地说："王老吉！"

"好，好，好。"杨怀荣连声应答。

立本楼也好，杨坑村其他楼也好，所有人对杨怀荣的归来，几乎都持一种漠不关心的态度，这有点儿出乎他的意料，但也正合他意，他原来担心的是回来之后陷入议论旋涡，现在看起来，大家对他没什么兴趣，这些年土楼人见多识广了，什么场面没经过，什么人没见过，或许还因为他在位时，从没给村里和个人办过什么好事，大家对他余愤未消，都懒得说他那点儿破事了。杨怀荣想起有一年村里的伯洋和怀永到城里找他，希望他批点钱，在坑尾建一座水泥桥。伯洋说起来是他的叔辈，是村里的老支书，怀永也比他大几岁，是刚当上去的村长，而他那时是马铺县的农业局长，传说中很快要当副县长了。坑尾是杨坑村的一个小村落，隔了一条溪，人口虽不多，但村里的耕田主要在那边，以前建过一次木桥，溪流涨水时把它冲走了，杨怀荣当然知道建水泥桥是村里人多年来的愿望，但他一脸公事公办地拒绝了伯洋和怀永，他说我是马铺的局长不是杨坑的局长，我要考虑的是全县这盘棋，坑尾要不要建桥，建什么样的桥，这要由县里有关部门来统一规划、设计和建造，你们先不要着急，以后再说吧。伯洋和怀永带着一肚子气回到村里，逢人就说怀荣佬这人太"四角"（原则）了，杨坑村出了这样一个干部不帮衬村里又有何用？这事不知怎么被《马铺报》的记者知道了，写进了新闻报道里，杨怀荣反而成了不以权谋私的正面典型，但是后来他出了事，其中罪行之一就是擅自批准东溪乡建造一座水泥拱桥并为其违规挪用了扶贫款，杨坑村人这下有话说了，原来杨怀荣是假正经，敢情是村里没给他送钱，他就不支持村里建桥，你说他还有一点儿杨坑人的味道吗？二十多年后重归杨坑，走在杨坑的村道上，杨怀荣确实也觉得愧对家乡，村里人对他的冷漠，甚至无视他的存在，其实也是他的报应。

但是至少还有一个人理他杨怀荣的，这就是他的外孙杨志伟，准确地说，是半个人，因为杨志伟是个"半丁"，他每天头发乱糟糟的，脸总是洗不干净，看人的眼光大多是斜的，说话的语气有时像大人，有时像五岁的无知小孩。杨怀荣每天见到他总要掏出口袋里一把断了好几个齿的木梳给他梳头，一开始他总是扭开头，甚至用手打掉杨怀荣的手，但是几次之后，他就不再抗拒了，而是故意歪着头，让杨怀荣的木梳从他结成一绺儿一绺儿的毛发中划过来扒过去，头皮一阵阵舒麻麻的快感。

"志伟，你怎么不上学？"

"上学是什么？"

"上学就是读书。"

"读什么书？晓红说土楼不用读。"

"你妈对你好吗？"

"你妈呀，你妈是谁？"

"不说你妈，先说你爸，你爸怎么样？"

"你爸，你说你是我爸……"

"不是，我是你妈的爸，我不是你爸，我是说你爸在哪里？"

"我没爸，你不是我爸就算了。"

"我是你外公，阿公呀，不是你爸。"

"好了好了，谁稀罕什么爸？"

"志伟，你会不会写自己的名字？"

"我不会，你会吗？"

"我会。"

"你是不是叫志伟？"

"我不叫志伟，我叫怀荣。"

"欢迎（本地话里，怀荣谐音欢迎）？呵呵，欢迎，欢迎，热烈欢迎，去年有一个大官来到我们土楼。大官，你知道吗？"

"嗯，我知道大官，我以前也当过……志伟，你喜欢土楼吗？"

"我以后要住洋楼，我住在一楼，你住在二楼，我在楼下放个响屁，把你从楼上震下来，哈哈哈。"

杨怀荣和杨志伟每次说话都是没头没尾，随心所欲，想到就说，驴唇不对马嘴，这让他觉得有趣，放松，没有压力，心头有一股暖暖的感觉。除了志伟，没有人愿意和他搭话，但是有一个志伟，他也满足了，这个在他坐牢期间悄悄降临人间的"半丁"，个头超过了他，智力还时常停留在五六岁的婴儿时期——或许这正是上天为他特意安排的，让他在迟暮之年能够牵着一个孙子的手在土楼游荡。正常的人都对他怀有敌意，只有"半丁"无条件地接受他。他还能说什么呢，他内心里感激不尽。

杨怀荣牵着志伟的手走在杨坑村的情境，一度吸引了许多杨坑村人的眼光，那个脏兮兮的"半丁"似乎变干净了，像一头驯服的小牛犊被牵着走，在落日余晖的溪流跳石上，在薄雾飘荡的田埂路上，在月光朦胧的残垣断壁下，一个佝偻的老人和一个直愣愣的"半丁"，一前一后，一高一低，一动一静，一拉一扯，他们的影像就如电影一般不真实，却又真实地出现在很多人的眼帘里。但是人们很快就熟视无睹了，一个坐牢回来的老货，一个混沌未开的"半丁"，人们对此懒得说什么了。

和立本楼隔着一垄菜地的溪岸有一座烧毁的土楼，杨怀荣自从记事起，这座土楼就只剩下两堵断墙了，三层楼高，墙头上长着杂草，据说这是当年被太平军烧毁的，本地话叫作"长毛反"，一百多年过去了，断墙依旧屹立不倒，而断墙下杂草丛生，乱枝纵横，蛇虫出没，大人总是告诫小孩不要到墙下玩，而志伟几乎每天都要拉着杨怀荣来到断墙下，他几次在杨怀荣的耳边悄声说着他的秘密，杨怀荣听不清，让他大声一点儿，他却越发地小声。

"你大声点儿，我听不到。"杨怀荣说。

志伟拉起杨怀荣的手，穿过两棵歪斜的芭蕉树，指着地上说："你看。"

杨怀荣看到地上挖出了一个坑，差不多有半人高和宽，挖出来的黄土散落在四周，说："你这是做啥？"

"你知道吗？"志伟凑过来在他耳边说，"往下面挖会挖出一块白银。"

这回杨怀荣听清楚了，原来这就是志伟的秘密，他饶有兴趣地问："是谁告诉你的？"

"谁告诉你，你真笨嘛，这还用告诉，是我告诉我的，我去年在这里埋下了一片柿子叶，它今年就会长出一块白银嘛。"志伟的声音突然粗了起来，明显带着一种不满，杨怀荣这样不明事理，似乎让他有点儿激动，脖子都涨红了。

"是，是，是。"杨怀荣连连点头。

志伟转身在地上摸了一会儿，摸出了他藏在树丛里一把断柄的锄头，扔到土坑里，说："我一定要挖，挖，挖。"

杨怀荣抓着草根顺着土壁滑到土坑里，说："挖，挖，挖，我来帮你挖。"

"不行，你挖出白银，你就跑了。"

"你真傻，我怎么会跑？挖出来也是给你的。"

"哦，你这么好呀。"

"是嘛，因为你是我孙子，我是你阿公。"

"好，你挖。"志伟转过身，掏出裤裆里的东西朝芭蕉树扫射而去，哗啦啦打得芭蕉低垂的树叶哭爹喊娘。

杨怀荣弯腰捡起地上的断柄锄头，开始挖起来，这不知志伟是哪里弄来的锄头，柄太短，很不顺手，才挖了几下，他就感觉手上起泡了。他把挖开的土用锄板提起来，想倒在上面，但肩膀没有力气，胳膊也显得僵硬，怎么也提不上去。土坑上一堆土，他想要是推下来，差不多可以把自己埋了，他为这个念头感到一种莫名的兴奋，要是把自己埋了，明年能不能再长出一个自己？突然他忍不住笑了，自己原来也变成了"半丁"一样的思维了。

志伟撒完一泡长尿，说："我要喝王老吉，王老吉我要。"

"好，我带你去买。"杨怀荣放下锄头，从土坑里往上爬，最后一步好像要滑下去，志伟伸手拉了他一下，他心里蓦地激起一股暖流，志伟虽说是个"半丁"，但他也是一个有情义的人。

杨怀荣带着志伟在立本楼前的一个货摊买了一罐王老吉，志伟却不急着喝，把它放进裤裆里，然后撇开两腿，两手放在背后，装作大腹便便地往前走。杨怀荣刚才挖土有些累了，赶不上他，只能在他后面跟着，气喘得厉害。

志伟晃荡到坑尾这边来了，他从裤裆里取出王老吉，噗地一下拉开，猛喝一大口，被呛得直咳。杨怀荣大步走上来，轻轻拍了几下他的背，说："没人跟你抢。"

"鬼跟我抢。"志伟说。

"乱说。"杨怀荣摸了一下他的头说。

"你说有没有鬼呀？"

"有也别怕，有我呢。"

"你比鬼还大呀？你打得过吗？"

"打得过，打不过就跑嘛。"

"哼，我以后叫鬼来打你。"

"好，你叫吧。"

"骗你啦，我才不叫鬼打你，我要你打鬼。"

"好，我帮你打鬼。"

坑尾的溪流里有几个人正在打木桩，杨怀忠站在岸边喊叫着什么，还有两个人抬着一根木头蹚水走了过来。杨怀荣知道他们这是在建木桥，这里原来就有过木桥，一次发洪水冲走了，村里曾经想建一座水泥桥，还找过他……现在为什么还是要建木桥而不是水泥桥呢？这些年杨坑也搞旅游开发了，虽说门票是镇里的旅游公司收的，但有分红给村里，村里应该有点儿钱了。杨怀荣缓缓走上前，看看打木桩的人，又看看杨怀忠，说："建桥呢。"

杨怀忠眼睛转向一边，看也不看他一眼，只是嗯了一声。

"怎么不建水泥桥？"杨怀荣说。

杨怀忠往地上啐了一口，说："你批钱呀？"

杨怀荣一下被呛住，支支吾吾连大气也不敢出了。

"你现在是落伍了，镇里说了，只有木桥才能与杨坑优美的自然风光相搭配，水泥桥城里人见多了，他们来杨坑旅游要的就是看木桥，拍木桥，水泥桥有什么意思？"杨怀忠大声地说，语气里带着数落的意思。

杨怀荣怔怔地退到一边，心里想起那一年冬天，柯岚带着一个脖子上挂着一条粗硕金链子的老板来到家里，介绍说他是东溪籍的企业家，刚在东溪山上搞了一个采石场，运石材的车辆要绕一大段山路才能把石材运出去，如果能在东溪上建一座水泥桥就方便了……这时，杨怀荣看到志伟下了水，连忙中断回想，边走过去边向他招手说："志伟，走，我们回去。"

这天晚上，杨怀荣做了一个梦，坑尾的木桥建好了，志伟走在桥上，木桥摇摇晃晃的，突然断成两截，志伟扑通掉到了水里。杨怀荣从梦里惊醒，出了一身冷汗。他不明白怎么会做这样的梦。那年东溪的水泥桥建好了，并且通车了，每天许多运送石材的大车从上面经过，他也做了个梦，梦见它断成两截，后来它果真断了，一部过桥的大卡车和小轿车栽到了河里……杨怀荣折起身子坐在床上，外面的天还是黑魆魆的，他听得到自己的心怦怦直跳。

一条黑影从三楼摸下来，闪出了立本楼，像幽灵一样向坑尾飘去。月光下的溪流显得平缓，流水中间几根木桩细骨伶仃地呆立着，黑影跳下水，抱住木桩摇动起来，左摇右摇，往上拔了一阵，又向一边推，慢慢的木桩歪向了一边，黑影抱住它往上拔，嘭的一声，竟然把它拔了起来，接下来的两根木桩，似乎不大费力也拔了起来，他把它们放在水里，让流水漂走。

天亮后，建桥的人来到溪岸边，发现昨天打的三根木桩不见了，觉得很奇怪，嘀咕一番，重新打桩。这天效率高了一些，打了五根桩。第二天，他们来到现场后，发现那五根木桩又不见了。人们当即大呼小叫，有鬼，有鬼呀！杨坑见鬼啦！负责建桥的村委杨怀忠得知消息后跑了过来，他岸上水里察看了一圈，对大家说，鬼个头呀，是有人搞破坏！

哪个人破坏村里建桥，这比鬼出来闹事，更让大家感到好奇和振奋。杨怀忠如此这般吩咐一番，大家抑制住心中的兴奋，带着神圣的使命期待晚上的好戏。半夜里，那条人影果然又出现了，无声地飘到溪岸边，下水朝木桩走去，一把抱住就猛烈地摇起来。

这时，三只手电一起射向摇木桩的人，岸上响起杂沓的脚步声还有一阵吼叫，好几个人一起围了过来。

"原来是你呀，怀荣佬。"

"怎么是他，真是的。"

"怀荣佬，吃了什么枪药，力气真大呀。"

那个半夜拔木桩的人是杨怀荣，此时被三只手电照得睁不开眼，他用一只手挡着眼睛，怔怔地看着围拢过来的人。

"怀荣佬啊怀荣佬，你让我怎么说你呢？你这么一把年纪的人了，坐牢回来的，你到底想干什么？想当年你在位，不肯帮村里争取资金来建个桥，现在村民集资建桥，你又来搞破坏，你这是犯罪知不知道？"杨怀忠怒气冲冲地说，"你是我堂哥，年纪比我大一些，但是今天我是跟你不客气了，你是被政府判过死刑的人，你还不悔改！"

杨怀荣满脸是懵懵懂懂的表情，他好像正在自娱自乐玩一项游戏，突然被人打断了，显得百思不得其解。

几个人走了过来，推搡着杨怀荣往岸上走，杨怀荣一个踉跄，要不是杨怀忠抓住了他，他就跌倒在溪水里了。

"怀荣佬，我实话给你说，今天也不给你面子了，你虽当过副县长，曾经是我们杨坑的荣耀，可你从没给村里帮衬过什么，后来你犯了罪，而且是重罪，我告诉你，杨坑村人还从来没有谁犯过这么重的罪，你是在族谱上被画了一个黑点的人。"杨怀忠说。

杨怀荣被拉到了岸边，他一屁股坐到地上，嘴里呼着粗气，突然感觉到一阵阵发冷。大家一阵义愤填膺，对着他指指点点，叽里呱啦的声音就像一群聒噪的乌鸦，他一句也听不清，只感觉冷气直从脚底往心上升起。终于大家说累了，不再理他，鄙夷地扔下他，像扔下一包垃圾似的，各自散开。

"我担心怕你们的桥建好会断，我孙子志伟从桥上摔下来……"杨怀荣突然用劲地从嘴里迸出一句话。

"什么？你说什么？"杨怀忠转身走了过来，回到杨怀荣跟前。

"你们的桥断了，志伟掉下来……"杨怀荣的声音一下变得虚弱了，像是病人从嘴里冒出来的游丝。

杨怀忠还是听清了，脚痒痒得想踢他一脚，说："怀荣佬，你傻了是不是？神经线接上了番薯根？你当初乱批建的那座桥才断了呢，你害死了七个人，你还贪污受贿，你才被判处死缓！"他狠狠地朝地上啐了一口。

杨怀荣在床上软绵绵爬不起来，身体里像是有一盆火在烧烤着他，脸红得涂了胭脂似的，眼前飘荡着两团影子，时而模糊时而清晰。他病了，干裂的嘴唇哆嗦着，吐不出完整的音节，偶尔冒出一股白沫。

房间的门猛地被推开，晓红大步跨了进来，杨怀荣从躺着的角度仰头看到她的脸是拉长了，她嘴里叫出了一个词："被告……"

杨怀荣身子往上挺了一挺，嘴里总算发出了声："你说我啥？"

"被告！"晓红大声说，这两个字像子弹一样击中了他，他又躺了下来，像死鱼一样一动不动。

"你不是被告吗？我就叫你被告，你这辈子都是被告！我现在正式警告你，你回家来就老实待着，别再干什么坏事！"晓红像法官一样义正词严地宣布，脸绷得像一块生铁，然后霍地转身往外走。

杨怀荣咧开嘴，像笑又不是笑，自言自语地说："我只是怕桥断了，志伟掉下水……"

砰，晓红走出房间时，狠狠地摔了一下门，她把所有的怨恨和不满全都发泄在这个动作里。杨怀荣想，她是应该好好发泄一下，不发泄憋着多难受呀。他真心觉得对不起她，还有，对不起她妈，可是，她不能原谅他，她要怎样才能原谅他？也许她永远不会原谅他，不过他也不需要她的原谅，是的，他在她们面前终生都是被告。

杨怀荣昏昏沉沉躺了一天，没喝一口水，没进一粒米，他一闭上眼睛就看到那座东溪桥断了，一部大卡车和一辆小轿车掉落水里，一睁开眼睛又看到志伟从摇摇晃晃的木桥上走过来。他想起1995年初春的那个傍晚，他刚刚从会议室回到办公室，桌上的电话机突然狂叫起来，传来一个令人惊诧的消息：东溪桥断了…… 一生的转折就从这个傍晚开始，一切无法回避。这么多年过去了，他常常想，他应该被判处死刑，立即执行，而不是死缓，缓期执行意味着悔恨遥遥无期，救赎未有穷期。

天黑了，房间里突然静得像棺材一样。杨怀荣听到门被推开的声音，一条人影走到了床前，他听呼吸就能听出是志伟，这让他心头颤动了一下，这就是他的志伟，这就是他的"半丁"。

"喂。"志伟伸手往床上推了推。

"嗯。"杨怀荣应了一声。

"你躺在这里做什么，都不跟我玩了。"

"我今天有点儿困。"

"告诉你，我去墙下挖白银，挖出一块，我又把它埋起来，明天你说会不会变成两块？"

"会的，我想。"

"我刚才去坑尾找你了，在那撒了一泡尿。"

"以后你少去坑尾，别走那座桥。"

"什么桥呀，我要抓鱼，我还要到山上采桃金娘，你有没有吃过？"

"志伟，你要听话，以后别走那桥，我老担心你会从桥上掉下来。"

"你傻呀，你才掉下来，呵呵呵……"

突然志伟大声地笑起来，杨怀荣也笑了，他感到身上有了一点儿力气，就坐起身，说："志伟，你把灯打开。"

志伟在墙上摸到了灯绳，拉了一下，又一下，灯还是没亮，他说："坏了。"

杨怀荣摸黑下了床，说："坏就坏了，我们走。"

两个人走出了立本楼，地上有淡淡的月光，就像铺满白银一样。志伟望着断墙的方向，在杨怀荣耳边低声地说："我们去偷听白银的声音。"

杨怀荣愣了一下，高兴地说："好！"

两个人牵着手，顺着田埂路向断墙走来。断墙下幽静清凉，阴影和人影交错零乱。志伟挣脱开杨怀荣的手，像一只鸟儿扑入林子，他抱住一棵灌木，把耳朵贴在上面听了一会儿，对杨怀荣说："这声音不是白银。"他又趴到地上，耳朵贴近地面听了听，起身叹了一声，说："没有白银的声音。"

杨怀荣看到月光白晃晃地照射在残垣上，这一百多年前夯起来的土墙比砖还硬，月光照在上面，仿佛发出叮叮咚咚的细微的声音，他听到了，这是白银在生长的声音。

走到那个土坑前，突然吹过一阵风，墙头上或芭蕉树上有什么东西掉落到坑里，发出一声清脆的响声。志伟惊喜地叫了一声："白银的声音。"杨怀荣摸了一下他的头，说："嗯，是白银的声音。"

"白银，你快长吧，快长快长。"志伟跳着身子说。

杨怀荣望着土坑，突然冒出一个念头，我也把自己埋起来吧，这将如何呢？当然不可能长出一块白银，但这或许可以保佑志伟不从桥上掉下来吧？会吧？会的。杨怀荣觉得这是一个好主意，咚的一下跳到坑里，说："志伟，来，快给我埋起来，可以长出很多白银。"

"真的呀，很多白银。"志伟眼里闪着兴奋的亮光，哇哇叫着好好好。

"你埋树叶长不了很多白银，你要把阿公埋了，就可以长很多白银了，每天晚上都可以听到白银长出来的声音。"杨怀荣说。

志伟嘿嘿笑着，蹲下身用手推着土，土哗啦啦地落到坑里，打在杨怀荣身上，他越推越来劲，整个人忘我地趴在了地上，两只手一进一退，有节奏地把土往坑里推，土哗啦啦掉落的声音，在他耳朵里幻化成一片白银的声音，他身上不可思议地获得了一种神秘的力量，就像杨怀荣半夜里把溪流中间的木桩摇动拔起一样，眨眼间，他几乎把土坑上的土全推到了坑里。

杨怀荣的脚踝被埋住了，土埋到了膝盖、腿部，他感到一种说不出的畅快，干脆闭上眼睛，想象着土把他全身埋住，像一片水漫过他的身体，把他紧紧地包围起来……水波荡漾，他感觉像是回归了人生最初的状态。

一切都静寂了，杨怀荣只听到自己心跳的声音，他突然感觉没有水漫过来了，睁开眼睛一看，志伟一屁股坐在地上，用一种奇怪的眼光望着他，这是一种他从没见过的眼光，既不是正常人的，也不是"半丁"的，它就是一种他从没见过的奇怪的眼光。

"志伟，你怎么了？"

"你傻呀你！上来！"志伟突然喝了一声，霍地站起身叉着腰，像大人教训小孩一样，"人埋起来就是死了，死了不能埋你知道吗？要火烧，这土楼也火烧过了，你让我把你埋起来，你当我傻呀？我有那么傻吗？上来，爬上来，别傻了，你真的傻了！"

杨怀荣看到志伟说话的时候，眼光一闪一闪，手势短促有力，他觉得自己在志伟面前更像是一个"半丁"。

"我不要白银，我还是要你就好了，阿公……"

杨怀荣第一次听到志伟叫他阿公，眼泪不禁夺眶而出，他向志伟伸出一只手，志伟也把手递给了他。两个人一起使劲，杨怀荣像一根木桩被拔了出来，压倒了志伟。地面上滚过两个人开心爽朗的笑声，像白银碰撞发出的清亮的声响。

后记

  这本书收入了首届林语堂小说奖获奖作品，共 11 篇中短篇小说，其作者分别为王芸、尹学芸、陈启文、林渊液、帅泽兵、樊健军、苏兰朵、叶子、邱贵平、何葆国、马云洪等 11 位活跃在全国一线小说家。这些小说从不同角度反映了中国的现实，全部在全国知名文学刊物上发表过，基本上被各类选刊转载或者入选选集。

  首届林语堂小说奖从 2014 年 10 月 10 日启动，是平和县继首届林语堂散文奖之后举办的大型文学盛事。林语堂小说奖面向全国作家，由福建省作家协会和福建省平和县人民政府共同主办，中共平和县委宣传部、平和林语堂文学馆承办。林语堂小说奖征集作品于 2015 年 2 月 28 日截稿。自从林语堂小说奖启动以来，反响强烈，国内外华语作家热情参与。截稿之后，组委会组织开展初评、终评等评选工作，于 2015 年 10 月 10 日林语堂诞辰 120 周年之际，在平和林语堂故居颁奖，王芸、林渊液、樊健军、叶子、何葆国、马云洪等作家参加了颁奖活动。

  颁奖仅仅是活动的阶段性节点，并不是结束。为了延续林语堂小说奖的魅力和影响，征得获奖作家同意，平和林语堂文学馆、平和林语堂研究会编辑了《首届林语堂小说奖获奖作品集》，并将由中国华侨出版社出版。感谢福建省作家协会主席杨少衡为本书作序，感谢林志宏、黄榕城、林文利等平和县领导的支持，感谢获奖作家的密切配合。

当这本书即将出版的时候,第二届林语堂散文奖征集作品已经截稿,面对500多位海内外华语散文作家寄来的参赛稿件,我们明白,以林语堂命名的文学奖已经日益得到作家和读者的信任和认可,这是压力,也是动力,我们将继续前行,以林语堂的名义,以文学的名义。

　　希望读者能够喜欢这本书,喜欢从平和走向世界的文化大师林语堂。

编者
2017年5月2日

图书在版编目（CIP）数据

首届林语堂小说奖获奖作品集 / 黄荣才主编 .—北京：中国华侨出版社，2017.5
　ISBN 978-7-5113-6822-5

　Ⅰ.①首… Ⅱ.①黄… Ⅲ.①中篇小说 – 小说集 – 中国 – 当代 ②短篇小说 – 小说集 – 中国 – 当代 Ⅳ.① I247.7

中国版本图书馆 CIP 数据核字（2017）第 118242 号

首届林语堂小说奖获奖作品集

主　　编 / 黄荣才
责任编辑 / 泰　然
责任校对 / 志　刚
经　　销 / 新华书店
开　　本 / 787 毫米 ×1092 毫米　1/16　印张 /23　字数 /345 千字
印　　刷 / 三河市华润印刷有限公司
版　　次 / 2017 年 8 月第 1 版　2017 年 8 月第 1 次印刷
书　　号 / ISBN 978-7-5113-6822-5
定　　价 / 46.00 元

中国华侨出版社　北京市朝阳区静安里 26 号通成达大厦 3 层　邮编：100028
法律顾问：陈鹰律师事务所
编辑部：（010）64443056　　64443979
发行部：（010）64443051　　传真：（010）64439708
网　址：www.oveaschin.com
E-mail：oveaschin@sina.com